古典诗学的现代诠释 续集

蒋寅 著

中华书局

图书在版编目（CIP）数据

古典诗学的现代诠释：续集/蒋寅著. —北京：中华书局，
2023.10
ISBN 978-7-101-16319-3

Ⅰ.古… Ⅱ.蒋… Ⅲ.古典诗歌–诗歌研究–中国
Ⅳ.I207.22

中国国家版本馆 CIP 数据核字（2023）第 153626 号

书　　名	古典诗学的现代诠释续集
著　　者	蒋　寅
责任编辑	李碧玉
责任印制	管　斌
出版发行	中华书局
	（北京市丰台区太平桥西里 38 号　100073）
	http://www.zhbc.com.cn
	E-mail:zhbc@zhbc.com.cn
印　　刷	北京新华印刷有限公司
版　　次	2023 年 10 月第 1 版
	2023 年 10 月第 1 次印刷
规　　格	开本/920×1250 毫米　1/32
	印张 15⅜　插页 2　字数 330 千字
印　　数	1-2500 册
国际书号	ISBN 978-7-101-16319-3
定　　价	76.00 元

目　录

在中国发现批评史（代前言）
　　——清代诗学研究与中国文学理论、批评传统的
　　再认识 ……………………………………………… 1
　一、关于中国文学理论和批评的三个偏见 …………… 2
　二、清代诗学提供的另一种历史认知 ………………… 8
　三、清代诗学实践与传统的再思 ……………………… 11
　四、在中国发现批评史 ………………………………… 27

一　情景交融
　　——古典诗歌意象化表现方式的定型 ……………… 1
　一、"情景交融"溯源 …………………………………… 3
　二、如何理解和界定"情景交融"？ …………………… 10
　三、中古诗歌的情景结构 ……………………………… 15
　四、唐诗情景关系变异的理论迹象 …………………… 25
　五、大历诗歌中的意象化表现 ………………………… 30
　六、"情景交融"的意象结构何以在中唐诗歌中成型 … 38

二 老

——古典诗歌审美范型之一 ……………… 44

一、由老迈之"老"到老成之"老" ……… 46

二、"老"的美学内涵 …………………… 57

三、与"老"相关的负价概念 …………… 72

三 厚

——古典诗歌审美范型之二 ……………… 82

一、"厚"的诗歌表现 …………………… 84

二、"厚"成为文论概念的渊源 ………… 93

三、"厚"在清代的丰富和拓展 ………… 101

四、妨碍"厚"的艺术要素 ……………… 104

四 涩

——古典诗歌审美范型之三 ……………… 111

一、"涩"为诗中一境 …………………… 113

二、"涩"为谈艺家一境 ………………… 118

三、求"涩"何为? ……………………… 122

四、"涩"的美学意涵及衍生概念 ……… 127

五、"涩"的负价意义 …………………… 134

五 诗中有画(二)

——用话语分析的方式来诠释 ………… 142

一、"诗中有画"的"画"指什么? ……… 142

二、"诗中有画"的"画"作为王维画意 ……… 146

三、王维画的写意倾向 ………………… 149

四、王维诗的写意特征 ………………… 158

　　　　五、结论 ··· 166

六　不粘不脱·不即不离
　　　　——性灵诗学关于咏物诗的理论反思 ··········· 169
　　　　一、新语境中的老问题 ································· 170
　　　　二、话语溯源 ·· 173
　　　　三、由理论到批评 ······································ 178
　　　　四、寓意成为焦点 ······································ 184
　　　　五、"切"的诗学意义 ································· 188
　　　　六、嘉、道以后的余响 ······························ 192

七　家数·名家·大家
　　　　——有关古代诗歌品第的一个考察 ············· 195
　　　　一、引言 ·· 195
　　　　二、"家数"溯源 ······································ 202
　　　　三、"大家"概念之形成 ···························· 207
　　　　四、"大家"的境界 ··································· 212
　　　　五、"大家"的几个标志 ···························· 227
　　　　六、结论 ·· 238

八　拟与避
　　　　——古典诗歌文本的互文性问题 ················· 241
　　　　一、互文性是中国古典诗歌的一般特征 ········· 241
　　　　二、诗歌文本的拟议与变化 ························· 255
　　　　三、古典诗歌文本的隐性互文——避 ············ 264

九　神韵
　　　　——王渔洋"神韵"的审美内涵及艺术精神 ······ 279

一、"神韵"的审美印象 ………………………………… 280

二、"神韵"的美学内涵 ………………………………… 291

三、"神韵"的印象主义倾向 …………………………… 304

十　格调

　　——以沈德潜的格调诗学为中心 ………………… 317

一、格调论抑或格调派？ ……………………………… 317

二、"格调"溯源 ………………………………………… 319

三、沈德潜的新格调观 ………………………………… 325

十一　性灵

　　——袁枚性灵诗学的要义 ………………………… 334

一、自我表现的诗学 …………………………………… 335

二、"性灵"说的解构倾向及其理路 …………………… 351

三、破而不立的诗论 …………………………………… 358

十二　肌理

　　——深入文本组织层面的诗学 …………………… 371

一、"肌理"说之于翁方纲诗学 ………………………… 371

二、诗理与肌理 ………………………………………… 375

三、"肌理"的渊源及理论定位 ………………………… 383

四、笋缝：肌理说的重要概念 ………………………… 389

十三　中庸的美学

　　——中国古代文论对审美知觉的表达及其语言

　　　　形式 ………………………………………… 395

一、审美概念的价值分类 ……………………………… 395

二、绝对正价概念 ……………………………………… 400

三、有限正价概念 …………………………………… 405

四、有限正价概念的表达之一——补充法 ………… 411

五、有限正价概念的表达之二——排除法 ………… 414

六、有限正价概念的表达之三——限制法 ………… 420

七、有限正价概念表达法的综合运用 ……………… 426

八、负价概念及其表达方式 ………………………… 429

九、中性概念及其表达方式 ………………………… 436

论文原刊出处 ……………………………………………… 439

后　记 ……………………………………………………… 441

在中国发现批评史（代前言）

——清代诗学研究与中国文学理论、批评传统的再认识

从 1983 年我第一次参加中国古代文学理论学会的年会，在寻找古代文论民族性的主题下听到的各种对古代文论民族特色的概括，到三十年后在"失语症"或丧失话语权的令人沮丧的反思中听到的对古代文论"异质性"的强调，虽然心态和出发点完全不同，但思维方式和得出的结论却惊人地相似。明明是一个尚未登台的无交流状态，却被偷换成没有声音的判断。香港学者黄维樑教授的这样一个感慨，竟似成为中国文论不言自明的判词："在当今的西方文论中，完全没有我们中国的声音。二十世纪是文艺理论风起云涌的时代，各种主张和主义，争妍斗丽，却没有一种是中国的。"①再经过一番追根溯源的反思，这笔账很大程度上被算到中国文论传统的头上，于是在反思传统的名义下对传统文学理论和批评形成的三个以偏概全的结论，在很长一段时间内主导了我

---

① 黄维樑《〈文心雕龙〉"六观"说和文学作品的评析——兼谈龙学未来的两个方向》，《北京大学学报（哲学社会科学版）》1996 年第 3 期。

们对传统的认识。以至于今天当学人一谈到中国古代文论的传统,就不觉陷入这些先入为主的观念中。

一、关于中国文学理论和批评的三个偏见

虽然三个偏见作为老生常谈随时都能听见看到,但为了避免给人无的放矢的印象,我还是花了很大的力气来搜集证据材料,以致本文延宕多年方得成稿。按照我的归纳,三个偏见表达为这样一些判断。

1. 中国文学批评属于感悟式、印象式的

早在 20 世纪 30 年代,朱光潜在欧洲留学期间写作《诗论》,就提出了"中国人的心理偏向重综合而不喜分析,长于直觉而短于逻辑的思考"的论断①。长期以来,这一结论框定了后人对传统文学理论和批评基本性格的认识,限制了人们全面认识传统的视野。四十年后美国加州大学叶维廉教授又在 1971 年写作的《中国文学批评方法略论》一文中指出:"中国的传统批评中几乎没有娓娓万言的实用批评,我们的批评(或只应说理论)只提供一些美学上(或由创作上反映出来的美学)的态度与观点,而在文学鉴赏时,只求'点到即止'。"②虽然他并不否认中国传统文学批评

①朱光潜《诗论》抗战版序,北京出版社 2005 年版,第 1 页。
②叶维廉《从现象到表现》,台湾东大图书公司 1994 年版,第 116 页。

的功能和价值,但对事实的认定明显与朱光潜的论断如出一辙。而且这并不只是他们一两个人的看法,许多老辈学者都这么认为。先师程千帆先生在1979年3月的日记中,记下他比较中西文艺理论得出的认识,以为中国文论"科学性、逻辑性不强,随感式的,灵感的,来源于封建社会悠闲生活"①。几十年过去,至今学界的一般看法仍是"西方美学偏于理论形态,具有分析性和系统性,而中国美学则偏于经验形态,大多是随感式的、印象式的、即兴式的,带有直观性和经验性"②。叶维廉举的例子以司空图《二十四诗品》为代表,虽然当代学者有不同的看法和评价,但仍同意以诗话为主体的中国诗学具有这样一些特点:(1)类比与譬喻式的论诗方式;(2)"语录"与"禅语体"式的批评话语;(3)"以诗论诗"的独特文体③。这些特点概括了今人对中国古代文学理论、批评言说方式的理解。

2. 没有成系统的理论著作

这种论断也由来已久,1924年陈荣捷就断言:"中土之文学评论,实不得谓为有统系的研究,成专门的学问。"④1928年出版的杨鸿烈《中国诗学大纲》也认为:"中国千年多前就有诗学原理,不过成系统有价值的非常之少,只有一些很零碎散漫可供我们做诗

①徐有富《程千帆沈祖棻年谱长编》,南京大学出版社2013年版,第288页。
②叶朗《中国美学史大纲》引,上海人民出版社1985年版,第14页。
③方汉文《当代诗学话语中的中国诗学理论体系——兼及中国诗学的印象式批评之说》,《兰州大学学报(社会科学版)》2010年第2期。
④陈荣捷《中国文学批评》,《南风》1卷3期,1924年11月版,第33页。

学原理研究的材料。"①朱光潜《诗论》则说:"中国向来只有诗话
而无诗学,(中略)诗话大半是偶感随笔,信手拈来,片言中肯,简
练亲切,是其所长;但是它的短处在零乱琐碎,不成系统。"②1977
年台湾学界曾有一场关于批评方法的论争,以夏志清与颜元叔为
对立双方的代表。夏志清认为当下的文学批评太过于注重科学
化系统化,且迷信方法,套用西洋理论往往变成机械的比较文学
研究;颜元叔则反驳说夏志清是"印象主义之复辟",并认为中国
传统的文学批评,如诗话词话都只是印象式的批评,主张批评应
该基于理性的分析,而不应只停留在直觉层面和对作家传记的了
解上。两人的对立观点引发了有关中国古代文学批评是不是主
观的、印象主义式的论辩,议论蜂起,见仁见智③。但最终大家都
承认,"中国文学批评确实比较没有系统,缺乏分析与论证,似乎
较为主观。这一点,颇令人沮丧"④。大陆的文学理论家则往往
在中西比较的视野下认定:"西方的诗学理论有较强的系统性,而
我国传统的理论则较为零散。因为西方传统理论重分析、论辩,
当然就表现出很强的系统性;而中国的诗学理论批评重感受、重

①杨鸿烈《中国诗学大纲》,台湾商务印书馆1976年版,第7页。
②朱光潜《诗论》抗战版序,第1页。
③参见沈谦《文学批评的层次——从夏志清、颜元叔的论战谈起》,《幼狮文
　艺》第45卷第4期(1977年4月),第192—209页;收入《期待批评时代的
　来临》,台湾时报出版社1979年版。
④龚鹏程《细部批评导论》,《文学批评的视野》,台湾大安出版社1990年版,
　第390页。

领悟，所以往往表现为片言只语。"①《中国诗学批评史》的作者陈良运也说中国诗学"缺少全面的、系统的诗学专著，诗人和诗评家关于诗的发展史及诗的创作与鉴赏等方面的见解与阐述，多属个人经验式和感悟式的，尚未自觉地进行理论建构和实现整体把握"②。非古典文学专业的学者尤其会认同这种看法，如周海波《中国现代文学批评史论》第一章就认为，中国古代批评家"从朴素的整体观念和直觉阅读感受出发，构筑了一个漫不经心的缺少严密逻辑推导和理性特点的批评框架。在批评文体上，专事记载阅读偶感和某种体验，是一些人生碎片的集合"，"而过分简单化的语句，又使人感到古典批评的某种空白艺术，那些零散的、断片的词句，在表达自己的批评思想时有些躲躲闪闪，而微观批评方法和考据式的方法，使整个批评文体缺少综合性"，因而"中国古典文学批评较之西方文学批评，主要缺少那种富有哲学精神的理性色彩"③。至于西方学者，限于自己接触到的少量文献，更容易产生一个印象："大多有关诗歌及其本质的讨论都见于有关具体的诗歌或对联的文章、书信或附带性言论的上下文之中；全面、整体性的理论著作往往是例外。从严格意义上讲，中文中确实没有与在内含与结构上系统表述的'理论'（theory）一词相对应的术

---

①黄药眠、童庆炳主编《中西比较诗学体系》，人民文学出版社 1991 年版，上册第 24 页。

②陈良运《论中国诗学发展规律、体系建构与当代效应》，钱中文、李衍柱主编《文学理论：面向新世纪》，山东人民出版社 1997 年版，第 483 页。

③周海波《中国现代文学批评史论》，上海人民出版社 2002 年版，第 20—23 页。

语。于是,有必要提请注意的是,在言及中国古代诗歌理论时,人
们所讨论的不外乎是某种不言而喻的样式,或以极有特点的词汇
和论述策略重新建构起来的系统,而非概要分析样式的系统。"①
这些议论足以代表当今对古代文论作为知识形态之特征的认识。

3. 缺少真正科学意义上的理论范畴,没有严格的意义上的理论命题

这一判断似乎出现得较晚,也许其部分指向已包含在上面第
二个偏见中。所以我只见到《中国文学理论》的作者刘若愚曾说
过:"中国传统之诗评每散见于诗话、序文以及笔记、尺牍之中,咳
珠唾玉之言有余而开宗明义之作不足。纵有专著,亦多侧重诗人
之品评次第,或诗句之摘瑜指瑕,或诗法之枝节推敲,而少阐发明
确之概念与系统之理论。"②中国学者的说法则可以举出季广茂
的论断,他认为中国诗学"缺少真正科学意义上的理论范畴,没有
严格的意义上的理论命题,更不能严格地论证自己的结论,它更
喜欢以比喻性的策略展示独特的内在感悟。这是一种典型的东
方式诗学,不是西方意义上的理论。它展现出来的是东方式智慧
而不是西方式的智力"③。这种看法应该是有普遍性的。曾对传

①王晓路主编《北美汉学界的中国文学思想研究》,巴蜀书社 2008 年版,第
　1—2 页。
②刘若愚《清代诗说论要》,《香港大学五十周年纪念论文集》第一辑,香港
　大学中文系 1964 年版,第 321 页。
③季广茂《比喻:理论语体的诗化倾向》,钱中文、李衍柱主编《文学理论:面
　向新世纪》,第 572 页。

统文论范畴意蕴的赋予、限定、派生和衍变的方式做过精彩论述的吴予敏，也认为"传统文论并无意于运用概念范畴建构一个自足的批评—理论话语系统"①。如果要为这种判断寻找理据的话，汪涌豪《范畴论》指出的古代文论范畴涵义模糊性的两个表现——"一是用词多歧义，没有明确界说；二是立辞多独断，缺乏详细的论证"②，也可引为佐证。这都是关于中国古代文论话语特征的一种普遍认识。

　　上述三种判断当然不能说是完全错误的或者违背事实的。谁都知道，任何老生常谈都必定包含着某些一般意义上的正确知识。如果它们指涉的对象都只限于唐、宋以前的文学理论和批评——论者作为例证举出的文献，清楚表明其立论的基础是唐宋以前的资料——那或许也可以说大体不错。但如果要将元明清文论和批评都包括进来，就未免太唐突了。我所以称上述论断为偏见而不说是谬见，就是说它们是部分正确同时含有很大偏颇的判断，在说明一部分事实的同时遮蔽了另一部分事实——也未必是刻意遮蔽，只不过是不了解而已。只要我们认真调查和阅读一下元代以来尤其是清代的文学批评文献，就会获得不同的印象，得出不同的结论。

---

①吴予敏《论传统文论的语义诠释》，《文学评论》1998 年第 3 期；李旭《关于中国古代美学范畴和范畴体系建构问题》，《江西社会科学》2003 年第 5 期。
②汪涌豪《范畴论》，复旦大学出版社 1999 年版，第 81 页。

二、清代诗学提供的另一种历史认知

自近代以来，批评史乃至文学史研究被一种先入为主的价值观所主导，始终是前重后轻、前实后虚，对明清以来的大量文献关注不够。本来，传统总是距离最近的那部分对我们影响最大：对沈德潜影响最大的是王渔洋、叶燮而不是钟嵘、皎然，对王国维影响最大的是纪晓岚、梁启超而不是刘勰、严羽，而对今人影响最大的则是王国维、朱光潜、宗白华而不是袁枚和许印芳。但我们谈论传统时却总是有意无意地忽略了这一点，总是将《文心雕龙》、《诗品》、《诗式》、托名司空图《二十四诗品》、《沧浪诗话》作为古典文论的代表，顶多再加上《姜斋诗话》、《带经堂诗话》、《原诗》、《艺概》。这个传统序列，说它不能反映古代文学理论和批评的面貌，当然是不妥的；但若认为它能全面反映古代文学理论和批评的面貌，就更有问题，起码说存在很大的缺陷和偏颇。清代文学家程晋芳《正学论》论及治宋学者未尝弃汉唐，而治汉学者独弃宋元以降的问题，曾有言：

> 唐以前书，今存者不多。升高而呼，建瓴而泻水，曰："我所学者，古也。"致功既易，又足以动人。若更浸淫于宋以来七百年之书，浩乎若涉海之靡涯，难以究竟矣。是以群居坐论，必《尔雅》《说文》《玉篇》《广韵》诸书之相砺角也，必康成之遗言，服虔、贾逵末绪之相讨论也。古则古矣，不知学问之

道，果遂止于是乎？①

这是讥讽治汉学者仅抱着秦汉以上有限的文献，螺蛳壳里做道场，不知后代学问的发展。既然清代经学家已意识到，不了解晚近的著述，只在有限的秦汉文献里打转，就不可能有经学的进境。如今研究古代文学理论和批评，不了解明清以来的丰富文献，又怎么能全面和正确地理解中国文学理论和批评的传统呢？

　　由于元明清文学文献长久被忽略（也可能由于阅读的困难），元明清三代的文学理论和批评文献一直处于半沉睡状态中，相比古代文学其他领域，文献整理的工作明显滞后。毕生致力于搜集古代文论资料的郭绍虞先生曾说清诗话有三百多种，吴宏一《清代诗学初探》后附清诗话知见书目也著录三百多种，让学界误以为清诗话就是有限的这么些书。可根据我《清诗话考》（中华书局2007年版）的著录，见存书籍已达977种，待访书506种，计1483种。再据杜泽逊主编《清人著述总目》所增见存书46种，待访书144种②，加上我自己后来搜集的资料，总数已达到1790种。这个数目是明代以前诗学文献总和的几倍！再加上众多的文话、赋话、词话、曲（剧）话、小说评论，清代文学理论和批评著作将达两千余种。我不清楚整个欧洲在这近二百七十年间是否出版过如此众多的文学理论、批评著作？欧洲学者若忽视同一时期的书

---

① 程晋芳《正学论》四，《勉行堂诗文集》，黄山书社2012年版，第694页。
② 杜泽逊主编《清人著述总目》系未刊稿，其所补清诗话书目见江曦、李婧《清诗话拾遗》，《中国诗学》第19辑，人民文学出版社2015年版，第26—33页。

籍,就不可能产生韦勒克《近代文学批评史》这样的巨著。然则我们在忽略清代文献的情况下写作的文学理论史和批评史,究竟能在多大程度上反映中国文学理论和批评的传统,实在很让人存疑。

有清近二百七十年帝祚,不仅是中国古代封建社会的末期,也是传统文化的总结期。在浓厚的学术风气下,文学理论和批评也步入一个崭新的时代。我多年研究清代诗学所得到的一个基本认识,就是只有到清代,中国文学理论和批评才真正成为一门学问。我曾将清代诗学的学术特征和历史意义概括为这样一段表述:

> 中国古代诗学的理论框架到明代已告完成,清代诗学的贡献主要是在内容的专门化、细节的充实和深描,其成就不是基于一种创造性的冲动,而是一种征实的学术精神。清代诗论家不再满足于将自己对诗的理解、期望和判断表达为一种主张,而是努力使之成为可以说明的,可以从诗歌史获得验证的定理。大到一种观念的提出,小到一个修辞的揭示,他们不仅付以多方的论述,而且要在历史的回溯中求得证实,从前人的诗歌文本中获得印验。清代诗学著述由此而显出浓厚的学术色彩,由传统的印象性表达向实证性研究过渡。①

---

① 蒋寅《清代诗学史》第一卷绪论,中国社会科学出版社 2012 年版,第 19—20 页。

梁启超曾将有清一代学术的基本精神概括为"以复古为解放",而"其所以能着着奏解放之效者,则科学的研究精神实启之"①,这也就是章太炎所说的"一言一事,必求其征"②。在清代严谨的实证学风熏陶下,清代的文学研究也表现出学术性、专门性、细致性的特点。清代诗学无比丰富的历史经验与实践成果足以纠正今人的三个偏见,让我们重新体认中国文学理论和批评的固有传统。

三、清代诗学实践与传统的再思

　　传统不是一个僵死的东西,它永远存续于生生不息的诠释和建构中。由三个偏见支撑的一般认识主导着当今对古代文论、批评传统的诠释和建构,而清代诗学经验和实践的加入,必将在很大程度上改变我们现有的对传统的认知。

　　首先我们要注意,清代诗论家绝不像喜欢炫博的明人那样大而化之地泛论诗史,他们更多地致力于对专门问题进行持续而深入的探究,在诗人传记考证、语词名物训释、声调格律研究、修辞技巧分析各方面,都有远过于前人的杰出成果。前人研究诗学,目的主要在于滋养自己的创作;而清人研究诗学,却常出于纯粹

---

① 梁启超《清代学术概论》,东方出版社 1996 年版,第 7 页。
② 章太炎《检论》卷四"清儒",《章太炎全集》,上海人民出版社 1984 年版,第 3 册第 479 页。

的学术兴趣。一些很专门的问题,会引起学人的共同关注,各自
以评点、笔记乃至诗话专著的形式发表自己的见解。比如反思明
代复古思潮所激发的唐宋诗之争,"泛江西诗派"观主导下不断涌
现的江西地域诗话①,古音学复兴所催生的古近体诗歌声调研
究,性灵论思潮引发的学人之诗与诗人之诗的辨析等等,都是清
代诗学史上的重要现象。古诗声调之学,自康熙间王士禛、赵执
信肇端,在乾、嘉浓厚的考据风气中得到更细致的推进。到道光
年间,郑先朴《声调谱阐说》终于以彻底的量化分析避免了举例的
随意性和结论的不周延性②,至今看来仍是很有科学精神的研
究。像这样以精确的数学模型来统计、分析一个文学现象,验证
一条写作规则的研究,在清代以前是难以想象的。类似的例子还
可以举出李因笃对杜甫律诗字尾的研究。《杜诗集评》卷十一引
朱彝尊评有云:

> 富平李天生论少陵自诩"晚节渐于诗律细",曷言乎细?
> 凡五七言近体,唐贤落韵其一纽者不连用,夫人而然。至于
> 一三五七句用仄字,上去入三声少陵必隔别用之,莫有叠出
> 者。予尚未深信,退与李武曾诵少陵七律,中惟八首与天生
> 所言不符:其一《郑驸马宅宴洞中》诗叠用三入声,其一《江
> 村》诗叠用二入声,其一《秋兴》诗第七首叠用二入声,其一

①张寅彭《略论明清乡邦诗学中的"泛江西诗派"观》,《文学遗产》1996年第
　4期。
②有关清代古诗声调学说的研究,参看蒋寅《古诗声调论的历史发展》,《学
　人》第11辑,江苏文艺出版社1996年版。

《江上值水》诗叠用三去声，其一《题郑县亭子》诗叠用二去声，其一《至日遣兴》诗叠用二去声，其一《卜居》诗叠用三去声，其一《秋尽》诗叠用三入声。观宋、元旧雕本，暨《文苑英华》证之，则"过江麓"作"出江底"，江不当言麓，作底良是；"多病"句作"但有故人分禄米"，"夜月"作"月夜"，"漫兴"作"漫与"，"大路"作"大道"，"语笑"作"笑语"，"上下"作"下上"，"西日落"作"西日下"。合之天生所云，无一犯者。①

尽管他们的统计或因标准的歧异，与当代学者的研究结果不太一致②，但讨论问题的方式是实证性的，用归纳法将问题涉及的全部材料一一作了验证。仇兆鳌《杜诗详注》卷一《郑驸马宅宴洞中》也曾引述李因笃的说法，举出具体版本覆验其结论③，所举篇目虽较朱彝尊为少，但讨论更为扎实。汪师韩《诗学纂闻》针对有人提出五古可通韵，七古不可通，杜甫七古通韵者仅数处的结论，检核杜诗，知杜甫通韵共有十一例，又考唐宋诸大家集，最后得出结论："长篇一韵到底者，多不通韵；而转韵之诗，乃有通韵者。盖

①此说又见于朱彝尊《曝书亭集》卷三三《寄查德尹编修书》，有关探讨详蒋寅《清初李因笃诗学新论》，《南京师大学报（社会科学版）》2003年第1期。
②据简明勇《杜甫七律研究与笺注》（台湾五洲出版社1973年版）统计，杜甫151首七律中，上去入三声递用的例子只有56首，占总数的三分之一。
③仇兆鳌《杜诗详注》卷一，中华书局1979年版，第1册第48页。

转韵用字少,故反不拘;不转韵者用字多,故因难见巧。"①这种实证精神后来一直贯穿在清代的诗学研究中②,即使一个细小的论断也要将有关作品全数加以覆按、统计。这种追求精密的实证态度成就了清代诗学的学术性,也构成了中国诗学批评非印象式的实证的一面。

其次我想指出,如果只看诗话和诗选中言辞简约的评点,的确容易对中国古代文学批评产生零星散漫、语焉不详的印象。但这只是问题的一方面,清代还有一些很典型的细读文本。比如金圣叹选批唐诗、杜诗,徐增《而庵说唐诗》,一首诗动辄说上几百字甚至上千字;吴淇《六朝选诗定论》说《易水歌》,多达一千二百字;佚名《杜诗言志》、酸尼瓜尔嘉氏·额尔登谔《一草堂说诗》也是类似的解说详尽的杜诗评本。为举子示范的大量试帖诗选本,解析作品更细于普通的诗选。最近我在湖南省图书馆看到一种麓峰居士辑评《试帖仙样集裁诗十法》,乃是这类书中的极至之作。每首诗都从描题、格、意、笔、句、字、韵、典、对、神气十个方面来讲析,故曰裁诗十法③。不难想象,一首诗经这十法就像十把刀剖析一番,其意义和表现形式将被解剖得多仔细!

这种详细的解说、评析正是古典诗歌批评的原生态,其方法论核心就是许印芳所说的:"诗文高妙之境,迥出绳墨蹊径之外。

---

① 汪师韩《诗学纂闻》"通韵"条,丁福保辑《清诗话》,上海古籍出版社 1978 年版,上册第 449—450 页。
② 张文虎《舒艺室余笔》卷三又曾将此说推广到五言近体,一一加以验证。
③ 麓峰居士辑评《试帖仙样集裁诗十法》卷首,咸丰六年刊本。

然舍绳墨以求高妙，未有不堕入恶道者。"①因此古人研讨诗艺和诗论惯于从作品的细致揣摩入手，日常披览和师生讲学莫不深细微至。可是最后形成文字，为什么又这么零星和简约呢？台湾诗学前辈张梦机教授的解释是："在过去，这种被我们认为印象式的批评，能大行其道，可见得当时创作者、批评者、读者之间，借这类文字相互沟通时，并没有遇到我们今天所遭遇的不可理解的障碍。那是因为在过去，创作、批评、阅读是三位一体的，因此古人能在不落言诠的情况下，会然于心。"②这么说当然是有道理的，我还想再补充一个理由，那就是出版的艰难。古代雕版印刷非常昂贵，即使是王士禛这样的达官也难以承受。除非像周亮工、张潮、金圣叹这样家有刻工，或兼营出版，否则市场价值不高的诗文评是很难上梓的，甚至誊抄也价格不菲。考虑到这一点，一般诗文评点只保留最精彩的部分，就很容易理解了。

　　但以上两个解释都绝不意味着简约一定与随意漫与的印象式批评相联系。清代诗学除了作品细读与新批评派的封闭式阅读可有一比外，作家批评也呈现出细致和实证的趋向。一些兼为学者的诗人，写作诗话之审慎细密就更不用说了。赵翼《瓯北诗话》卷四专论白居易，第七则评"香山于古诗律诗中，又多创体，自成一格"，所举计有：（1）如《洛阳有愚叟》五古、《哭崔晦叔》五古"连用叠调"作排比之体。（2）《洛下春游》五排连用五"春"字作

---

① 许印芳《诗法萃编》序，《丛书集成续编》，上海书店出版社 1994 年版，第 158 册第 243 页。
② 张梦机《鸥波诗话》，台湾汉光文化事业公司 1984 年版，第 80 页。

排比之体。(3)和诗与原唱同意者,则曰和;与原唱异意者,则曰
答。如和元稹诗十七章内,有《和思归乐》《答桐花》之类。(4)五
言排律"排偶中忽杂单行",如《偶作寄皇甫朗之》中忽有数句云:
"历想为官日,无如刺史时。"下又云:"分司胜刺史,致仕胜分司。
何况园林下,欣然得朗之。"(5)五七言律"第七句单顶第六句说
下",如五律《酒库》第七句"此翁何处富"忽单顶第六句"天将富
此翁"说下,七律《雪夜小饮赠梦得》第七句"呼作散仙应有以"单
顶第六句"多被人呼作散仙"说下。(6)五排《别淮南牛相公》自
首至尾,每一句说牛相,一句自述,自注:"每对双关,分叙两意。"
(7)以六句成七律,李白集中已有,而白居易尤多变体。如《樱桃
花下招客》前四句作两联,后两句不对;《苏州柳》前两句作对,后
四句不对;《板桥路》通首不对,也编在六句律诗中。(8)七律第
五、六句分承第三、四句,如《赠皇甫朗之》:"一岁中分春日少,百
年通计老时多。多中更被愁牵引,少里兼遭病折磨。"赵翼不仅抉
发出这些创格,还肯定它们都属于"诗境愈老,信笔所之,不古不
律,自成片段",虽不免有恃老自恣之意,要之可备一体①。这样
的批评还能说是印象式的吗? 放在今天或许要被以新理论自雄
者鄙为学究气吧?

　　与这种学术色彩相应的是,清代诗学在理论与批评两方面都
清楚地显示出学理化的自觉,实践的理论化和理论的实践性时刻
盘旋在论者的意识中。今人每每遗憾中国古代缺乏"成系统的理

---

① 赵翼《瓯北诗话》卷四,《赵翼全集》,凤凰出版社 2009 年版,第 5 册第 32—
　　33 页。

论著作"，所谓成系统的理论著作，如果是指《文心雕龙》那样条理井然的专著，那么南宋魏庆之《诗人玉屑》二十一卷已可见系统的诗歌概论的雏形。元代以后类似的汇编诗法层出不穷，如近年因《二十四诗品》辨伪而为人关注的怀悦刊《诗家一指》以及朱权《西江诗法》、周叙《诗学梯航》、黄溥《诗学权舆》、宋孟靖《诗学体要类编》、梁桥《冰川诗式》、王樵《诗法指南》、谭浚《说诗》、杜浚《杜氏诗谱》、题钟惺纂《词府灵蛇》等等，其中有的在清代仍占据蒙学市场很大份额。乾隆间朱琰曾提到，署明代王世贞编的《圆机活法》是坊间翻印不绝的畅销书①。清代所编的这类诗话起码有四十多种，较重要的有费经虞辑《雅伦》、伍涵芬辑《说诗乐趣》、佚名辑《诗林丛说》、张燮承辑《小沧浪诗话》等，而以游艺辑《诗法入门》、蒋澜辑《艺苑名言》、徐文弼辑《汇纂诗法度针》三种最为流行，书板被多家书肆辗转刷印，我在《清诗话考》中分别著录有 15、14 和 18 个版本行世。

这类书籍都是根据编者对诗学知识框架的理解汇编前代诗论而成。以游艺《诗法入门》五卷为例，卷首"统论"辑前人泛论诗法之语，卷一"诗法"包括诗体、家数及诗学基本范畴，卷二"诗窍"选古今名人诗作示范各种诗歌体式，卷三为李、杜两家诗选，卷四为古今名诗选，四卷外别有诗韵一册。这种诗法+诗选+诗韵的结构，是清代蒙学诗法、诗话的典型形态，王楷苏《骚坛八略》、钟秀《观我生斋诗话》则是清人新撰之书的代表。此类诗话向来不为诗家所重，但在我看来却有特殊的价值，从中可以窥见编者

---

① 朱琰辑《诗触》自序，嘉庆三年重刊本。

总结、提炼历代诗学菁华的自觉意识。如游艺《诗法入门》卷一总论部分,采入元人《诗法家数》"作诗准绳"及《诗家一指》"诗家十科"所归纳的诗学基本概念(详后),使古典诗学的概念系统骤然变得清晰起来。晚清侯云松跋张夑承《小沧浪诗话》说"虽曰先民是程,实则古自我作"①,一语道破这类汇编诗话对于建构古典诗学传统的重要意义。这类书籍在当时都非常普及,像今天的教材一样占据初级阅读市场的很大份额,主导着普通士人的诗学教养。没有人会说今天的各类教材是不成系统的知识,那么对古代这种教材式的蒙学诗话又该怎么评价其系统性呢,如果我们能正视其存在的话?

由于诗家不重,藏书家不收,这些曾非常普及的蒙学诗话大多亡佚,少数若存若亡,自生自灭。于是中国诗学中数量庞大的"成系统的理论著作"就落在了当代研究者的视野之外。而众目睽睽所见的精英诗话,又总是以不袭故常、自出创见为指归,意必心得,言必己出,于是一条一条就显得孤立而零星,常给人不成系统的印象。尽管如此,清诗话中仍不乏思维缜密、明显有着条理化倾向的作品,赵翼《瓯北诗话》就不用说了,贺裳《载酒园诗话》也是很有系统性的一种。卷一论皎然《诗式》"三偷",共十则诗话,以古代作品为例,说明(1)古诗中的"偷法"有"或反语以见奇,或循蹊而别悟"的效果;(2)"偷法"一事,名家所不免;(3)"偷法"每有出蓝生冰之胜;(4)"偷法"意不相同者,不妨并美;(5)蹈袭得失有不同,系于作者见识;(6)聂夷中诗多窃前人之美;(7)

---

①侯云松《小沧浪诗话跋》,《皖人诗话八种》,黄山书社1995年版,第371页。

"偷法"妙在以相似之句,用于相反之处;(8)诗有同出一意而工拙自分者;(9)历代对"偷法"的态度不同;(10)诗家虽厌蹈袭,但翻案有时更为拙劣。将这十条稍加整理,就是一篇内容相当全面的《摹仿论》。论柳宗元的部分,也同样是涉及多方面内容的作家论。类似这样的作品,虽还保留着诗话固有的散漫形态,但内容已具有清晰的条理。这很大程度上是得力于清代严谨的学术风气的熏陶。

如果我们的眼光不是局限于体兼说部的诗话,而扩大到更多的文献部类,那么清代诗学就有许多有系统有条理的作品进入我们的视野,包括序跋、书札甚至专题论文。清代别集卷首所载的序跋和文集中保存的诗序,最保守地估计也有十多万乃至二十多万篇。文集和尺牍集保存的论诗书简,是比诗序更真实地反映作者诗歌观念的文献。金圣叹的诗学理论主要见于尺牍,黄生的《诗麈》卷二是与人论诗书简的辑存,侯朝宗《与陈定生论诗书》是较早全面论述云间派诗学及其历史地位的诗史论文①,焦袁熹《答钓滩书》则是迄今所见最全面地论述"清"这一重要诗美概念的长篇论文②,黄承吉《读关雎寄焦里堂》诗附录寄焦循书也是对"诗之大要,情与声二者"的全面陈述③。明清之交以及后来刊行的各种尺牍集中收录了大量的论诗书简,是尚未被有效利用的重要资料。书札之外,清人文集中还每见有各种诗学专题论文,最

---

① 周亮工辑《赖古堂名贤尺牍新钞》卷九,宣统三年国学扶轮社石印本。
② 此文收在中国社会科学院文学研究所所藏《此木轩文集》稿本中,内容可参看蒋寅《古典诗学中"清"的概念》,《中国社会科学》2000年第1期。
③ 黄承吉《梦陔堂诗集》卷二,民国二十八年燕京大学图书馆排印本。

著名的当然是冯班《钝吟文稿》所收《古今乐府论》《论乐府与钱颐仲》《论歌行与叶祖德》,翁方纲《复初斋文集》所收《神韵论》《格调论》《唐人律诗论》《杜诗"精熟文选理"理字说》《韩诗"雅丽理训诂"理字说》《黄诗逆笔说》《李西涯论》《徐昌谷诗论》等文。王崶《乐山集》中的《诗说》三卷在当时也小有名气。至于像柴绍炳《柴省轩文集》中的《唐诗辨》《杜工部七言律说》,刘榛《虚直堂文集》中的《西江诗派论》,干建邦《湖山堂集》中的《江西诗派论》,许新堂《日山文集》中的《乐府诗题考》,陈锦《勤余文牍续编》中的《论赵秋谷声调谱》,吴昆田《漱六山房全集》中的《拟文心雕龙神思篇》,郭传璞《金峨山馆乙集》中的《作诗当学杜子美赋》《建安七子优劣论》等论文,还有待于我们去披阅发掘。这类专题论文无疑是清代学术专门化的产物,也是清代诗学独有的文献源,注意到这批文献的存在将改变我们对古代文学理论和批评著述形式的认识。

　　说到底,对中国古代缺乏成系统著作的遗憾,纯粹缘于对中国文学理论、批评文体形态及言说方式多样化的无知。有关各类文学评论资料的价值,学界已有认识①,但各类文献在诗学体系中承担的功能还很少为人注意②。不同文体的诗学著作,谈论诗歌的方式和态度是不一样的,在诗学体系中的建构功能也各有所

①参看杨松年《中国文学评论史编写问题论析——晚明至盛清诗论之考察》
　　第二章"诗论作品范围之检讨",台湾文史哲出版社 1988 年版;张伯伟《中国古代文学批评方法研究》外编,中华书局 2002 年版。
②我只见到宇文所安《中国文论:英译与评论》导言提到这一点,上海社会科学院出版社 2003 年版,第 6—10 页。

长。选本使作品经典化，评点负责作品细读，目录提要完成诗学史的建构。而序言则多借题发挥，或阐发传统诗学命题，或借古讽今，批评时尚和习气。王士禛便每借作序发挥司空图、严羽的学说。清初诗家对宋诗风的批评，乾嘉诗家对"穷而后工"的阐说，也是很常见的。书信通常是系统阐述自己的诗学观念并用以往复辩难的体裁，沈德潜、袁枚往复论诗书简针锋相对地表明其理论立场，是个著名的例子，也是研究其诗学观念的重要材料；李宪乔与袁枚、李秉礼往来论诗书简①，则是尚未被人注意的珍贵史料。李重华《贞一斋诗说》首列"论诗答问三则"也像是论诗书简的辑存，很详细地论述了音象意三个要素，神运、气运、巧运、词运、事运五种能事以及学诗的步骤②。这种有针对性的答问，往往包含从定义到分析、论证的完整过程，当然是很严谨的理论表述，如同一篇专题论文。一些诗论家喜欢用设问的方式提出问题，然后有针对性地阐述自己的诗学见解，于是成为很有系统的理论著作。叶燮《原诗》是个典型的例子，《四库提要》敏锐地指

---

① 李宪乔与袁枚论诗札，见《凝寒阁诗话》，《高密三李诗话》，山东博物馆藏抄本。李宪乔《与李秉礼论诗札》册页，浙江浙商拍卖有限公司 2011 年春季艺术品拍卖会 http://auction. artxun. com/paimai-57109-285542246. shtml，2014 年 8 月 14 日访问。

② 郑方坤《本朝名家诗钞小传》卷四"贞一斋诗钞小传"记尝从李重华问诗学，告之曰"夫诗有三要，发窍于音，征色于象，运神于意，三者缺一焉不可"，又谓"诗之在人也，其始油然而生，其终诎然有节，要惟六义为其指归。故凡冶艳流荡与夫怪僻险仄之调，宜无复慕效焉"，知此言殆即答郑方坤之问。

出它是"作论之体"①,可见前人对文学理论的不同表述方式是有清晰意识的。不了解或忽视古人对文学理论和批评文体的掌握,而仅向"集以资闲谈"(欧阳修《六一诗话》序)的诗话体裁要求严密的逻辑体系或学术化的表达,无异于缘木求鱼。相反,多加注意那些数量丰富的论诗书简以及清诗话《载酒园诗话》《瓯北诗话》之类的作品,注意不同诗学文本在言说方式和批评功能上的差异,或许会改变我们有关中国古典诗学缺乏成系统著作的偏见。同时再考究一下,我们印象中的那些成系统的西方文论著作又是产生于什么年代? 在十七世纪之前,西方又有多少那样的理论著作? 或许我们对许多老生常谈的判断都要重新斟酌,不再言之凿凿。多年来中西文学、文论比较,其实很缺乏年代概念,当学者们提到中国时,往往是在说十一二世纪以前的中国,而说到西方时,却又是在说文艺复兴以后的西方。文艺复兴以后的西方,年代只相当于明代中叶,文艺复兴的三杰是和前七子同时代的人,伏尔泰、狄德罗是和袁枚同时代的人。柯尔律治发表那本结构散漫的《文学传记》时,张维屏已在两年前完成了《国朝诗人征略》初编十卷。沈德潜去世的次年,美学老人黑格尔刚出生。康德发表《判断力批判》时,翁方纲正在将他最崇敬的前辈诗人王渔洋的诗学著作编刻为《小石帆亭著录》,后者在一百年前已阐发了那种后来被命名为印象主义的艺术理论……或许我们可以说,中国人不是不会那样思维,或那样言说,那样写作,只有那些希望成

---

① 永瑢等《四库全书总目》卷一九七集部诗文评类存目,中华书局 1965 年版,第 1806 页。

为或正在担任教授的人才会去那样写书，而中国最杰出的文人恰恰都不在学校里，而在担任各种行政职务。所以，关于文学理论的著述形式差异问题，与其求之思维方式，而不如求之教育制度、文人生存方式。

最后我想说，认为中国文论缺少科学和严格意义上的理论范畴和理论命题，也是一个经不起质疑和检验的偏见。多年来一直致力于古代文论体系建构的学者吴建民在《古代文论"命题"之理论建构功能》一文中已指出，命题是古代文论家表述思想观点的重要方式，是古代文论体系建构的基本因素①。我不仅赞同他的观点，更想强调一下，丰富的概念和命题乃是中国古代文学理论和批评最显著的特点之一。读者只要检核一下《文心雕龙辞典》或拙纂《原诗笺注》后附索引，相信就会同意上述判断。

古典诗学概念的系统化，至迟到元代杨载《诗法家数》"作诗准绳"——立意、炼句、琢对、写意、写景、书事用事、下字、押韵，及佚名《诗家一指》"诗家十科"——意、趣、神、情、气、理、力、境、物、事，已奠其基，只不过不太引人注目，直到清初游艺《诗法入门》辑录其说，才成为普及性知识。在明代诗学论著中，诗论家开始对前人提出的诗学概念加以美学的反思，并尝试联系特定的创作实践来诠释其审美内涵。通过神韵、清、老等诗美概念的研究，我发现它们的美学意涵都是到明代胡直、杨慎、胡应麟手中才得到反思和阐发的。所以，要说诗文评概念的模糊性，在元代以前

①黄霖、周兴陆主编《视角与方法——复旦大学第三届中国文论国际学术研讨会论文集》，凤凰出版社2013年版，第135—139页。

的文献中或许较为常见,明代以来这种情形大为改观,清诗话中对概念的玩味和阐释已变得很经常化和普遍化了。在撰写《清代诗学史》第一卷时,我曾注意到,陈祚明《采菽堂古诗选》使用的基本审美概念约有 135 个,组成双音节复合概念近 600 个。如此繁富的批评术语固然能显示陈祚明过人的审美感受力,但这还只是表面现象。更能说明问题实质的是,他用这些术语来评诗时,常伴有对术语本身的精当品鉴和辨析。比如评谢朓《治宅》诗"结颇雅逸",顺便提到:"雅与逸颇难兼,雅在用词,逸在命旨。"①评王僧孺《为人述梦》诗含有对"尖"的品玩:"写虚幻能尽情若此,中间如'以'字、'方'字、'极'字、'恣'字,俱是梦境,故有趣。然太尖太近,直接晚唐。诗诚尖,能尖至极处,中无勉强处,无平率处,便自成一种,亦可玩,郊、岛不能也。古人用意,何尝不尖? 但不近耳!"②还有论陈后主诗时涉及的"清丽":"人才思各有所寄,就其一时之体,充极分量,亦擅一长,况清丽如六朝者乎? 六朝体以清丽兼擅,故佳。丽而不清,则板;清而不丽,则俚。人以六朝为丽,吾尤赏其清也。"③如此细致的辨析不能不说是长年读诗、评诗的经验所凝聚的带有规律性的认识,具体的审美感悟已得到理论提升,形成概念群的意识,并对概念的内涵外延有清晰的把握。

　　在这样的理论语境中,甚至以定义的方式来诠释诗文评概念,在清诗话中也不乏其例。汪师韩《诗学纂闻》论述"绮丽""诗

①陈祚明《采菽堂古诗选》卷二一,上海古籍出版社 2008 年版,上册第657 页。

②陈祚明《采菽堂古诗选》卷二五,下册第 796 页。

③陈祚明《采菽堂古诗选》卷二九,下册第 940 页。

集""杂拟杂诗之别""通韵"等问题,繁征博引,细致辨析,一如今日的专题论文。王寿昌《小清华园诗谈》卷上"条辨"则阐释了有关诗格和诗美的基本概念、命题 44 个,一一举诗例印证,使读者易于体会。如释志向曰:

> 在心为志,发言为诗。志淫好辟,古有明征矣。且如魏武志在篡汉,故多雄杰之辞。陈思志在功名,故多激烈之作。步兵志在虑患,每有忧生之叹。伯伦志在沉饮,特著《酒德》之篇。刘太尉(琨)志在勤王,常吐伤乱之言。陶彭泽志在归来,实多田园之兴。谢康乐志在山水,率多游览之吟。他如颜延年志在忿激,则咏《五君》。张子同(志和)志在烟波,则歌《渔父》。宋延清志在邪媚,因赋《明河》之篇。刘梦得志在尤人,乃作看花之句。凡此之伦,不一而足。惟杜工部志在君亲,故集中多忠孝之语。《曲礼》曰"志之所至,诗亦至焉",不信然乎? 故学者欲诗体之正,必自正其志向始。①

如此行文虽不同于严格的定义样式,但通过引证、举例,大体也阐明了概念和命题的内涵。遇到性情、真、自然、含蓄、逸这些内涵丰富的概念,还会从多个角度举例说明,使其内涵得到全面的展示。这方面的个别例子更多,足以让人惊异老生常谈中竟留有偌大的阐释空间,同时为清人的理论开拓能力所折服。在明清两代

---

① 王寿昌《小清华园诗谈》卷上,郭绍虞辑《清诗话续编》,上海古籍出版社1983 年版,第 4 册第 1860—1861 页。

的序跋中,刻意阐发旧有命题的文字最多,凡诗以道性情、兴观群怨、温柔敦厚、穷而后工、真诗、诗有别才乃至咏物的不粘不脱、不即不离等等,无不被反复诠释和借题发挥过。即以"诗史"为例,钱谦益《胡致果诗序》从国变史亡、诗可征史的角度对"以诗存史"提出一种极至的理解①;黄宗羲《万履安先生诗序》又从诗乃精神史所寄托的角度,指出藉诗可以考见史籍不载的"天地之所以不毁,名教之所以仅存"的精神变迁②;方中履《誉子读史诗序》则从正史作为权力话语的角度,揭示"君臣务为讳忌,予夺出于爱憎"的倾向性③,说明以诗论史得以存公论在民间的意义。如此深刻而多向度的阐发,岂能说没有严格意义上的理论命题? 许多理论命题甚至显示出超前的历史眼光和理论深度。

　　总之,当今学界流行的三个偏见,都是在说明唐宋以前古代文论部分事实的同时置元明清三代更为丰富、深刻的文学理论和批评成果于不顾的片面结论,对于古代文学理论、批评传统的认识很不完全,未能注意到明清以来文学理论、批评的长足发展所带来的言说方式、著述形态和话语特征的变化,以及由此形成的强有力的学术潮流与发展趋势。这一缺陷在妨碍正确认识传统的同时,也影响到当代中国文学理论和批评的自我认同乃至自身建构的信心。当我们对传统抱有上述成见,就会切断现代中国文学理论和批评与传统的血缘关系,将所有具备现代性的特征都视

①钱谦益《牧斋有学集》卷一八,上海古籍出版社 1996 年版,中册第 800—801 页。
②黄宗羲《南雷集·撰杖集》,《四部丛刊初编》本。
③方中履《汗青阁文集》卷上,康熙刊本。

为西学的翻版，视为无根的学问而丧失理论自信。明白了这一点，我们的思考又不可避免地涉及无处不在的现代性问题，跌入中国内部有无自发的现代性的理论窠臼中。这正是理论的宿命，而问题的答案只能在对晚近文学理论、批评史的深入研究中找寻。

四、在中国发现批评史

相信上面对清代诗学的有限回顾已足以让我们对中国文学理论、批评的传统产生新的认识，甚至于改变上述偏见。美国历史学家保罗·柯文（Paul A. Cohen）曾提出"在中国发现历史"，中国文学理论、批评史也同样存在一个重新发现的问题。所谓发现不是为了获取一个中国中心论的立场，而是要建立起中外文论对话的平台。清代文献的长久被忽视，已使中国文学理论、批评的传统变得模糊不清，现有的认识含有很多片面的判断。我近年致力于清代诗学史研究，很大程度上正是针对这一学术现状，希望通过对清代诗学史的全面挖掘和建构初步勾勒出中国文学理论、批评走向现代的历程。作为研究古代文论和批评史的学者，我虽未必像许多文学理论家那样为创新的焦虑所压迫，但对古代文论和批评史研究是否能为当今的理论创新提供有益的资源还是经过了反复思考的。经过多年的考察，我相信中国古代文论有其独到的特点，足以和当代西方文学理论构成印证、互补的关系，因此有必要确立自己的理论根基和言说立场，同时树立起必要的理论自信。

　　这说起来容易，做起来却相当困难。先师晚年日记中谈到"古典文学批评的特征"，认为"体系自有，而不用体系的架构来体现，系统性的意见潜在于个别论述之中，有待读者之发现与理解"①。相信这也是许多前辈学者的共识，它与上述三个偏见的立论角度和立场都是完全不同的。不是说没有什么什么，而是说有什么什么，但需要去发现和理解，发现和理解正是建构的过程。当今流行的三个偏见和上文的辩驳都是很表面的判断，发现和理解是更为深入的认识，更为深刻的判断。而就目前海内外学界而言，对古代文学理论、批评的研究是整个古代文学领域最为薄弱的。早在20世纪30年代，李嘉言就在罗根泽《中国文学批评史》书评中表示："作文学史难，作文学批评史尤难，原因大概是这种学问乃新起，无可师承；方法须要自己创造，材料须要自己搜集。文学史材料倒不成问题，难关只在方法与见解。文学批评史则在材料上亦成问题。所以文学史虽无多佳制，而量上已足可观，文学批评史则至今算来亦不过四部。由此看来，文学批评史确较文学史难为了。"②后来，著有《中国文学批评》的美国芝加哥大学费维廉教授（Craig Fisk）曾指出："在所有中国文学的主要文类中，文学批评显然是最不为世人所知的。"③罗格斯大学涂经诒教授也说，研究中国文学批评与诗歌、小说和戏剧相比有着明显的劣势，

①徐有富《程千帆沈祖棻年谱长编》，第637页。
②李嘉言《中国文学批评史》，《文哲月刊》1936年第1卷第7期。
③王晓路主编《北美汉学界的中国文学思想研究》，第64页。

那就是文献分散的困难。"除了一些系统的文学批评著作,像《文心雕龙》《诗品》和《原诗》之外,大多数中国批评思想都散落在不同作家的被称作诗话、词话、书话和个人书信及偶然的评论中"①。我本人也觉得古代文学理论和批评对研究者来说是难度最大的领域,不仅要掌握文史哲甚至医学等各种学问,还需要对外国文学理论和批评有所知解,这才能在较广阔的视野中确立诠释和评价的参照系——"在中国发现批评史"很大程度就立足于这一基础之上。

对于西方文论是否适用于中国文学研究,在大陆和港、台学界都有不同的意见。我的看法是肯定性的,了解西方文论首先可以认识到中西文学观念有许多共通之处。比如布罗姆提出的"影响的焦虑",就启发我由此理解中唐作家的创新意识及后人对此的评价。迄止于明代,论者对中唐诗的评价都着眼于格调取舍,清代批评家开始体度作家的写作意识。如吴乔《围炉诗话》指出:

> 初盛大雅之音,固为可贵,如康庄大道,无奈被沈、宋、李、杜诸公塞满,无下足处,大历人不得不凿山开道,开成人抑又甚焉。若抄旧而可为盛唐,韦、柳、温、李之伦,其才识岂无及弘、嘉者? 而绝无一人,识法者惧也。②

毛奇龄《西河诗话》论元稹、白居易诗也指出:

---

① 王晓路主编《北美汉学界的中国文学思想研究》,第 32—33 页。
② 吴乔《围炉诗话》卷三,郭绍虞辑《清诗话续编》,第 2 册第 533 页。

> 盖其时于开、宝全盛之后,贞元诸君皆怯于旧法,思降为通侻之习,而乐天创之,微之、梦得并起而效之,(中略)不过舍谧就疏,舍方就圆,舍官样而就家常。①

所谓"识法者惧也""皆怯于旧法",不就是影响的焦虑吗? 吴乔(1611—1695)、毛奇龄(1623—1716)这里揭示的中唐大历、元白一辈作者慑于前辈的成就而另辟蹊径的心态,比英国诗人爱德华·扬格(1683—1765)1759 年发表的致塞缪尔·理查森书还要早几十年。扬格信中谈到,为什么独创性作品那么少,"是因为显赫的范例使人意迷、心偏、胆怯。它们迷住了我们的心神,因而不让我们好好观察自己;它们使我们的判断偏颇,只崇拜它们的才能,因而看不起自己的;它们用赫赫大名吓唬我们,因而腼腼腆腆中我们就埋没了自己的力量"②。唐代诗人的意识明显与此不同,赵翼《瓯北诗话》卷三也曾揭示韩愈有意求奇的动机及其结果:

> 韩昌黎生平所心摹力追者,惟李、杜二公。顾李、杜之前,未有李、杜,故二公才气横恣,各开生面,遂独有千古。至昌黎时,李、杜已在前,纵极力变化,终不能再辟一径。惟少陵奇险处,尚有可推扩,故一眼觑定,欲从此辟山开道,自成

----

① 毛奇龄《西河诗话》卷七,张寅彭选辑《清诗话三编》,上海古籍出版社 2014 年版,第 2 册第 842 页。
② 爱德华·扬格《试论独创性作品——致〈查理士·格兰狄逊爵士〉作者书》,袁可嘉译,人民文学出版社 1963 年版,第 8 页。

一家。此昌黎注意所在也。然奇险处亦自有得失。盖少陵才思所到，偶然得之，而昌黎则专以此求胜，故时见斧凿痕迹，有心与无心异也。其实昌黎自有本色，仍在文从字顺中，自然雄厚博大，不可捉摸，不专以奇险见长。恐昌黎亦不自知，后人平心读之自见。若徒以奇险求昌黎，转失之矣。①

赵翼不仅揭示了韩愈诗歌艺术的出发点、艺术特征及与杜甫的区别，最后还点明韩愈的本色所在、评价韩愈应有的着眼点。以"影响的焦虑"为参照，更见出赵翼批评眼光之透彻。归根到底，一种新的理论学说，不管它是东方的还是西方的，都能提供一个新的观察文学的角度、说明文学的方式。克里斯蒂娃发明的互文性理论，用一个意味着文本关联的概念，将用典、用语、因袭、模仿、拟代等众多文学现象统摄起来，可以方便地说明其共同特征。热奈特发明的"副文本"理论也一样，用这个概念可以方便地将作品的标题、小序、自注等作为同类问题打包处理。同理，刘勰《文心雕龙·论说》提出的"参体"概念，与书论的"破体"概念联系起来，也可包揽所有指涉文体互参的现象②。在这个意义上，无论哪国哪种文学理论都可以为人类既有的文学经验提供一种诠释角度和评价方式。我们进行中西比较也好，阐明古代文论的特有价值也好，不是像一些学者成天挂在嘴上的要争夺什么文艺理论的话

①赵翼《瓯北诗话》卷三，《赵翼全集》，第5册第22页。
②蒋寅《中国古代文体互参中"以高行卑"的体位定势》，《中国社会科学》2008年第5期。

语权,而是要实现人类文学经验的沟通、理解和交流。这种交流只能以发现和理解为前提,更需要以发掘和诠释为首要工作,类似于将考古发现的金币兑换成当今硬通货价格的估量和兑换。

这种理论的对话和交流所产生的影响并不是单方向的,中国文论在接受外来知识、观念启发的同时,也会激活自己固有的理论蕴藏,触发其思想潜能的生长,反哺施与影响者。我在借鉴互文性理论考量中国古代诗论中的模仿和其他文本相关性问题时,发现古人基于独创性观念的规避意识同样也造成一种互文形态,或许可称为"隐性互文",对古典诗学的这部分现象和理论加以总结,就可以对现有的互文性理论做一个重要的补充①。由此可见,在中外文学理论的对话和交流中,彼此共通的部分固然有着印证人类共同美学价值的功能,而彼此差异的部分更能激起互补的需求而使知识增值。因此我们对古代文学理论的研究,就有必要更多地留意其理论思维和批评实践异于西方之处。据我的粗浅观察,中国古代文学理论和批评的独异之处主要有三点:一是象喻性的言说方式,二是丰富的审美味觉概念,三是多样化的批评文体。

中国文学批评的象喻式表达,自 20 世纪 30 年代就被钱锺书《中国固有的文学批评的一个特点》一文触及。后来学者们称之为印象批评、形象批评或意象批评②,若参照古人的说法则可名

①蒋寅《拟与避:古典诗歌文本的互文性问题》,《文史哲》2012 年第 1 期。
②黄维樑《诗话词话的印象式批评》,《中国诗学纵横论》,台湾洪范书店 1982 年版,第 1—26 页;廖栋梁《六朝诗评中的形象批评》,《文学评论》第 八集,台湾黎明文化事业公司 1984 年版,第 21 页;张伯伟《中国古代文学 批评方法研究》,第 198 页。

为"立象以尽意"，是古代文学批评中常见的批评方法。同样是论品第，英国诗人奥登《19世纪英国次要诗人选集》序言说"一位诗人要成为大诗人，则下列五个条件之中，必须具备三个半左右才行"：一、他必须多产；二、他的诗在题材和处理手法上，必须范围广阔；三、他在洞察人生和提炼风格上，必须显示独一无二的创造性；四、在诗体的技巧上，他必须是一个行家；五、就一切诗人而言，我们分得出他们的早期作品和成熟之作，可是就大诗人而言，成熟的过程一直持续到老死。余光中《大诗人的条件》一文曾引述其说，将它们概括为多产、广度、深度、技巧、蜕变①。清末诗论家朱庭珍《筱园诗话》也曾区分诗人的品级，但是用意象化的语言来形容其艺术境界。伟大诗人和二、三流诗人的差别，分别用五岳五湖、长江大河匡庐雁宕、一丘一壑之胜地来譬说。比如：

> 大家如海，波浪接天，汪洋万状，鱼龙百变，风雨分飞；又如昆仑之山，黄金布地，玉楼插空，洞天仙都，弹指即现。其中无美不备，无妙不臻，任拈一花一草，都非下界所有。盖才学识俱造至极，故能变化莫测，无所不有。孟子所谓"大而化，圣而神"之境诣也。②

概括起来说，相比大家的"变化莫测，无所不有"，大名家"已造大

---

① 余光中《大诗人的条件》，《余光中谈诗歌》，江西高校出版社2003年版，第44—45页。
② 朱庭珍《筱园诗话》卷二，郭绍虞辑《清诗话续编》，第4册第2241页。

家之界,特稍逊其神化",名家"自擅一家之美,特不能包罗万长",小家则"亦能自立,成就家数",但气象规模终不大。彼此之间的差别和区分不同品第的尺度都很清楚,其中同样也包含了广度、深度、技巧、蜕变四个要素(没有提到多产,这是不言而喻的),但属于画龙点睛,论说的主体还是譬喻的部分,以意象化的语言展现了不同品第所企及的境界,一目了然且给人深刻印象。在中国古代文论和批评中,象喻式表达遍及文学的所有层面,直观地把握作家、作品的整体风貌是其所长,可以弥补细读法的条分缕析所导致的只见树木不见森林的偏颇。

关于中国古代诗文评丰富的审美味觉概念,正像中国饮食异常丰富的口味,几乎不需要论证。中华大地广袤的疆域和众多的民族所培养的多样文化,造就了中国古代文学无比丰富、细腻的审美味觉,经过有效的分析和理论总结,足以充实人类审美经验的数据库。负载这些经验的表达方式,同样丰富多彩,且与儒家"游于艺"的精神相通,给文艺批评增添了若干娱乐功能。最早对诗文评的源流加以宏观描述的《四库全书总目·诗文评》小序写道:

　　文章莫盛于两汉,浑浑灏灏,文成法立,无格律之可拘。建安、黄初,体裁渐备,故论文之说出焉,《典论》其首也。其勒为一书传于今者,则断自刘勰、钟嵘。勰究文体之源流,而评其工拙;嵘第作者之甲乙,而溯厥师承,为例各殊。至皎然《诗式》,备陈法律;孟棨《本事诗》,旁采故实;刘攽《中山诗话》、欧阳修《六一诗话》,又体兼说部。后所论著,不出此五例中矣。①

这里虽然辨析了古代诗文评的类型和历史，但远未触及它丰富的理论、批评形式，直到张伯伟《中国古代文学批评方法研究》一书才就选本、摘句、诗格、论诗诗、诗话和评点六种基本形式做了透彻的梳理②。具体到批评文体，还可以举出若干更有特色的类型。龚鹏程曾举出南朝钟嵘所创《诗品》、唐张为所创《诗人主客图》、宋吕本中所创《江西诗社宗派图》、清舒位所创《乾嘉诗坛点将录》四种③，起码还可以补充：（1）纪事，古来传有自宋计有功《唐诗纪事》到近人邓之诚《清诗纪事初编》的历代诗歌纪事之作。（2）句图，也是一种摘句，但又不同于摘句批评。郑樵《通志·艺文略》著录《九僧选句图》一卷，系辑宋初九僧名句而成，后有高似孙《文选句图》、王渔洋摘施闰章句图等戏仿之作。（3）位业图，清代刘宝书撰有《诗家位业图》，也是非常独特的一种批评体裁，系仿陶弘景《真灵位业图》而编成的历代诗家品第图。虽名为仿陶弘景，实则取法于张为《主客图》，又易以佛家位业，列"佛地位"至"魔道"共九等，"以见古今诗家境地之高下，轨涂之邪正"④。作者于各家所列等第时有理由说明，但启人疑窦处殊多。要之，这类图录正像《点将录》一样，无非都是游戏之作，对于诗学

①永瑢等《四库全书总目》卷一九五，第 1779 页。
②张伯伟《中国古代文学批评方法研究》，中华书局 2002 年版。
③龚鹏程《中国文学批评史论》第二卷第五章"诗歌人物志——诗品、主客图、宗派图与点将录"，北京大学出版社 2008 年版，第 134—154 页。
④刘宝书《诗家位业图》例言，光绪十八年张善育刊本。

研究的价值恐怕还不及《诗品》和《主客图》。衡以当今接受美学的观点,也不妨视为一个时代人们心目中古今诗人的排行榜。近代以来范烟桥、汪辟疆、钱仲联、刘梦芙等运用《点将录》的形式批评晚清直到现代的诗词创作,仍旧不乏批评的效力和趣味,且追仿者不绝,足见诗文评文体自身就具有特定的艺术性,诗文批评本身也具有创作的性质。谁能说《文心雕龙》式的骈文和"体兼说部"的诗话,不是一种骈文、随笔写作呢?

当今中国大陆的文学理论界,无不对话语权的缺乏耿耿于怀,同时急切地寻求理论创新之路。"古代文论的现代转换"是许多学者的希望所寄,将古代文论与当代西方文论相融合,由此孕育出新的理论学说,也是一部分学者执着的信念。但我很怀疑,理论创新是否能从既有理论的组合或融合中实现。旧知识的融合仍然是旧知识,大概难以像化学反应那样形成新的知识。文学理论的创新只能萌生在文学经验的土壤中,只有创作经验的总结和抽象才可能形成理论的结晶。因此,我不认为古代文学理论和批评史研究能直接推动今天的理论创新,但相信完整地认识古代文学理论和批评的传统,可以为古代文学研究提供一个本土视角及相应的诠释方式。柯文《在中国发现历史》一书开篇就提到:"中国史家,不论是马克思主义者或非马克思主义者,在重建他们自己过去的历史时,在很大程度上一直依靠从西方借用来的词汇、概念和分析框架,从而使西方史家无法在采用我们这些局外人的观点之外,另有可能采用局中人创造的有力观点。"①这种遗

---

①柯文《在中国发现历史——中国中心观在美国的兴起》,中华书局 1989 年版,序言第 1 页。

憾也是中国文学史研究应该避免的。同时，全面认识古代文学理论和批评的传统，理解古代文学理论与创作、批评实践的互动关系，可以促使我们正视近代以来的文学经验，在古今、中外视阈的融合中发抉具有独特意义和规律性的问题，从中提炼有概括力的理论命题。这样，文学理论的创新是可以期待的。这就是我理解的文学理论创新之路，愿提出来质正于同道。

一 情景交融

——古典诗歌意象化表现方式的定型

自近代西方文化思潮输入以来，中国文化的自我认识无不是在"西洋"这个他者的参照下进行的，文学也概莫能外。通过中西比较逐渐确立起来的自我认识，在析出中国文学之独特性的同时，也强化了人们对中国文学异质性的认识，无形中将其视为与西洋文学对立的固有属性。如果说在比较文学的语境中，这种彼此对立的异质性认识尚不至过于疏阔，那么回到国别或民族文学史研究中来，这种简单化的认识就常会因忽略问题的发生和过程而显得缺乏历史感。像钱锺书讨论中国古代"人化文评的特点"，或陈世骧讨论中国文学的抒情传统，都不免给人这样的印象。事实上，无论是中国文学批评的"身体象喻"还是中国文学的抒情性，都不是中国文学与生俱来的特征，而是在漫长的文学历史中悄然发生、逐渐形成、同时也未完成的品性，正像那个人人得而言之的"现代性"。

本文要讨论的诗家老生常谈"情景交融"也是一个类似的例子。相对而言它更是一个相当模糊而理解多歧的概念，理解的分歧源于义涵界定的困难。我认为谈论这个问题，有必要先确立两个前提：第一，"情景交融"是中国古代诗歌最根本的审美特征，或者说是固有特征。钱锺书在《中国固有的文学批评的一个特点》一文中曾提到，凡言"中国固有"的特点，应依据几个明确的标准：1. 必须是自古到今各宗各派各时代批评家都利用过；2. 必须是西洋文评里无匹偶的；3. 不能是中国语言文字特殊构造造成的；4. 在应用时能具普遍性和世界性①。"情景交融"大体符合上述要求。第二，它是文论史上阶段性的、发展的概念。这几乎不用怀疑，历来就为学界所肯定，哲学家甚至由此思考中国文化的基本问题②。最早对这一概念进行全面研究的蔡英俊《比兴物色与情景交融》一书，也试图通过历史考察与理论分析，完整地说明"情景交融"的历史发展与理论构架③。后来王德明又就中国古代诗学对情景交融的认识历程做了梳理④。只有明确了这两个前提，我们才能谈论情景交融作为概念的成立和它所指涉的义涵，而且可以进一步肯定，情景交融不只是古典诗歌情景关系发展到特定时期的阶段性结果，更是一个为诗人们共同践行的写作范式。文学史上凡是涉及一个时期艺术表现的倾向性或写作的群体特征这样的问题，通常是在范式意义上把握的⑤，否则任何

①钱锺书《中国固有的文学批评的一个特点》，《文学杂志》第 1 卷第 4 期，1937 年。
②汤一介《论"情景合一"》，《北京大学学报》2008 年第 2 期。
③蔡英俊《比兴物色与情景交融》，台湾大安出版社 1986 年版。
④王德明《走向情景交融的认识历程》，《江西师范大学学报》2004 年第 4 期。
⑤范式概念本自托马斯·库恩《科学革命的结构》，金吾伦、胡新和译，北京大学出版社 2003 年版，第 9—10 页。

论断都可以用例证来否定其成立的理据。即便是"以文为诗"这种出于特定语境的判断,也可以举出最早的五言诗(比如班固《咏史》)的议论和用字来证明汉代诗歌即有那种倾向,但这样的结论显然是难以得到认同的。所以,凡是用例证来说明情景交融的特征由来甚早的论说,在我看来都是没有意义的。我们谈论的情景交融,作为"标志着古典诗歌抒情艺术的成熟"的美学特征①,应该是在特定审美意识和写作策略的主导下逐渐被许多作者共同遵循、实践并达致理论自觉的一种诗境构成模式,它必定与古典诗歌的某种写作范式相联系。只有确立这一逻辑起点,我们才有可能谈论情景交融的定型及其诗歌史背景。

一、"情景交融"溯源

尽管我们知道古代文论的概念和它指涉的观念向来并不是同时出现的,我们在讨论情景交融的概念时,还是有必要先追溯一下概念的来源。在古典诗学的历史上,情景交融的概念是出现得相当晚的,其雏形也要到南宋才看到。蔡英俊举出的最早例证是黄升《中兴以来绝妙词选》称史达祖词"盖能融情景于一家,会句意于两得"②,这是姜夔序史达祖词之语;类似的说法还有范晞

①陈伯海《从"无我之境"到"有我之境"——兼探大历诗风演进的一个侧面》,《社会科学》2013 年第 11 期。
②蔡英俊《比兴物色与情景交融》,第 2—5 页。

文《对床夜语》提到的"情景兼融,句意两极"。至于叶梦得《石林诗话》所谓的"意与境会",则是唐人旧说,不足为例。

关于诗中的情、景关系,虽然唐人已有朦胧意识,但认真予以讨论还是始于宋人。范晞文曾以前人诗句为例指出:

> 老杜诗:"天高云去尽,江迥月来迟。衰谢多扶病,招邀屡有期。"上联景,下联情。"身无却少壮,迹有但羁栖。江水流城郭,春风入鼓鼙。"上联情,下联景。"水流心不竞,云在意俱迟。"景中之情也。"卷帘唯白水,隐几亦青山。"情中之景也。"感时花溅泪,恨别鸟惊心。"情景相触而莫分也。"白首多年疾,秋天昨夜凉。""高风下木叶,永夜揽貂裘。"一句情一句景也。固知景无情不发,情无景不生,或者便谓首首当如此作,则失之甚矣。①

范氏读过周弼《唐三体诗法》,这里对情景关系的辨析有可能受到周弼的影响。而张炎《词源》评秦观《八六子》说"离情当如此作,全在情景交炼,得言外意"②,则应该出自词学内部的承传,而与诗学殊途同归。蔡英俊认为这些说法或许都是受姜夔《白石道人诗说》"意中有景,景中有意"之说的启迪,可备一说。要之,这些与情景交融类似的说法的流行,反映了南宋诗文词论对此的共同

---

① 范晞文《对床夜语》卷二,丁福保辑《历代诗话续编》,中华书局 1983 年版,第 1 册第 417 页。
② 张炎著,夏承焘校注《词源注》,人民文学出版社 1963 年版,第 24 页。

关注。

元代《月泉吟社》因春日田园间景物感动性情，而有"意与景融，辞与意会"的表述。赵汸《杜律五言注》评《遣怀》有云：

> 天地间景物非有所厚薄于人，惟人当意适时，则景与心融，情与景会，而景物之美，若为我设；一有不慊，则景自景，物自物，漠然与我不相干。

又评《江汉》曰：

> 此诗中四句以情景混合言之，云天、夜月、落日、秋风，物也，景也；与天共远，与月同孤，心视落日而犹壮，病遇秋风而欲苏者，我也，情也。①

这里的"景与心融""情景混合"大体就是情景交融之义了。明代诗话如周履靖《骚坛秘语》卷下、朱承爵《存余堂诗话》、都穆《南濠诗话》等都有"情与景会，景与情合"的说法。谢榛《四溟诗话》云："诗乃模写情景之具，情融乎内而深且长，景耀乎外而远且大。"②日本学者青木正儿认为揭示了情景错综融和的妙处③，但

---

① 赵汸《杜律五言注》，康熙间查弘道亦山草堂刊本。
② 谢榛《四溟诗话》卷四，丁福保辑《历代诗话续编》，第 3 册第 1221 页。
③ 青木正儿《清代文学批评史》据方东树《昭昧詹言》卷二一转述，而误作方东树语，吴宏一《清代诗学资料的鉴别》一文已指出，《清代文学批评论集》，联经事业出版公司 1998 年版，第 8—9 页。

仍未用情景交融四字。到了清代,诗人们将情景关系阐述得更为细致,如朱之臣说:"夫诗者,情与景二者而已。人之情,无时无之。诗之景,亦无时无之。情之动于中,而景之触于外。音影不停,机倪争出。"①吴乔说:"古人有通篇言情者,无通篇叙景者。情为主,景为宾也。情为境遇,景则景物也。"又曰:"七律大抵两联言情,两联叙景,是为死法。盖景多则浮泛,情多则虚薄也。然顺逆在境,哀乐在心,能寄情于景,融景入情,无施不可,是为活法。"②胡承诺《菊佳轩诗自序》说:"窃以为景物之在天地间者,古今充满动荡,无一处之罅漏;性情之在人者,亦复如是,无一时之凝滞。以无所凝滞之性情,入无所渗漏之景物,两相比附,自尔微妙浃洽,无一线之间隔。"③尽管这些议论都与情景交融有关,但作者所使用的概念、命题,仍不外乎"情与景会"(贺贻孙)④,"寄情于景""融情入景"(吴乔)⑤之类,蔡英俊以及他所引证的黄永武、黄维樑两先生的论述⑥,也未举出直接用"情景交融"四字的例子。

管见所及,"情景交融"语例最早见于纪昀诗论。纪昀《挹绿

---

① 朱之臣《诗慰初集序》,陈允衡辑《诗慰初集》卷首,康熙刊本。

② 吴乔《围炉诗话》卷一,郭绍虞辑《清诗话续编》,上海古籍出版社 1983 年版,第 1 册第 480 页。

③ 胡承诺《石庄先生诗集》,民国五年沈观斋重刊本。

④ 贺贻孙《诗筏》,《清诗话续编》,第 1 册第 144 页。

⑤ 吴乔《答万季野诗问》,丁福保辑《清诗话》,上海古籍出版社 1978 年版,上册第 33 页

⑥ 黄永武《中国诗学·设计篇》,台湾巨流图书公司 1976 年版,第 223 页;黄维樑《论情景交融》,《幼狮文艺》第 43 卷,第 5 期,1976 年 5 月版,第 111 页。

轩诗集序》有云:"要其冥心妙悟,兴象玲珑,情景交融,有余不尽之致,超然于畦封之外者。沧浪所论与风人之旨,固未尝背驰也。"①又,评杜甫《送韦郎司直归成都》:"前四句犹是常语,五、六情景交融。"②评《因许八奉寄江宁旻上人》:"诗家之妙,情景交融。必欲无景言情,又是一重滞相。"③正像"意境"一样,"情景交融"一经纪昀使用,嘉道以后便流行于诗坛。方东树《昭昧詹言》尤其是个典型的例子,如评陶渊明"日暮天无云"句:"清韵。情景交融,盛唐人所自出。"④评鲍照《园中秋散》:"此直书胸臆即目,而情景交融,字句清警,真孟郊之所祖也。"⑤评杜甫《秋兴八首》其一:"起句秋。次句地,亦兼秋。三四景,五六情,情景交融,兴会标举。"⑥评杜甫《暮归》:"起四句,情景交融,清新真至。"⑦评黄庭坚《红蕉洞独宿》:"此悼亡诗,以第二句为主,三四情景交融,切'宿'字。"⑧评黄庭坚《六月十四日宿东林寺》:"通首情景交融。"⑨这些评语中的"情景交融"明显是指作品中抒发情意与描写景色的有机结合,浑然一体,因而"情景交融"有时也写作"情景

---

①《纪晓岚文集》卷九,河北教育出版社 1991 年版,第 1 册第 204 页。
②李庆甲辑《瀛奎律髓汇评》卷二四,上海古籍出版社 1986 年版,中册第 1026 页。
③李庆甲辑《瀛奎律髓汇评》卷四七,下册第 1736 页。
④方东树《昭昧詹言》卷四,人民文学出版社 1961 年版,第 124 页。
⑤方东树《昭昧詹言》卷六,第 173 页。
⑥方东树《昭昧詹言》卷一七,第 397 页。
⑦方东树《昭昧詹言》卷一七,第 415 页。
⑧方东树《昭昧詹言》卷二〇,第 451 页。
⑨方东树《昭昧詹言》卷二〇,第 459 页。

相融"①。此外,如许印芳评陈与义《道中寒食》"客里逢归雁,愁边有乱莺"一联:"五、六是折腰句,情景交融,意味深厚。"②吴汝纶评戴叔伦《除夜宿石头驿》:"此诗真所谓情景交融者,其意态兀傲处不减杜公,首尾浩然,一气舒卷,亦大家魄力。"③周学濂评汪曰桢《荔墙词》:"守律谨严,自是学人本色,妙在能情景交融,题目佳境。"④赵元礼《藏斋诗话》卷上举"白沙翠竹江村暮,相送柴门月色新"一联,谓"两句情景交融,诗中有画"⑤。类似的用例,勤加搜集一定还有不少。

但让我好奇的是,尽管情景交融在诗评中屡见不鲜,流为老生常谈,却未见前人对其内涵加以深究,长久以来一直停留在"情与景合,景与情合"的俗套表达上。明代陈继论作诗之法,说:"作诗必情与景合,景与情合,始可与言诗。如'芳草伴人还易老,落花随水亦东流',此情与景合也;'雨中黄叶树,灯下白头人',此景与情合也。"⑥晚清施补华《岘佣说诗》辨析诗中情景关系,则说:"景中有情,如'柳塘春水漫,花坞夕阳迟';情中有景,如'勋业频看镜,行藏独倚楼';情景兼到,如'水流心不竞,云在意俱迟'。"⑦

---

①《昭昧詹言》卷一二评李白《梁园吟》便作"情文相生,情景相融,所谓兴会才情,忽然涌出花来者也"(第252页)。
②李庆甲辑《瀛奎律髓汇评》卷一六,中册第592页。
③高步瀛《唐宋诗举要》卷四引,上海古籍出版社1978年版,第503页。
④汪曰桢《荔墙词》,咸丰九年刊赵菜《滤月轩集》附刊本。
⑤赵元礼《藏斋诗话》,民国二十六年铅印本。
⑥钱谦益《列朝诗集小传》乙集陈继传,上海古籍出版社1983年版,上册第202页。
⑦丁福保辑《清诗话》,下册第974页。

这都是典型的大而化之、不加思索的例子。笼统的说法还有王礼培《小招隐馆谈艺录》："诗言情景，《三百篇》即景言情，自能意与神会，神与理交，浑成融洽，不是凑借，禅家谓之'现在'。"①直到清末具有古典诗学总结意义的朱庭珍《筱园诗话》，其诠释仍停留在"情景交融者，景中有情，情中有景，打成一片，不可分拆"的水平上②，并没有更深入细致的阐述。"景中有情"云云，十六字看似说了四层意思，其实只呈现了一个结果。事情就是这样，"情景交融"的概念除了指示一种抽象状态的结果外，本身并未提供什么可供阐发、引申的理论线索。不作"情景如何交融"的追问，不阐明情与景的结构关系，"交融"就永远是个含糊不清、乏善可陈的概念。不要说前人难以作更细致的讨论，今人仍将无法继续深究。这是由概念本身缺乏清晰的边界、无法分析其逻辑层次的性质决定的。因此，我们要想对情景交融的命题作更深入的阐释，就有必要换一个方式来讨论，将情景交融的命题落实到可讨论的层面。首先要明确的是，情景交融作为古典诗歌的一个美学特征，是由特定的本文构成模式或者说话语模式所决定的，其结构特征取决于作者们共同遵循的写作范式，而这种范式必须置入具体的诗学语境，才有可能讨论其阶段性特征和结构方式。只有立足于这样的视点，我们才能建立起一个可分析的逻辑框架。这一思路不仅触及对情景交融命题本身的理解，也牵涉到如何看待它

①王礼培《小招隐馆谈艺录》卷三，民国二十六年湖南船山学社排印本。
②朱庭珍《筱园诗话》卷四，张国庆编《云南古代诗文论著辑要》，中华书局2001年版，第316页。

与古典诗歌意象化表现的关系。总之在我看来,情景交融与意境一样,也是在现代诗学语境下发生的理论问题,是在世界诗歌的范围内反思、体认中国古典诗歌的美学特征,从而对其表现方式所作的集中概括。"情景交融"四个字只是最通行的说法,它的别名还有寓情于景、借景言情、化景物为情思、以景结情等等,托物言志也是关系很密切的命题,它们分别负载着不同时代的诗论家对情景问题的关注。对这些命题的全面梳理,也就是对古典诗歌中情景关系的历时性考察。

二、如何理解和界定"情景交融"?

肯定情景交融作为古典诗歌主导性的审美特征是历史形成的结果,虽然确立了讨论问题的前提,但在厘清古典诗歌情景关系的历史演进之前,我们仍无法对它所意味的范式作出具体的说明。困难在于历来对诗歌中的情景关系一直缺乏历时性的考察和清晰的认识。在我所见的文献中,明人徐学谟《齐语》较早注意到这一问题:

> 盛唐人诗,止是实情实景,无半语夸饰,所以音调殊绝,有《三百篇》遗风。延及中唐、晚唐,亦未尝离情景而为诗,第鼓铸渐异,风格递卑,若江河之流,愈趋而愈下耳。①

----

① 黄宗羲辑《明文海》卷四八○,影印文渊阁《四库全书》本。

徐氏注意到盛唐诗"止是实情实景",这是很有见地的;说中晚唐诗"亦未尝离情景而为诗",大体也不错。但他没有看到,中晚唐诗除了"风格递卑"之外,情景关系也有了变化。昔年我在博士论文《大历诗风》中曾提出一个假说:情景交融的意象结构方式是在大历诗歌中定型的,理由是过于强烈的情感表达需求带来诗歌主观色彩的增强,促使诗人选择象征性的意象来寄托情思;戴叔伦的"诗家之景"(艺术幻想)和皎然的"取境"说作为这种创作范式的理论总结,意味着情景交融的意象结构方式已开始成为诗歌艺术表现的主流,日渐发展成为古典诗歌最基本的美学特征①。这一假说在当时提出似有点耸人听闻,答辩委员多不太认可。同行评议专家罗宗强先生后来与杜晓勤教授合撰学术综述,也觉得"似有违唐诗史实,令人难以苟同"②。当时学界的一般看法是,情景交融与南朝山水诗的兴起有关,山水诗"以传神的手法写景,在诗作中注重主观意趣的表达……开始了意境的自觉追求……将主观的情感与客观的景境相融合,创造出情景交融、主客体融贯的艺术境界"③。后来陈铁民先生论述王维对诗歌艺术的贡献,也将情景交融列为重点讨论的问题之一,并举孟浩然、王昌

①蒋寅《大历诗风》,凤凰出版社 2009 年版,第 156—157 页。
②《唐代文学研究年鉴》1995—1996 年合辑,广西师范大学出版社 1997 年版,第 51 页。
③王可平《"情景交融"与山水文学——我国古代山水文学发达原因初探之一》,《古代文学理论研究》第 11 辑,上海古籍出版社 1986 年版;参看张海沙《初盛唐佛教禅学与诗歌研究》,中国社会科学出版社 2001 年版,第 16 页。

龄、李白、杜甫、刘长卿、韦应物的诗作为例,对我的论点提出商
榷①。陈伯海先生论述大历诗歌的新变,在肯定拙著提出这个问
题的积极意义之余,也指出"将情景交融的发端断自大历,不免有
隔裂传统的危险(尤其是将盛唐诗排除于情景交融之外,似叫人
难以接受),亦容易导致对'情景交融'内涵的狭隘化理解"②。两
位前辈的指教促使我反省自己的思路和论述,并整理历年积累的
资料,再完整地陈述一下自己持续多年的思考。

从现有研究成果及学界的一般用法来看,"情景交融"基本上
被理解为诗中由情绪和物象的某种对应或同构关系形成的移情
表现,接近于古代诗论家所持的情景主宾论:

> 夫诗以情为主,景为宾。景物无自生,唯情所化。情哀
> 则景哀,情乐则景乐。③

照这么理解,就很容易将情景交融的源头追溯到诗歌的早年,甚
至"昔我往矣,杨柳依依;今我来思,雨雪霏霏"(《诗·小雅·采
薇》)也可视为滥觞。陶渊明诗因多涉及物我关系,刘熙载也曾
说:"陶诗'吾亦爱吾庐',我亦具物之情也;'良苗亦怀新',物亦

---

① 陈铁民《情景交融与王维对诗歌艺术的贡献》,《中国文化研究》2001 年秋
  之卷。
② 陈伯海《从"无我之境"到"有我之境"——兼探大历诗风演进的一个侧
  面》,《社会科学》2013 年第 11 期。
③ 吴乔《围炉诗话》卷一,郭绍虞辑《清诗话续编》,第 1 册第 478 页。

具我之情也。"①但这种溯源似乎没什么意义,物我之间的同构关系乃是文学表现中最常见的现象,正像王夫之说的:"不知两间景物关至极者,如其涯量亦何限!"②而且它也不是中国诗歌所独有,意大利美学家维柯即曾断言:"诗的最崇高的工作就是赋予感觉和情欲于本无感觉的事物。"③瑞士作家亚弥爱尔(1821—1881)也有"风景即心境"的说法,被英译为"every landscape is a state of the soul"④。通常被我们视为中国诗歌美学特色的情景交融,绝不等于这种移情的表现手法,它意味着一种意象化的表现方式,景中有情,情中有景,分不清究竟是写景还是言情,是写物还是写心。如果我们同意说李商隐《锦瑟》那样高度意象化的作品最典型地代表了古典诗歌的审美特征,那么情景交融就意味着这种意象化的表现方式⑤,质言之即寓情于景,借景物传达情绪,从而使景物由摹写的对象转变为表情的媒介。质言之,情景交融的命题不是着眼于构成,而是着眼于功能,即景物表达情感的功

---

①王气中笺注《艺概笺注》,贵州人民出版社1986年版,第163—164页。

②陶渊明《癸卯岁始春怀古田舍》评,王夫之《古诗评选》卷四,文化艺术出版社1997年版,第203页。

③维柯《新科学》,朱光潜译,人民文学出版社1986年版,第98页。

④钱锺书《谈艺录》第十一节附说九,参看高山杉《检读〈谈艺录〉所引"二西"之书》,《东方早报·上海书评》2009年8月23日第10版。

⑤学术界论意象的美学特征,也常与情景交融联系在一起。如胡雪冈《试论"意象"》云:"'意象'这一形象范畴的概念,在中国文论、诗论中是源远流长的,它的主要特征是包含了'意'与'象'这样相互制约的两个方面的契合,是情景交融、虚实相生的感觉或情思的具象表现。"《古代文学理论研究》第7辑,上海古籍出版社1982年版,第67页。

能。这就是我对情景交融的理解和定义。

　　这么说很像是强古人以就我,但没办法,古代诗论家论情景确实没深入到这一层面。众所周知,古代诗论家中最关注情景问题并发覆良多的是王夫之,其《夕堂永日绪论》中有一段常被学者引用的话:

　　　　情景名为二,而实不可离。神于诗者,妙合无垠。巧者则有情中景,景中情。景中情者,如"长安一片月",自然是孤栖忆远之情;"影静千官里",自然是喜达行在之情。情中景尤难曲写,如"诗成珠玉在挥毫",写出才人翰墨淋漓、自心欣赏之景。凡此类,知者遇之;非然,亦鹘突看过,作等闲语耳。①

今人多引此言来阐述情景交融之说,其实这段话只是在表情的意义上区分了不同的叙述指向,并不是在论述写景的表情功能。景物的表情功能本可由能所的关系来理解和阐释,王夫之固知"立一界以为所,前未之闻,自释氏昉也。境之俟用者曰所,用之加乎境而有功者曰能。能、所之分,夫固有之,释氏为分授之名,亦非诬也"②,却不曾将如此透彻的见识用于情景关系的辨析,以致他对古典诗歌情景关系的认识始终停留在简单的经验层面而未能上升到范式的高度。而情景交融如前所述,只有作为范式来把握,置于具体的诗史语境中,只有在这样的前提下才有可能加以

————————

① 戴鸿森《姜斋诗话笺注》,人民文学出版社 1981 年版,第 72 页。
② 王夫之《尚书引义》卷五,《船山全书》,岳麓书社 1996 年版,第 2 册第 377 页。

讨论。在这个意义上,考察情景交融的成立也就成为对意象化表现方式的成熟和定型过程的历史考察。

这无疑是个难度很大的问题。困难在于这样的范式问题无法像现象问题那样可用统计的方法来处理——在任何时候,新生事物在统计学意义上都不会占有更大的份额和优势。可以尝试的,只是按我对情景交融的理解来检验现存的古典作品,梳理其艺术表现的发展,勾勒出情景结构范式演进的脉络。

三、中古诗歌的情景结构

回顾早期诗歌作品中的情景构成,首先可以肯定,《诗经》出现的景物多为感官直觉的对象。宋儒张栻说《周南·葛覃》"一章思夫在父母之时,方春葛延蔓于中谷,维叶萋萋然其始茂也;黄鸟聚于丽木,其鸣喈喈然其甚和也。诵此章,则一时景物如接吾耳目中矣"①,正持这样的看法。

到中古时代,移情的表现开始流行于诗歌中,其突出标志是用一些主观色彩强烈的词语来修饰景物。如曹植《杂诗》"高台多悲风,朝日照北林",黄节就指出:"风而云悲者,诗人心境之感觉如此也。"②另一首同题之作:"悠悠远行客,去家千余里。出亦无

---

①杨世文、王蓉贵校点《论语解》,《张栻全集》,长春出版社 1999 年版,第665 页。
②萧涤非《读诗三札记》,作家出版社 1957 年版,第9 页。

所之,入亦无所止。浮云翳日光,悲风动地起。"陈祚明评:"三、四尽淋漓之情,五、六景物荒瑟,情不胜言,寄之于景,此长篇妙法,不谓六语中能之。"①类似的例子还有谢灵运《苦寒行》的"寒禽叫悲壑",萧涤非说:"夫壑而曰悲者,盖诗人以其主观之感情渗入于无知之物故也。亦犹风曰悲风,泉曰悲泉耳。此则为康乐之创语。"②这都是典型的移情表现。张融《别诗》"欲识离人悲,孤台见明月"两句,清楚地说明了离人的悲伤与孤台明月的景色两者间的紧密联系。后来大历诗人戎昱用"思苦自看明月苦,人愁不是月华愁"(《秋月》)一联,将这移情关系的原理阐说得更加清楚。移情表现虽然在景物上投射了主观情感,但并未改变景物的功能属性,景物仍然是眼前实景,依旧是表现的对象而非表现情感的媒介。情景交融的意象化表现,根本在于景物的身份已不再是表现的对象,而成了表现的媒介。

　　已故赵昌平先生曾指出,"情对事的升华,是建安诗人对诗史最重大的贡献","抒情已不再能凭事件为线索,诗人必须以个性诗化外物,使不必相关的情事融成整体"。"可以说建安诗史的一切进境,都是以情对事的超越升华为出发点的。这样,建安后的游宴、行旅诗,实质上多已成为以景物描写为媒介的咏怀诗"③。

①陈祚明《采菽堂古诗选》卷六,上海古籍出版社 2008 年版,上册第 188 页。
②萧涤非《读诗三札记》,第 29 页。
③赵昌平《谢灵运与山水诗起源》,《中国社会科学》1990 年第 4 期;收入《赵昌平自选集》,广西师范大学 1997 年版,第 306 页。王力坚《由山水到宫体——南朝的唯美诗风》上编第三章"备历江山之美",也专门讨论了"景物情思化"的问题,台湾商务印书馆 1997 年版,第 61—75 页,可参看。

这无疑是很精彩的论断,但需要补充说明的一点是,在中古诗歌中"以景物描写为媒介"还只能理解为动机,而不是表现手段。正如陈祚明评谢灵运《从游京口北固应诏》所说:"盖登临游眺,则景物与人相关。以我揽物,以物会心,则造境皆以适情,抒吐自无凝滞,更得秀笔,弥见姿态。"①南朝诗歌整体上还停留在以我应物、造境适情的写作范式,景物在诗中只是随目接而书写的表现对象,尚未寄寓情感,成为表情的媒介。

当然,南朝诗歌中偶尔也会有一些近似意象化的表现,但因与语境不融切,只能视为隐喻。如隋孔绍安《别徐永元秀才》诗云:

> 金汤既失险,玉石乃同焚。坠叶还相覆,落羽更为群。岂谓三秋节,重伤千里分。促离弦易转,幽咽水难闻。欲识相思处,山川间白云。

沈德潜生怕读者将次联看作是景物描写,特别点明:"坠叶一联,比乱离之后,两人结契,非寻常写景。"②如果从构成上看,这两句显然与抒情主体有着同构的比喻关系,但从功能的角度说它们只是两人结契的隐喻,还不是离情主题的意象化表现。类似的例子还有吴均《赠鲍春陵别诗》:

> 落叶思纷纷,蝉声犹可闻。水中千丈月,山上万重云。

①陈祚明《采菽堂古诗选》卷一七,上册第 524 页。
②沈德潜《古诗源》卷一四,中华书局 1963 年版,第 364 页。

　　海鸿来倏去,林花合复分。所忧别离意,白露下沾裙。

此诗起句情景合一,三、四句意象亦实亦虚,五、六句明显不是写实性的眼前景物,乃是由题旨出发寻找对应物的结果,海鸿来去、林花分合正是友朋离合的暗喻。它以景物的比喻义来表达主题情感,已属于比喻式意象表现。当然,这不过是个别的例子,离范式还有一定距离。事实上别说中古诗歌,就是到初盛唐诗中,自然景物也很少作为象征的载体出现,它们在诗中只是观赏的对象,以感性之美为诗人所欣赏。职是之故,在描写自然景色的诗中,自然观照与触景抒情就明显分成两个独立的部分:一是客观景物,二是主观感受。这种情形直到大历诗歌才有所改变,而在此之前,由于情景关系尚未纳入意象化的模式,反而呈现出丰富多样的结构。这里姑就个人所见略作列举。

　　首先,正如古诗最初完全不涉及写景,后来的古诗也一直以全不写景为常格。如虞羲《送友人上湘》:

　　　　濡足送征人,褰裳临水路。共盈一樽酒,对之愁日暮。汉广虽容舠,风悲未可渡。佳期难再得,愿但论心故。沅水日生波,芳洲行坠露。共知丘壑改,同无金石固。

王夫之评此诗"情中百转,自足低回,不更阑入景物,自古体也"①,可见他也认为不阑入景物描写是古诗的传统,由此揭示景

① 王夫之《古诗评选》卷五,第266页。

物所占比重与古诗特性呈反比关系。延及唐人近体诗,全不写景
的作品也所在多有。如戴叔伦《除夜宿石桥驿》:"旅馆谁相问,寒
灯独可亲。一年将尽夜,万里未归人。寥落悲前事,支离笑此身。
愁颜与衰鬓,明日又逢春。"方回评:"此诗全不说景,意足辞洁。"
很有见地。有趣的是吴汝纶却称赞"此诗真所谓情景交融者",按
古人习惯,景指景物,那么此诗的确全未写景。吴汝纶所谓的情
景交融,景在这里只能理解为环境,由此可见前人用情景交融尚
缺乏一致定义。

　　与全不写景相对的是**情在景中**,即句句写景,并不言情而情
自然可见可感。如丁仙芝《渡扬子江》:

　　　　桂楫中流望,空波两畔明。林开杨子驿,山出润州城。
海尽边音静,江寒朔吹生。更闻枫叶下,淅沥度秋声。

王夫之评:"首句一'望'字,统下三句;结'更闻'二字引上'边音'
'朔吹',是此诗针线。作者非有意必然,而气脉相比自有如此者。
虽然,故八句无一语入情,乃莫非情者,更不可作景语会。"①在他
看来,此诗虽通篇无一字涉及主观情感,却不能单纯视为写景,
因为作者在写景中隐约传达了自己的情感。这当然是不错的,
结句"更闻枫叶下,淅沥度秋声"不就蕴含着悲秋之意么?

　　相比近体诗讲究情景虚实的安排,篇幅任意的古体对写景有
着更大的容受力,因此写景无序也成为古诗的一个特征。如王夫

---

① 王夫之《唐诗评选》卷三,文化艺术出版社 1997 年版,第 106—107 页。

之称"与《十九首》相为出入"的《伤歌行》如此写道：

> 昭昭素明月，辉光烛我床。忧人不能寐，耿耿夜何长！微风吹闺闼，罗帷自飘扬。揽衣曳长带，屣履下高堂。东西安所之，徘徊以彷徨。春鸟翻南飞，翩翩独翱翔。悲声命俦匹，哀鸣伤我肠。感物怀所思，泣涕忽沾裳。伫立吐高吟，舒愤诉穹苍。

王夫之称此诗"杂用景物入情，总不使所思者一见端绪，故知其思深也"①，这看来不一定是有意识的结果，而很可能与早期写作意识的不规则性有关。

到谢灵运的游览诗中，情景关系就随着行程的延伸而形成自然的段落，情和景节节相生，呈现一种情景交叙的状态。如《登上戍石鼓山》：

> 旅人心长久，忧忧日相接。故乡路遥远，川陆不可涉。汩汩莫与娱，发春托登蹑。欢愿既无并，戚虑庶有协。极目睐左阔，回顾眺右狭。日末涧增波，云生岭逾叠。白芷竞新苕，绿苹齐初叶。摘芳芳靡谖，愉乐乐不燮。佳期缅无像，骋望诋云惬。

王夫之评："言情则于往来动止缥缈有无之中，得灵蚃而执之有

---

①王夫之《古诗评选》卷一，第 8 页。

象;取景则于击目经心、丝分缕合之际,貌固有而言之不欺。而且
情不虚情,情皆可景;景非滞景,景总含情。"①这同样是在说一种
移情的状态,山水景物都出于作者的观照,呈现出与观赏主体的
心境相契合的色彩。

因为南朝游览诗中的山水景物都与作者的心境相契合,情景
相应也成为最常见的情形。帛道猷《陵峰采药触兴为诗》云:

> 连峰数千里,修林带平津。云过远山翳,风至梗荒榛。
> 茅茨隐不见,鸡鸣知有人。闲步践其径,处处见遗薪。始知
> 百代下,故有上皇民。

王夫之评:"宾主历然,情景合一。"②宾主历然是说物我之间界线
分明,而人的闲逸之情与景物的清旷又非常协调融洽。江淹《无
锡县历山集》一诗,王夫之说"落叶下楚水"四句"以为比则又失
之,心理所诣,景自与逢,即目成吟,无非然者"③,同样是指情与
景会,自然相应。这与王昌龄《诗格》对前人写作经验的总结正可
参看:"自古文章,起于无作,兴于自然,感激而成,都无饰练,发言
以当,应物便是。"④且看王维《登河北城楼作》:"井邑傅岩上,客
亭云雾间。高城眺落日,极浦映苍山。岸火孤舟宿,渔家夕鸟还。
寂寥天地暮,心与广川闲。"通篇是即目所见,看到什么就写什么,

---

① 王夫之《古诗评选》卷五,第 217 页。
② 王夫之《古诗评选》卷四,第 208 页。
③ 王夫之《古诗评选》卷五,第 255 页。
④ 王利器《文镜秘府论校注》,中国社会科学出版社 1983 年版,第 278 页。

暮色中城池内外渐趋寂静,作者的心境也与眼前的河流一样安恬。这是典型的情景相应的结构。

情景相应只是心与物相谐,准确地说是心理随着环境而调适、情绪与环境获得一致节律的一般结果。表现为具体的构思,则呈现复杂的状态,说不清是景先于情,还是情先于景,只见情中有景,景中有情,统称为情景相生。杜甫《江亭》"水流心不竞,云在意俱迟",《江汉》"片云天共远,永夜月同孤"两联,方回评为"景在情中,情在景中",许印芳解释说:"虚谷深病晚唐人律诗中两联纯是写景,故常有此等议论。他处所说两联分写情景者,人所易知。此评所说一联中情景交融者,可谓独抒己见,得古秘诀矣。"①这两联不同于一般的写情写景,是着力表现心、意与景物的互动,在水月、云天里分明看到作者心态的平和、孤寂。王夫之评岑参《首春渭西郊行呈蓝田张二主簿》说:"景中生情,情中含景,故曰景者情之景,情者景之情也。"②正可与方回之说相参。景在情中便是情中含景,对应的是"片云"一联;情在景中便是景中生情,对应的是"水流"一联,与我们说的情景交融都还有一定距离。

以上几种情景结构关系,都属于自然天成,无主宾、无主次的,其实在现存中古诗歌作品中,由情感出发操控景物,即有主宾、有主次的情景结构,要更为常见。前人已指出的,如李白《采莲曲》,是**取情为景**之例:

①李庆甲辑《瀛奎律髓汇评》卷二三,中册第938—939页。
②王夫之《唐诗评选》卷四,第170页。

若耶溪傍采莲女,笑隔荷花共人语。日照新妆水底明,风飘香袖空中举。岸上谁家游冶郎,三三五五映垂杨。紫骝嘶入落花去,见此踟蹰空断肠。

王夫之评此诗曰:"卸开一步,取情为景,诗文至此只存一片神光,更无形迹矣。"①末句原是表现采莲女恋慕少年的痴情,因"踟蹰空断肠"的人物情态描写却转变成叙事化的图景,这便是将情语作为景语来写了,所以王夫之称作"取情为景"。李白《古风》则是以景写情之例,诗云:

我到巫山渚,寻古登阳台。天空彩云灭,地远清风来。神女去已久,襄王安在哉?荒淫竟沦替,樵牧徒悲哀。

王夫之说:"三四本情语,而命景正丽,此谓双行。"②唐诗写到巫山,通常免不了涉及巫山云雨的典故,但李白诗中殊无"云藏神女馆,雨到楚王宫"(皇甫冉《巫山峡》)之类的暧昧意味,却用云散风来的清旷景象传达神女故事不可追寻的历史虚无感,使写景兼有了表情功能,故而王夫之称为双行(即双关)。这种模式也称为**即景含情**,柳宗元《杨白花》:"杨白花,风吹渡江水。坐令宫树无颜色,摇荡春光千万里。茫茫晓日下长林,哀歌未断城鸦起。"王夫之说"顾华玉称此诗更不浅露,反极悲哀。其能尔者,当由即景

---

① 王夫之《唐诗评选》卷一,第 20 页。
② 王夫之《唐诗评选》卷一,第 52 页。

含情"①,正是意识到诗中的悲哀之情是通过写景来传达的。他的理解非常到位,《杨白花》是乐府旧题,柳宗元虽根据原作的角色设定写成拟代体,但以景写情的笔法是一样的。

中古诗歌最常见的情景结构是前景后情分为两截,王夫之称作**返映生情**。如梁元帝《春日和刘上黄》:"新莺隐叶啭,新燕向窗飞。柳絮时依酒,梅花乍入衣。玉珂随风度,金鞍照日晖。无令春色晚,独望行人归。"王夫之评:"六句客,两句主,返映生情。"②即结尾回应前截写景而点明情思。到盛唐诗中,最常见的情景结构仍是这种景尽情生的模式。唐太宗《月晦》云:"晦魄移中律,凝喧起丽城。罩云朝盖上,穿露晓珠呈。笑树花分色,啼枝鸟合声。披襟欢眺望,极目畅春晴。"方回评此诗"虽未脱徐、庾陈隋之气,句句说景,末乃归之于情"③,无意中道出初唐诗在情景关系处理上的一个模式。读一读王勃《圣泉宴》、张子容《泛永嘉江日暮回舟》、王维《青溪》这些作品,都不外乎这种模式,情景的分界非常清楚。李颀《望秦川》也是个很典型的例子:"秦川朝望迥,日出正东峰。远近山河净,逶迤城阙重。秋声万户竹,寒色五陵松。客有归欤叹,凄其霜露浓。"诗中写景与言情明显分为两截,景是缘由,情是结果。王维《山居即事》一首,王夫之说"八句景语,自然含情,亦自齐梁来,居然风雅典则"④,其实也是前六句写景(严格

---

① 王夫之《唐诗评选》卷一,第 31 页。
② 王夫之《古诗评选》卷六,第 311 页。
③ 李庆甲辑《瀛奎律髓汇评》卷一六,上册第 586 页。
④ 王夫之《唐诗评选》卷三,第 101 页。

地说一部分是叙事），末二句抒发留恋之情，典型的齐梁格情景模式。有些诗作，情景的分界不在篇末，也有在篇中的。如王维《青溪》诗共十二句，情景分界在第四、五联："漾漾泛菱荇，澄澄映葭苇。我心素已闲，清川澹如此。"①无论如何，这种前景后情的结构体现了重视当下经验、虚心应物的感受—表现模式。借朱熹的话来说，就是"以物观物，不可先立己见"②，而到王夫之的诗论中，就清楚地概括为一种范式："只于心目相取处，得景得句，乃为朝气，乃为神笔，景尽意止，意尽言息。必不强括狂搜，舍有而寻无，在章成章，在句成句，文章之道，音乐之理，尽于斯矣。"③这段话很周到地阐明了盛唐以前诗歌的写作范式，包括对景物的处理方式。

四、唐诗情景关系变异的理论迹象

根据上文所举诗例，要说情景分述或前景后情是六朝到盛唐诗情景结构的主要模式，理由是较充分的。但要说情景交融的模式定型于大历诗歌，可能还会让人怀疑。古人对此缺乏深究，论

---

①但王夫之《唐诗评选》卷三评孟浩然《望洞庭湖赠张丞相》"往往于情景分界处，为格法所束，安排无生趣"（第 102 页）则不属于我们这里讨论的情景分界问题，孟诗属于干谒诗之表现才能与希求接引两种功能的分界。

②黎靖德编《朱子语类》卷一一，中华书局 1986 年版，第 1 册第 181 页。

③王夫之《唐诗评选》卷三，第 96 页。

述唐诗源流往往大而化之。比如宋释普闻《诗论》云:"天下之诗莫出乎二句:一曰意句,二曰境句,境句易琢,意句难制。"①他认为唐人俱是意从境出。意从境出应该说只适用于初盛唐诗,初盛唐诗前景后情的模式的确是"意从境出",但到大历以后则变成了境从意出。

我们知道,范式是在大量的实践中逐渐形成的,从最初的个别尝试到众所共循的普遍规则,其间往往要经历漫长的时间。有意识的以景写情,在谢灵运《初去郡诗》"野旷沙岸净,天高秋月明"两句即见端倪。黄节称赞它"好在能以眼前之风色,写出去郡后一种豁达之心胸,是景语,亦是情语。世人多称黄山谷《登快阁》诗'落木千山天远大,澄江一道月分明',以为能从景中悟出道理,实亦祖康乐此语"②。日本学者市川桃子曾举谢朓《治宅》"风碎池中荷,霜翦江南菉"一联,认为"当时他的心里,一定有被翦碎的感觉,情与景完全一致"③,同样是感觉到两句亦景亦情的意象化特征。下及唐初,宇文所安教授又指出李百药《秋晚登古城》中"开始看到从宫廷诗相对客观的景物描写到唐诗情景交融特色的转变",不过他同时也说明"古迹在诗里仅作为秋天忧愁景象的一个要素"④,而不是表情的符号。《初唐诗》的总体判断大概也是

---

① 陶宗仪辑《说郛》卷七九,《说郛三种》,上海古籍出版社 1988 年版,第 3672 页。
② 萧涤非《读诗三札记》,第 33 页。
③ 市川桃子《古典诗歌中的荷》,蒋寅译,《古典文学知识》1993 年第 5 期。
④ 宇文所安《初唐诗》,贾晋华译,生活·读书·新知三联书店 2004 年版,第 32 页。

这样,作者一再提到宫廷诗与抒情诗有个三部式结构——破题、描写和情感反应。情感反应既然置于篇末,当然就意味着前面的描写不具有表情功能。实际上,不要说寓情于景,就连王维《哭褚司马》"山川秋树苦,窗户夜泉哀",《冬夜书怀》"草白霭繁霜,木衰澄清月"这类移情式的意象表现,盛唐诗中也不多见。王维《山居秋暝》的前景后情模式,同见于《渭川田家》,王夫之认为"前八句皆情语非景语"①,可结联"即此羡闲逸,怅然吟式微"恰恰是写情——前六句所写的闲逸景况,乃是"羡"的内容,这不应该视为叙述+评价的结构么? 盛唐诗的这种情景结构,说明在当时作者的意识中还没有以景物为媒介来表现情感的观念。这反映在理论上,就是情、意、景的分离和比兴概念的内涵由表现手法的象征性向写作动机的讽喻性转化。

　　盛唐诗论的一个新变是开始讲情景关系,针对六朝以来巧尚形似的倾向提出景物要与情意相兼融。王昌龄《诗格》提出:"凡诗,物色兼意下为好,若有物色,无意兴,虽巧亦无处用之。如'竹声先知秋',此名兼也。"②这是说在写景中要突出抒情主体的存在,而且更重要的是要表现出主观感受,所以像"明月下山头,天河横戍楼。白云千万里,沧江朝夕流。浦沙望如雪,松风听似秋。不觉烟霞曙,花鸟乱芳洲"这首诗,尽管"不觉"已表明主体的在场,但因为没有注入主观感受,他仍觉得"并是物色,无安身处,不

①王夫之《唐诗评选》卷二,第46页。
②王利器《文镜秘府论校注》,第293页。

知何事如此也"①。他论"十七势",其中的"理入景势"和"景入理势"也涉及情景关系,前者诫人"诗不可一向把理,皆须入景,语始清味",同时强调"其景与理不相惬,理通无味"②;后者则云:"诗一向言意,则不清及无味;一向言景,亦无味。事须景与意相兼始好。凡景语入理语,皆须相惬,当收意紧,不可正言。"③两说所举的例子都是他自己的诗:

> 时与醉林壑,因之惰农桑。槐烟渐含夜,楼月深苍茫。

> 桑叶下墟落,鹍鸡鸣渚田。物情每衰极,吾道方渊然。

这两联或言情而及景,或写景而兴感,都属于情景分陈的结构。由此可以肯定,他所谓的"物色兼意"只是要求诗中有景有情而已,这正是六朝以来诗歌中情景分离模式的理论概括。但是到中唐时期,皎然的观念就不同了。他在《诗议》中提出一种新的情景结构模式:

> 古今诗人,多称丽句,开意为上,反此为下。如"盈盈一水间,脉脉不得语""临河濯长缨,念别怅悠阻",此情句也;如"白云抱幽石,绿筿媚清涟""露湿寒塘草,月映清淮流",此

---

① 王利器《文镜秘府论校注》,第 303 页。
② 王利器《文镜秘府论校注》,第 131 页。
③ 王利器《文镜秘府论校注》,第 132 页。

物色带情句也。①

这里在区别景句、情句之外，更划分出一种物色带情句，涉及景物的移情和象征意味。在中国诗歌传统中，象征主要是由比兴的概念来负载的。而唐代诗学从陈子昂《与东方左史虬修竹篇书》开始，就将比兴引向"兴寄"，即突出主体性的方向，从而离开表现方式的本义。直到宋代才重拾比兴概念，并在新的诗学语境中予以诠释。罗大经《鹤林玉露》说：

> 盖兴者，因物感触，言在于此，而意寄于彼，玩味乃可识，非若赋比之直言其事也。故兴多兼比赋，比赋不兼兴，古诗皆然。今姑以杜陵诗言之，《发潭州》云："岸花飞送客，樯燕语留人。"盖因飞花语燕，伤人情之薄，言送客留人，止有燕与花耳。此赋也，亦兴也。若"感时花溅泪，恨别鸟惊心"，则赋而非兴矣。《堂成》云："暂止飞乌将数子，频来语燕定新巢。"盖因乌飞燕语，而喜己之携雏卜居，其乐与之相似。此比也，亦兴也。若"鸿雁影来联塞上，鹡鸰飞急到沙头"，则比而非兴矣。②

罗氏对"兴"的理解明显是本自朱熹，但用以诠释杜诗的情景关系，则适可与寓情于景和情景交融相参证相发明。他辨析"岸花"

---

① 王利器《文镜秘府论校注》，第 327 页。
② 罗大经《鹤林玉露》乙编卷四，中华书局 1983 年版，第 185 页。

"感时"两联是否寓有兴义,断言"暂止飞鸟将数子,频来语燕定新巢"属于兴兼比,都足以同我们对意象化表现的界定相参照。盖有无兴义即暗喻或象征之意乃是判断诗句是否为意象化表现的根本标志。明代王嗣奭取杜甫《卜居》颈联"无数蜻蜓齐上下,一双鸂鶒对沉浮"与《堂成》相对照,以为有自然之景与人造之景的差别①,显然也是意识到前者乃单纯的写景,而后者则如黄生所说是"暗喻携妻子卜居此地"②,亦即浦起龙所谓"即景为比,意中尚有彷徨在"③,亦即无兴与有兴的差别。"暂止"一联的确是典型的意象化表现,也是情景交融的佳句。只不过就杜甫的写作范式而言,这两句仍像是实写眼前之景,仅以出于特定的心境,景物自然带有了一层象征意味而已。杜甫的诗作在许多方面都有着承前启后的意义,在意象化表现的转型上,他是否也有开风气的作用还需要研究。

五、大历诗歌中的意象化表现

当年我提出,盛唐诗仍是情景分离,只有到大历诗中情景交融的表现方式才范式化并有理论自觉,这一假说只是基于考察中古到中唐诗歌情景关系的粗浅认识。对于大历诗歌的意象化倾

---

①仇兆鳌《杜诗详注》,中华书局 1979 年版,第 2 册第 736 页。
②黄生《杜诗说》,黄山书社 1994 年版,第 444 页。
③浦起龙《读杜心解》,中华书局 1961 年版,第 3 册第 624 页。

向,我举李益《献刘济》、章八元《新安江行》、刘长卿《秋杪江亭有作》《碧涧别墅喜皇甫侍御相访》等诗为证来说明我的观点①,现在看来说服力显然是不够的。陈伯海先生从物象的知觉化、物象的情绪化、物象的联想功能化三种类型论述大历诗由侧重"无我之境"向"有我之境"的转移②,从学理上弥补了拙著的不足,有助于我们认识大历诗走向情景交融的逻辑进程。但陈先生的论述也留下一个问题,即未顾及不同类型的诗歌有不同的范式和结构。我们都清楚,情景交融乃是与抒情性关系最紧密的表达方式,贯穿于咏物诗以外的大多数类型,只有通过不同类型的作品分别说明大历诗歌的意象化表现,结论才更有说服力。同时,那些作品还必须取自有代表性的诗体,不能太短,也不能太长,那么律诗应该是比较合适的对象。不过即便如此操作,也面临着一个困难:我们既无法举出所有的作品,也难以用统计的方法来获得结论,可行的方式只能是举出若干类型较有代表性的作品来加以讨论。这些作品不可避免地涉及先入为主的美学判断,使讨论的前提带有一定的可质疑性。另外,诗歌类型的选择也是一个问题,通常可以参考《昭明文选》,但唐诗中颇有一些逸出《文选》的类型,因此只能斟酌调整,最后选择几个常见的类型姑妄言之。

　　先看登临,这是唐诗常见的类型,但大历诗的写法与盛唐颇为不同。盛唐诗今以孟浩然《登万岁楼》为例:

①参看蒋寅《大历诗风》,第 155—156 页。
②陈伯海《从"无我之境"到"有我之境"——兼探大历诗风演进的一个侧面》,《社会科学》2013 年第 11 期。

　　　　万岁楼头望故乡,独令乡思更茫茫。天寒雁度堪垂泪,
　　月落猿啼欲断肠。曲引古堤临冻浦,斜分远岸近枯杨。今朝
　　偶见同袍友,却喜家书寄八行。

颔联雁、猿两个物像,在诗中的功能是充当感物的对象,引发作者
的情绪反应,它们与作者的情感处于并置、对照的状态,而不是相
融为一体。大历诗人皇甫冉登同一座楼,也写下一首《同温丹徒
登万岁楼》,笔法大不相同:

　　　　高楼独上思依依,极浦遥山含翠微。江客不堪频北望,
　　塞鸿何事又南飞。丹阳古渡寒烟积,瓜步空洲远树稀。闻道
　　王师犹转战,谁能谈笑解重围?

这里的“塞鸿”明显不是写实,而是作为人事的参照物选配的意
象,“丹阳”两句迷茫寥落之景也是历经战乱作者凄惶不定的心境
的写照,对比孟浩然诗就能看出意象化的倾向来。
　　再看游览,这是《文选》所列的类型,与登临有交叉关系。我
们可以取初唐沈佺期的《游少林寺》和大历诗人司空曙的《经废宝
庆寺》作个比较。沈诗云:

　　　　长歌游宝地,徙倚对珠林。雁塔风霜古,龙池岁月深。
　　绀园澄夕霁,碧殿下秋阴。归路烟霞晚,山蝉处处吟。

明代诗论家王世懋说:“今人作诗,必入故事。有持清虚之说者,

谓盛唐诗即景造意,何尝有此?"①即景造意不只是盛唐诗的特点,也是初唐诗的基本范式。就像此诗,只是就所见施施然写来,景尽意止,结尾也未发什么感慨。相比之下,司空曙诗则弥漫着浓重的情绪氛围:

> 黄叶前朝寺,无僧寒殿开。池晴龟出曝,松暝鹤飞回。
> 古砌碑横草,阴廊画杂苔。禅宫亦销歇,尘世转堪哀。

诗的前六句都是写景,末联结出人生无常的感慨,从结构看很像是初盛唐前景后情的模式。但细玩诗意,与寺的破败形成对照的是颇显得悠然自适的"池晴龟出曝,松暝鹤飞回",仿佛寺的废圮反给它们带来更适宜的生存空间,这就使所有的悲哀都集中到尘世间来,越发突出了人生的苦难。如此说来,"池晴"一联就绝不是"雁塔风霜古,龙池岁月深"那样单纯的景物描写,它们是作为反衬人世的参照物发挥其意象功能的。

再看征行,这类诗作的内容常与游览有出入,但《文选》列为两个类型,体制自别。宇文所安《初唐诗》曾经讨论的宋之问《度大庾岭》,很适合作为初盛唐的诗例:

> 度岭方辞国,停轺一望家。魂随南翥鸟,泪尽北枝花。
> 山雨初含霁,江云欲变霞。但令归有日,不敢恨长沙。

————

① 王世懋《艺圃撷余》,何文焕辑《历代诗话》,中华书局 1981 年版,下册第774 页。

宇文所安指出,"在宫廷诗中,如果(情感)反应纯是赞美,中间对句也要求纯写美景,有着较复杂反应的诗歌则趋向于要求景象'指示'某种意义,由此激起诗人所给予的反应"。此诗属于有复杂反应的作品,所以使用了两种方式来"指示"意义:"次联所呈现的方法最简单,让诗人本身进入景象。第三联用直接描写的方法,较复杂精细:由于尾联是对第三联的某种反应,因此第三联就可能具有象征意义。"为此他觉得颈联的"霁"暗示重新获得皇帝的恩宠,"霞"暗示仙境,也就是宫廷①。这么解读当然不失为一种富有启发性的诠释,但"霁"和"霞"的寓意似乎还可以斟酌。我觉得视为君威收敛、政局好转的隐喻,可能更符合作者的本意。但无论如何,两句充其量不过是具体事项的比喻,而抒情主旨的表达是在结联。结联明志原本是初盛唐诗的基本范式,孙逖《下京口埭夜行》同样是在结联"行役从兹去,归情入雁群"点出抒情主旨。但大历诗则不然,抒情主旨可以出现任何一联,而意象化的景句也灵活安置。刘长卿《重推后却赴岭外待进止寄元侍郎》"白云从出岫,黄叶已辞根"、崔峒《宿江西窦主簿厅》"月满关山道,乌啼霜树枝",章八元《新安江行》"古戍悬渔网,空林露鸟巢",是放在颔联;钱起《早下江宁》"霜苹留楚水,寒雁别吴城"、《晚次宿预馆》"回云随去雁,寒露滴鸣蛩",则放在颈联。还有像姚伦《感秋》"乱声千叶下,寒影一巢孤。不蔽秋天雁,惊飞夜月乌"这样占据中两联的。若是古体诗,更可以置于尾联,如《晚次湖口有怀》的"秋风今已至,日夜雁南度。木叶辞洞庭,纷纷落无

---

①宇文所安《初唐诗》,贾晋华译,第287页。

数",也不失为一格。

再看酬赠,唐人的酬赠诗常写作于行旅邂逅之际。初盛唐的酬赠诗多洋溢着慷慨意气,情志的表达相对直接明快,到大历诗中则趋于间接和婉曲。姑取两首相逢赋赠的作品来作个比较,盛唐仍选孟浩然的五律,以《永嘉上浦馆逢张八子容》为例:

逆旅相逢处,江村日暮时。众山遥对酒,孤屿共题诗。
廨宇邻蛟室,人烟接岛夷。乡园万余里,失路一相悲。

"众山"一联殷璠《河岳英灵集》曾摘为佳句,应该符合盛唐人的趣味。这两句虽然紧扣人的活动来写景,但景物与抒情主体仍是对峙的关系,景是人观赏的对象。作者的情感表达落在尾联,仍不脱前景后情的常套。而大历诗人司空曙的《云阳馆与韩绅卿宿别》就不同了,景物成了人事的背景:

故人江海别,几度隔山川。乍见翻疑梦,相悲各问年。
孤灯寒照雨,湿竹暗浮烟。更有明朝恨,离杯惜共传。

战乱年代偶然相逢,简直像是在梦中,颔联写出人们特定情境中的特殊情态。久别重逢,当然有无限的情意要诉说,可是颈联意外地没有写人,只用一个空镜头摄录了挑灯夜话的环境:"孤灯寒照雨,湿竹暗浮烟。"室内孤灯暗淡,窗外阴雨淅沥,即便是友情的温暖也难以驱除夜深的寒意,正如短暂的相逢难以填补久别的孤寂;夜深雨止,幽暗的竹丛湿气弥漫,如烟似雾,恰像是诗人惝恍迷离的心境。这正是典型的意象化表现,景物全然不是描写的对象而成了表情的媒介。

宋代范晞文曾说:"'马上相逢久,人中欲认难。''问姓惊初见,称名忆旧容。''乍见翻疑梦,相悲各问年。'皆唐人会故人之诗也。久别倏逢之意,宛然在目,想而味之,情融神会,殆如直述。前辈谓唐人行旅聚散之作,最能感动人意,信非虚语。戴叔伦亦有'岁月不可问,山川何处来',意稍露而气益畅,无愧于前也。"①这里所举的诗句,都出自大历诗人的五律作品。行旅聚散之作尤其为工于言情的大历诗人所擅长,而送别也正是大历诗中最引人注目的类型。初盛唐的送别诗基本上是言志之体,以王勃的《送杜少府之任蜀州》《秋日别薛升华》为代表。对行人的勉励和惜别之情是诗的主旨,写景并不占有明显的位置。大历诗人的送别诗,除了按内容要素加以排列组合的模式化倾向外,意象化的写景占据了醒目的位置。我在《大历诗人研究》中曾论及刘长卿《更被奏留淮南送从弟罢使江东》一诗,指出诗中的木叶、寒潮、沧州、青山虽作为写实的对象出现,但实质上却充当着象征意义的载体,通过本身积淀的情绪内容传达作者的心绪,因此是程式化的意象②。这里再举《中兴间气集》卷上所选的李嘉祐七律《送从弟永任饶州录事参军》来加以参照:

一官万里向千溪,水宿山行渔浦西。日晚长烟高岸近,

---

①范晞文《对床夜语》卷五,丁福保辑《历代诗话续编》,第 1 册第 444 页。
②蒋寅《大历诗人研究》,北京大学出版社 2007 年版,第 20 页。

天寒积雪远峰低。芦花渚上鸿相叫,苦竹丛边猿暗啼。闻道慈亲倚门待,到时兰叶正萋萋。

此诗采用的是列举行人沿途所历地理风物的模式,颔联自然要叙写行程所历,但颈联却不是一般的写景,而分明是从弟只身远赴南方将面临的孤独处境的象征。鸿雁在唐诗中惯用作行旅时节、方向的参照物,而猿啼更一向是渲染旅愁最好的意象,两者对举与其说是写景,还不如说是孤旅的隐喻或象征,寄寓了作者对从弟的怜惜之情。

通过上面这些不同类型作品的对比,我想已部分地说明了大历诗歌的意象化取向及达致情景交融之境的写作范式。前文虽曾声明不讨论咏物,但我还是想补充说,张一南的研究已表明,唐代中期的咏物诗仍可作为支持本文观点的旁证,她的结论告诉我们:"齐梁时代关注形象本身的咏物诗的兴盛是其体物倾向最主要的标志。这种体物的咏物诗在初唐继续流行,在晚唐重新兴盛,说明唐诗在一头一尾是倾向于体物的。而盛唐和大历虽然也多有咏物诗,但这些咏物诗以情志为主,并不专注于物象的描绘。"①咏物不专注于体物而以抒发情志为主,必然导致诗的重心由用意于物象描绘而转向程式化的象征表现,最终带来诗作意象化程度的提高,而这正是与中晚唐诗意象化进程加快的趋向相一

① 张一南《汉赋体物因素的消长轨迹——以唐诗为参照》,《甘肃社会科学》2016 年第 2 期。

致的①。

六、"情景交融"的意象结构何以在中唐诗歌中成型

如果前文有限的举证对于情景交融的意象结构方式成立于大历诗中的假说还显得说服力不足,那么我只好提醒读者,任何新的范式都不是一蹴而就的;并且,新的范式定型也不意味着遵循者一定较原有范式多。尤其是当它仅与部分类型部分作品的部分要素相关时,要作为一个清晰而确定的事实来指认就愈加困难。但有一点是可以确定的,就是将情景交融视为古典诗歌一以贯之的、早在大历诗之前就存在的传统,相比之下更不可取——即使我们能举出若干作品来证明盛唐诗甚至更早的诗歌已有情景交融之例,它们又有什么范式意义呢?范式并不取决于统计学意义上的绝对数量,它更重要的标志是作者对其生成和变化具有自觉的理论意识,而且这种理论意识通常与美学、思想、文化的重大转变相伴。这样的重大转变在中国历史上屈指可数,中唐时代是其中之一,而且是诗歌与美学、思想、文化的变化关系最密切的一次。它不只是诗歌史的一大转折点,即叶燮所谓的"百代之中",更是中国思想、文化的重要转型期,日本学者内藤湖南关于唐宋转型的假说已得到愈来愈多的认同,并被从各种角度加以诠

---

① 关于晚唐诗中意象化进程加快的问题,笔者曾在《贾岛与中晚唐诗歌的意象化进程》(《文学遗产》2008 年第 5 期)一文中有所涉及,可参看。

释和印证。就诗歌史来说,清初诗论家冯班即断言:"诗至贞元、长庆,古今一大变……大略六朝旧格至此尽矣。"①六朝旧格指什么呢?除了修辞、造句方面的特征,我想就是诗中情景配置的自然状态。情景交融的意象结构及在此基础上形成的意象化抒情方式,正是诗歌在上述大背景下发生演变的结果,它使中国古典诗歌的意象化特征最终得以定型。

　　长期以来,这一重大诗学问题始终未得到认真的探讨,纯粹是因为学界对情景交融这一传统诗学命题缺乏清晰、一致的认识。只要我们抛开对"情景交融"的分歧理解,检点古人对中唐诗歌变异的认识,就会看到前代诗论中其实已有情景交融形成于中唐的朦胧认识。比如方回说"诗体源流,陈、隋多是前六句述景,末句乃以情终之"②,又说"唐律诗之初,前六句叙景物,末后二句以情致缴之,周伯弼四实、四虚之说遂穷焉"③,就是对初盛唐诗歌范式的初步总结。《瀛奎律髓》卷一选杜审言《登襄阳城》,方回评:"中四句似皆言景,然后联寓感慨,不但张大形势,举里、台二名,而错以'新''旧'二字,无刻削痕。"冯舒补充道:"言景言情,前人不如此,只是大历以后体,江西遂刊定诗法矣。"冯班也说:"审言诗不必如此论,此盖后世诗法耳。"④二冯言下已认识到大历诗开始自觉营造情景结构关系的趋向。

　　在另一处评白居易《和春深》时,方回又触及象与诗歌虚构的

①冯班《钝吟杂录》卷七,《丛书集成初编》本,中华书局1985年版,第93页。
②李庆甲辑《瀛奎律髓汇评》卷一二唐太宗《秋日二首》评,上册第421页。
③李庆甲辑《瀛奎律髓汇评》卷四七王勃《游梵宇三觉寺》评,下册第1626页。
④李庆甲辑《瀛奎律髓汇评》卷一,上册第3页。

关系,说:"依次押韵,至此而盛,诗之趣小贬矣。虚空想象,无是景而为是语,骋才驰思,则亦可喜矣。"①冯班《钝吟杂录》的一段话与之对照参看,就很值得玩味:"古人比兴都用物,至汉犹然。后人比兴都用事,至唐而盛。"②这等于是说六朝到唐诗歌中的景物都与比兴无关,只是写实而已,这虽然与我们的认识不尽吻合,但有助于我们认识诗中写景的功能转变。事实上,诗学的关注点从取象转移到取境,是与佛教学说的影响有直接关系的。借助于佛学的认知方式和观念,诗歌所涉及的客观世界开始有了"象""景""境"的区别,诗论中也出现宇文所安说的新认识,即"承认在诱发诗兴的经验和诗歌的写作之间有一段间隔。诗歌创作与经验之间的关系被描绘成事情过后的重新回味。到了九世纪初期,原先所设定的诗外的经验与创作间的有机联络已不再是想当然的了"③。于是就有了皎然《诗式》的"取境"说和戴叔伦"诗家之景"的幻象说④,两者与司空图超越景物、意象概念、追求"象外之景""景外之景""韵外之致""味外之旨"的趣向,一道成为情景交融成立于中唐诗歌的理论标志。

日本前辈学者小川环树先生早就注意到,"景"这个词在六朝

①李庆甲辑《瀛奎律髓汇评》卷一〇,上册第 336 页。
②冯班《钝吟杂录》卷四"读古浅说",《丛书集成初编》本,第 64 页。
③宇文所安《中国"中世纪"的终结》,陈引驰、陈磊译,生活·读书·新知三联书店 2006 年版,第 4—5 页。
④戴叔伦"诗家之景"之说,见司空图《与极浦书》:"戴容州云,诗家之景,如蓝田日暖,良玉生烟,可望而不可置于眉睫之前也。"(《戴叔伦诗集校注》,上海古籍出版社 2010 年版,第 266 页)

文学中指放射的光辉或光照亮的某个范围的空间、场所,这一义涵一直沿用到初盛唐时代。中唐时期"风景"乃至"景"的含义出现了变化,雍陶、姚合、朱庆余等一批诗人的作品中出现了"诗景""景思"等词。如雍陶《韦处士郊居》(《全唐诗》卷五一八)云:"满庭诗景飘红叶,绕砌琴声滴暗泉。门外晚晴秋色老,万条寒玉一溪烟。"这里的"诗景"已成为一个专有名词,意味着有诗意的风景或适宜入诗的风景。"诗景"有的版本作"诗境",小川先生解释他所以将诗境译作诗的环境或诗的世界,是因为"它意味着完全脱离了外界,是一个独立的、纯粹的诗的世界。这里所说的外界,是指政治的世界、俗世的世界。诗人把自己封闭在这个独立的,不,应该说孤独的世界时,其心灵的窗口与其说面对人类社会,不如说更多的是面向自然,他们直接从自然界的事物那儿选取自己心仪的'景'(scenery),并只是用这些景去谋篇布局,构思诗篇。在这些诗人爱用的词语里,有'清景''幽景'等等,虽然这些词语六朝时期就有,但那时只是指清澄的光,或者指这样的光所照射到的场所。只有在他们的诗里,这些老词语才有了全新的意义"①。他以唐代画论的材料相印证,指出"景"在 scenery 的意义上成为画题正是中唐以后的事,随即就在宋代与诗学中的情景说融合起来。小川先生的论述无疑是很有启发意义的,而且正可与戴叔伦的"诗家之景"相印证。只是他忽略了宋代诗学尚意的主流。姜夔论诗不是讲情景关系,而是讲"意中有景,景中有意",清

① 小川环树《"风景"在中国文学里的语义嬗变》,《风与云——中国诗文论集》,周先民译,中华书局 2005 年版,第 36 页。

代诗论家乔亿补充道："意中有景固妙,无景亦不害为好诗。若景中断须有意,无意便是死景。"因而他诫人"勿写无意之景"①。这种对写意化倾向的刻意强调,与传统诗学的比兴说相结合,就很容易导致赋笔的合理性被压抑,从而使中国诗歌中纯粹的风景描写大为减少,正像中国古代美术中写实性的纯粹风景画很少一样。

　　或许与此相关,以南宋周弼《三体唐诗》为引导,诗学对情景关系的探讨走向了将情景作为要素来分配,以求在机械意义上取得平衡的方向。当情景问题被这种蒙学诗法的模式化思维主导之后,唐代诗学对意象、情境关系的探讨反而令人惋惜地被搁置下来。直到清初王夫之细致辨析情景事理的复杂关系,提出"于景得景易,于事得景难,于情得景尤难"的假说②,才重新将情景关系的考察引向抒情本位的方向。同时代的侯玄泓也主张"诗中著景物,虽兴赋必兼比,方有义味"③,虽然说的不是一个问题,但立足点是相同的。查慎行指出:"初唐人新创格律,即陈、杜、沈、宋亦未能出奇尽变,不过情景相生,取其工稳而已。"④无疑是对初唐诗情景关系处于自然状态的最好概括,有此成识在胸,无怪他能清楚地辨析唐诗范式的分界,同时体会到情景交融的意味,成为首先使用这个术语的先知。今天我们在习惯了使用情景交融的命题之后,不能再停留在前人不求甚解的笼统把握上,必须

①乔亿《剑溪说诗》卷下,郭绍虞辑《清诗话续编》,第2册第1097页。
②王夫之《古诗评选》卷一,第25页。
③侯玄泓《月蝉笔露》卷上引,民国二十一年黄天白上海排印本,第27页。
④李庆甲辑《瀛奎律髓汇评》卷一,上册第2页。

剥开其无缝的外壳,将情景关系的复杂肌理重新作一番剖析,这才能将我们对古典诗歌艺术特征的理解提升到较为理性的、清晰的境地。

二 老

——古典诗歌审美范型之一

古典诗学的审美概念"老",自张毅《宋代文学思想史》、汪涌豪《范畴论》始加注意并予阐发以来,不断有学者加以补充和深化,主要是在宋代文学的语境中对其美学意蕴加以开掘①,同事杨子彦在梳理其历史展开时又下延到纪昀"老而史"的文学思想②,使这一概念的衍生史愈益清楚。我对这一概念的注意,始

---

① 张毅《宋代文学思想史》,中华书局 1995 年版;汪涌豪《范畴论》,复旦大学出版社 1999 年版;刘畅《老成——宋人的审美追求之一》,《中国韵文学刊》2001 年第 1 期;吴建辉《从〈论学绳尺〉看南宋文论范畴——"老"》,《湖南科技大学学报(社会科学版)》2007 第 3 期;汪涌豪《中国文学批评范畴十五讲》第六讲《范畴的对待耦合与邻界耦合——释"老"与"嫩"》,华东师范大学出版社 2010 年版,第 65—77 页;廖宏昌《方回〈瀛奎律髓〉"老"的审美视野》,《东方诗话学第七届国际学术研讨会论文集》,香港大学中文学院主编,文听阁图书有限公司 2012 年 4 月版。
② 杨子彦《论"老"作为文论范畴的发生与发展》,《文学评论》2005 年第 3 期;后在新著《纪昀文学思想研究》第三章"老:纪昀的创作理论"又有发挥,中国社会科学出版社 2015 年版,第 134—148 页。

于早年读赵翼《陔余丛考》，卷十八有"宋人字名多用老字"一条，因而对宋世风气和生活趣味留下特殊的印象。后来研究王渔洋诗学，读到俞兆晟《渔洋诗话序》所引渔洋晚年对平生论诗经历的回顾：

> 少年初筮仕时，唯务博综该洽，以求兼长。文章江左，烟月扬州，人海花场，比肩接迹，入吾室者，皆操唐音。韵胜于才，推为祭酒。然而空存昔梦，何堪涉想？中岁越三唐而事两宋，良由物情厌故，笔意喜生，耳目为之顿新，心思于焉避熟。明知长庆以后，已有滥觞；而淳熙以前，俱奉为正的。当其燕市逢人，征途揖客，争相提倡，远近翕然宗之。既而清利流为空疏，新灵寖以佶屈，顾瞻世道，怒焉心忧。于是以太音希声，药淫哇锢习，《唐贤三昧》之选，所谓乃造平淡时也，然而境亦从兹老矣。①

《唐贤三昧集》是王渔洋神韵诗学观念的集中体现，也是他诗学走向成熟的标志，从他用老来形容这一境界，也可见这个词在他心目中的分量。他走到这一步，自觉在取法上经历了由博综该洽、以求兼长到求新避熟、出入唐宋，在风格上经历了由清利新灵到高古平淡的历练过程，其间凝聚着他丰厚的美学经验。不过，促使我后来一直留意前人对此的体会和表达的，不是渔洋本人的自许和满足，而是"老"作为美学概念的价值与日常语境中我们对它

---

① 丁福保辑《清诗话》，上册第 163 页。

的联想的不一致。因为老通常意味着衰败和枯萎,是生命走向终结的标志。但在王渔洋这里显然不同,老意味着成熟和圆满,是炉火纯青的同义词。这样一种价值指向,究竟是如何形成的呢?

一、由老迈之"老"到老成之"老"

我也认同当今文学理论界的看法,一个概念或命题的涵义就是它全部的历史,一个概念或命题的所有涵义就包含在它的历史演进中。就中国古代文论而言,正如汪涌豪所说,"每一个范畴都是历史的产物,存在着盛衰、变化的演变过程……一个范畴的内在涵义随人们对文学认识的深化而不断走向深化,如'味'由感官的对象,发展为精神的对象,审美的对象。甚至可以说,每一个范畴都经过一个不断发展、深化的历史过程"①。关于本文所要讨论的"老",我同样相信,只有将它的语源及后来在诗文评中使用的过程梳理清楚,才能把握其丰富的审美意蕴。

老,是古代汉语中很古老的形容词,见于研究者所列举出的殷周甲骨卜辞中 56 个形容词之中②。老的本义是年老,即《说文》所谓"七十曰老"。在先秦典籍中,除了由人老引申为事物的衰顿,如《老子》三十章"物壮则老,是谓不道,不道早已",语义基本稳定。它所以能由衰老之老衍生出后来若干正价的审美义项,是

①汪涌豪《范畴论》,第 91 页。
②参看余贞皎《甲骨卜辞所见形容词之考辨》,《殷都学刊》2002 年第 1 期。

因为与"成"组成一个复合词"老成"。始见于《书·盘庚上》:"汝无侮老成人。"又见于《诗·大雅·荡》:"虽无老成人,尚有典刑。"朱熹《诗集传》注:"老成人,旧臣也。"旧臣以年老而德高望重,故老成又被赋予一层伦理内涵。《后汉书·和帝纪》云:"今彪聪明康彊,可谓老成黄耇矣。"李贤注:"老成,言老而有成德也。"①老而有成德改变了老而衰亡的负面义涵,使老与意味着成熟和完成的正面义涵联系起来,为日后许多正价义项的衍生奠定了基础。

老进入诗文评的过程尚不清楚,但可信是从老成的义符及义项发展出来的。大诗人杜甫的《戏为六绝句》其一云"庾信文章老更成,凌云健笔意纵横",还明显保留着蜕化的雏形。这里的"老"本身不具有评价性,只是指晚年,"成"才意味着达到更完熟的境地,对句作为对上句的说明,具体指出了庾年晚年作品所具有的雄健的风格和挥洒自如的笔力。这两点已触及"老"的美学意涵的核心内容。值得注意的是,杜诗中已见单用"老"评价艺术风格的例子。如《奉汉中王手札》云:"枚乘文章老,河间礼乐存。"《薛华醉歌》诗云:"座中薛华善醉歌,歌辞自作风格老。"这里的"老"明显已是评价性的价值概念,意味着创作的成熟境地。由此可见,老作为审美评价概念已褪除日常语境中的衰老之义,完成了向老练之义的转变。联系李白《题上阳台》有"山高水长,物象万千,非有老笔,清壮何穷"之语,因而晚唐僧鸾《赠李粲秀才》(《全唐诗》卷八二三)称"前辈歌诗惟翰林,神仙老格何高深"来看,我们有理由认为,这一转变未必始于杜甫,甚至更未必始于诗评。

①范晔《后汉书》,中华书局校点本,第1册第166页。

我们知道孙过庭《书谱》已有"通会之际,人书俱老"的著名说法,这也可能是唐人共通的观念。在当时的诗文评中,更多的仍是用"老成"来评论作家。如独孤及称皇甫冉"十岁能属文,十五岁而老成"①,王仲舒称崔秀文"年未壮,其文老成者"②,柳宗元称杨凌"少以篇什著声于时,其炳耀尤异之词,讽诵于文人,盈满于江湖,达于京师。晚节遍悟文体,尤邃叙述。学富识远,才涌未已,其雄杰老成之风,与时增加"③,都指其诗文与年龄不相称(超常)或相称(正常)的成熟品格。贾岛《投张太祝》诗称赞张籍"风骨高更老",直接简化为"老",并与表示极上价值品位的"高"联系起来,显出它在唐人心目中不同寻常的价值感。

尽管"老"在唐代就作为一种美学价值被标举,但作为艺术趣味或者说自觉的审美追求,却是在宋代变得明显起来的。其表现有二:一是频繁地使用于诗文、书画评论,一是与其他概念组合成众多的复义词④。周裕锴《宋代诗学通论》将宋人欣赏的诗歌风格归纳为雄健和雅健、古淡和平淡、老成和老格⑤,刘畅也认为崇

---

①独孤及《唐故左补阙安定皇甫公集序》,《毘陵集》卷一三,《四部丛刊初编》本。

②王仲舒《崔处士集序》,《全唐文》卷五四五,中华书局1983年版,第5526页。

③柳宗元《杨评事文集后序》,《柳宗元集》卷二一,中华书局1979年版,第579页。

④汪涌豪《范畴论》第五章"范畴与文体"第一节第四小节"释老"(第237—243页)、杨子彦《论"老"作为文论范畴的发生与发展》(《文学评论》2005年第3期),对此均有论述,可参看。

⑤周裕锴《宋代诗学通论》丙编诗格篇第三章,巴蜀书社1997年版,第331—366页。

尚老成、老格、老境是宋人一致的审美追求①,吴建辉更思考了宋人崇尚老的原因②。对"老"的喜好看来是宋代文学留给后人的一致印象。苏轼《次韵前篇》有句云"少年辛苦真食蓼,老境安闲如啖蔗"③,暗示这种审美追求首先与一种生活趣味相关。事实上"老境"一词在宋代也是常用的俗语,王十朋《陈郎中公说赠韩子苍集》有"老境欲入诗门墙"之句④;陆游《剑南诗稿》卷二十九和卷三十一各有一首《老境》诗,是七十岁以后的作品。后来元好问《白文举王百一索句送行》有"弹铗歌中成老境"之句⑤,清人谢学崇也有《老境》诗云"不寐诗多成枕上,健忘书惮检灯前"⑥,都是受宋人趣味的影响。

不过我们知道,"老境"这个词并非宋人所创,唐代已见用例。王应麟《困学纪闻》"俗语皆有所本"条曾举《礼记·曲礼》正义为证:"七十曰老而传者,六十至老境而未全老,七十其老已全,故言老也。"⑦流行的生活趣味通常很容易转化为一种审美倾向,进入

---

① 刘畅《老成·平淡·以清为美——宋人审美趣味丛论》,《淮阴师范学院学报(哲学社会科学版)》2004 年第 2 期。

② 吴建辉《从〈论学绳尺〉看南宋文论范畴——"老"》,《湖南科技大学学报(社会科学版)》2007 第 3 期。

③ 曾枣庄主编《苏诗汇评》卷二〇,四川文艺出版社 2000 年版,第 848 页。

④ 王十朋《梅溪王先生文集》后集卷二,《四部丛刊》集部影印本。

⑤ 顾嗣立《元诗选初集》甲集,中华书局 1987 年版,第 108 页。

⑥ 谢学崇《亦园诗剩》卷四,光绪刊本。

⑦ 翁元圻《困学纪闻注》卷一九,《王应麟著作集成》,中华书局 2016 年版,第 2224 页。

文学批评中,我在考察"清"进入文学批评的过程时已指出这一点①。如今我们又看到,正是在宋代诗歌批评中,老开始成为一个使用频繁的审美概念。如苏轼称张先"子野诗笔老健"②,惠洪《冷斋夜话》云"句法欲老健有英气"③,徐积《还崔秀才唱和诗》称"子美骨格老,太白文采奇"④,张戒《岁寒堂诗话》称"王右丞诗,格老而味长"⑤,等等。而同时,江西诗派作为"老"这一诗美范型的具体代表,醒目地凸现出来。黄庭坚不仅自己喜欢用"老"评论诗文⑥,当时评论家也用"老健超迈"来称赞他的律诗⑦。刘克庄《赵戣诗卷》题跋则许赵"歌行中悲愤慷慨苦硬老辣者,乃似卢仝、刘叉"⑧。宗尚江西派的方回《瀛奎律髓》,更特别强调江西诗人的老健和老劲之风,如评陈师道《十五夜月》曰:"老硬。"⑨评陈与义《别刘郎》颔联"公私两多事,灾病百相催"曰:"三、四老劲,尾句逼老杜。"⑩评曾几《八月十五夜月二首》其二曰:"此首乃

①蒋寅《古典诗学中"清"的概念》,《中国社会科学》2000年第1期。
②胡仔《苕溪渔隐丛话》前集卷三七,人民文学出版社1962年版,上册第253页。
③惠洪《冷斋夜话》卷四,吴文治主编《宋诗话全编》,江苏古籍出版社1998年版,第3册第2444页。
④《全宋诗》卷六四二,北京大学出版社1987年版,第7621页。
⑤张戒《岁寒堂诗话》卷上,丁福保辑《历代诗话续编》,上册第459页。
⑥杨子彦《纪昀文学思想研究》,第141页。
⑦释普闻《诗论》,吴文治主编《宋诗话全编》,第2册第1426—1427页。
⑧刘克庄《后村先生大全集》卷一〇一,《四部丛刊初编》本。
⑨李庆甲辑《瀛奎律髓汇评》卷二二,中册第921页。
⑩李庆甲辑《瀛奎律髓汇评》卷二四,中册第1063页。

老健,音节亦浏亮。"①这被当代学者视为方回论诗的一个特点②,而在纪昀眼中恰是江西派结症所在:"江西派病处为着此二字于胸中,生出流弊。"③他认为:"以枯寂为平淡,以琐屑为清新,以楂牙为老健,此虚谷一生病根。"④尽管如此,"老"从宋代开始成为古代诗歌美学最重要的价值概念之一,为元、明以后的诗家所承传、发扬。因为以老为贵,又派生了否定性的反义词"嫩"。钟嵘《诗品》已用"嫩弱"评戴逵诗⑤,空海《文镜秘府论》引唐释皎然语也有"或虽有态而语嫩,虽有力而意薄"⑥,汪涌豪《中国文学批评范畴十五讲》已多有列举⑦,这里没什么可补充的。要之,"嫩"一直是作为否定性概念使用的,故刘辰翁评贾岛《山中道士》云:"又痴又嫩。痴可笑,嫩可惜。"⑧在很多场合,它也是"老"的反衬。如贺贻孙《诗筏》:"美人姿态在嫩,诗家姿态在老。"⑨张谦宜《絸斋诗谈》发明其理,道是:"诗要老辣,却要味道,正如美酒好醋,于本味中严烈而有余力。大约老字对嫩字看,凡下字造句坚

---

①李庆甲辑《瀛奎律髓汇评》卷二二,中册第 926 页。

②这一点杨子彦在《论"老"作为文论范畴的发生与发展》一文已指出,又见《纪昀文学思想研究》第 142 页。

③李庆甲辑《瀛奎律髓汇评》卷二二,中册第 921 页。

④李庆甲辑《瀛奎律髓汇评》卷二三梅尧臣《闲居》纪昀评,中册第 970 页。

⑤何文焕辑《历代诗话》,上册第 19 页。

⑥周维德校点《文镜秘府论》南卷"论文意",人民文学出版社 1975 年版,第 148 页。

⑦参看汪涌豪《中国文学批评范畴十五讲》,第 66—67 页。

⑧高棅《唐诗品汇》卷六八引,上海古籍出版社 1988 年版,第 591 页。

⑨贺贻孙《诗筏》,郭绍虞辑《清诗话续编》,第 1 册第 137 页。

致稳当,即老也。"①参照后人对宋元诗风的比较,"论气格则宋诗辣,元诗近甜;宋诗苍,元诗近嫩。论情韵则元为优"②,则宋元之际关注"老""嫩"的审美趣味,无非是对宋诗美学精神同时也是对自身审美经验的体会和反思。

尽管宋代诗论家如此青睐老境,如此频繁地使用"老"来论艺,但老在宋代尚未被理论化。正如杨子彦所说,迄今可知最早对"老"的美学意蕴加以阐释的人是明代杨慎。其《升庵诗话》论庾信诗,对杜甫"老更成"之说又做了一番发挥:

> 庾信之诗,为梁之冠绝,启唐之先鞭。史评其诗曰绮艳,杜子美称之曰清新,又曰老成。绮艳清新,人皆知之,而其老成,独子美能发其妙。余尝合而衍之曰:绮多伤质,艳多无骨,清易近薄,新易近尖。子山之诗,绮而有质,艳而有骨,清而不薄,新而不尖,所以为老成也。

然后又以宋元人为参照,指出:"若元人之诗,非不绮艳,非不清新,而乏老成。宋人诗则强作老成态度,而绮艳清新,概未之有。若子山者可谓兼之矣。"③这里将"老"的美学内涵做了初步的概括和总结,但"老"真正的理论化,要到清代才实现,而"老"作为诗美概念的使用也正是在清初诗文评中才达到了高潮。孙承泽

---

① 张谦宜《絸斋诗谈》卷一,郭绍虞辑《清诗话续编》,第 2 册第 793 页。
② 顾奎光《元诗选》附陶瀚、陶玉禾撰总论,乾隆刊本。
③ 杨慎《升庵诗话》卷九,丁福保辑《历代诗话续编》,中册第 815 页。

说:"诗文之事,莫妙于易,莫难于老。"①将"老"视为诗文最难达到的境界,赋予"老"一个极高的美学品位。至于论体裁,如严首升《濑园诗话》云:"近体收煞宜老。"②论作家,如方以智《通雅》云:"长吉好以险字作势,然如'汉武秦王听不得''直是荆轲一片心',原自浑老。"③钱谦益《题燕市酒人篇》称邓汉仪诗"学益富,气益厚,骨格益老苍"④,《题桃溪诗稿》称吴渔山诗"思清格老,命笔造微"⑤,王岱《客簦初集自序》:"余束发倔僵,读书数十载,余绪流为声诗,平险浓澹,幽显老嫩,各极变态。"⑥论具体作品,如陈祚明评傅玄《怨歌行朝时篇》:"托兴杂集,纷来无端,可谓善写繁忧,语亦并老。"⑦赵执信评曹贞吉《过滕县见行井田处偶成》:"皇皇大章,笔气亦极老横。"⑧田雯评卢道悦《相国寺旧石》:"慨当以康,五古老境。"⑨不仅诗评,当时论文章也同样崇尚意格之老。魏际瑞曾说:"字之精不如句之炼,章之奇不如格之老,词之灏瀚不如气之有余也。"⑩

---

① 曾灿辑《过日集》凡例引,康熙六松草堂刊本。
② 严首升《濑园诗话》,国家图书馆藏《茂雪堂丛书》本。
③ 方以智《通雅》卷首三,中国书店 1990 年版,第 50 页。
④ 钱谦益《牧斋有学集》卷四七,上海古籍出版社 1996 年版,下册第 1550 页。
⑤ 钱谦益《牧斋有学集》卷四八,下册第 1571 页。
⑥ 王岱《了莑文集》卷二,《四库全书存目丛书》,齐鲁书社 1997 年版,集部第
　199 册第 44 页。
⑦ 陈祚明《采菽堂古诗选》卷九,上册第 278 页。
⑧ 卢见曾辑《国朝山左诗钞》卷三一,乾隆间雅雨堂刊本。
⑨ 卢见曾辑《国朝山左诗钞》卷五七。
⑩ 魏际瑞《与甘健斋论诗书》,《魏伯子文集》卷二,《宁都三魏文集》,道光二
　十五年谢若庭绥园书塾重刊本。

一个概念异常流行之日，往往也就是对它的理论反思开始之时。在叶燮《原诗》中，我们终于看到美学意义上的对"老"的理论反思：

> 诗家之规则不一端，而曰体格，曰声调，恒为先务，论诗者所为总持门也。诗家之能事不一端，而曰苍老，曰波澜，目为到家，评诗者所为造诣境也。以愚论之，体格、声调与苍老、波澜，何尝非诗家要言妙义，然而此数者，其实皆诗之文也，非诗之质也；所以相诗之皮也，非所以相诗之骨也。①

虽然叶燮此言旨在说明体格、声调与苍老、波澜四者都是诗之文而非诗之质，但我们仍可窥见，相对于作为基本规则的体格、声调而言，苍老和波澜是意味着诗家达到很高造诣的境界。且不说苍老正是我们要讨论的老境，就是"波澜"也源于杜甫《敬赠郑谏议十韵》"毫发无遗憾，波澜独老成"，同样与老境相关。而叶燮对苍老的诠释是：

> 以言乎苍老：凡物必由稚而壮，渐至于苍且老，各有其候，非一于苍老也。且苍老必因乎其质，非凡物可以苍老概也。即如植物，必松柏而后可言苍老。松柏之为物，不必尽干霄百尺，即寻丈楹槛间，其鳞鬣夭矫，具有凌云磐石之姿。此苍老所由然也。苟无松柏之劲质，而百卉凡材，彼苍老何

---

① 叶燮《原诗》外篇上，丁福保辑《清诗话》，下册第 592 页。

所凭借以见乎？必不然矣。①

这段话始终都是譬喻，大概阐明两层意思：首先，苍老只是诗歌多样品质中的一种，是创作发展到晚境的品质，而不是任何阶段都必须追求或能够达到的境界；其次，苍老作为一种美学品格，必依附于某种特殊的艺术形态和品质，就像松柏遒劲的姿态和耐寒的品质决定了它与苍老品格的天然联系，其他植物鲜能同时具备这两种资质，也就难得与苍老沾边。这就给"老"一个清晰的定位，一方面它是意味着艺术成熟境界的绝对价值，但同时又因与某个特殊的创作阶段相联系而不具有绝对的普遍意义。这样一种内在双重性，决定了"老"同时具有价值标准和趣味倾向两个属性。在前一种意义上常用老成、老到的说法，在后一种意义上则多与其他词语组成复合词，如苍老、高老、老劲、老重之类。

叶燮诗学由门人沈德潜和薛雪分别向格调、性灵两个方向加以引申和发挥，沈德潜在格调说中吸纳了苍老之意，而薛雪《一瓢诗话》则用老成、老到指称诗艺的成熟境地，对老的诗歌美学有所推广。但真正喜欢用"老"来论诗，极大地发扬这一概念的重要人物，乃是多方汲取沈德潜诗学的纪昀。纪昀批点方回《瀛奎律髓》，评岑参《首秋轮台》曰："语亦老洁，俱乏深味耳。"②评刘禹锡

---

①叶燮《原诗》外篇上，丁福保辑《清诗话》，下册第 592 页。
②李庆甲辑《瀛奎律髓汇评》卷三〇，下册第 1314 页。

《再授连州至衡阳酬赠别》曰:"笔笔老健而深警。"①评贾岛《寓北原作》颔联"日午路中客,槐花风处蝉"两句:"三四高老。"②评寇准《题山寺》曰:"老当之笔,不必有何奇处。"③评陈师道《寄无斁》曰:"此诗亦老境。"④评吕居仁《还韩城》曰:"风格老重。"⑤评陈与义《舟行遣兴》曰:"虽无深致,而不失朴老。"⑥评赵昌父《送赵成都二首》其一曰:"此首老重。"⑦凡此之类不胜枚举,显示出他对"老"的格外偏爱。他批苏轼诗也常用"老"来称许,如评《送陈睦知潭州》曰:"章法清老。"⑧我还注意到,纪昀诗歌评点中常见的由"老"组成的复合概念,如浑老、清老、高老、老健、老重、老厚等,同样也出现在他任总纂的《四库全书总目》中。此书凭藉"钦定"的尊贵地位,在很多方面都对诗坛产生很大的影响,其中使用的诗学概念如意境、兴象等都活跃在嘉、道以后的诗论中,"老"也不例外。如徐继畬《书田莲房诗卷》称"有性灵,亦有兴象,但未入老境耳"⑨,便是以老为高位概念的典型例证。桐城派诗论家方东树《昭昧詹言》也说:"七言古之妙,朴、拙、琐、曲、硬、

---

①李庆甲辑《瀛奎律髓汇评》卷四三,下册第 1556 页。

②李庆甲辑《瀛奎律髓汇评》卷二六,中册第 1133 页。

③李庆甲辑《瀛奎律髓汇评》卷四七,下册第 1698 页。

④李庆甲辑《瀛奎律髓汇评》卷一七,中册第 667 页。

⑤李庆甲辑《瀛奎律髓汇评》卷三二,下册第 1352 页。

⑥李庆甲辑《瀛奎律髓汇评》卷二九,中册第 1299 页。

⑦李庆甲辑《瀛奎律髓汇评》卷二四,中册第 1067 页。

⑧曾枣庄主编《苏诗汇评》卷二七,中册第 1163—1164 页。

⑨白清才、刘贯文主编《徐继畬集》,山西高校联合出版社 1995 年版,第 1 册第 609 页。

淡,缺一不可;总归于一字,曰老。"①以长时段的诗史眼光看,从宋代到清代其实清晰可见一个以"老"为核心的诗歌美学源流。在具体批评中,杜诗之外另一个常成为"老"的楷模或印证对象的刘长卿七律,宋代黄庭坚就套用杜诗许其"诗到随州更老成,江山为助笔纵横"②,但还只是个抽象评价。到清代,薛雪称"况随州韵度不如苏州,意味不如右丞;然其豪赡老成,则皆过之"③,便在与王维、韦应物的比较中突出了其"老"的特质;牟愿相《小澥草堂杂论诗》更用立象尽意的方式,形容"刘文房诗如陈仓野鸡,色碧声雄"④,最终使刘长卿诗的苍老境界获得较具体的风格印象。清代是古典诗学的集大成时期,在对"老"的美学认知和阐发上同样达到成熟的境地。

二、"老"的美学内涵

由唐至清,对老的审美知觉和理论认识是逐步深入的,这一历程同时也是"老"的美学意蕴不断丰富的过程。

以老为生命晚境的原始义涵,使对"老"的审美知觉一开始就与文学写作的阶段性联系在一起。古典文论向来将文运比拟为自然运化,诗歌写作的历程在人们心目中也与生命周期一样,在

①方东树《昭昧詹言》续录卷一,第 232 页。
②黄庭坚《忆邢惇夫》,郑永晓编《黄庭坚全集》,江西人民出版社 2008 年版,上册第 537 页。
③薛雪《一瓢诗话》,人民文学出版社 1979 年版,第 149 页。
④郭绍虞辑《清诗话续编》,第 2 册第 914 页。

不同阶段呈现出不同的面貌。就像吴可《藏海诗话》所说的,"凡文章先华丽而后平淡,如四时之序,方春则华丽,夏则茂实,秋冬则收敛,若外枯中膏者是也,盖华丽茂实已在其中矣"①。从一般意义上说,老正是秋冬成熟收获的阶段,因此宋代孙奕《履斋示儿编》称"老而诗工"②,刘克庄《赵孟侁诗题跋》称"必老始就",明谢榛句云"诗缘老后格逾健"③,都是表达同样的意思。清代张谦宜甚至认为"诗要老成,却须以年纪涵养为济次,必不得做作妆点,似小儿之学老人"④,这就意味着老与其说是一种美学风格的类型,还不如说首先是文学创作的一种境界,一种自然养成、来不得模拟追求的至高境界。当然,如果作者理解了老境的要义,也能将这种涵养作为一个目标来追求。清初李念慈《寄孙豹人江右书》自述:"弟锥老无进益,然自觉迩来较前稍放手一步,而此心一味求厚重扩大朴老深醇,宁可不新,宁可将作不出好意舍去,决不敢讨便宜悦浅人眼目。"⑤他将自己对老境的追求概括为厚重、扩大、朴老、深醇四个方面,启发我们"老"与"清"一样,也具有一种统摄性,在实际的批评中可能包含着内容和风格两方面的含义。

从内容方面说,老意味着谙于世故,在历史上宋诗尤得其趣。林景熙《王修朱诗集序》论作诗,概括为这么几点:"盖情性以发

①丁福保辑《历代诗话续编》,上册第 331 页。
②孙奕《履斋示儿编》卷一〇,中华书局 2014 年版,第 166 页。
③许学夷《诗源辩体》后集纂要卷二,人民文学出版社 1987 年版,第 421 页。
④张谦宜《絸斋诗谈》卷一,郭绍虞辑《清诗话续编》,第 2 册第 793 页。
⑤李念慈《谷口山房文集》卷一,康熙刊本。

之,礼义以止之,博以经传,助以山川,老以事物。"①最后的"老以事物"即深于世故之谓,通常尤指经历忧患,像杜甫那样对人生对社稷获得深刻的认识。钱谦益《答徐巨源书》称赞徐世溥"新文高明广大,气格苍老,所得于忧患者不少"②,正是着眼于此。世故深而人情练达,表现在诗文中即立意妥帖,显出深谙人情世故的练达。龚贤《赠剩上人系中》诗云:"老僧待死处,古寺号承恩。无地可行脚,傲天且闭门。既知身是幻,羞问舌犹存。向午坐清寂,蒲团松树根。"黄生评:"起得老,结得深。"什么意思呢?因为"此诗极难措手,是顽民又是释子,看它笔下情事吞吐之妙"③。对方是一位逃禅的遗民,如何在遗民的执着和释子的幻灭之间找到一个沟通和平衡的点非常困难,诗起首以"待死"沟通两者的身份,结尾以蒲团与青松象征两者的操行,取意深稳而浑然无迹,洵可谓起老结深。这里的"老"与其说体现在艺术表现上,还不如说体现在对人情世故的深刻理解上。

在风格方面,"老"因其统摄性而往往与其他的审美概念并称。如张谦宜《絸斋诗谈》卷一曾说:"'老'字头项甚多,如悲壮有悲壮之老,平淡有平淡之老,秾艳有秾艳之老。"④这里的"老",与其说是作为风格还不如说是作为艺术境界来把握和追求的,合内容和风格而为一。只有前文所引方东树论七古之妙,说朴、拙、

①陈增杰《林景熙诗集校注》,浙江古籍出版社 1995 年版,第 343 页。
②钱谦益《牧斋有学集》卷三八,下册第 1315 页。
③黄生《植芝堂今体诗选》,转引自汪庆元《徽学研究要籍叙录》,《徽学》第
　二卷,安徽大学出版社 2002 年版,第 381 页。
④郭绍虞辑《清诗话续编》,第 2 册第 793 页。

琐、曲、硬、淡,"缺一不可,总归于一字,曰老",才是分析"老"所
包含的若干审美要素:朴拙是质朴,硬是老健,淡是自然平淡,琐
是致细,曲是变化。杨子彦将老的美学内涵概括为平和自然、气
势纵横的风格,直抒见意、不加雕琢而深稳妥帖的创作特点和不
工自工、至法无法的水平和境界①,已触及问题的核心,但尚有深
入展开的余地,我认为"老"的审美内涵起码可以从以下四个层面
去认识。

　　首先是在风格上显现为老健苍劲的色调。因为杜甫有"庾信
文章老更成,凌云健笔意纵横"的名句,他的诗风也自然地被与
"老"联系起来。纪昀评其《中夜》一诗即云:"一气写出,不雕不
琢,而自然老辣。"②后人学杜而得其髓者,自然也具有"老"的风
味。如王渔洋读宗元鼎《芙蓉集》,评曰:"《选》体诗向得阴铿、何
逊之体,意得处往往欲逼二谢,《三月晦日》一篇尤为佳绝。近一
变而窥杜之堂奥,故多老境。"③"老"给人的感觉印象,最突出的
就是老健。谢榛《四溟诗话》形容盛唐诗境有"老健如朔漠横雕"
一说④,邓汉仪《诗观》三集序也提到"或老健苍深,挺乎如虬松怪
柏之坚凝也"⑤,都具象地诠释了"老"的美感特征。后来诗家言
"老"也多与健相提并论。如陈祚明评枣据《杂诗》"古健朴老,甚

---

①杨子彦《纪昀文学思想研究》,第146—147页。
②李庆甲辑《瀛奎律髓汇评》卷一四,上册第533页。
③宗元鼎《芙蓉集》诸家总评,台湾学生书局1971年影印康熙刊本。
④谢榛《四溟诗话》卷三,丁福保辑《历代诗话续编》,下册第1180页。
⑤邓汉仪辑《诗观》三集卷首,康熙刊本。

近魏人"①。纪昀评韩仲止《寒食》"人家寒食当晴日,野老春游近午天",称"老健深稳"②;又评苏轼《武昌西山》"笔笔老健"③。张谦宜《絸斋诗谈》卷五论陆游"五言律尤有笔力,老健无敌"④。正如谢、邓二人所言,老健在感觉印象上表现为一种瘦硬与苍劲之风。瘦硬通常显示为不同寻常的笔力,如陈祚明评庾信《晚秋》云:"生硬见老,以无语不经结撰也。即事能结撰,定异泛作。"⑤而苍劲则每每表现于诗境的高远雄浑。叶燮不仅在《原诗》外篇下细论苍老,《与千子文虎彝上诸子论诗竟日仍叠韵二首》也说:"遗山诗论抉源探,八代三唐总一函。劲比松枝苍自韵,味同蔗境老方甘。"⑥前引后人对宋元诗风的比较也表明,老与苍都与嫩相对,苍老两字本是互文的。那么,诗中的苍老是一种什么样的风貌呢?清初李浃有一组《秋日闲兴》,其二写道:"老树鸣风叶,萧萧万壑流。那堪连夜雨,散作满城秋。远杵寒相答,孤鸿迥自愁。升沉看物理,天地一虚舟。"王渔洋评:"一气卷舒,声格俱老,故是作家。"⑦这里的"声格"是格调的另一个说法,托名白居易的《金针诗格》论"诗有五忌",就说"格弱则诗不老",可见"老"是表现在格、调两方面的。李浃这样的作品不能不让人联想到杜甫晚年

①陈祚明《采菽堂古诗选》卷一〇,上册第 288 页。
②李庆甲辑《瀛奎律髓汇评》卷一〇,上册第 388 页。
③曾枣庄主编《苏诗汇评》卷二七,中册第 1190 页。
④郭绍虞辑《清诗话续编》,第 2 册第 857 页。
⑤陈祚明《采菽堂古诗选》卷三四,下册第 1128 页。
⑥叶燮《已畦诗集》卷六,乾隆刊本。
⑦卢见曾辑《国朝山左诗钞》卷一〇,乾隆间雅雨堂刊本。

的诗境,体气雄浑而绝不流于虚响,确实称得上"声格俱老"!

　　其次是在技巧上意味着稳妥和成熟。杜甫晚年所作《长吟》诗,有"赋诗新句稳,不觉自长吟"之句。"稳"即稳妥,是意味着艺术完成度的概念。凡口语中与稳妥相通的词,在诗文评中亦与老相应。如"停当",萧士玮论钱谦益云:"桓宣武入蜀,有老吏曾供事武侯者,宣武询之云:'诸葛公定以何为长?'吏对以未见其长,但每事停当耳。近人诗文,间亦有长处,恨苦不停当,故不能欺余老吏也。余所服牧斋诗文,特以其停当耳。"①又如"老到",薛雪《一瓢诗话》云:"为人要事事妥当,作字要笔笔安顿,诗文要通体稳称,乃为老到。"②这里妥当、安顿、稳称、老到,都可以指称技巧意义上的"老"。又如"圆熟",清代闺秀鲍之芬尝曰:"情真则其言有物,法老故圆转如环。"③圆转亦即成熟。方东树《昭昧詹言》更直接用"稳老"的说法,将稳与老联系在一起:"谢、鲍、杜、韩造语,皆极奇险深曲,却皆出以稳老,不伤巧。"④在宋以后的诗文评中,用"老"指艺术上的稳妥和成熟为最常见。如张戒《岁寒堂诗话》论王维:"世以王摩诘律诗配子美,古诗配太白,盖摩诘古诗能道人心中事而不露筋骨,律诗至佳丽而老成。"⑤都指王维诗各体皆工,俱造成熟境地。需要提到的是,"洁"本指省净

————————

①萧士玮《读牧翁集》,《牧斋初学集》,上海古籍出版社1985年版,下册第2227—2228页。

②薛雪《一瓢诗话》,第144页。

③《清娱阁诗钞》评语,《京江鲍氏三女史诗钞合刻》,光绪八年嘉禾刊本。

④方东树《昭昧詹言》卷五,第137页。

⑤张戒《岁寒堂诗话》卷上,丁福保辑《历代诗话续编》,上册第460页。

无长语,但与老相连则意味着完整无赘余。纪昀评陈师道《次韵晁无斁》"亦老洁"①,《秋怀示黄预》"老洁"②,正是在这一意义上指称完成度。反之,当诗歌的艺术表现出现局部的不完满时,"老"的否定式就常用来表示遗憾。如纪昀评《瀛奎律髓》,称杜甫《送王十五判官扶侍还黔中得开字》"五、六未浑老"③,《云安九日郑十八携酒陪诸公宴》"三句究欠浑老"④,陆游《暖甚去绵衣》"谁道江南春有寒"句"'有'字欠老"⑤,韩淲《九日破晓携儿侄上前山伫立佳甚》结联"闲居九日依辰至,举俗胡为亦爱名"(套用陶诗"举俗爱其名")句"殊欠浑老"⑥,王安国《雪意》"结未浑老"⑦,等等,不遑缕举。方元鹍《七律指南甲编》选金赵秉文《寄裕之》诗:"久雨新晴散痹顽,一轩凉思坐中间。树头风写无穷水,天末云移不定山。宦味渐思生处乐,人生难得老来闲。紫芝眉宇何时见,谁与嵩山共往还。"评曰:"无穷二字欠老。"⑧欠老即欠妥帖之谓。因为方氏许此诗"意境极清",而无穷二字殊为雄大,与清淡之风不相融,故觉不太妥帖。

　　事实上,老不仅意味着具体的艺术表现完美无瑕疵,同时也意味着整体风格无缺陷。吴汝纶《与杨伯衡论方刘二集书》写道:

①李庆甲辑《瀛奎律髓汇评》卷一〇,上册第 377 页
②李庆甲辑《瀛奎律髓汇评》卷一二,上册第 445 页。
③李庆甲辑《瀛奎律髓汇评》卷二四,中册第 1070 页。
④李庆甲辑《瀛奎律髓汇评》卷二六,中册第 598 页。
⑤李庆甲辑《瀛奎律髓汇评》卷一〇,上册第 385 页。
⑥李庆甲辑《瀛奎律髓汇评》卷一二,上册第 466 页。
⑦李庆甲辑《瀛奎律髓汇评》卷二一,中册第 886 页。
⑧方元鹍《七律指南甲编》卷四,嘉庆刊本。

"夫文章之道,绚烂之后归于老确。望溪老确矣,海峰犹绚烂也。意望溪初必能为海峰之闳肆,其后学愈精,才愈老,而气愈厚,遂成为望溪之文。海峰亦欲为望溪之醇厚,然其学不如望溪之粹,其才其气不如望溪之能敛,故遂成为海峰之文。"①可见"老确"是绚烂之上的境界,而方苞所以能造此成熟稳妥之境,在吴汝纶看来,是与养气之"厚"有关的。厚为涵养积蓄所致,刘大櫆涵养不及方苞深厚,故"其才其气不如望溪之能敛"。敛是含而不发之义,也就是围棋所谓的"厚味",意味着内在的力度、蓄势待发的能量,见于盘面则四处安稳,无可被攻击的缺陷和弱点。因此厚实也是"老"的题中应有之义,不过古人涉及这点不多,只有前引杨慎论庾信的一段话,对杜甫"老更成"之说从有质有骨的角度做了一番发挥。有质有骨是劲健,清而不薄就是有厚味,其说极精深有见地,故为薛雪《一瓢诗话》阐说发挥②。此外清初贺贻孙《诗筏》是我所见对此有独到发明的一位诗论家,他特别讨论陶诗为何淡而不厌的问题,答案就是厚。"诗固有浓而薄,淡而厚者矣"③。这里与厚相关的"淡"正是老审美内涵的另一个义项。

我们知道,老在修辞上表现为自然平淡的特点。正像人到老年,表情和举止都趋于自然平静,艺术的老境也都显示出自然平

---

①吴汝纶《桐城吴先生文集》卷四,中国近代史料丛刊第 365 种,台湾文海出版社影印本,第 1052 页。

②薛雪《一瓢诗话》:"绮而有质,艳而有骨,清而不薄,新而弗尖;稗官野史,尽作雅音;马勃牛溲,尽收药笼;执画戟莫敢当前,张空弮犹堪转战;如是作法,方不愧老成。"第 141 页。

③贺贻孙《诗筏》,郭绍虞辑《清诗话续编》,第 1 册第 137 页。

淡的气质。纪昀评杜甫《曲江对饮》"淡语而自然老健"①,评陈师道《九日寄秦觏》"诗不必奇,自然老健"②,就是指这种境界。冯舒评曾几《悯雨》则径曰"淡老"③。古代诗文评对平淡的论说,似始于晚唐。陆龟蒙曾说:"余少攻歌诗,欲与造物者争柄,遇事辄变化不一,其体裁始则陵轹波涛,穿穴险固,囚锁怪异,破碎阵敌,卒造平淡而已。"④到宋代平淡开始凸显出它的审美品位。梅尧臣《读邵不疑诗卷》"作诗无古今,唯造平淡难",是较早表达这种意识的名句。后来陆游《追怀曾文清公呈赵教授赵近尝示诗》"律令合时方妥帖,工夫深处却平夷"一联,虽非论诗,却甚合其理。而最有影响的议论,则莫过于苏东坡与侄书所谓极绚烂而归于平淡之说:"大凡为文,当使气象峥嵘,五色绚烂,渐老渐熟,乃造平淡。"⑤后人对平淡趣味的主张多半本自东坡,如清代彭绍升评李惇诗有云:"绚烂之极,直造平淡,此为老境。"⑥马信侯又将此意括为一联曰:"一时绚烂仍平淡,老境文章自一家。"东坡之说到葛立方《韵语阳秋》中曾换了个表达方式,反过来说"大抵欲造平淡,当自组丽中来,落其华芬,然后可造平淡之境"⑦,况周颐认为其

---

① 李庆甲辑《瀛奎律髓汇评》卷一〇,上册第 359 页。
② 李庆甲辑《瀛奎律髓汇评》卷一六,中册第 637 页。
③ 李庆甲辑《瀛奎律髓汇评》卷一七,中册第 681 页。
④ 魏庆之《诗人玉屑》卷一〇引,上海古籍出版社 1978 年版,上册第 218—219 页。
⑤ 周紫芝《竹坡诗话》,何文焕辑《历代诗话》,上册第 348 页。
⑥ 李惇《淀湖漫稿》卷下,《清代诗文集汇编》,上海古籍出版社 2010 年版,第 382 册第 807 页。
⑦ 葛立方《韵语阳秋》卷一,吴文治主编《宋诗话全编》,第 8 册第 8198 页。

说可通于词,曾引述而发挥自然从追琢中出之理①。清初李因笃评杜诗,特别注意其平淡之处。《别常征君》诗评曰:"董文敏有言,诗文书画少而工,老而淡。此篇可谓老淡,又东坡所云绚烂之极也。"②前文所引吴汝纶论方苞、刘大櫆两家文,将老确与绚烂相对,已暗示了老确隐含有平淡的意味,这其实是与人生的境界相通的。所以吴栻《云庵琐语》说:"绚烂之极,归于平淡,文章境界固然,人之处世亦如之。壮盛之年,一切幻想妄想,皆绚烂也;至于老而归于平淡矣。若夫人事之衰旺、草木之荣枯,皆可作如是观。"③诗歌中的自然平淡首先意味着朴素的风格,傅山《老趣》诗正是个典型的例子:"老趣深自领,弱丧将还乡。天地既逸我,岂得反自忙。言语道断绝,瘔瘔束吾装。早起闻霜肃,皪皪明南冈。素雪笼红树,奇艳兹秋光。好语懒一裁,茹之时复忘。即此省心法,不药服食方。潞州红酒来,聊复进一觞。惯惯待其至,负赘日已长。"④具体到艺术表现,则有结构、章法的质直,如李因笃评杜甫《无家别》说:"直起直结,篇法自老。"⑤又有修辞技巧的平淡,如杜甫《忆弟二首》其二:"且喜河南定,不问邺城围。百战今谁在,三年望汝归。故园花自发,春日鸟还飞。断绝人烟久,东西

①况周颐《蕙风词话》续编卷一,唐圭璋辑《词话丛编》,中华书局 1986 年版,第 4555 页。
②刘濬《杜诗集评》卷九,嘉庆间海宁蘂照堂刊本。
③吴栻《云庵琐语》,《中国西北文献丛书》,兰州古籍书店 1990 年版,第 165 册第 514 页。
④傅山《霜红龛集》卷五,山西人民出版社 1985 年影印本,第 135 页。
⑤刘濬《杜诗集评》卷二,嘉庆间海宁蘂照堂刊本。

消息稀。"李因笃评曰："高处每以淡语写悲情，弥见其老。"①又评杜甫《江上》"勋业频看镜，行藏独倚楼"一联："此十字至大至悲，老极淡极，声色俱化矣。"②又评《赠别何邕》："语淡而悲，非老手不能。"③至于语言则朴实如口语，即李宪乔评李秉礼《得刘正孚之官奉天书并新什却寄》所谓"诗到老境，不过只如说话"④，陈祚明称孙楚《征西官属送于陟阳候作诗》"语气质朴高老"⑤，张谦宜称孟浩然《洛中送奚三还扬州》"一气如话，此之谓老"⑥，均为其例。需要指出的是，这些不同层面上的具体表征，作为局部性的倾向，虽都同趋于"老"，却未必能决定其总体性修辞要求，或者说一个总体性修辞要求可能很难涵盖这些具体表征，落实到具体的诗型尤其如此。徐增论七古，即认为"古诗贵质朴，质朴则情真。又贵紧严，紧严则格老"⑦。如果说质朴着眼于语言风格，那么紧严则似着眼于结构，两者与自然平淡是并不等距的。这意味着老即便作为接近理想的艺术境界，也为文体特质留下了自主的回旋余地。

　　自然平淡的境界，貌似浑然天成，看不出用功之迹，就像刘榛评田兰芳《送郑石廊游三水序》所谓"一笔挥洒，了不见追琢之迹，

---

①刘濬《杜诗集评》卷七。

②刘濬《杜诗集评》卷九。

③刘濬《杜诗集评》卷八。

④李秉礼《韦庐诗内集》卷三，道光十年刊本。

⑤陈祚明《采菽堂古诗选》卷一二，上册第 359 页。

⑥张谦宜《絸斋诗谈》卷五，郭绍虞辑《清诗话续编》，第 2 册第 849 页。

⑦樊维纲校点《说唐诗》，中州古籍出版社 1990 年版，第 18 页。

此谓老境"①,或者像纪昀评寇准《题山寺》所谓"老当之笔,不必有何奇处"②。但不见雕琢痕迹,并不是无所用心;看不出奇处,也绝不是率然而发。老境的自然平淡乃是精心锤炼的结果,从效果来看就像魏际瑞说的,"作文如瘿瓢藤杖,本色不雕一毫,水磨又极精细"③。古来论者都深明此理,所以主张自然者都强调出于雕琢,如彭孙遹说:"词以自然为宗,但自然不从追琢中来,便率易无味。如所云绚烂之极,乃造平澹耳。"④而言技法者又归于自然之化境,如李因笃评杜甫《舍弟观归蓝田迎新妇送示二首》其一云:"空老极矣,正是骨肉至情。然何尝无点染废巧法也,难其化为老境耳。"⑤徐增评张继《枫桥夜泊》云:"唐人诗,无不经百炼而出,不难讨好于字句之间,而难于寻不出好处。诗到寻不出好处,方是老境。"⑥准确地揭示了唐诗最核心的艺术精神。到晚清朱庭珍《筱园诗话》遂有一段总结性的阐发:

　　盖自然者,自然而然,本不期然而适然得之,非有心求其必然也。此中妙谛,实费功夫。盖根底深厚,性情真挚,理愈积而愈精,气弥炼而弥粹。酝酿之熟,火色具融;涵养之纯,痕迹进化。天机洋溢,意趣活泼,诚中形外,有触即发,自在

①田兰芳《逸德轩文集》上卷,康熙间刊《百城山房丛书》本。
②李庆甲辑《瀛奎律髓汇评》卷四七,下册第 1698 页。
③魏际瑞《与子弟论文》,《魏伯子文集》卷四,《宁都三魏文集》本。
④彭孙遹《金粟词话》,唐圭璋辑《词话丛编》,第 721 页。
⑤刘濬《杜诗集评》卷一〇,嘉庆间海宁蔡照堂刊本。
⑥樊维纲校点《说唐诗》,第 273 页。

流出,毫不费力。故能兴象玲珑,气体超妙,高浑古淡,妙合
自然,所谓绚烂之极,归于平淡是也。此可以渐臻,而不可以
强求。学者以为诗之进境,不得以为诗之初步,当于熔炼求
之,经百炼而渐归自然,庶不致蹈空耳。①

关键在于明了修辞的真义,知道如何用功夫,就像武功修到深处,
便能收放自如。汪烜《弟宗典诗集序》曾发明此义至精,道是"其
静而与天游,故其体物也工;其气有所养而不妄驰,故其修辞也
老"②。但到明白这个道理时,往往已届老暮。诚如吴可《藏海诗
话》所说,"杜诗叙年谱,得以考其辞力,少而锐,壮而肆,老而严,
非妙于文章不足以致此。如说华丽平淡,此是造语也。方少则华
丽,年加长渐入平淡也"③。陆游平生诗境之变,戴复古《读放翁
先生剑南诗草》已言:"入妙文章本乎澹,等闲言语变瑰琦。"赵翼
更具体指出,"放翁诗之宏肆,自从戎巴、蜀,而境界又一变。及乎
晚年,则又造平淡,并从前求工见好之意亦尽消除,所谓'诗到无
人爱处工'者,刘后村谓其皮毛落尽矣"④。赵翼自己晚年作《遣
兴》,也述说过"老境诗篇不斗新"的体会⑤。只有摆脱了创新的
焦虑,而付之以平常心,才能达到自然平淡的境界。这也就是本

①朱庭珍《筱园诗话》卷一,《清诗话续编》,第4册第2341页。
②汪烜《汪双池文集》,日本大谷大学图书馆藏乾隆间稿本。
③丁福保辑《历代诗话续编》,上册第328页。
④赵翼《瓯北诗话》卷六,《赵翼全集》,凤凰出版社2009年版,第5册第
67页。
⑤赵翼《遣兴二首》其二,《瓯北集》卷五三,《赵翼全集》,第6册第1097页。

文开头所引王士禛自述的真谛。

　　最后是在创作态度上具有一种自由超脱与自适性。孔子述说人生经验,有"七十随心所欲而不逾矩"的说法,这既是能在既定规范内获得最大自由的自信,同时又是自适其适而不至于俪规逾矩的成熟。那种炉火纯青的境界,仿佛一切都自然而然,既不刻意造作,也不谨小慎微,任心直行,无拘无束。窦蒙《述书赋》一言以蔽之:"无心自达曰老。"①陆游有两首同题的《老境》诗,一云"发白未及童,齿摇未及脱。正如一席饮,烧烛将见跋"②,一云"平生百不遂,惟有老如期"③,一派诙谐之风。人老而淡于名利之求,同时也渐少礼法之拘,往往变得更为率性。乘兴而行,适意而止。表现在诗歌创作上,一则任心直行,少所顾忌;一则出奇见怪,变动无常。前者出于胆量,后者出于创造力。托名梅尧臣《续金针诗格》论"诗格有五忌","一曰格懦则诗不老"④。反过来说,老的前提就是无拘无束、放胆率意,在诗中常表现为放诞不羁和率意出奇。前面提到,诗至老境必有一种苍劲之气,但徐增评杜甫《秋兴》其八"佳人拾翠春相问"句却说:

　　　　"佳人"句,娟秀明媚,不知其为少陵笔,如千年老树,挺一新枝,而此一新枝,不从子粒中出生,千年之气候自在。毕竟非少陵不能作也。吾尝论文人之笔,到苍老之境,必有一

---

①张彦远《法书要录》卷六,上海古籍出版社 2013 年版,第 155 页。
②陆游《剑南诗稿》卷二九,岳麓书社 1998 年版,上册第 682 页。
③陆游《剑南诗稿》卷三一,上册第 719 页。
④陈应行《吟窗杂录》,中华书局 1997 年版,第 563 页。

种秀嫩之色,如百岁老人,有婴儿之致;又如商彝周鼎,丹翠烂然也。今于公益信云。①

这里说的秀嫩之色,应该理解为苍老之境中的偶然变化,绝非常态。正像婴儿之致也只是百岁老人偶然闪现的童心,并非日常状态如此。诗人到晚年,常随心所欲,率意而为。不循定格、逸出常规的"破体",固然是老境常见的表现,如杜甫《王十五司马弟出郭相访遗营草堂赀》:"客里何迁次,江边正寂寥。肯来寻一老,愁破是今朝。忧我营茅栋,携钱过野桥。他乡惟表弟,还往莫辞劳。"查慎行评:"一气呵成,化尽排偶,诗家老境。"②至于自我作古、创为新格的创体,同样也是老境的特征之一。赵翼《瓯北诗话》论白居易近体诗中的创格,"盖诗境愈老,信笔所之,不古不律,自成片段,虽不免有恃老自恣之意,要亦可备一体也"③。无论是破体还是创体,都是纵其所如,适意而止,给人以新异警拔的刺激,就像菜肴的生辣之味,因此诗家老境也常用辣来形容。言章法者,如张耒《夏日》纪昀评:"竟不装头,直排四景句,格亦老辣。"④言用字者,如吴某评康乃心《春夏间之诗》:"字字生辣,字字老到,无半点尘俗气。"⑤有时并不刻意创变,纯出于自然抒发,也能获致这

①樊维纲校点《说唐诗》,第 406 页。
②刘濬《杜诗集评》卷八,嘉庆间海宁蓼照堂刊本。
③赵翼《瓯北诗话》卷四,《赵翼全集》,第 5 册第 33 页。
④李庆甲辑《瀛奎律髓汇评》卷一一,上册第 402 页。
⑤康乃心《三千里诗》,《莘野先生遗书》,中国社会科学院文学所藏稿抄本。

种效果。如杜甫《中夜》纪昀评："一气写出，不雕不琢，而自然老辣。"[1]正是这种无拘无束的任性，成就了诗人晚年的创变。贺贻孙论杜诗之重在骨："骨重故沉，沉故浑，浑故老，老故变，变故化。"[2]钱谦益论龚鼎孳诗之才在变："学富则使物皆灵，才老则揽境即变。山厉水屈，则昌黎斗其犖兀；天容海色，则眉山并其澄闲。"[3]不过，成也萧何，败也萧何。这种任性所造的变化，在塑造个人风格的同时也常伴生负面的结果，从而不可避免地产生一批与"老"相关的负价审美概念。

三、与"老"相关的负价概念

与"清"一样，"老"也不是个纯粹的绝对正价的审美概念。正如许印芳所说："凡天地间事物，有一美在前，即有一病随之于后。惟诗亦然：雄有粗病，奇有怪病，高有肤廓病，老有草率病。惟根柢深厚者，始能善学古人，得其美而病不生。根柢浅薄者，每学古人，未得其美，病已著身。"[4]这并不是说雄、奇、高、老这些正价的美感必然与某些负面因素相伴，而是说他们本身含有病变的可能性，很容易滑向负价的方向。其情形同样与作家的年龄和创

①李庆甲辑《瀛奎律髓汇评》卷一四，上册第533页。
②贺贻孙《诗筏》，郭绍虞辑《清诗话续编》，第1册第135页。
③钱谦益《定山堂诗集序》，龚鼎孳《定山堂诗集》卷首，光绪九年龚彦绪刊本。
④李庆甲辑《瀛奎律髓汇评》卷二三杜甫《南邻》评，中册第992页。

作经历有关。

胡应麟《诗薮》曾指出："凡诗初年多骨格未成，晚年则意态横放，故惟中岁工力并到，神情俱茂。"①诗歌史上的例子，"如老杜之入蜀，仲默、于鳞之在燕，元美之伏阙三郡，明卿藏甲西征，敬美幨帷兰省，皆篇篇合作，语语当行"。然而到晚境，"老杜夔峡以后，过于奔放；献吉江西以后，渐失支离；仲默秦中之作，略无神彩；于鳞移疾之后，大涉刻深；元美郧台之后，务趋平淡。视其中年精华雄杰，往往如出二手"②。现在看来，宋人的艺术观念已预示了对老境的追求可能会导致相应的负面结果。陈师道论诗主张："宁拙毋巧，宁朴毋华，宁粗毋弱，宁僻毋俗，诗文皆然。"③拙、朴、粗、僻并不都与"老"的审美内涵相重叠，但江西派沿着这种艺术观念发展，却会使他们对老境的追求出现一些偏差。叶燮《原诗》因此说宋诗不可以工拙论，其工处固有意求工，拙处亦有意为拙，《四库提要》虽不同意他的看法④，却的确认为方回"不免以粗率生硬为老境"⑤。的确，自宋代以来，老的趣味就一直处于被误解、混淆和辩解、辨析中，"老"的所有义涵都衍生出一批与之相近而容易相混的审美概念。

首先，老的本义既然是生命的晚景，即便有着成熟的完美，同时也暗寓着衰弱和枯萎的趋势。所以在老的美学义涵中，与苍劲

---

① 胡应麟《诗薮》续编卷二，上海古籍出版社 1979 年版，第 360 页。
② 胡应麟《诗薮》续编卷二，第 360 页。
③ 陈师道《后山诗话》，何文焕辑《历代诗话》，上册第 311 页。
④ 参看蒋寅《原诗笺注》外篇下，上海古籍出版社 2014 年版，第 346—349 页。
⑤ 永瑢等《四库全书总目》卷一六六《桐江续集》提要，第 1423—1424 页。

相近的瘦硬，一旦过分则流于干枯。宋代孔平仲就注意到了"老硬多失之干枯"的结果①，后来朱子曾批评梅尧臣诗"不是平淡，乃是枯槁"②。纪昀在《瀛奎律髓刊误序》更专门指出方回"以生硬为高格，以枯槁为老境"的迷误③。为什么枯槁会误为老境呢？因为它和平淡很接近，或者说平淡之极就是枯寂，所以纪昀认为"以枯寂为平淡，以琐屑为清新，以楂牙为老健，此虚谷一生病根"④。清初毛先舒《诗辩坻》"诗有十似"条，辨析似是而非的相近概念，其中也有"枯瘠似苍"一条。张谦宜《絸斋诗谈》论琢句指出有"故意颓放枯瘠以为老气"的现象⑤。为此袁枚在《随园诗话》中特地说明："老年之诗多简练者，皆由博返约之功。如陈年之酒，风霜之木，药淬之匕首，非枯槁简寂之谓。"⑥诗家对老滑向枯寂的警觉，到晚清竟萌发一种矫枉过正的主嫩之说，发自钱振锽《星影楼壬辰以前存稿·诗说》："诗取其嫩，非云支嫩，欲其鲜嫩耳。嫩则有味有姿，瓜梨菱藕，嫩则有味，老则无味矣。绝代美人年少则有姿，若老妪则无姿矣。至于昌黎、遗山专为老劲语，又当别论。"⑦除了枯寂之外，与苍劲之义相关的负价概念还有钝拙。钝拙在特定语境中（如词学中的"拙重大"）可以成为正价概

---

① 孔平仲《孔氏谈苑》，吴文治主编《宋诗话全编》，第 1 册第 695 页。
② 魏庆之《诗人玉屑》卷一〇引，上册第 219 页。
③ 纪昀《瀛奎律髓刊误》卷首，嘉庆五年刊本。
④ 李庆甲辑《瀛奎律髓汇评》卷二三梅尧臣《闲居》评，中册第 970 页。
⑤ 张谦宜《絸斋诗谈》卷三，郭绍虞辑《清诗话续编》，第 2 册第 811 页。
⑥ 袁枚《随园诗话》卷五，浙江古籍出版社 2015 年版，第 173 页。
⑦ 钱振锽《星影楼壬辰以前存稿》，光绪十八年刊本。

念,但作为苍劲的衍生概念,却只会滑向负价方向。毛先舒《诗辩坻》"诗有十似"中还有"方钝似老"一条,其道理应该是像张谦宜说的,"诗要老成,却须以年纪涵养为浒次,必不得做作装点,似小儿之学老人"①,就是说老成不能出于幼稚笨拙的模仿。

毫无疑问,老成是自然的成熟老练,故一定与笨拙无缘。值得警惕的倒是它会因过于圆熟而失去新鲜感,导致相应的平庸。如前文所述,老的义涵之一是稳妥,但稳妥只是成熟的初境,一味稳妥而无精思独造便会陷于平庸。黄生答人求正诗作曰:

> 展读大作,首首稳当,略无出入之处。然觉有一种不烦思索、不费推敲语句,提笔便到,以故病处寻不出,佳处亦寻不出,此之谓稳则可,谓之工则未也。凡诗之称工者,意必精,语必秀,句有句法,字有字法,章有章法。大作似信手信口,直率成篇,而于古人法度之精严、意境之深曲、风骨兴象之生动,未之有得焉。②

所谓不烦思索、不费推敲、提笔便到的语句,也就是太容易太现成的语句。方回《瀛奎律髓》卷十三选陆游《冬晴日得闲游偶作》,许其"诗思长桥蹇驴上,棋声流水古松间"一联"天成",但纪昀却觉得"此亦太现成,遂开习调"③。现成就是平庸,也就是熟。熟

---

①张谦宜《絸斋诗谈》卷一,郭绍虞辑《清诗话续编》,第2册第793页。
②黄生《诗麈》卷二,《皖人诗话八种》,黄山书社1995年版,第85页。
③李庆甲辑《瀛奎律髓汇评》卷一三,上册第496页。

在许多情况下未必就近于平庸，曾几《雪作》在纪昀眼中是"浅语，却极自然；熟语，却不陈腐。此为老境"①。但熟要免于陈腐，必须靠劲健的火候。所以黄图珌《闲笔》卷三论"忌熟"云："熟者，俗也。下笔太熟则近俗也。总以古劲为最，若能古劲，而俗自脱矣。所以忌于熟也。"②不只古劲，有时生辣也是避熟良方，这又回到前文所论及的生辣味道。袁枚《随园诗话》有云："鲁温卿席上嫌酒不佳，调主人云：'诗近老成多带辣，酒逢寒士不嫌酸。'"③此言论诗也是论酒，论酒也是论诗，两者均同此理。

　　由老的平淡义涵衍生的负面概念除了枯寂之外，还有粗疏浅率。黄子云《野鸿诗的》指出："理明句顺，气敛神藏，是谓平淡。如《十九首》岂非平淡乎？苟非绚烂之极，未易到此。窃见诗家误以浅近为平淡，毕世作不经意、不费力、皮壳数语，便栩栩自以为历陶、韦之奥，可慨也已！"④薛雪《一瓢诗话》也认为："火候未到，徒拟平淡，何啻威喜丸，费尽咀嚼，斐然满口，终无气味。"⑤且不说后人常将平淡误解为浅率，就是被杜甫许为老成的庾信，在后人的评价中也不是没有别的理解。陈祚明评庾信《喜晴》诗说："拙处率处并见，其老且有致也。少陵神似之，不独仿其工，更仿其拙耳。"⑥杜甫备受推崇的夔州诗，论者更有一种否定的评价。

①李庆甲辑《瀛奎律髓汇评》卷二一，中册第893页。
②黄图珌《看山阁集·闲笔》，《清代诗文集汇编》，第288册第452页。
③袁枚《随园诗话》卷六，第224页。
④黄子云《长吟阁诗集》附，乾隆十二年刊本。
⑤丁福保辑《清诗话》，下册第680页。
⑥陈祚明《采菽堂古诗选》卷三四，下册第1127页。

如李怀民《论袁子才诗》提到:"或谓老杜夔州以后诗,颓唐不及从前。大概文人暮年,名已成而学不加进,心力耗而手腕益拙,往往出之率易,不及当年。子才此卷,亦老杜夔州什也。或其早岁犹不至是。"①至于崇尚老趣的宋诗,受到批评就更多了。何景明《与李空同论诗书》说:"宋人似苍老而实疏卤。"②代表了格调派对宋诗尚老境的一种固有评价。后来清初宋诗派也遭到"鄙琐以为真,浅率以为老"的批评③。浅率与真正的老,有时差别是很微妙的,在很多情况下可能取决于评论家的主观感觉。如张耒《北桥送客》,纪昀觉得"本色老健,前四句恣逸特甚,然不是率笔,故佳"④;而白居易《寄刘苏州》,纪昀则认为"去年八月哭微之,今年八月哭敦诗"一联"起二句似老而率"⑤。类似的例子,不同论者可能会有不同的判断。

最后,与自由适意的义涵相联系的是负价概念是颓唐和粗鄙。诗人晚年,笔力颓唐是很正常的。苏东坡《卧病逾月请郡不许复直玉堂十一月一日锁院是日苦寒诏赐官烛法酒书呈同院》诗,纪昀批曰:"老手恃老,往往颓唐。工部晚年,亦不免此。"⑥所以《四库全书总目》说朱彝尊"暮年老笔纵横,天真烂漫,惟意所

①李怀民《论袁子才诗》,《紫荆书屋诗话》,《山东文献集成》第三辑,山东大学出版社 2009 年版,第 47 册第 106 页。
②何景明《何大复集》卷三二,中州古籍出版社 1989 年版,第 575 页。
③王泽弘《丛碧山房诗集序》,庞垲《丛碧山房诗集》卷首,康熙刊本。
④李庆甲辑《瀛奎律髓汇评》卷二四,中册第 1087 页。
⑤李庆甲辑《瀛奎律髓汇评》卷四九,下册第 1806 页。
⑥曾枣庄主编《苏诗汇评》卷三〇,中册第 1284 页。

造,颇乏剪裁。然晚景颓唐,杜陵不免,亦不能苛论彝尊矣"①,基本算不上是批评。但这种颓唐之风与老境却常为人混同,殊有辨别的必要。因此薛雪《一瓢诗话》诫学人"切不可误认老成为率俗"②。纪昀也说杜甫《江村》系"工部颓唐之作,已逗放翁一派。以为老境,则失之"③。颓唐经常是和粗疏、鄙野联系在一起的。如陆游《题斋壁》云:"皞皞太平民,堂堂大耋身。乾坤一旅舍,日月两车轮。蓑贵超三品,蔬甘敌八珍。明年真耄矣,烂醉海棠春。"纪昀批曰:"亦粗疏,亦颓唐,殊不足取。"④这便是解除和否定颓唐、粗疏与老的必然关联。纪昀对此最为敏感,批《瀛奎律髓》曾一再提到。如罗隐《水边偶题》"只知事逐眼前去,不觉老从头上来"二句,方回评为"老",纪昀却道:"是粗野,非老也。以此为老,是宋诗所以为宋诗,而虚谷所以为虚谷也。"⑤吕本中《西归舟中怀通泰诸君》纪昀批:"似老而粗,江西派之不佳者。"⑥即便是江西派上乘之作,如陈师道《寄无斁》,纪昀也认为:"此诗亦老境,然无其骨力而效之,便作元白滑调。"⑦顾奎光《元诗选序》曾批评"南宋诗家名曰学唐,实则竟桃唐人,或崛强拗折生硬以为老,或浅近率易鄙俚以为真"⑧,纪昀之说正可与之相印证。

①永瑢等《四库全书总目》卷一七三《曝书亭集》提要,第 1523 页。
②薛雪《一瓢诗话》,第 95 页。
③李庆甲辑《瀛奎律髓汇评》卷二三,中册第 991 页。
④李庆甲辑《瀛奎律髓汇评》卷二三,中册第 979 页。
⑤李庆甲辑《瀛奎律髓汇评》卷三,上册第 124 页。
⑥李庆甲辑《瀛奎律髓汇评》卷一四,上册第 524 页。
⑦李庆甲辑《瀛奎律髓汇评》卷一七,中册第 667 页。
⑧顾奎光《元诗选》卷首,乾隆刊本。

要避免上述流弊，只有将老与清、秀相结合，以秀救偏枯、钝拙、浅率之弊，以清涤除粗鄙、颓唐之失，才能两全其美。前代诗家都深谙这一点。关于前者，李邺嗣《散怀十首序》指出："年少为诗，自当精思极藻，各尽其才，至齿学渐进，于是造而高澹，而奇老，其于风格日上矣。然使守而不变，以至于极，譬如数啖太羹，频击土缶，音味遂为索然，复何可喜？余谓此当以秀色润之。盖澹而能秀则益远，老而能秀则不枯。"①关于后者，则诗家有所谓"清老"之说，见于钟惺、谭元春《古诗归》论陶渊明的"清出于老"。尽管如此理解清与老的关系，颇值得斟酌，但清与老由此竟联系起来。清初谭宗编《近体阳秋》，凡例论近体"首戒其不当行、不清彻老成、开口不朗利，掉尾不矫举、不漂忽"②，后来张恕又称闻性道"律诗格老气清"③，这是一个最透彻的表达。但许多诗评家更喜欢直接用"清老"来评诗，如朱彝尊《静志居诗话》称徐尊生"诗格清老"④，王尔纲《名家诗永》标举"清老"一派："黄冈杜于皇，自言诗贵得其意。意者，近而远，反而正，止而行。又曰，诸妙皆生于活，诸响皆出于老。故其为诗，取径在王李、钟谭之外。顾与治、邢孟贞、葛震甫、申凫盟、吴野人、丁西生，皆以清老擅场，此一派也。"⑤方贞观《辍锻录》论七律须"清老而不倔直"⑥，袁枚

<hr/>

①李邺嗣《杲堂诗文集》，浙江古籍出版社1988年版，第136页。
②谭宗《近体阳秋》卷首，北京师范大学图书馆藏清刊本。
③张恕《读闻蕊泉诗文集》，《南兰文集》卷二，光绪五年刊本。
④姚祖恩辑《静志居诗话》卷一，人民文学出版社1990年版，上册第50页。
⑤王尔纲《名家诗永》卷首"杂述"，康熙间砌玉轩刊本。
⑥郭绍虞辑《清诗话续编》，第4册第1941页。

称鳌图赠诗"通首清老,一气卷舒,不求工于字句间,古大家往往有之"①。至于最喜欢以"老"论诗的纪昀,自然也少不了使用"清老"一词,评陈与义《试院书怀》即云:"通体清老,结亦有味。"②对于有限正价概念"老"而言,清和秀作为补充性表达法的补充概念,弥补了老可能出现的负面缺陷,虽然我并没有看到"老而清""老而秀"的表达方式③。

　　"老"作为古典美学的重要概念,其实蔓延于古典艺术的各个部门,并非论诗所独专。古人论文也以老为贵,吴建辉的论文已梳理了从南宋末魏天应编《论学绳尺》到明归有光、唐顺之论文对"老境"的崇尚④;清末朱景昭《论文刍说》也说:"文章必从理境入,理境贵朴贵老,贵精贵醇。"⑤以老论书则不仅见于唐代书论,宋代米芾《书史》也说:"濮州李丞相家多书画,其孙直秘阁李孝广收右军黄麻纸十余帖,一样连成卷,字老而逸,暮年书也。"⑥论画则宋宣和书画学之制,要求学生于"诸书方圆肥瘦适中,锋藏笔劲,气清韵古,老而不俗为上"⑦。韩拙《山水纯全集》也提到:"苟

---

①袁枚《随园诗话》卷三,第 107 页。

②李庆甲辑《瀛奎律髓汇评》卷一七,中册第 674 页。

③参看蒋寅《中国古代文论对审美知觉的表达及其语言形式》,《社会科学战线》2015 年第 2 期。

④吴建辉《从〈论学绳尺〉看南宋文论范畴——"老"》,《湖南科技大学学报(社会科学版)》2007 第 3 期。

⑤朱景昭《无梦轩遗书》卷七,民国二十二年朱氏排印本。

⑥黄正雨、王心裁辑校《米芾集》,湖北教育出版社 2002 年版,第 120 页。

⑦赵彦卫《云麓漫钞》卷二,辽宁人民出版社 1998 年版,第 18 页。

从巧密而缠缚,诈伪老笔,本非自然,此谓论笔墨格法气韵之病。"①老笔显然是为人崇尚的境界。而在日常生活中,这种观念已积淀为对某种独特的美感类型的偏爱,如色彩中的"老",即指不那么鲜亮华艳反略为黯淡却沉着凝重的色调,如旧日所谓老蓝布,那种厚实有密度的靛蓝,正代表着最经典的"老"的美感。日语有个词叫しぶい(shibuyi),汉字写作"涩",意谓黯淡的茶色,也是指这种老的色调。至今我们从日本传统棉织品的染色中仍可看到这种对"老"的美学偏爱。我个人非常喜欢日本人这种色彩美学,每每从中感受到中国古典美学中的"老"的品质。

---

① 于安澜辑《画论丛刊》,河南大学出版社 2014 年版,第 90 页。

三　厚

——古典诗歌审美范型之二

　　古典诗学中关于诗美的概念，大致可分为绝对正价概念、有条件的正价概念和负价概念三类①。此所谓正价、负价指正面价值和负面价值，与化学元素的正价、负价不是一回事。本文要讨论的"厚"，是古代诗美概念中不多的绝对正价概念之一，大概可以说在任何情况下都不会转化为负面价值。为什么呢？因为它与古人特有的一种价值观相连，与中国文化对事物本质的理解相关。清代李江《龙泉园语》有云："人得天地之气有厚薄，有长短，厚而长者寿，短而薄者夭。"②既然厚与长寿相联系，得天之气独厚意味着生命力的旺盛，那么它对于人生和艺术不用说都是一种很高的价值。

　　厚很早就进入诗学，成为诗歌作品必要的美学素质，但作为

---

①关于这三类审美概念的划分及言说方式，详看蒋寅《中国古代文论对审美知觉的表达及其语言形式》(《社会科学战线》2015 年第 2 期)一文。
②李江《龙泉园语》卷一，民国刊本。

观念则直到明清之际才有明确的表达。清初《濑园诗话》的作者严首升曾说:"诗厚物也,作诗者往往失之薄,不可不防。"①在明代格调派的诗论中,对厚的崇尚虽也寻常可见,但要到竟陵派的诗论中,厚才真正被看得很重,突出地加以强调。据谭元春《徐元叹诗序》说:

　　尝言诗文之道,不孤不可与托想,不清不可与寄径,不永不可与当机。已孤矣,已清矣,已永矣,曰:如斯而已乎? 伯敬以为当入之以厚,仆以为当出之以阔。使深敏勤壹之士,先自处于阔之地,日游于阔之乡,而后不觉入于厚中。一不觉入于厚中,而其孤与清与永日出焉。②

在谭元春心目中,孤、清、永都已经是很高的价值品位了,但钟惺认为还需要贯注以厚,才能显发孤、清、永之意趣。所以钟惺《与高孩之观察》断言:"诗至于厚而无余事矣。"③谭元春《诗归序》也说:"约为古学,冥心放怀,期在必厚。"④为此厚也自然地被视为大家必然具备的特点或者说常人难及之处。沈约诗历来评价不太高,但沈德潜独许其"在萧梁之代,亦推大家",理由就是其"边幅尚阔,词气尚厚,能存古诗一脉也"⑤。确实,仅凭"词气尚厚"

①严首升《濑园诗话》,国家图书馆藏《茂雪堂丛书》本。
②谭元春《谭元春集》卷三一,上海古籍出版社1998年版,第824页。
③钟惺《隐秀轩集》卷二八,上海古籍出版社1992年版,第474页。
④钟惺、谭元春辑《诗归》卷首,湖北人民出版社1985年版。
⑤沈德潜《古诗源》卷一二,第294页。

这一点,沈约已足以超越齐梁诸家,独步一时。这就是厚的强大魅力。

　　总体看来,"厚"虽是关乎诗学基础理论的概念,但学术界历来很少关注。管见所及,王镇远、邬国平《清代文学批评史》论顾炎武一章提到"重厚",陈少松《钟、谭论"灵"与"厚"的美学意蕴》一文涉及竟陵诗学对"厚"的阐发,近年又有学者注意到词学中关于厚的论说①,都有所发明,给人启迪。但由于这些论著都系就文论史上具体人物的议论加以评说,未从概念史的角度对厚美学意蕴的多重性及其与中国古典美学理想的深层关联加以探讨,这就为我们进一步的阐释留下了余地。本文拟就此略加补苴、申发,以就正于学界同道。

一、"厚"的诗歌表现

　　凡是中国古代文论的重要概念,无不具有丰富的多重涵义。这种意义的多重性及可派生性是古典美学核心概念的重要标志,像我曾经讨论过的"清""老"等,都具有这种性质。厚也是如此,古代文论中的许多资料为我们提供了理解和诠释其丰富内涵的多重向度。

　　《说文》:"厚,山陵之厚也。"其本义应该是覆盖,谓山峦之覆

---

① 曹明升《厚:清代中后期宋词风格论的核心范畴》,《古代文学理论研究》第 29 辑,华东师范大学出版社 2009 年版。

盖于大地。由覆盖引申出包孕之义，又引申为内涵之丰实、体量之大、分量之重、情谊之深，故经籍古注或训为多，或训为大，或训为重，或训为深。而口语中由厚组成的复合词，如厚实、丰厚、宽厚、厚重、厚地、深厚等等，都暗示了诗学概念"厚"的某个审美意涵的指向。其最基本的涵义首先来自这个字本义所指涉的包孕性，即贺贻孙所谓"诗中之厚，皆从蕴藉而出"①。蕴藉在这里有含蓄的意味，而"含蓄"一词的原初语义正是动词"蕴含"，从杜甫、韩愈诗到晚唐诗格都是这么用的②。由此引申出的"厚"，在诗论中便首先意味着内涵丰富即意义的高密度。我们从吴乔《围炉诗话》中可以看到这种理解：

> "侧身天地更怀古，回首风尘甘息机"，十四字中有六层意。"万里悲秋常作客，百年多病独登台"，有八层意。诗之难处在深厚，厚更难于深。子建诗高处亦在厚。③

"深厚"二字组成复合词就是深刻而丰富之义，分开来讲，深是深刻，厚是厚实，吴乔说厚更难于深，可见他所谓的六层意八层意都是偏向于厚的方面。"侧身"一联出自杜甫《将赴成都草堂途中有作先寄严郑公五首》其五，为什么有六层意呢？上句言人生天地间，渺小而短暂，自已足悲；何况夙不得志，所至无不偪侧，愈加可

---

① 贺贻孙《诗筏》，郭绍虞辑《清诗话续编》，第 1 册第 158 页。
② 参看蒋寅《不说破——含蓄概念之形成及内涵增值过程》，《中国学术》2002 年第 3 期。
③ 吴乔《围炉诗话》卷四，郭绍虞辑《清诗话续编》，第 1 册第 584—585 页。

悲；再引动怀古之情，恨不得生于太平盛世，与古贤人为友，则悲
何得已！下句言半生颠沛风尘，诚不堪回首；不堪回首而偏回首，
得不黯然神伤？最终意气销尽，生机灰死，不得不沉沦于绝望。
这就是六层意，真正是反复曲折，深沉低徊。"万里"一联出自杜
甫《登高》，八层意的说法乃是罗大经《鹤林玉露》的发明，吴乔举
作"厚"的例证，同样表明他将厚理解为意义的丰富性，并且这种
丰富性是相对一定的单位意义量而言的。怎么理解呢？查慎行
论诗曾有"诗之厚在意不在词"的名言，李兆元《十二笔舫杂录》
引其语而阐发道："意中层折，他人数句不能尽者，而欲以一句括
之，非炼句不可。诗欲厚，非炼句不能厚。"①这不是意味着，诗的
"厚"是靠提高诗句的单位意义量亦即意义的密度来实现的吗？

　　前人也有不理解这一点，一味从语言的符号数量来求厚的，
在王礼培看来正是南辕北辙，本末倒置。就连钱谦益学杜也成为
一个负面的例子："余谓杜公'顾视清高气深稳'，只一厚字。牧斋
是致力于字句之缛厚，未可语于意义之深厚也。"②他认为钱谦益
一味致力于字句的繁缛而不懂得炼句，恰与意义之厚背道而驰，
于是真正意义上的"厚"也就无从谈起。

　　从吴乔到王礼培的这些议论无不透露出，厚所意味的内涵丰
富往往是与内容的深刻性相关联的。为此曾灿选《过日集》，特别
强调："余所选诗，去纤巧，归于古朴；去肤浅，归于深厚。去滞涩，

①李兆元《十二笔舫杂录》卷四，道光刊本。
②王礼培《小招隐馆谈艺录》卷三，民国二十六年湖南船山学社排印本。

归于婉转。去冗杂,归于纯雅。"①深厚在这里与肤浅相对,当然意味着深刻。但即便如此,厚还是与丰富性分不开,因为深厚对应的反义词是浅薄。徐增《葭秋堂五言律诗序》说:"诗贵深厚,非有经子百家之气,则诗肤且薄矣。"②这样,厚就自然地与书卷、学问联系起来。宋代黄庭坚的"质厚"之说,在清代被翁方纲加以阐释和发挥,变身为学人诗的核心观念③,正是"厚"固有之义的发露和引申。

厚的蕴藉之义原本含有蓄而不发、中丰外啬的意思,这就很自然地与南宋以后诗学推崇含蓄不露的理论倾向挂上钩④。自从严羽反思江西派之得失,对其直露好尽之风提出批评,明代格调派奉为圭臬,独取盛唐家数,以优游含蓄为指归,遂发为气厚之说。谢榛曾对唐戴叔伦的名作《除夜宿石头驿》提出批评⑤,说:"观此体轻气薄如叶子金,非锭子金也。凡五言律,两联若纲目四条,辞不必详,意不必贯,此皆上句生下句之意,八句意相联属,中无罅隙,何以含蓄?颔联虽曲尽旅况,然两句一意,合则味长,离则味短。晚唐人多此句法。"于是他拿出一个修订版:"灯火石头驿,风烟扬子津。一年将尽夜,万里未归人。萍梗南浮越,功名西

---

① 曾灿《过日集》凡例,康熙间六松草堂刊本卷首。
② 徐增《九诰堂全集》,《清代诗文集汇编》,第 41 册第 352 页。
③ 蒋寅《翁方纲诗学的取法途径与理论支点》,《学术研究》2017 年第 6 期。
④ 关于南宋诗学对含蓄的推崇,可参看蒋寅《不说破——含蓄概念之形成及内涵增值过程》,《中国学术》2002 年第 3 期。
⑤ 戴叔伦《除夜宿石头驿》原诗为:"旅馆谁相问?寒灯独可亲。一年将尽夜,万里未归人。寥落悲前事,支离笑此身。愁颜与衰鬓,明日又逢春。"

向秦。明朝对清镜,衰鬓又逢春。"举座赞曰:"如此气重体厚,非'锭子金'而何?"①他将原诗的抒情部分改为写景或叙事,使原先的直接表达都变成间接表达,原本意相联属的八句变成有跳跃有间隙的四联,仅就艺术表现的方式说,好像提升了委婉含蓄的程度,但个性化表现的丧失却影响了抒情效果。但格调派要的就是这种格调,因而谢榛的改版在同侪眼中也更有厚度。有趣的是,力矫格调派之枉的竟陵派竟也非常重视厚的效果,前文提到的钟惺《与高孩之观察》书中,提到曹学佺对自己的批评:"曹能始谓弟与谭友夏诗,清新而未免于痕;又言《诗归》一书,和盘托出,未免有好尽之累。夫所谓有痕与好尽,正不厚之说也。"丁功谊曾指出,厚的内涵不仅有风格意义上的浑朴蕴藉,还指艺术表现上的不落言筌,无迹可寻②,很有见地。钟惺所谓的有痕就是指表现上的雕琢而不浑成,好尽则是直露和无余韵,也就是不蕴藉,这都是厚的对立面。张谦宜《絸斋诗谈》曾指出:"初唐人作诗,先不作态,所急者笔势飞动,通体匀圆。意不求暴露,故味厚。"③确实,厚通常是在结体圆匀的浑成和意不直露的蕴藉上实现的。唐人虽尚奇,但讲究功夫用在写作过程中,最终效果却须自然浑成。这就是皎然《诗式》主张"取境之时,须至难至险,始见奇句;成篇之后,观其气貌,有似等闲,不思而得"的道理④。宋代苏东坡将这种观念概括为"绚烂之极而归于平淡",成为后人一致认同的审

①谢榛《四溟诗话》卷三,丁福保辑《历代诗话续编》,下册第 1183 页。
②丁功谊《钱谦益文学思想研究》,上海古籍出版社 2006 年版,第 45 页。
③张谦宜《絸斋诗谈》卷一,郭绍虞辑《清诗话续编》,第 1 册第 791 页。
④李壮鹰《诗式校注》,齐鲁书社 1986 年版,第 30 页。

美理想,而其中隐伏的关捩却是一个厚字。吴汝纶《与杨伯衡论方刘二集书》以老确和灿烂区分桐城前辈方苞和刘大櫆的不同境界,即以厚为界线:

> 夫文章之道,绚烂之后归于老确。望溪老确矣,海峰犹绚烂也。意望溪初必能为海峰之闳肆,其后学愈精,才愈老,而气愈厚,遂成为望溪之文。海峰亦欲为望溪之醇厚,然其学不如望溪之粹,其才其气不如望溪之能敛,故遂成为海峰之文。①

吴汝纶认为,刘大櫆同方苞的差距就在于养气之"厚"一点上。厚为涵养积蓄所致,既可从写作意识而言,也可就艺术效果而言。吴汝纶说刘大櫆文涵养不及方苞之深厚,缘于"其才其气不如望溪之能敛",乃是合两方面而言的。才之敛归结于写作意识,气之敛成就含而不发、气象浑成的效果,总之突出地表现为一种更注重内在的有机性而非表面修辞手段的美学倾向,亦即古人所谓意以贯之、气以行之。吴乔《围炉诗话》说:"子美'群山万壑赴荆门'等语,浩然一往中,复有委婉曲折之致。温飞卿《过陈琳墓》诗,亦委婉曲折,道尽心事,而无浩然之气。是晚不及盛之大节,字句其小者也。"②正是阐明气体厚薄导致的不同艺术效果。

　　由气体之厚形成的含蓄浑成之境,在风格层面表现为自然天

---

①吴汝纶《桐城吴先生文集》卷四,《中国近代史料丛刊》第365种,第1052页。
②吴乔《围炉诗话》卷四,郭绍虞辑《清诗话续编》,第1册第584页。

成、不露雕琢痕迹,而在文本的意义层面则意味着内在的力度、蓄势待发的能量,甚至语言的表面张力,有点接近围棋理论的"厚味"之说。"厚味"是围棋的重要术语,意谓盘面布子的均衡和连贯构成有力的优势,四处安稳,让对方找不到可攻击的缺陷和弱点。诗学中"厚"的概念与此相似,也意味着结体、语词的完整无瑕。杨慎《升庵诗话》有一段评价庾信诗的精彩议论,系发挥杜甫"庾信文章老更成"的说法:

> 庾信之诗,为梁之冠绝,启唐之先鞭。史评其诗曰绮艳,杜子美称之曰清新,又曰老成。绮艳清新,人皆知之,而其老成,独子美能发其妙。余尝合而衍之曰:绮多伤质,艳多无骨,清易近薄,新易近尖。子山之诗,绮而有质,艳而有骨,清而不薄,新而不尖,所以为老成也。①

绮艳、清新本来都是有限正价概念,带有天然的缺陷,即所谓绮多伤质、艳多无骨、清易近薄、新易近尖,但经过杨慎这一番评核,庾信诗歌有质有骨、不薄不尖的完美品格被剔抉出来。有质有骨就是劲健有力,不薄不尖则是厚实浑成,具备了这样的审美品格和艺术风貌,庾信诗歌便不能不被推为独步六朝的大家。质、骨、清、新本已是美学品位很高的评价,但要加上厚,才能达到审美价值的完整和顶点。这正是厚具有结体浑然、完美无缺之意的缘故。陆游诗在元明间评价不太高,直到清初因钱谦益大力推崇,

---

①杨慎《升庵诗话》卷九,丁福保辑《历代诗话续编》,中册第815页。

才风靡一时。一个重要原因是,即便他最拿手的七律在沈德潜看来也存在装头做脚、神气不完的毛病:"八句中上下时不承接,应是先得佳句,续成首尾,故神完气厚之作,十不得其二三。"①意理不接、气韵不贯是诗文的重大缺陷,有了这方面的问题便难得神完气厚之作。尽管前有钱谦益提倡,后有乾隆皇帝钦定,陆游能否列入唐宋大家始终处于不确定中,实在与此有关。

厚与浑成的联系不仅牢固地显示在诗学中,后来也为词学所承传。诗词体性之别,正如王国维所说的,"诗之境阔,词之言长"②。言长则必取意浑然,没有尖新跳侻之词而能意味深长的。张谦宜《絸斋诗谈》已断言:"意浑则味长,意露则透快而味短。"③那么,怎样才叫浑呢?孙麟趾《词径》也曾有此一问:"何谓浑,如'泪眼问花花不语,乱红飞过秋千去','江上柳如烟,雁飞残月天','西风残照,汉家陵阙',皆以浑厚见长者也。词至浑,功候十分矣。"④大概寓情于景、借景言情、意在言外、含蓄不尽,这些特点都有助于达成浑厚的境地,它也是词的最高境界。

厚还有一项较明显的审美义涵,即老成持重的沉着气度。它其实是由"老"的成熟、稳重的意味引申而来,因成熟而完美,因无缺陷而稳妥。是以"厚"通常与艺术表现的稳重妥帖相联系,而与轻倩、尖新、奇巧、雕琢相对立。沈德潜《刘香山时文序》曾指出:

①沈德潜《说诗晬语》卷下,人民文学出版社1979年版,第234页。
②王国维《人间词话》,人民文学出版社1960年版,第226页。
③张谦宜《絸斋诗谈》卷一,郭绍虞辑《清诗话续编》,第1册第795页。
④唐圭璋辑《词话丛编》,第2551页。

　　　　李长吉云"骨重神寒天庙器",李义山云"句奇语重喻者
　　少"。重者轻之对,轻则薄,重则厚;轻则佻,重则端。况重而
　　济之以寒,重而济之以奇,别乎世之重而肥、重而痴者。纵观
　　古今,书之以重胜者推鲁公,诗之以重胜者推少陵,文之以重
　　胜者推班掾,而今文之以重胜者,独称震川。谭经义者谓得
　　震川而始尊,盖以能重者为大家也。①

这里通过重将厚与端联系起来,同时剔除重容易导致的痴、肥之
病,再列举书法中的颜真卿、诗中的杜甫、文章中的班固、经义中
的归有光为典范,肯定了"重"是大家必具的品质。后况周颐《蕙
风词话》说:"重者,沉著之谓。"②而"沉著者,厚之发见乎外者
也"③,也将厚、重的质感与沉着的气度联系起来。的确,厚重之
物固有的质感总给人坚沉幽黯的联想,如钢铁之坚硬,如铅锡之
幽黑,于色泽每近于苍凉。故而诗歌中"厚"的直观印象又常表现
为沉着苍凉的美感。一个例子是刘濬《杜诗集评》卷七评《野望》
曰:"气格苍凉,绝不类晚唐之薄。"④可见气格苍凉直接呈现为厚
的美感。而有点近似、容易误会的偏差则是粗重,前人或曰粗
莽。吴雷发《说诗菅蒯》对此曾有辨析,说:"诗之妙处,非可言罄,大要
在洁厚新超四字。试观前人胜处,都不出此。然不得以寂寞为

---

①潘务正、李言编校《沈德潜诗文集》,人民文学出版社 2011 年版,第 4 册第
　　1837 页。
②况周颐《蕙风词话》卷一,人民文学出版社 1960 年版,第 4 页。
③况周颐《蕙风词话》卷二,第 48 页。
④刘濬《杜诗集评》卷七,嘉庆间海宁蘩照堂刊本。

洁,粗莽为厚,尖纤为新,诡僻为超。盖得其近似,未有不背驰者。"①由粗莽与厚的区别,不难理解厚的美学意味必然远离草率、稚拙、残缺、粗糙而意味着精纯、成熟、丰满、完美的境地。

丰富的多重意味共同熔铸了"厚"的广袤义涵,在"厚"的大旗下,也麇集了一个与含蓄手法造就的诗歌语意的丰富性及艺术表现的成熟境地相关的概念群,如诗学中的沉郁、朴老、质实乃至涩,词学中的拙、重、大等,这多重意味融会浑成便陶铸成古典诗歌美学"厚"的范型。一些具有这种秉赋的伟大作家犹如苍深坚茂的古树,一枝一叶都足以沾溉后人。历来认为陶渊明、杜甫诗之厚开启了后人多重风格,那么有关"厚"的观念及概念是如何在诗学中确立起来的呢?

二、"厚"成为文论概念的渊源

厚作为与价值有关的概念,很早就在先秦典籍中出现。《大学》论修身之本,主正心诚意之说,已涉及本末、厚薄的概念,《中庸》加以引申发挥,说:"故至诚无息,不息则久,久则征,征则悠远,悠远则博厚,博厚则高明。博厚,所以载物也;高明,所以覆物也;悠久,所以成物也。博厚配地,高明配天,悠久无疆。如此者,不见而章,不动而变,无为而成。"②在这里,博厚、高明、悠久分别

①丁福保辑《清诗话》,下册第899页。
②朱熹《四书章句集注》,中华书局1983年版,第34页。

被赋予了负荷、包容和成就的功能，而博厚尤其是万物的依托，具有根本的价值意味。所以《中庸》论博厚所配的地，又说"今夫地，一撮土之多，及其广厚，载华岳而不重，振河海而不泄，万物载焉"，充分肯定其负载之力、涵蓄之功。这种属性移用于言辞的场域，就自然地与某种价值感联系起来。不过在先秦时期，其价值倾向既不明显也不固定。在《庄子》庖丁解牛"以无厚入有间"的故事中，厚显然就不是什么有价值的品性。从后设的角度看，厚的美学价值首先是在诗教的推广中确立，然后被画论所吸收①，最后又在理学的视阈中获得具体阐释的。

　　追溯"厚"与诗学的最初接触，首先要提到诗教的传统。《礼记·经解》所谓"温柔敦厚，诗教也"，古人称"一言立天下万世诗学之准"②，当代学者也推尊为古代"论诗的最高圭臬"③，它对厚的定位及影响是不言而喻的。但需要指出的是，诗教自六朝以后一直若存若晦，并不彰显。王夫之说诗教自唐代即已亡失④，不是没有道理的。所以我们虽在《文镜秘府论》中看到皎然对"或虽有态而语嫩，虽有力而意薄"的批评⑤，却未看到其他直接推崇厚

①这一点在 2018 年香港浸会大学"中国诗学研究新视野国际学术研讨会"报告本文时受到王晖启发。
②赵青藜《文学胡御云遗集序》，《漱芳居文钞》二集卷四，乾隆四十七年刊本。
③徐复观《释诗的温柔敦厚》，《中国文学论集》，九州出版社 2014 年版，第 404—407 页。
④王夫之《古诗评选》卷五评江淹《效阮公诗八首》之二："闻之者足悟，言之者无罪，此真诗教也！唐以后诗亡，亡此而已。"第 259 页。
⑤周维德校点《文镜秘府论》南卷"论文意"，第 148 页。

的资料。前人认为"唐之诗教虽衰,未若宋明以来之甚也"①,这意味着唐宋以降"诗教"更呈现出逐渐被边缘化的趋向。

但,自宋韩拙《山水纯全集》称范宽之作"如面前真列峰峦,浑厚气壮雄逸,笔力老健。"②董其昌《画旨》卷上:"老米画难于浑厚。"③沈颢《画麈》说:"米襄阳用王洽之泼墨,参以破墨、积墨、焦墨,故融厚有味。"④

因此到清初,诗学要力挽明末颓靡之风时,不得不以诗教为安顿诗学伦理基础的支点,温柔敦厚也随之成为当时最活跃的诗学话语,所谓"论诗于今日而必以温柔敦厚为言"⑤。魏裔介编《清诗溯洄集》,严沆序称:"先生之论诗,一准于发乎情,止乎礼义,言有合于温柔敦厚之旨、国风之不淫、小雅之不怨者,乃始登之简牍,施之丹黄。"⑥在这一诗学大背景下,厚遂从"温柔敦厚"的诗教话语中凸显出来,受到特别的关注,甚至出现毛先舒《厚解》这样的专题论文,从哲学的层面对厚加以阐释:

> 不薄之谓厚。天之积气也,不厚无以生;地之积形也,不厚无以载。厚者,君子之敦行以事天者也。天之道有生有杀。

①邓绎《藻川堂谭艺·比兴篇》,《藻川堂集》,光绪四年自刊本。
②于安澜辑《画论丛刊》,第 1 册第 94 页。
③于安澜辑《画论丛刊》,第 1 册第 153 页。
④于安澜辑《画论丛刊》,第 1 册第 249 页。
⑤王艮《周俶文诗序》,《鸿逸堂稿》,《四库全书存目丛书》,集部第 233 册第 335、336 页。详蒋寅《清代诗学史》第一卷,中国社会科学出版社 2012 年版,第 105 页。
⑥魏裔介《清诗溯洄集》卷首,康熙刊本。

人有喜怒爱恶,施之为德,则有仁有义;杀之为用,为反始为复性,为成材为藏气。此所以为厚也。其在于人,义以制事,则肃而威,刚而断,成务兴治,昌道气而上之。故君子之义,以成仁也。仁不得义,则仁不独成,而仁岂成于薄邪? 今世之能厚者少矣,故恒训不足,每崇厚而黜薄,而遂至于厚薄无辨。①

这些内容虽主要是从实践理性的角度阐释和发挥《中庸》的义理,与美学无关,但在特定的语境下,这些出自经典的义理很容易上升为关于理学、文学、艺术的一般认知,并渗透到具体的文艺门类中,结出相应的理论果实。贺贻孙《诗筏》对"厚"的反复重言,多向诠释,或许可以视为这一思想背景下的理论思索。

　　事实上,中国古典诗学的许多基本概念都是很早就见于典籍,但直到明清时代才被付于美学意义上的专门讨论,像我专门梳理过的"清""老"均为其例。贺贻孙《诗筏》对"厚"的密集讨论,不要说在历代诗话中绝无仅有,就是推广到历来所有的诗学概念或命题,在古代诗学文献中也罕见其俦,不能不让我们感觉其中隐含着一个较大的理论包袱。历来对贺贻孙诗学的研究多未注意到这一点,而集中于"化境"说的讨论②。化境说不是没有

----

① 《四库全书存目丛书》,集部第 210 册第 762—763 页。

② 关于贺贻孙诗学的研究,主要有龚显宗《〈诗筏〉研究》,台湾复文图书出版社 1993 年版;江仰婉《〈诗筏〉"化境"说研究》,《东吴文史学报》第 11期,1993 年 3 月版;王顺贵《贺贻孙〈诗筏〉"化境"说臆解》,《四川师大学报》1995 年第 6 期。只有李舜臣《气势·厚·化境——贺贻孙诗歌美学述评》(《吉安师专学报》1993 年第 3 期)一文注意到"厚"的问题。

探讨的价值,但我觉得比不上贺贻孙有关"厚"的论说重要。康熙二十三年(1684)族弟云黻为撰《诗骚二筏序》,说:"古今言诗,代有其人,而传者盖少。其故何欤? 以其所言者,皆人所已言,人所共言,与所能言者也。惟言人所不能言,与言人所不及言,而后其言始传焉。"①贺贻孙正是这样一位自我期许很高、对创新有着自觉意识的诗论家,他对"厚"的开拓性论述富有理论价值,值得我们认真对待。

像当时许多诗论家的主张一样,贺贻孙的诗学观念也与诗坛现实密切相关。值明末门户之见最为严厉之际,诗坛曾出现一些主张融合的诗论家,贺贻孙是其中之一。他不满于"今之名流递相掊击,拔帜立帜,争名丧名",而力求博采众长。从《诗筏》称赞"严沧浪诗话大旨不出悟字,钟谭《诗归》大旨不出厚字,二书皆足长人慧根",即可知其论诗主厚是本自钟惺、谭元春《诗归》。自从钱谦益力掊竟陵,清初谈诗者类多鄙夷钟、谭,而贺贻孙却独取其说,可见他是一位持论有根柢、不随风会为转移的诗论家。就理论立场而言,贺贻孙尚"厚"首先与他论诗主蕴藉相关,他曾说:

> 诗以蕴藉为主,不得已溢为光怪尔。蕴藉极而光生,光极而怪生焉。李杜王孟及唐诸大家各有一种光怪,不独长吉称怪也。怪至长吉极矣,然何尝不从蕴藉中来。

"蕴藉"二字见于《汉书·薛广德传》:"广德为人,温雅有酝藉。"

---

① 郭绍虞辑《清诗话续编》,第 1 册第 134 页。

意谓有内涵。后用以称人,每与文雅相提并论。沈约有《伤庾杲
之》诗云:"蕴藉含文雅,散朗溢风飙。"而用作诗美概念则多指含
蓄不露,这本是诗家常谈,但贺贻孙不同的是,他不是将蕴藉理解
为风格或效果,而是视为诗歌必备的本质属性。不仅杜甫、王、孟
有蕴藉,就是李白、李贺这样的纵逸不羁之才也必具备蕴藉的素
质。这就使蕴藉成了与修养密切相关的概念,意味着内涵的充
盈,这在贺贻孙看来也就是厚。所以他凡是说蕴藉,都落实到厚
字上。

　　厚既然是一种意味着有蕴涵的基本素质,就必与作者的修养
有关。但贺贻孙这么说,只意味着厚源于一种内在的涵养,而绝
不包括卖弄学问、掉书袋和堆砌辞藻等习气:

　　　　诗文之厚得之内养,非可袭而取也。博综者谓之富,不
　　谓之厚;秾缛者谓之肥,不谓之厚;粗犷者谓之蛮,不谓之厚。

在贺贻孙看来,厚作为基于涵养而贯穿于诗歌整体的一种内在素
质,更多的是体现在神、气、味等超文本的抽象层面上,即所谓"厚
之一言,可蔽风雅。古《十九首》,人知其澹,不知其厚。所谓厚
者,以其神厚也,气厚也,味厚也。即如李白诗歌,其神气与味皆
厚,不独少陵也。他人学少陵者,形状庞然,自谓厚矣,及细测之,
其神浮,其气嚣,其味短"。为此他论诗也侧重于从神、气的层面
加以整体把握,并且这种整体把握不是基于风格意向而是基于完
成度的意向。而当他一旦立足于这样的立场,明代格调派乃至竟
陵派论诗的根本失误便豁然洞见:

　　　　看盛唐诗,当从其气格浑老、神韵生动处赏之,字句之奇
　　特其余耳。(中略)于麟辈论诗专尚气格,而钟、谭非之。盖
　　于麟所谓气格皆从华整处看,易堕恶道,使皆以浑老二字论
　　气格,又谁得而非之哉?

　　明七子辈的格调论,在整体把握上基于风格意向,而具体入手则
完全着眼于字句,以至于堕入空腔俗套而不能自拔。竟陵派欲矫
其弊,可是蹊迳却仍出一辙,无非是用一种格调取代另一种格调。
甚至王渔洋以神韵论诗,原本希望超越格调派字摹句仿的鄙陋,从
整体把握盛唐诗的风貌,走出一条深度师古的路径,结果也被趣味
化的意向所主导而重陷格调派的窠臼。贺贻孙这里主张由气格、神
韵的层面欣赏盛唐诗,看似与王渔洋的神韵诗学异曲同工,其实旨
趣截然不同。他是将气格、神韵作为指称诗歌审美品位的中性概念
来使用的,实际上是将后来沈德潜和翁方纲要做的事提前做了。
　　当气格和神韵成为审美判断中的超文本概念,蕴涵的概念所
依托的"厚"就成为评价这些审美品位的一个理想的质量标准及
其概念形式,很适合用来讨论诗学中更具体更深刻的价值问题。
就个别作家而言,其作品总体上能否给人水平均齐、佳作不绝的
感觉,让人读之不厌,厚薄就是一个可以衡量的角度:

　　　　李杜诗,韩苏文,但诵一二首,似可学而至焉。试更诵数
　　十首,方觉其妙。诵及全集,愈多愈妙。反覆朗诵至数十百
　　过,口颔涎流,滋味无穷,咀嚼不尽。乃至自少至老,诵之不
　　辍,其境愈熟,其味愈长。后代名家诗文,偶取数首诵之,非

> 不赏心惬目,及诵全集,则渐令人厌,又使人不欲再诵,此则
> 古今人厚薄之别也。

就某个地域而言,其巧拙之异也可以从风气厚薄的角度来考察。乔钵《海外奕心》曾指出南北风气厚薄的不同,道是:"不薄不巧,愈巧愈薄,江南之风日下;不拙不厚,愈厚愈拙,北地之气犹存。"①这样,厚就成为贯穿于作品、作家直到地域风气的一个适用于讨论各个层次问题的批评概念,对其审美价值的认识及推崇在清初也成为诗坛的共识。康熙初邓汉仪辑《诗观》即曾用"厚"来评诗②。康熙二十八年(1689)桐城诗人钱澄之撰《秀野堂集引》③,也以厚为推尊杜甫、裁量唐宋的立足点:

> 夫宋诗厌唐音之靡曼,从事真率,此自宋中叶以来,一二
> 主持风气者为之。其初竞尚西昆体,纤艳已甚,于是尽黜之,
> 而以杜少陵为宗。其过于真率者,非矫唐也,以矫宋初之弊
> 也;亦犹韩退之以孟郊、樊宗师辈幽僻盘奡之句,矫唐时秾丽
> 软美之习也,而韩子亦宗少陵。盖少陵诗,凡诗家所各有之

①乔钵《海外奕心》,康熙间烟鬟草堂刊本。
②如《诗观初集》卷二顾九锡《晚渡卢沟桥》:"霜雪卢沟路,今朝策马过。敝裘千里暗,壮志十年多。风急冲归鸟,天昏吼石鼍。谁怜兵火后,凉月堕清波。"邓汉仪评:"此首气极厚。"
③钱澄之在《秀野堂集引》中说:"甲子夏,予于曾青藜坐上获接顾迂客。……今年,久客吴门。"甲子为康熙二十三年(1684)。后钱澄之曾于康熙二十八年(1689)在苏州客居半年,故可推知此文写作时间。

长无不具有,唐者得之,足以矫唐;宋者得之,足以矫宋,惟其情真而气厚也。①

在杜诗已完成经典化的明清之际,将杜甫的伟大归结于情真与气厚,无异于在诗歌最伟大的艺术品质与厚之间划了等号。这对厚的美学价值是前所未有的也是无与伦比的尊崇,从此论诗尚厚即呈万流归宗之势。所以康乃心《雪竹斋诗序》有云:"自韶龄学诗,垂四十年,皓首无成,而侧闻于海内名公大人者,其为说不一,大抵一归于厚而已矣。"②虽然还不能断言这股思潮渊源于贺贻孙的诗论,但贺氏定是当时一个有自觉意识的理论先知。正如贺云黻所说,"轨无异辙,理无二致,人自不能言,不及言耳。有一人焉,昭昭揭而示之,于是恍然以为先得我心之所同然也"③。理论家的贡献往往就在这"昭昭揭而示之"的一步先机,从而成为某个理论学说的奠基人。

三、"厚"在清代的丰富和拓展

贺贻孙《诗筏》对"厚"的阐发是如此详密,以至于令后人难以为继。直到乾隆以前,诗坛有关"厚"的阐说,只有查慎行的一

①钱澄之《田间文集》卷一六,黄山书社1998年版,第307页。
②康乃心《莘野文集》卷二,《莘野先生遗书》,中国社会科学院文学研究所藏稿钞本。
③郭绍虞辑《清诗话续编》,第1册第134页。

段话较有影响,常为后人引述。查为仁《莲坡诗话》载其说曰:

> 诗之厚在意不在辞,诗之雄在气不在直,诗之灵在空不在巧,诗之淡在脱不在易。须辨毫发于疑似之间。①

查慎行将贺贻孙"诗文之厚得之内养"的命题直接表达为"诗之厚在意不在辞",使厚由主体秉赋向文本属性移近了一步,作为评价性概念愈加切实而可讨论,同时又保持一种超符号性质,不落言筌,以免被误会为文辞繁缛。后来林昌彝《射鹰楼诗话》主张"厚者厚其气,非厚其词",指出方苞的弱点即"在气之不厚,非在词之不厚"②,同样以厚指涉文本属性而又不落言筌,具有超符号属性,与查慎行之说异曲同工。这样一种定位确立了古典诗学对厚的基本观念,同时奠定了它作为审美价值概念的地位。

于是到沈德潜撰写《说诗晬语》时,已无须阐述或辨析"厚"概念本身的问题,可以直接用"厚"评价古诗,而厚也确实是他一再使用的重要概念。如卷上论陶诗云:"陶诗合下自然,不可及处,在真、在厚。"③评《归田园居》又提到:"储、王极力拟之,然终似微隔,厚处朴处,不能到也。"又评谢朓云:"玄晖灵心秀口,每诵名句,渊然泠然,觉笔墨之中,笔墨之外,别有一段深情妙理","康乐每板拙,玄晖多清俊,然诗品终在康乐下,能清不能厚也。"④可

---

①查为仁《莲坡诗话》卷上,丁福保辑《清诗话》,上册第482页。
②林昌彝《射鹰楼诗话》卷七,上海古籍出版社1988年版,第149—150页。
③潘务正、李言编校《沈德潜诗文集》,第4册第1929页。
④沈德潜《古诗源》卷一二,第272页。

见厚在他心目中也是极高的美学品格,甚至是区分大家和名家几微之别的标准。陶诗气味高古,朴实自然,"质而实绮,癯而实腴"①,东坡自有定评。但归根结底,诗之厚源于诗人的内在修为,诗人的内在修为造就诗歌气格、神韵的厚重,这已为贺贻孙所发明。沈德潜除了在《石香诗钞序》中再度强调韵的重要②,更以真情厚意对贺的"内养"作了具体的拓展。我们知道,清代文化有一个大背景就是政统对道统的兼并。沈德潜所经历的康熙末到乾隆初,繁盛的背后也潜藏着深重的危机。高宗希望做清明盛世之君,对汉人颇为笼络,但并非真想让汉人进入实权阶层。在这种政治背景下,世道人心不再像古代那么单纯,诗文的真朴之风也荡然无存,教沈德潜不得不感叹,诗道于今日既有方盛之势,也见易衰之势③。为此,他想要振兴诗道,就只能上溯风骚,重倡诗教,以真情厚意的内养造就诗歌的真朴厚重。确实,看看梁绍壬《两般秋雨庵随笔》所述名诗人许宗彦之语:"孔子曰温柔敦厚,诗之教也。近人作诗,温柔者多,敦厚者少。"④就不难理解当时批评家所面临的现实问题。沈德潜既然从厚意的角度弥补了诗教的缺裂,嘉道间潘德舆论诗便有针对性地从真情的角度做了强

①《陶渊明研究资料汇编》,中华书局 1962 年版,上册第 35 页。
②沈德潜《石香诗钞序》:"闻之白沙陈氏曰,诗全主韵,无韵则无诗矣。夫韵不可以迹象求,不可以声响著,流于迹象声响之外,而仍存于迹象声响之间。此如画家六法,然无论神品逸品,总以气逸生动为上,盖无韵则薄,有韵则厚;无韵则死,有韵则生。北宗之不如南宗,韵不足也。审是而诗之贵韵更可知已。"《沈德潜诗文集》,第 3 册第 1568 页。
③汪涌豪《范畴论》,第 88 页。
④梁绍壬《两般秋雨庵随笔》卷二,上海古籍出版社 1982 年版,第 128 页。

调。历来论者多以"质实"概括潘氏论诗的旨趣,其质实之说最终也是归结于厚。潘氏《养一斋集》卷首所冠诗论云:"诗只一字诀,曰厚。厚必由于性情,然师法不高,乌得厚也?"又云:"先删诗,次删句,次改句。真处万不可不留,率处万不可不去。真率之间不容发,殊不易辨也。然真则厚,率则不厚,亦不难辨耳。"[1]由此可以明白,潘德舆所谓质实说,其实就是针对现实中诗教的缺失尤其是丧失敦厚之质的浮薄诗风而提出的矫枉手段。

这一点联系晚清词学中出现的陈廷焯沉郁顿挫及况周颐拙、重、大之说来看,就更容易理解。谭献评郭麐词时说:"予初事倚声……继而微窥柔厚之旨,乃觉频伽之薄。"[2]嘉、道之际的词坛正如诗坛一样,恣意于低吟浅唱、流连光景的肤浅平庸之风流行朝野,令有道之士不得不思以质实之风救之。沉郁顿挫对应的负面是浮薄流利,拙重大对应的负面是巧轻小,由此大致可体会沉郁顿挫及拙重大之这些正面价值命题所蕴含的厚的美学基质及其现实指向性。

四、妨碍"厚"的艺术要素

前文提到,沈德潜论谢灵运、谢朓的差距,以厚为划区大家、名家的界限,说明厚是大家必备的素质。再参照魏际瑞《与子弟论文》的说法,可以确信前人就是这么理解的:

---

① 潘德舆《养一斋集》卷首论诗,道光二十九年刊本。
② 谭献《复堂词话》,唐圭璋辑《词话丛编》,第4009页。

　　近听而震耳者,钟不如锣,冯夷大炮不如行营小铳。然钟炮闻数十里,锣与小铳不及半而寂然矣。浮急之声躁滑而无力,凡叩而即鸣,鸣而即转者,皆力量气魄不足以自持也。文章大家小家之辨如此。①

这里用声音的高频和低频作比,以高频尖锐响亮而传之不远、低频深沉浑厚而声闻遐迩说明浮急之文躁滑而无力,只有学养充沛,力量、气魄足以自持,及具有厚的特性,这才是大家的境界。一种审美价值能与大家的赋性联系在一起,就必然与古典文学的最高审美理想相一致,我断言厚是无条件的正价概念,在任何情况都不会导致负面的影响②,正是基于这个理由。因此就不难理解,为什么魏际瑞说:"惟多读书乃可以厚养气,气力坚厚,余者无

①魏际瑞《魏伯子文集》卷四,《宁都三魏文集》本。
②袁枚《随园诗话》卷四曾说:"今人论诗,动言贵厚而贱薄,此亦耳食之言。不知宜厚宜薄,惟以妙为主。以两物论,狐貉贵厚,鲛绡贵薄。以一物论,刀背贵厚,刀锋贵薄。安见厚者定贵,薄者定贱耶?古人之诗,少陵似厚,太白似薄;义山似厚,飞卿似薄:俱为名家。犹之论交,谓深人难交,不知浅人亦正难交。"(第127页)袁枚这里的辩驳出于他解构传统诗学观念之绝对性的一贯思维,提醒人们注意审美价值判断的不确定性及其与审美对象、特定语境的关系,与厚薄本身的是非本无关系,朱庭珍不理解这一层,在《筱园诗话》卷二引袁枚之说反驳道:"不知诗非物比,以厚为贵,绝无贵薄之理。不惟少陵、玉溪诗厚,太白、飞卿其诗亦厚,自来诗家,无以薄传者。渠意以色泽词藻之浓为厚,清者为薄,不知诗之厚在神骨意味,不在外面之色泽词藻也。"(郭绍虞辑《清诗话续编》,第4册第2352页)这就只是重复了传统的价值观,以神骨意味代替气和意,并无理论发明,对袁说也属于言不及义,无关痛痒。

难至矣。"①以厚养气也就是贺贻孙所谓的内养,既然是最高级同时也是最根本的美学目标,实现了厚,其余的目标当然都不在话下了。

厚既然被视为最高级的价值,可以想见也不是轻易可企及的。从前人的议论看,实际创作中妨碍厚的因素也有多种,加以归纳会有助于我们辨析似是而非的概念,体认厚的真意。

首先是真能妨厚,此说发自钟惺。钟惺在《诗归》中指出:

> 中晚之异于初盛,以其俊耳。刘文房犹从朴入,然盛唐俊处皆朴,中晚朴处皆俊。文房气有极厚者,语有极真者,真到极透快处,便不免妨其厚。

这段议论甚为有名,先是卢世㴶《尊水园集略》卷八《刘随州诗钞》引之,后毛先舒《诗辩坻》卷四《竟陵诗解驳议》也称其"语有深解"。张谦宜《絸斋诗谈》更引申其说而发挥道:"戴石屏诗乃平软小巧,毛稚黄所云真能妨厚者,于兹益信。"②按:钟惺说刘长卿诗真到极透快处便妨厚.可能是指集中"地远明君弃,天高酷吏欺"(《初贬南巴至鄱阳题李嘉祐江亭》)那种愤懑不平、指斥朝廷君臣的作品有悖于诗教。如果这一推测不错,那么就出现一个问题:前文曾提到,沈德潜要用真情来弥补厚的不足,而这里钟惺却警诫我们,真也可能妨碍厚的实现。这说明同样属于古典诗学最

①魏际瑞《与雨三》,《魏伯子文集》卷二,《宁都三魏文集》本。
②张谦宜《絸斋诗谈》卷五,郭绍虞辑《清诗话续编》,第 1 册第 863 页。

高级审美概念的"真"也是有条件的正价概念,同样有着双重的价值色彩。就像黄培芳《粤岳草堂诗话》说的:"诗贵清真,尤在气味。如孟襄阳、白太傅,俱不着一字,而襄阳则气逸而味腴;太傅则气和而味厚。若无气味,徒语清真,恐流于卑率浅薄,一览无余耳。"①这就意味着真是与厚形成互补和互相依存关系的要素,厚固然要以真为基础,而真更需要厚的保障和限制,以免流于真率而泛滥无归。

如果说真能妨厚有点出人意外,那么清能妨厚就是很容易想到的了。我在论"清"的论文中曾专门指出,清最易出现的弊病就是流于薄②。钟惺、谭元春《唐诗归》指出:"初盛唐之妙,未有不出于厚者。常建清微灵洞,似厚之一字不必为此公设。"③可到大历时代以清空为尚的才子辈就难免于薄的诟病了,后世学大历诗者面临的首要问题也是如何避免流于薄。竟陵派虽然理论上知道厚的重要,但实际创作却仍不免"亡于薄"④。我论"清"一文中已举出一些清而致薄的例子,这里再补充两条强调"清而厚""薄而能厚"的例子。一是王岱《张螺浮晨光诗序》称"夫唐之音,清而厚,俊而浑"⑤,一是王昶《湖海诗传》称庄宝书"诗取裁大历十

---

① 黄培芳《粤岳诗话》卷一,《黄培芳诗话三种》,广东高等教育出版社 1995年版,第 77 页。
② 蒋寅《古典诗学中"清"的概念》,《中国社会科学》2000 年第 1 期。
③ 钟惺、谭元春《唐诗归》卷一二,明刊本。
④ 王岱《张螺浮晨光诗序》,《了庵文集》卷一,《四库全书存目丛书》,集部第199 册第 22 页。
⑤ 王岱《张螺浮晨光诗序》,《了庵文集》卷一,《四库全书存目丛书》,集部第199 册第 22 页。

子,浅而实深,薄而能厚"①。这都是意识到学唐可能带来清而致薄的缺憾,从而力求以厚弥缝其间的主张,无论是出于对唐诗的赞赏还是出于对后人的肯定,都意味着一种难得的境界。

　　除了真、清之外,流易也能妨厚。这并不难理解,流易的语感等于轻快,轻快的效果一定与厚距离较远。方东树曾很透辟地发明此理:"朱子曰,行文要紧健,有气势,锋刃快利,忌软弱宽缓。按此宋欧、苏、曾、王皆能之,然嫌太流易,不如汉唐人厚重。"这是说文章,而"以诗言之,东坡则是气势紧健,锋刃快利,但失之流易不厚重,以此不及杜、韩"②。所以在他看来,诗文欲求厚,必须以顿挫和迟涩来蓄势。他评鲍照"虽以俊逸有气为独妙,而字字炼,步步留,以涩为厚,无一步滑"③,正是基于这一理解。

　　流易妨厚,那么反过来刻画是不是就好点呢?也不一定。施补华《岘佣说诗》曾说谢灵运"山水游览之作,极为巉削可喜,巉削可矫平熟,巉削却失浑厚"④。巉削与浑厚,所以难兼其美,是其间有个不易觉察的妨厚因素,即意与辞的矛盾。毛先舒论词曾感慨:"词家意欲层深,语欲浑成。作词者大抵意层深者,语便刻画,语浑成者,意便肤浅,两难兼也。"⑤后来周济比较周邦彦和史达祖两家词笔,结论印证了他的看法:"清真浑厚,正于钩勒处见。

----

① 周维德辑校《蒲褐山房诗话新编》卷上,齐鲁书社 1988 年版,第 75 页。
② 方东树《昭昧詹言》卷一,第 24 页。
③ 方东树《昭昧詹言》卷六,第 165 页。
④ 丁福保辑《清诗话》,下册第 976 页。
⑤ 王又华《古今词话》引毛先舒词论,唐圭璋辑《词话丛编》,第 608 页。

他人一钩勒便刻削,清真愈钩勒愈浑厚"①;史达祖则相反,"梅溪甚有心思,而用笔多涉尖巧,非大方家数,所谓一勾勒即薄者"②。这就意味着,能做到意深密而不刻画,语浑成而不肤浅,才算是大家数,而这正是极难兼顾的境界。周邦彦能愈钩勒而愈浑厚,所以独绝。由此再度确认,厚薄之辨正是大家与名家的分际。黄培芳平章王士禛与袁枚的高下,同样也能说明这一点:

> 子才论阮亭诗,谓"一代正宗才力薄"。因思子才之诗,所谓才力不薄,只是夸多斗巧,笔舌澜翻。按之不免轻剽脆滑,此真是薄也。阮亭正宗固不待论,其失往往在套而不在薄。③

袁枚讥王渔洋"一代正宗才力薄"本着眼于主体秉赋,黄培芳却将问题的焦点转移到作品上,反过来批评袁枚因夸多斗巧而致轻剽脆滑,遂不免于薄;同时指出王渔洋的问题常在于落套而不是薄,这就回避了薄的问题,在一定程度上维护了老师翁方纲最景仰的前辈王渔洋的大家地位。这一番辩驳绝不是简单的趣味之争,涉及对古典诗学核心价值的理解与确认。

确实,对于"厚"这样一个与古典诗学乃至古典艺术的审美理

①周济《宋四家词选目录序论》,唐圭璋辑《词话丛编》,第 1643 页。
②周济《介存斋论词杂著》,唐圭璋辑《词话丛编》,第 1632 页。
③黄培芳《香石诗话》卷二,《黄培芳诗话三种》,第 37 页。

想相联系的诗美概念,越深入挖掘就越感到它与古典美学的核心价值密切相关,前文有限的列述已使其理论内涵与一系列诗学概念和命题产生交集与沟通,或者说串联起一个理论史的网络。本文有限的篇幅绝不足以阐明其丰富的意涵和问题,需要在更大的概念群的平台上,将其意涵的各个分支与相呼应的概念如老成、渊博、质实、浑成、温柔等加以集群式的研究,才能更清楚和完整地发掘其理论价值。这就要求我们超出现在的概念史的研究模式,而拓展一种新型的概念群研究模式,使古代文论丰富的概念和命题在一些核心概念的统摄下凝结为一个个由一群相关概念和命题构成的理论单元,进而以这些单元为模块构成古代文论的理论体系。这才是依据古代文论自身的历史和逻辑建构起来的理论体系,其内容的丰富性和理论框架的周密性都将是刘若愚《中国文学理论》代表的以西诠中模式或当今"古代文论的现代转换"模式所难以企及的,我相信。

四 涩

——古典诗歌审美范型之三

柳宗元《读韩愈所著毛颖传后题》写道:"大羹玄酒,体节之荐,味之至者。而又设以奇异小虫、水草、楂梨、桔柚,苦咸酸辛,虽蜇吻裂鼻、缩舌涩齿,而咸有笃好之者。文王之昌蒲菹,屈到之芰,曾晳之羊枣,然后尽天下之奇味以足于口。独文异乎?"①这段话涉及两个问题,一是说明中国人有着喜好滋味多样化的传统,一是肯定文学同样有着多样化的趣味。的确,就像中国菜给人印象最深的是口味的丰富一样,中国美学和文学理论、批评给人印象最深的也是审美味觉的丰富。中国菜除了人类共同的香甜酸辣咸之外,还有熏、腊、卤、麻、辛、糟、醉、苦、霉、腐、臭等等;中国古代美学和文论中表达审美味觉的概念也多不胜数,经清初陈祚明《采菽堂古诗选》使用过的诗美概念就约有 135 个,组成双

---

① 《柳宗元集》,第 2 册第 570 页。

音节复合概念更多至 600 个①。古典美学及古代文论中审美味觉及其辨析的细致性和丰富性由此可见。要说"清""老"这些与传统审美理想相一致的概念成为古典美学和文论的核心价值，是不难理解的；倒反而是一些日常语境中与人们一般审美趣味相悖的感觉，也能成为与某个艺术门类或某个艺术流派的美学准则相关的趣味，很让人玩味。涩就是这样的一个概念，无论是在日常生活中还是文学评论中，它给人的联想都每每与不成熟、不顺畅的性质相关联。凡是与涩组成的复合词，如青涩、生涩、酸涩、苦涩、干涩、枯涩、艰涩、滞涩等等莫不如此。不过，这只是表面现象，涩的美学意蕴绝非如此简单，它与传统美学深刻而复杂的关系也还不太清楚。比如沈贻谷《竹雪诗话》说："诗要醇不可滑，醇非滑之谓也；欲求醇先须糙，糙非粗之谓也，过此一境方得醇。"②这里的醇和滑、糙和粗的关系，就需要以"涩"为中介才能阐明，不明乎"涩"之为用，恐怕难以透悉"过此一境"的意蕴。然而遗憾的是，有关"涩"的研究非常之少，我只见到汪涌豪《范畴论》将它作为词学范畴提出来讨论，肯定它是"伴随词体的确立和两宋词的创作实际，由当时词家总结出来的。就这个概念的本义而言，无非指生硬而不灵活圆畅，所谓滞塞迟阻也"③，从而引出词学家两种不同的态度。多年后他再撰《涩：对诗词创作另类别趣的范畴指

---

① 蒋寅《一个有待于重新认识的批评家》，《中国社会科学院研究生院学报》
　　2011 年第 3 期。
② 沈至善《竹雪诗话》，南京图书馆藏民国四年钞本。
③ 汪涌豪《范畴论》，第 293 页。

谓》一文,对"涩"作了更深入的研究①,发覆良多。我曾琢磨这个问题多年,一直在积累资料和思考,今整理成文,希望能在汪文的基础上做一些补充性的阐述。

一、"涩"为诗中一境

涩作为文学批评概念出现得较晚,在唐代以前的《文赋》《诗品》《文心雕龙》等文学理论著作中都没出现。现在看到它用于文学批评,已经是唐初的事。正像"涩"在日常语境中并不是很令人愉快的味觉,它最初出现在文艺评论中也不是正面的评价概念。据张鷟《朝野佥载》载:"徐彦伯为文多变易求新,以'凤阁'为'鹓榈',以'龙门'为'虬户',以'金谷'为'铣溪',以'玉山'为'琼岳',以'刍狗'为'卉犬',以'竹马'为'篠骖',以'月兔'为'魄兔',以'风牛'为'飙牸',后进效之,谓之徐涩体。"②这里的"涩体"意味着艰涩难读的文风,包括多用典、喜用生僻字等,在当时不被肯定是显而易见的。到了盛唐时代,自许沉郁顿挫的杜甫诗歌也有某种涩的趣味,遇到讲究逆笔、顿挫的姚范、翁方纲等人或许比较欣赏,但像张谦宜这样的批评家则未必全盘肯定。在张谦

---

①汪涌豪《涩:对诗词创作另类别趣的范畴指谓》,《文学遗产》2010年第6期。
②陶敏主编《全唐五代笔记》,三秦出版社2012年版,第1册第235页。"鹓榈"原作"鹓阁",据曾慥辑《类说》卷四〇"涩体"条改,文学古籍刊行社1955年版。

宜看来："诗有以涩为妙者,少陵诗中有此味,宜进此一解。涩对滑看,如碾玉为山,终不如天然英石之妙。"①也就是说,涩终究出于人工造作,缺乏自然天成之趣,这当然是与盛唐诗的主导特征相悖离的。直到中唐时期,樊宗师诘屈聱牙的古文还被目为苦涩,不过此时他已不单纯是被否定的对象,相反还颇受时流追捧。李肇《唐国史补》有一则常为人引用的文字,记载了元和年间的文坛风气:

> 元和已后,为文笔则学奇诡于韩愈,学苦涩于樊宗师。歌行则学流荡于张籍。诗章则学矫激于孟郊,学浅切于白居易,学淫靡于元稹。俱名为元和体。大抵天宝之风尚党,大历之风尚浮,贞元之风尚荡,元和之风尚怪也。②

同样是涩体,在初唐被看得一无是处,到李肇的时代却为人追摹效仿,足见其品位已非昔比,不失为一种值得追求的艺术目标。证以刘叉《答孟东野》诗所述:"寒酸孟夫子,苦爱老叉诗。生涩有百篇,谓是琼瑶辞。"相信这也是韩孟集团为人瞩目的诗歌特色,为此后人追溯类似的风格源头往往溯源于韩、孟诸公。如清代诗人洪亮吉说:

> 怪可医,俗不可医。涩可医,滑不可医。孙可之之文、卢

---

① 张谦宜《絸斋诗谈》卷一,郭绍虞辑《清诗话续编》,第 2 册第 794 页。
② 李肇《唐国史补》卷下,上海古籍出版社 1979 年版,第 57 页。

玉川之诗,可云怪矣。樊宗师之记、王半山之歌,可云涩矣。
然非余子所能及也。近时诗人,喜学白香山、苏玉局,几于十
人而九。然吾见其俗耳,吾见其滑耳。非二公之失,不善学
者之失也。①

在洪亮吉看来,韩、孟一派的险怪之风,虽不免流于涩,却足以避
免俗滑的毛病。晚近诗人转而学白居易、苏东坡,难免不流于
俗滑。

涩既然是俗滑的对立面,那么当然可以成为杜绝俗、滑两病
的良药。随着人们对此认识愈深,涩的正价分值也愈益提高,促
使学者到更早的诗歌作品中去辨识其源头,结果其最初的表现被
追溯到南朝诗人鲍照。陈祚明评鲍照《还都口号》云:"'钲歌'以
下八句,语语矜琢,生秀不恒。'凉海'字新,'贯'字、'被'字警,
惜结语不振。少陵固亦钻仰鲍诗,每见涩强,正坐法此等,然固不
弱。"②又评《绍古辞四首》其四云:"结句亦强,所谓宁生涩,不凡
近者。"③沈德潜评鲍照《发后渚》也可能因袭其说,谓:"琢句宁生
涩,不肯凡近。"④看得出,他们对"涩"审美价值的估量虽仍有保
留,但基本上已转向正面。后来周实《无尽庵诗话》阐发其理说:
"作诗不可太艰难,太艰难则苦涩矣。作诗尤不可太轻易,太轻易
则浮滑矣。苦涩、浮滑皆言诗者之所戒也。虽然,与其浮滑也,无

①洪亮吉《北江诗话》卷一,人民文学出版社 1983 年版,第 8 页。
②陈祚明《采菽堂古诗选》卷一九,上册第 590—591 页。
③陈祚明《采菽堂古诗选》卷一九,上册第 595 页。
④沈德潜《古诗源》卷一一,第 260 页。

宁苦涩。"①这基本可以说是古今诗家的共识,不仅贯穿于诗学,也蔓延到书法理论中。但就诗学史而言,"涩"作为一种审美趣味,首先是与宋诗风的自觉意识联系在一起的。

相比唐诗而言,宋诗给人的风格印象,总离不开瘦硬坚涩四字。作为宋诗风的创辟者之一,梅尧臣也正是让人品味到涩感的第一位诗人。王鸣盛《冬夜读梅圣俞诗》这样摹状乍读梅诗的感觉:"滑口读不下,滑眼看不入。高峭带平淡,瘦硬兼酸涩。"梅尧臣诗给他的强烈印象,一是不迎合读者,"惟恐语见好,况乃屑组绀。时时出隽永,意及语不及";二是别有意趣,耐人玩味,好似"幽兰擢空岩,秋晓风露裹。谏果乍棘口,徐咀出甘汁"②。这都是涩较近于正面的效果,至于负面效果,则不免隐晦难解。纪昀评赵师秀《延禧观》说:"中四句究是涩体。"③今观其句云:"鹤毛兼叶下,井气与云同。背日苔砖紫,多年粉壁红。"前两句确实有点不知所云,起码是太雕琢不自然。沈德潜《说诗晬语》评萧德藻《咏梅》"百千年藓著枯树,一两点花供老枝""湘妃危立冻蛟背,海月冷挂珊瑚枝"两联,说:"意孑孑求新,而入于涩体者耶?"④这种作风自宋代以降似乎形成了一个传统,昭梿《啸亭杂录》从宋祁兄弟谈到本朝朱筠,隐然有一股"涩"的文学趣味在承传:

①周实《无尽庵诗话》卷二,民国元年上海国光印刷所排印本。
②王鸣盛《西庄始存稿》卷一四,陈文和主编《嘉定王鸣盛全集》,中华书局
　2010年版,第10册第266页。
③李庆甲辑《瀛奎律髓汇评》卷四八,下册第1784页。
④沈德潜《说诗晬语》卷下,丁福保辑《清诗话》,下册第545页。

宋子京诗文瑰丽，与兄颉颃。其《新唐书》好用僻字涩句，以矜其博，使人读之，胸臆间格格不纳，殊不爽朗。近日朱笥河学士诗文亦然。余尝谓法时帆祭酒云："读《新唐书》及《朱笥河集》，如人害噎膈症，实难舒畅也。"法公为之大笑。①

清代浙派自朱彝尊以降，本来都不喜欢黄庭坚，以为"太生"②。但到了乾隆年间，金德瑛却转而师法黄庭坚，专以生涩为尚。金蓉镜《论诗绝句寄李审言》自注："竹垞不喜涪翁，先公首学涪翁，遂变秀水派。择石（钱载）、梓庐（朱休度）、柘坡（万光泰）、丁辛（王右曾）、襄七（诸锦），皆以生硬为宗。"③所谓生硬，就是为避俗而到了不自然流转的地步，因为他们坚信生涩是比圆熟更难达致的效果。桂元复序汪师韩《上湖纪岁诗编》，也提到杭世骏（董浦）每言："诗之道，熟易而涩难。韩门诗有滋味，所以可传。"④但问题是，如此片面求涩难免给人艰涩沉闷的感觉，就连袁枚也不喜欢自己乡里的诗风，说："陆陆堂（奎勋）、诸襄七（锦）、汪韩门（师韩）三太史，经学渊深，而诗多涩闷，所谓学人之诗，读之令人不欢。"⑤当然，话虽这么说，他其实也不绝对排斥涩。《随园诗话》中甚至还有"宁拙毋巧，宁涩毋滑"的主张——与其滑，不如

①昭梿《啸亭杂录》续录卷三，中华书局1980年版，第455页。
②朱彝尊《橡村诗序》，《曝书亭集》卷三九，康熙刊本。
③金德瑛《澉湖遗老集》，民国十七年刊本。
④汪师韩《上湖纪岁诗编》卷首，光绪刊丛睦汪氏遗书本。
⑤袁枚《随园诗话》卷四，第128页。

涩,涩毕竟胜过滑。如前所说,这几乎是诗家毫无争议的共识。高密诗人李宪乔《摘汪春田句寄随园韦庐》提到:"(汪)太守又尝自览其诗,蹙蹙曰:'吾诗可恨只是一味滑,不能涩耳。'予曰:此言却高妙。涩者,世人之所嫌病者也,而公乃以不能为恨,则其度越时人不已远哉?"李宪乔生平最好黄庭坚诗,时以一编自随,人问究竟有什么好处,对:"吾只爱其涩。"①袁枚夙不喜黄庭坚诗,本来与李宪乔的诗歌趣味相左,但却并不妨碍两人在宁涩毋滑一点上达成共识。随着以杜、韩、黄为宗的硬宋诗风逐渐成为诗坛主流,可以想见,对涩的喜好也将越来越为诗坛所认同。

二、"涩"为谈艺家一境

有关"涩"的论说虽萌发于诗学,但后来的发展却不限于诗论,而是波及古典文艺的很多领域。古文因为要诵读,本来是应该远离"涩"的。我们确实也看到,从归有光《文章指南》卷首"论文章病"到近人来裕恂《汉文典·文章典·文诀》第三章"文忌",都将涩列为文病之一。但到清初,古文家也有从含蓄的角度发明涩义的。如陈玉璂《张古迂古文稿序》提到:

予尝读老子书,"治人事天莫如啬",以为其言有当于冰叔之言。惟啬则不流便,不流便则有余,而无易尽之情与势。

①李怀民《紫荆书屋诗话》,《山东文献集成》第三辑,第47册第139页。

当欲转未转之际，其情与势啬不欲出，而后使之出，故若属若不属，离合变化，莫知其端。如是则动与古会，冰叔以予言为交相得也。①

冰叔即江西古文名家、"易堂九子"之一的魏禧，康熙十一年（1672）他曾与任源祥同客陈玉璂宅，日夕论古文②。这里提到的"啬"就是他们当时交流的作文心得之一。啬本是用俭之义，它所导致的不流便，客观上造成言有尽而意无穷的效果，正与涩的功能部分重合。因知啬也就是涩的另一种说法，或者说就主观操作而言是啬，就客观效果而言则是涩。

相比文章学，涩在词学中显然更为人所关注，而且越到晚近越成为理论焦点。前人论词夙以妥溜为尚，直到明末人犹以为涩可行于诗，不可行于词。如卓迩说：

> 数十年以来，海内诗派敬大历而远之，鄙竟陵不屑为，相率为幽涩瘦削之诗，以为模合宋体。夫词与诗异者，词可幽不可涩，可疲不可削。仅有诗名动海内，而观所为词，实未敢附和尊崇也。一花一草，一风一月，要眇悠扬，引人无尽，词能之，诗不能也。③

---

①陈玉璂《学文堂集》序四，《四库全书存目丛书补编》，第47册第61页。
②魏禧《任王谷文集序》，《魏叔子文集》卷八，《宁都三魏文集》本。
③卓迩《水西轩词话》乙稿，福建省图书馆藏朱丝栏钞本。

但到清代,涩作为一种正面价值开始得到肯定。包世臣论词推崇清、脆、涩,说"不脆则声不成,脆矣而不清则腻,脆矣清矣而不涩则浮。屯田、梦窗以不清伤气,淮海、玉田以不涩伤格,清真、白石则殆于兼之矣"①。不难看出,清、脆、涩在此分别对应着声律、意义、语言三个层面,其中最核心的是意义,包括意义的深浅和表达的曲直,而最终又落实到前人关于滑、涩之辨的老生常谈上。后来沈祥龙《论词随笔》主幽涩,况周颐《蕙风词话》主生涩,冯煦《蒿庵词话》称姜夔滑处能涩,都是由涩趣中寻求新韵味、新境界,而持相反立场者如张祥河、李佳、谢章铤、吴蘅照等人对吴文英、姜夔、张炎乃至浙西词派的批评,也同样离不开一个涩字。这在汪涌豪的论著中已有充分论述②,兹不赘举。

或许是词学中对涩的讨论波及诗坛,在同光体诗人也中引发对于"涩"的理论思考。民国间诗论家朱大可论郑孝胥的诗学观念,举其"造意贵涩,出语贵浅,行气贵真"之说,认为"大抵海藏论诗,早年主涩,晚年主浅,而要皆以真为贵",又说:"海藏论诗,凡拈三字,曰涩,曰真,曰浅。涩者如《朝鲜权在衡招饮观梅》云:'我虽强作用我法,措语蹇涩爱者谁?'又《题晚翠轩》诗云:'称诗有高学,云以涩为贵。'又《答樊云门冬雨剧谈之作》云:'庶几比谏果,回味得稍稍。嗜涩转弃甘,攒眉应绝倒。'至《答庄吕尘朱大可》第一首,尤为倾箱倒篋出之,所谓'我诗常自疑,瘦涩不堪嚼。

---

① 包世臣《为朱震伯序月底修箫谱》,《艺舟双楫》卷一,台湾商务印书馆1973年版,第66页。
② 汪涌豪《中国文学批评范畴及体系》,复旦大学出版社2017年版,第266—270页。

将为知己累,世议苦见抟'者是也。"①这里值得注意的是,郑孝胥题林旭晚翠轩的"称诗有高学,云以涩为贵"两句,也为闻宥《野鹤零墨》所引②,可见林旭论诗以涩为尚,为当时共识。郑、林两位都是福建人,而真正对词学中的滑涩之辨做出总结性论述的诗人陈衍也是福建人,这不免让我们对他们之间的理论渊源产生一种联想。陈衍序胡式清词,论及词论中的清空与质实、婉约与豪放之争:

> 夫争清空与质实者,防其偏于涩也。争婉约与豪放者,防其流于滑也。二者交病,与其滑也宁涩矣,谓涩犹尔于雅也。今试取晏元献、秦淮海、周清真诸家词读之,非当行本色,清空而婉约者乎? 然险丽语入于涩者,时时遇之。③

他指出词家崇尚清空是为防质实而流于涩,强调婉约是为防豪放而流于滑,两害相权取其轻,则宁涩而毋滑。他说涩犹邻于雅,言下之意滑则不免于俗了,而俗是不可救药的。所以在他看来,词仍以清空、婉约为本色当行,当奉晏殊、秦观、周邦彦为正宗。然而即便是这些词家,仍往往有险丽语几近于涩,可见涩在他心目中是一种很特殊的美感,达到较到境界的词家都会阑入涩的

---

① 朱大可《海藏楼诗之研究》,《海藏楼诗集》附录三,上海古籍出版社 2013 年版,第 630—631 页。

② 闻宥《野鹤零墨》卷三恤簃诗话,民国七年枕霞阁排印本,第 2 页。

③ 陈衍《石遗诗话》卷二〇,钱仲联编《陈衍诗论合集》,福建人民出版社 1999 年版,上册第 274—275 页。

趣味。

　　陈衍这段议论不妨说是晚清词论的一个总结,他对涩的重视和发明直接影响了民国间的词论。李瑞清的学生蔡嵩云著《柯亭词论》,即参以老师论书的心得,以涩来沟通和诠释拙重大之说,提出:"词中有涩之一境,但涩与滞异,亦犹重大拙之拙,不与笨同。昔侍临川李梅庵夫子几席,闻其论书法,发挥拙、涩二字之妙。(中略)由此见词学亦通于书道。"①他借书法来比况词的涩境,将词的意脉对应于书法的笔势,颇有见地。事实上,用涩形容文学乃是很抽象的感觉,不太容易把握,用来说明书法则非常直观。就像文体互参的方向性所导致的不同效果,本来也不容易清楚地判断和说明,但用书法来譬况便一目了然,以至于许学夷、沈德潜不约而同地用书法来说明低不可入高、近不可参古的道理②。这在后文还要专门提到。

三、求"涩"何为?

　　本文开头引述的唐代史料表明,涩是一个由贬义逐渐转变为褒义的批评概念。相对于常见的许多诗美概念来说,涩的确是古代文论中少见的负价概念转为正价的例子。

---

① 唐圭璋辑《词话丛编》,第 4906 页。
② 蒋寅《中国古代文体互参中"以高行卑"的体位定势》,《中国社会科学》2008 年第 5 期。

　　之所以出现这一结果，有时是文体的需要。如林纾论墓志铭，说："此体尤难称，不善用者，往往流入七古。七古在近体中，别为古体，以不佻也；然一施之铭词中，则立见其佻。法当于每句用顿笔，令拗，令蹇，令涩。虽兼此三者，而读之仍能圆到，则昌黎之长技也。"他举韩愈《朝散大夫尚书库部郎中郑君弘之墓铭》"再鸣以文进涂辟，佐三府治蔼厥迹，郎官郡守愈著白。洞然浑朴绝瑕谪，甲子一终反玄宅"一节，指出：

　　　　"再鸣以文"是一顿，谓由进士书判拔萃出身者；"进涂"之下用一"辟"字，此狡狯用法也。"佐三府治"又一顿；"蔼厥迹"句以"蔼"字代"懋"字，至新颖。"郎官郡守愈"五字又一顿；其下始着"著白"二字，是文体，不是诗体。"洞然浑朴"四字作一小顿；"绝瑕谪"三字，即申明上四字意。以下"甲子一终"则顺带矣。句仅七字，为地无多，屡屡用顿笔，则读者之声，不期沉而自沉，不期哑而自哑，此法尤宜留意。①

　　墓志铭虽形同七言诗，但语体却须敦厚古雅，不能流畅如诗，这就要求遣词造句力避凡近。林纾这段分析，着眼点是在取意，却处处落实于文字，从辞僻的角度说明涩的效果是如何造成的——狡狯用法是故作反语，新颖是求奇，文体是避同（对诗体而言），申明上四字意是互补。这些细节都需要仔细玩味才能体得、绝不是一目了然的，这就不断造成阅读障碍，形成理解的停顿，最终产生涩

---

①林纾《春觉斋论文·流别论》，人民文学出版社1959年版，第54页。

的效果。林纾称这种修辞用心为每句用顿笔,参照方东树《昭昧詹言》的说法,也就是顿挫,借此制造墓志铭文体要求的拗、蹇、涩的辞令风格。

但这种文体上要求的涩,毕竟还是不多的,更常见的是作者出于美学趣味的自觉追求。如前引《唐国史补》所载,初唐人鄙斥的"涩"到中唐之际转而赢得时人的青睐,便属于这种情形。张谦宜论韦应物《自蒲塘驿回驾》诗说:"经历山水,音头带涩为妙。涩字难言。"①他已从韦应物的山水诗中读出一丝涩味,但觉得还难以言喻,而贾岛诗对奇涩的喜好就太显而易见、人所共识了。《病蝉》"折翼犹能薄,酸吟尚极清。露华凝在腹,尘点误侵睛"两联,方回评:"中四句极其奇涩。"②《夏夜》"原寺偏怜近,开门景物澄。磬通多叶罅,月离片云棱"两联,方回评:"此诗前二韵特用生字,而奇涩工致。"③至《卧病走笔酬韩愈书问》一首:"一卧三四旬,数书唯独君。愿为出海月,不作归山云。身上衣蒙与,瓯中物亦分。欲知强健否,病鹤未离群。"纪晓岚更说:"浪仙作涩语便工,作平语便庸钝,所谓人各有能有不能。"④这绝不是贾岛个人趣味使然,乃是一个时代诗家共同的风格取向。

当时李贺也以乐府著名而为时人追摹,虽然题旨隐晦而文字难解,但并不被人目为奇涩。五代王定保《唐摭言》载:"刘光远,

---

① 张谦宜《絸斋诗谈》卷五,郭绍虞辑《清诗话续编》,第 2 册第 851 页。
② 李庆甲辑《瀛奎律髓汇评》卷二七,中册第 1157 页。
③ 李庆甲辑《瀛奎律髓汇评》卷一一,上册第 399 页。
④ 李庆甲辑《瀛奎律髓汇评》卷四四,下册第 1580 页。

不知何许人,慕李长吉为长短歌,尤能埋没意绪。"①刘光远以埋没意绪即主旨隐晦为李贺特色,应该说抓住了李贺诗歌的艺术精神和创作意识,可是时过境迁,欣赏这种特色就有了一定的难度。以致刘辰翁评李贺诗不能不感慨:"旧看长吉诗,固善其才,亦厌其涩。落笔细读,方知作者用心,料他人观不到此也,是千年长吉犹无知己也。"②这么说来,刘辰翁是最初将李贺诗的主导特征命名为涩的批评家。这种趣味并非谁都能欣赏,所以他独矜为长吉知己,不是没有理由的。钱锺书曾引辰翁《答刘英伯书》"欧苏坦然如肺肝相示。柳子厚、黄鲁直说文最上,行文最涩"之语,说:"夫黄文不能望柳文项背,然二家刻意求工,矜持未化,会孟品题,不中不远。涩之一字,并可许目黄诗耳。"③在这个意义上,刘辰翁也是较早阐明涩的美学意味的批评家之一。

涩虽然从中唐就成为一种被追求和崇尚的审美趣味,但要到宋代才被视为诗歌的重要素质,到宋末才被命名,得到理论的确认。这一段诗歌史无形中成为涩被感觉、玩味的过程。究竟是什么样的趣味促使这一通常并不给人愉快联想的感觉,成为众所公认的有价值的审美效果呢?看来与苏东坡诗文的广泛传播及相伴而来的读者的某些不满有关。东坡诗文虽才高品逸,超出伦常,却也有一个致命的弱点,就是缺乏深厚的内涵和沉着的气度,

---

① 王定保《唐摭言》卷一〇,中华书局上海编辑所1959年版,第110页。
② 刘辰翁《评李长吉诗》,《刘辰翁集》,江西人民出版社1987年版,第210页。
③ 钱锺书《谈艺录》,中华书局1984年补订本,第346页。刘文见《须溪集》卷七。

即王渔洋所谓"骨重神寒"的品质①。桐城派作家尤为在意这一点，姚范曾说："凡文字贵持重，不可太近飒洒，恐流于轻便快利之习。故文字轻便快利，便不入古。才说仙才，便有此病。太白、东坡，皆有此患。"②方东树也说："气势之说，如所云'笔所未到气已吞'，'高屋建瓴'，'悬河泄海'，此苏氏所擅场。但嫌太尽，一往无余，故当济以顿挫之法。"③为此，以涩为意义流量的控制手段，通过调节文辞节奏来避免直截、浮滑乃至一往而尽就显得很有必要了。这就文章而言比较抽象，如果取譬于书法便直观易解。

　　古典书论向有涩笔之说，教人行笔之际，意有顿挫，使观览者有所玩味，免得一览无余。尤其是写行书、草书，讲究一种"涩"感，即笔和纸张摩擦产生的那种力度，所谓"力透纸背"是也。就是说笔锋在纸上运行时，要有吃力的感觉，不管是写行书还是草书，都要有顿有挫，与诗论所谓"宁拙勿巧，宁涩勿滑"是一个道理。事实上，写字最忌的就是"滑"，就是"流利"，字一滑即无足观。书家对此都深有体会，故兼为书论家的包世臣在《月底修箫谱序》中对涩的阐说深为论者所引重。孙麟趾《词径》述其说曰："感人之速莫如声，故词别名倚声。倚声得者又有三：曰清，曰脆，

---

①李贺《唐儿歌》"骨重神寒天庙器，一双瞳人剪秋水"，状杜黄裳之子相貌，王渔洋《香祖笔记》卷八谓"骨重神寒"四字可喻诗品，后人每用以论诗家之境。徐宝善《壶园杂著》中《与刘梅生书》云："诗意必欲深，诗格必欲正，诗骨必欲重，能此三者庶无愧于曩哲矣。"
②方东树《昭昧詹言》卷一引，第15页。
③方东树《昭昧詹言》卷一，第24页。

曰涩。不脆则声不成,脆矣而不清则腻,脆矣清矣而不涩则浮。"[1]包氏接着还说柳永、吴文英以不清伤气,秦观、张炎以不涩伤格,只有周邦彦和姜夔能兼有清、涩之长,这前文已加引述。涩的要义就是戒浮滑,它的美学意涵很大程度上就是由此生发的。

四、"涩"的美学意涵及衍生概念

由此看来,涩首先是作为文本操控的一种功能被运用的,逐渐显示为一种审美趣味。虽然人们通常是由文本感知这种审美效果,但事实上,一旦这种效果可以被预期,人们便会在写作中有意识地运用某些手段来谋求它。而这时涩的概念也就呈现它本质上的多义性,即(1)作者自觉追求的一种风格类型,(2)观赏者实际感知的一种审美味觉,(3)文本的一种运作机制,合起来就是作者的预期通过某些操控手段而实现效果的完整过程。这三个环节常不能达致心到手到的理想状态,会有一些差互,导致效果和评价产生很大的主观差异。像黄庭坚那种硬宋诗所追求的涩,后人从审美趣味到修辞手段到艺术效果的评价差异都很大,就是一个典型的例子。这是个需要专门研究的课题,在此我只讨论与涩相关的一个问题:除了用文本操控功能来控制意义的流量外,涩还与什么样的写作意识直接关联呢?

那么我必须说,涩首先与使用语言的求新意识相关。求新本

---

[1] 孙麟趾《词径》,唐圭璋辑《词话丛编》,第2555页。

质上是对"陌生化"（defamiliarization）的追求，而陌生化的表现通常会带来滞涩的阅读感觉。在传统文论话语中，对应于陌生化的概念是"生新"，形容其阅读感受的概念则是"生涩"，这个口语词很好地揭示了以"生"为中介而形成的新与涩的逻辑关系。艺术的生命力既然在于求新，所谓"若无新变，不能代雄"，那么生涩便缘于刻意求新的意识，如影随形似地相伴而生。朱彝尊《栋亭诗序》称曹寅诗"体必生涩，语必斩新"①，看似上句言体，下句言语，其实是一个互文修辞，为体之生涩与为语之斩新乃是一而二、二而一的事。因为这个"体"显然就是指语体——用作文类之义的文体本无所谓生涩可言，文体与语体也没有必然的关系，就像一封家书可用文言也可用白话——于是生涩的结果就不是取决于意而是取决于言，所谓求新致涩关键不在于意新而难解，而纯属语体生新脱逸常轨，以致形成生涩之趣。这种生涩之趣从阅读来说未尝没有新鲜感，但若是略无新意而徒涩于文辞，便也可能流于另一种恶趣，即玉书《常谈》所说的："诗取浏亮，语易明而意味长，始谓清俊。若无新意，徒掉换字面，故为生涩艰滞语，有何兴趣，惟自苦尔。"②

有时生涩效果的形成，不只是基于求新的理念，更主要的是想探求至难至险、非寻常可到之境。职是之故，李东阳《麓堂诗话》将利涩与难易相提并论，说："书有利涩，诗有难易。"③希求卓

①朱彝尊《曝书亭集》卷三九，康熙刊本。
②玉书《常谈》卷三，光绪二十五年豫章艖廨刊本。
③此言又见《诗镜总论》，丁福保辑《历代诗话续编》，下册第 1418 页。

绝难到之境,必须要避免流俗的习以为常,这就是为什么古来有关涩的言说通常是在与若干负面概念的对立或区别上展开,而由此形成一组与涩相关的衍生概念。

正如前文已提到的,涩首先与滑相对。说来这两个词相为对待由来甚古,汪涌豪曾举《黄帝内经·素问》"夫脉之大小滑涩浮沉,可以指别",《灵枢》"审皮肤之寒温滑涩,知其所苦","气之滑涩、血之清浊,行之顺逆也"为证①,可见它们早就通用于医学,既可形容身体表面的皮肤,也可形容身体内部的气和脉理,是以同气骨、脉络、肌理、肉彩等概念一样,很自然地进入文学批评,成为说明本文构成状态的概念。滑是夙为诗家所忌的负价概念,《瀛奎律髓》卷十七杜甫《更题》诗云:"只应踏初雪,骑马发荆州。直怕巫山雨,真伤白帝秋。群公苍玉佩,天子翠云裘。同舍晨趋侍,胡为淹此留。"纪昀评:"后四句亦太快。"②卷二十三詹中正《退居》句云:"须知百岁都为梦,未信千金买得闲。"纪昀评:"五六太滑。"③这里的太快、太滑都是说语意轻浮,缺乏顿挫。后例明显与须知、未信两个虚字领句所构成的流水对有关。苏轼《次韵刘景文赠傅羲秀才》中两联"未能飞瓦弹清角,肯便投泥戏泼寒。忽见秋风吹洛水,遥知霜叶满长安",纪昀批:"中四句虚字平头,东坡往往不忌。然是一病,能令诗薄而剽。"④《次韵王定国倅扬州》中四句"未许相如还蜀道,空教何逊在扬州。又惊白酒催黄菊,尚

①汪涌豪《中国文学批评范畴及体系》,第 268 页。
②李庆甲辑《瀛奎律髓汇评》,中册第 649 页。
③李庆甲辑《瀛奎律髓汇评》,中册第 998 页。
④曾枣庄主编《苏诗汇评》卷三五,中册第 1505 页。

喜朱颜映黑头",纪昀也指出有虚字平头之病①,这种虚字平头所带来的"薄而剽"正是轻浮之义,究其实质乃是语法近于散文。这在杜甫诗中已有苗头,但直到大历诗才开始引人注目,中两联有时连用虚字。像郎士元《盖少府新除江南尉问风俗》:"闻君作尉向江潭,吴越风烟到自谙。客路寻常随竹影,人家大底傍山岚。缘溪花木偏宜远,避地衣冠尽向南。惟有夜猿啼海树,思乡望国意难堪。"此诗中间两联虽不是虚字平头,但节奏也嫌太快,到尾联就有点收束不住,勉强作结,过此就不能不谓之滑了。陆游是唐宋大家中不免给人这种感觉的诗人,清代俞僻曾指出:"放翁诗高朗圆美,正如弹丸脱手。然其答郑虞诗云:'区区圆美非绝伦,弹丸之评真误人。'何也?愚谓诗不可太圆,太圆则失之滑;不可太滞,太滞则失之室。……放翁云云,岂郑虞有太圆之失,乃作是语耶?"②唯其如此,袁枚《随园诗话》才有"宁拙毋巧,宁涩毋滑"的告诫。洪亮吉《北江诗话》也发明此意,说:"怪可医,俗不可医;涩可医,滑不可医。"③这种"宁……宁……"的句式本自宋代陈师道《后山诗话》④,意味着承认一个不完美的结果,不得最好只求次好,甚或两害相权取其轻。他们都明白涩不是一种美好的感觉,但滑更让人不能容忍。正如玉书《常谈》所说:"涩与滑其失一

①曾枣庄主编《苏诗汇评》卷二九,上册第 1238 页。
②俞僻《生香诗话》卷四,《生香花蕴合集》,道光七年自刊本。
③洪亮吉《北江诗话》卷一,第 8 页。
④陈师道《后山诗话》:"宁拙毋巧,宁朴毋华,宁粗毋弱,宁僻毋俗,诗文皆然。"何文焕辑《历代诗话》,上册第 311 页。

也。然涩者多作则愈，滑者少作既不能医，多则更甚矣。"①清初
傅山语人学书之法，衍申其语为："宁拙毋巧，宁丑毋媚，宁支离毋
轻滑，宁真率毋安排。"②后人以为此言不止适用于书法，也可推
及文学。故谭延闿致谭吉光札，发挥其义云："作诗与写字同，宁
涩毋滑，宁拙毋俗，宁苦无易。湘绮先生有《王志》一书，其中言诗
文法门甚备，长沙有刻本，可觅读。今人论诗宗宋人，不甚以湘绮
为然，其实从此法门入手，决无轻浮浅俗之弊，犹学书先当作九宫
楷书也。"③词论中向来有妥溜之说，见于张炎《词论·杂论》，即
妥贴圆熟之谓。刘熙载《艺概》用以评柳永词，许其"细密而妥溜，
明白而家常"④，绝对是正面评价。但如果把握不好分寸，毫厘之
失也会流于浮滑。所以即使是诉诸歌唱的小词，必要的涩也是不
可少的。后人论潘曾绥词，称其"脆而能清，清而能涩，哀感顽艳，
得楚骚之遗"，正是很难得的品格。

　　作者一旦意识到避滑的必要，就会将涩转化为操控文本的手
段。正像庖丁解牛，锋刃锐利固然批却导窾，騞然剽捷，锋刃钝自
然也会滞涩难进，故前人论诗文也有以钝为说的。周容《复许有
介书》倡言，古人著述足以传久而不朽者约有三要：一曰避，一曰
钝，一曰离。关于钝，他首先断言"凡诗而欲轻欲俊者为下乘"，因
为"轻则必薄，俊则必佻。故仆以为欲钝。钝者沉其气，抑其力，

---

① 玉书《常谈》卷一，光绪二十五年豫章醮廎刊本。
② 徐珂辑《清稗类钞·艺术类》，中华书局 2010 年版，第 4047 页。
③ 谭延闿《谭组庵论诗书手札》，中华书局 1937 年版。
④ 王气中笺注《艺概笺注》，第 314 页。

而出之以迟回惨淡者也。钝则必厚,钝则必老,钝则必重。开宝
以后,诗运日衰者,不钝故也"。而究其病根又不外乎两个方面:
"古人慎用虚字,而今人多率用之;古人慎用实眼,而今人多袭用
之。于是遂近宋词,遂邻元曲。夫诗于词曲,犹女子于娼优也,以
轻俊流敝至此,可不慎哉?"①钝在此竟与厚与老与重这些古典美
学的核心概念相提并论,足见它也是一个与古典诗学的审美理想
潜通消息的重要观念。果然,孙枝蔚撰《汪舟次山闻集序》,称赞
汪楫近诗变利为钝,就抬出诗圣来壮声势:"车所载重,则十牛不
得前;舟所载重,则微风不能动。唐人之善用钝者,其惟少陵
乎!"②如此推崇钝的价值,在诗论中还很少见,但我们知道桐城
派的文章论于此陈义甚高。刘大櫆甚至说:"文法至钝拙处,乃为
极高妙之能事;非真钝拙也,乃古之至耳。"③翁方纲诗学许多地
方都让我感觉从姚鼐那儿受到桐城文论的影响,他也在《药洲笔
记》中专门谈到钝:

> 　　诗家惟利钝二字,难于兼用而善全之。杜诗有利有钝者
> 也,韩则利多而钝少,苏则有利无钝矣。后人聪明日启,谁复
> 肯为其钝者哉?(中略)本朝风雅道盛,渔洋先生犹是提倡格
> 调,主张神韵,此仍青邱、空同之一脉也;竹垞先生极不喜山
> 谷,然其肌理转有暗合者;初白从事于白、苏极利之场,而精

①周容《春酒堂文集》,宣统二年国学扶轮社铅印本。
②孙枝蔚《溉堂文集》卷一,上海古籍出版社 1979 年影印本,下册第 1043 页。
③刘大櫆《论文偶记》,人民文学出版社 1959 年版,第 5 页。

心整顿,不肯滑去:是皆不专言利者。①

利钝在这里成了判断诗风趋向的一个标志,按照处理利钝关系的方式,前辈诗人被区分为利钝均衡(杜甫)、钝多利少(朱王查)、利多钝少(韩愈)、有利无钝(苏轼)四个类型。除了杜甫利钝均衡的完美品格,其他作家的艺术成就都随着钝的含量而升降,其实质仍不离宁涩毋滑的根本立场。

涩作为文本操控手段既然是通过节制意义流量来实现其功能,那么周容所谓"钝者沉其气,抑其力,而出之以迟回惨淡者也",就真是说到了点子上。"迟回"无疑是涩的美学观念发展出的又一个派生概念,并且也与书论相通。我们知道,疾涩一直是古典书论的基本问题②。涩在书法中体现于运笔之法,即古人论书所谓的"迟重"。始见于王羲之《书论》:"凡书贵乎沉静,令意在笔前,字居心后,未作之始,结思成矣。仍下笔不用急,故须迟。何也?笔是将军,故须迟重。"③后来唐孙过庭《书谱》也有"未悟淹留,偏追劲疾;不能迅速,翻效迟重"的说法④,它在书论中远比诗文评中更为人熟知。徐珂辑《清稗类钞·艺术类》有一则关于邓石如的评价:"论者谓其书笔笔尚力,到底一丝不懈,迟、重、拙

---

① 翁方纲《药洲笔记》,国家图书馆藏稿本,转引自陈伟文《清代前中期黄庭坚诗接受史研究》,中国人民大学出版社2012年,第109页。
② 刘熙载《艺概·书概》:"古人论用笔,不外疾、涩二字。"王气中笺注《艺概笺注》,第430页。
③ 王羲之《书论》,《历代书法论文选》,上海书画出版社1998年版,第29页。
④ 孙过庭《书谱》,《历代书法论文选》,第130页。

三字足以尽之。"①迟、重、拙三字其实就是演绎了一个钝字,究其实质更不离一个涩字,钝笔枯墨更行以迟笔,想要不涩都难。这么看来,最近有学者提出晚清词论中的拙重大之说渊源于书论②,确实是很有道理的。

五、"涩"的负价意义

由日常经验我们也知道,涩绝不是一种轻易让人体会到愉快的感觉。像生锈的轴承、干燥的户枢、氧化的匙孔、变形的抽屉……日常生活中所有与滋润与灵活相悖的属性,都与涩相连。唯一带有正价感觉的味觉之涩,比如橄榄的回甘也是在忍受了浓烈的酸涩之后才获得些许回报。艺术创作中的涩,在某种意义上也可以说是为防止浮滑而付出的代价。尽管结体和用笔不免奔逸的书法家何绍基论书特别强调涩,有诗称:"涩楮必涩墨,涩笔兼涩思。万事涩胜滑,此语学道资。"③但不用说我们也会想到,矫枉必过正,过正的手段必然带有先天的缺陷,所以前引玉书《常谈》才会说"涩与滑其失一也"。那么,除了上文列论的正面效应外,涩还会表现为哪些负价效应呢?

---

①徐珂辑《清稗类钞·艺术类》,第 4064 页。
②姜荣刚《"重拙大"源于书论说——晚清词学转向的文化与文学史背景分析》,《文艺理论研究》2017 年第 3 期。
③何绍基《为潘星斋题戴醇士画册》,《何绍基诗文集》,岳麓书社 2008 年版,第 238 页。

首先是意旨晦涩不清。雍正间文人马荣祖《文颂·奥涩》一则曰:"天门訣荡,下坐列仙。授我玉匣,朱丝系缠。开函跪读,绿字赤笺。蝌蚪纠结,鸟迹纷然。以指画肚,嚓不能宣。尘根未断,谪归千年。"①这里形容奥涩之体好似仙人所授天书,虫文鸟篆,观之茫然,莫名其妙,这其实就是形容那种晦涩之风。刘师培曾将诗文中这种种涩趣统称为蹇涩,并将其各种表现归纳为四点:

> 蹇涩之弊,大抵由于好高立异,不屑俯循常轨,每遇适可而止之处,辄以深代浅,以难代易。逮养成习惯,不期而然,虽异轻滑,亦难引人兴趣,其弊一也。口吻蹇碍,不能诵读,其弊二也。意欲明而文转晦,其弊三也。全用单字堆砌,毫无气脉贯注,死而不活,其弊四也。②

这里从文字、声调、意义、节奏四个方面总结了蹇涩的弊病,总之就是缺乏透明度和可读性。而究其所致则不外乎两种情形:一是为求深奥而堆砌僻典,因过度陌生化而导致晦涩的结果。王铚《四六话》云:"生事必对熟事,熟事必对生事。若两联皆生事,则伤于奥涩。"③正是指这种情形。一是为求新异而改换字面,以徐

---

① 马荣祖《文颂》卷下,民国十九年朴社排印本。
② 刘师培《汉魏六朝专家文研究》,万仕国编《刘申叔遗书补遗》,广陵书社2008年版,下册第1550页。
③ 王水照主编《历代文话》,复旦大学出版社2007年版,第1册第8页。

彦伯的"涩体"最为典型,李贺好用代语也有点类似①,都属于过分求新而致晦涩。后代诗论家鉴于"新而近于俚,生而入于涩"的意识②,每有一种反对标新立异的主张。延君寿《老生常谈》曾说:"谈诗者每言不可刻意求新,此防其入于纤巧,流于僻涩耳,非谓不当新也。"③虽然他不尽认同这种老生常谈,但它确实是很多人内心深处的想法。同时的李长荣就曾说:"诗人画士往往驰骋笔墨,究其妙处,不过山水风云,眼前境界。若门户标新,必有涩滞之病,故学者能循规踏矩,即一段好品质处。"④这种大实话听起来比较保守,也比较平庸,并不是什么人都肯说的。

谁都知道,诗家一味求新求生,总不过是要避免平易。可是,为免平易而过于迂曲,又难免流于晦涩。就像延君寿注意到的:"学陶不成流于率,学谢不成流于涩。"在他看来,谢灵运诗"率沁心藻缋,浓深缜密,学之者使不得一些浮躁",率尔仿效往往失之晦涩⑤。周邦彦词,董士锡也曾指出有"清以折"而又趋于丽的倾向,所谓折应该就是陈廷焯所谓"美成词大半皆以纤徐曲折制胜"⑥后人不得要领则"学周病涩"⑦。这种涩,轻则诘屈聱牙,

---

① 参看程千帆《古诗考索》,上海古籍出版社 1984 年版,第 231 页;钱锺书《谈艺录》,第 247—250 页、第 563—568 页。
② 蒋寅《原诗笺注》外篇上,第 241 页。
③ 延君寿《老生常谈》,郭绍虞辑《清诗话续编》,第 3 册第 1846 页。
④ 李长荣《茅洲诗话》,光绪三年重刊本。
⑤ 郭绍虞辑《清诗话续编》,第 3 册第 1831 页。
⑥ 陈廷焯《云韶集》卷四,南京图书馆藏未刊稿本。
⑦ 董士锡《餐花吟馆词序》,《齐物论斋文集》卷二,民国二年排印《问影楼丛刻初编》本。

读之不畅;重则思绪混乱,言不达意。然则作为本文操控手段的
涩是有价值的,而风格意义上的涩却是一病。历来艺术风格有涩
趣的作家,通常很难获得较高评价,黄庭坚正是个典型的例子。
虽然自清初以来经王渔洋大力推崇,到乾隆间复由桐城派和翁方
纲刻意表彰,黄庭坚俨然已为宋诗一大宗师,但对他的批评始终
不曾偃息。如纪昀《书黄山谷集后》云:"涪翁五言古体,大抵有四
病:曰腐,曰率,曰杂,曰涩。求其完篇,十不得一";"七言古诗,大
抵离奇孤矫,骨瘦而韵逸,格高而力壮。印以少陵家法,所谓具体
而微者。至于苦涩卤莽,则涪翁处处有此病,在善决择耳。"①方
孝孺《赠郑显则序》说得好:"天下之论文者,嗜简涩则主于奇诡,
乐敷畅则主于平易,二者皆非也。文不可以不工而恶乎好奇,文
不可以不达而恶乎浅易,浅易以为达,好奇以为工,几何不至于怪
且俗哉!"②这不是什么深奥道理,问题是恰到好处很难。

其实涩不只会流于奇诡,有时也会因主平易而流于偏枯。赵
宧光《寒山帚谈》有云:"一于纤则不文,过此弱矣;一于涩则不媚,
过此枯矣。"③笪重光《画筌》也说:"人知破墨之涩,不知涩而非
枯。"④他们都试图在涩与枯之间划出界限,加以区别。董沛《陶
子缜滪庐诗集序》批评"浙中诗派,流弊滋多",举查慎行、李邺嗣、
厉鹗、梁同书为例:"冲淡如初白,而其失也枯;简练如呆堂,而其

---

① 孙致中等编《纪晓岚文集》卷一一,第 1 册第 252 页。
② 方孝孺《逊志斋集》卷一四,《四部丛刊初编》本。
③ 赵宧光《寒山帚谈》,崇祯刊本。
④ 笪重光《画筌》,《昭代丛书》戊集本。

失也涩;幽秀如樊榭,而其失也僻;逋峭如频罗,而其失也纤。"①
太淡则枯燥无味,过简则涩而不润,两者在很多情况下是潜通消
息的。明白这一点,就知道盛时泰《元牍记》评唐陈怀志行书《北
岳碑》"筋骨有余,而丰度微涩"②,定非正面评价。这虽是论书画,
也通于诗理。正是为了区别于枯涩,赵元礼《藏斋续诗话》载翁同龢
几首题画诗,在标举涩趣的同时也洋溢着对生气、灵动的叹赏:

> 翁文恭题张文达画诗:"看取弱毫挥涩纸,淋漓生气满尘
> 寰。"又题戴文节画扇诗:"愈涩愈生笔愈灵,当年妙语我曾
> 聆。"又题雅宜山人字册诗:"细书精紧势仍宽,熔铸钟王到笔
> 端。"大约书画之佳者,要以精紧生涩为上,空滑率易最所不
> 取。文恭时常以此持论,盖以金针度人也。③

涩在这里虽仍与滑对举,但精紧所意味的工整和力度,已显然与
缺乏活力的偏枯区别开来。
　　涩可能出现的另一个负面结果是风格上与文体的要求有出
入。不难理解,涩虽是美的一种类型,但未必适宜于所有文体。
王夫之《古诗评选》评萧子晖《冬晓》:"艳诗止此极矣。柔尚不
涩,丽尚不狂。狂者倚门调,涩者侍女腔,乃至无复人理。"④艳诗

①董沛《正谊堂文集》卷一,光绪刊本。
②盛时泰《元牍记》,民国十八年中央大学国学图书馆排印本,第9页。
③赵元礼《藏斋续诗话》,民国三十二年铅印本。
④王夫之《古诗评选》卷五,第267页。

的风格要求自然是轻绮婉媚,既不能流于轻狂如倡家口吻,也不能堕于窘涩如侍婢之忸怩。所以当某太史自夸其诗"不巧而拙,不华而朴,不脆而涩",袁枚笑问道:"先生闻乐,喜金丝乎?喜瓦缶乎?入市,买锦绣乎?买麻枲乎?"太史不能答①。袁枚显然认为诗歌离不开巧、华、脆,也不能一味拙、朴、涩,关键是要适合作品的语境。论诗明显受到袁枚影响的法式善也说:

> 诗贵幽不贵冷,贵峭不贵涩。洪稚存《白鹿泉》云:"松杉已疑蛰洞龙,阑干亦如饮渚虹。天青下合水泉碧,山绿暗裹楼台红。铃檐飘风看百尺,石径生云埋四壁。欲从略彴饮寒泉,怯此巉岩堕危石。"可谓峭而不涩。②

这里举的是七律的例子,可见涩不宜于七律。但即使就其他诗体而言,若涉及某些特定题材,涩也不能成为正价概念。现在看来,涩未必不见容于所有诗体,但不适于绝句,则是不用怀疑的。绝句篇幅短小,尤其讲究灵动圆活,力戒呆板滞涩。查慎行评杜甫《江畔独步寻花七绝句》,说:"先生七绝有意别开蹊径,他人学之,非俗则涩矣。"③用七绝表现这样的题材,写得率意容易俚俗,写得拘泥又容易枯涩。杜甫这组七绝看似率意,实则纯行以真气,正像李因笃评首章所说的"用拙处生意勃然",故能自然成文,免于枯涩。

---

①袁枚《随园诗话》卷五,第179页。
②张寅彭、强迪艺《梧门诗话合校》卷二,凤凰出版社2005年版,第82页。
③刘濬辑《杜诗集评》卷一五,嘉庆间蓼照堂刊本。

至于文章,固有"涩"之一体;词也有尚"涩"的传统,但曲则好像与涩不相容。明代徐复祚精于词曲,讨论戏剧最重"本色",尝言:"传奇之体,要在使田畯红女,闻之而跃然喜,悚然惧。若徒逞其博洽,使闻者不解其为何语,安所取感怆乎?"因此他力主曲文戒"涩",以为"文章且不可涩,况乐府出于优伶之口,入于当筵之耳,不遑使反,何暇思维,而可涩乎哉?"①王骥德《曲律》论声调也"欲其流利轻滑而易歌,不欲其乖刺坚涩而难吐"②。到清代康熙间张大复编订《寒山堂新定九宫十三摄南曲谱》,卷首附《寒山堂曲话》17 则,也强调填词曲调要清、圆、响、俊、雅、和、流利、轻滑而易歌③,语言则须本色当行,因此传奇"造语忌硬、忌涩、忌嫩、忌粗、忌文"④。不难理解,曲调行腔吟唱,唯取流畅,涩则喑哑不上口难入耳。明乎此理,我们就能从理论上清楚地把握涩的美学机能及其适用限度。

通过上文的论述,我们可以看出涩是一个具有功能性指向和风格性指向双重性质的诗学概念,或者说由功能性指向衍生出风格性指向的诗美概念。它由最初的负价属性转化为后来的正价

①徐复祚《南北词广韵选》卷一,《续修四库全书》,上海古籍出版社 2002 年版,第 1742 册第 66—67 页。

②王骥德《曲律·论声调第十五》,《中国古典戏曲论著集成》第 4 集,中国戏剧出版社 1959 年版,第 122 页。

③俞为民、孙蓉蓉编《历代曲话汇编》,黄山书社 2008 年版,第 16 页。

④笠阁渔翁《笺注牡丹亭》附刻,乾隆二十七年笠阁渔翁刊本。参见笠阁渔翁《笠阁批评旧戏目提要》,《中国古典戏曲论著集成》第 7 集,第 309 页。

属性,实际上功能性指向起了决定性的作用。换言之,作为功能性指向的涩是绝对正价的,而作为风格性指向的涩则是有条件的正价,因此涩的负面价值基本上集中于风格性指向的一面。对这样一个具有双重属性的特殊概念,做一番概念史的梳理,仔细辨析其美学义涵,无疑是很有意义的。作为较典型的有限正价概念,它的理论展开充分显示了其运用文体操控机能实现价值的方式,以及作为正价概念的适用性和限度。这无论对于传统审美观念研究还是概念史研究都有一定的范式意义。涩的趣味贯穿于中国文学、艺术中,是具有民族特色的美学概念之一,从更广泛的理论和创作视野考察其发生、发展的历程,对其意义和价值做更深入的揭示和评价,还有待于各方面专家的共同努力。

五 诗中有画(二)
——用话语分析的方式来诠释

一、"诗中有画"的"画"指什么？

自拙文《对王维"诗中有画"的质疑》在《文学评论》2000 年第 4 期发表以来，学界给予了热烈的关注，发表多篇商榷性的或延伸性的研究论文①，我一一拜读，收获不一。拙文立足于绘画的造

---

① 陈育德《"诗中有画"是"艺术论的认识迷误"吗？》，《安徽师范大学学报（人文社会科学版）》2001 年第 4 期；谭朝炎《"诗中有画"辨析》，《宁波大学学报（人文科学版）》2002 年第 2 期；王振泰《苏轼的"诗画同异论"》，《阴山学刊》2003 年第 4 期；李园《王维"诗中有画"艺术研究》，南京师范大学硕士论文，2004 年；木斋《论王维诗"有画意象"与苏轼"比喻意象"的嬗变》，《新疆大学学报（哲学·人文社会科学版）》2005 年第 1 期；薛和《诗性背后的自然景观——略论王维山水田园诗境的绘画性》，《长春师范学院学报（人文社会科学版）》2005 年第 5 期；徐雪梅《再看王维诗画相通的联结点》，《内蒙古社会科学》2005 年第 6 期；兰翠《苏轼"诗（转下页注）

型性,以此衡量王维诗歌的艺术特征,从而质疑"诗中有画"的命题是否适用于概括王维诗歌的主要成就,并进而思考"诗中有画"作为批评术语,其意义是不是被夸大了?关于这场论争的核心问题,有学者认为"争论的双方都没有事先界定物质画与想象画,也混同了'有画'与'可画'的含义"①。这种较有代表性的意见,看似具有学理上的反思色彩,实际上却未斟酌"有画"和"想象画"的概念是否能成立,或是否有意义。在我看来,"有画"的概念是没有意义的,无法界定其内涵,历史上许多诗人包括杜甫的作品都被说成有画,但没有人关注那些作品的绘画性;而"想象画"只能勉强说是一种心理表象,恐怕不是讨论诗歌文本适用的概念。

浏览这些续出的论文,可见论争的焦点集中于对"诗中有画"

(接上页注)中有画"语境论析》,《烟台大学学报(哲学社会科学版)》2006年第2期;周瑾《也谈对"诗中有画"的理解》,《广东农工商职业技术学院学报》2006年第2期;李良中《历代"诗中有画"所引起的争论及其实质》,《四川教育学院学报》2006年第3期;刘崇德《从"以文为诗"到"以诗为画"》,《南开学报(哲学社会科学版)》2007年第5期;罗显克、钟良《"诗"与"画"边界研究:以王维诗为中心》,《广西民族大学学报(哲学社会科学版)》2007年第6期;尚永亮《"诗中有画"辨——以王维诗及相关误解为中心》,《社会科学研究》2010年第1期。对这一问题争议的综述,可参看欧明俊、胡方磊《王维"诗中有画"研究的回顾与反思》,《合肥师范学院学报》2010年第1期;陈博涵《诗画关系研究坚持本位还是出位——20世纪80年代以来"诗中有画""画中有诗"研究回顾与反思》,《中国诗学》第15辑,人民文学出版社2011年版。

①李良中《历代"诗中有画"所引起的争论及其实质》,《四川教育学院学报》2006年第3期。

之"画"的理解。按常识说,这里的"画"应该指绘画的特征和意趣,即绘画性或者说造型性,但商榷者都不这么看,他们提出诗中有画的"画"乃是指中国画特有的意境,而认为我对"画"的理解太拘泥,未理解中国画的美学本质①。那么我们不禁要问,中国画特有的意境又是什么呢? 不就是象征意蕴么,或者说不就是诗意么? 这么一来,"诗中有画"在他们的解释中就变成了"诗中有诗",这样的循环命题显然是无助于讨论深入的。

我在阅读这些商榷论文时也反思自己提出问题的方式,苏东坡的命题其实提供了两个讨论的角度:价值估量和话语分析。《质疑》的讨论出于价值估量,观点已表达得很清楚。这里我想再尝试作一番话语分析。这一研究已有学者进行尝试,基本观点是东坡所谓"诗中有画"和"画中有诗"都不是一般意义上的审美判断,而是对王维个人诗、画特征相互渗透现象的直感②。这种话语分析的方法不是要考究东坡说得对不对,有没有道理,而是究明他为什么要这么说,他要对王维诗和画表达一种什么样的认识,探讨的立足点已转变为对苏东坡艺术思想和见解的研究,与对王维艺术特征的认识不是一码事。

由于宋代文学艺术总体上为"破体"——不同艺术门类、不同体裁的艺术特征相互交融、渗透的风气所笼罩③,诗画艺术的交

---

① 袁晓薇《王维诗歌接受史研究》,安徽大学出版社 2012 年版,第 151—152 页。

② 高云鹏《苏轼诗画关系理论阐释——兼论苏轼对王维"诗中有画""画中有诗"的评论》,《中国诗学》第 11 辑,人民文学出版社 2006 年版。

③ 王水照主编《宋代文学通论·文体篇》第三章"尊体与破体",河南大学出版社 1997 年版,第 67 页。

融尤其是画家自觉地追求抒情性也是当时的流行思潮①。如李公麟"深得杜甫作诗体制而移于画"，说"吾为画如骚人赋诗，吟咏情性而已"②。这就让人很自然地向诗画互相借重对方所长的方向去理解诗画关系，将"画中有诗"解释为画有诗意，"诗中有画"解释诗有画趣。这绝不是我的穿凿理解，事实上宋人对于王维诗，的确说过："观其思致高远，初未见于丹青，时时诗篇中已自有画意。"③但这只是后人的感觉，王维的创作理念究竟如何，终不能起九原而叩之。法国画家瑟拉说过："有些评论家抬举我，说在我的画作里看到一种诗意，但我是以自己的方法绘画的，并没有考虑任何其他东西。"④那么对于苏东坡的评论，王维会怎么说呢？既然我们无从断定苏东坡的说法是否符合王维本意，就只好据其所说作一番话语分析了。而话语分析的前提，是要求回到东坡命题的语境，关注他发言的艺术史和美学背景。研究者指出，诗歌和绘画创作在唐代都进入一个繁盛时期，两类艺术的相互渗透与影响也日渐突出。到北宋诗画融合的趋势更加明显，以苏东坡为代表，艺术家们在理论、实践两方面都有一些探索。随着文人画、写意画主体地位的确立，诗歌和绘画在表现作者人格精神的最终指向上趋于同一，由此产生"诗中有画""画中有

---

① 这一点钱锺书《中国诗与中国画》已论及，袁晓薇《王维诗歌接受史研究》中编第五章"'诗中有画'的发明和王维的诗史定位"续有论述，可参看。
② 俞剑华标点《宣和画谱》，人民美术出版社 1964 年版，第 131 页。
③ 俞剑华标点《宣和画谱》，第 169 页。
④ 罗伯特·克拉夫特《斯特拉文斯基访谈录》，李毓榛、任光宣译，东方出版社 2004 年版，第 325 页。

诗"的命题①。这一论断我总体上是认同的,但具体思路觉得还
有展开的余地。

二、"诗中有画"的"画"作为王维画意

当我们将考察的中心由王维诗歌转移到苏东坡的艺术观念
上时,问题马上就与艺术史上足以同文化史上的唐宋转型相媲美
的观念变革联系起来。日本学者浅见洋二考究殷璠《河岳英灵
集》所谓"着壁成绘"与六朝以来"雕绘""雕画""图缋""画缋"等
词的渊源,认为是指一种人工色彩强烈的艺术美,并推想王维诗
在当时就给人这种印象②。他的研究着眼于中国文人如何读诗,
在他看来,"所谓诗的绘画性,或所谓诗与绘画的接近、融合,最后
仍与怎样读诗的问题有关",此言深得我心。

上文提到,宋人读王维诗,"观其思致高远,初未见于丹青,时
时诗篇中已自有画意",说明他们从王维诗歌的画意中看到的是
作者的高情逸致。这一方面体现了宋人尚意的美学旨趣,同时也
意味着他们对王维诗之画意的感受不是着眼于一般意义上的绘
画性,而是着眼于王维诗体现了他本人绘画的某些审美特征。这

①参看兰翠《苏轼"诗中有画"语境论析》(《烟台大学学报》2006 年第 2 期)
　对唐宋诗画关系的梳理。
②浅见洋二《"诗中有画"与"著壁成绘"》,《唐代文学研究》第 11 辑,广西师
　范大学出版社 2006 年版,第 39—49 页。

样,我们的讨论就重新回到学界早就涉足的思路上来——考察王维绘画的艺术特征,分析这些特征在诗中的表现,说明它们给王维诗带来了什么特色,然后评价其历史意义①。

从美术史的语境看,东坡对王维诗的论断,相信与他对王维画的认识有关。我们知道,苏东坡是非常推崇王维画的,他在《凤翔八观·王维吴道子画》诗中比论两家之长说:"吴生虽妙绝,犹以画工论。摩诘得之于象外,有如仙翮谢笼樊。吾观二子皆神俊,又于维也敛衽无间言。"评论两家的艺术特点更具体指出:"摩诘本诗老,佩芷袭芳荪。今观此壁画,亦若其诗清且敦。"②这不就是说,他在王维的壁画中看出王维诗既清又不失其厚的美学特征吗?并不只是他这么看,似乎这也是古代艺术家惯常的思路。黄公望论钱选画,说"知诗者乃知其画"③,反过来也可以说知画者乃知其诗,即肯定钱选的诗歌表达了其绘画的境界,能懂得他的诗便能懂得他的画。为此清代画论家笪重光曾将诗画相通的原理概括为:"故点画清真,画法原通于书法;风神超逸,绘心复合于文心。"④而诗人乔亿更具体论述了王维诗具有与其画同样的美学风貌:

---

① 葛晓音《王维、神韵说、南宗画》,《汉唐文学的嬗变》,北京大学出版社1990年版。

② 王文诰辑注《苏轼诗集》,中华书局1982年版,第1册第109—110页。

③ 姚绶《浮玉山居图跋》,陈仁涛《金匮藏画评释》卷上,原注出《谷庵集》,香港统营公司1956年排印本,第86页。

④ 笪重光《画筌》,《昭代丛书》戊集本。

> 以画论诗：李、杜歌行，荆、关、董、巨之山水也。唐初四
> 子歌行，思训父子之金碧山水也。摩诘之诗，即摩诘之画，意
> 致萧散中自饶名贵。①

至于苏东坡，陶文鹏先生已指出，他对诗画的艺术界限是有清醒
认识的②。虽然学界考察东坡对绘画特性的认识，对他论画重传
神已形成一致看法。但我们仍可以肯定，东坡对绘画的造型特征
有着清楚的意识，他对诗歌"写物之功"的理解并不向绘画的造型
性靠拢。这从《东坡志林》卷十的一段话就可以了解：

> 诗人有写物之功。"桑之未落，其叶沃若"，他木殆不可
> 以当此。林逋《梅花》诗云："疏影横斜水清浅，暗香浮动月黄
> 昏。"决非桃李诗。皮日休《白莲》诗云："无情有恨何人见，
> 月晓风清欲堕时。"决非红莲诗。此乃写物之功。若石曼卿
> 《红梅》诗云："认桃无绿叶，辨杏有青枝。"此至陋语，盖村学
> 究体也。③

他明显将诗的写物之功限定在能够捕捉事物的形象特征及与特
定环境的关系，而非概括性的一般说明。那么，他对王维诗中有
画的理解是指这种写物之功吗？更进一步说，诗中有画、画中有

---

① 乔亿《剑溪说诗》卷上，郭绍虞辑《清诗话续编》，第 2 册第 1088 页。
② 陶文鹏《苏轼诗词艺术论》，上海古籍出版社 2001 年版，第 14—21 页。
③ 苏轼《东坡志林》卷一〇，《四库笔记小说丛书》影印本，上海古籍出版社
　 1992 年版，第 88 页。

诗的评论就是对王维诗、画具有共同的美学特征即乔亿所谓"摩诘之诗,即摩诘之画"的认识吗?

在考究这一问题之前,首先应该肯定,苏东坡对绘画的认识绝不是那么简单的。刘石认为东坡已"开始突破了仅仅以画家身份定义文人画的皮相之论,成为绘画史上较早系统提出文人画理论的学者",东坡有关文人画的理论有三点值得重视:(1)在绘画原则上强调神理象外,不重形器;(2)在绘画功能上强调达心适意;(3)在绘画风格和意境上强调意气所到、清丽奇富、变态无穷。刘石进一步推断,"苏轼'诗中有画'观念之发,正是其主张诗歌写物图貌的体现","用于评论王维,就如同方东树《昭昧詹言》卷二一对杜甫的评论:'杜公善于摹写,工于体物,愚谓必力思此二事。'"①他的看法是,东坡评价王维的两个命题隐含着对王维画风的认知,即王维的画具有他诗的那种意境。我很赞同这种见解,虽然我们尚不能坐实这一点,但通过南宗画的传统间接地体认王维绘画的艺术特征,也能获得到一些验证。

三、王维画的写意倾向

作为画家的王维,在美术史上有多方面的贡献,但他的历史地位主要取决于两点:一是南宗画的鼻祖,二是开士人画风。

根据文献记载,王维绘画的成就主要是在山水画。李肇《唐

①刘石《"诗画一律"的内涵》,《文学遗产》2008年第6期。

国史补》卷上称"王维画品妙绝,于山水平远尤工"①,封演《封氏闻见记》卷五称"王维特妙山水,幽深之致,近古未有"②,荆浩《画山水录》称"王右丞笔墨宛丽,气韵高清,巧写象成,亦动真思"③。他后来被尊为水墨山水之祖和开创"士人画"的不祧之宗,是因为他不仅是第一位以画著名的文士,还开创了一种文人画风。后人甚至将他与书圣王羲之相提并论,说:"画法自李师训父子而下,便称摩诘;书法自钟太傅以来,即数右军。摩诘画惟《避暑图》为奇绝,昔人谓其不餐烟火;右军书惟《内景经》为入神,昔人称其为飞天仙人、运腕太史。"④这么看来,王维在绘画史上的地位比他在诗歌史上的地位还要更高。

　　"士人画"之名始见于苏东坡《凤翔八观·王维吴道子画》,其《又跋汉杰画山》也提到:"观士人画,如阅天下马,取其意气所到。乃若画工,往往只取鞭策皮毛槽枥刍秣,无一点俊发,看数尺许便卷。汉杰真士人画也。"⑤为此前人或认为士人画的概念出自东坡(如邓椿《画继》卷三)。这是不对的,谢赫评刘绍祖已有"伤于师工,乏其士体"的说法⑥,可见这种观念由来甚早,只不过"士人画"的概念现在始见于东坡文字而已。到明代以后,以"士气"称许文人画的精神已为老生常谈。屠隆《论元画》云:"赵松

---

①李肇《唐国史补》,第18页。
②赵贞信《封氏闻见记校注》卷五,中华书局2005年版,第47页。
③荆浩《笔法记》,人民美术出版社1963年版,第5页。
④莫友芝《郘亭书画经眼录》卷三,中华书局2008年版,第308—309页。
⑤孔凡礼点校《苏轼文集》卷七〇,中华书局1986年版,第2216页。
⑥张彦远《历代名画记》卷六,浙江人民美术出版社2011年版,第109页。

雪、黄子久、王叔明、吴仲圭之四大家及钱舜举、倪云林、赵仲穆辈,形神俱妙,绝无邪学,可垂久不磨,此真士气画也。"①冯梦祯《忆姬人》云:"笔间常有拙意,画家所谓士气,不入匠作也。"②董其昌也说:"士人作画,当以草篆奇字之法为之,树如屈铁,山似画沙,绝去甜俗蹊径,乃为士气。不尔,纵俨然及格,已落画师魔界,不复可救药矣。"③王夫之评杜甫《哀王孙》曰:"世之为情事语者苦于不肖,唯杜苦于逼肖。画家有工笔、士气之别,肖处大损士气。"④王文治题骆绮兰画曰:"画贵士气,谓卷轴之华流露于笔墨间也。"⑤这里所谓的士体、士气,与师工、匠作、画师、工笔对举,都指有别于画师、工匠之作的士大夫画或者称文人画特质。前人追溯这种特质的由来,王维之前更无古人。

王维的绘画成就原是极高的,在当时和后世获得的评价更是无人可及⑥。作品传世也很丰富,《宣和画谱》记载北宋御府所收王维画多至126幅。此外还有一些作品在世间流传,如张邦基《墨庄漫录》卷一载苏氏藏有王维《卧披图》,郑樵《夹漈遗稿》卷一有《夏日题王右丞冬山书屋图》诗,叶梦得《石林诗话》载李邦直家藏有唐蜡本《江干初雪图》真迹,世传为摩诘所作,末有元丰

①倪瓒《清閟阁全集》卷一二"外纪"所收,影印文渊阁《四库全书》本。
②王夫之《明诗评选》卷五,文化艺术出版社1997年版,第245页。
③李修易《小蓬莱阁画鉴》卷六,商务印书馆1934年版,第40页。
④王夫之《唐诗评选》卷一,第25页。
⑤李佳《左庵一得续录》,光绪三十四年铅印本,第18页。
⑥对这一点最清楚认识不是现有的美术史著作,而是徐复观《中国艺术精神》第十章"环绕南北宗的诸问题"关于王维在绘画史中地位问题的讨论,见春风文艺出版社1987年版,第348—352页。

间王禹玉、蔡持正、韩玉汝、章子厚、王和甫、张邃明、安厚卿七人题诗。凡此等等,不一而足。只可惜历经千载,兵燹之余,只剩下后人摹本《雪溪图》《山阴图》《江山雪霁图》《江岸雪意图》《奔湍图》《长江积雪图》(美国火奴鲁鲁艺术博物馆藏)等几幅流传于世。王维所传画作中,最著名的自然是《辋川图》。明汪珂玉《珊瑚网》载:"王右丞维,工人物山水,笔意清润,画罗汉佛像甚佳。平生喜作雪景、剑阁、栈道、骡纲、晓行、捕鱼、雪渡、村墟等图。其画《辋川图》,世之最著者也。盖其胸次潇洒,意之所至,落笔便与庸史不同。"①元代袁桷有《辋川图》诗,叙述图中景物道:"诗中传画意,画里见诗余。山色无还有,云光卷复舒。前溪渔父宿,旧宅梵王居。千古风流在,披图俨起予。"②图传到清代下落不明,陶樑《红豆树馆书画记》著录一个宋人摹本,约略可见其大概③。根据袁桷的记述,《辋川图》的意趣颇能与王维的诗歌相印证。所谓"画里见诗余",具体表现为山色似有若无,云光卷而复舒。这种凭借水

---

① 汪珂玉《珊瑚网》卷四八,《适园丛书》本。

② 杨亮《袁桷集校注》,中华书局 2012 年版,第 2 册第 474 页。

③ 陶樑《红豆树馆书画记》卷一:"绢本高一尺二寸六分,宽一丈二尺一寸九分。石门方铁珊廷瑚家藏。按:《山谷集》称《辋川图》世有两本,一用矮纸,一用高纸,董彦远《广川画跋》又云《辋川》诗有南北垞、华子冈、欹湖、竹里馆、茱萸沜、辛夷坞,此画颇失其旧,当依其说改定。此真迹之仅存者。然考《宣和画谱》不载是图,米元章《画史》所称长安李氏所藏小《辋川图》尚是摹本,在北宋时已属罕觏。前明分宜严氏籍没时,此图多至三本,其为模仿不辨可知。是卷既用绢素,与山谷所言纸本不合。观其石用小斧劈皴,树叶多作夹笔,人物眉目分明,深得右丞遗意,当是宋时名手所临。卷尾署王维二字,并钤名印,在唐人固未尝有此也。"光绪八年潘氏刊本。

墨浓淡渲染出来的效果,不正是《汉江临眺》"江流天地外,山色有无中"的感觉么?王维所以被奉为南宗画的初祖,正因为他的水墨山水开创了文人画的新风。

以王维为南宗画之祖师,其说发自明莫是龙,其说又见于董其昌《画旨》,因董名重而被后人尊为创说。莫是龙《画说》曰:

> 禅家有南、北二宗,唐时始分。画之南、北二宗,亦唐时分也,但其人非南、北耳。北宗则李思训父子著色山水,流传而为宋之赵幹、赵伯驹、伯骕以至马、夏辈;南宗则王摩诘始用渲淡,一变钩斫之法,其传为张璪、荆、关、郭忠恕、董、巨、米家父子,以至元之四大家。①

他认为王维的水墨山水,一变钩斫之法而为渲染,由张璪而递传至元四大家,遂形成南宗一派。其说甚为后人信从,清初恽寿平论南宗画源流,更补充以元明间的承传:

> 南宗以唐王摩诘维、荆洪谷浩为祖,开文人笔墨游戏法。后至董源,号北苑,南唐人,高逸沉古,元四大家皆宗之。黄公望字子久,号大痴,又号一峰,最近巨然。巨然北宋僧,亦师北苑者也,故今称董巨。但一峰用正锋长皴数笔,则得自

---

① 莫是龙《画说》,于安澜辑《画论丛刊》,第 1 册第 134 页。按:此文又见于董其昌《画旨》卷上,除郭忠恕列于董、巨后,其余文字皆同,见西泠印社出版社 2008 年版,第 37 页。关于莫、董二书的公案,历来多有论辩,今取余绍宋说。

北苑也。倪瓒元镇号云林，又号迂翁，学北苑，兼洪谷意，所以独逸在三家上。吴镇仲圭号梅花道人，独得北苑墨叶，兼巨公之长，最为沉郁。黄鹤山樵王蒙叔明，初师北苑，后兼摩诘，细麻皮皴，极郁密浑厚，其用墨意不离北苑。要之，黄倪吴王四家总出北苑而各不相似，所以能高自立家。若如出北苑一手，纵极肖，已落第二乘矣，岂能与北苑并传不朽者乎？如近世王绂、杨基、张羽、徐贲皆以笔墨游戏，得元人意致，亦各成家；文徵明、沈周、仇英、唐寅未尝相袭，而董宗伯其昌复宗北苑，绘苑风流赖以复振云。①

历史地看，南宗画的艺术精神以写意为主，不重写实，强调文人画的士大夫气。乾隆间画家王学浩论文人画，尤其强调："六法一道，只一'写'字尽之。写者，意在笔先，直追所见。虽乱头粗服而意趣自足，或极工丽而气味古雅，所谓士大夫画也。否则与俗工何异？"②嘉、道间画家李修易《小蓬莱阁画鉴》也说："吾家檀园老人笔墨清超，不事刻苦，如华严楼阁，弹指即现；若实父仇英，譬作室者，瓴壁木石，一一俱就平地筑起，及其成功，则又如齐云落星，缥缈在天际矣。此士夫、作家之别也。"③他们心目中的士大夫画，无非是以写意为核心，意在笔先，纵情笔墨，不事刻苦，不重写实，唯以意趣自足和气味古雅为尚。然则我们直接在写意与士气

①毛先舒《恽氏说画小记》，《撰书》卷二，《四库全书存目丛书》，集部第210
　册第651页。
②蒋宝龄《墨林今话》卷八，民国元年扫叶山房石印本。
③李修易《小蓬莱阁画鉴》卷一，第3页。

之间划上等号也不为过吧?

写意一方面意味着不拘泥于对象的真实,如沈括《梦溪笔谈》卷十七所说:"书画之妙,当以神会,难可以形器求也……如彦远《画评》言王维画物多不问四时,如画花往往以桃杏芙蓉莲花同画一景。余家所藏摩诘画《袁安卧雪图》,有雪中芭蕉,此乃得心应手,意到便成,故其理入神,迥得天意,难可与俗人论也。"①另一方面又意味着不作写实性的描绘及忽略细节,如沈书同卷论董源画:

> 江南中主时,有北苑使董源善画,尤工秋岚远景,多写江南真山,不为奇峭之笔。其后建业僧巨然祖述源法,皆臻妙理。大体源及巨然画笔,皆宜远观,其用笔甚草草,近视之几不类物象,远观则景物粲然,幽情远思,如睹异境。如源画落照图,近视无功,远观村落杳然深远,悉是晚景,远峰之顶,宛有反照之色,此妙处也。②

李修易概括南宗画用笔的特点,适可与沈括的说法相参照:

---

① 《元刊梦溪笔谈》卷一七,文物出版社 1975 年影印本,第 3 页。关于雪中芭蕉的真实性,后来引发持续的争论。朱熹《语类》卷一三八以为王维误画,朱翌《猗觉寮杂记》卷上、王肯堂《郁冈斋笔麈》卷二则认为实有其事,王渔洋《香祖笔记》卷一〇也以自己岭南游历的经验证实其说。参看杨军《"雪中芭蕉"命意辨》,《陕西师大学报(哲学社会科学版)》1983 年第 2 期。

② 《元刊梦溪笔谈》卷一七,第 19 页。

　　　　山无险境，树无节疤，皴无斧劈，人无眉目，由淡及浓，可
　　改可救。赭石螺青，只稍轻用。枝尖而不劲，水平而不波，云
　　渍而不钩，屋朴而不华，用笔贵藏不贵露。①

正因为如此，沈颢《画麈》说："今人见画之简洁高逸，曰士夫画也，
以为无实诣也。"什么是实诣呢？他解释："实诣，指行家法耳。"即
工笔写实的细致刻画，这正是文人画所鄙弃的画法。

　　南宗画尚写意而不刻画，在用笔上就变线条而为渲染，不用
骨法而以气韵胜。唐岱《绘事发微》说，"唐李思训、王维始分宗
派。摩诘用渲淡开后世法门。至董北苑，则墨法全备"②。董源
的山水画技法，甚为后人宗尚，到元代画家黄公望甚至说"作山水
者必以董为师法，如吟诗之学杜也"③。詹景凤跋饶自然《山水家
法》，称山水有二派，一为逸家，一为作家。逸家始自王维，作家
始自李思训。"若文人学画，须以荆、关、董、巨为宗。如笔力不
能到，即以元四大家为宗，虽落第二义，不失为正派也。若南宋
画院诸人及吾朝戴进辈，虽有生动，而气韵索然，非文人所当师
也"④。在风格倾向上，南宗用笔疏简，出韵幽淡。如元四家之一
的倪瓒自题《师子林图》，谓得荆、关遗意，然简淡有韵，所谓师法

①李修易《小蓬莱阁画鉴》，第1—2页。
②唐岱《绘事发微》，上海人民美术出版社1987年版，第17页。
③陈仁涛《金匮藏画评释》卷上，原注出《佩文斋论画山水诀》，香港统营公
　司1956年版，第24页。
④傅慧敏编《中国古代绘画理论解读》，上海人民美术出版社2012年版，第
　191页。

舍短是也①。明代师法王蒙的陆治,自跋山水立轴也云说:"山樵
笔意古雅,多萧闲林壑之趣,非澄怀弄笔,罕臻其妙。"②明末自称
以"南为主,北为辅,笔墨之性往往闯入唐宋诸家"的沈颢③,在
《画麈》"分宗"条说:"南宗则王摩诘,裁构淳秀,出韵幽淡,为文
人开山。……北则李思训风骨奇峭,挥扫躁硬,为行家建幢。"王
原祁自题山水立轴云:"云林设色秋山,不在工丽,全以冲夷恬澹
之致出人意表。"④这些论者对南宗画技法特征和艺术风貌的概
括、描述,都旨在强调,洋溢着文人气息的南宗画,能以潇洒的写
意性克服工笔刻画的繁缛琐细,独造一种气韵冲淡、神情幽远的
意境,其画面之意境流动着天机,透露着逸趣,随处可见作者的人
格和襟抱。这种不是强化而是抑制造型性,同时突出作者主体性
的画法,的确有着中国传统艺术特有的诗意,不妨称之为画中有
诗,实质上就是中国画的抒情性亦即写意倾向。如此再看李修易
的清言:"夜月梅花,最得诗人清迥之致,漫以无声赋此。"⑤就知
道画家的创作冲动,首先起于感受到物色景象的诗意,而且是特
定的诗意境界,然后以画笔赋形,于是成就古人所谓的"无声诗"。
这便是"画中有诗"的原理,如果我们将它视为中国画的特质,说
王维诗中有画的"画"即指这种特质,那就不啻是在演绎一个"诗

---

①缪曰藻《寓意录》卷四载董其昌自题《仿宋元山水》,道光二十年上海徐氏
　寒木春华馆刊本。
②李佳《左庵一得初录》,光绪三十四年铅印本,第10页。
③李佳《左庵一得初录》,第17页。
④李佳《左庵一得初录》,第29页。
⑤李修易《小蓬莱阁画鉴》卷七,第44页。

中有诗"的循环逻辑;而如果将苏东坡说王维"画中有诗"理解为可从王维的画中感受到他诗歌的意境,即那种清空澹远、隽永灵动的诗趣,则不能不说是过人的深刻感悟。同理,若将东坡的"诗中有画"解释为王维诗有着绘画的造型性,那就不仅在学理上存在很大的问题,同时也大大遮蔽了王维诗歌复绝的艺术造诣。因此,只有将"诗中有画"解释为王维诗中含有他自己绘画的意趣,才可以将王维诗歌的艺术表现与其画风对应起来考察。

四、王维诗的写意特征

王维画因负当世盛名,论者往往先入为主地设定其诗与画同出一源,而从取景、构图、用笔、色彩、光影等绘画的各种要素入手,寻找它们在诗中的种种表现,以见王维诗歌总是不经意地露出画家本色。按这种思路来评论王维诗歌的论文已发表很多,这种批评方式虽然不失为认识王维诗歌的一个途径,但不可避免地也带有流于主观化的危险。如果我们同意说苏东坡的"诗中有画"是指王维诗中可见其南宗画风的某些特征,那么首先就应该从他描绘景物的写意特征来印证这一点,因为南宗画风首先是以写意而非刻画见长。而我们一旦从写意特征来看王维诗对外部世界的描写,就会从艺术表现到风格层次都得到一些异于往昔的新判断。

首先,我们要转变一下习惯的反映论思维方式。对一个艺术家来说,不是表现取决于观察,而是观察取决于表现。意大利美学家冈布里奇的研究告诉我们：

> 画家只是被那些能用他的语言表现的母题所吸引。当他扫视风景时，那些能够成功地和他所学会运用的预成图式相匹配的景象会跳入他的注意中心。样式像媒介一样，创造一种心理定向——它使艺术家去寻找周围风景中那些他所能表现的方面，画画是一种主动的活动，因此艺术家倾向于去看他所画的东西而不是画他所看见的东西。①

这就是说，绘画所展现的内容并不是观察的结果，而恰恰是选择的结果，以往被视为素材的形象其实是写意的符号。中国传统的文人画最大程度地强化了这种写意特征，这是举世公认的。王维诗歌对景物的处理也明显可以看出写意化的倾向，这在许多侧重于造型性，紧扣构图、色彩、光线等视觉要素来分析王维作品的论文中都被忽略了。

在《质疑》一文中，我已分析、说明王维诗习惯将空间存在转化为时间过程的动态表现模式。尽量避免静态描写的效果，用诗学的语言说就是去赋笔化。去赋笔化意味着脱弃单纯的白描、形容、比喻等呈示性要素，而采取以景叙事、离形取神、淡化线条轮廓、忽略细节等方式来造成整体上的写意特征。以下试分述之。

首先应该确认的一点是，王维那些被论者目为山水田园诗的作品，大体是沿袭谢灵运游览纪行诗的写法，以叙事为主调，风景

---

①冈布里奇《艺术与幻觉》，湖南人民出版社 1987 年版，第 80 页。

描写其实着力不多。像《晓行巴峡》《宿郑州》《崔濮阳兄季重前山兴》《自大散以往深林密竹磴道盘曲四五十里至黄牛岭见黄花川》《游化感寺》《赠裴十迪》《蓝田山石门精舍》《渭川田家》《田家》等，都是很好的例子①。许多貌似写景的句子实际是叙事。最典型的如《敕借歧王九成宫避暑应教》中两联：

> 隔窗云雾生衣上，卷幔山泉入镜中。林下水声喧语笑，岩间树色隐房栊。

黄生评道："右丞诗中有画。如此一诗，更不逊李将军仙山楼阁也。'衣上'字，'镜中'字，'喧笑'字，更画出景中人来，尤非俗笔所办。"②但是我们只消参看《题友人云母障子》"君家云母障，时向野庭开。自有山泉入，非因采画来"四句，就知道这是纯粹的叙事，意在说明暑热中九成宫特有的凉爽。除了"岩间树色隐房栊"一句，上三句完全是说明的而不是描绘的笔法，将对象的位置和动作关系作了细致的说明。《和太常韦主簿五郎温汤寓目》一首被明顾可久评为"写景如画"，而实际上此诗从头到尾都是叙述："汉主离宫接露台，秦川一半夕阳开。青山尽是朱旗绕，碧涧翻从玉殿来。新丰树里行人度，小苑城边猎骑回。闻道甘泉能献赋，

---

① 唯独一首铺陈景物的五排《东溪玩月》，一作王昌龄诗，陈铁民先生《王维集校注》认为作者难以遽定，并且它明显是试帖赋题之作，也不适宜作为写景诗来讨论。

② 陈铁民《王维集校注》，中华书局 1997 年版，第 25—26 页。

悬知独有子云才。"①这哪里又是在写景呢？即便我们姑且承认
"青山尽是朱旗绕"是写景，它的描述意义也太有限了吧？更不要
说"新丰树里行人度，小苑城边猎骑回"一联了。这就像《送綦毋
潜落第还乡》的"远树带行客，孤城当落晖"，明明是写綦毋潜此去
的行止，刘辰翁偏说"'带'字画意"②，将观赏引向描绘性的方向
上来。前人在这些地方确实常有不加细考、大而化之的判断。
《山居秋暝》"明月松间照，清泉石上流。竹喧归浣女，莲动下渔
舟"两联，沈德潜也视为"纯乎写景"③，可后一联恰恰是为避免纯
粹写景而变换的叙事，与《冬晚对雪忆胡居士家》"隔牖风惊竹，开
门雪满山"一样，都是一组蒙太奇镜头，也是王维笔下最具特色的
表现手法。还有像《酬张少府》的"松风吹解带，山月照弹琴"，
《归嵩山作》的"流水如有意，暮禽相与还"，《从歧王过杨氏别业
应教》的"兴阑啼鸟换，坐久落花多"，《奉和圣制从蓬莱向兴庆阁
道中留春雨中春望之作应制》的"云里帝城双凤阙，雨中春树万人
家"，也是类似的例子。这种蒙太奇式的笔法，以不事刻画而重传
神写意为基本特征，可与"日落江湖白，潮来天地青"（《送邢桂
州》）、"开畦分白水，间柳发红桃"（《春园即事》）之类突出瞬间状
态呈现的有限例证截然区别开来。古代批评家中只有王夫之注
意到王维诗的写意特征，曾指出《送梓州李使君》"明明两截，幸其
不作折合。五六一似景语故也"。他看出诗的颈联貌似写景，其

①陈铁民《王维集校注》，第 364—366 页。
②陈铁民《王维集校注》，第 27—28 页。
③沈德潜《说诗晬语》卷上，丁福保辑《清诗话》，下册第 539 页。

实是叙事,只因为主导动机是写意,以致写景和叙事的界限不太分明。因此他肯定"右丞工于用意,尤工于达意。景亦意,事亦意"①。评《终南山》又指出:"结语亦以形其阔大,妙在脱卸,勿但作诗中画观也。此正是画中有诗。"②这是说,诗从不同角度叙说了终南山的广袤高峻之后,以游览者与樵夫的问对结束全诗,"隔水问樵夫"仍然表现了空间的阔大,所以他提醒读者不要将樵夫错看作山水画里点缀的人物,即诗中有画,而正须看作是画中寄寓的诗意。

　　由于写景承担着叙事的功能,王维笔下的景物大多是粗略点染,不事刻画。《春中田园作》的"屋上春鸠鸣,村边杏花白"是交代时令,引出下文"持斧伐远扬,荷锄觇泉脉"的农事活动;《齐州送祖三》的"天寒远山净,日暮长河急"系即目所见,为下文"解缆君已遥,望君犹伫立"埋下伏笔;《青龙寺昙璧上人兄院集》的"眇眇孤烟起,芊芊远树齐。青山万井外,落日五陵西",以由近及远的景色表现了清晰的视觉,从而由"眼界今无染"引申出"心空安可迷"的禅理。诗的重心既然并不在铺陈景物,写景除了突出视觉感受和景物的远近层次外,就没有着意细描的必要。是以这种写意笔法,非但不刻意于细节,甚至连景象的轮廓也很模糊。《汉江临泛》中两联著名的景句"江流天地外,山色有无中。郡邑浮前浦,波澜动远空",上联是以轮廓线不分明的写法来展现水天混茫的感觉,下一联同样不作清晰的勾勒,只用"浮""动"两字形容江

---

①王夫之《唐诗评选》卷三,第101页。
②王夫之《唐诗评选》卷三,第98页。

流奔涌的动感,造成奇警的效果。其艺术魅力与其说来自视觉的直观,还不说是身体感受到的声压①。的确,即使研究者们能从王维诗作中撷取一串串写景如画的句子,其中又有多少是以形似取胜的呢? 最为古今论者推许的"大漠孤烟直,长河落日圆",也绝非以刻画形似见长吧? 大漠、孤烟、长河、落日四个物象,并没有关于颜色、状态的描写。尤其是大漠、长河、落日,都近于固定词组,定语大、长、落只有概括性的一般化说明而没什么具体的描写意义。两句真正出彩之处只在直、圆二字,它们虽是形容词而含有动词属性,如同《辋川闲居赠裴秀才迪》"渡头余落日,墟里上孤烟"一联的余和上,含有升腾和沉坠的动态。所以,这一联写景与其说是形似还不如说是神似。王维另有《送韦评事》写道:"遥知汉使萧关外,愁见孤城落日边。"送人赴边,只是悬想边塞景致;自身亲历此境,方才深刻地体会边地的辽远和苍凉。王夫之评《使至塞上》"盖用景写意,景显意微,作者之极致也"②,可谓深得作者之心。

中国画的写意特征是,无论风景或人物都仅抓住主要特征,而不作细节刻画,这使形象的表现机能带有强烈的程式化亦即符号化倾向。具有写意倾向的王维诗歌同样如此。《和贾至舍人早朝大明宫之作》"九天阊阖开宫殿,万国衣冠拜冕旒"一联,向来被推许为描绘朝堂气象的名句。乍读之下,我们也会觉得朝拜景象

---

①声压是大气压受到声波扰动后产生的变化,也就是大气压强的余压,相当于在大气压强上叠加一个声波扰动引起的压强变化。我们在聆听低频量大的音乐时感受到的物理震撼,就是声压的作用。

②王夫之《唐诗评选》卷三,第100页。

历历如绘;但细加品味,却发现两句是典型的写意而非工笔——宫殿聚焦于门扇,君王和使臣被代以衣冠和冕旒,这种文学修辞的"借代"手法,在绘画中就是传为王维《山水论》所说的远人无目、远树无枝、远山无石、远水无波的写意笔法,实质上是一种象征化的表现,以"九天阊阖"和"万国衣冠"来夸饰朝仪的规模盛大,以寄托长安收复后人们渴望再见汉官威仪的中兴幻觉和苟安心态。在"阊阖""衣冠"和"冕旒"作为代表性的符号被突出时①,更多写实的内容却被省略了。明代画论家李日华在《紫桃轩杂缀》中阐述绘画表现的三重景象,曾论及用笔的省略,即所谓"忽":

> 凡画有三次第:一曰身之所容,凡置身处,非邃密,即旷朗,水边林下,多景所凑处是也。二曰目之所瞩,或奇胜,或渺迷,泉落云生,帆移鸟去是也。三曰意之所游,目力虽穷,而情脉不断处是也。然又有意所忽处,如写一树一石,必有草草点染取态处。写长景,必有意到笔不到,为神气所吞处。是非有心于忽,盖不得不忽也。②

如果我们仔细梳理一下王维诗中的景句,一定是浑融疏略的写法占主导地位。像《归嵩山作》"荒城临古渡,落日满秋山",《过香

---

① 《三月三日曲江侍宴应制》"草树连容卫,山河对冕旒"、《奉和圣制与太子诸王三月三日龙池春禊应制》"苑树浮宫阙,天池照冕旒"也同样是符号化的表现。

② 李日华《紫桃轩杂缀》卷二,凤凰出版社2010年版,第287页。

积寺》"古木无人径,深山何处钟",《山居秋暝》"明月松间照,清泉石上流"这样的例子,很能代表王维写景的特征,取疏而不取密、取神而不取形、取浑沦而不取刻画是其大旨。这其实也是整个盛唐诗风景描写的主导倾向,不只王维如此,同时代的大家、名家莫不如此。明代格调派诗论家谢榛将这种审美倾向概括为:"凡作诗不宜逼真,如朝行远望,青山佳色,隐然可爱,其烟霞变幻,难于名状。及登临非复奇观,惟片石数树而已。远近所见不同,妙在含糊,方见作手。"①王渔洋论诗鄙薄温庭筠的名句"鸡声茅店月,人迹板桥霜",而独赏其"古戍落黄叶,浩然离故关。高风汉阳渡,初日郢门山"一首,许为"晚唐而有初唐气格者,最为高调"②,也无非喜其浑阔不切、无迹可求而已。由此可以间接地理解,盛唐诗歌风景描写的基本倾向就是浑阔不切,不拘泥于细节刻画。

当然,这么说绝不是断然否定王维诗中存在细腻的景物描写。值得注意的是,一旦王维放弃写意化的表现而致力于细腻的刻画,就意味着他同时也离开了写实而进入意象化的表现方式。这时他往往用非常突出的意象来构成场景,使景物成为渲染氛围的媒介。如《秋夜对雨》"寒灯坐高馆,秋雨闻疏钟"一联,张谦宜评为"写意画,令人想出妙景"③,其实妙景之外还有孤寂的况味;《过香积寺》"泉声咽危石,日色冷青松"一联,上句写山泉遇峻石

①谢榛《四溟诗话》卷三,丁福保辑《历代诗话续编》,下册第 1184 页。
②王士禛《古夫于亭杂录》卷五,《王士禛全集》,齐鲁书社 2007 年版,第 6 册第 4912 页。
③张谦宜《絸斋诗谈》卷五,郭绍虞辑《清诗话续编》,第 2 册第 845 页。

阻挡而流声微弱,下句写阳光透过茂密的松林失去热度,传达出山寺幽深冷寂的氛围;《奉寄韦太守陟》"寒塘映衰草,高馆落疏桐"一联,以孤馆草木的衰落映衬作者的境况,引出结联"故人不可见,寂寞平陵东"的心境;《归辋川作》"菱蔓弱难定,杨花轻易飞"一联,也是以草木象征身不由己、无法摆脱仕宦羁束的命运,为结句"惆怅掩柴扉"定下情感基调。这种意象化的表达可以说是情景交融的意象结构方式的先声。我的看法,情景交融的意象化抒情模式是在大历诗中定型的,王维诗中这种意象化的苗头,涉及唐诗写作范式演进的一个重要问题,需要专文讨论,这里姑不展开。

以景叙事、离形取神、淡化线条轮廓、忽略细节,这些特征的交集,就造成王维诗出韵幽淡的意趣,整体给人艺术表现淡化的感觉。尽管有许多为人称道的写景名句,却少有以刻画见长的例子。王鏊《震泽长语》说:"摩诘以淳古澹泊之音,写山林闲适之趣,如辋川诸诗,真一片水墨不着色画。"①看来王维诗中风景所留给人的印象,就像他的水墨画一样,无非是一个"淡"字,它是艺术家从胸襟之淡到笔墨之淡的全程体现。

五、结论

如果上文对王维绘画特征的概括大致不错,那么就可以肯

---

① 吴文治主编《明诗话全编》,江苏古籍出版社 1997 年版,第 2 册第 1690 页。

定,苏东坡能从王维诗中看出这些特征,是很有眼光的。问题是这些特征是否为诗歌中前所未有,纯属画家王维移借了绘画的艺术精神呢?

回顾诗歌表现的历史,从南朝到初唐这个阶段是形似的追求走向极致的过程。虽然它对于唐诗艺术的发展是不可缺少的资源积累,但在后人眼中,"其时脍炙之句,如'芙蓉露下落,杨柳月中疏''亭皋木叶下,陇首秋云飞'等语,本色无奇,亦何足艳称也?"①确实,以中国艺术的审美理想来说,这类名句绝不是诗歌最上乘的境界,就像黄生《诗麈》所说:

> 写景之句,以雕琢致工为妙品,真境凑泊为神品,平淡真率为逸品;如"芳草平仲绿,清夜子规啼"(沈佺期),"明月松间照,清泉石上流"(王维),"雨中山果落,灯下草虫鸣"(同)……皆逸品也;如"日落江湖白,潮来天地青"(王维),"四更山吐月,残夜水明楼"(杜甫)……皆神品也。②

以此标准来衡量,王维诗歌的写景可以说是最大限度地超越了以雕琢求工的妙品,而臻真境凑泊的神品、平淡真率的逸品境界。这与他绘画的写意精神正相一致,具有反造型、平面等一般意义上的绘画性的倾向。这种写意化倾向融入诗境,强化了超越绘画

①蒋寅《原诗笺注》外编上,第 351 页。
②黄生《诗麈》卷一,诸伟奇主编《黄生全集》,黄山书社 2009 年版,第 4 册第 320 页。

性的动态特征,不仅实现了诗性对"形似"的超越,同时也使诗歌中的风景由自在之景向意中之景过渡。中国古典诗歌最核心的审美特质——情景交融的意象化表现由于这一内在动力的驱动,正式开启了它日益占据诗歌美学主流的过程。

六　不粘不脱·不即不离

——性灵诗学关于咏物诗的理论反思

咏物诗研究近三十年来虽颇为学界关注,但有关咏物诗理论的探讨却寥若晨星①。詹福瑞《中国古代咏物诗说的理论探索》可能是第一篇对古代咏物诗理论加以总结的重要论文,涉及寓意、形神、不即不离三个基本问题②,后来论著大都不出该文的范围。最近,我在研究乾隆朝性灵诗学引发的焦点话题时发现,"不即不离"与连带产生的"不粘(黏)不脱"也是其中的一个话题,它们因与性灵诗学的重要概念"切"相联系,从而在特定的诗学语境中获得很大程度的理论充实和深化。

---

① 有关咏物诗研究,可参看于志鹏《近二十年咏物诗研究综述》,《山东教育学院学报》2006 年第 5 期。

② 詹福瑞《中国古代咏物诗说的理论探索》,《河北大学学报》1986 年第 4 期。

一、新语境中的老问题

性灵诗学引发的焦点话题多数是对老问题的重新思考,比如唐宋诗之争、才情与学问之争等;也有一些是对旧有诗学命题的发挥,"不即不离"与"不粘不脱"显然属于后者。性灵诗学因专注于人生体验的直接表达,原本将写景咏物搁置于不太起眼的位置①,但让人意外的是,袁枚《随园诗话》也反复讨论过咏物诗的美学特征问题,如补遗卷六云:

> 咏物诗难在不脱不粘,自然奇雅。涧东(朱成)咏《玉簪花》云:"瑶池昨夜开芳宴,月姊天孙喜相见。醉里遗簪只等闲,香风吹落堕人间。醒来笑向阿母索,起跨青天白羽鹤。移时搜到野人家,乃知狡狯幻作花。烟中便欲搔头去,翠袖纷披宝髻斜。"②

《诗话》卷三还记载:"杭州周汾,字蓉衣,咏《春柳》云:'西湖送我离家早,北道看人得第多。'不脱不粘,得古人未有。"③不脱不粘在此明显是作为咏物诗很高的艺术标准来使用的,只不过未就具

---

① 有关讨论见蒋寅《袁枚性灵诗学的解构倾向》(《文学评论》2013 年第 2 期)一文。
② 袁枚《随园诗话》补遗卷六,第 793—794 页。
③ 袁枚《随园诗话》卷三,第 87 页。

体涵义加以说明。倒是卷九有一段诗话可供我们参详：

> 张宫詹鹏翀，受今上知最深。侍值乾清门，方宣召，而张已归。上以诗责之云："传宣学士为吟诗，勤政临轩未退时。试问《羔羊》三首内，几曾此际许委蛇？"命依韵和呈，聊当自讼。张奉旨呈诗，上喜，赐以克食。张进谢恩诗，有"温语更欣天一笑，翻教赐汝得便宜"之句。后数日，和上《柳絮》诗，托词见意云："空阶匀积似铺霜，忽起因风上玉堂。纵有别情供管领，本无才思敢轻狂。散来欲着仍难起，飞去如闲恰又忙。剩有鬓丝堪比素，蜂粘雀啄底何妨？"《嘲春风》云："封姨十八正当家，墙角朱幡弄影斜。扫尽乱红无兴绪，强将余力管杨花。"先生咏物诗，尤为独绝。如集中《泥美人》《雁字》《粉团》《玉环》诸题，皆能不脱不粘，出人意表。①

张鹏翀以太子詹事当值，帝尚未归宫，即已先还府。蒙君嗔责，故和御作《柳絮》，一味托物以陈惟勤惟谨、不敢张狂之意。"本无才思敢轻狂"一句暗用杜甫《绝句漫兴九首》"癫狂柳絮随风舞"和宋道潜《口占绝句》"禅心已作沾泥絮，不逐春风上下狂"之意，正是"聊当自讼"之语，可以说是不脱。而本该体物的"散来欲着仍难起，飞去如闲恰又忙"一联，若赋若比，不作刻画语，又可以说是不粘。《嘲春风》一首，同样出以拟人之体，给主题一个宽松的理解度，若即若离。从这几个例子不难体会，袁枚所谓的不脱不粘，

①袁枚《随园诗话》卷九，第341—342页。

具有两个特征：一是重白描而不堆砌典故，二是重传神而不一味摹写形容，总之要在体物上把握一个适当的度。

从体物的角度如此要求咏物诗，不算什么新颖见解。往远里说，咏物诗的源流本是赋，正如纪昀所说："建安以前，无咏物之诗，凡咏物者，多用赋。"①这决定了咏物诗的体裁与赋有着直接的渊源关系，艺术表现也承袭赋的体性，以类事和体物为本色。从南朝到初唐，咏物诗的写作始终都秉持这一观念。只是从盛唐开始，托物言志的范式逐渐流行，对咏物诗的艺术特征也随之出现新的理解。《王直方诗话》提出："作诗贵雕琢，又畏有斧凿痕，贵破的又畏粘皮骨，此所以为难。李商隐《柳诗》云：'动春何限叶，撼晓几多枝？'恨其有斧凿痕也。石曼卿《梅诗》云：'认桃无绿叶，辨杏有青枝。'恨其粘皮骨也。能脱此二病，始可以言诗矣。"②这段话未必专论咏物，但所举李、石二诗既为咏物之作，则"贵破的又畏粘皮骨"也未尝不可视为咏物的原则。"破的"和"粘皮骨"都是宋代流行的禅宗话语③，前者指语言精当，能击中义理核心；后者指拘执于理性知见或语言文字，不见性空真如。在此分别比喻精切题旨和拘泥于文字，前者自是咏物要义，后者则是咏物易犯的毛病。王氏此说后为葛立方《韵语阳秋》卷三所承袭④，又为方回《瀛奎律髓》所发挥。《律髓》卷二十七咏物类按

---

① 纪昀《清艳堂赋序》，《纪晓岚文集》卷九，第 1 册第 203 页。
② 郭绍虞辑《宋诗话辑佚》，中华书局 1980 年版，上册第 99 页。
③ 周裕锴《法眼与诗心——宋代佛禅语境下的诗学话语建构》（中国社会科学出版社 2014 年版）第 242—243 页曾有讨论，可参看。
④ 何文焕辑《历代诗话》，下册第 504 页。

当时的习惯题作"着题",小序云:"着题诗,即六义之所谓赋而有比焉,极天下之最难。石曼卿《红梅》诗有曰:'认桃无绿叶,辨杏有青枝。'不为东坡所取,故曰:'题诗必此诗,定知非诗人。'然不切题,又落汗漫。"①切题即王直方所谓破的,汗漫则是与粘皮骨相对的空泛,至此咏物诗最基本的艺术要求——切题与禁忌(拘滞与空泛)都借助于佛教话语在理论上得到明确。事实上,咏物诗作为专门赋物的诗歌类型,取材和构思必然关系到作者对物象的感知方式,而中古时代人们对物象的感知方式又离不开佛教的影响,张宏生《佛禅思维方式与唐代咏物诗举隅》一文对此已有深入探讨②。不粘不脱和不即不离也是在这一思想背景下,由佛典移植到诗学中,成为咏物诗最重要的理论命题的。

二、话语溯源

不粘(黏)不脱之说,历来都认为出自佛典,但实际上佛教文献中常见的只是"不脱","不粘"与"不脱"连用的例子,目前只检索到《卍新纂续藏经》第六十八册所收《御选语录》一例:

> 或问于坦然居士曰:世尊千言万语,只要人见性。但这

---

① 李庆甲辑《瀛奎律髓汇评》卷二七,中册第 1151 页。
② 张宏生《佛禅思维方式与唐代咏物诗举隅》,《古典文献研究》2003 年,江苏古籍出版社 2003 年 1 月版,第 300—316 页。

性字,却是佛与众生,一切有情无情,以至修罗非人等,普同
共具的。随你上天下地,日生月落。明暗中边,前际后劫。
那一处脱却,那一时粘住,一切众生,凡耳所闻,目所见,意念
所触,观感所现,种种因缘空色。那一件不可见,那一件是可
见,且道性字是如何,见时又如何。粘住则执缚,脱却无归
着。不粘不脱,是粘是脱。①

但不粘不脱作为诗学命题明代即已出现在诗话中,而且首先用于
讨论咏物诗。"咏物诗贵乎寄托绵缈,不粘不脱,得言外远神,斯
为能手。"这段议论相传出自蒋冕《琼台诗话》卷四,常被研究者作
为咏物诗的经典论说加以引用,但来历却有疑问②。

相对而言,"不即不离"则常见于佛典,谓诸法相状虽异而性
体则一。如《圆觉经》云:"圆觉普照,寂灭无二。于中百千万亿阿
僧祇不可说恒河沙诸佛世界,犹如空华,乱起乱灭,不即不离,无
缚无脱,始知众生本来成佛,生死涅盘犹如昨梦。"③唐释窥基《成
唯识论述记》卷七云:"但法生时,缘起力大,即一体上,有二影生,

①胤禛《御选语录》卷一九,《故宫珍本丛刊》第 522 册,海南出版社 2001 年
　版,第 158 页。
②经博士生张广绍检索,论者所引皆据赵永纪编《古代诗话精要》(天津古籍
　出版社 1989 年版,第 588—589 页),出处为《琼台诗话》卷四。但检吴文
　治《明诗话全编》和周维德《全明诗话》,所收蒋冕《琼台诗话》均为二卷,
　不见此段文字。
③徐敏译注《圆觉经》,赖永海主编《佛教十三经》,中华书局 2010 年版,第
　30 页。

更互相望,不即不离。"①作为佛家中道观的典型言说,后来尤为禅宗所习用。六祖慧能曾谕弟子:"吾今教汝说法,不失本宗。举三科法门,动用三十六对,出没即离两边,说一切法,莫离子性相。若有人问法,出语尽双,皆取法对,来去相因,究竟二法尽除,更无去处。"②他自己说无念之义,即用这种出没即离两边,不执着于一端的言说方式:"何名无念?无念法者,见一切法,不着一切法;遍一切处,不着一切处,常净自性,使六贼从六门走出。于六尘中不离不染,来去自由,即是般若三昧,自在解脱,名无念行。"③其再传弟子百丈怀海的门人黄檗禅师希运论认本心,也说:"但于见闻觉知处认本心,然本心不属见闻觉知,亦不离见闻觉知;但莫于见闻觉知上起见解,亦莫于见闻觉知上动念;亦莫离见闻觉知觅心,亦莫舍见闻觉知取法。不即不离,不住不着,纵横自在,无非道场。"④当代学者论及不即不离,一般都解释为审美活动中对客观事物保持一定的心理距离,如朱光潜所说的"唯其'不离',所以有真实感;唯其'不即',所以新鲜有趣"⑤。这就一般诗学而言大体也不错,但与有关咏物诗的理论言说尚有一定距离。

　　不即不离在唐代以后常见于文人笔下,如苏东坡《周文炳瓢

---

①石峻等编《中国佛教思想资料选编》第 2 卷第 3 册,中华书局 1983 年版,第 94 页。

②郭朋《坛经校释》,中华书局 1983 年版,第 92 页。

③郭朋《坛经校释》,第 60 页。

④《筠州黄檗山断际禅师传心法要》,见《中国佛教思想资料选编》第 2 卷第 4 册,中华书局 1983 年版,第 212 页。

⑤朱光潜《诗论·诗的境界——情趣与意象》,武汉大学出版社 2008 年版,第 35 页。

砚铭》即云："不即不离,孰曰非道人之应器耶。"①晚明王骥德《曲律》"论咏物第二十四"已用来论曲,足见流行于世甚久:

> 咏物毋得骂题,却要开口便见是何物。不贵说体,只贵说用。佛家所谓不即不离,是相非相,只于牝牡骊黄之外,约略写其风韵,令人仿佛中如灯镜传影,了然目中,却摸捉不得,方是妙手。②

王氏此说沿袭宋代诗话借助于禅宗的"言用不言体"来阐明咏物诗艺术表现方式的见解③,又糅入不即不离之说,显示出咏物诗的艺术经验在明代借助于禅宗话头迅速理论化的趋势。

到清初,夙喜以禅喻诗的王渔洋④,更取不粘不脱与不即不离相配,构成一套神韵论的象喻式言说。当门人刘大勤请问:"《唐贤三昧集序》羚羊挂角云云,即音流弦外之旨否?间有议论痛快,或以序事体为诗者,与此相妨否?"渔洋答:"严仪卿所谓'如镜中花,如水中月,如水中盐味,如羚羊挂角,无迹可求',皆以禅理喻诗。内典所云不即不离,不粘不脱,曹洞宗所云参活句是也。

---

① 苏轼《周文炳瓢砚铭》,孔凡礼点校《苏轼文集》,第 554 页。
② 《中国古典戏曲论著集成》,第 4 册第 134 页。
③ 关于宋代诗学中"言用不言体"的讨论,可参看蒋寅《不说破——含蓄概念之形成及内涵增值过程》,《中国学术》2002 年第 3 期,商务印书馆 2002 年 11 月版,收入蒋寅《古典诗学的现代诠释》,中华书局 2009 年增订版。
④ 关于王渔洋的佛门交游,可参看李圣华《王渔洋的佛门交游及其禅宗思想——厘清渔洋"诗""禅"关系之公案的必要阐释》,《中国诗学》第 17 辑,人民文学出版社 2013 年版。

熟看拙选《唐贤三昧集》自知之矣。至于议论叙事,自别是一体,故仆尝云,五七言有二体:田园丘壑,当学陶、韦;铺叙感慨,当学杜子美《北征》等篇也。"①这里讨论的虽是一般诗学问题,但咏物诗的宗旨实不出于此,是故渔洋《跋门人黄从生梅花诗》又云:

> 咏物之作,须如禅家所谓不黏不脱,不即不离,乃为上乘。古今咏梅花者多矣,林和靖"暗香""疏影"之句,独有千古。山谷谓不如"雪后园林才半树,水边篱落忽横枝",而坡公"竹外一枝斜更好",识者以为文外独绝。此其故可为解人道耳。②

此文收入《蚕尾文集》卷八,并不太引人注目,只因被张宗柟辑《带经堂诗话》编入卷十二赋物类③,遂广为人知。王渔洋《分甘余话》中论黄庭坚《和答钱穆父咏猩猩毛笔》一则也颇为论者所重,张载华辑查慎行诗说,即曾称引此则,并发挥道:"盖咏物,诗家最难,妙在不即不离。若去题太远,恐初学从此入手,未免艰涩费解。"④从后来诗话中的议论来看,咏物诗言不即不离,多系衍申王渔洋之说。

①刘大勤记《师友诗传续录》,丁福保辑《清诗话》,上册第149—150页。
②袁世硕主编《王士禛全集》,第3册第1962页。
③张宗柟辑《带经堂诗话》卷一二,人民文学出版社1963年版,上册第305页。
④李庆甲辑《瀛奎律髓汇评》卷二七,中册第1164页。

三、由理论到批评

咏物作为诗歌的一个类型，虽由来甚古，但诗家不甚重视。康熙四十六年（1707）编成的《佩文斋咏物诗选》乃是第一部咏物诗选。王渔洋对咏物诗的关注比它更早，而他的评价尺度也被后辈用来反观其所作。沈德潜《国朝诗别裁集》评徐夜和王渔洋《和秋柳》许其"萧瑟之音，不粘不脱，远胜渔洋名作"①，换个角度可视为对渔洋原唱的批评。《明诗别裁集》评王安中《白雁》"夜月芦花看不定，夕阳枫叶见初飞"一联，又说"极不即不离之妙"②。同时代的顾奎光编《元诗选》，前列陶瀚、陶玉禾撰总论，也主张："咏物高处，须是寄托深微，不粘不脱。"③但这些书的影响都不能和《随园诗话》相提并论，只有经袁枚一再使用，不粘不脱才成为论咏物诗的专有命题，与不即不离同为性灵派诗论家所沿用，日渐活跃在乾、嘉间的咏物诗批评中。

首先我们在李调元《雨村诗话》中看到作者引述黄之隽语云："花者，天之诗也；梅花，诗之高者也。作梅花诗，须不粘不脱，于言外托出，方可与化工争权。此意唯林和靖知之，高青丘远不及也。尝见严海珊云：'自入山来皆雪意，最无人处有烟痕。'许幼文

---

①沈德潜《清诗别裁集》卷一四，上海古籍出版社 2013 年版，上册第 563 页。
②沈德潜、周准《明诗别裁集》卷二，上海古籍出版社 2013 年版，第 51 页。
③顾奎光《元诗选》，清乾隆十六年无锡顾氏刻本。

尚质云:'平桥十里天如水,僧磬三更月在门。'为得此法。然至赵云松云:'一到岁寒谁识我,每逢月落便思君。'则更目空一世矣。"①同书补遗卷二又载杨荔裳"尤爱咏物诗,不着声色,而言外传神,得不黏不脱之法,《白桃》《红柳》尤为得名"②。陶元藻《全浙诗话》卷四十一也称赞许尚质《忆昌园梅花》、严遂成《梅花》"同一不粘不脱之妙,胜于高青丘远矣"③。他的另一部《凫亭诗话》还谈到:

> 袁景文《白燕》诗"月明汉水初无影,雪满梁园尚未归",与郑谷"雨昏青草湖边过,花落黄陵庙里啼"同一鼻孔出气,此所谓神来之笔。余尝言崔鸳鸯不及郑鹧鸪者,盖崔只写得题面,郑则能取题神。景文《白燕》亦犹是耳。余生平雅不喜瞿宗吉、谢宗可咏物诗者,嫌其笔无灵气也。④

对瞿佑咏物诗的这种评价,并非陶氏一家之言,当时王普《诗衡》也曾说:"余最不喜瞿宗吉咏物,纵使象形惟肖,亦属泥塑木雕,毫无解悟。每忆双野(金锷)《咏莲蓬》云:'何事凄凉心独苦,为谁憔悴首如蓬?'灵活非常,才是白描高手。"⑤胡如瀛《海屿诗话》则

---

① 詹杭伦、沈时蓉《雨村诗话校证》,巴蜀书社2006年版,第171页。
② 詹杭伦、沈时蓉《雨村诗话校证》,第390页。
③ 陶元藻《全浙诗话》卷四一,浙江古籍出版社2015年版,第4册第998页。
④ 陶元藻《凫亭诗话》卷上,《全浙诗话》附,第5册第1387页。
⑤ 陶元藻《全浙诗话》卷四九引,第5册第1251页。

称赞任炎"咏物则不脱不粘,扫尽瞿宗吉、谢宗可习气"①。这两段诗话都被陶元藻引为同调,辑入《全浙诗话》。这些批评资料提醒我们注意,对咏物诗的评论虽早见于前代诗话,但不粘不脱的修辞要求却是在性灵派诗人的评论中流行起来的。

当不粘不脱的说法在人们意识中生根之后,对咏物诗的批评就每着眼于此,并以相关话语来评论得失。纪昀曾指出李商隐《槿花》"有黏皮带骨之病"②,但张采田反认为"正说更痛于婉言,可为争宠附党者深警,意最透彻,不嫌粘皮带骨也"③。两家的判断虽针锋相对,但着眼点却相同。李调元《雨村诗话》批评"近人咏物诗,皆太粘滞,以未见前辈法律也"④,同样也着眼于粘滞之病。粘固不可,脱亦非宜。周镐《吴谔廷诗序》专门就此辨析,说:"风骚以降,递汉魏以讫元明,诗之道备矣。天之所生,地之所长,耳目之所闻睹,讵必尽殊,而变化不穷者,恃有性灵故也。泥物求物,人以物滞;脱物言物,物以人废。二者均无当焉。"⑤这里清楚点明不粘不脱之说与性灵论的关系,可为上文的推论作一佐证。后来闺秀袁萼仙为周曰蕙《绿凤仙花》诗征和章,序言也强调:"诗之咏物本难,至咏凤仙而拘以绿色,则难之尤难。若过于数典,失

①陶元藻《全浙诗话》卷四九引,第5册第1262页。
②纪昀《玉溪生诗说》,《丛书集成续编》,新文丰出版公司1988年版,第199册第316页。
③张采田《李义山诗集辨正》,《玉溪生年谱会笺》附,上海古籍出版社1983年版,第411页。
④詹杭伦、沈时蓉《雨村诗话校证》卷五,第142页。
⑤周镐《犊山类稿》,嘉庆刊本。

之穿凿;过于高超,失之脱离。意在不凿不离之间,方称妙手。"①
周镐言滞、脱均无当,此则言凿、离两失之,总之既不能拘泥穿凿,
又不可泛滥无归。类似的意思换个说法,也就是不即不离。

　　不即不离是与不粘不脱相关而又取意微别的另一个命题,无
论在禅宗典籍中还是诗话中都更为常见,并且因与古典美学的审
美距离说相关而为研究者所关注②。但论者没有注意到,它在诗
学中的流行是与乾隆间的性灵诗说密不可分的。乾隆初青年诗
评家马位在《秋窗随笔》中率先针对范摅《云溪友议》的看法指出:

　　　　云溪子曰:"杜舍人牧《杨柳诗》云:'巫娥庙里低含雨,
　　宋玉堂前斜带风。'滕郎中迈云:'陶令门前胃接离,亚夫营里
　　拂旌旗。'俱不言'杨柳'二字,最为妙也。"如此论诗,诗了无
　　神致矣。诗人写物,在不即不离之间。"昔我往矣,杨柳依
　　依",只"依依"两字,曲尽态度。太白"春风知别苦,不遣柳
　　条青",何等含蓄,道破"柳"字益妙。若云溪所论,则是晚唐
　　人《咏蜻蜓》云:"碧玉眼睛云母翅,轻于粉蝶瘦于蜂。"石曼
　　卿《红梅》诗:"认桃无绿叶,辨杏有青枝。"③

────────

①周曰蕙《树香阁遗集》附,咸丰二年刊本。
②皮朝纲《"不即不离"说的美学意蕴》,《四川师范大学学报》1987年第6
　期;廖宏昌《古代文论中的"不即不离"说》,《中山人文学报》第5期,高
　雄:中山大学中文系1997年1月版。
③马位《秋窗随笔》,丁福保辑《清诗话》,下册第828页。按:马氏所引范摅
　《云溪友议》之说,见古典文学出版社1957年版,第66页。

范摅称赞杜牧、滕迈两联用敷演典故加描摹状态的方式咏柳,而规避指称其名,是出于晚唐咏物诗"不犯题字"的体制意识。马位认为必以不说破为咏物指归未免过执,因而用不即不离来折衷其旨。后来陶元藻《全浙诗话》便直接以不即不离为咏物诗的妙境:

> 《越风》:王霖《杨花》诗:"才看飞雪杨花似,又见杨花似飞雪。总与白头相映发,可怜老眼只依稀。乱随行迹铺苔径,故傍吟身透薄帏。念汝无情尚漂泊,天涯羁宦几时归?"黄唐堂诗:"不宜雨里宜风里,未见开时见落时。"为是题正写。刘凤冈诗:"乳燕池塘烟淡淡,雏莺庭院日迟迟。"为是题旁写。终不若查初白"春如短梦初离影,人在东风正倚阑"二语,有不即不离之妙。①

《越风》以王霖、黄之隽咏杨花诗为此题正面描写,刘凤冈诗为侧面描写,都是在谈论如何表现所咏对象,而说查慎行"春如短梦初离影,人在东风正倚阑"一联"有不即不离之妙",则属于如何表现主题的问题——两句所表达的人生的短暂和漂泊之感,与随风轻扬的柳絮构成一重象征关系:柳絮既是倚阑人眼中之景,同时也因人的观照而被赋予生命的况味,诗的主题从而向生命之喻的方向倾斜。方熏《山静居诗话》中对这一段公案曾有后续讨论:

> 《凫亭诗话》载松江黄唐堂《杨花》诗云:"不宜雨里宜风

---

① 陶元藻《全浙诗话》卷四八,第 1211 页。

里,未见开时见落时。"以为虽工尚不离题境。唯初白老人
"春如短梦初离影,人在东风正倚阑"乃得"羚羊挂角无迹可
寻"之妙。吾友鲍以文云:"黄诗特佳,查句须出题面,方见其
妙。"余因记故人陈仁山芥舟氏句云"莫乱春愁飘远道,错看
别泪上征衣""有风不似飞花态,无力还同病酒情",周少穆之
"一年春事抛流水,半醉心情付别筵",未知谁得颔下珠也?①

照方薰的理解,黄句为不离题境,那么查句就属于离开题境了。
而意脉一旦离题就无所归着,不知所云,因此鲍廷博说黄句自见
其妙,查句须知道题目方见其妙。这就是体物和寄托实现功能的
方式之异。陈仁山两联介乎黄、查之间,以拟人笔法为主,体物之
意少于黄,而寄托之思不及查;周少穆一联写法略同查作,而寄托
之思又不如查作密切。若论韵致则两者都不及查作有不即不离
之妙。由此论之,不粘不脱与不即不离要说有什么差别的话,那
就在于体物和寄托的分别上。不脱不粘旨在说明作品的语言、事
类与所咏对象的关联程度,着眼于咏物诗如何表现对象;而不即
不离则旨在说明作品的主题与所咏对象的关联程度,着眼于咏物
诗如何表达主题。这一辨析若能够成立,那么前述张鹏翀和御作
《柳絮》属于托物言志,其实是更适宜用不即不离来讨论的。相
反,郑光策指出的:"凡体物诗以不即不离为妙,试律亦然。唐人
《月映清淮流》诗云:'遥塘分草树,近浦写山城。'十字极蕴藉,不
必用清淮故事,何尝非淮上真景。若下联'桐柏流光远,蠙珠濯景

<hr />

① 方薰《山静居诗话》,丁福保辑《清诗话》,下册第 958 页。

清'，语愈切而气愈窒矣。"①则又适宜用不粘不脱来衡量，看来古人于此也难免有不求甚解之处。

《越风》的编者商盘是袁枚推崇的诗人，陶元藻、方薰也是性灵派的批评家，可见不即不离同样是在性灵派的诗学中被演绎发挥的。当然，这么说也有可能过于绝对。在乾隆后期，高密诗人李怀民评弟宪皓《奉谢少荀雪中赠梅并惠蒲鞋言为如君手制》"淡泊孤山况，寒梅气味亲"一联云："起二语一字不着，尽得风流。须知不是没黄梅故实，作者有意为如君渲染，故借用孤山妻梅清况耳。"又云："定说二句是有意比托，便非诗人矣。但不即不离，是梅是人，正难执一。"②按：这两句谢赠梅而用林和靖梅妻故事，是因为蒲鞋系谢妾手制牵连而及。这样，人和梅便构成暗喻关系，但是梅是人又不可拘执，由此形成一种不即不离的微妙张力。李怀民对袁枚是持严厉批评态度的，其诗学立场和性灵派有着根本的对立。他对不即不离的认同，或许也可解释为不自觉地接受了时尚话语的结果。

四、寓意成为焦点

由于不即不离着眼于所咏对象与主题表达的关系，有关讨论最终不能不落实到寓意的问题上来，亦即所谓的"寄托"。到乾隆

---

① 梁章钜《试律丛话》，上海书店出版社 2001 年版，第 524—525 页。
② 李怀民《紫荆书屋诗话》，《山东文献集成》第三辑，第 47 册第 83 页。

时代,以有无寓意来划分咏物诗的类型已是诗家常谈。袁枚所尊敬的前辈诗人李重华曾说,"咏物诗有两法,一是将自身放顿在里面,一是将自身站立在旁边"①,便是阐明这一问题。自唐代陈子昂在《与东方左史虬修竹篇书》中提出著名的"兴寄"之说,杜甫以《房兵曹胡马》《病马》《画鹰》《病柏》《枯棕》《萤火》《孤雁》等诸多名作树立起托物寓怀的新范式,"咏物之诗,要托物以伸意"②,便成为诗家不可动摇的宗旨,寓意寄托也成为咏物诗写作的主导倾向③。袁枚甚至断言:"咏物诗无寄托,便是儿童猜谜。"④李重华又将咏物的两种动机与传统的表现手法赋比兴相比附,主张:"咏物一体,就题言之,则赋也;就所以作诗言之,则兴也比也。"⑤随后陈仅更明确地将两者作了价值区分并将其历史化,所谓"咏物诗寓兴为上,传神次之。寓兴者,取照在流连感慨之中,《三百篇》之比兴也。传神者,相赏在牝牡骊黄之外,《三百篇》之赋也。"又云:"古人之咏物,兴也;后人之咏物,赋也。"⑥

这么一来,就将古代咏物诗的写作动机全归于比兴,虽不无绝对化之嫌,但无形中也突出和强化了咏物诗的抒情倾向,像刘熙载所说的"昔人词咏古咏物,隐然只是咏怀,盖其中有我在

---

① 李重华《贞一斋诗说》,丁福保辑《清诗话》,下册第 930 页。
② 杨载《诗法家数》,何文焕辑《历代诗话》,下册第 734 页。
③ 薛雪《一瓢诗话》:"咏物以托物寄兴为上。"施补华《岘佣说诗》:"咏物诗必须有寄托,无寄托而咏物,试帖体也。"
④ 袁枚《随园诗话》卷二,第 64 页。
⑤ 李重华《贞一斋诗说》,丁福保辑《清诗话》,下册第 930 页。
⑥ 陈仅《竹林答问》,周维德笺注《诗问四种》,齐鲁书社 1985 年版,第 325 页。

也"①。如此将寓意绝对化，显然是与不即不离的原则相冲突的，同时也是与性灵诗学的解构立场不相容的。为此，在性灵派的诗论中，不即不离的命题也被从寓意的角度做了深入的思考。吴雷发《说诗菅蒯》有很长一段文字专门就此加以辩说。作者首先指出：

> 咏物诗要不即不离，工细中须具缥缈之致。若今人所谓必不可不寓意者，无论其为老生常谈，试问古人以咏物见称者，如郑鹧鸪、谢蝴蝶、高梅花、袁白燕诸人，彼其诗中寓意何处，君辈能一一言之否？夫诗岂不贵寓意乎？但以为偶然寄托则可，如必以此意强入诗中，诗岂肯为俗子所驱遣哉？总之：诗须论其工拙，若寓意与否，不必屑屑计较也。②

在吴氏看来，咏物诗虽贵有寄托，偶然为之、适题而已则可，若无论何种题目都强作寄托，塞入某种寓意，就未免过于教条了，所以他提出的原则是咏物只论工拙，不必计较寓意之有无。盖"大块中景物何限，会心之际，偶尔触目成吟，自有灵机异趣。倘必拘以寓意之说，是锢人聪明矣"。我们知道，寄托之说无论在诗学中还是在词学中，都是一个强有力的文学主张，但正像许多主张通行日久便滋生弊端一样，吴雷发也感慨："近见咏物诗，时时欲以自命不凡之意寓乎其中。且无论其诗之工拙，即其为人，腥秽之气，已使人难近；纵诗中作大话，谁则信之？又其甚者，必以己之境遇

---

①王气中笺注《艺概笺注》卷四，第 347 页。
②吴雷发《说诗菅蒯》，丁福保辑《清诗话》，下册第 901 页。

强入诗中,尘容俗状,令人欲呕。"①这种局面使问题变得愈加复杂,咏物诗要不要寓意,寓什么意,重新成为需要斟酌的问题,而不是简单地作为评价咏物诗的一个主要标准。性灵派诗家对咏物诗审美特征的理论反思,或许与现实中创作观念的困惑有关。

我曾指出,清代诗学异于前代的最大特点,就是任何诗歌理论的提出,都不是表达为一个判断或一种主张,而总是以顾炎武"以古训今"的方式,推导出一个在经典中有价值依据、在历史上有经验支持的理论命题②。吴雷发的结论正是依据丰富的诗歌史经验提出的,从某种意义上也可以说是诛心之论:"古人咏物诗,体物工细,摹其形容,兼能写其性情,而未尝旁及他意,将以其不寓意而弃之耶? 彼其以此绳人者,盖为见人有好句,以此抹煞之耳。即不然,亦自欺以欺人耳。试取咏物数题,令彼成诗,方求肖乎是物之不暇,尚敢言寓意否?"③这段议论道出一个显而易见的事实,即历来写作咏物诗首先着意于肖物,也就是通常说的"体物"。刘勰尝谓:"体物为妙,功在密附。故巧言切状,如印之印泥。"④这里强调的"切状",不用说是六朝尚"形似"艺术观念的反映。后来经过从体物到禁体物、从遗貌取神到形神兼备的写作及理论的发展,"切状"最终锁定为内外两重义涵,借屠隆《论诗文》

---

①吴雷发《说诗菅蒯》,丁福保辑《清诗话》,下册第 901 页。
②详蒋寅《清代诗学史》第一卷第三章"理学背景下的诗歌理论——关中诗学"。
③丁福保辑《清诗话》,下册第 901—902 页。
④刘勰《文心雕龙·物色》,范文澜《文心雕龙注》,人民文学出版社 1958 年版,下册第 694 页

的话说就是"体物肖形,传神写意"①。外在的层面要求形容毕
肖,内在的层面要求传神阿堵。查为仁《莲坡诗话》分别用工笔和
写意来代指二者②,但在实际批评中,当着眼于艺术效果时往往
不再分析,而仅以一个"切"字统而言之。

五、"切"的诗学意义

到明清诗论中,"切"已成为一个抽象而空洞、意义稀薄的诗
学概念,如果硬要给它找个比喻,似乎只能说是性灵诗学倒完药
汁后罐里仅剩的药渣。在性灵诗学放逐了所有传统价值观念和
艺术理想之后,"切"成为诗歌抒情能力退守的底线③。但就咏物
诗而言,切却几乎是艺术要求的全部。咏物诗的艺术特性所以会
成为性灵诗学关注的内容,很可能也与其艺术表现的核心观
念——"切"同为性灵诗学的根本立足点有关。

纵观古代诗歌批评史,以"切"来审视咏物诗,可能始于明代。
胡应麟曾说:

> 咏物着题,亦自无嫌于切。第单欲其切,易易耳。不切

①屠隆《论诗文》,《鸿苞》卷一七,万历四十八年刊本。
②查为仁《莲坡诗话》:"咏物有二种,一种刻画,如画家小李将军,则李义山、
　郑谷、曹唐是也;一种写意,工者颇多。"丁福保辑《清诗话》,上册第513页。
③这一点为笔者《袁枚性灵诗学的解构倾向》(《文学评论》2013年第2期)
　一文所揭示,可参看。

而切,切而不觉其切,此一关前人不轻拈破也。①

以胡氏之渊博而自负如此,可见他是自信发前人所未发的。在他看来,切虽是咏物的基本要求,却也是容易企及的初级品格,"不切而切,切而不觉其切"才是较高级的境界。后来王渔洋《分甘余话》反过来阐说此意,云:"咏物诗最难超脱,超脱而复精切,则尤难也。宋人《咏猩猩毛笔》云:'生前几两屐,身后五车书。'超脱而精切,一字不可移易。"②王渔洋的神韵诗观,对"切"本是持排斥态度的,但就咏物却意外地提出了"精切"的目标,足见咏物在神韵诗学中也被视为一个拥有独特艺术旨趣的诗歌类型。众所周知,黄庭坚的《和答钱穆父咏猩猩毛笔》历来评价截然相左,褒之者许其用事浑成,贬之者则谓之猜谜。王渔洋独称其既超脱又精切,明显是折衷了两派的评价。他的见解原是针对宋人离形取神的体物观念,强调超脱不能以牺牲精切为代价,但在乾隆诗学特定的语境中,却被作为不粘不脱和不即不离的补充性论述来接受,并发展为完整的咏物诗艺术观,对后来的咏物诗批评产生深远影响。《瀛奎律髓》卷二十曾几《岭梅》一诗,纪昀评曰:"无一字切梅,而神味恰似,觉他花不足以当之。"③无一字切梅固然是

---

① 胡应麟《诗薮》内编卷五,第 100 页。
② 王士禛《分甘余话》卷四,袁世硕主编《王士禛全集》,第 6 册第 5031—5032 页。
③ 李庆甲辑《瀛奎律髓汇评》卷二〇,第 763 页。诗曰:"蛮烟无处洗,梅蕊不胜清。顾我已头白,见渠犹眼明。折来知韵胜,落去得愁生。坐入江南梦,园林雪正晴。"

超脱,但神味恰似、不可移咏它花则又是精切,超脱与精切看似为问题的两端,其实相辅相成,不可偏废,就看作者如何把握一个适当的度。所以黄立世《柱山诗话》说:"咏物诗最难工,忌不切,又忌太切,高手写照,全在即离之间。"①明乎此就不难理解,谈论咏物诗的不粘不脱、不即不离,为何最终归结于切与不切的问题。李调元《雨村诗话》正是由此入手讨论咏物诗之体要的:

> 咏物体,方万里以为着题一类,然语忌太切,切则尽,尽则少味。昔贤所谓"作诗必此诗,定知非诗人"是也。庄周不云乎:"以马喻马之非马,不若以非马喻马之非马也;以指喻指之非指,不若以非指喻指之非指也。"譬如射然,射者虎也,徐而察之,则石;贯者风也,不知其视若车轮也。气足以盖之,才足以驭之,不为事缚,不为韵拘,而能事毕矣。②

他所举出的正面例子有费锡璜《杜鹃》"断送落花三月后,惊回残梦五更前"、张清夜《芦花》"两岸花明残月夜,一滩霜近薄寒天"、马士骐《落花》"六代铅华蝴蝶梦,一林风雨鹧鸪啼"、李宕山《梅》"远寺僧归烟满壑,小桥人去雪封苔"、郭于藩《夕阳》"红挂树头喧鸟雀,黄迷村口下牛羊"、赵子明《咏砚》"赖尔相随消日月,磨人到老是云烟"、胡一山《秋草》"饭余宁戚牛应老,猎

---

①黄立世《柱山诗话》,山东省博物馆藏高氏辨蟫居《齐鲁遗书》钞本。
②詹杭伦、沈时蓉《雨村诗话校证》卷六,第164—165页。

罢曹丕兔正肥",以为"皆得不粘不脱之法"①。这些都是近于体物的例子,意趣在切与不切之间。同书前一则还提到海宁诗社赋《松球》《柳带》《竹粉》《榆钱》诸题,"一时诸作,非不雕肝刻肾,譬诸七窍凿而混沌死,诗之生气无存矣";只有丁孟勤《松球》、姚安伯《柳带》、诸锦《竹粉》、张铁珊《榆钱》等,"殆所谓意行骸中,神游象表,触于物而不滞于物者乎?"②这又是不即不离之意,是近于寄托的例子。另一位通常归入性灵派的名诗人钱泳,也在《履园丛话·谭诗》中就"切"的问题阐述了咏物诗的修辞要求:

> 咏物诗最难工,太切题则黏皮带骨,不切题则捕风捉影,须在不即不离之间。汪春亭《咏灯花》云:"影摇素壁梦初回,一朵花从静夜开。想到春光终易谢,搅残心事欲成灰。青生孤馆愁同结,红到三更喜乱猜。颇觉窗前风露冷,斯时那有蝶飞来?"吴野渡《咏红蓼花》云:"如此红颜争奈秋,年年风雨历沧州。一生辛苦谁相问,只共芦花到白头。"吴信辰《咏虞美人花》云:"怨粉愁香绕砌多,大风一起奈卿何?"高桐村《咏牵牛花》云:"莫向西风怨零落,穿针人在小红楼。"皆妙。③

类似这样由切入手的咏物诗批评,分别以不粘不脱、不即不离来

---

①詹杭伦、沈时蓉《雨村诗话校证》卷六,第 165 页。"两岸"原误为"雨圻"。
②詹杭伦、沈时蓉《雨村诗话校证》卷六,第 164 页。
③丁福保辑《清诗话》,下册第 889—890 页。

评判体物和寄托两种表现意向及其完成度,在乾隆诗学中已可见较明确的意识和普遍的实践。这不能不归功于性灵诗学对此的关注和发挥,前代作家偶然借用的两个抽象命题经性灵派诗家广泛运用于实际批评,被赋予丰富的内涵和相对明晰的界限,为咏物诗的审美特征做了很好的理论总结,而性灵诗学也借此拓展了自身的理论容量,弥补了它对体物、描写手法探讨的不足,从某种意义上说是袁枚全面解构传统诗学理论和技法的价值后一个无意识的自我救赎,使乾隆间性灵诗学留给后辈的遗产不全是解构的勇气,也有一些建构的成果。

六、嘉、道以后的余响

嘉、道以后,论咏物而持不粘不脱、不即不离之说,更成为老生常谈。论者既有著名诗人,也有不知名的作者。苏州大学图书馆藏佚名《杂录》册子有云:"咏物诗须不粘不脱,有神无迹,方不类泥塑木雕。刘光泮先生咏物最佳,《碧筒》云:'纳凉闲步小塘东,携得郫筒贮碧筒。竹叶香浮珠错落,梨花春透玉玲珑。沾唇早觉寒生齿,照眼还疑绿染瞳。无当玉卮偏得似,由来直外且中通。'荷花深处酒民来,雅制新题称意裁。曾共罗裙摇玉佩,还同郁邑注金罍。暗通关节如钻隙,曲鼓咙胡当举杯。幕府一时传戏法,欢场何事绮筵开。'"[1]乾、嘉之交主盟京师诗坛的法式善,则

---

[1]佚名撰《杂录》,苏州大学图书馆藏旧钞本。

在《梧门诗话》用了一个将不粘不脱、不即不离合而为一的说法：

> 赋物诗不脱不离最难。全椒张明经龙光院试《艾人》诗
> 曰："抱病七年常忆尔，多情五日又逢君。"昭文王秀才介祉
> 《牡丹》诗曰："相公自进姚黄种，妃子偏吟李白诗。"可谓工
> 矣。又有咏胭脂者云："南朝有井君王辱，北地无山妇女愁。"
> 隶事亦工。①

由不粘不脱、不即不离到不脱不离，似乎不能说是个随意的概念
简约。它意味着咏物诗观念中的不粘不脱、不即不离愈益向不脱
和不离倾斜，换言之即尚"切"的意识在进一步强化。事实上，嘉、
道以后的诗论家经常是在"切"的前提下谈论咏物诗的。如俞俨
《生香诗话》论咏物，强调"须细腻风光，不粘不脱"，并为东坡的
名言下一转语："作诗非此诗，亦非知诗人。"②力图将宋人的超脱
拽回到精切的平台上来。许印芳继纪晓岚之后评曾几《岭梅》，也
说："凡咏物诗太切则黏滞，不切则浮泛。传神写意在离合间，方
是高手。此诗虽未造极，已得不切而切之妙矣。"③刘熙载更出妙
语曰："东坡《水龙吟》起云：'似花还似非花。'此句可作全词评
语，盖不离不即也。时有举史梅溪《双双燕·咏燕》、姜白石《齐天
乐·赋蟋蟀》，令作评语者，亦曰：'似花还似非花。'"④就连最刻

---

① 张寅彭、强迪艺《梧门诗话合校》卷一，第 54 页。
② 俞俨《生香诗话》，嘉庆刊本。
③ 李庆甲辑《瀛奎律髓汇评》卷二〇，中册第 763 页。
④ 王气中笺注《艺概笺注》卷四，第 349 页。

板的试帖诗写作,也持同样的态度。嘉庆初聂铣敏《寄岳云斋与及门论试帖十则》,首论审题,提到:"如《秧针》《蒲剑》等题,不得单做上一字,又不得呆做下一字。不粘不脱,似是而非,最为大雅。"①看来,有关咏物的诗学命题像许多老生常谈一样,也经历了一个由精英诗学下放到蒙学诗法的理论旅行。只不过咏物在试帖中不是重头戏,不粘不脱和不即不离这样的精英诗学命题还不至于太泛滥罢了。

①张学苏《寄岳云斋试帖详注》卷首,嘉庆十六年刊本。按此书卷首戴亨衢嘉庆九年(1804)序称"今年春其伯仲两兄来京供职,寄试帖一册并与及门论诗十则示予",知撰于嘉庆九年前。

七 家数·名家·大家

——有关古代诗歌品第的一个考察

一、引言

　　作为文学独创性观念的习惯表述，中国古代很早就形成了"自成一家"的说法。其源头可追溯到司马迁《报任安书》的"究天人之际，通古今之变，成一家之言"。此所谓成一家之言，指形成独自的思想和知识体系，是子书时代的著述目标①。直到三国时代，人们谈论著述还保持着这一习惯，曹丕《典论·论文》即称徐干"著《〔中〕论》，成一家言"。到别集取代子书成为文人主要的著述形式后，自成一家的含义就集中在思想的独创性和形成个

---

①有关司马迁"成一家言"的讨论，可参看张大可《试论司马迁的一家之言》（《西北师大学报（社会科学版）》1983 年第 3 期）、白寿彝《说"成一家之言"》（《历史研究》1984 年第 1 期）。

人风格两个方面,而诗文中的自成一家则意味着对特定写作范式和风格统一性的追求,如袁枚说的,"所谓一家者,谓其蹊径之各异也。"①这种观念初见于《北史·祖莹传》:"文章须自出机杼,成一家风骨。"②后相沿为老生常谈,如唐刘知几《史通·载言》云:"诗人之什,自成一家,故风雅比兴,非三传所取。"③宋黄庭坚诗云:"随人作计终后人,自成一家始逼真。"④元范梈《木天禁语·家数》云:"诗之造极适中,各成一家。"⑤叶燮《原诗》内篇下云:"立言者,无力则不能自成一家。夫家者,吾固有之家也。"⑥这里"家"的语源应出自诸子百家的"家"⑦,但用于文学批评,却正如《木天禁语》所暗示的,其内涵相当于后来诗文评中常用的"家数"。龚鹏程指出:"家数,是把家族观念运用到风格判断上的

①袁枚《书茅氏〈八家文选〉》,《小仓山房续文集》卷三〇,王英志主编《袁枚全集》,江苏古籍出版社 1993 年版,第 2 册第 536 页。

②李延寿《北史》,中华书局校点本,第 6 册 1736 页。

③浦起龙《史通通释》,光绪十一年翰墨园刊本。

④黄庭坚《与元勋不伐书》其三,郑永晓编《黄庭坚全集》,下册第 1548 页。

⑤范梈《木天禁语》,何文焕辑《历代诗话》,下册第 751 页。

⑥叶燮《原诗》内篇下,丁福保辑《清诗话》,下册第 582 页。

⑦俞正燮《癸巳存稿》卷一二"家数"云:"《墨子·尚同下》篇云:'天下为家数也甚多。'《列子·仲尼篇》云:'漫衍而无家。'张湛注云:'儒墨刑名乱行而无定家。'《后汉书·法真传》云:'好学而无常家,博通内外图典。'古人学行皆称家数。《汉志》编古书籍,以家分流。在六艺外。时六经有师承,各守家法,短在务多异己,其长在精思古训,不作无稽之言。至王肃、皇甫谧,私作妖孽之书,以伪为工,依似乱真,后人好怪,开门揖盗,儒者反无家矣。"(台湾商务印书馆 1971 年版,第 327 页)按:《墨子·尚同下》:"天下为家数也甚多。"当据孙诒让《墨子间诂》卷三作"国之为家数也甚多"。

用语,凡创作活动,能显出某种特殊成熟的风貌,就好像一个人已有能力自立门户一样,可以自成一家了。因此,家,是个独立的风格单位,风格路数相同、自成一类者,即为一家。"①其说甚确。

在古代文学史上,"家数"因作者才力高下不同、风格特征各异而形成两种划分方式,一种是以钟嵘《诗品》为代表的品第论,一种是以张为《诗人主客图》为代表的宗派论。前者发展出一套如上下、大小及能品、神品、逸品之类的品第概念,后者则发展出一套主客、登堂、入室、正宗、旁枝、接武、余响之类的定位概念。就现有文献看,以"家数"论诗文书画起于宋代,后而有名家、大家之目。明胡应麟《诗薮》云:"大家名家之目,前古无之。然谢灵运谓东阿才擅八斗,元微之谓少陵诗集大成,斯义已昉。故记室《诗评》,推陈王圣域;廷礼《品汇》,标老杜大家。"②所谓大家小家,清许焕《止止楼随笔》认为:"文章有大小家之目,大小家者即俗所谓大人家、小人家也。"③似乎不确,家应该源于宋人"家数"概念。如刘克庄《中兴绝句续选》举南渡后王履道、陈去非"一二十公,皆大家数"④,舒岳祥《刘正仲和陶集序》称"自唐以来,效渊明为诗

①龚鹏程《论本色》,《诗史本色与妙悟》,台湾学生书局1993年版,第112页。并参汪涌豪《范畴论》第五章"范畴与文体"中"释家数"一节,第248—255页。
②胡应麟《诗薮》外编卷四,第184页。
③许焕《止止楼随笔》卷四,咸丰七年刊本。
④刘克庄《后村先生大全集》卷九七,《四部丛刊初编》本。同书卷九四《赵寺丞和陶诗序》亦云:"李杜虽大家数,使为陶体则不近矣。"

者皆大家数"①,谢枋得《与刘秀岩论诗书》称"诗人大家数尽在其中"②。合真德秀《文章正宗》、元揭傒斯《诗法正宗》等标举的正宗概念,便形成文学批评中评价作家才能、成就及影响的概念系列,并在明初高棅的《唐诗品汇》中得到最系统而齐备的运用。王渔洋《香祖笔记》卷六云:"宋、元论唐诗,不甚分初盛中晚,故《三体》《鼓吹》等集,率详中晚而略初盛,览之愦愦。杨仲弘《唐音》始稍区别,有正音,有余响,然犹未畅其说,间有舛谬。迨高廷礼《品汇》出,而所谓正始、正音、大家、名家、羽翼、接武、正变、余响,皆井然矣。"③有关高棅所定"正始"至"旁流"九个概念的宗旨及涵义,蔡瑜已有很好的诠疏,"盛唐的大家和名家,有高下之分;正宗、大家和名家、羽翼,有主次之别"④,条理昭然。现在我要进一步讨论的是大家、名家概念本身的规定性,或者说后人使用时默认的标准。

　　高棅使用的九个概念明显分为两类,大家和名家是品第概念,其余都是定位概念。定位概念虽在实际使用时存在着判断的困难,但概念自身的内涵、外延还是较清楚的,而品第概念则不然,它们不像正宗、接武等有着约定俗成的内涵,其程度差异没有清楚的界限,很难严格地定义,使用时只凭论者的感觉。"大家"

①舒岳祥《阆风集》卷一〇,影印文渊阁《四库全书》本。
②熊飞等《谢叠山全集校注》,华东师范大学出版社1994年版,第17页。
③王士禛《香祖笔记》卷六,上海古籍出版社1982年版,第121页。按:杨仲弘为杨士弘之误。
④蔡瑜《高棅诗学研究》第二章第二节"体例渊源与品目释义",台湾大学出版委员会1990年版,第63—75页。

在高棅《唐诗品汇》中只有杜甫独居其位,蔡瑜推寻其把握"大家"意义的基本原则是:(1)杜诗可谓唐诗之大备;(2)"大家"必须具备多种风格,并具兼善并美的艺术水准,而根本在于能变化自得,故正变格皆备;(3)杜甫"大家"之变,是在盛唐范围内的新变,与中晚唐以后的变格,实质不同①。如此理解"大家",固然接近诗家的一般理解,但仍只能说是高棅的一家之言。仅杜甫独居大家这一点,也很难为后人所认可。清末朱庭珍《筱园诗话》曾品第古代著名诗人,列出一个大家、名家、小家的排行榜,他的品第似乎比高棅的说法更具公信力。为了看起来更豁目,现将它分行排列如下:

> 古今合计,惟陈思王、阮步兵、陶渊明、谢康乐、李太白、杜工部、韩昌黎、苏东坡可为古今大家,不止冠一代一时。
>
> 若左太冲、郭景纯、鲍明远、谢宣城、王右丞、韦苏州、李义山、岑嘉州、黄山谷、欧阳文忠、王半山、陆放翁、元遗山,则次于大家,可谓名大家。
>
> 如王仲宣、张景阳、陆士衡、颜延之、沈隐侯、江文通、庾子山、陈伯玉、张曲江、孟襄阳、高达夫、李东川、常盱眙、储太祝、王龙标、柳柳州、刘中山、白香山、杜牧之、刘文房、李长吉、温飞卿、陈后山、张宛丘、晁冲之、陈简斋等,虽成就家数各异,然皆名家也。
>
> 惟名家之中,又有正副,合分为二等论次之耳。如郊、

---

① 蔡瑜《高棅诗学研究》,第96—97页。

岛、张、王，则郊犹可附列名家，岛则小家，张、王亦是小家。
又如刘桢、张华、潘岳等，虽魏、晋时人，亦是小家。即初唐四
子及沈、宋二家，并中晚之郎士元、钱起、元微之、李庶子、郑
都官、罗江东、马戴，及宋之秦淮海、梅圣俞、苏子美、范石湖
等，皆小家也。

　　而小家亦有上中下之分焉。其余旁支别流，不一而足，
不可以家数论，只可统名曰诗人而已。①

这个榜单还只就宋、元以前的诗人而论，即已难有定谳，想必谁都
可以进退某些诗人。更何况元、明以后诗人，经典化的过程尚在
发轫阶段，定位愈加复杂："自遗山后，青丘最为名家，可遥继遗山
之绪。盖在明代，为一朝大家，合古今统论，则为名家。南渡以
来，惟遗山高于名家，可列古今名大家中。其余最高者可参名家，
如明之青丘、元孝是也。余人皆在小家之列。盖上下千古，不比
一时一地、一朝一代之较易雄长也，成家岂易言哉！"②
　　这里的大家、名大家、名家、小家（又分上中下）依据什么标准
划分，朱庭珍并未具体说明，他倒是用意象化的语言形容过其间
的差别，仍分行转录于下：

　　　　大家如海，波浪接天，汪洋万状，鱼龙百变，风雨分飞；又
　　如昆仑之山，黄金布地，玉楼插空，洞天仙都，弹指即现。其

①朱庭珍《筱园诗话》卷二，郭绍虞辑《清诗话续编》，第4册第2371页。
②朱庭珍《筱园诗话》卷二，郭绍虞辑《清诗话续编》，第4册第2371页。

中无美不备,无妙不臻,任拈一花一草,都非下界所有。盖才学识俱造至极,故能变化莫测,无所不有。孟子所谓"大而化,圣而神"之境诣也。

大名家如五岳五湖,虽不及大家之千门万户,变化从心,而天分学力,两到至高之诣,气象力量,能俯视一代,涵盖诸家,是已造大家之界,特稍逊其神化耳。

名家如长江、大河,匡庐、雁宕,各有独至之诣,其规格壁垒,迥不犹人,成坚不可拔之基,故自擅一家之美,特不能包罗万长,兼有众妙,故又次之。

小家则如一丘一壑之胜地,其山水风景,未始不佳,亦足怡情悦目,特气象规模,不过十里五里之局,非能有千百里之大观,及重岭叠嶂,千崖万壑,令人游不尽而探不穷也。然其结撰之奇、林泉之丽,尽可擅一方名胜,故亦能自立,成就家数也。

若专学古人一家,肖其面目,而自己并无本色,以及杂仿前贤各家,孰学孰似,不能稍加变化者,虽有才笔,皆不得谓之成就,只可概谓诗人而已,则又小家之不若矣。①

朱庭珍区划不同品第的尺度还是比较清楚的:大家的特征主要是"变化莫测,无所不有",大名家"已造大家之界,特稍逊其神化",名家"自擅一家之美,特不能包罗万长",小家则"亦能自立,成就家数",但气象规模终不大。争奈意象化的类比终究弹性很大,读

---

①朱庭珍《筱园诗话》卷二,郭绍虞辑《清诗话续编》,第 4 册第 2369—2370 页。

者的理解会有很大不同。而名家和大家的区别尤为微妙,在古今
批评家的笔下,内涵、外延及具体适用对象的联想都有不小的差
异。古人对此虽时有议论,并在特殊的语境下有所判断、说明,但
未见系统的辨析和清晰的界说,这给我们理解和使用这些概念带
来了困难。当代的批评史研究,一直关注风格学和文体论的辨
析,对品第论及相关概念的研究向来缺乏。为此,本文想梳理一
下这些概念的源流,对其内涵和适用对象略作辨析,以求为理解
这些概念,并进而把握中国古代文学批评的基本观念、艺术标准
和话语方式,提供一些参照。

二、"家数"溯源

正如前文所述,诗学中作为品第概念的大家、小家、名家的
"家",其语源可上溯到先秦的诸子百家。自从汉、魏间"自成一家
之言"的独创性话语形成以后,谈诗论艺者无不将自成一家作为
追求的目标和成功的标志。除前引祖莹、刘知几、范梈、叶燮之说
外,还有白居易《与元九书》称韦应物五言诗"高雅闲澹,自成一家
之体"①。《蔡宽夫诗话》云:"退之诗豪健雄放,自成一家,世特恨
其深婉不足"②。宋祁云:"诗人必自成一家,然后传不朽,若体规

①顾学颉校点《白居易集》卷四五,中华书局 1979 年版,第 3 册第 965 页。
②胡仔《苕溪渔隐丛话》前集卷一八引,上册第 119 页。

画圆,准矩作方,终为人之臣仆。"①陈岩肖《庚溪诗话》卷下称黄庭坚诗"清新奇峭,颇造前人未尝道处,自为一家"②。吴可《藏海诗话》云:"如贯穿出入诸家之诗,与诸体俱化,便自成一家,而诸体俱备。"③推而广之,郭熙《林泉高致集》论画也说:"人之学画,无异学书,今取钟、王、虞、柳,久必入其仿佛。至于大人达士,不局于一家,必兼收并览,广议博考,以使我自成一家,然后为得。"④

　　作为诗学概念的"家",自宋代以后常以"家数"的形式出现在诗论中。如严羽《沧浪诗话·诗法》云:"辨家数如辨苍白,方可言诗。"⑤元杨载干脆就以《诗法家数》名其所撰诗格。据王应麟《困学纪闻》卷十九"俗语皆有所本"条,"家数"一词出《墨子·尚同篇》:"天下为家数也甚多。"⑥但这里的"家数"并不是一个词,而是指大夫之"家"的数量,与诸子百家的"家"意义有别。在宋代文献如罗烨《醉翁谈录》中,家数用来指包括诗文在内的专业技能。而到元代以后,家数就成为诗文评通用的概念。杨载《诗法家数》以家数论整体性:"诗要首尾相应,多见人中间一联,尽有奇特,全篇凑合,如出二手,便不成家数。"⑦谢榛《四溟诗话》以家数

①郭绍虞辑《宋诗话辑佚》,上册第52页。
②丁福保辑《历代诗话续编》,上册第182页。
③吴可《藏海诗话》,丁福保辑《历代诗话续编》,上册第333页。
④郭熙《林泉高致集·山水训》,影印文渊阁《四库全书》本。
⑤严羽《沧浪诗话》,何文焕辑《历代诗话》,下册第695页。
⑥王应麟《困学纪闻》,《四部备要》本。
⑦杨载《诗法家数》,何文焕辑《历代诗话》,下册第736页。

论时代："谢灵运'池塘生春草',造语天然,清景可画,有声有色,乃是六朝家数,与夫'青青河畔草'不同。"①黄宗羲《张心友诗序》以家数论诗派："沧浪论唐,虽归宗李杜,乃其禅喻谓诗有别材,非关书也;诗有别趣,非关理也,亦是王孟家数,于李杜之海涵地负无与。"②薛雪《一瓢诗话》以家数论技法："作诗家数不必画一,但求合律,便可造进。"③钱谦益《列朝诗集》王履传还以家数论画："及游华山,见奇秀天出,乃知三十年学画,不过纸绢相承,指为某家数,于是屏去旧习,以意匠就天则出之。"④故画论中也有笪重光《画筌》"拘法者守家数,不拘法者变门庭"的说法⑤。由个人论家数派生出的类似概念有"家格",如孔尚任《〈焚余稿〉序》："能写其性情者,即能传其诗。迨其传也,遂成一家格,人人效之。盖自有其性情,则自有其家格。"⑥而由流派论的"家数"派生出来的类似概念则有"派家",如舒岳祥《题潘少白诗》曰："早从唐体入圆妥,更向派家事掀簸。"⑦"派家"在此与"唐体"对举,应指江西诗派而言。

那么,家数的诗学含义是什么呢? 且看严羽《答出继叔临安吴景仙书》的说法："作诗正须辨尽诸家体制,然后不为旁门所惑。

①谢榛《四溟诗话》卷二,丁福保辑《历代诗话续编》,下册第 1164 页。
②黄宗羲《南雷集·撰杖集》,《四部丛刊初编》本。
③薛雪《一瓢诗话》,第 92 页。
④钱陆灿辑《列朝诗集小传》甲集,上册第 100—101 页。
⑤笪重光《画筌》,《昭代丛书》戊集本。
⑥徐振贵主编《孔尚任全集辑校注评》,齐鲁书社 2004 年版,第 4 册第 2545 页。
⑦舒岳祥《阆风集》卷二,影印文渊阁《四库全书》本。

今人作诗差入门户者,正以体制莫辨也。世之技艺,犹各有家数。市缣帛者,必分道地,然后知优劣,况文章乎?仆于作诗不敢自负,至识则自谓有一日之长,于古今体制,若辨苍素,甚者望而知之。"①绸布庄的家数是辨别纺织品的质地,诗人的家数则是辨别体制,如此说来,家数也就是掌握体制的能力和方式。郑梁《横山文集序》称"殷玉才高学广,于古无所不能为。诗则唐,词则宋,曲则元,而文则为八大家,间亦为《左》《史》,若以家数言,固已不让今之作者矣"②,正是从这个意义上说的。然则家数与体制,只是一个问题的两面,当家数与性情对举时,如高峻烈序玉书《常谈》,称其"所著《青园诗草》,自据性情,不戋戋于家数"③,家数侧重于流派;而当家数与才力对举时,如魏禧《答毛驰黄》云:"今天下家殊人异,争名文章,然辨之不过二说,曰本领,曰家数而已。"④则家数又偏重于体制了。

　　一个作家掌握体制的能力,再加上方式(或者说意识),就决定了他的风格倾向。意识清楚、能力强的作家容易形成自己的独特风格,反之则平庸无奇,难成一家面目。所以家数很自然地就成为指称作家整体实力和风格特点的综合性概念。清初费经虞《雅伦》论诗有时代、宗派、家数之别,"如曹、刘备质文之丽,靖节为冲淡之宗,太白飘逸,少陵沉雄,昌黎奇拔,子瞻灵隽,此家数之

①严羽《沧浪诗话》附,何文焕辑《历代诗话》,下册第 707 页。
②裘琏《横山文集》,民国三年宁波旅遁轩排印本。
③玉书《常谈》,光绪二十五年豫章礴廎刊本。
④魏禧《魏叔子文集》卷七,《宁都三魏文集》本。

不同也"①,即以某一作家的风格为家数。孟邃村评《担峰诗》说:"海内诗法,余浏览十之四五,皆寥寥无成家数者。唯龚孝升、曹顾庵、曹秋岳、宋牧仲诸先生是已知者,未知名者大江以南应有之,仍未之见闻也。"②这里的家数也是就风格而言的,包含能力在其中。既然一个人的独特风格可称家数,那么推而广之,一代诗风的共同特征也可以用家数来指称。高士奇《蓬山密记》载圣祖语云:"当时见高士奇为文为诗,心中羡慕如何得到他地步也好。他常向我言诗文各有朝代,一看便知,朕甚疑此言。今朕迩年探讨家数,看诗文便能辨白时代,诗文亦自觉稍进。"③康熙这里说的家数固然与个人风格有关,但也联系着时代特征。

　　家数概念在外延不断扩大的同时,也存在另一个内涵收缩的趋向。一个作家、一种风格类型,在结构和修辞上往往都有某种癖好或特点,后人有时也将这种局部的特点称作家数。如查慎行评杜甫《春夜喜雨》"晓看红湿处,花重锦官城"两句,说"微嫌结句落尖巧家数,与前六句不称",便是一个例子。如果从负面影响来看这些癖好和特征,家数就会与习气、窠臼、套路等概念联系起来。如袁枚《随园诗话》卷五称袁钺"诗多自适,不落古人家数"④、朱庭珍《筱园诗话》说"两汉之诗,不可以家数论"⑤,都是这个意思。

---

①费经虞《雅伦》卷二,康熙四十九年江都于王枨刊本。
②孙泩《担峰诗》题词,康熙三十六年刊本。
③高士奇《蓬山密记》,邓实辑《古学汇刊》第三编下,上海国粹学报社排印本。
④袁枚《随园诗话》卷五,第159页。
⑤朱庭珍《筱园诗话》卷二,郭绍虞辑《清诗话续编》,第4册第2370页。

　　由于家数的概念具有不同的层次,在使用中很容易产生歧义,后来也有论者加以辨析和讨论。方浚颐《答叔平第二书》云:"子又曰,作文不可不有家数,以为家数与派不同。派泥于古,家数则不悖于古。不成家数者,譬之野战,漫无节制,不得为文。夫三家(望溪、耕南、惜抱)既明明目之为派,是所谓派者即家数也。舍派以言家数,予之惑也滋甚。子试取随园《书八家文选》一篇读之,当可爽然若失。(中略)派也,法也,家数也,三者一而已矣。"①方氏的看法正综合了以上各家的用法,具有总结的意义。

三、"大家"概念之形成

　　既然家数概念包含作家才能的因素在内,自然引申出大小之辨。叶适《答刘子至书》云:"盖自风雅骚人之后,占得大家数者不过六七。苏、李至庾信通作一大家,而韦苏州皆兼有之。陶元亮则又尽弃众人家具而独作一大家者也。从来诗人不问家数大小,皆楷模可法,而渊明、苏州,纵极力仿像,终不近似。"②刘克庄《赵寺丞和陶诗》则说:"自有诗人以来,惟阮嗣宗、陶渊明自是一家。(中略)唐诗人最多,惟韦、柳其遗意,李杜虽大家数,使为陶体,则不近矣。"③这都是从典范性的角度来强调陶渊明的不可拟似。

①方浚颐《方忍斋所著书·二知轩文存》,台湾联经事业有限公司影印本。
②叶适《水心集》卷二七,《四部备要》本。
③刘克庄《后村先生大全集》卷九四,《四部丛刊初编》本。

而杨维桢《李仲虞诗序》说，"删后求诗者尚家数。家数之大，无止乎杜。宗杜者，要随其人之资所得尔；资之拙者，又随其师之所传得之尔"①，则又从师法的角度指出学杜可能导致的弊端。这些资料似乎显示出两个问题：一是宋元之际发轫的家数大小之辨，缘于对师法前人之得失的反思。师法陶渊明、杜甫的不成功经验，让诗人们意识到自身与一流诗人才力的差距，由此形成不同的品第概念。二是后来常用的大家、小家概念源出于家数大、小之说。这不仅从元赵汸《杜律五言注》中"家数""大家数"并用可见消息②，在高棅《唐诗品汇·七律叙目·大家》也清楚地留有线索："少陵七言律法，独异诸家，而篇什亦盛。如《秋兴》等作，前辈谓其大体浑雄富丽，小家数不可仿佛耳。今择其三十七首为大家。"③与"大家"对举的正是"小家数"。

但高棅《唐诗品汇》使用的正始、正音、大家、名家、羽翼、接武、正变、余响这一套概念，却明显是基于一种诗歌史的眼光，作为品第概念的大家、名家与作为定位概念的正始、正音等脱离师法意识而单纯作为诗歌批评的判断尺度来使用，对后来的诗歌批评产生了深远的影响。其中，大家、名家这两个品第概念的确立，尤其与高棅《唐诗品汇》有着直接的关系，也强烈地影响到后人的判断标准。关于大家概念的使用，廖虹虹认为与安顿杜甫的诗歌

①杨维桢《东维子集》卷七，《四部丛刊初编》本。
②如赵氏评杜甫《陪郑广文游何将军山林》其九云："微风、凉月不作对偶，转换开阖，意态无穷，此所谓大家数诗也。"又云："凡一题赋数诗者，须首尾布置有起有结，每章各有主意，无繁复不伦之失，乃是家数。"
③高棅《唐诗品汇》，第706页。

史位置的复杂性联系在一起："尽管明代前期的理学家和诗人都
对杜诗作出了让步以维护杜诗的地位,但以时世论诗、以声论诗
的观念已相当普遍,杜诗经不起这两个放大镜一遍又一遍的细细
检查。杜诗缺乏其他盛唐诗人那种饱满自然的声辞之美已是不
争的事实。高棅既不敢动摇杜诗的独尊地位,又不能抹煞事实,
只好在《唐诗品汇》中另立'大家'一门以处之。"①这么理解高棅
处理杜甫的方式应该说是很有见地的。事实上,在宗尚晚唐的南
宋,或以盛唐为宗的明代,陈与义、叶适与胡应麟都将杜甫排除在
"唐人""唐诗"之外②,暗示了杜甫确实有着某种不易判定其时代
归属的复杂性。但尽管如此,我们还是要看到,高棅以杜甫为大
家主要还是基于"小家数不可仿佛"的理由,而杜诗沉郁顿挫的品
格也的确与格调派崇尚气骨的审美追求相吻合。

这一点其实王夫之即已注意到:"艺苑品题有'大家'之目,自
论诗者推崇李、杜始。"而李、杜所以被冠以大家之名,则又因他们
的创作相比六朝达到一个全新的境界:

> 齐、梁以来,自命为作者,皆有蹊径,有阶级;意不逮辞,
> 气不充体,于事理情志全无干涉,依样相仿,就中而组织之,

---

① 廖虹虹《明代诗论中的"风人之旨"》,《中国诗学》第 15 辑,第 179 页。
② 葛立方《韵语阳秋》卷二引陈与义语曰:"唐人皆苦思作诗……故造语皆
工,得句皆奇,但韵格不高,故不能参少陵之逸步。"叶适《水心集》卷一二
《徐斯远文集序》云:"庆历、嘉祐以来,天下以杜甫为师,始黜唐人之学,而
江西宗派章焉。"此所谓唐人,都指主苦吟的晚唐人。胡应麟《诗薮》内编
卷五亦举杜甫《登高》,谓"是杜诗,非唐诗耳"。

如廛居梐比,三间五架,门庑厨厕,仅取容身,茅茨金碧,华俭小异,而大体实同,拙匠婆人仿造,即不相远:此谓小家。李、杜则内极才情,外周物理,言必有意,意必繇衷;或雕或率,或丽或清,或放或敛,兼该驰骋,唯意所适,而神气随御以行,如未央、建章,千门万户,玲珑轩豁,无所窒碍:此谓大家。①

六朝诗格局既小,而又缺少变化,没什么才华的人也能模仿;李、杜诗则充内周外,无所不包,而又变化多端,不可方物。这就是大家与小家的区别。他提出这一点只是为了说明论经义者推王鏊为大家的荒谬,但无意间却揭示了大家概念确立的批评史背景。

由于《唐诗品汇》奠定了明代格调派的审美理想,超前表达了前后七子辈的风格诉求,后来对明代诗坛产生了深远的影响,高棅所使用的一系列家数概念也不胫而走,尽人皆知。其直接后果,就催生了古文评选的"唐宋八大家"。到清代以后又有"江左三大家"(钱谦益、吴伟业、龚鼎孳)、"古文三大家"(侯方域、魏禧、汪琬)、"乾隆三大家"(袁枚、赵翼、蒋士铨)之类齐名并称的誉称。乾隆间高宗钦定的《御选唐宋诗醇》选李白、杜甫、白居易、韩愈、苏轼、陆游六家诗,《凡例》称"惟此足称大家也,大家与名

---

①王夫之《夕堂永日绪论外编》接上文云:"守溪止能排当停匀,为三间五架,一衙官廨宇耳;但令依仿,即得不甚相远;大义微言,皆所不遑研究:此正束缚天下文人学者一徽纆而已,陋儒喜其有墙可循以走,翕然以"大家"归之,三百余年,如出一口,能不令后人笑一代无有眼人乎?"《船山全书》,第15册第843—844页。

家,犹大将与名将,其体段正自不同"①,正式揭开了辨析大家、名
家概念不同内涵的序幕。后来梁章钜说:"唐以李、杜、韩、白为四
大家,宋以苏陆为两大家,自《御选唐宋诗醇》,其论始定。《四库
提要》简绎之,其义益明。《提要》云:'诗至唐而极其盛,至宋而
极其变。盛极或伏其衰,变极或失其正。通评甲乙,要当以此六
家为大宗。盖李白源出《离骚》,而才华超妙,为唐人第一。杜甫
源出《国风》、二《雅》,而性情真挚,亦为唐人第一。自是而外,平
易而最近乎情者,无过白居易;奇创而不诡乎理者,无过韩愈。录
此四集,已足包括众长。至于北宋之诗,苏、黄并驾;南宋之诗,
范、陆齐名。然江西宗派,实变化于杜、韩之间,既录杜、韩,无庸
复见山谷。石湖篇什无多,才力识解亦均不能出《剑南集》上,既
举白以概元,当存陆而删范。'可谓千古定评。"②不过《提要》只是
说明首选六家的理由,而对六家所以为大宗的理由则未多加阐
说,因此大家的适用范围还是不太明晰。乔亿《大历诗略》卷五评
皇甫曾《送陆鸿渐入山采茶》云:"不粘不脱,大方家数。"卷六评
刘商《题悟空寺》云:"徘徊举趾是大家数。"这里的大家数和大方
家数,无疑与"大家"有关联,但又绝不是一回事。事实上,虽然某
些作品也可以家数论,但家数通常指一个作家成就和能力的总
和。有人问袁枚谁为本朝第一,袁枚说诗的评价有个角度问题:
"有因其一时偶至而论者,如'不愁明月尽,自有夜珠来'一首,宋
居沈上;'文章旧价留鸾掖,桃李新阴在鲤庭'一首,杨汝士压倒

---

① 弘历《御选唐宋诗醇》,光绪间浙江书局刊本。
② 梁章钜《退庵随笔》,郭绍虞辑《清诗话续编》,第 3 册第 1977 页。

元、白是也。有总其全局而论者,如唐以李、杜、韩、白为大家,宋以欧、苏、陆、范为大家是也。"①

　　大家既然是以总体而论,而总体又无非是局部之和,那么又从哪些局部来判断其总体呢? 我们当然可以列举出诸多方面,但那么做毫无意义。更有效的思考方法是将这个问题换一种方式提出来,叩问大家具有什么独到的境界,而大家的品格一旦清楚,名家自然也就明白了。就像余光中所说:"一个大诗人的地位确定后,其他的优秀诗人,便可以在和他相对的关系及比较下,寻求各自的评价。"②

四、"大家"的境界

　　吴省钦序赵翼《瓯北诗集》云:"成诗易,成家难;成名家易,大家难。"③那么大家又有什么超出常人之处呢? 人们首先会想到的就是才能全面,无所不备。号称"诗圣"的杜甫,最主要的特点乃是集大成。元稹论其诗称:

　　　　沈、宋之流,研练精切,稳顺声势,谓之为律诗。由是而后,文体之变极焉。然而莫不好古者遗近,务华者去实;效齐

---

①袁枚《随园诗话》卷三,第75页。
②余光中《谁是大诗人》,《余光中集》第4卷,百花文艺出版社2004年版,第355页。
③赵翼《瓯北诗钞》卷首,《赵翼全集》,第4册第12页。

梁则不逮于魏晋,工乐府则力屈于五言;律切则骨格不存,闲
暇则纤秾莫备。至于子美,盖所谓上薄风骚,下该沈宋,言夺
苏李,气吞曹刘,掩颜谢之孤高,杂徐庾之流丽,尽得古今之
体势,而兼文人之所独专矣。①

曹丕《典论·论文》就已说过:"夫文本同而末异,盖奏议宜雅,书
论宜理,铭诔尚实,诗赋欲丽。此四科不同,故能之者偏也;唯通
才能备其体。"②但后来诗人鲜有通才,莫不有得有失,有能有不
能,独杜甫能够包举众有,兼前人独擅之长。如钱澄之所谓"盖少
陵诗,凡诗家所各有之长无不具有"③。元稹所谓集大成,指的就
是这种包容性。大家首先要具备这一品格。

再细加分析,元稹说杜甫"尽得古今之体势,而兼文人之所独
专",又意味着同时具有掌握古今体制和不同风格类型两方面的
能力,这也是大家包举众长的应有之义。高棅《唐诗品汇·七言
古诗叙目》叙大家,是就风格而言的:

王荆公尝谓杜子美之悲欢穷泰,发敛抑扬,疾徐纵横,无
施不可,故其所作,有平淡简易者,有绮丽精确者,有严重威
武若三军之帅者,有奋迅驰骤若泛驾之马者,有淡泊闲静若
山谷隐士者,有风流酝籍若贵介公子者。盖其绪密而思深,

①元稹《杜工部墓系铭序》,仇兆鳌《杜诗详注》,第 5 册第 2235—2236 页。
②萧统《文选》卷五二,中华书局 1977 年影印本。
③钱澄之《田间文集》卷一六,第 307 页。

观者苟不能臻其闳奥,未易识其妙处,夫岂浅近者所能窥哉?此子美所以光掩前人后来无继也。余观其集之所载《哀江头》《哀王孙》《古柏行》《剑器行》《渼陂行》《兵车行》《洗兵马行》《短歌行》《同谷歌》等篇,益以斯言可征,故表而出之为大家。①

高氏此论的旨趣,陈沂即已注意到:"高棅论少陵诗,不列于正宗而曰大家,盖如沧海无涯涘可寻,其间蛟龙以至虾蚌,明珠珊瑚之与砂石,无一不具。"②后来胡应麟《诗薮》说:"清新、秀逸、冲远、和平、流丽、精工、庄严、奇峭,名家所擅,大家之所兼也。"③也明确地以风格多样性来作为大家区别于名家的特征。清代毛奇龄与友人札云:"曾游泰山,见奇峰怪嶓,拔地倚天;然山涧中杜鹃红艳,春兰幽香,未尝无倡条冶叶,动人春思。此泰山之所以为大也。大家之诗,何以异此?"④同样用形象的比喻说明了这一点。乔亿《剑溪说诗》又编:"王、孟,金石之音也;钱、刘,丝竹之音也;韦如古雅琴,其音淡泊;高、岑,则革木之音。兼之者其惟李、杜乎?"⑤无独有偶,巨川江序黄子云《长吟阁诗集》也用乐器之喻来说明这一点:"诗之才有秾有纤,有闳肆有冲漠,如伶官奏乐,笙磬

①高棅《唐诗品汇》,第267—268页。
②陈沂《拘虚诗谈》,周维德辑《全明诗话》,齐鲁书社2004年版,第1册第676页。
③胡应麟《诗薮》外编卷四,第184页。
④袁枚《随园诗话》补遗卷八引,第838页。
⑤乔亿《剑溪说诗》又编,郭绍虞辑《清诗话续编》,第2册第1127页。

钟镛各工乎一者,谓之名家;无不能无不善者,谓之大家。"他称黄子云诗集"殊非专工乎一者可比:其华贵也,如洛下王孙;其健劲也,如幽燕老将;其都丽也,如汉滨游女;其旷适也,如沧浪孺子;其愤怨也,如湘潭迁客;若乃苍莽浩汗、荒怪宫渺之状,不可得而名矣。"①不可得而名,即不名一家,不名一家除了意味着熔铸各种风格,也包括奄有众体的意思,言下是以大家推许。

宋释普闻《诗论》说:"老杜之诗,备于众体,是为诗史。近世所论,东坡长于古韵,豪逸大度;鲁直长于律诗,老健超迈;荆公长于绝句,闲暇清癯:其各一家也。"②这便是从体裁的角度作出的判断,姑不论他的结论用于各位作家是否合理,他对"其各一家"和"备于众体"的差别是有清楚意识的,其实就是名家和大家之分。相对于各名一家来说,备于众体就是不名一家,清代诗人尤珍说得最明白:"吾辈作诗或唐或宋,兼而有之,自无不可。不名一家,方为大家也。"③因而自宋代以后,论唐代诗人高下,往往也着眼于能否兼备古今体式。陆时雍《诗镜·总论》写道:

> 世以李、杜为大家,王维、高、岑为傍户,殆非也。摩诘写色清微,已望陶谢之籓矣,第律诗有余,古诗不足耳。离象得神,披情着性,后之作者谁能之? 世之言诗者,好大好高,好奇好异,此世俗之魔见,非诗道之正传也。体物着情,寄怀感

①黄子云《长吟阁诗集》卷首,乾隆刊本。
②陶宗仪辑《说郛》卷七九,影印文渊阁《四库全书》本。
③尤珍《介峰续札记》卷一,康熙刊本。

兴,诗之为用,如此已矣。①

他不同意视王维、高、岑为傍户的流行看法,但并未举出有力的理由,承认律诗有余而古诗不足,恰恰说明诗家一般的看法是有道理的,能否兼备众体确实是衡量作家才能的关键标准。清代诗人王渔洋,世推为一代诗宗,但赵翼却认为"阮亭专以神韵为主","但可作绝句,而元微之所谓'铺陈终始,排比声韵,豪迈律切'者,往往见绌,终不足八面受敌为大家也"②。袁景辂《国朝松陵诗征》计东小传述其诗论云:"学诗必从古体入。若先学近体者,骨必单薄,气必寒弱,材必俭陋,调必卑靡,其后必不能成家。纵成家,亦洒削小家,如许浑、方干之类是也。"③传统观念认为,学诗由古诗入,做律诗易有气骨;若由近体入,做古诗也柔靡无力。晚唐诗人专攻近体,除了李商隐、杜牧等少数诗人外,大都不工古体,许浑、方干都是只能做近体的诗人,与大家绝对无缘。

前人论大家的包容性,无论着眼于风格还是体裁,都指向作品的艺术效果;如果从作家才性这方面说,就无法区别而只能浑言之曰法度。如纪昀评杜甫《上兜率寺》说:"唐代诸公,多各是一家法度。惟杜无所不有,故曰大家。"④而且风格、体制、才性在古代本来就有一个共名——体,所以也有人干脆就用"体"概念囊括

①陆时雍《诗镜·总论》,丁福保辑《历代诗话续编》,下册第 1412 页。
②赵翼《瓯北诗话》卷九,郭绍虞辑《清诗话续编》,第 3 册第 1299 页。
③袁景辂《国朝松陵诗征》,乾隆三十二年爱吟斋刊本。
④李庆甲辑《瀛奎律髓汇评》卷四七,下册第 1635 页。

风格、体制和才性三方面而言之①。蒋湘南《继雅堂诗集序》就是
这么说的："生乎古人之后，当思兼综古人之体，而后可称大家，否
则蝉咽螿啼，仅足名别才而已。"②

　　兼综古人之体，从作家的角度说意味着必须不断突破个人趣
味和才能的限度，去掌握新异的东西。如此说来，无所不备的包
容性，从另一个角度说也就是不断求变，以穷尽各种变化。前文
王夫之推李、杜为大家，即是在这个意义上立论的。明代王世懋
《艺圃撷余》也曾指出："少陵故多变态，其诗有深句，有雄句，有老
句，有秀句，有丽句，有险句，有拙句，有累句。后世别为大家，特
高于盛唐者，以其有深句、雄句、老句也；而终不失为盛唐者，以其
有秀句、丽句也。轻浅子弟，往往有薄之者，则以其有险句、拙句、
累句也。"③惟其有无穷变态，杜诗才能超越独具一种特色的名家
而成其大。后来叶燮更站在诗歌史的高度，由"变"来论述杜诗的
包容性，说"杜甫之诗，包源流，综正变。自甫以前，如汉、魏之浑
朴古雅，六朝之藻丽秾纤，淡远韶秀，甫诗无一不备"④，又说："变
化而不失其正，千古诗人，惟杜甫为能。高、岑、王、孟诸子，设色
止矣，皆未可语以变化也。夫作诗者，至能成一家之言足矣。此
犹清、任、和三子之圣，各极其至，而集大成、圣而不可知之之谓

---

①风格、体制的概念，文学理论历来有不同的解释，本文以风格指作品体现
　的美学风貌，体制指文学体裁特有的艺术要求。
②陈仅《继雅堂诗集》，道光二十七年刊本。
③王世懋《艺圃撷余》，何文焕《历代诗话》，中册第 777 页。
④叶燮《原诗》内篇上，丁福保辑《清诗话》，下册第 569—570 页。

神,惟夫子。杜甫,诗之神者也。"①

不光是杜甫,在叶燮看来,文学史上的大作家无不具有包容和变化的特征。"吾尝观古之才人,合诗与文而论之,如左丘明、司马迁、贾谊、李白、杜甫、韩愈、苏轼之徒,天地万物皆递开辟于其笔端,无有不可举,无有不能胜,前不必有所承,后不必有所继,而各有其愉快。"②其中杜甫、韩愈、苏轼被他目为诗史上三大诗人,他最推崇他们的地方就在于多样化的创变和无所不备的丰富性。他的门人薛雪也秉承其说,在《一瓢诗话》里指出:"许彦周谓韩昌黎'银烛未销窗送曙,金钗欲醉座添春'殊不类其为人。可知如来三十二相、八十种好,何所不现? 大诗家正不妨如是。"③

应该说,到明清两代,诗家已有较一致的看法,名家可以各有专诣,大家则必包容众有。如胡应麟所说:"偏精独诣,名家也;具范兼镕,大家也。"④或用尤珍的说法则是:"诗有大家,有名家,大家无所不有,名家各极其至。"⑤正因为如此,诗人的写作都想要兼综古今,力求包括众有而不名一家。其意识之强烈,甚至造成洪亮吉指出的适得其反的结果:"诗各有所长,即唐、宋大家,亦不能诸体并美。每见今之工律诗者,必强为歌行、古诗,以掩其短;其工古体者,亦然。是谓舍其所长,用其所短,心未尝不欲突过名

①叶燮《原诗》内篇下,丁福保辑《清诗话》,下册第 574 页。
②叶燮《原诗》内篇下,丁福保辑《清诗话》,下册第 582 页。
③薛雪《一瓢诗话》,第 125 页。
④胡应麟《诗薮》外编卷四,第 184 页。
⑤尤珍《介峰续札记》卷一,康熙刊本。

家大家,而卒至于不能成家者,此也。"①这从反面说明了后人对名家、大家的认识。

　　当人们在观念上清楚了名家、大家的界限后,以此衡量诗史上的作家,举凡有很大包容性的诗人,都具有大家的资格。刘熙载论陶渊明曰:"谢才颜学,谢奇颜法。陶则兼而有之,大而化之,故其品为尤工。"②陈祚明论庾信之诗曰:"《玉台》以后,作者相仍,所使之事易知,所运之巧相似。亮至阴子坚而极矣,稳至张正见而工矣!惟子山耸异搜奇,迥殊常格,事必远征令切,景必刻写成奇。不独暂尔标新,抑且无言不警。故纷纷藉藉,名句沓来。抵鹊亦用夜光,摘蝇无非金豆。更且运以杰气,敷为鸿文,如大海洄澜之中,明珠、木难、珊瑚、玛瑙,与朽株、败苇、苦雾、酸风,汹涌奔腾,杂至并出,陆离光怪,不可名状。吾所以目为大家,远非矜容饰貌者所能拟似也。"③陈子龙为绍兴推官时,巡按问以明朝文人谁为大家,对曰:"弇州各体具备。"④各体具备为大家,反之则为名家。如王世懋《艺圃撷余》说:"诗有必不能废者,虽众体未备,而独擅一家之长……我明其徐昌谷、高子业乎?二君诗大不同,而皆巧于用短。徐能以高韵胜,有蝉蜕轩举之风;高能以深情胜,有秋闺愁妇之态。更千百年,李、何尚有废兴,二君必无绝响。所谓成一家言,断在君采、稚钦之上,庭实而下,益无论矣。"⑤在

①洪亮吉《北江诗话》卷四,第 77 页。
②王气中笺注《艺概笺注》,第 165 页。
③陈祚明《采菽堂古诗选》,下册第 1081 页。
④吴乔《围炉诗话》卷六,郭绍虞辑《清诗话续编》,第 1 册第 668 页。
⑤王世懋《艺圃撷余》,何文焕辑《历代诗话》,下册第 782 页。

以复古模拟为尚的风气下,成一家言已是很高的艺术标准。但就家数而论,它只是最初的门槛,所以朱庭珍说明诗最高者如高启可参于名家,其余都在小家之列。

大家的第二个特征是臻于成熟浑化的境地。这很容易理解,没有一个艺术很幼稚的作家能被视为大家。王夫之评张文恭《七夕》说:"曰雄曰浑曰整曰丽,四者具矣。诗家所推奉为大家者此耳,杜审言自诩以衙官屈宋者此耳,却元来是六代婪尾一无名汉。济南、琅琊切莫轻下口好。"①这段话是针对明代格调派的艺术观念而发的,格调派以雄浑整丽为尚,意谓四者具备即为大家,但王夫之说张文恭此诗也可谓四美具备了,却没有人认为是大家手笔。显然,大家之作不是具备某些审美要素即可,更重要的是熔冶这些要素而达到浑成的境地,所以清人潘德舆说:"清赡方可学诗,遒炼方可作诗,超雅方为名家,浑化方为大家。"②

浑化或曰浑成是很高的艺术境界,作为总体效果,可以从不同的角度来分析。首先是作品结构的浑成。潘德舆在评陆机诗时,引谢灵运来作对比,说:"康乐诗虽能造意,然板实处亦多如士衡。康乐之诗千古同赏,目为大家,吾所不解。"③谢灵运诗无论从结体的完密还是议论与叙述的融合程度上说,都还留有六朝诗"行文涣溢而漫无结束"和"辞旨不能融畅"的通病④,因而潘德舆对陆、谢两家的传统评价差异如此之大很为不解。他的看法有无

---

① 王夫之《古诗评选》卷六,第 331 页。
② 潘德舆《养一斋集》卷首,道光二十九年刊本。
③ 沈德潜《古诗源》卷七佚名过录潘德舆批,清刊本,北京师范大学图书馆藏。
④ 黄子云《野鸿诗的》,丁福保辑《清诗话》,下册第 852 页。

道理是另一回事,值得注意的是他取消谢灵运"大家"封号的理由为"板实",也就是结构呆板僵硬,这离浑化的境地不用说是很远的。

浑化既然意味着一种成熟和完成度很高的境界,就必然强调整体的美感和不见雕琢痕迹的自然天成。与小家以局部刻画、雕琢为能事相对照,让人产生大家工于篇、小家工于句;大家不拘细节,小家锱铢必较的印象。谢榛《四溟诗话》载:"都下一诗友过余言诗,了不服善。余曰:'虽古人诗,亦有可议者。盖擅名一时,宁肯帖然受人诋诃。'又自谓大家气格,务在浑雄,不屑屑于句字之间,殊不知美玉微瑕,未为全宝也。或睥睨当代,以为世无劲敌,吐英华而媚千林,泻河汉而泽四野。只字求精工,花鸟催之不厌;片言失轻重,鬼神忌之有因。大哉志也! 嗟哉人也!"①在这里,诗友的见解虽是被否定的对象,但"大家气格"云云却的确是诗家的一般看法。方回《瀛奎律髓》卷十选于良史《春山夜月》,其颔联"掬水月在手,弄花香满衣"自唐以来传为名句,就连评诗很挑剔的冯班也予以肯定。但查慎行却说"三、四句法虽工,终属小巧";许印芳更进而鄙薄道:"小家诗多如此,其弊至于有句无联,有联无篇。大家则运以精思,行以灏气,分之则句句精妙,合之则一气浑成,有篇有句,斯为上乘。学者当以大家为法,此等不可效尤也。"②

说作诗要学大家,固然不错,但诗一旦写到大家的浑化境地,

---

①谢榛《四溟诗话》卷三,丁福保辑《历代诗话续编》,下册第1181页。
②李庆甲辑《瀛奎律髓汇评》卷一〇,上册第327页。

却往往无门径可寻。沈德潜《说诗晬语》论盛唐七古诗,说:"高、岑、王、李四家,每段顿挫处,略作对偶,于局势散漫中求整饬也。李、杜风雨分飞,鱼龙百变,读者又爽然自失。"①这就是名家之有法可寻和大家浑化无迹的差别。《唐诗别裁集》卷五评高适《燕歌行》说得更清楚:"七言古中时带整句,局势方不散漫。若李、杜风雨分飞,鱼龙百变,又不可以一格论。"②名家自有一格,而大家则不拘一格。同卷评王维《老将行》又说:"此种诗纯以队仗胜。学诗者不能从李、杜入,右丞、常侍自有门径可寻。"③可见大家因浑化无迹,以至无门径可寻,所以也就不可学。这一点后文还要专门论及。

如果只有包容性和技巧的成熟,只是综合别人之长,那么大家即便有丰富的蕴含,也还未显出不可企及的卓绝之处。换言之,如果大家的才能可以被瓜分,各个特点都能被人学到,那就绝不可能有超凡轶俗的品格,不会让人由衷地钦佩。大家必有一种人不可到的独绝之处,才足以出类拔萃,独步一时,这是大家一个最重要的品格。陶渊明诗,沈德潜说"唐人祖述者,王右丞有其清腴,孟山人有其闲远,储太祝有其朴实,韦左司有其冲和,柳仪曹有其峻洁,皆学焉而得其性之所近",但"陶诗胸次浩然,其中有一段渊深朴茂不可到处"④,则是陶公难以企及的地方。杜诗也是,王世贞曾说"国朝习杜者凡数家,华容孙宜得杜肉,东郡谢榛得杜

①沈德潜《说诗晬语》卷上,丁福保辑《清诗话》,下册第 536 页。
②沈德潜《唐诗别裁集》卷五,上海古籍出版社 1979 年版,第 161 页。
③沈德潜《唐诗别裁集》卷五,第 175 页。
④沈德潜《说诗晬语》卷上,丁福保辑《清诗话》,上册第 535 页。

七　家数·名家·大家——有关古代诗歌品第的一个考察　223

貌,华州王维桢得杜一支,闽州郑善夫得杜骨,然就其所得,亦近似耳"①;王渔洋也说"宋、明以来,诗人学杜子美者多矣。予谓退之得杜神,子瞻得杜气,鲁直得杜意,献吉得杜体,郑继之得杜骨"②。那么谁能得老杜甫融铸古今的全体呢? 王世贞认为只有李梦阳"具体而微",这恐怕也很难得到赞同。严羽说:"少陵诗,宪章汉、魏而取材于六朝。至其自得之妙,则前辈所谓集大成者也。"③可以肯定地说,大家的才能即使被十个人瓜分,加起来仍只有九分,剩下那一分自得之妙就是他人不可企及,也是成就大家的独绝之处。清末诗家钱振锽曾与人论西瓜与梨谁为果中第一,说:"仅论味则梨诚不下西瓜,若论性情豪爽,气势横溢,则后矣。此名家大家之分。"④的确,梨的甘甜汁脆固然爽口,但这些特点容有其他水果可以比似,西瓜分量的豪爽却是没有哪种水果可及的! 此言虽是论水果,却通乎诗理,取譬于大家、名家,自有见地。

　　大家必须具备他人不可到的独绝之处,是毫无疑问的。同为大家,严羽说:"子美不能为太白之飘逸,太白不能为子美之沈郁。太白《梦游天姥吟》《远离别》等,子美不能道;子美《北征》《兵车行》《垂老别》等,太白不能作。"⑤吴可《藏海诗话》载:"叶集之云:'韩退之《陆浑山火》诗,浣花决不能作;东坡《盖公堂记》,退

①王世贞《艺苑卮言》卷六,丁福保辑《历代诗话续编》,中册第 1050 页。
②王士禛《池北偶谈》卷一六,中华书局 1982 年版,下册第 391 页。
③严羽《沧浪诗话·诗评》,何文焕辑《历代诗话》,下册第 697 页。
④钱振锽《星影楼壬辰以前存稿·笔谈》,光绪刊本。
⑤严羽《沧浪诗话·诗评》,何文焕辑《历代诗话》,下册第 697 页。

之做不到。硕儒巨公，各有造极处，不可比量高下。元微之论杜诗，以为李谪仙尚未历其藩翰，岂当如此说？'异乎微之之论也。此为知言。"①又载："山谷诗云：'渊明千载人，东坡百世士。出处固不同，风味要相似。'有以杜工部问东坡似何人，坡云：'似司马迁。'盖诗中未有如杜者，而史中未有如马者。又问荔枝似何物，'似江瑶柱'，亦其理也。"②这都说得不错，问题是肯定大家的独绝之处，是不是与前文所说的无所不备又有点矛盾呢？看来只能理解为，大家必有独绝之处是绝对的，无所不备则是相对的。既然李白、杜甫都有所不能，他人就更不用说了。

　　严格说起来，大家的独绝之处往往与摆落常规的意识联系在一起。这正是英国诗人爱德华·扬格说的，"成为天才特征的不能规定的优美和现有先例的卓越，存在于学问的权威和法则的藩篱之外"③。洪亮吉《北江诗话》云："诗家例用倒句法，方觉奇峭生动，如韩之《雉带箭》云：'将军大笑官吏贺，五色离披马前堕。'杜之《冬狩行》云：'草中狐兔尽何益，天子不在咸阳宫。'使上下句各倒转，则平率已甚，夫人能为之，不必韩、杜矣。"④这还只是一般的句法变化，值得注意的是大家都有逸出规范的胆量。陈祚明评谢灵运《初去郡》，就中间"无庸方周任，有疾像长卿。毕娶类尚子，薄游似邴生"两联，论及诗中的"犯"，说：

---

① 吴可《藏海诗话》，丁福保辑《历代诗话续编》，上册第 339 页。
② 吴可《藏海诗话》，丁福保辑《历代诗话续编》，上册第 339 页。
③ 爱德华·扬格《试论独创性作品——致〈查理士·格兰狄逊爵士〉作者书》，袁可嘉译，人民文学出版社 1998 年版，第 90 页。
④ 洪亮吉《北江诗话》卷二，第 44 页。

诗不可犯。凡景物典故,句法字法,一篇之内,切忌雷同。然大家名笔,偏以能犯见魄力。四语排比者,必须变化,此正法也。四语排比,而中一字虚字偏用,一例不嫌其同,此变法也。细而味之,一句各自一意。尚子、邴生虽相似,而一举其毕娶,一举其薄游,字面各异,何尝无变化乎? 发端使事,中段、后段不宜复使事,此正法也。发端使事,而中段复使事,且叠用古人,至于四语之多,此变法也。细而味之,发端是以我论古人,此四语是以古人形我,用意各别,何尝无变化乎?①

一篇作品内不可犯雷同的毛病,这是诗家常理,但大家却不拘此限。陈祚明首先提出这一论断,然后分析谢灵运这四句排比,说明其句法与取意的同与变;再与起首的用事相对比,分析其用事与用意的同与变。这就揭示了谢诗两联看上去句法雷同,且与开端两句表现手法重复,而实际上因取意不同而自有错综变化的微妙之处——这正是大手笔的气魄力量所在,表面看上去似犯而神格不伤,脉理井然。后来薛雪说:"诗文家最忌雷同,而大本领人偏多于雷同处见长。若举步换影,文人才子之能事,何足为奇?惟其篇篇对峙,段段双峰,却又不异而异,同而不同,才是大本领,真超脱。"②正可为陈氏此论作一注脚。诗歌史上的大家,无不有其避常出奇的创举,如王维七律偶有重字,李白五律全无对仗,杜

①陈祚明《采菽堂古诗选》卷一七,上册第 536 页。
②薛雪《一瓢诗话》,第 120 页。

甫七律全篇对仗,韩愈七古的反常句法,苏东坡诗的俚语俗字……虽然其大家品格与这些细节无必然关联,但它们都体现了逸出规范的勇气。这就是叶燮所论作家资质才、胆、识、力四要素中的"胆",必有此胆然后能伸张其创意,"文章千古事,苟无胆,何以能千古乎?"①

最后还要提到,前人都认为大家必有为而作,这不能说是大家独有的特征,却是大家必具的品质。在这一点上,刘勰的"为情造文"和"为文造情"正是区分大家和名家以降的诗人的标志。名家不脱应酬习气,如大历才子之送行是也;大家既然具备超越的气质,就能不为风气所笼罩,如王渔洋、袁枚拒绝步韵唱酬是也。吴乔说:"明人以集中无体不备,汗牛充栋者为大家。愚则不然,观于其志,不惟子美为大家,韩偓《惜花》诗即大家也。"②这正是基于诗必有感而发的观念作出的论断。许印芳评杜甫《萤火》诗云:"大家之诗,必非无为而作,小小咏物,亦有寓意。详味此诗语意,确系讥刺小人,但不可指实其人耳。"③也从咏物诗的角度揭示了这个道理。更明晰透彻的论述是张棠荫的说法:"诗有大家、名家之分,深造者类能剖晰,而其所以分者,初不自诗起也。盖名家智尽能索,有意为诗,诗虽工而无所余于诗之外,即已囿于诗之中;若大家则天资之卓、积学之富、抱负之宏,本不徒以诗见长,而有感而动,行乎其所不得不行,止乎其所不得不止,章成法立,兴

---

① 叶燮《原诗》内篇下,丁福保辑《清诗话》,下册第 581 页。
② 吴乔《围炉诗话》卷一,郭绍虞辑《清诗话续编》,第 1 册第 475 页。
③ 李庆甲辑《瀛奎律髓汇评》卷二七,中册第 1155 页。

往情来,意之所到,词即达之,笔亦赴之。洋洋大篇可也,寥寥短章可也,不事依傍,其本色也。时亦规模古人,其自验所学,或出以游戏也。惟其无所不有,故能空诸所有,大家之异于名家者在此。"①此由有意为诗与有感为诗的不同来论大家、名家之别,不能不说也抓住了问题的一个重要方面。

五、"大家"的几个标志

虽然根据上文列出的几点,已足以区分名家和大家的境界。但落实到具体作家,判断仍可能有出入。比如,唐代诗人中凡能开宗立派的,一般都许为名家,但清代申涵光在《青箱堂近诗序》中说:"夫唐自大家、名家而外,亦非一格。如郊、岛之孤僻,温、李之骈俪,元、白之轻便,流弊所至,渐亦启宋之端,然而唐之诗自在也。"②这似乎将诸人都排除在大家、名家之外,而其《郑子勉制义序》又说"子勉为诗,似储光羲,浑沦大家"③,似乎又以储光羲为大家。那么,古代诗论家对于大家、名家的判断,是否有较一致的标准呢? 上文所论大家和名家的区别,都着眼于其所达到的艺术境界,这有时的确很难区划得很清楚。但在批评史上,人们区分大家和名家还有一些外在标志,这些外在标志有时似乎更能说明问题。

---

① 华本松《鸿隐居诗钞》,广州中山图书馆藏稿抄本。
② 申涵光《聪山诗文集》,河北人民出版社 2011 年版,第 14 页。
③ 申涵光《聪山诗文集》,第 16 页。

如果说上文所论大家的境界,或许名家也并非不可企及(比如成熟浑化的境地)的话,那么大家有一些特征则是名家不具备的。

首先,大家不可以时代限。朱庭珍《筱园诗话》列举曹植等八人为古今大家,理由便是"不止冠一代一时"。胡应麟《诗薮》论杜甫说:"盛唐一味秀丽雄浑。杜则精粗、巨细、巧拙、新陈、险易、浅深、浓淡、肥瘦,靡不毕具,参其格调,实与盛唐大别。其能会萃前人在此,滥觞后世亦在此。且言理近经,叙事兼史,尤诗家绝睹。其集不可不读,亦殊不易读。"①像前人一样,他也感觉到杜甫难以位置的独特性——习惯上杜甫被视为盛唐诗人,可他与盛唐其他诗人都不一样,既是前代诗歌的荟萃,又是后世诗歌的滥觞,无法将他划归于某个时代。在论及杜甫《登高》一诗时,胡应麟也曾说:

> 杜"风急天高"一章五十六字,如海底珊瑚,瘦劲难名,沉深莫测,而精光万丈,力量万钧。通章章法、句法、字法,前无昔人,后无来学。微有说者,是杜诗,非唐诗耳。然此诗自当为古今七言律第一,不必为唐人七言律第一也。②

在此他终于挑明了问题的实质:大家必有超越时代的特征,这种超越性来自前文论及的不拘一格的创变意识。朱庭珍《筱园诗话》引朱彝尊之说曰:"王凤洲博综六代,广取兼收,自以为无所不

---

① 胡应麟《诗薮》内编卷四,第 70 页。
② 胡应麟《诗薮》内编卷五,第 95 页。

有,方成大家。究之千首一律,安在其为无所不有也!"他认为高
启同样也有类似的问题:"自汉、晋、六朝以及三唐、两宋,无所不
学,亦无所不似,妙者直欲逼真,可云一代天才,孰学孰似矣。其
意亦欲包罗古今,取众长以成大宗,然中无真我,未能独造,终非
大家之诣。"由此可知,"诗家工夫,始贵有我,以成一家精神气味。
迨成一家言后,又须无我,上下古今,神而明之,众美兼备,变化自
如,始无忝大家之目"①。这可以说是古代诗论家的一致看法。
叶燮曾用造屋来喻说诗歌技巧的演进,到唐代格局体段既成,要
更进一境,就只有求变了。他认为只有杜甫能做到这一点,其他
盛唐名家如高适、岑参、王维、孟浩然等仅能自成一体而已,尚不
足以语变化。变化是能事之上的"神",也是修养不可及的境地。
大家与名家在此划出界沟:名家能成家数,大家则变化无方,因其
变化而超脱时代风气的牢笼。

　　事实上不止唐代,任何时代都有这种不为时风牢笼的作家。
明人《艺海泂酌唐乘》指出:"六朝俳而思促,盛唐俳而气王,七言
绝盛唐意足而气随,中晚意工而气索。其绝群拔萃者,又不可以
时代差等。"②从品第估量的角度说,这些不可"以时代等差"的作
家大概都是大家;而从诗史研究的角度说,则大家与名家的差别
又可以引出一个带有规律性的假说:大家总超越时代,而名家相
对来说更代表着时代的特色。叶燮论六朝至唐的诗史流变,曾逗
露这样的见解:"不肯沿袭前人以为依傍,盖自六朝而已然矣。其

①朱庭珍《筱园诗话》卷四,郭绍虞辑《清诗话续编》,第4册第2393页。
②潘锡恩辑《历代各家论诗丛话》所收,山东省图书馆藏清钞本。

间健者,如何逊,如阴铿,如沈炯,如薛道衡,差能自立。此外繁辞
缛节,随波日下,历梁、陈、隋以迄唐之垂拱,踵其习而益甚,势不
能不变。小变于沈、宋、云、龙之间,而大变于开元、天宝高、岑、
王、孟、李;此数人者,虽各有所因,而实一一能为创。而集大成如
杜甫,杰出如韩愈,专家如柳宗元,如刘禹锡,如李贺,如李商隐,
如杜牧,如陆龟蒙诸子,一一皆特立兴起;其它弱者,则因循世运,
随乎波流,不能振拔,所谓唐人本色也。"①我们看到,这里举出名
姓的诗人都是大家、名家级的,而那些"其他弱者"则是不能自成
一家的,即朱庭珍所谓"只可统名曰诗人"一辈。叶燮称他们是唐
人本色,意味着这些诗人只有唐诗的共同特征而缺乏个性色彩。
依理推之,那么也可以说名家级的诗人都是各个时期的本色,亦
即代表着不同时期的诗风。刘长卿、韦应物是中唐前期成就最高
的两位诗人,通常刘长卿被视为名家,而韦应物则隐然有大家的
品位,其辨就在于刘典型地体现了大历诗风,而韦却能超越时体
而独标古淡之宗②。能不能超越时代,确实是大家、名家所以成
立的重要标志。翁方纲论宋人不祖苏而祖黄的问题时,曾指出:
"宋诗之大家无过东坡,而转挑苏祖黄者,正以苏之大处,不当以
南北宋风会论之,舍元祐诸贤外,宋人盖莫能望其肩背,其何从而
祖之乎?"③他也注意到苏东坡在宋代正像杜甫在唐代一样,有着
难以位置的超越性。由于这种超越性不免与时尚有一些隔阂,便

①叶燮《原诗》内篇上,丁福保辑《清诗话》,下册第 566 页。
②关于这个问题,可详蒋寅《自成一家之体 卓为百代之宗》,《社会科学战
　线》1995 年第 1 期。
③翁方纲《石洲诗话》卷四,郭绍虞辑《清诗话续编》,第 3 册第 1426 页。

常使得追随者裹足不前。当然,他们同时也意识到自己决不具备
企及大家境界的能力。

　　于是,我们可以指出:大家的第二个标志就是独具天才,非学
而能就。古人区别大家名家的差异,一个重要的判断依据就是名
家可学,而大家不可学。明陈沂《拘虚诗谈》说:"太白长歌,如
《蜀道难》之瑰奇、《将进酒》之豪壮、《问月》之慷慨、《襄阳歌》之
流动。其才实出天赋,非学而能,当时名家,无与颉颃者。"①陆时
雍《诗镜·总论》也说:"太白七古,想落意外,局自变生,真所谓
'驱走风云,鞭挞海岳'。其殆天授,非人力也。"②既然大家的成
就非人力所成就,希望通过学大家而臻其境界,从根本上就陷于
迷妄。吴乔曾说:"高廷礼惟见唐人壳子,立大家之名,误杀弘、嘉
人,四肢麻木不仁,五官昏愦无用。诗岂学大家便是大家? 要看
工力所至,成家与否,乃论大小。彼捃扯子美、李颀者,如乞儿醉
饱度日,何得言家? 岂乞得王侯家余糁,即为王侯家乎?"③这还
只是说学大家不一定就能成大家,通常更为人们认同的看法是大
家出于天才,根本就不是可以学得的。所以朱隗劝徐增说,"吾辈
当为名家之诗,不当为大家之诗",理由是大家诗不容易作。徐增
慨然曰:"吾愿为其难者。"黄翼圣称他"取精多而用物宏,日变而
月不同,必欲升大家之堂、入风雅之室而后止"④。其志气不可谓
不豪壮,就像前文蒋湘南说的,"生乎古人之后,当思兼综古人之

①陈沂《拘虚诗谈》,周维德辑《全明诗话》,第 1 册第 676 页。
②陆时雍《诗镜·总论》,丁福保辑《历代诗话续编》,下册第 1414 页。
③吴乔《围炉诗话》卷一,郭绍虞辑《清诗话续编》,第 1 册第 475 页。
④黄翼圣《九诰堂诗集序》,徐增《九诰堂集》卷首,湖北图书馆藏清钞本。

体,而后可称大家,否则蝉咽蛩啼,仅足名别裁而已",然而要做到却很不容易。历史上学者师法大家,往往多宗一人,这已落第二义。如吴乔所说的,"学诗不可杂,又不可专守一家。乐天专学子美,西昆专学义山,皆以成病。大乐非一音之奏,佳肴非一味之尝。子美所以集大成也"①。后人虽然意识逐渐清楚,力图博取众长,但限于才力,有时画虎不成,或邯郸学步,最终反落个杂驳不成体的结果。《养一斋诗话》的作者潘德舆曾很无奈地承认:"余诗逃不得一杂字。盖命意甚妄,欲作无不有之大家,而今则并名家而不能也。"②本以大家自期,结果觉得画虎不成,连名家也不能企及。在这一点上,文学天才的成就,与绘画也有点相似。朱琰《北窗呓语》说:"画家宗派不一,究所成就,惟大家、名家两者而已。名家纯任天资,大家全乎学力。"③诗歌创作同样如此,名家纯任天资发挥,大家则更济以学力,是天资与学力的完美融合,所以大家的境界常人总难企及。

最后顺便提到,大家即便能够学,也总有一些不拘小节或放肆异常之处,不可学且不必学。胡应麟即认为"大家如卓、郑之产,膏腴万顷,轮奂百区,而硗瘠痹陋,时时有之",比如"太白多率语,子美多放语,献吉多粗语,仲默多浅语,于鳞多生语,元美多巧语,皆大家常态,然后学不可为法"④。陈祚明评庾信《咏画屏风

①吴乔《围炉诗话》卷一,郭绍虞辑《清诗话续编》,第1册第477页。
②潘德舆《养一斋集》卷首论诗,道光刊本。
③朱琰《北窗呓语》,《古今说部丛书》二集,国学扶轮社民国四年铅印本。
④胡应麟《诗薮》外编卷四,第189—190页。

诗》其三也说:"结太尖。本谓公大家,有此不妨,不谓可学。"①在这一点上,杜甫是最典型的一个例子。明人《艺海泂酊·唐乘》认为:"子美雄深苍老之句,是其本色。其秀丽之句,则淘洗于盛唐,其险拙之句,则是托大恣臆,终是连城之瑕,不可以为大家而效法,亦不可以是而掩其大家。"②杜甫不仅有险拙处,还不乏尖新小巧处,接近大历才子乃至贾岛的趣味。如谢榛《四溟诗话》指出的:"子美诗'仰蜂粘落絮,行蚁上枯梨','芹泥随燕觜,花蕊上蜂须','翡翠鸣衣桁,蜻蜓立钓丝','鱼吹细浪摇歌扇,燕蹴飞花落舞筵',诸联绮丽,颇宗陈隋。然句工气浑,不失为大家。譬如上官公服,而有黼黻絺绣,其文彩照人,乃朝端之伟观也。晚唐此类尤多。又如五色罗縠,织花盈匹,裁为少姬之襦,宜矣。宋人亦有巧句,宛如村妇盛涂脂粉,学徐步以自媚,不免为傍观者一笑耳。"③申涵光《说杜》也说《题柏大兄弟山居屋壁二首》其二"书签映隙曛"句,"写景极细,他人效之,便入小家"④。杜甫又好用经语,刘大勤尝问王渔洋:"少陵诗以经中全句为诗。如《病橘》云'虽多亦奚为?',《遣闷》云'致远思恐泥',又云'丹青不知老将至,富贵于我如浮云'之句,在少陵无可无不可,或且叹为妙绝;苦效不休,恐易流于腐,何如?"渔洋答:"以《庄》《易》等语入诗,始谢康乐。昔东坡先生写杜诗,至'致远思恐泥'句,停笔语人曰:

①陈祚明《采菽堂古诗选》卷三四,下册第1129页。
②潘锡恩辑《历代各家论诗丛话》所收,山东省图书馆藏清钞本。
③谢榛《四溟诗话》卷四,丁福保辑《历代诗话续编》,下册第1215页。
④孙微辑《说杜》,《聪山诗文集》,第330页。

'此不足学。'故前辈谓诗用史语易,用经语难。若'丹青'二句,笔势排宕,自不觉耳。"①潘焕龙又指出:"诗中借对,不过意到笔随,后人专以此见长,便成买椟还珠。李玉溪'驻马''牵牛''丁年''甲帐',对仗极工,人终讥其獭祭。杜诗'杂耕心未已,呕血事酸辛','子云清自守,今日起为官','殊锡曾为大司马,总戎皆插侍中貂',何尝不偶一为之? 然究不害其为大家也。"②这都是说,大家的某些修辞或作风,偶然为之固不失其身份,但旁人却绝不可学,学之必蹈恶劣结果。

杜甫尽管从宋代即被尊奉为"诗圣",但诗家并未盲目崇拜到不能正视其缺陷的地步③。沈德潜《说诗晬语》曾指出:"杜诗别于诸家,在包络一切,其时露败缺处,正是无所不有处。评释家必代为辞说,或周遮征引以斡旋之,甚有以时文法解说杜诗,断断于提伏串插间者。浣花翁有知,定应齿冷。"④话虽这么说,但论者仍常套用"柳下惠则可,吾固不可"(《孔子家语》卷二)的说法替杜甫打圆场。这种说法始于宋人,后来很常见。如孙奕《履斋示儿编》"偏枯对"条云:"诗贵于的对,而病于偏枯。虽子美尚有此病。如《重过何氏》曰:'手自栽蒲柳,家才足稻粱。'(中略)此以一草木对二草木也。《赠崔评事》曰:'燕王买骏骨,渭老得熊

---

① 刘大勤《师友诗传续录》,丁福保辑《清诗话》,上册第 154—155 页。
② 潘焕龙《卧园诗话》卷一,高洪钧编《明清遗书五种》,北京图书馆出版社 2006 年版,第 134 页。
③ 参看蒋寅《杜甫是伟大诗人吗》,《国学学刊》2009 年第 3 期,收入《金陵生文学史论集》,辽海出版社 2010 年版。
④ 沈德潜《说诗晬语》卷下,丁福保辑《清诗话》,下册第 555 页。

罘。'（中略）此以一鸟兽对二鸟兽也。（中略）大手笔如老杜则可，然未免为白圭之玷，恐后学不可效尤。"①范晞文《对床夜语》也说："老杜诗'两边山木合，终日子规啼'，以'终日'对'两边'；'不知云雨散，虚费短长吟'，以'短长'对'云雨'；'桑麻深雨露，燕雀半生成'，以'生成'对'雨露'；'风物悲游子，登临忆侍郎'，以'登临'对'风物'。句意适然，不觉其为偏枯，然终非法也。柳下惠则可，吾则不可。"②胡应麟《诗薮》则指出："杜七言律，通篇太拙者，'闻道长安曲米春'之类；太粗者，'堂前扑枣任西邻'之类；太易者，'清江一曲抱村流'之类；太险者，'城尖径仄旌旆愁'之类。杜则可，学杜则不可。"③这种说法虽遭到叶燮的严厉批驳，但后人终究难以杜绝，就是叶燮的学生薛雪也说："王荆公好将前人诗窜点字句为己诗，亦有竟胜前人原作者。在荆公则可，吾辈则不可。"④

不要说大家的缺陷不能学，就是大家逸出规范的创辟也是不可学的，就像前文所举陈祚明论谢灵运《初去郡》中间两联的"犯"，他最后告诫学者："能犯者，必有气魄力量足以运之，迹似犯而神格不伤，然后可耳！不则，宁以矜慎不犯为得也。"⑤言下之意是说，常人不具备大家的气魄力量，宁可遵循常理，以求变化而避雷同为上。刘克庄则告诫学苏诗的人说：

①孙奕《履斋示儿编》卷九，《北京图书馆古籍珍本丛刊》影印本。
②范晞文《对床夜语》卷二，丁福保辑《历代诗话续编》，上册第 420 页。
③胡应麟《诗薮》内编卷五，第 92 页。
④薛雪《一瓢诗话》，第 145 页。
⑤陈祚明《采菽堂古诗选》卷一七，上册第 536 页。

坡诗略如昌黎,有汗漫者,有谨严者,有丽缛者,有简淡者。翕张开合,千变万态。盖自以其气魄力量为之,然非本色也。他人无许大气魄力量,恐不可学。和陶之作,如海东青、西极马,一瞬千里,了不为韵束缚。①

东坡的这种不羁之风,通常认为像李白一样,都是才大的缘故。然而袁枚很不同意,说:"人称才大者,如万里黄河,与泥沙俱下。余以为此粗才,非大才也。大才如海水接天,波涛浴日,所见皆金银宫阙,奇花异草,安得有泥沙污人眼界耶? 或曰:'诗有大家,有名家。大家不嫌庞杂,名家必选字酌句。'"②这个"或曰"的说法其实很有见解,指出了文学诗歌史上一个带有规律性的现象:大家无所不包,多创变,偶尔难免有粗糙不够圆熟处。相比之下,名家专精一体,功夫纯至,反而很少明显的缺陷。前人其实早已认识到这一点,胡应麟《诗薮》在前引历举古今大家的缺陷,告诫后学不可效法的文字后,又说"右丞、浩然、龙标、昌谷、子业、明卿即不尔,然终不以彼易此"③。这便是承认名家某些体裁作品的完成度有时还超过大家,但大家、名家并不因此而易位。王士禛《古

---

① 刘克庄《后村诗话》前集卷二,中华书局 1983 年版,第 25 页。
② 袁枚《随园诗话》卷一,第 12 页。《小仓山房文集》卷一七《答兰垞第二书》亦云:"说者曰:黄河之水,泥沙俱下,才大者无訾焉。不知所以然者,正黄河之才小耳。独不见夫江海乎? 清澜浮天,纤尘不飞,所有者万怪百灵,珊瑚木难,黄金银为宫阙而已。焉睹所谓泥沙者哉? 善学诗者,当学江海,勿学黄河。然其要总在识。"《袁枚全集》,第 2 册第 288 页。
③ 胡应麟《诗薮》外编卷四,页 190。

夫于亭杂录》论大家、名家的区别，也曾提到："许顗彦周云：'东坡诗如长江大河，飘沙卷沫，枯槎束薪，兰舟绣鹢，皆随流矣。珍泉幽涧，澄泽灵沼，可爱可喜，无一点尘滓，只是体不似江河耳。'余谓由上所云，惟杜子美与子瞻足以当之。由后所云，则宣城、水部、右丞、襄阳、苏州诸公皆是也。大家名家之别在此。"①近代陈天倪更直接说："凡属大家，皆有不成句之诗，名家较少。"②这倒正好可与英国诗人奥登"大诗人一生写的坏诗很可能比次要诗人更多"的说法相参看③。这就是说，大家博而杂，名家精而小，在某种意义上，名家比大家更容易为人接受。日本嘉永元年（1848）篠崎弼序《张船山诗集》正持这样的看法："余尝谓大家之诗，犹鲸肉，味非不美，而时有筋骸之难齿决者，然其膏其骨，亦皆为世用，不独以完称焉。名家则河之鲤，九罭之鳟，天下莫不称其美而嗜之。"④惟其如此，从师法的角度看，学诗就宜从名家入手，篠崎弼也是这么说的：

> 诗有大家，有名家，学诗者宜师名家。何也？名家以诗为业，苦心刻意，属对必巧，篇章首尾必齐整，故学者有蹊径之可寻也。大家则大率昌黎所谓"余事作诗人"者，学问该博，经史满腹，诗乃议论文章之溢而发于韵语也。故其豪壮

①王士祯《古夫于亭杂录》卷四，康熙刊本。
②陈天倪《诗醇补录》，《尊闻室賸稿》，中华书局1997年版，下册第938页。
③余光中《大诗人的条件》，《余光中谈诗歌》，江西高校出版社2003年版，第43页。
④张问陶《船山诗草》卷首，日本嘉永三年浪华书肆河内屋喜兵卫等刻本。

雄伟,虽变化无穷,而读者有高岳断崖、可望而不可攀之叹矣。若西河、竹垞、随园、瓯北,不其然乎?顷者,或人携舶来《张船山诗集》,问余曰:是集嗦称于世焉,欲翻刻而行之,何如?余揽而阅之,则字琢句炼,诸体备具,无一章一解之或不调,不用僻典炫人耳目,乃所谓名人之可师而学者也。①

这不能不说是深造有得之言,也与中国古代诗人的看法相吻合。前人主张学盛唐大家由刘长卿入,学杜诗由李商隐入,周济主张学周邦彦词当"问途碧山,历梦窗、稼轩以还清真之浑化"②,无不出于这种观念,究其实也是根于对大家、名家艺术品格的透彻认识。这提醒我们,对诗歌史上那些教人师法二三流作家、由名家小家入手的主张,在艺术趣味之外,我们还要从大家无迹可寻、名家有门可入的角度去理解其师法策略,不能简单地据严羽"学其上,仅得其中;学其中,斯为下矣"(《沧浪诗话·诗辩》)之说,以取法乎中而鄙之。

六、结论

综上所论,古代诗论家对大家、名家的差别及判断依据已大致清楚,那么我们或许要问,今天的诗歌评论家又是怎么看的呢?

---

① 张问陶《船山诗草》卷首。
② 周济《宋四家词选目录序论》,唐圭章辑《词话丛编》,第 1643 页。

这方面的文献我不太了解,只知道英国诗人奥登在《19 世纪英国次要诗人选集》的序言中曾说"一位诗人要成为大诗人,则下列五个条件之中,必须具备三个半左右才行":

一、他必须多产;

二、他的诗在题材和处理手法上,必须范围广阔;

三、他在洞察人生和提炼风格上,必须显示独一无二的创造性;

四、在诗体的技巧上,他必须是一个行家;

五、就一切诗人而言,我们分得出他们的早期作品和成熟之作,可是就大诗人而言,成熟的过程一直持续到老死,所以读者面对大诗人的两首诗,价值虽相等,写作时序却不同,应能立刻指出,哪一首写作年代较早。相反地,换了次要诗人,尽管两首诗都很优异,读者却无法从诗的本身判别它们年代的先后。

余光中《大诗人的条件》一文曾引述其说,将它们概括为多产、广度、深度、技巧、蜕变①,除了多产,其他四点似乎都包含在上文引述的中国古代批评家对大家境界的理解中了。而多产则似乎是个不言而喻的条件,即便是《春江花月夜》的作者、被王闿运目为"孤篇横绝,竟为大家"的张若虚,也没多少人认真视他为大家吧?我们对大家的联想首先是与一定的量感联系在一起的,历史上凡被尊为大家的诗人一定都有较多数量的作品传世,哪怕像曹植、阮籍、陶渊明、庾信这些作品不算太多的诗人,在那个时

①余光中《大诗人的条件》,《余光中集》第 5 卷,第 293—294 页。

代也仍是高产的作者。赵翼论查慎行,以为"功力之深,则香山、放翁后一人而已"①。古来作诗之多,没有超过白居易、陆游的。查慎行作品之多,亦略相埒。难道赵翼仅仅是震慑于他的作品数量之多,而将他们相提并论吗?倒也不然。他强调:"诗之工拙,全在才气、心思、工夫上见,岂徒以多为贵?且诗之工,亦何尝不自多中得来?正惟作诗之多,则其中甘苦曲折,无不经历,所谓深人无浅语也。"赵翼的说法显然值得深思的。

---

① 赵翼《瓯北诗话》,《赵翼全集》,第 5 册第 128 页。

八　拟与避

——古典诗歌文本的互文性问题

一、互文性是中国古典诗歌的一般特征

互文性（intertextualité）又译作"本文间性"，这个术语从它诞生以来就一直是个含混不清的概念，在不同批评家的著作里被给予不同的定义、赋予不同的意义，甚至因范围的不断扩大、所产生的命题日益增多而被指责为大而无当的理论神话。尽管如此，人们还是乐于使用这个概念，因为它"囊括了文学作品之间互相交错、彼此依赖的若干表现形式"①，使文学写作中的引用（citation）、暗示（allusion）、参考（référence）、仿作（pastiche）、戏拟（parodie）、剽窃（plagiat）及各种方式的照搬套用有了概括其本质和统

①蒂费纳·萨莫瓦约《互文性研究》引言，邵炜译，天津人民出版社 2003 年版，第 1 页。

一性的理论视角。根据法国学者蒂费纳·萨莫瓦约《互文性研究》一书对互文性理论的源流、学说及其批评实践的梳理，我认为索莱尔斯（Philippe Sollers）的定义最简洁地说明了互文性的含义："每一篇文本都联系着若干篇文本，并且对这些文本起着复读、强调、浓缩、转移和深化的作用。"①《互文性研究》的作者将互文性归结为文学的记忆，它分别由文本、作者和读者所负载，形成文学写作中的变换和联系。这无疑是有见地的，记忆本是文化自身积累和衍生的基本能力之一，但就文学而言，记忆还不能全部说明创作的主观能动性，只有加上摹仿，互文性的形成机制才能得到全面的揭示。

　　人类的一切活动都始于摹仿，文学创作同样也不例外。"借鉴已有的文本可能是偶然或默许的，是来自一段模糊的记忆，是表达一种敬意，或是屈从一种模式，推翻一个经典或心甘情愿地受其启发"②。而在以古为尚的中国，摹拟更是经典形成以后的普遍风气，从魏晋到南北朝之间拟古一直是诗坛的时尚，在陆机、谢灵运、江淹等诗人的创作中，拟古更是一个不可忽视的特征。直到唐代，大诗人李白的创作中还明显留下拟古的痕迹。拟古的结果形成古典诗歌普遍而清晰的互文关系，并渗透于诗歌文本的各个层次。甚至可以说，互文性是中国古典诗歌最突出的文本特征，也是古典诗歌作品最普遍的现象。

　　鉴于诗歌史上普遍的摹仿和因袭关系，梁代钟嵘《诗品》就用

----

①转引自蒂费纳·萨莫瓦约《互文性研究》，第5页。
②蒂费纳·萨莫瓦约《互文性研究》引言，第1页。

推源溯流之法论列历代诗人,揭示其间的传承和影响关系,其实质正是出于对其作品互文性的体认。唐朝诗僧皎然《诗式》将文本的相似概括为语、意、势三个层次的"三同",而作者的有意摹仿便有所谓"三偷"。偷语之例,如傅咸《赠何劭王济》诗有"日月光太清"句,陈后主《入隋侍宴应诏》诗拟作"日月光天德";偷意之例,如柳恽《从武帝登景阳楼》诗有"太液沧波起,长杨高树秋"句,沈佺期《酬苏味道》化作"小池残暑退,高树早凉归";偷势之例,如嵇康《赠秀才入军》有"目送归鸿,手挥五弦。俯仰自得,游心太玄"句,王昌龄《独游》脱胎为"手携双鲤鱼,目送千里雁。悟彼飞有适,嗟此罹忧患"①。皎然的"三偷"之说虽从语词、取景、立意的不同角度区分了诗歌文本中不同类型的摹仿,但由于唐代诗学的中心问题在于意象和造句,所以"三偷"所论的摹仿也只限于句与联的范围,集中在语词的层面。到宋代,释惠洪将这种摹仿合理化,在《冷斋夜话》提出"脱胎换骨"的理论:

> 山谷云:"诗意无穷,而人之才有限。以有限之才,追无穷之意,虽渊明、少陵不得工也。"然不易其意而造其语,谓之换骨法;规模其意形容之,谓之夺胎法。如郑谷《十日菊》曰:"自缘今日人心别,未必秋香一夜衰。"此意甚佳,而病在气不长。西汉文章雄深雅健者,其气长故也。曾子固曰:"诗当使人一览语尽而意有余,乃古人用心处。"所以荆公作《菊诗》则曰:"千花百卉雕零后,始见闲人把一支。"东坡则曰:"万事到

①李壮鹰《诗式校注》,第45—46页。

头终是梦,休,休,休,明日黄花蝶也愁。"又如李翰林诗曰:
"鸟飞不尽暮天碧。"又曰:"青天尽处没孤鸿。"然其病如前
所论。山谷作《登达观台》诗曰:"瘦藤拄到风烟上,乞与游人
眼界开。不知眼界阔多少,白鸟去尽青天回。"凡此之类,皆
换骨法也。顾况诗曰:"一别二十年,人堪几回别。"其诗简缓
而立意精确。舒王作《与故人诗》曰:"一日君家把酒杯,六年
波浪与尘埃。不知乌石江头路,到老相逢得几回。"乐天诗
曰:"临风杪秋树,对酒长年身。醉貌如霜叶,虽红不是春。"
东坡《南中作》诗曰:"儿童误喜朱颜在,一笑那知是醉红。"
凡此之类,皆夺胎法也。学者不可不知。①

关于这段话的解释,即脱胎换骨究竟是黄庭坚的说法还是惠洪的
引申发挥,学者们有不同看法。我倾向于认为是惠洪的发明,脱
胎法是沿袭前人的意思而重新造句,接近皎然的"偷意";换骨法
是引申改造前人的意思,类似皎然说的"偷势",但已不局限于一
联一句,而扩大到全篇的取意。事实上,诗歌文本的摹仿本来就
是多层次的,不止限于语句,还包括主题和结构。贺裳《载酒园诗
话》卷一论"三偷",即将其内涵大为扩展,罗列了主题和结构等不
同层次的例证。如果按照后人的习惯用法,意与主题相关,势与
结构相关,那么偷语、偷意、偷势就可以概括语词、主题、结构三方
面的摹仿,而这些方面也正是诗歌中互文关系发生的主要层面。

---

① 惠洪《冷斋夜话》卷一,张伯伟辑《稀见本宋人诗话四种》,江苏古籍出版
社 2002 年版,第 17 页。

在语词、主题、结构三个层面中,语词的互文不用说是最普遍的现象,国外研究中国诗歌的学者也注意到,"《诗经》《楚辞》以来的著名古典作品里的用例,作为最理想的诗语的典型,优先地而且系统地被继承下去。新的诗语产生,大致只限于在现有作品中找不到与它相适应的用例的场合"①。这使得古今诗歌文本因这继承性而形成紧密的文本关联。被誉为集古典诗歌大成的诗圣杜甫,其诗歌创作最突出的特点,在宋人看来便是"无一字无来处"。揭示杜诗语句的出典,找出它们与前代作品的渊源关系,一直是宋代以来注家最倾注心力之所在。今天用互文性理论来审视中国传统文学中最常见的用典、用事、用语现象,研究意象与语汇的语义生成方式,更让我们对古典诗歌创作与注释中对"无一字无来处"的追求获得全新的认识,并形成古典诗歌艺术和诗歌史研究的一个新的知识生长点。语词互文较为常见,有关用典研究的论著已有专门探讨②,本文不再涉及,而只就结构和主题层

①松浦友久《中国诗的性格》,蒋寅编译《日本学者中国诗学论集》,凤凰出版社 2008 年版,第 24 页。
②专著有罗积勇《用典研究》(武汉大学出版社,2005),学位论文有张戬《唐诗用典研究》(北京师范大学博士论文,2009)、刘鹏《〈昭明文选〉与初盛唐诗歌》(中国社会科学院研究生院博士论文,2010),期刊论文有王瑶《隶事·声律·宫体》(《清华大学学报》1948 年第 1 期),谌东飚《唐前诗歌用典考察》(《长沙水电师院社会科学学报》1996 年第 4 期),徐文茂《论陈子昂诗歌的使事用典》(《学术月刊》1997 年第 12 期),王利锁《试论阮籍〈咏怀〉诗的使事用典》(《中国韵文学刊》2002 年第 2 期),韩成武、贺严《论杜诗的用典艺术》(《河北大学学报(哲学社会科学版)》2002 年第 3 期),罗筱玉《刘禹锡诗歌用典探微》(《兰州学刊》2007 年第 6 期)等。

面的互文现象作些考察。

　　相比语词层面的互文，主题和结构的互文不那么明显，也不那么常见，有时需要独特的眼光才能发现。清代诗论家田雯提出的"诗文演法"就是一个很典型的例子：

> 　　余尝谓白香山《琵琶行》一篇，从杜子美《观公孙大娘弟子舞剑器行》诗得来。"临颍美人在白帝，妙舞此曲神扬扬。与余问答既有以，感时抚事增惋伤"。杜以四语，白成数行，所谓演法也。凫胫何短，鹤胫何长，续之不能，截之不可，各有天然之致，不惟诗也，文亦然。杨升庵曰："郭象《庄子注》云：'工人无为于刻木，而有为于运矩；主上无为于亲事，而有为于用臣。'柳子厚演之为《梓人传》一篇，凡数百言。毛苌《诗传》云：'涟，风行水成文也。'苏老泉演之为《苏文甫字说》一篇，亦数百言。皆得脱胎换骨之三昧。"知此则余之论白、杜之诗，了然无疑义矣。①

田雯这里所举的诗、文中的"演法"，都属于发挥前人作品的片言只语或脱胎其主题的例子，单从语词表面有时已很难辨认新文本与前人作品的关系。吉拉尔·热奈特《隐迹稿本》将这种经过转换或摹仿已无法由语词直接辨析的互文性称作超文性（hypertextualité）②，它是互文性关系中比较隐晦的一种。好在中

---

①田雯《古欢堂集·杂著》卷三，郭绍虞辑《清诗话续编》，第2册第717页。
②参看蒂费纳·萨莫瓦约《互文性研究》，第20—23页。

国古代文学批评一向建立在涵咏和玩味的基础上,对文本的广泛
熟悉和细致阅读是对批评家的基本要求,因此历代批评家和注家
为我们留下了大量的有关作品互文性的各类例证,可以让我们从
容地讨论互文性问题,关键就看用什么方式更方便。就诗歌而
言,我觉得根据互文形成的原因,将互文的类型分为标题摹仿、主
题摹仿、风格摹仿三类,似乎比较简明。它们通常都依赖于经典
化的名篇,因此名篇摹仿就不必再专设一类。

先看标题摹仿的互文,它指前后作品因标题相同而发生摹仿
关系。这通常出现在有意识的拟作之间,最典型的例子莫过于李
商隐与杨亿的同题之作《泪》:

> 永巷长年怨绮罗,离情终日思风波。湘江竹上痕无限,
> 岘首碑前洒几多。人去紫台秋入塞,兵残楚帐夜闻歌。朝来
> 灞水桥边问,未抵青袍送玉珂。(李)

> 锦字梭停掩夜机,白头吟苦怨新知。谁闻陇水回肠后,
> 更听巴猿拭袂时。汉殿微凉金屋闭,魏宫清晓玉壶敧。多情
> 不待悲秋气,只是伤春鬓已丝。(杨)

李商隐诗前三联连续排比历史上与泪有关的典故,尾联以更进一
层的笔法突出灞桥送别之悲,结构很是独特。《西昆酬唱集》中杨
亿、钱惟演、刘筠的《泪》二首,都是摹仿李商隐之作,但钱、刘二首
除偶有体物语(如"蜡炬风高翠箔轻""银屏欲去连珠迸"),不似
原作以人生情境贯穿全篇外,尾联也没有李诗那种提纲挈领的意

味。清初张笃庆《拟西昆四诗》,"泪"一首则取闺怨主题,一意到
底,也没有仿效李商隐的写法①。只有杨亿一首亦步亦趋,结构
完全脱胎于原作,尾联也用了同样的笔法。如此彻底的结构摹仿
当然是很罕见的,通常都是由部分的构思或语词摹仿形成作品间
的互文。

主题摹仿的互文在许多情况下与标题摹仿重合,因为主题
词经常突出在标题中;同时它也经常与题材的因袭部分重叠,除
拟古或乐府题之外,许多主题摹仿本来就是基于相同题材的。
自古以来文学选本按题材分类编排也是为了便于学习和摹仿,
人们写作某一主题时,很容易从流行的选本或类书中找到可供
摹仿的范本。请看《全唐诗》卷二所收的唐高宗李治《七夕宴悬
圃二首》:

> 羽盖飞天汉,凤驾越层峦。俱叹三秋阻,共叙一宵欢。
> 璜亏夜月落,靥碎晓星残。谁能重操杼,纤手濯清澜。

> 霓裳转云路,凤驾俨天潢。亏星凋夜靥,残月落朝璜。
> 促欢今夕促,长离别后长。轻梭聊驻织,掩泪独悲伤。

我很怀疑这是高宗同一首诗的两个稿本,或者有一首是他人之

---

①张笃庆《昆仑山房诗集》七言近体《泪》:"午夜藁砧入梦惊,沾裳泣下为含
　情。湘裙血染桃花片,鸳枕痕留紫海盟。马渡交河千里恨,猿鸣驿路第三
　声。无端更听伊凉曲,落向心头滴到明。"山东省图书馆藏清抄本。

作,误编在高宗名下。不管怎么说,两章的构思取意过于相似,只
是中两联内容调换了一下位置。有学者认为"靥碎晓星残"的隐
喻袭自陈后主《七夕宴重咏牛女各为五韵》的"靥色随星去,鬓影
杂云来",其实《艺文类聚》所收庾信《镜赋》已有这一比喻①。陈
叔宝诗未收入唐初类书,而《艺文类聚》卷四所收的一系列七夕诗
文表明,高宗诗四联的内容只不过是前代作品的重新排列组合。
其中隋王脊《七夕》是与高宗诗内容重叠最多的一首:

> 天河横欲晓,凤驾俨应飞。落月移妆镜,浮云动别衣。
> 欢逐今宵尽,愁随还路归。犹将宿昔泪,更上去年机。②

首联同为天河、凤驾,颔联都有落月,只是星换作了云,颈联也是
写欢促别长,尾联更是不约而同地只着墨于织女重上织机,掩泪
独悲,而不及牛郎,两诗无论立意或构思都很相似。考虑到唐初
类书的编纂和流行都与宫廷的文学教育有关,我们有理由推测高
宗二诗与王脊诗之间可能存在摹仿关系。这种由立意—构思的
摹仿形成的互文在《文选》和类书盛行的唐代,在唐诗盛行的宋、
元、明代,在宋诗盛行的清代,都是很常见的。

　　风格摹仿的互文,是更为普遍的现象。因为古人通行的师法
原则是得性情之近,就各体之宜,即选择师法对象首先考虑与自

---

①参看李小彤《唐代类书与诗歌的关系》第二章第三节"类书选文与唐诗的
　比较",中国社会科学院研究生院博士论文,2006年。
②欧阳询《艺文类聚》,上海古籍出版社1982年版,上册第79页。

己性情相近的作家,具体到写作某种体裁时再选择擅长此体的作家①。这样,一般情况下的写作,更多地是以对某个作家某种风格的摹仿为主。即以所谓拟古而言,除陆机、江淹等少数作家外,也不是摹拟某些作品,而是摹拟一种风格或抒情方式。如庾信《拟咏怀二十八首》即属于摹拟阮籍《咏怀诗》的表现形式,李白《拟古十二首》则是摹拟《古诗十九首》的风格。古诗云:

> 涉江采芙蓉,兰泽多芳草。采之欲遗谁,所思在远道。还顾望旧乡,长路漫浩浩。同心而离居,忧伤以终老。(《文选》卷二九)

太白则曰:

> 涉江弄秋水,爱此荷花鲜。攀荷弄其珠,荡漾不成圆。佳期彩云重,欲赠隔远天。相思无由见,怅望凉风前。(《李太白全集》卷二四)

太白诗意完全脱胎于古诗:采荷思远,欲赠无由,怅望不已;诗的抒情主人公也同样是空闺思妇。这种摹仿是公开的,标题还特别声明,很可能是诗人早期创作留下的习作;也有特定境遇下的模

---

① 清代诗人王士禛对此有较清楚的论述,可参看蒋寅《王渔洋与康熙诗坛》第三章"《唐贤三昧集》与渔洋诗学之完成",中国社会科学出版社 2001 年版。

拟,如清初陈祚明久客京师,病中无聊,以《古诗十九首》各诗首句开端拟其风格自抒己情①。成熟作者的摹仿,除个别作品在题目中标明外,往往都不显山露水,甚至还要掩藏摹仿的痕迹——蹈袭毕竟不是才华丰富和有创造力的表现。贺裳说"盗法一事,诋之则曰偷势,美之则曰拟古。然六朝人显据其名,唐人每阴窃其实"②,就是指的这种差别。当一种风格成为时尚后,作者们经常是通过摹仿经典作品来实现风格化的追求。比如李攀龙曾说"七言律体,诸家所难,王维、李颀颇臻其妙"③,李颀的作品因此而被明七子辈奉为楷模,李攀龙诗中清楚可见摹仿李颀的痕迹。李颀最著名的七律《送魏万之京》写道:

> 朝闻游子唱离歌,昨夜微霜初渡河。鸿雁不堪愁里听,云山况是客中过。关城树(一作曙)色催寒近,御苑砧声向晚多。莫见长安行乐处,空令岁月易蹉跎。(《全唐诗》卷一三四)

李攀龙有一首《送皇甫别驾往开州》(《沧溟先生集》卷七),明显可见李颀诗的影子:

> 衔杯昨日夏云过,愁向燕山送玉珂。吴下诗名诸弟少,

①陈祚明《稽留山人集》卷一,《四库全书存目丛书》,集部第 233 册第 464—467 页。
②贺裳《载酒园诗话》卷一,郭绍虞辑《清诗话续编》,第 1 册第 219 页。
③李攀龙《选唐诗序》,《沧溟先生集》,上海古籍出版社 1992 年版,第 378 页。

天涯宦迹左迁多。人家夜雨黎阳树,客渡秋风瓠子河。自有
吕虔刀可赠,开州别驾岂蹉跎。

李攀龙诗送皇甫别驾往开州与李颀诗题旨相同,同用下平声五歌
韵,韵脚重了四个字,很容易让人联想到它与李颀诗的关系。虽
然造句不太模拟李颀,但诗的结构却脱胎于后者:首联送别从昨
日写起,颔联将远行之愁换作远谪之悲,颈联也用了黎阳树、瓠子
河两个专有名词叙写前途所历,同时带出夏秋季节的变换,尾联
以勿蹉跎岁月相激励,尤见脱化李颀诗的痕迹。相似的结构、韵
脚,再配以慷慨的意气、浏亮的声情,李攀龙就成功地实现了对李
颀原作风格的逼真摹仿。查为仁《莲坡诗话》称王士禛《午日观竞
渡寄怀家兄兼答冒辟疆感旧之作》"深得义山神味,正不妨与《九
日》诗格调相同也"①,也是同样的例子。

　　摹拟作风是明代诗文创作中最显著也是最为人诟病的特征。
自李梦阳倡"文必秦汉,诗必盛唐"之说,举世风靡。嘉、隆以降,
"王元美、李于鳞绍明北地、信阳之业而过之,天下学士大夫蕴义
怀风,感慨波荡以从之"②,一代诗文创作遂笼罩在以摹仿剿袭为
能事的拟古风气中,而明人对盛唐诗的摹仿也成为文学史上最引
人注目的互文现象之一。当然,必须指出的是,明人之学盛唐,虽
然也不乏字袭句拟、生吞活剥的例子,但上乘之作都属于整体性

----

①查为仁《莲坡诗话》卷上,丁福保辑《清诗话》,上册第 476 页。
②林时对《荷牐丛谈》卷二,沈云龙辑《明清史料汇编》六集,台湾文海出版
　社影印本,第 7 册第 86 页。

的风格摹仿,隐约能看出某篇作品的影子,却又不易指实字句的
因袭关系。这是因为明人的诗歌创作观念并非摹拟二字即可概
括,他们同时还讲求变化,用他们自己的话来说就是"拟议以成其
变化"①。相对摹仿对象而言,拟议是求合,变化是求离。也就是
说,摹仿的目标本来就有似与不似或者说形似与神似的差异。更
何况对许多作者来说,创作的意图根本就不在于摹仿,皎然的"三
偷"因此才被后人视为笑柄②。除了那些毫不在乎自己的作品同
不同于前人的极端的自我表现论者,大多数作者的摹仿本身,或
在摹仿的同时都希望超越摹仿的对象,希望自己的艺术表现更胜
原作一筹,所谓"袭而愈工,若出于己者"③,或者像美国作曲家罗
仑(Ned Rorem)很俏皮的表达:"天才的定义在于他有没有偷的能
力。"而那些将独创性放在首位的作家则不仅不屑于摹仿,甚至在
意识到前人作品时还要故意回避艺术表现层面的相似。这在陆
机《文赋》即已有表达:"虽杼轴于予怀,怵他人之我先。"叶燮《原
诗》论前后作者和作品的关系,曾说:"夫惟前者启之,而后者承之
而益之;前者创之,而后者因之而广大之。使前者未有是言,则后
者亦能如前者之初有是言;前者已有是言,则后者乃能因前者之
言而另为他言。"④后者为避免蹈袭、重复前人之言而另为他言,

---

①殷士儋《李攀龙墓志铭》,《沧溟先生集》附录,第 719 页。
②吴乔《围炉诗话》卷一:"人心才有依倚,即不能迥出流辈,何况于偷?皎然
    '三偷',笑具也。"郭绍虞辑《清诗话续编》,第 1 册第 477 页。
③贺裳《载酒园诗话》卷一引《隐居语录》,郭绍虞辑《清诗话续编》,第 1 册
    第 217 页。
④丁福保辑《清诗话》,下册第 588 页。

便是自觉的规避意识,前人用"犯"与"避"作为指称蹈袭和规避的概念①。犯原为触及禁忌之义,宋人用以指雷同重复,见于司马光《温公续诗话》:

> 惠崇诗有"剑静龙归匣,旗闲虎绕竿"。其尤自负者,有"河分冈势断,春入烧痕青"。时人或有讥其犯古者,嘲之:"河分冈势司空曙,春入烧痕刘长卿。不是师兄多犯古,古人诗句犯师兄。"②

避则可举沈德潜《说诗晬语》之说为代表,沈德潜论咏古曾举王维、李颀诗为例说明唐人的规避意识:

> 咏古诗未经阐发者,宜援据本传,见微显阐幽之意。若前人久经论定,不须人云亦云。王摩诘《西施咏》、李东川《谒夷齐庙》,或别寓兴意,或淡淡写景,以避雷同剿说,此别行一路法也。③

通常认为,即使学习和模仿也要避免表面的相似,如方东树提出

---

①有关这方面的研究不多,最近有石麟《惟犯之而后避之乃见其能避也:古代小说批评中关于"避"与"犯"的辩证思维》,《广东技术师范学院学报(社会科学)》2011 年第 3 期。

②何文焕辑《历代诗话》,上册第 274 页。此事亦见于刘攽《中山诗话》、罗大经《鹤林玉露》乙编卷三。

③丁福保辑《清诗话》,下册第 550 页。

"学《选》诗当避《选》体",主张"不但避其词与格,尤当避其意。盖《选》诗之词格与意,为后人指袭,在今日已成习熟陈言。往者海峰先生好拟古人之意格,岂不为客气伪诗乎?今学汉魏、阮公,当玩其文法高妙,气体雄放,而避其词意"①。这种规避表面上扫清了本文间互文性的痕迹,但它本身恰恰是互文的结果,当然也应该视为互文的一种形态,或许可称为"隐性的互文"。如此说来,诗歌写作的基本宗旨其实是要超越模仿的,那么我们为什么还要将互文性作为诗歌的基本问题来讨论呢?这是因为,互文性研究不是仅仅要说明不同作品间存在的相似性和模仿关系——这是古代诗歌批评极为关注的问题,它更关注这种互文关系对作品的艺术表现所产生的具体影响。即使将古代诗歌批评常见的模仿关系辨析(如三偷之说)姑置一旁,互文性研究要做的事仍然还更多。上文提到的拟议和规避就不是模仿所能涵括的互文的概念,虽然它们从来就是贯穿在诗歌乃至文学写作的重要原则,但其间的内在关联迄今缺乏专门的研究,尤其是规避与互文性的特殊关系,更应该引起我们的重视。

二、诗歌文本的拟议与变化

互文性概念对于文学研究的重要,在于它指出了先后产生的文本之间存在的一种普遍关联。这种关联在很多时候与模仿无

---

① 方东树《昭昧詹言》卷三,第81页。

关,事实上,只要一个作者知道某个文本,写作时就会意识到它的存在,诗思从而与之相关。晚清徐鼒有一首《题露筋祠壁》诗写道:

> 湖前湖后绿云堆,湖上菰蒲绕岸回。老尼拾柴小尼爨,不知门外白莲开。①

单独看这首诗也没什么特别的地方,只有一点比较奇怪,那就是作者为什么要写尼姑不知门外白莲开放。是暗示"空门气味长",尼姑们不知世间风光吗?如果我们熟悉王士禛著名的《再过露筋祠》一绝:"翠羽明珰尚俨然,湖云祠树碧于烟。行人系缆月初堕,门外野风开白莲。"就知道,徐鼒所以写尼姑"不知门外白莲开",正是他意识中有王诗存在。王士禛这首七绝在清代非常有名,"论者推为此题绝唱",陆以湉认为"诗不即不离,天然入妙,故后来作者皆莫之及"②。这个例子足以说明,经典之作在很大程度上会影响到后代作者的艺术思维,即使他无意摹仿,诗思也会不经意地与之相关。在王士禛以前的作品中,如谢肇淛《露筋祠》(《小草斋集》卷五)云:"白璧自不涅,微躯何所求?至今女郎祠,飒飒英风秋。惆怅千古事,月照清淮流。"熊文举《露筋祠》(《雪堂先生集选》卷五)云:"依依不似苎萝村,蝼蚁乌鸢达者尊。底事蚊蝱常聚散,烟波江上立贞魂。"此外还有袁宏道、岑

---

①徐鼒《题露筋祠壁》,《未灰斋诗文集》,巴蜀书社 2009 年版,第 9 页。
②陆以湉《冷庐杂识》卷一,中华书局 1984 年版,第 58 页。

雾等人的同题之作，都没有写到白莲。而自从王士禛诗成为此题绝唱，后人的诗思就常与白莲相连了，徐鼒并不是一个偶然的例子①。

徐鼒的露筋祠诗虽可以说明诗歌史上一些作品间互文性发生的原因，却还不足以成为互文性研究的典型例证。互文性研究对文本关系的考察不只着眼于一个文本从以前的文本中获得了什么，即"文本渐次吸收外部材料的过程"②，其根本目的在于从文本的关联中了解新出文本较原有文本增添了什么，提升了什么。由此着眼，则黄景仁《绮怀》与李商隐《无题》的关系可作为一个有趣的个案。

黄景仁《绮怀》十六首对李商隐《无题》的摹仿是人所共知的一个事实。据林昌彝《射鹰楼诗话》卷五载：

> 武进黄仲则《绮怀》诗十六首，人多传为中表之私。但观诗中如"妙谐谐谑擅心灵，不用千呼出画屏"等语，似非闺秀身分，想不过婢子略有慧心者。又云"试歌《团扇》难终曲，但脱青衣便上升。曾作龙华宫内侍，人间姐妗恐难胜"，则为青

①如田雯《古欢堂集》卷一三《露筋祠》："虆社风来菡萏香。"嵇曾筠《师善堂诗集》卷二《露筋祠三首》其二："贞魂不散留天地，化作湖心洁白莲。"舒位《瓶水斋诗集》卷二《露筋祠》："湖上莲花开浊泥。"郭麐《灵芬馆诗话》卷三："渔洋《露筋祠》诗，撇开题面，自出一奇。余人一著议论，便觉可厌。李丹壑一绝云：'心如扬子青铜镜，身似莲塘菡萏姿。只尺隋家天子墓，行人惟拜女郎祠。'议论之中，神韵自绝。"嘉庆间家刊本。龚显曾《薇花吟馆诗存》卷三《露筋祠》："祠门倚山木，清影渺风荷。"
②蒂费纳·萨莫瓦约《互文性研究》，第135页。

衣小婢无疑矣。又"夤缘汤饼筵前见",若果中表之亲,纵已
适人,亦不必夤缘始得见也。宜黄陈少香先生曩客毗陵,闻
彼处士夫言之甚悉,皆指为仲则姑母某姓之婢,似可无疑。
总之,义山《锦瑟》,诸说不一,皆可为寄情之什,作香草美人
观可也。①

无论其本事若何,到诗人写作《绮怀》时,当年的恋人已嫁为人妇
且有子嗣,他只有缠绵而无望地追忆少年时代这段不可明言的初
恋,于是李商隐风格绮旎而又旨趣隐晦的《无题》自然地成了他仿
效的范本。正如旧日注家所指出的,"义山不幸而生于党人倾轧、
宦竖横行之日,且学优奥博,性爱风流,往往有正言之不可,而迷
离烦乱、掩抑纡回,寄其恨而晦其迹者"②。黄仲则的初恋虽不便
明言,却也无须故作隐讳,事实上《绮怀》的题旨是相当清楚的,一
个个记忆的片段包括与情人的初识、幽会的欢爱,离别与重逢的
怅恨,连缀起对往事的追怀。除了情人的名姓被隐去,所有的情
节都像是自叙传,因此它全然放弃《无题》的象征倾向,而集中摹
仿其语词和修辞,然后是取意和构思。

　　首先我们看一个纯粹在语词层面因袭李商隐诗的例子,那就
是第三首:"旋旋长廊绣石苔,颤提鱼钥记潜来。阑前蘮蒛乌龙
卧,井畔丝牵玉虎回。端正容成犹敛照,消沉意可渐凝灰。来从
花底春寒峭,可借梨云半枕偎。"本章追忆与情人幽会的情景。第

①林昌彝《射鹰楼诗话》卷五,第105页。
②冯浩《玉溪生诗集笺注》,上海古籍出版社1979年版,下册第821页。

四句的"乌龙卧"用《搜神后记》所载晋代张然的故事。张然有狗
名乌龙,其妻与家奴私通,想谋杀张然。关键时刻,乌龙咬伤家
奴,救了主人。这个故事虽与幽会有关,但用以比拟诗人的密约
幽欢,终究不贴合两人的身份。黄景仁所以用"乌龙"之典,应是
源于李商隐《题二首后重有戏赠任秀才》(《玉溪生诗集笺注》卷
一)的先例:"遥知小阁还斜照,羡杀乌龙卧锦茵。"同样的,"玉
虎"句也是脱胎于李商隐《无题》(同上卷二)"金蟾啮锁烧香入,
玉虎牵丝汲井回"一联,可作为一个旁证。黄景仁《绮怀》确实常
从李商隐诗中借用词语,最典型的是第十五首:

> 几回花下坐吹箫,银汉红墙入望遥。似此星辰非昨夜,
> 为谁风露立中宵。缠绵思尽抽残茧,宛转心伤剥后蕉。三五
> 年时三五月,可怜杯酒不曾消。

次句"银汉红墙"明显是因袭李商隐《代应》(同上卷三)"本来银
汉是红墙,隔得卢家白玉堂"一联,原诗的比喻表现换成写实,平
添一层幽艳绝俗的浪漫色彩。花下吹箫很容易让人联想到萧史、
弄玉的故事,但我却认为此句的取境脱胎于李商隐《银河吹笙》
(同上)"怅望银河吹玉笙,楼寒院冷接平明"一联。如果说"银汉
红墙"还是"偷语"的话,那么这就属于"偷势"了。而颔联两句又
可以说是"偷意",不是么? 上句是从李商隐《无题》(同上卷一)
"昨夜星辰昨夜风"化出而反用其意,下句暗用李商隐《凉思》(同
上卷三)"永怀当此节,倚立自移时"之意,又脱化姜夔所造而经高

启袭用出名的"满身秋露立多时"之语①,遂成语意双绝的不朽名句,一个怀着绝望的痴情追忆刻骨铭心的初恋的诗人形象也呼之欲出。后来读者无不激赏这一联,包括同时代的名诗人洪北江、杨荔裳。两句语浅情深,缠绵中又有着香奁体难以企及的天然浑成②,说不出的悱恻动人。颈联的取意则借助于李商隐另一首《无题》(同上卷二)的"春蚕到死丝方尽,蜡炬成灰泪始干",而更锤炼其修辞的表现力。李句譬喻虽奇警,但仅着眼于展示结局;而黄句在强化结果的直观性呈现的同时,更补充表现了内心情感的缠绵和一次次经受创伤的过程,使两个比喻更具有视觉的刺激性,从而更强烈地传达内心的创痛。这已不能说是简单的摹仿了,而应该说是高度艺术性的改造,是对原有修辞之表现力的大幅度提升。明代谢榛曾说:"作诗最忌蹈袭,若语工字简,胜于古人,所谓'化陈腐为新奇'是也。"③黄景仁《绮怀》对李商隐诗作的摹仿,正是这方面的一个成功范例。

---

①姜夔《武康丞宅同朴翁咏牵牛》:"老觉淡妆差有味,满身秋露立多时。"孙玄常《姜白石诗集笺注》,山西人民出版社 1986 年版,第 211 页。赵吉士《寄园寄所寄》卷四"捻须寄"引《尧山堂外纪》:"高季迪年十八未娶,妇翁周仲建有疾,季迪往唁之。周出芦雁图命题,季迪走笔赋曰:'西风吹折荻花枝,好鸟飞来羽翩垂。沙阔水寒鱼不见,满身风露立多时。'仲建笑曰:'是子求室也。'即择吉以女妻焉。"康熙刊本。

②黄培芳《粤岳草堂诗话》卷一:"吾友张南山最喜黄仲则'不知何事忙,但觉有所待'二语,谓可比美古诗'所遇无故物,焉得不速老'。吾邑赵筠如孝廉(允菁)又喜仲则'似此星辰非昨夜,为谁风露立中宵'一联,谓香奁措语,难得如许浑妙,皆可称知言。"《黄培芳诗话三种》,第 62 页。

③谢榛《四溟诗话》卷二,丁福保辑《历代诗话续编》,下册第 1173 页。

稍加绅绎就会发现，黄景仁对李商隐的摹仿实在很少停留在
语词上，更多地是借助于语词进入构思的层面。因而理清其间的
互文性，对于《绮怀》的解读就是非常关键的一步。比如第七首
写道：

> 自送云鳌别玉容，泥愁如梦未惺忪。仙人北烛空凝盼，
> 太岁东方已绝踪。检点相思灰一寸，抛离密约锦千重。何须
> 更说蓬山远，一角屏山便不逢。

此诗第五、七句也与李商隐《无题》有关，这次是取《无题四首》
（同上）其二"春心莫共花争发，一寸相思一寸灰"和其一"刘郎已
恨蓬山远，更隔蓬山一万重"两联。不同的是，这里既不是借鉴，
也不是改造李商隐的艺术表现，而是用李商隐的艺术表现为引
子，发展出一个新的艺术表现，就像音乐家以前人作品的一个乐
句为动机发展出一个乐段，前人谓之"出处"①。这乃是构思层面
的匠心，取什么内容和朝什么方向发展，都有多样的可能性。比
如"何须更说蓬山远，一角屏山便不逢"是在肯定"蓬山远"的前
提下立论，强调即使不远也阻隔难逢；若取另一首《无题》（同上）

---

① 贺裳《载酒园诗话》卷一："《隐居语录》曰，诗恶蹈袭古人之意，亦有袭而
愈工，若己于出者，盖思之愈精，则造语愈深也。李华《吊古战场》曰：'其
存其没，家莫闻知。人或有言，将信将疑。悄悄心目，寝寐见之。'陈陶则
曰：'可怜无定河边骨，犹是春闺梦里人。'盖工于前也。余以以文为诗，此
谓之出处，何得为蹈袭？若如此苛责，则作诗者必字字杜撰耶？"郭绍虞辑
《清诗话续编》，第1册第217页。

的"蓬山此去无多路,青鸟殷勤为探看",就会发展为别一种意思
了。确实,一个动机在不同作者或同一作者手上可能有许多种发
展,正向、侧向、反向,一般来说正向肯定少于后二者,因为从独创
性的角度着眼,诗家总是偏爱"翻案"的。且看《绮怀》第十六首:

> 露槛星房各悄然,江湖秋枕当游仙。有情皓月怜孤影,
> 无赖闲花照独眠。结束铅华归少作,屏除丝竹入中年。茫茫
> 来日愁如海,寄语羲和快着鞭。

人情莫不喜少恶老,所以格外留恋光阴,恨不得时间永驻。李商
隐有《谒山》(同上)云"从来系日乏长绳,水去云回恨不胜",又有
两首《乐游原》一言"夕阳无限好,只是近黄昏",一言"羲和自趁
虞泉宿,不放斜阳更向东",无不感叹时光飞逝,不可逆转。但是
黄景仁因情场失意,半生的体验只归结为一个"愁"字,于是陡然
生发奇想,只希望时光尽快流逝。这是何等绝望的念头,难怪后
人要说"真古之伤心人语也"![1] 其实此意也并非前人未发,李益
《同崔邠登鹳雀楼》(《全唐诗》卷二八三)云"事去千年犹恨速,愁
来一日即为长",应该说已导夫先路。不过黄景仁此句的动机是
羲和,很像是从李商隐句引申出来的。如果这种推测不算荒谬的
话,羲和御日在此就不是像典故那样被引用,而是作为一个话题被
插入的——用法国小说家阿拉贡的说法就是"粘贴",由此发展出
一个主题。像这一类具有"发兴"功能的词语乃至意象,我还想不出

---

[1]郭麐《灵芬馆诗话》卷一二,嘉庆间家刊本。

一个合适的概念来命名,最简单的办法是借用弗莱的"原型"概念。

阿拉贡在《粘贴》一文中曾说过:"如果说我喜欢粘贴一词胜过引用,那是因为当我把别人的、已经成型的思考引入我写的作品里,它的价值不在于反映,而是一种有意识的行为和决定性的步骤,目的是推出我的出发点:它在我是出发点,在别人却是目的地。"①这就是说,文本中挪借和插入某些互文性的段落,并不是出于摹仿的冲动,也不应该从摹仿的意义上去理解,它们实质上是有助于作者"发兴"的功能性构件。如果说有些引证式的用典确实是抒情言志的终点的话,那么这种挪借和"粘贴"则成为驱动诗思的动机。

文学史上的拟古或摹仿历来就是缺乏独创性的同义词,很少得到正面的评价。看了上面列举的黄景仁《绮怀》摹仿李商隐《无题》的例子,我们或许有必要重新认识摹仿的文学意义,并从互文性的角度来理解文学文本构成的某种特殊要求吧?就拿"检点相思灰一寸"来说,虽然明显是本自李商隐句,但严格地说已不是摹仿而是用经过压缩的语码来替代一个经典表现。"相思灰一寸"意味着"相思莫共花争发,一寸相思一寸灰"所包含的令人失望的结局以及作者的绝望之情,如果不知道它出自李商隐诗,我们就不能理解黄景仁这句诗的涵义。这就是互文性理论所要揭示的问题:文本可以通过吸收其他文本来实现意义的增殖。文学史上的优秀作家无不善于利用文本的这一特性,而文本的文学意味也往往就在这不同文本的关系之中。明白了这一点,对文学史上的

---

①转引自蒂费纳·萨莫瓦约《互文性研究》,第27页。

因袭或文本间的相似就不能简单地以摹仿二字概之,而首先应该从互文性的立场去审视其间意义的实现与增殖。

三、古典诗歌文本的隐性互文——避

正如前文所述,互文性不只产生于有意的摹仿或无意的相似,有意识的回避也应该是一种互文,它以另一种形式建立了文本间的关系。就好像孔子不愿见阳货,总是在他不在家时去拜访。表面上,孔子未直接与阳货发生关系,但阳货不在场的结果本身就出于孔子的设计,是孔子缔结的另一种关系。要证明诗文写作中存在这种规避现象,是一点也不难的。法式善《梧门诗话》记有一个有趣的故事:

> (陈)星斋先生春日下直,车中偶得一联,属孙虚船足成之,约他日集中并载。后追想前因,乃更续完首尾。诗云:"自诧朝回晚,轮蹄尔许忙。有情惟酒琖,无分是春光。瓦陇见新草,堤腰思故乡。只应携薄醉,索梦就匡床。"虚船诗云:"五字哦佳句,萧寥味共尝。有情惟酒琖,无分是春光。官冷言愁易,乡遥遣梦长。联吟谢何逊,枉瘦沈东阳。"二公交情与风趣同胜也。①

---

①张寅彭、强迪艺《梧门诗话合校》卷一一,第335页。按:此事亦见陶元藻《全浙诗话》卷四六,星斋名兆崙,虚船名灝。

先有一联而足成全诗,是作诗常见的情形。如果两人分别用"有
情惟酒琖,无分是春光"一联补足全篇,构思或许还会有重叠的可
能。但星斋既见虚船之作,便定不会相犯。结果孙诗取意于官冷
和吟诗,而陈诗则取意于辜负春光和思乡,明显另辟蹊径。这种
规避,在名胜题咏中表现得最为典型。浏览黄鹤楼、岳阳楼、滕王
阁等名胜的历代题咏,很容易看出它们与王勃《滕王阁诗序》、崔
颢《黄鹤楼》、杜甫《登岳阳楼》的关系,清楚地分为两种类型,一
类带有模仿的痕迹,另一类丝毫不见与三篇名作的关联。显然,
任何一个登临题诗或拟作此题的作者都不可能不知道王、崔、杜
三家的名作,但由于写作观念不同,就会出现拟和避两种结果。
避在写作中并不比拟显得平淡和不引人注目,当后人写作一些古
老的或有经典作品在前的题目时,读者是很注意从拟和避的不同
角度去审视它的。高士奇评陆次云《桃花源》诗,说"不袭渊明之
记,不蹈摩诘之诗,机杼自新,音节自古"①,就是一个很好的例
子。古人为避免构思雷同而采用的所谓"翻案"法,也经常导致对
经典作品的规避,从宋代起就常为诗话、笔记所指摘。清代贺裳
《载酒园诗话》更举历代咏王昭君诗为例说明这一点。虽然他本
人持"诗贵人情,不须立异"的看法,但举出的诗例恰好显示出,
"后人欲求胜古人",是如何别出心裁地标新立异,甚至"愈不如
古"也在所不辞②。

　　前些年我研究王士禛的生平事迹,注意到他的《蜀道集》作为

---

①陆次云《北墅绪言》卷一,康熙刊本。
②贺裳《载酒园诗话》卷一,郭绍虞辑《清诗话续编》,第 1 册第 220 页。

宋诗风潮下的一个成功范例,赢得同时名诗人的交口称赞,在当时产生很大反响①。后来他的门生、友人乃至后代诗人踏上同样的旅程,都会阅读或想到《蜀道集》中的作品②。如王士禛门人陈奕禧《出故关奉和王阮亭夫子》(《虞州集》卷一)就有"忆得萧萧风雨句,使星曾到益州来"之句,自注:"夫子蜀道经此,有'风雨萧萧出故关'之句。"《获鹿馆舍见王新城夫子蜀道题壁诗书其后》(同上卷二)亦云:"风流文采是吾师,《蜀道》吟成世少知。只为新城王殿读,故关南北不题诗。"此所谓"世少知"乃是感叹《蜀道集》在社会上影响不大,其实当时诗坛是不乏知音的。后来陈奕禧于康熙二十一年(1682)转饷使成都,又在诗文里记述了沿途所见王渔洋题壁或《蜀道集》题咏之处。如十月六日宿黄坝驿,有《读阮亭夫子黄坝驿短歌作》(同上卷五)云:"乡关回首四千里,纵有辛苦谁告汝。新城泂水崖中诗,伏读一过最凄楚。除非亲身

---

① 王士禛《蜀道集》有施闰章、徐夜、曹禾、汪懋麟序。叶方蔼题长句于卷首,又寓书于渔洋,谓蜀道新诗"毋论大篇短章,每首具有二十分力量。所谓狮子搏象,皆用全力也"。盛符升评曰:"先生蜀道诸诗,高古雄放,观者惊叹,比于韩、苏海外诸篇。"陈维崧《迦陵文集》卷四《与王阮亭》:"晤珍示,知先生入蜀诗卓绝古今,不数夔州子美。不识肯令喜事小胥录一帖以见寄否?"曾灿《六松堂诗集》卷三《署中夜坐读王阮亭宫詹蜀道集感而有作》:"岭南三月不知春,桄榔寒雨愁杀人。独夜挑灯理青简,好山好水来相亲。"详蒋寅《王渔洋事迹征略》康熙十一年、二十四年,人民文学出版社2001年版。

② 如《京江耆旧集》卷九徐嗣曾《栈道读渔洋感怀诗追念师恩泫然有述即次其韵》,即其例也。黄臣燮《平泉诗稿》卷首张应麐题诗云:"蜀江水碧蜀山青,襆被曾为万里行。到处留题传绝唱,不教能事让新城。"自注:"渔洋诗以《蜀道集》为最。"

历邛僰,说与傍人晓不得。新城奉使尚如此,况我转饷遭逼侧。
重林密雨阴峰遮,真狎猛虎友毒蛇。丈夫平时远妻子,患难忽然
思我家。人生有情不可道,西上青天几时到?峡中水声暮更哀,
马上歌成神已耗。"①自古相传蜀道难,王士禛以典试出使,轻轺
便捷,犹且感到路途艰难,陈奕禧转输粮饷就更不用说了。

但蜀道之难还不是它入诗的主要理由,蜀道之吸引诗人,首
先在于它山川之奇险及地形地貌之丰富。前人"语天下山川之奇
险,必首西蜀"②,"独蜀之为地,当井络之分,由陆而往,则历幽并
冀雍梁,浮舟以返,则又越荆逾扬度徐兖青而北,州十有二,至阅
其十而四渎皆经焉,其可见之诗者多矣"③;其次则是悠久的人文
传统:"成都,川蜀之要地,杨子云、司马相如、诸葛武侯之所居,英
雄俊杰战攻驻守之迹,诗人文士游眺饮射、赋咏歌呼之所。"④因
此蜀道之行,对那些"游宦京师,所为歌诗大半宴会酬答,而无山
川风物足以发其壮思"的台阁诗人来说⑤,正是施展才能的一个
绝好机会。王士禛《蜀道集》的出名,无形中更使蜀道成为诗家的
一个擂台。直到乾隆间祝德麟典试入蜀,仍作有《使蜀诗》一编,
翁方纲序称"其题其境什二三同于文简,而其深秀秾发,天骨映

①陈奕禧《益州于役记》卷三,收入《虞州集》卷一三,康熙刊本。
②谢良琦《李研斋诗序》,《醉白堂诗文集》文集卷一,广西人民出版社 2001
　　年版,第 22 页。
③朱彝尊《锦官集序》,方象瑛《健松斋集》卷二〇,民国十七年方朝佐刊本。
④宋濂《送陈庭学序》,《宋濂全集》,浙江古籍出版社 1999 年版,第 3 册第
　　1711 页。
⑤汤右曾《锦官集序》,方象瑛《健松斋集》卷二〇。

彻,不可于笔墨间求其肖似者"①。但距王渔洋更近更适合用来比较的例子,似乎还是比王渔洋稍后的方象瑛。

当我读到方象瑛《健松斋集》中同为典四川乡试途中所作的《锦官集》时,不禁格外好奇:这出于同样身份、同样经历的写作,与王士禛《蜀道集》相对照,会有什么异同呢? 当然,首先要承认,两人出使的背景是不太一样的。方象瑛典试在康熙二十二年(1683),值蜀乱停乡试,乱平后于九月补行,象瑛前往主考。朱彝尊序《锦官集》说:"曩时济南王先生贻上主考入蜀,哀其诗为《蜀道集》,属予序之而余不果也。今君之诗盖将与王先生并传,其或不同者,非诗派之流别也,一在蜀未乱之先,一在乱定之后,览观土风,感慨异焉。"②方象瑛自己在上冯溥书中叙述这次西征经历说:"象瑛拙守冷署,客春查改史传,忽得怔忡之疾,心摇汗脱,几无生理。重服参药,始稍稍愈,乃不自意遂有使蜀之命,力疾西征。栈雨蛮烟,备历艰险,幸藉庇渐安,得从事笔墨,所见崇峦怪壑,胜迹灵区,骇心怵目,莫可名状。西趋秦栈,东下夔巫,得日记一首,游记六首,诗二百余首,虽不敢言文,或可备一部蜀道路程耳。(中略)阅岁一年,计程二万里,舟车往返,行李无资,穷官薄命,乃至于此,可笑亦可叹也。"③这两百多首诗后来编成《锦官集》二卷,同样也获得时流的赞赏,"诸公间共推挹,谓燕公得江山

①翁方纲《祝芷堂使蜀诗序》,《复初斋文集》卷四,嘉庆刊本。
②朱彝尊《锦官集序》,方象瑛《健松斋集》卷二〇。
③方象瑛《上益都先生书》,《健松斋集》卷一一。

之助,又云少陵夔州以后诗律转工"①。相隔十年问世的两种蜀道纪行诗,其间会有什么样的联系呢?

由于两人的行程在进入湖北后便不同,只能以彝陵以前诗为比较的范围。王士禛《蜀道集》至《抵彝陵二首》为止共收诗295首,方象瑛《锦官集》自出都之作讫《夜抵彝陵州》共存诗190篇,其中选题相同的作品大体有如下这些:

王士禛	方象瑛
七月一日出都感寄西樵先生（五律）	出都二首（五律）
题新乐县驿壁寄荔裳（七律）	新乐使院读王阮亭司成壁间韵因感施愚山侍讲时愚山殁京邸余以使命不得往哭（七律）
真定寄郑次公水部（七律）	重过真定（五律）
雨中度故关（七绝）	井陉道中（五律）
祁县饮酒（七律）	自平定州至祁县连日雨甚舆中口占（七绝）
介山怀古（五古）	绵上（五古）
郭有道墓下作（五律）	郭林宗墓（五律）
霍太山（五律）	望霍山不见（五古）

①方象瑛《报魏庸斋先生书》,《健松斋集》卷一一。

国士桥(五绝)	豫让桥(五古)
潼关(七律)	潼关行(七古)
望华山(五古)	雨过华山(七律)
骊山怀古八首(七绝)	骊山(七绝)
新丰(七绝)	新丰(七绝)
灞桥寄内二首(七绝)	灞桥(七绝)
	寄家书(五律)
咸阳(五律)	咸阳(七绝)
望终南云气(七律)	望终南云气(五律)
晚渡沣渭(五律)	渡渭水(七绝)
茂陵(七律)	茂陵(七绝)
马嵬怀古二首(七绝)	杨妃墓四首(七绝)
望太白山却寄刘户部介庵(五律)	望武功太白诸山(五古)
宝鸡县(五律)	宝鸡示四弟(五律)
益门镇(五律)	益门镇(五律)
大散关(五律)	大散关(五律)
自长桥至草凉楼(五律)	草凉楼驿(七绝)
凤县(五律)	凤县(五律)
凤岭(五古)	凤岭(七律)
柴关岭(五古)	柴关岭(五古)

马鞍岭（五古）　　　　　　　马鞍岭（五古）

画眉关南渡野羊水（五律）　　画眉关（七绝）

武关寄家书（五律）　　　　　武关（七绝）

宿马道江上（五律）　　　　　马道驿夜宿（五绝）

观音碥（五古）　　　　　　　观音碥（五古）

闰七夕抵褒城县（五律）　　　抵褒城（五律）

定军山诸葛公墓下作（五古）　谒诸葛武侯墓（七律）

五丁峡（五古）　　　　　　　五丁峡（五古）

宁羌州（五律）　　　　　　　宁羌（五古）

宁羌夜雨（五律）　　　　　　雨发宁羌州（五律）

龙洞背①（五古）　　　　　　龙洞背（五古）

广元县作（五绝）　　　　　　夜泊广元县（五律）

虎跳驿（五律）　　　　　　　虎跳驿（五律）

苍溪县（五律）　　　　　　　苍溪县（五律）

盐亭县南渡梓橦江（五绝）　　渡梓橦江（五律）

登成都西城楼望雪山（五律）　望雪山（五律）

九日谒昭烈惠陵（五律）　　　谒昭烈惠陵（七律）

新津县渡江（五律）　　　　　发新津（五律）

_____

①龙洞背，原误作“龙背洞”。

眉州谒三苏公祠(七古)	眉州谒三苏先生祠(七律)
登高望山绝顶望峨眉三江作歌(七古)	登高幖山望峨眉歌(七古)
晓渡平羌江上凌云绝顶(七律)	雪中游凌云寺同门人罗廷抡樊崐来杨圣与家弟式予(七律)
尔雅台(五绝)	尔雅台(七绝)
洗墨池(五绝)	东坡洗墨池(七绝)
犍为县(五律)	犍为县(五律)
江阳儿祠(七绝)	戏题江阳儿祠(七古)
涪州石鱼(七绝)	江心石鱼(七绝)
屏风山谒陆宣公墓(五律)	谒陆宣公祠墓(五古)
万县有感(五律)	夜泊万县(五律)
云阳县二首(五律)	云阳县(五律)
晚登夔府东城楼望八阵图(七律)	登夔州城楼望八阵图(七律)
登白帝城(七律)	登白帝城(五律)
谒白帝城昭烈武侯庙(七律)	白帝城谒先主庙(七律)
瀼西谒少陵先生祠五首(五律)	杜少陵宅(七古)
登高唐观(五律)	高唐观(七绝)
神女庙(五律)	神女庙二首(七绝)
巫峡中望十二峰(五律)	望十二峰(七绝)

三分水即事(七绝)	三分水(七绝)
巴东秋风亭谒寇莱公祠二首 (五律)	寇莱公祠(五绝)
抵归州(五律)	过归州(五律)
宋玉宅(七绝)	宋玉宅(七绝)
五更山行之屈沱谒三闾大夫庙 (五律)	阻风屈沱谒三闾大夫庙(五律)
峡中舟夜(七绝)	峡中夜泛(五律)
新滩二首(七绝)	新滩二首(七绝)
空舲峡(五律)	空舲峡(五律)
抵彝陵二首(五律)	夜抵彝陵州(七律)

　　通过对比可见,方象瑛的选题半数以上与王渔洋重合,不太像是偶然形成的结果。事实上我们知道,方象瑛的写作是与他崇敬的先达有关的:七月初六日,象瑛途经定州,憩新乐县,读王士禛壁间题诗,感怆施闰章的逝世,有《新乐使院读王阮亭司成壁间韵因感施愚山侍讲时愚山殁京邸余以使命不得往哭》之作①。初九日行至平定州,又有《出固关宿平定院署和王司成韵

---

① 方象瑛《健松斋集》卷七《使蜀日记》:"初六日,过定州,憩新乐县,读王阮亭司成(士禛)壁间诗,因感施愚山侍讲(闰章)。时愚山殁京邸,余以使命,不得往哭,作诗纪哀。"诗见同书卷二〇。

题壁》①,这是和渔洋《真定寄郑次公水部》诗韵的题壁之作,所以结联云"极知水部能怀古,莫遣中山酒易醒",上句即用渔洋原句。八月初三日又记:"过观音堂,壬子秋阮亭以试事入蜀宿此,有诗。今才十年,院宇倾颓,无旧时下榻处矣。"②方象瑛三次提到王渔洋诗,除第一次是读题壁之作,其余两次都不是题壁或诗已不可见,那么方象瑛知道王诗就只有两种可能,要么他曾熟读《蜀道集》,要么行箧就携有此集,沿途阅读。无论是哪种情形,都意味着他此行的写作,有渔洋《蜀道集》为参照,自然会与王诗形成一种互文关系。

可是当我比读两个集子后,意外地竟然看不到方象瑛有摹仿《蜀道集》的意识。就是上述作品所选择的诗体,似乎也显示,方象瑛与其说是在追踵王渔洋,还不如说是在有意识地回避他,力图避免给人蹈袭《蜀道集》的印象。在选题相同的九十余首诗中,只有三十七题体裁与渔洋相同,内容方面更是毫无相似之处。这只要对比一些同题同体之作,就不难看出。比如:

郭有道墓下作　　　　　　　郭林宗墓

太息桓灵季,清流见此人。　　驱马绵山路,裴回有道祠

西园方卖爵,北寺几累臣。　　柳堤荒故里,苔草护丰碑。

危行全钩党,诸生学垫巾。　　漫忆人伦鉴,还怜党锢时。

---

① 方象瑛《健松斋集》卷七《使蜀日记》:"初九日,过柏井驿,至平定州,热甚,和阮亭韵题壁。"诗见同书卷二〇。

② 方象瑛《健松斋集》卷七《使蜀日记》。

千秋徐孺子,高义许相邻。　　　　冥鸿天外远,寂寞感人思。

王诗写得较实,以咏叹郭林宗事迹为主;方诗落笔颇虚,着眼于途经凭吊之情,无论构思或造语均无相袭。又如:

<table>
<tr><td>龙洞背</td><td>龙洞背</td></tr>
<tr><td>众山如连鳌,突兀上龙背。</td><td>神龙穿石飞,洞壑昼常晦。</td></tr>
<tr><td>鳞鬣中怒张,风雨昼晦昧。</td><td>人乃捷于龙,盘旋出龙背。</td></tr>
<tr><td>出爪作之而,神奇始何代。</td><td>蹑衣入重云,势与风雨会。</td></tr>
<tr><td>乱水趋嘉陵,波涛势交汇。</td><td>危崖千万状,不知始何代。</td></tr>
<tr><td>万壑争一门,雷霆走其内。</td><td>突兀浮图高,纵横屏障大。</td></tr>
<tr><td>直跨背上行,四顾气什倍。</td><td>鳞鬣树千章,泉流吐飞沫。</td></tr>
<tr><td>夕阳下岷峨,天彭光破碎。</td><td>下注不测溪,沉沉气冥昧。</td></tr>
<tr><td>咫尺剑门关,益州此绝塞。</td><td>倘燃牛渚犀,百灵宛然在。</td></tr>
<tr><td>子阳昔跃马,妖梦成伥倛。</td><td>羌山多灵奇,策名此为最。</td></tr>
<tr><td>区区王与孟,泥首终一概。</td><td>何必御风行,旷然天地外。</td></tr>
<tr><td>李特亦雄儿,僭窃竟何在?</td><td></td></tr>
</table>

王诗先描绘龙洞背的奇险,后历数古来盘踞蜀地的人物以寄感慨,抒游兴而兼寄怀古之意。方诗通篇描绘龙洞背的风光,以游览者贯穿其中,属于较纯粹的游览诗,取意和写法都很不一样。值得注意的倒是,方诗也用了不常见的"鳞鬣"一词,只有这一点可以视为因袭王作的线索,但也不能肯定。同样的情形还出现在下面两首诗中:

晚登夔府东城楼望八阵图　　　登夔州城楼望八阵图

永安宫殿莽榛芜，　　　　　　夔府城高一径斜，

炎汉存亡六尺孤。　　　　　　武侯祠庙镇川巴。

城上风云犹护蜀，　　　　　　空留大业成千古，

江间波浪失吞吴。　　　　　　尚有遗踪粲五花。

鱼龙夜偃三巴路，　　　　　　水落鱼龙浮旧碛，

蛇鸟秋悬八阵图。　　　　　　江空蛇鸟出平沙。

搔首桓公凭吊处，　　　　　　牟弥镇上遥相望，

猿声落日满夔巫。　　　　　　飒飒阴风起暮笳。

同是望八阵图的怀古，王诗从昭烈帝的吞吴遗恨写起，末联引入桓温观八阵图的典故，以景作结。方诗则是从武侯庙写起，过渡到八阵图，最后设想在三处八阵图之一的牟弥镇遥望的情景作结。王诗由远及近，方诗由近至远，构思全然不同，看似与王诗无关。但颈联同用鱼龙、蛇鸟作对，又很像是本自王诗。蛇鸟是八阵图本身的典故，鱼龙出自杜甫《秋兴》，王渔洋取以作对，正见善于化用古贤诗语的本领。方象瑛若属无意中偶合，自不必论；若真是有意袭用，则恰好说明绝对彻底的规避是很难做到的。上面两首诗的相似之处，如果可以拈作互文的证据，那么其他诗中过于干净的撇脱，就只能说是有意识规避的结果了，其中消息颇值得玩味。

方象瑛踏上蜀道的康熙二十二年（1683），虽正值王士禛入掌国子监、声名如日中天之际，却也是朝野对宋诗风的批评达到顶

峰之时。宋诗风从康熙十一年（1672）《宋诗钞》刊布后大行于世，到十八年（1679）博学宏词试前后称极盛，同时也招致了唐诗派的猛烈抨击，甚至圣祖在宫廷应制唱和中都明确表示了对宋诗的贬斥。宰相冯溥集门下士唱和于万柳堂，"大言宋诗之弊"，斥为"非盛世清明广大之音"①，在京师诗坛造成很大的震动。迫于形势，王士禛不得不改弦更张，并接受徐乾学的劝说，编订一系列唐诗选本，重竖唐诗的旗帜，标举"神韵"之说。康熙二十二年（1683）刊刻的《渔洋续诗集》，虽编入了《蜀道集》，但施闰章、徐乾学的序言都竭力替王渔洋辩护，将他作为唐诗艺术的守护者来推崇②。在这种风潮下，与王渔洋同为万柳堂中客的方象瑛，其诗风取向自不难推测。因此，关于《锦官集》对《蜀道集》的规避，除了考虑出于作者自尊和自信的独创意识外，还要顾及当时宋诗风消长的背景。不管怎么说，方象瑛的例子让我们看到，面对前人的作品，除了摹仿外，还有规避的情形存在。规避同样是文本间的一种关系，它与摹仿共同构成了隐、显两种截然不同的互文形态。以往的研究只涉及摹仿形成的互文性，未意识到对经典之作或他人之作的有意识规避也是一种隐性的互文。尽管这种互文性不是指向文本的相似，而是指向本文的背离，但从"影响的焦虑"来看这种规避③，就很容易理解它作为互文的性质。

---

① 毛奇龄《西河诗话》卷五，乾隆间萧山毛氏书留草堂刊本。
② 关于这个问题，可参看蒋寅《再论王渔洋与清初宋诗风之消长》，《罗宗强先生八十寿辰纪念文集》，中华书局 2009 年版。
③ 关于"影响的焦虑"，可参看哈罗德·布鲁姆《影响的焦虑》一书，徐文博译，生活·读书·新知三联书店 1989 年版。

　　互文性是中国古典诗歌艺术表现的普遍现象,迄今对它的研究还比较薄弱。本文从摹仿、挪借和规避的角度来看互文性的形成,将规避视为互文的一种隐性形态,可能会有助于我们更深入地理解互文性问题,使我们对互文性原理的认识变得更为丰富和全面。这一看法是否妥当,还有待于学界同道批评指教。

九　神韵

——王渔洋"神韵"的审美内涵及艺术精神

　　20 世纪以来有关神韵说的研究,有一个明显倾向,就是将"神韵"从诗学概念逐渐提升为美学范畴,而同时却又未能从相应的艺术史高度把握其艺术精神,因而对其美学内涵的阐释就出现两个结果,作为诗学概念有所泛化,而作为美学范畴又未能阐明其艺术精神。为此,我们需要做三方面的工作,一是追溯"神韵"的语源,厘清它作为诗学概念的形成过程;二是考察王渔洋及其他批评家对"神韵"的阐释和运用,把握它作为诗美概念的内涵;三是从艺术史的角度分析神韵的艺术精神。第一项我已在《王渔洋"神韵"概念溯源》一文中陈述了最新的研究结果①;后两项工作则甚为复杂,经过多年思考,在此仍只能提出一些浅见。

　　首先促使我思考的是:神韵并不是新鲜的概念,何以会受到特别的重视,被作为一个新的概念来接受呢? 关键就在于王渔洋

①蒋寅《王渔洋"神韵"概念溯源》,《北京大学学报(哲学社会科学版)》2009年第 2 期。

讲的"神韵",其实并不是与"神"同构,与性灵、格调相对应的构成性概念,甚至也不是二者的上位概念。准确地说,"神韵"已不只是诗学概念,而成为一个诗歌美学的概念。如果说王渔洋以前的"神韵"用例,可以作为诗学概念来讨论,从构成性的角度解释为"生气"和味外之味①,那么到王渔洋手中,这个传统的画学和诗学概念已被注入独特的美学内涵,不仅完成了传神与余韵两种诗学观念的融合②,而且同某种审美趣味联系起来,并附带有相应的风格印象。以致人们使用"神韵"一词时,必寄予某种审美判断;而当人们听到这个词时,又总能唤起特定的审美想象。这不是完型心理学的格式塔质③,或审美的纯粹性④、一种形上之美所能解释的⑤。我们只消举出前人使用"神韵"来作审美判断的批评实例,就能清楚地看出"神韵"在审美感知中是如何直观显现的。

一、"神韵"的审美印象

首先当然是看王渔洋本人使用"神韵"进行批评的例子。《居

①乔维德《论"神韵"》,《古代文学理论研究》第 8 辑,上海古籍出版社 1983 年版。
②黄景进《王渔洋"神韵说"重探》,台湾中山大学清代学术研究中心编《清代学术论丛》第 6 辑,文津出版社有限公司 2003 年版。
③鲁枢元《"神韵说"与"文学格式塔"——关于文学本体论的思考》,《文学评论》1987 年第 3 期。
④朴均雨《王渔洋"神韵"说之诗学精神》,左东岭、陶礼天主编《中国古代文艺思想国际学术研讨会论文集》,学苑出版社 2005 年版。
⑤王园《形上之美:"神韵"的内在解读》,《宜宾学院学报》2006 年第 9 期。

易录》卷六云：

> 赵子固梅诗云："黄昏时候朦胧月，清浅溪山长短桥。忽觉坐来春盎盎，因思行过雨潇潇。"虽不及和靖，亦甚得梅花之神韵。①

这里称赵子固诗甚得梅花的神韵，细玩该诗是从侧面落笔的，完全没有正面的体物描写，朦胧的月色，清浅的水滨，流动的思绪，再加上对雨景的回忆，无不营造一重飘忽不定的氛围，梅幽闲淡雅的韵度，伴着微雨的湿润，传达给我们一种清丽脱俗的意趣。《香祖笔记》卷二云：

> 七言律联句，神韵天然，古人亦不多见。如高季迪"白下有山皆绕郭，清明无客不思家"，杨用修"江山平远难为画，云物高寒易得秋"，曹能始"春光白下无多日，夜月黄河第几湾"，近人"节过白露犹余热，秋到黄州始解凉"，"瓜步江空微有树，秫陵天远不宜秋"，释读彻"一夜花开湖上路，半春家在雪中山"，皆神到不可凑泊。②

这段议论摘举七律中神韵天然的名句，有两点很值得玩味。其一，他说七律中神韵句之少，甚至唐宋诗中都找不到适当的例子，

①袁世硕主编《王士禛全集》，第 5 册第 3794 页。
②王士禛《香祖笔记》卷二，第 25 页。

所以他举的是晚近作者的几联,这是不是可以理解为神韵之美对于七律来说是一种后起的审美境界?其二,说七律中神韵之句古人也不多见,那么古人什么诗体中多见呢?该是五绝、五律、七绝等诗体吧?这段话所包含的言外之意是很引人深思的。再看他所欣赏的郎廷槐《水月二首》之一:

> 水流云荡漾,树暗月婆娑。露滴澄江色,风吹子夜歌。魄寒星影灭,秋淡桂香多。渺渺扁舟客,持杯唤奈何?

渔洋给这首五律的评语是:"神韵天然,何大复之杰作。"①像上文评七律一样,神韵再次和"天然"联系在一起,表明凡神韵之作都有自然天成的风貌,同刻意求奇的矫激和雕琢感无缘。郎廷槐这首五律给人的印象,就是取景、抒情和措辞的自然浑成,触目所见的眼前景和仿佛信手拈来的诗歌语言都显出一种无所造作的淡泊趣味,所传达的情感也是淡淡的。

郎诗所呈现的这种淡远趣味正是王渔洋最欣赏的,他自己的诗作给人印象最深的也是这一类,后人往往许为神韵之作。如《大孤山》诗:

> 官亭湖上好烟鬟,委隋初成玉镜闲。雾阁云窗不留客,蘋花香里过鞋山。

---

① 郎廷槐《江湖夜雨集》卷一下,康熙萝筵斋刊本。

金武祥《粟香随笔》采录此诗,许为"神韵尤佳"①。朱庭珍《筱园诗话》也称"阮亭先生长于七绝,短于七律。以七绝神韵有余,最饶深味;七律才力不足,多涉空腔也"②,并举渔洋若干七绝为例:

> 阮亭《题画》云:"芦荻无花秋水长,淡云微雨似潇湘。雁声摇落孤舟远,何处青山是岳阳?"《露筋祠》云:"翠羽明珰尚俨然,湖云祠树碧于烟。行人系缆月初堕,门外野风开白莲。"《杨妃墓》云:"巴山夜雨却归秦,金粟堆边草不春。一种倾城好颜色,茂陵终傍李夫人。"《蟂矶灵泽夫人祠》云:"霸气江东久寂寥,永安宫殿莽萧萧。都将家国无穷恨,分付浔阳上下潮。"此四绝皆以神韵制胜,意味深远,含蓄不露,阮亭集中最上乘也。③

这些作品的共同特征是不发感慨、不着议论,而通过画面情调的渲染、氛围的烘托,将悠悠不尽的言外之意留给读者自己去玩味。渔洋笔记中留下的片言只语的诗论,也显出类似的美学特征,可见其中年以后艺术趣味的定型。如《香祖笔记》卷四所举"可悟五言三昧"的前人佳句,同书卷八所举司空图、戴叔伦论诗之语,都与神韵相关,或者说体现了神韵的某些感觉特征,足以与《唐贤三昧集》序所引严羽"盛唐诸人唯在兴趣,羚羊挂角,无迹可求"之说

---

① 金武祥《粟香二笔》卷八,光绪十三年广州刊袖珍本。
② 朱庭珍《筱园诗话》卷三,郭绍虞辑《清诗话续编》,第 4 册第 2385 页。
③ 朱庭珍《筱园诗话》卷四,郭绍虞辑《清诗话续编》,第 4 册第 2411 页。

相发明、相印证①,使神韵概念在得到多方面阐明的同时,又与古典诗歌的一个美学传统联系起来。

渔洋晚年位尊望重,门生故旧半天下,神韵说也影响广被,为诗家所崇奉。虽然后人使用"神韵"一词未必与王渔洋取义相同,但应该相去不远。看看后来诗家对神韵之作的认定,有助于我们对王渔洋所谓"神韵"的理解。首先,杨绳武曾摘梁文川"空濛山雨中,衣袖生云雾""鸟下日将夕,树摇风欲来""月明云影淡,夜静水声寒""坐对一庭雨,时闻落叶声""暮蝉高柳上,秋水夕阳边"等诗句,以为"气体高妙,大有襄阳、辋川之风","使新城先生见之,必邀赏音也"②。他虽然没直接用"神韵"来评赞这些诗句,但说王渔洋会欣赏这几联,应该是虽不中也不远的。如果我们由这些诗句揣摩王渔洋对诗歌的趣味,就会得出他喜爱幽深淡远之景的印象。类似的议论也见于陶元藻《凫亭诗话》:

> 莘田年八十,犹说诗娓娓不倦。余至三山未及两旬,即索余稿本而去,以三绝句自书于便面。其一乃《过广济禅院》,云:"牛渚矶边夜色浑,离离佛火对渔村。松花满院无人扫,月照江声到寺门。"又《独立》云:"平生不解畜痴钱,观稼何来负郭田。独立柴门秋色里,夕阳疏柳一声蝉。"又《临淮夜泊》云:"野塘秋阔楚天空,船尾寒灯驻小红。两岸芦花半江月,未归人在雁声中。"尝与人言篁村此三诗神韵绝佳,使

---

①蒋寅《王渔洋与康熙诗坛》第三章"《唐贤三昧集》与渔洋诗学之完成"。
②杨绳武《与介休梁文川书》,《古柏轩文集》卷四,道光刊本。

王新城见之,必进诸首座,时时口诵不已。①

黄任这段评论也是体度王渔洋的论诗旨趣,相信王渔洋会喜欢陶元藻这三首"神韵绝佳"的绝句。陈诗评顾宪融《西兴》"水葓花外暝烟升,小市人家欲上灯。愁煞扁舟卧居士,卷篷低烛过西兴"一绝"得渔洋三昧"②,说法虽不同,用意完全一样。玩味这四首七绝,第一首是幽静而略带冷寂的情调,第二首是片刻情境的捕捉,第三首是融情于景、化实为虚的笔法,第四首借特定的地名来营造一种情绪氛围,其共同的特征是淡化作品社会现实和人生体验的背景,将笔触集中于特定的视觉空间,摄取即时的审美感受,从而突出了某种趣味化了的诗意瞬间和生命情调。

这些特征后来成为"神韵"默认的内涵而为诗家所接受,在实际批评中,被贴上"神韵"标签的诗歌作品大多具有这些特征。如法式善《梧门诗话》卷七写道:

> 七言绝句以神韵绵长为极则。如李勉伯(绳)"愁心怕见芜城柳,一路烟丝系夕阳",李丽农(蟠根)"至今燕子无归处,只向秦淮贴水飞",恽寿平(格)"寒禽未醒巢间梦,落月无声烟树西",廖古檀(景文)"独倚危栏望秋色,半岩黄叶下斜阳",施竹田〔安〕"归来更唱铜鞮曲,灯火荒街曳履行",周幔亭(榘)"可怜叶叶随风起,一叶一声吟六朝",皆有不尽之

①陶元藻《凫亭诗话》卷上,嘉庆元年家刊本。
②转引自钱仲联《梦苕庵诗话》,齐鲁书社1986年版,第97页。

致。吾友何兰士亦有《西风》绝句云："西风昨夜到轩楹,无赖寒蛩策策鸣。一树能添几黄叶,不堪一叶一秋声。"颇不愧诸公。①

张晋本《达观堂诗话》称杨木庵诗中七绝"更饶神韵",举《湘中》云:

> 美人楼阁绣帘遮,烟锁垂杨两岸斜。三十六湾秋雁到,不知何处宿芦花。

又《惜花》云:

> 菱子江头水满村,重堤烟雨对黄昏。春风一夜吹花落,不听啼鹃亦断魂。②

孙枟《余墨偶谈》卷五"神韵"条云:

> 吴泰来《寄人》诗云:"天际君山一点青,片帆何处吊湘灵。愁心莫听巴陵曲,杨柳春风满洞庭。"李树谷《雨中有怀》云:"野屋秋回酒半醒,美人远隔暮山青。长林木叶空阶雨,冷落西风独自听。"二诗余情绵邈,纯以神韵胜人,得红绡不

---

① 张寅彭、强迪艺编校《梧门诗话合校》,第234页。
② 张晋本《达观堂诗话》卷一,道光刊本。

言之秘。①

林昌彝《海天琴思录》称张际亮"诗才旷逸,绝句尤神韵不匮",举其七绝八首,如《闰六月二十四偕梅友炯甫集小西湖宛在堂》其一云:

> 来时惯爱寺门前,岚霭分峰水独烟。松气自明将夕景,荷花最好欲风天。

《七月二十七日登天开图画楼慨然作》其二云:

> 天际微红一角霞,碧山西更有人家。月残风晓催秋早,不见湖阴白藕花。②

又举文星瑞《寄粤东亲友》一绝,许其"亦见神韵":

> 布帆轻便橹枝柔,岸柳江枫送客舟。一路西风吹不断,桂花香里过昭州。③

林昌彝在《射鹰楼诗话》里还称林则徐七绝"神韵独秀",举《在戍

---

①孙枟《余墨偶谈》卷五,同治十二年双峰书屋刊本。
②林昌彝《海天琴思录》卷五,上海古籍出版社 1988 年版,第 107—108 页。
③林昌彝《海天琴思续录》卷五,上海古籍出版社 1988 年版,第 381 页。

所题画山水为布子谦将军作》为例,有"凭栏爱看丹枫艳,小阁卷帘留夕阳"①之句。从他对七绝的认识:"唐人绝句以李青莲、王龙标为最,盖能不着一字,尽得风流也。"就知道,他对神韵的理解全本自王渔洋,他举的七绝作品也无不与渔洋所赏如出一辙。金武祥《粟香随笔》很欣赏王存善《题朱竹垞烟雨归耕图》七绝:"买田阳羡忆髯苏,好带溪山入画图。恰是棹歌声未了,一犁烟雨梦鸳湖。"以为"绰有神韵"②,又举史有光两首七绝云:

> "雁影横空落水边,舟人闲语夕阳天。归潮相送橹声急,摇动一滩芦荻烟。"又云:"窗外微云湿翠峦,熟梅天气雨漫漫。啼残好鸟不知处,门掩绿阴清昼寒。"皆神韵独绝。③

显然,这些被检定的神韵之作与渔洋所选及被认为合乎渔洋趣味的那些作品有着共同的审美特征和风格印象。即便王渔洋与后来的诗论家都没有给神韵下一个定义,甚至作个大致的界说,但人们心里无疑都有较一致的认识。

正由于诗家对神韵的内涵有较为一致的认识,对其风格取向也有一致的把握,到清代中叶就出现了类似托名司空图《二十四诗品》的意象式描述,即郭麐《词品·神韵》:

---

① 林昌彝《射鹰楼诗话》卷二,第35页。
② 金武祥《粟香随笔》卷三,光绪刊本。
③ 金武祥《粟香三笔》卷六,光绪刊本。

　　　杂花欲放,细柳初丝。上有好鸟,微风拂之。明月未上,
　　美人来迟。却扇一顾,群妍皆娙。其秀在骨,非铅非脂。眇
　　眇若愁,依依相思。①

　　对照上文所举出的诗作,我们不能不承认郭麔的文字是颇能传达
神韵的美学特征和风格印象的。虽然是意象化的语言,但抓住了
"神韵"所包含的丰富的美感特征:"杂花欲放,细柳初丝",是含
而不露的意味;"上有好鸟,微风拂之",是轻柔妙曼的声情;"明月
未上,美人来迟",是朦胧淡远的韵致;"却扇一顾,群妍皆娙",是
生动风趣的魅力;"其秀在骨,非铅非脂",是自然脱俗的气质;"眇
眇若愁,依依相思",是宛转低徊的情调。这一系列意象直观而多
层次地揭示了神韵之美的内涵。

　　总结前人的用法,我们可以得出一个结论:神韵首先是属于
风景诗范畴的审美概念,是意味着景物内在品质的一种美感。
《四库提要》说"士祯论诗,主于神韵,故所标举,多流连山水、点染
风景之词,盖其宗旨如是也"②。从王渔洋本人和后人的用例来
看,这的确抓住了神韵说的核心。神韵在美感类型上更偏向于阴
柔之美,所以施补华说"用刚笔则见魄力,用柔笔则出神韵。柔而
含蓄之为神韵,柔而摇曳之为风致"③。若具体加以分析,则神韵
首先是一种生动的魅力、活泼的风趣,虽未必有深厚的蕴含,但不

①郭麔《词品》,郭绍虞辑《文品汇钞》,上海朴社1930年印本。
②永瑢等《四库全书总目》卷一九六《渔洋诗话》提要,第1793页。
③施补华《岘佣说诗》,丁福保辑《清诗话》,下册第993页。

失灵动的神采;神韵有着天生的脱俗气质,自然而然的优雅风度,有时像庄子笔下的姑射神人,有一种不带人间烟火气的超脱品质;又常伴有朦胧淡远的景致,含而不露的愁思,更兼声情宛转,笔调轻倩,令人玩索再三,回味不已。

梳理前人所举的诗例,还让我注意到神韵与诗体的关系。上面提到的神韵诗,绝大多数都是七言绝句。浏览后人汇编的《带经堂诗话》,其中评赏的佳作也以绝句为多。七绝原是王渔洋最拿手的诗体,历来早有定评。朱庭珍说:"七绝阮亭最为擅长,时推绝技。集中名作如林,较各体独多佳制。"①而所谓神韵正与七绝短小的篇幅相关,赵翼就曾指出,"阮亭专以神韵为主","然专以神韵胜,但可作绝句"②。《四库全书总目》杨巍《存家诗稿》提要云:"王士禛《池北偶谈》称其五言简古得陶体,为明人所少。又举其'前年视我山中病,落日独骑骢马来。记得任家亭子上,连翘花发共衔杯'一绝,盖其神韵清隽,与士禛论诗宗旨相近,故尤赏之。"③这里举的例子也是七绝,似乎神韵和七绝一体天然有着最密切的关系。至于其他诗体,不独王渔洋说七律神韵句自古无多,后来梁江田又进一步提出:"近体首在洗炼,洗炼之所就,五言主神韵,七言主风格,此古今颠扑不破之论。"④于祉《澹园诗话》则认为:"王阮亭尚书颇以司空氏'不著一字,尽得风流',为无上

①朱庭珍《筱园诗话》卷三,郭绍虞辑《清诗话续编》,第 4 册第 2386 页。
②赵翼《瓯北诗话》卷九,郭绍虞辑《清诗话续编》,第 3 册第 1299 页。
③永瑢等《四库全书总目》卷一七二,第 1509 页。
④梁江田《书杨仲宏集后》,王道徵《兰修庵消寒录》卷二引,道光二十二年刊本。

之妙;而严沧浪'羚羊挂角'之说,亦时并取。然观其所选《唐贤三昧》,虽多佳构,恐非二子意中所有也。二子之说,必如太白绝句、乐府短章及王右丞五绝,始可以当之也。"①在他看来,王渔洋《唐贤三昧集》所选的长篇作品尚不足以言神韵,只有李白、王维的五七言绝句和短篇乐府才符合司空图、严羽两家标举的趣味。这就是说,神韵是与短篇体裁较为亲和的一种美感特征,或者说短篇体裁更易见神韵。这一点其实袁枚就已说过,他虽然对渔洋独尚神韵不以为然,但也承认"如作近体短章,不是半吞半吐、超超玄箸,断不能得弦外之音、甘余之味",所以学者"亦不可不知此种境界"②。可以说,在古典诗歌的所有体裁中,七绝是与神韵最有缘的一种,日本学者宫内保从山水描写的角度论王渔洋的"神韵诗",所举作品主要就是早期的五七言绝句③,可谓触及问题的核心。考察"神韵"的美学特征,必须充分考虑到诗体的问题,否则容易使问题泛化,以致模糊问题的关节点。

二、"神韵"的美学内涵

通过上文所引王渔洋本人和后人运用"神韵"的批评实例,我们可以看出,"神韵"概念包含的审美内涵是多层次的,在这些批

①于祉《澹园诗话》,咸丰间与《三百篇诗评》合刊本。
②袁枚《随园诗话》卷八,第 296 页。
③宫内保《山水描写的手法——王渔洋"神韵诗"的场合》,《日本中国学会报》第 44 集,1992 年。

评家的眼中,"神韵"之美实际上可分析为这样几个层次:(1)呈示动机的偶然性;(2)呈示方式的直观性;(3)呈示对象的瞬间性;(4)呈示特征的模糊性。其相对应的审美反应则是自发的而非被动的,直觉的而非理性的,富有特征的而非全面的,有距离感的而非清晰逼真的。这种美留给读者的感觉,更多的是作品情调和氛围的直接感受。由于这种感受出自瞬间反应,往往带有特征突出和细节模糊的特点,就像目光快速地扫过一幅绘画留下的印象——确实是印象,没有比这个词更适合表现"神韵"的特征了。它促使我将"神韵"同艺术史上的印象主义联系起来思考。

　　首先我们来看王渔洋对诗歌创作中这种审美经验的阐述。我们知道,王渔洋是非常重视写作动机之偶然性的,他曾说:"南城陈伯玑允衡善论诗,昔在广陵评予诗,譬之昔人云'偶然欲书',此语最得诗文三昧。今人连篇累牍,牵率应酬,皆非偶然欲书者也。"①偶然欲书意味着对作诗动机自发性的强调,它既然是突发的、偶然的,因而也可以说是自然的。毛际可序王渔洋诗,称"以自然为宗,以神韵超逸为尚"②。此所谓"自然",借计楠的话来说就是:"刻意作诗必无好诗,穷形作画必无佳画,着迹故也。深于诗画者,正如空山无人,水流花开。"③自然就是这种毋固毋必、应时而至的写作意兴;若无这种突发性的灵感,便不勉强操觚而待其自来,用王渔洋的说法就是"伫兴"。《渔洋诗话》卷上说:

────────

①王士禛《香祖笔记》卷九,第182页。

②毛际可《王阮亭诗序》,《安序堂文钞》卷六,《四库全书存目丛书》,集部第229册第554页。

③计楠《与许来青论诗画》,《秋雪吟尺牍》,收入《一隅草堂集》,道光刊本。

　　　萧子显云:"登高极目,临水送归,蚕雁初莺,花开叶落。
　　有来斯应,每不能已。须其自来,不以力构。"王士源序孟浩
　　然诗云:"每有制作,伫兴而就。"余生平服膺此言,故未尝为
　　人强作,亦不耐为和韵诗也。①

这可以视为王渔洋在写作态度上的纲领性宣言,对王渔洋才力不
无轻视的袁枚也注意到这一点,说:"阮亭尚书自言一生不次韵,
不集句,不联句,不叠韵,不和古人之韵。此五戒,与余天性若有
暗合。"②这不奇怪,神韵和性灵本质上都具有强烈的自我表现倾
向,只不过前者着重表现艺术化的审美直觉,后者着重表现世俗
情趣的深刻体验。王渔洋举出自己在扬州写的几首五绝,与前人
名作相提并论,称"皆一时伫兴之言"③。这些捕捉瞬间审美感受
的作品,像王维的小诗一样,都有着"天然不可凑泊"的美感形态,
相比传统的意图明确的写作,确实有很大的差别。有意图的写作
很少以文本的开放性和模糊性为自己追求的目标,相反却对那些
希望参与意义归属活动的读者抱有很高的警惕,决不愿意读者按
照自己体验语言、符号的或游戏的方式去理解诗意。因此作者总
是精心结构一个文本,甚至不惜赋予意象以类型化的规定,以限
定意向活动的路径,从而限制适用于读者的意义。而王渔洋将作
者设定在一个"伫兴"的位置上,就等于取消了预设的道德立场和

<hr>

①丁福保辑《清诗话》,上册第182页。
②袁枚《随园诗话》卷六,第205页。
③王士禛《香祖笔记》卷一,第24页。

意义提示,让作者扮演了类似后现代作者的新奇角色:

> 他(她)努力以如此模棱两可、不可思议的风格书写着一
> 个开放的文本并千方百计地把它构思得如此含糊不清,就是
> 为了促进后现代解释的无限性。他(她)努力地拓张对读者
> 有益的空间,以增进意义的多样性,以发明一个赤裸裸的、无
> 拘无束的、不用定义解释的文本,一个包容并促进了许多解
> 释的文本。在后现代阶段,人们写作或创作,不是像启蒙时
> 期倡导的那样是为了追求真理或知识,而只是为了经验上的
> 愉悦。①

要说王渔洋的"仴兴"是后现代写作,一定会遭人非笑,但这段论
后现代写作的话却仿佛就是针对王渔洋说的。他著名的《秋柳》
四章正是这种不确定性的代表,借方东树的话说就是"阮亭多料
语,不免向人借口,隶事殊多不切。所取情景语象,多与题之所指
人地时物不相应"②。由此造成的解释多样化的可能性,常被认
为是出于避忌时讳的主观原因,其实也不妨理解为咏物诗的一种
写作策略,即利用积淀着丰富文化内涵的传统意象,寄托广泛而
复杂的人生体验。

　　王渔洋对诗歌呈示方式之直观性和呈示对象之瞬间性的追

---

①波林·罗斯诺《后现代主义与社会科学》,张国清译,上海译文出版社1998
　年版,第48页。
②方东树《昭昧詹言》卷一,第45页。

求,前文论七绝时已有说明,这里只谈呈示特征的模糊性。这个概念与渔洋早年谈艺四言的"远"相关。任何对象的不清晰,从观察位置说就是相对的远。王渔洋确实曾从这个角度来阐释过神韵,那就是《池北偶谈》中常为人引用的一段话:

> 汾阳孔文谷(天胤)云:"诗以达性,然须清远为尚。"薛西原论诗,独取谢康乐、王摩诘、孟浩然、韦应物。言"白云抱幽石,绿筱媚清涟",清也;"表灵物莫赏,蕴真谁为传",远也;"何必丝与竹,山水有清音","景昃鸣禽集,水木湛清华",清远兼之也。总其妙在神韵矣。①

因为有王渔洋夫子自道如此,有的学者就用"清远"来解释神韵,意谓字面上平淡无奇,内容却有惝恍迷离的情趣,概括言之就是妙在神会,不着色相②;又有学者将王渔洋的"远"与布洛的"距离说"作比较,认为两者共同之处在于:(1)注重审美过程中主体的情感投入和移情的重要作用;(2)将距离作为获得美的一种手段;(3)将距离作为衡量美的一种标准;(4)将距离当作"审美悟性"的一个重要特征③。这无疑都触及王渔洋"远"的部分意义,不过与问题的核心还有些距离。我认为王渔洋的"远"只同以"距离"为获得美的手段稍微有一点关系,而远未达到美学的层次,与布

---

① 王士禛《池北偶谈》卷一八,下册第 430 页。
② 吴宏一《清代诗学初探》,台湾牧童出版社 1977 年版,第 181、186 页。
③ 张光兴《布洛的"心理距离"说与王士禛"清远"诗论之比较》,《文学理论:面向新世纪》,山东人民出版社 1997 年版,第 747—765 页。

洛着眼于审美观照与现实的功利关系的"距离说"距离更远。《香祖笔记》卷六云:"余尝观荆浩论山水,而悟诗家三昧,曰远人无目,远水无波,远山无皴。又王楙《野客丛书》:太史公如郭忠恕画,天外数峰,略有笔墨,意在笔墨之外也。"①王渔洋论诗所说的"远",大致就是这个意思,是有关景物构图的感觉印象问题。王小舒说"远"所意味的距离感的意义,"首要的不在于表达上的含蓄,从根本上说它是一种创作态度,要求作者把生活放到远离自己的空间点上去进行观照。这样做使得诗人更加注重整体而忽略细节,注重主观感受而忽略具体真实,注重时空流动而忽略相对静止"②,我认为是非常精当的。

就古典诗学的传统观念而言,"远"通常指风景诗中那种有距离的感觉。皎然《诗式》论"远"云:"非如渺渺望水,杳杳看山,乃谓意中之远。"③这是较早标举"远"趣的例子。后来黄庭坚《与党伯舟帖》之七说"诗颂要得出尘拔俗,有远韵"④,也是在这个意义上使用"远"的。这种远趣要求写景远离写实,只如写意山水,舒阔澹宕,不拘泥于细碎景物。如谢榛说的"凡作诗不宜逼真,如朝行远望,青山佳色,隐然可爱,其烟霞变幻,难于名状。及登临,非复奇观,惟片石数树而已。远近所见不同,妙在含糊,方见作手"⑤。日本学者注意到王渔洋诗中好写"烟"(烟雾、烟云、烟雨、烟霜),

---

①王士禛《香祖笔记》卷六,第 109 页。
②王小舒《王士禛的诗歌创作与理论》,《文史哲》1988 年第 2 期。
③李壮鹰《诗式校注》,第 54 页。
④黄庭坚《黄文节公集·外集》卷一八,乾隆三十年江西刊本。
⑤谢榛《四溟诗话》卷三,丁福保辑《历代诗话续编》,下册第 1184 页。

以致形成空间描写的朦胧化效果①,正是谢榛此说最好的印证。渔洋笔记中一再称述的前人论诗名言,大抵也不出这种趣味,最终荟萃为《渔洋诗话》一则:

> 戴叔伦论诗云:"蓝田日暖,良玉生烟。"司空表圣云:"不著一字,尽得风流。""神出古异,淡不可收。""采采流水,逢逢远春。""明漪见底,奇花初胎。""晴雪满林,隔溪渔舟。"刘蜕《文冢铭》云:"气如蛟宫之水。"严羽云:"如镜中之花,水中之月。""如羚羊挂角,无迹可求。"姚宽《西溪丛语》载《古琴铭》云:"山高溪深,万籁萧萧。古无人踪,唯石嶕峣。"东坡《罗汉赞》云:"空山无人,水流花开。"王少伯诗云:"空山多雨雪,独立君始悟。"②

这些珠玉名言无论其传达的意旨还是字面本身都是一派清幽淡远、不可凑泊的空灵趣味,其状景之浑融不切正是盛唐诗的典型特征。王渔洋少时最爱李白"牛渚西江夜"、孟浩然"挂席几千里"等作,数数拟之③;又鄙温庭筠著名的"鸡声茅店月,人迹板桥霜"一联"乃近俗谛",而独赏其"古戍落黄叶,浩然离故关。高风

①据松村昂统计,《渔洋山人精华录》1696 首诗中 223 首用了"烟"字。参看大平桂一《王渔洋诗论》,《女子大文学·国文篇》第 39 号,大阪女子大学文学部,1988 年。
②丁福保辑《清诗话》,上册第 213 页。
③王士禛《古夫于亭杂录》卷三,《王士禛全集》,第 6 册第 4874 页。对二诗的评论参见《分甘余话》卷四。

汉阳渡,初日郢门山"一首,甚至许为"晚唐而有初唐气格者,最为高调"①,无非都取其浑闳不切、无迹可求而已。此种格调,明七子辈颇矜为不传之秘,所作往往效之。清末诗论家吴仰贤曾说:

> 吾邑南湖烟雨楼,历代名人题咏甚多。志乘载明李攀龙七律一首,中联云:"江流欲动帆樯外,山色遥分睥睨西。"按:乍浦诸山在楼之东南,尚可望见;楼西山皆在百里外,非目力所及,至扬子、钱塘两江,路隔数百里,岂能于帆樯外窥见其渺茫? 可见七子派作诗,不切情景,徒好作阔大语而已。②

吴氏此论颇有见地,谢榛《四溟诗话》确实说过:"诗不可太切,太切则流于宋矣。"③吴仰贤甚至将谢榛之见摈于七子之外归结于独泄此秘。王渔洋寝馈于李攀龙诗学,岂能不明白这个道理,下文我会引出他创作和批评中类似的例子。事实上,直到晚年跋门人程鸣《七芙蓉阁诗》,他还重温昔日《香祖笔记》所引荆浩、王楙之说,诲之曰:"诗文之道,大抵皆然。友声深于画者,固宜四声之妙,味在酸咸之外也。其更以前二说参之,而得吾所谓三昧者,以直臻诗家之上乘。"④后来钱锺书先生综合古代画论、诗品中的有关议论,以为神韵说的核心即"画之写景物,不尚工细,诗之道情

---

① 王士禛《古夫于亭杂录》卷五,《王士禛全集》,第 6 册第 4912 页。
② 吴仰贤《小匏庵诗话》卷二,光绪八年刊本。
③ 谢榛《四溟诗话》卷二,丁福保辑《历代诗话续编》,下册第 1172 页。
④ 王士禛《跋门人程友声近诗卷后》,《蚕尾续文集》卷二〇,《王士禛全集》,第 3 册第 2319 页。

事,不贵详尽",总之"不外乎情事有不落言诠者,景物有不着痕迹者,只隐约于纸上,俾揣摩于心中。以不画出、不说出示画不出、说不出,犹'禅'之有'机'而待'参'然。故取象如遥眺而非逼视,用笔宁疏略而毋细密"①,这无疑是很中渔洋肯綮的。

　　正如钱先生也提到的,"远"既然在空间上表现为主体与观照对象的距离感,转移到描写、再现对象的咏物诗中,就表现为与对象拉开距离的体物倾向,所谓"取象如遥眺而非逼视"是也。王渔洋对于咏物诗,最看重的正是这一点。他特别欣赏那种浑融传神、不事刻划的艺术倾向,就像他最喜欢的咏雪句子,是羊孚的"资清以化,乘气以霏;值象能鲜,即洁成辉",陶渊明的"倾耳无希声,在目皓已洁",王维的"洒空深巷静,积素广庭闲",祖咏的"林表明霁色,城中增暮寒",韦应物的"怪来诗思清人骨,门对寒流雪满山"②,无一是以刻划形容取胜的。而评杜甫《蒹葭》"句句太切"③,则明显是否定性的批评。毕生钻研王渔洋诗学的翁方纲最能体会这一点,他曾指出渔洋"不喜多作刻划体物语,其于昌黎《青龙寺》前半,盖因'炎官火伞'等句,微近色相而弗取也"④。自六朝以来,写景物以工于形似为尚,即刘勰所谓"体物为妙,功在密附"(《文心雕龙·物色》)。唐人还讲究以形传神,到宋代以后,苏东坡那种轻忽形似、以传神为尚的体物倾向渐成为诗学的主流,人们的体物观念也发生根本的变化,开始排斥刻划。清初

①钱锺书《管锥编》,中华书局1979年版,第4册第1358—1359页。
②王士禛《渔洋诗话》卷上,丁福保辑《清诗话》,上册第174页。
③张宗柟辑《带经堂诗话》卷三〇,下册第860页。
④翁方纲《七言诗三昧举隅》,丁福保辑《清诗话》,上册第292页。

诗人贺贻孙说"作诗必句句着题,失之远矣"①,周容说"古人咏物诸诗,佳篇率尠,大约善离者必佳。况非咏物而俱欲以咏物之体待之乎?"②显然都持这种立场。而王渔洋将这种表现倾向与神韵诗学的审美理想结合起来并凭借其影响广播于诗坛,就使它成了更有理论概括性的观念。以至于后人对神韵的把握,往往与对"切"的警惕和防范联系在一起。《御选唐宋诗醇》卷二十三评白居易《题遗爱寺前溪松》云:"咏物善取神韵,故著题而不呆板。若过于求切,转蹈剪綵为花之弊。"汪师韩《诗学纂闻》说:"宋元后诗人有四美焉,曰博,曰新,曰切,曰巧。既美矣,失亦随之。"其中"切"带来的弊端就是"切而无味,则象外之境穷"③。总之,神韵与体物的刻划工细、叙事的缕屑无遗,是绝不相容的,一切对逼真、细致的追求都会损害神韵的浑融之美。

沿着这一思路很容易发展为对忠实地摹写客观的抵触,甚至取消真实性的概念。最典型的例子莫过于围绕王维画雪中芭蕉的争论。沈括《梦溪笔谈》卷十七引张彦远《画评》言王维画物多不问四时,如画花往往以桃、杏、芙蓉、莲花同画一景,又言家藏王维《袁安卧雪图》也有雪中芭蕉,他认为这是画家"得心应手,意到便成,故其理入神,迥得天意"④。王维《雪蕉图》,历来解释不一。朱熹以为王维误画,但也有人说是写实,还有说是喻禅理的,已有

---

①郭绍虞辑《清诗话续编》,第 1 册第 168—169 页。
②周容:《复许有介书》,《春酒堂文存》,民国张寿镛刊《四明丛书》本。
③丁福保辑《清诗话》,上册第 440 页。
④《元刊梦溪笔谈》,第 3 页。

学者专门加以辨析①。王渔洋后来因岭南之游的经验相信了王维是写实，但早年他认为这种画法基于王维的艺术观念。曾在《池北偶谈》中提到：

> 世谓王右丞画雪中芭蕉，其诗亦然。如："九江枫树几回青，一片扬州五湖白。"下连用兰陵镇、富春郭、石头城诸地名，皆寥远不相属。大抵古人诗画，只取兴会神到，若刻舟缘木求之，失其指矣。②

他显然也认为王维的雪里芭蕉只是一时兴会神到，并不是写实，就像其诗中写到一些地名并没有准确的方位和距离一样。《皇华纪闻》还据自己的旅行经历，用江淹和孟浩然的诗例来说明这一点：

> 香炉峰在东林寺东南，下即白乐天草堂故址。峰不甚高，而江文通《从冠军建平王登香炉峰》诗云："日落长沙渚，层阴万里生。"长沙去庐山二千余里，香炉何缘见之？孟浩然《下赣石》诗："暝帆何处泊，遥指落星湾。"落星在南康府，去赣亦千余里，顺流乘风，即非一日可达。古人诗只取兴会超

---

① 二川《王维〈袁安卧雪图〉画理抉微》，原刊于台湾《中国文化月刊》第191期（1995年9月）和《朵云》第45期（1996年8月）。
② 王士禛《池北偶谈》卷一八，下册第436页。

妙,不似后人章句,但作记里鼓也。①

他不仅观念上这么认为,实际创作中也是这么做的。《闻雁》诗有
"怀人江上枫初落,卧病空堂雨易成"两句,当时他在山东,长江连
影子也看不到,却称"江上枫初落",这不是"只取兴会神到"么②?
这确实是艺术中常见的现象,现代诗歌里也有类似的例子。痖弦
《芝加哥》有一句"从七号街往南",但芝加哥根本就没有七号街,
写作此诗时痖弦尚未到过美国③。使用地理、植物名词而置真实
性于不顾,就等于只取其字面或者说将它们符号化,是典型的印
象化的表现手法,那些古老的名城或美丽的植物突出了某种历史
感或特定的美感,引逗读者各以其经验去完成对诗境的想象和对
诗意的领略。

这种象征化的表现方法,与中国古典诗歌的基本性格相符,
其理论渊源于严羽及秉承、发挥其学说的明代格调派。胡应麟
《诗薮》有一段议论阐释诗理最为透彻:

> 作诗大要不过二端,体格声调、兴象风神而已。体格声
> 调,有则可循;兴象风神,无方可执。故作者但求体正格高,
> 声雄调鬯,积习之久,矜持尽化,形迹俱融,兴象风神,自尔超

---

①王士禛《皇华纪闻》卷二,《王士禛全集》,第 4 册第 2688 页。
②大平桂一《うつしの詩學からゆらぎの詩學へ》(下),《女子大文学・国
　文篇》第 42 号,大阪女子大学,1991 年 3 月 30 日。
③杨牧《痖弦的深渊》,《掠影急流》,台湾洪范出版社 2005 年版,第 112 页。

迈。譬则镜花水月,体格声调,水与镜也;兴象风神,月与花也。必水澄镜明,然后花月宛然。①

王渔洋当然也重视体格声调,他毕生潜心于诗歌声律研究,尤以古诗声调之学饶有心得,这奠定了他谈艺四言中"谐"的基础。但相比明代格调派,他更关注兴象风神的问题,所谓"神韵"也可以认为就是兴象风神的概括和提炼。相比将人生体验的直接表达放在第一位的性灵诗风来,它更多地以风景为素材甚至题材,在风景描绘中表现个人化的审美趣味,诗人的人生体验只留下一层心境化的底色。没有沉郁顿挫的雄浑,也没有铺张排纂的恣肆,更没有枯瘦奇险的矫激,雅洁脱俗、悠然淡远是它给人的直观印象。相比古来讲比兴、追求意义深度的诗学观念来,这是一种更注意审美直观的、新颖的美学观。徐嘉炎《谢方山匏斋诗略序》曾提到:"余与渔洋先生论诗,妄谓会心之境,深不若远,渔洋深然之,而极推方山以为澹远之宗。"②以远取代深,正是神韵诗学区别于传统诗学的关键之处。由于这种"远"在立意、取景上无不剔除了日常生活的琐屑情境,带有超脱世俗趣味的唯美色彩,于是在一些批评家看来,便是刻意修饰的结果。赵执信论"南朱北王"两家诗,道是"朱贪多,王爱好","爱好"的确是王渔洋诗歌的一个显著特征。神韵诗学的这种唯美特征很接近艺术史上的印象主义。

①胡应麟《诗薮》内编卷五,第100页。
②徐嘉炎《抱经斋文集》卷一,《故宫珍本丛刊》第590册,海南出版社2000年版,第194页。

三、"神韵"的印象主义倾向

一个重要的美学概念必然与艺术创作的某种基本范式或者说艺术史某个阶段的主导特征有关。"神韵"作为康熙朝诗歌思潮的主导范畴,其审美内涵虽已如上文所分析,但艺术史特征尚不很清楚,这与它未被置于更广大的艺术史背景下来考察有关。

尽管给艺术史贴标签就像历史分期一样不可避免地会带来某种简单化的弊病,但这仍是历史认知无法抛弃的手段。20 世纪初的学者,曾将神韵论与象征理论联系起来,主要依据是认为渔洋诗论是一种纯艺术论,注重妙在象外之说,它借有限以表无限、寓无形于有形、借刹那抓住永恒的意趣,与象征主义诗歌流派有相通之处。神韵虽不直接等于象征,也只是一纸之隔而已①。这种看法到今天很难让我们同意。或许当时对象征主义和神韵说的认识都还较肤浅,或许概念的翻译与西方文学史的实际经验有出入,总之他们理解的神韵概念的审美内涵,基本上就是中国古典诗歌的一般美学特征。且不说它与西方文学史上通常说的象征主义并不吻合,即便吻合,作为古典诗歌的一般审美特征,又何

①余焕栋《王渔洋神韵说之分析》,《中国古代文论研究论文集》,上海古籍出版社 1989 年版。原载《文学年报》第 4 期,1938 年 4 月。更早的风痕《王渔洋——中国象征主义者》(《红豆》第 1 卷第 5 号,1933 年)一文,已持这种见解。后来钱锺书在《谈艺录》第 88 则(第 268—276 页)中也将严沧浪、王渔洋诗论与法国象征主义诗学相联系,阐明其相似之处。

必独取神韵贴上象征主义的标签呢？到了 21 世纪，台湾诗人洛夫又举严羽和王渔洋的诗禅一体论，将王渔洋诗学与超现实主义联系在一起①。我认为这是比较牵强的，神韵诗学应该说更接近于印象主义。王渔洋曾从荆浩、郭忠恕的山水画法中解悟诗家三昧，因而"神韵"说与中国古典画论尤其是"逸品"说的关系，历来为研究者所注意②，我则从印象派的绘画和音乐中体得神韵诗学与其艺术精神的相通。艺术原本是触类旁通的，更何况印象派绘画的创作特征正"类似即景抒情的诗歌"③。玩味印象派艺术的意趣法度，能看到不少可与神韵诗学相印证的地方。

　　说到印象主义，不能不提到最初赋予其内涵的美术中的印象派（impressionisme）。这派画家艺术上共同的特征同时也是其新颖之处，就在于放弃宗教画的象征手法，一改古典绘画的沉重灰暗色彩，而热衷于描绘强烈光线下的明亮风景，同时吸取 19 世纪光学技术飞跃带来的光谱分析成果，以不混合油彩的点触法（莫奈的长束、修拉的圆点）来表现视觉中光线的变化；题材以即兴创作为主，放弃古典主义对逼真的追求，表现的重心转向不可触摸的光、力和动态。有时凭记忆作画（如德加），对象物体往往轮廓模糊，缺乏线条感，或带有变形和夸张的特征。由于多为即兴创作和取材于日常生活场景，画面一般都比较小，很少大画幅作品。

————————

① 陈祖君《诗人洛夫访谈录》，《南方文坛》2004 年第 5 期。
② 郭绍虞《中国文学批评史》，上海古籍出版社 1979 年版，第 537 页；丁放《试论"逸品"说及其对王渔洋"神韵"说的影响》，《国学研究》第 3 卷，北京大学出版社 1995 年版。
③ 吴甲丰《印象派的再认识》，生活·读书·新知三联书店 1980 年版，第 62 页。

这些鲜明的艺术特征,使印象派作品相比古典画派显示出更多的表现性与含蓄隽永的审美趣味。比起古典主义的逼真模仿,印象派代表了当时以艺术的形式表现一种感觉,使一种心情客体化的现代艺术倾向,是由单纯写实的模仿向表现的过渡。而在音乐中,印象派作曲家不再表现那些抽象的、深刻的、永恒的宏大主题,而经常采用描述性的方式,选择那些飘忽不定的、稍纵即逝的、偶然的自然景观,或浪漫的历史传说,来结构其篇幅不大的作品。尽管被归于印象派旗下的艺术家本身有很大的风格差异,从前期到后期艺术家的观念显示出主观性愈益强烈的趋向,但其中贯穿的艺术精神是一致的,那就是放弃象征性和普遍性的追求,而着力表现个体经验的世界,对这个世界的描绘同时也就是感觉和趣味的表达。当艺术家们的敏锐感觉捕捉到某种深刻的相似性时,那些审美意象和音乐语言就超越了有限和变动,变成一种体现了新的艺术精神的风格形式。

摆脱了宗教的神圣性及其象征形式的印象主义,就像西蒙斯论龚古尔兄弟的创作所说的,表现的世界是仅作为具有平面、角度和色彩变化的事物而存在的那些瞬息即逝的方面[1],这从经验的角度说可以称作"印象"。印象派艺术家刻意要表现的正是对客体新鲜的第一印象,因此他们强调画面要突出感觉印象中最强烈的部分。毕沙罗曾说:"不要根据条规和原则进行,只画你所观察到和感觉到的。要豪迈和果断地画,因为最好不失掉你所感觉

---

[1] 参见西蒙斯《印象与评论:法国作家》,黄晋凯等主编《象征主义·意象派》,中国人民大学出版社 1989 年版。

到的第一个印象。"①这样的印象绝不是我们在日常经验的反复
积累上形成的知觉,而是有独特的敏锐感受力的画家在瞬间对客
观对象产生的感觉,它甚至建立在"忘掉以前所看过的东西"的基
础上,于是就成为"未被人发现的自然"②,或者说是"一种意外发
现的新真实"③。它显然与某种即兴的灵感有关,但感觉形成后
对题材的处理方式决定了印象派与古典主义的异趣。雷诺阿的
一位友人说:"依据其调子而不依据题材本身来处理一个题材,这
就是印象主义者之所以区别于其他画家们的地方。"④在我看来,
王渔洋的神韵诗风与此有着惊人的一致性。

　　王渔洋强调仁兴与"偶然欲书",其实就是等待类似的感觉触
发的瞬间性。而其"直取性情归之神韵"的创作方式,本质上也是
要淡化主体性,避免人生体验的直接表达,而突出客体的特征,通
过景物和氛围的营造来寄托和传达当下的审美感受,这使他对风
景的处理常常采用一种类似于印象派的方式,即抓住最突出的感
觉印象。《池北偶谈》卷十五"诗地相肖"条云:

　　　范仲闇(文光)在金陵,尝云:"钟声独宜著苏州",用唐

①约·雷华德《印象画派史》,平野等译,人民美术出版社 1983 年版,第
　278—279 页。
②赫谢尔·B.奇普编《塞尚、凡高、高更书信选》,吕澎译,四川美术出版社
　1986 年版,第 5、18 页。
③珍妮·斯东、欧文·斯东编《亲爱的提奥——凡高书信体自传》,平野译,
　四川人民出版社 1983 年版,第 289 页。
④约·雷华德《印象画派史》,第 219 页。

人"姑苏城外寒山寺,夜半钟声到客船";如云"聚宝门外报恩寺",岂非笑柄? 予与陈伯玑(允衡)论此,因举古今人诗句,如"流将春梦过杭州","满天梅雨是苏州","二分无赖是扬州","白日澹幽州","黄云画角见并州","澹烟乔木隔绵州","旷野见秦州","风声壮岳州",风味各肖其地,使易地即不宜。若云"白日澹苏州",或云"流将春梦过幽州",不堪绝倒耶?①

黄生《诗麈》认为"金陵城外报恩寺"所以逊于"姑苏城外寒山寺"是地名不雅的缘故②,而王渔洋却是从城市给人的感觉印象来理解这个问题的,他们的差别正是格调派和神韵派的差别,也是古典主义和印象主义的差别。古典主义将程式化和风格追求放在首位,故黄生强调雅俗之辨;印象主义将主观印象和对象特征放在首位,故王渔洋强调"诗地相肖"。自宋代遗貌取神的美学观念占据文学、艺术的主导地位后,这种意识就在诗论中不断生长。宋人陈模论诗喜言气象,以为"作诗下字处全在体认。且如一样是楼,下小楼则细嫩,下红楼则绝艳,下西楼则神藏杀没,下南楼则雄壮,气象各有所宜。若错下一字,则便不安。故作文作诗,皆以体认气象为第一义"③。比照王渔洋的命题,陈模此说也可名之为"诗楼相肖"或"诗境相肖"。这本是诗家常谈,但一经王渔

---

① 王士禛《池北偶谈》,下册第 358 页。
② 黄生《诗麈》卷一,《皖人诗话八种》,第 61 页。
③ 郑必俊《怀古录校注》卷中,中华书局 1993 年版,第 60 页。

洋揭出,就有了理论的概括性和普遍意义。因此沈涛说:"李长吉'下阶自折樱桃花',温飞卿'碧芜狼藉棠梨花',黄山谷'只欠一枝莴苣花',李仲修'开门自扫枇杷花'。句法固佳,花名亦各有宜称,若云'下阶自折莴苣花','碧芜狼藉樱桃花',便不成语。此中三昧,渔洋山人以外罕能知之。"①只不过渔洋取境往往挟趣味以行,像毕沙罗说的"寻找合于你气质的自然的门类"②,故而情境和氛围多带有幽闲淡远的意趣,以至于给人一种印象,神韵就等于"平淡的风致"③。

印象派因注重表现强烈的感觉印象,比起人物和故事来,更偏爱以自然风景为素材。不仅绘画喜欢表现自然风光和植物,而且为此发明了新的笔法,那就是著名的点触法。这种笔触能够记录他们所观察到的每一明暗层次,于是他们的画面上就覆盖着一层小圆点和小笔触的颤动的组织。它们并不明确刻画任何形体,却能再现有阳光的气氛,以它所有的色彩和生命的丰富性保持作者对自然的总体印象。印象派的音乐也由抽象的情感主题和哲学追问转向具体的情境主题,尤其喜欢取材于变幻不定的景物,如月光、海洋、雨雾、烟云、花朵、梦境、水中倒影等。但其表现却绝非具象的,而是像所谓朦胧诗,主要营造一种情绪和意境,一种暧昧、迷离的感官愉悦。比如德彪西《牧神午后》表现梦境的色彩,《大海》表现日出和中午海水的闪烁,都重在强调音色的变幻、

---

① 沈涛《匏庐诗话》卷中,道光刊本。
② 约·雷华德《印象画派史》,第 278 页。
③ 青木正儿《清代文学评论史》,杨铁婴译,中国社会科学出版社 1988 年版,第 50 页。

气氛的营造。在德彪西看来,贝多芬的音乐像是黑白照片,丢失了大量的色彩信息,因此他们试图通过淡化旋律和主题而丰富作品的色调来弥补这种不足。德彪西的音乐,主题一般没有很大的变化,主要是靠色彩的变化来推动乐思的发展;旋律则常由短小而互不连贯的动机组成,以音色为其灵魂,通过强化和声与配器,使用多种色彩性手法①,成功地渲染出作品的情调。说起来,王渔洋的神韵诗与这种思路竟仿佛有些相似。回顾上文引证的那些神韵诗,我们可以看到,它们也都有淡化主题的倾向,不是像盛唐人那样以奇特的构思、戏剧性的转折或出人意料的结尾来强化作品的内在逻辑,而是以意象的跳跃来淡化作品的结构特征,以弥漫全诗的情调来织就作品的整体性。王渔洋在《池北偶谈》中写道:"陆鲁望《白莲诗》:'无情有恨何人见,月白风清欲堕时。'语自传神,不可移易。《苕溪渔隐》乃云:'移作白牡丹亦可。'谬矣。予少时在扬州,过露筋祠,有句云:'行人系缆月初堕,门外野风开白莲。'"②这里所举的两首七绝,都将笔力用在营造作品的氛围上。写白莲不直接描写它的形貌,而只写它在特定时刻的特殊状态,烘托出白莲雅洁幽寂而无人怜惜的孤高;写节妇而不叙事,只写行人泊舟时的夜景,而祠庙的清幽气氛呼之欲出。渔洋诗中的白莲一般都视为象征性意象,其实是写实,因为诗的主题不是露筋祠,而是"过",重点写泊舟所见。要之,两诗中的白莲,

①如德彪西《大海》中将弦乐再分部及多种演奏法并用,部分拨奏,部分弓奏;加弱音器和在指板上拉奏等等。
②王士禛《池北偶谈》卷一四,下册第335页。

无论作为主题还是作为景物,都未细致刻划,而只是着意渲染了环境气氛,以一种情调统摄全诗,这正是印象派艺术的精神。崔华的名句"丹枫江冷人初去,黄叶声多酒不辞"(《浒关谢别诸公》),渔洋改为"白萍江上人初去,黄叶声中酒不辞",同样也是消除互文性带来的象征色彩、回到感觉本身的例子。"丹枫江冷"原本是化用唐代崔信明"枫落吴江冷"之句,带有太浓重的主观色彩,渔洋将"冷"和"多"两个形容词换成方位词,就淡化了知觉色彩而突出了环境的情调。

印象派艺术家既然注重表现感觉印象,就不免像神韵诗家排斥细节刻画一样反对写实。印象派画家首先放弃了对真实性的追求,毕沙罗曾说:"严谨的素描是枯燥无味的,而且妨碍总体的印象,它毁坏所有的感觉。"[1]他还说:"你必须大胆夸张色彩所产生的调和或者不调和的效果。正确的素描、正确的色彩,不是主要的东西,因为在镜子里实物的反映能够把色彩与一切都留下来,但毕竟还不是画,而是与照片一样的东西。"[2]的确,自从摄影发明以后,以追求逼真为目标的古典主义画家就开始面临一个问题:有了瞬间成像的照片以后,绘画将如何确定自己的艺术目标?于是不约而同地,雕塑中的立体主义、绘画中的印象主义,都放弃了写实手法,转而以体积表现和色彩表现来突出造型性和绘画性。它们在风格上都有不同程度的装饰色彩,同时让人感到缺乏深刻的内涵。反对写实必然与细节刻画相抵触,因而印象派画家

①约·雷华德《印象画派史》,第 278 页。
②珍妮·斯东、欧文·斯东编《亲爱的提奥——凡高书信体自传》,第 482 页。

在造型上放弃厚重浑圆的体量感的同时,也放弃了古典主义固有的边界分明的轮廓线,代之以较含蓄的甚至模糊不清的过渡,形体与形体之间,形体与背景之间,界线变得不再分明,对象如隔雾看花似的有一层朦胧感。这一点很像神韵诗,突出的是淡远的意趣,在淡远的写景中传达一重整体的情调和氛围。欣赏印象派画家的作品,尤其要保持一定的距离,距离越远反而画面越清晰,越能感受作品的整体情调。莫奈、西斯莱、毕沙罗、雷诺阿、德加的作品无不带有这种特点,对象的实体连同它的质感、体积感、重量感都被淡化,结果甚至流于平面化,给人以缺乏内涵的、单纯的、表面化的印象,就像塞尚对莫奈的批评:他只不过有一双眼睛而已。不过在主题或内涵被淡化的同时,一种有风格意味的形式感却因技法革新而凸现出来。印象派画家独创的点画法,追求用纯色(即原色和一次间色)对比来表现光和影的变化,突出了色彩的质感和饱和度。而在音乐中,则出现突出单种乐器的倾向。德彪西一改古典作曲家以弦乐为主的倾向,将木管乐器置于首要位置,给予它很多独奏的片断。并且经常让个别乐器浮现于乐队之上,以单一音色描绘出鲜明的色彩。像《牧神午后》,弦乐使用弱音器并且分奏,用于演奏和声织体;长笛、单簧管和圆号用于独奏旋律,飘飏在乐队之上。还有《节日》中多种乐器的一一展示,《大海》中不同弦乐器演奏不同功能的声部,等等。这显然都是营造某种情调和色彩所必要的手段。如果我们能注意到,王渔洋及后来批评家所举的神韵之作,重心概落在末句,且以画龙点睛之笔醒发全诗,就不难理解,那正是发挥了类似印象派音乐突出单件乐器以渲染情调的功能。不是么,《牧神午后》用长笛吹奏出旖旎的慵倦气息,同倪瓒《吴中》诗"流将春梦过杭州"、王渔洋《西陵竹枝词》"听尽猿声是峡州"、《清流关》"青山无数绕滁州"、《晚渡涪江》"澹烟乔木是绵州"、《夕阳楼》"红藕香中过郑州"、彭而述"白露蛮江凋木叶,黄沙羯鼓下营州"等句渲染出想要的情调,其性质是十分相似的。浏览王渔洋的诗评及其诗作,我发现他非常喜欢在诗句中嵌入植物、人物、地理等专有名词,以此为获得"神韵"效果的一种有效手段。钱锺书先生在论及中外诗人好用地名的习惯时,曾提到《池北偶谈》推许徐祯卿《在武昌作》"洞庭叶未下,潇湘秋欲生。高斋今夜雨,独卧武昌城"一首为"千古绝调","盖渔洋所赏,正在地名之历落有致";又说《香祖笔记》卷二所举七律佳联,如高启的"白下有山皆绕郭,清明无客不思家",曹学佺的"春光白下无多日,夜月黄河第几湾",程孟阳的"瓜步空江微有雨,秣陵天远不宜秋",渔洋本人的"吴楚青苍分极浦,江山平远入新秋","皆借专名以助远韵者"①。专有名词本来是最缺乏感性的抽象概念,但因蕴含众多历史、文化内容而极易唤起丰富的联想,无形中就成为局部乃至整体给人印象最深的诗语,同时也是构成诗作基调的亮点,经常突出于作品的整体之上。这让我们联想到印象派音乐中突出于乐队之上的某些单件乐器。

王渔洋的神韵论与印象主义艺术在精神上是如此地相通相近,且不说两者的优点,就是缺点也很类似。卢那察尔斯基曾说:"印象主义者不是通过客观事物的本质来了解世界,不是极力把他们从真正的实质中揭示出来的客体带进自己对世界的感受里。

①钱锺书《谈艺录》,第293页。

印象主义者通过一种精雅的东西、通过他们主观上觉得带本质性的东西来认识世界。印象主义者之所以选取他们主观上觉得带本质性的东西,是为了使它同'粗俗的'本质性的东西有所不同,因为否则它就算不得精雅了。"①显然,这种追求精雅的态度,也就是王渔洋式的"爱好",即以某种趣味化的效果表现来代替写实,其结果很容易流于内容空虚和缺乏个性。就像雷诺阿说的,"当直接描绘自然的时候,美术家往往只看光的效果而不再去考虑画面结构,到了这一地步,他就迅速地流入千篇一律"②。

　　为什么单纯追求光线的效果会导致千篇一律的单调结果呢?法国批评家加米尔·莫克莱认为:"光成为画中的唯一题材,对受光物体的兴趣变成了次要的东西。作如是观的绘画,成为一种纯光学的艺术;因为它只以寻求和谐为目的,所以它就变成了一种不依风格和素描的表现作用(这些前此绘画的基本原则)为转移的诗。几乎有必要给这种特殊的艺术另起一个名字,它太接近音乐了,正像它太远离了文学和心理学一样。"③这里既说印象派作品是一种不依风格和素描的表现作用为转移的诗,又说它们远离文学和心理学,似乎有些矛盾。我想莫氏的意思是说,印象派画家过于注重表现对象光色的感觉,致使作品缺乏社会生活内容和情感。这不是一个简单的是非问题,它涉及对艺术的基本观念。

---

①卢那察尔斯基《海涅——思想家》,《古典文艺理论译丛》第 11 册,人民文学出版社 1966 年版,第 140—141 页。

②约·雷华德《印象画派史》,第 291 页。

③转引自阿尔巴托夫、罗夫托夫采夫编《美术史文选》,佟景韩译,人民美术出版社 1982 年版,第 416 页。

作家左拉曾明确地宣称,绘画给予人们的是感觉,而不是思想。雷诺阿则说,我看着一个模特儿,那里有无数小点的颜色;我必须寻找那种使肉体在我的画布上活现和颤动的颜色。现在他们要解释每一件事,但是如果他们能够解释一幅画的话,这幅画就不是艺术了。这在某种程度上与库尔贝代表的反对一切文学、心理学及象征因素侵入绘画的、反理性的写实主义是一脉相承的。不同的只是其户外写生的作画方式更突出了速写的性质,遂形成一种倚赖直觉的即兴画法。这是新印象派画家西涅克在 1899 年出版的《从德拉克罗瓦到新印象派》一书中就已指出的。归根到底,它将绘画的中心由理性、情感还原到直觉印象,其直接后果必然是削弱作品中的社会内容,即文学和心理学的成分,所以莫克莱才说印象派的画风太接近音乐而远离了文学和心理学。其实人们对王渔洋神韵诗学的负面印象,也不外乎是内容空洞和风格单一。这实际上是将"神韵"和王渔洋的个人趣味混为一谈了,既未把握神韵论的艺术内涵,也未顾及王渔洋诗学的丰富性,作为对神韵论的评价并不能说很准确。然而事情往往就是这样,某些突出的理念给人印象太深,最终会妨碍人们对其诗学的全面理解。一个本只适用于短小篇章或局部趣味的审美概念,无形中被泛化为全部诗学的核心理念,这就不可避免地会遮蔽王渔洋诗学的全貌。

　　文学与不同艺术门类之间的比较一直是比较文学的课题之一,国内有钱锺书《中国诗与中国画》,外国有莱辛的《拉奥孔》。本文所论,旨在以印象派绘画和音乐的艺术特征为参照,来审视王渔洋的神韵论,初无意做钱锺书先生那种正规的比较文学文章,所以也就不对印象派的创作多作论述。本来,即使不捉印象派来对比,直接从上述各方面分析也未尝不能说明问题。但通过这样从创作动机、表现方式到艺术效果的通盘比较,更能显示渔洋诗论在艺术上的倾向性及其普遍意义,从而在更广阔的人类艺术实践的背景下理解他的意义和价值,同时也借以说明人类的心灵、表现人类心灵的艺术,本质上都是相通的。

十　格调

——以沈德潜的格调诗学为中心

一、格调论抑或格调派？

自近代以来，在批评史和相关论著中，沈德潜（1673—1769）的名字从来都和格调联系在一起，在近年出版的王顺贵《清代格调论诗学研究》中，沈德潜被定位为"清代格调论的集大成"①。这样，本来不打算专门讨论格调问题的笔者，在研究沈德潜诗学时也不能不对沈氏与格调的关系再做一番考究。借此正好将格调诗学的问题做个总结，倒也不是没有意义的事。

虽然沈德潜一直被目为格调派而无异辞，但这一命名其实面临着一些对它不利的质疑。首先就是格调在沈德潜诗学中的位

① 王顺贵《清代格调论诗学研究》第三章，中国社会科学出版社 2010 年版，第 90—217 页。

置,研究者都清楚,沈德潜诗论中使用格调一词并不多。陈岸峰仅举出三例①,分别为《唐诗别裁集》卷六评李白《宣州谢朓楼饯别校书叔云》:"此种格调,太白从心化出。"②《明诗别裁集》卷八评李攀龙《和许殿卿春日梁园即事》:"三句一韵,末三句缠联而下,格调甚新。"③《国朝别裁集》卷二十二评缪沅《房中诗》:"语语用韵,两韵一转,格调得自嘉州。"④我还可以补充一个例子,即《金际和诗序》:"尝闻作诗之道于先生长者矣,格调欲雄放,意思欲含蓄,神韵欲闲远,骨采欲苍坚,境界欲如层峦叠嶂,波澜欲如巨海渊泉,而一归于和平中正。"⑤仅此而已。我甚至怀疑,沈德潜是不是在有意回避这个被明人弄得名声不太好的概念。吴中前辈诗人潘耒《钱宛朱诗序》中有一段议论:"今人论诗专尚格调,格调可勉而能,才气不可袭而致。有才气不患格调不高,无才气而言格调,能成家者罕矣。"⑥沈德潜《余园诗钞序》也曾从胸襟的角度申说这个意思:"世之专以诗名者,谈格律,整队仗,校量字句,拟议声病,以求言语之工。言语亦既工矣,而幺弦孤韵,终难当夫作者。唯先有不可磨灭之概与挹注不尽之源蕴于胸中,即不必求工于诗,而纵心一往,浩浩洋洋,自有不得不工之势。无他,

---

① 陈岸峰《沈德潜诗学研究》,齐鲁书社 2011 年版,第 19 页。
② 沈德潜《唐诗别裁集》,上海古籍出版社 2013 年版,上册第 200 页。
③ 沈德潜、周准《明诗别裁集》,第 194 页。
④ 沈德潜《清诗别裁集》,上海古籍出版社 2013 年版,下册第 878 页。
⑤ 潘务正、李言编校《沈德潜诗文集》,第 3 册第 1570 页。下引该集均据此本。
⑥ 潘耒《遂初堂集》卷八,康熙刊本。

工夫在诗外也。"①而袁枚《随园诗话》则有"须知有性情,便有格律,格律不在性情外"②的说法,都与潘耒之说如出一辙,言辞也很接近,但沈、袁枚两人不约而同地都不用格调而用了格律一词,颇令人玩味。或许他们都有意在回避格调?这也正是我不称沈德潜为新格调论,而称之为新格调派的理由。格调绝不是沈德潜喜欢谈论的诗学概念,而只是他秉持的一种观念。那么,作为沈德潜诗学观念的格调,又有着什么样的意涵呢?要弄清这一点,首先有必要做一番概念史的回溯。

二、"格调"溯源

格调一词原指格与声调,青木正儿将它溯源于王昌龄《论文意》的这段论述:"凡作诗之体,意是格,声是律,意高则格高,声辨则律清,格律全,然后始有调。"③唐代诗论中不仅有殷璠《河岳英灵集》评储光羲"格高调逸",皎然《诗式》称赞谢灵运"其格高""其调逸"的例子,到中唐时已可见到格调连用的复合词组。如姚合《喜览裴中丞诗卷》诗云"格调江山峻,工夫日月深",秦韬玉《贫女》诗云"谁爱风流高格调,共怜时世俭梳妆",都指一种较抽

①缪沅《余园诗钞》卷首,乾隆间葆素堂刊本。又见《沈德潜诗文集》,第3册第1318页。
②袁枚《随园诗话》卷一,第2页。
③空海《文镜秘府论·南卷》,张伯伟《全唐五代诗格汇考》,江苏古籍出版社2002年版,第160页。

象的美学品味。宋代刘克庄《江西诗派小序》称"国初诗人如潘
阆、魏野,规规晚唐格调",元代危素评廼贤《颍州老翁歌》"格调
则宗韩吏部,性情则同元道州",辛文房《唐才子传》卷六姚合传称
"格调俱到,兴趣少殊",不一而足。但直到明代复古派诗论中,格
调才日益凸显其重要地位,成为总摄其诗学的核心概念。即便如
此,他们对"格调"这一术语也没有清晰的界定,经常是在具体语
境中让我们感觉到它的存在。如李梦阳《潜虬山人记》所谓"诗有
七难,格古、调逸、气舒、句浑、音圆、思冲,情以发之。七者备而后
诗昌也"①,是著名的一例。

　　青木正儿据上引《论文意》一段文字,认为"格是意即关于诗
的内容方面的东西,律是声即关于诗的外形方面的东西。就是
说,格是思想表达的样式,律是文辞的声音所构成的旋律"。而在
此基础上形成的"调","当指由内容及外形所产生的作风而
言"②。这是唐人的理解和用法。到宋人的诗论中,意仍与格相
连,但调却转而指声,如姜夔言"意格欲高,句法欲响","句意欲深
欲远,句调欲清欲古欲和"③,是典型的例证。到李东阳那里,声
分化为律与调,声律乃平仄之法,声调则是"通过声律的运用而产
生的具有个人或时代特色的音调"。因此青木正儿认为:"东阳所
说的'格律'就是空海所说的'格',东阳所说的'声调'就是空海

---

①李梦阳《空同集》卷四八,影印文渊阁《四库全书》本。
②青木正儿《清代文学评论史》,第121页。
③姜夔《白石道人诗说》,夏承焘校辑《白石诗词集》,人民文学出版社1959
　　年版,第68页。

所说的'律',东阳所说的'格调'则相当于空海所说的'调'。"①
这一辨析无疑是很精辟的,尤其是指出宋人的"格"与意相关,很
有见地。《诗话总龟》评钱昭度《灯》诗也有"意格清远"之说②,
甚至到高棅诗学,蔡瑜研究的结论仍然是:格是以诗意为主的批
评术语,调是以声律为主的批评术语③。不过中国古代的诗学文
献极其丰富,同样的术语,在其他人、其他文献中也常有些不尽相
同的用法。比如"格",王楙《野老记闻》载:"林季野观鲁直诗,绅
绎再四,云:'诗未必篇篇佳,但格制高耳。'"④格与制连用,显出
格向体制、结构方面转向的迹象。可见到格到宋代已是一个含义
很复杂的诗学概念,近年已有学者专门谈到这一点⑤。

　　到明代诗论中,格调的涵义与唐宋又有不同,基本上成了只
适用于律诗的概念,一如神韵之于短章。照徐师曾《诗体明辨》的
说法,律诗之体"一篇之中,抒情写景,或因情以寓景,或因景以见
情,大抵以格调为主"⑥。而格、调两字的含义也有了变异,李梦
阳批点杨一清诗,评语所用格、调显出二元化的倾向,格与气相

①青木正儿《清代文学评论史》,第 122 页。

②阮阅《诗话总龟》卷一三,人民文学出版社 1987 年版,上册第 151 页。

③蔡瑜《高棅诗学研究》第二章第二节"体例渊源与品目释义",第 165—
　　183 页。

④王楙《野客丛书》,中华书局 1992 年版,第 356 页。

⑤黄爱平《宋诗话中"格"的复杂意蕴及其诗学意义》,《华南理工大学学报
　　(社会科学版)》2013 年第 1 期。

⑥叶生、汪淇《诗体明辨笺评》卷四,顺治十五年刊本。

关,调与句、意相对①。到赵宧光《寒山帚谈》就概括为一个简洁的表述:"夫物有格调。文章以体制为格,音响为调。"②是最简明也是最一般化的解释,今人所见略同于此③。但这很可能是偏离格调派本义的概括,借助于叶燮的辨析就能看清这一点。《原诗》外篇上写道:"言乎体格,譬之于造器,体是其制,格是其形也。"④联系下文论声调来看,诗歌的艺术性就是体格与声调的总和。而体格又分为体和格两个层面:体是体制,即内在的规定性和艺术表现的总体要求,就像器物的结构,它是由用途和功能决定的;格是章句,即通过特定的语法和修辞构成的文本特征,好比器物的造型,取决于作者的趣味、才能和习惯。明代格调派所谓的"格"实际只取了这层涵义,于是就成了排除体制要求而专指文本语言和声律特征的概念。

不过需要注意的是,到明代诗论中,格调已不再是个中性概念,而是像铃木虎雄所说的,成为专指理想性即带有特定风格乃至美学追求的某种格调,比如李梦阳《驳何氏论文书》所谓"高古

①李梦阳批《石淙诗稿》,藏台北"中央图书馆",简锦松《李梦阳诗论之"格调"新解》(《古典文学》第十五辑,台湾学生书局 2000 年版,第 1—45 页)对其评语有详细梳理,但以"杜格""杜调""杜体"互见而认为格、调的用法和意义都没有差别,"唐宋调杂、古今格混"是互文见义,似乎失之简单化。我玩其所引述的评语,觉得在当时语境中,格和调的指向还是不同的。

②赵宧光《寒山帚谈》卷二,崇祯刻本。

③如台湾学者张健《中国文学批评》第二十章"沈德潜的诗学",即言"格指体裁规格,调指声调韵律",台湾五南图书出版公司 1992 年版,第 312 页。

④蒋寅《原诗笺注》,第 253 页。

者格,宛亮者调"①,只有这样的意度声情才被视为有格调。这么一来,格调就被价值化了——正像王国维讲意境之有无使意境由中性概念变成价值标准一样,意味着理想化的风格范型。王渔洋说:"明诗本有古澹一派,如徐昌国、高苏门、杨梦山、华鸿山辈。自王、李专言格调,清音中绝。"②专言格调而致清音中绝,不正意味着格调是带有强烈风格倾向的审美范畴吗? 所以说,格调论的本质就是一种风格取向的诗学立场,其核心是要树立一个独立于情感表现之外的风格目标。就像冯琦序于慎行文集所指出的:

> 夫诗以抒情,文以貌事,古人立言,终不能外人情事理而他为异。而后作之者往往求之情与事之外,求之弥深,失之弥远。(中略)故知诗以抒情,情达而诗工;文以貌事,事悉而文畅。古人之言尽于此矣。而后作之者高喝矜步以为雄,多言繁称以为博,取古人之陈言比而栉之,以为古调古法。调不合则强情以就之,法不合则饰事以符之。③

这里"求之情与事之外"的目标就是格调,其具体内涵包括气派之雄、称说之繁、文辞之古及相应的声调和修辞。以此为界,持传统抒情观念的古人和持格调派艺术观念的后之作者被清楚地区分开来,用张健的说法也就是性情优先与格调优先的差别。

---

① 李梦阳《驳何氏论文书》,《空同集》卷六二,影印文渊阁《四库全书》本。
② 王士禛《池北偶谈》卷一二,上册第273—274页。
③ 冯琦《于宗伯集序》,《宗伯集》卷一〇,万历刊本。

　　到后来"格调"不再作格和调的辨析，而逐渐被视为一个复合词，意味着整体性的美学风貌，其价值属性也回到了中性位置。就像近人徐英所阐明的："此云格调，不指体格之格、声调之调而言，乃谓其于法律之外，另有一种不可仿佛之风神格调在，此种非关人力，殆由天授。若体格声调，则在法律之中，尚有矩矱可寻者。喻若妇人，后者粉白黛绿，眉目姣好而已；前则风神秀朗，在眉目部位之外，所谓绝代佳人，遗世而独立者矣。"①

　　那么，在格调概念的演化史中，沈德潜占有什么样的位置呢？张健曾指出，沈德潜诗学的核心概念是宗旨、体裁、音节、神韵，而且其间还有一个调整、演进的过程②。他举出《唐诗别裁集》及重订本序、《七子诗选序》为证，这里还可以补上蒋重光《明诗别裁集序》。康熙五十六年(1717)作《唐诗别裁集序》先有"既审其宗旨，复观其体裁，徐讽其音节"的说法，但到乾隆四年(1739)蒋重光撰《明诗别裁集序》述其旨趣已变为："始端宗旨，继审规格，终流神韵。"乾隆十八年(1753)作《七子诗选序》又变成："始则审宗旨，继则标风格，终则辨神韵。"③及至乾隆二十八年(1763)所作《重订唐诗别裁集序》，最终定型为："先审宗指，继论体裁，继论音节，继论神韵，而一归于中正和平。"④宗旨、体裁、音节乃是明代格调派的本手，二十年后他的想法已变，吸收王渔洋诗学的精髓，而将规格和神韵看得比体裁和音节更重要。规格后又换成风格，

①徐英《诗法通微》，黄山书社2011年版，第244页。
②张健《清代诗学研究》，北京大学出版社1999年版，第525页。
③《沈德潜诗文集》，第3册第1360页。
④沈德潜《唐诗别裁集》卷首，上海古籍出版社2013年版。

但音节终究是格调论的核心要素,也是神韵诗学的重要内涵。最终他还是觉得,体裁和音节比风格更明确而好把握,也更与传统诗学相契合相衔接。于是一个与作用层面的趣、法、气、格相对应的文本层面的主干概念系统宗旨、体裁、音节、神韵就构建起来。宗旨指向正统观念,体裁和音节对应传统的格调观,神韵代表着新的艺术标准。这样一个理论构架全方位地扩展了格调诗学的视野,可以说是沈德潜对格调观念的最大贡献,也是其新格调诗学完成的重要一环。

三、沈德潜的新格调观

自二十世纪八十年代以来,学界对格调诗学多从模拟和束缚性灵的角度给予较负面的评价①,这是不对的。格调诗学所关注的是诗学的一般技术问题,是任何作者都不能回避或放弃的学问。在诗学中,也和所有学术一样,如果诗歌的本质中没有某些稳定的属性,那么就没有常识,没有有效的方法和理性的目标可言。格调诗学就是给人提供关于诗歌的一般知识的基础理论。沈德潜对明人格调诗学的改造,在这方面做得非常好。

首先,他的新格调诗学以融入神韵的理想而提升了它的理论品位,明确了对典范的模仿本身不是目的,而是到达理想境界的手段,这就超越了明代格调论的简单模拟意识。据查清华研究,

①参看陈岸峰《沈德潜诗学研究》对此的综述,第20页。

明代格调派对于学古有个求同→求异→神似的思维模式①，前七子徐祯卿还偏重于求同，强调"诗贵先合度，而后工拙。纵横、格轨，各具风雅"②；到晚明时期，胡应麟称"盖作诗大法，不过兴象风神、格律音调"③，已趋向于求异，显示出对超文本层面的审美要素——风神的重视。王渔洋的神韵论，摄取司空图、严羽诗论的空灵趣味，将明代格调派着眼于字句、音节的模仿改造为摄取作品整体风貌的深度师古，从而使神韵概念获得一种统摄性的上位品格。"盖自来论诗者，或尚风格，或矜才调，或崇法律，而公则独标神韵。神韵得，而风格、才调数者悉举诸此矣"④。这到乾隆间似已成为诗家共识。沈德潜的同门薛雪论诗之六妙，也有类似见解："何为六妙？即丰、神、境、会、气、韵也。丰者丰采，神者神理，境乃得境，会乃会心，气是气度，韵则该乎风韵温柔、音节悠扬、立意敦厚、体制停匀，非若运会之运，不由学力所造者也。"⑤足见神韵是包举文本虚实两方诸概念的上位概念。神韵这种向上一路的旨趣，原本就十分微妙，再被王渔洋常不免流于趣味化的论说所笼罩，更显得空灵飘渺，难以把捉。沈德潜论诗虽也以司空图、严羽、徐祯卿"不着迹象、能得理趣"为胜⑥，但对神韵的

---

①查清华《格调论的思维模式》，《社会科学战线》2004 年第 6 期。

②徐祯卿《谈艺录》，何文焕《历代诗话》，下册第 769 页。

③胡应麟《诗薮·外编》卷一，第 126 页。

④王揆《诰授资政大夫经筵讲官刑部尚书王公神道碑铭》，《王士禛年谱》卷下，中华书局 1992 年版，第 102 页。

⑤薛雪《唐人小律花雨集》赘言，乾隆十一年薛氏扫叶庄刊本。

⑥乔亿《剑溪说诗》沈德潜序，郭绍虞辑《清诗话续编》，第 2 册第 1065 页。

把握却由虚返实,将它与宗旨、体裁、音节并列,既涤除王渔洋点染的趣味化色彩,同时也拨开了后人涂抹的神秘光晕,使它由一种价值理想回归于指称诗歌文本某个审美层次的中性概念,同时又是比宗旨、体裁、音节更高级的上位概念。经沈德潜如此定位,神韵概念由玄妙虚空而落到实地,确立了它在古典诗学概念系统中的位置,同时也启发了翁方纲"新城所云神韵,即何、李所云格调之别名也"①及袁枚视神韵"不过诗中一格"的观念②。

在清初诗学做完清算明代格调派弊端的功夫之后,沈德潜放手开始正面立论,大力发挥老师叶燮的思想,阐明格调的主体蕴含,即叶燮所谓"在我之四"(才胆识力),以补充明代格调论的不足。我们知道,明代格调派之倡导真诗,主要立足于情本论③,而沈德潜却主张"有第一等襟抱,第一等学识,斯有第一等真诗"④,这就在真诗与第一等真诗之间划出一条界线,避开了"真诗"论中隐藏的一个理论误区或危险的简单逻辑:性情=真诗=好诗。这在晚明以来的"真诗"论中若隐若现,后来到性灵诗学则成为常态思维。为充实格调的主体蕴含,《与陈耻庵书》曾从根本着眼,阐明培养诗学的元气之重要:"盖能根柢于学,则本原醇厚,而因出

---

①翁方纲《七言律诗钞》凡例,乾隆四十六年刊本。

②袁枚《随园诗话》卷八,第296页。

③参看廖可斌《明代文学复古运动研究》,商务印书馆2008年版,第88—104页;郑利华《前七子诗论中情理说特征及其文学指向》,王瑷玲主编《明清文学与思想中之情、理、欲——文学篇》,台北"中研院"文哲所2009年版,第52—84页。

④沈德潜《说诗晬语》卷上,《沈德潜诗文集》,第4册第1910页。

之以性情之和平,将卓尔树立,成一家言,吾不受风气之转移,而可转移乎风气。"①这不能不说是古典诗学的治本之论,而承师说而来的"成一家言""转移风气"的创新志向,更从根本上划清了自己与明代格调派的界线。当然,从后设的角度看,沈德潜所主张的"诗道之实其气,在根柢于学"的矫枉策略,在某种意义上又成为从康熙诗坛以学问安顿诗学基础过渡到乾隆朝学人诗风的先声,这恐怕是他始料不及的。

　　相比明人的格调观,沈德潜在内容方面更突出了伦理性的要求。《桐城张公药斋诗集序》提到:"古今之称诗者,必以少陵为归,而少陵之所以胜人,每在纲常伦理之重。"将杜甫的成就和价值全归于伦理方面,这无疑是对明代格调派诗论的一个补充。另外,对以往一直评价不高的白居易,他在《说诗晬语》中已肯定:"白乐天诗,能道尽古今道理,人以率易少之。然《讽喻》一卷,使言者无罪,闻者足戒,亦风之遗意也。"②到晚年重订《唐诗别裁集》,更给予极大的重视,成为白居易经典化历程中十分重要的一环。当然,刻意重倡诗教、以伦理之善来诠评诗歌,也带来重风人之旨而轻视写景、体物形似之美的负面影响。他会属意于《诗·邶风·雄雉》末章"进君子以褆身善世之道",汉乐府《东门行》"今时清廉,难犯教言,君独自爱莫为非"数句"重言以丁宁之,去风人未远"③,而对"思君如流水""池塘生春草""澄江静如练"

---

① 《沈德潜诗文集》,第 3 册第 1379 页。
② 《沈德潜诗文集》,第 4 册第 1939 页。
③ 沈德潜《说诗晬语》卷上,《沈德潜诗文集》,第 4 册第 1913 页。

"红药当阶翻""月映清淮流""芙蓉露下落""空梁落燕泥"这些六朝名句,虽也承认"情景俱佳,足资吟咏",却终以为不如"南登霸陵岸,回首望长安"一联"忠厚悱恻,得'迟迟我行'之意"①。曹植《种葛》《蒲生行》《浮萍》等篇,也被视为"文藻有余,而怨怼或甚,似非风人之旨"②,这样的偏颇之见很容易招致批评。

在方法论上,沈德潜秉持儒家传统的折衷观念,为古典诗学剔清了一个平正中庸的艺术理想,一个包容广大的历史传统,从而克服明代格调派的某些极端主张和狭隘观念。已故台湾学者廖宏昌曾指出,沈德潜建构其诗学体系的理路主要是在反思明诗流弊的基础上,从性情、活法、学问三方面折中七子与公安、竟陵诗学③,很给人启发。但我也觉得,这些观念层面的问题,经过清初诗学的自觉反思已基本厘清。沈德潜所处理的更多是具体问题,包括在情感的表达上,要求分寸得当,不事夸饰:"若小小送别,而动欲沾巾;聊作旅人,而便云万里。登陟培塿,比拟华、嵩;偶遇庸人,颂言良哲。以至本居泉石,更怀遁世之思;业处欢娱,忽作穷途之哭。准之立言,皆为失体。"④在诗料的取材上,坚持不走极端:"不读唐以后书,固李北地欺人语。然近代人诗,似专读唐以后书矣。又或舍九经而征佛经,舍正史而搜稗史小说,且但求新异,不顾理乖。淮雨别风,贻讥踳驳,不如布帛菽粟,常足

①沈德潜《说诗晬语》卷上,《沈德潜诗文集》,第 4 册第 1932 页。
②沈德潜《种瓜篇》小序,《沈德潜诗文集》,第 1 册第 8 页。
③廖宏昌《沈德潜诗学体系建立的思维理路》,《北京化工大学学报(社会科学版)》2005 年第 4 期。
④沈德潜《说诗晬语》卷下,《沈德潜诗文集》,第 4 册第 1961 页。

厌心切理也。"①在艺术效果的追求上,主张生熟相济:"隐侯云'弹丸脱手',固是诗家妙喻。然过熟则滑,唯生熟相济,于生中求熟,熟处带生,方不落寻常蹊径。"②在诗歌传统的取舍上,对清初以来全盘否定明诗的思潮有所矫正,这在后文还要专门讨论。贯穿于沈德潜诗学整体的折衷思维,不仅将自己与旧格调论区别开来,还保证他的论断有一定的弹性,不至于走向绝对和僵化。这是乾隆诗学整体上走向包容、融合、沟通的先声。惟其如此,我们常能在沈德潜、袁枚、翁方纲这些在以往的诗学史论述中近似水火不容的派别中听到类似的声音和相同的观念、主张。

尽管沈德潜看起来更重视格—意的层面,却也没有忽略声律的要素。只不过他在诗律学方面殊尠心得,《说诗晬语》论及声律、音节的条目都是因袭乃师叶燮和王渔洋之说。丁放注意到沈德潜特别重视押韵③,如:"诗中韵脚,如大厦之有柱石,此处不牢,倾折立见。故有看去极平,而断难更移者,安稳故也。安稳者,牢之谓也。杜诗'悬崖置屋牢',可悟韵脚之法。"又引毛先舒之说曰:"诗必相韵,故险俗生涩之韵,可无作也。"《唐诗别裁集》卷三评韦应物《春游南亭》也说:"人知作诗在句中炼字,而不知炼在韵脚。篇中'拥'字、'动'字、'重'字,妙处全在韵脚也。"④王

---

①沈德潜《说诗晬语》卷下,《沈德潜诗文集》,第4册第1971页。
②沈德潜《说诗晬语》卷下,《沈德潜诗文集》,第4册第1967页。
③丁放、朱欣欣《元明清诗歌批评史》,安徽大学出版社1995年版,第222页。
④沈德潜《唐诗别裁集》,第100页。

宏林已指出,这里的韵脚稳如柱石之说也是祖述前人①,不过其中毕竟凝聚着前辈研精诗律的真知灼见,足以弥补明代格调诗学在声律方面尚停留于朦胧意识的不足。另外,卷上论读诗说:"诗以声为用者也,其微妙在抑扬抗坠之间。读者静气按节,密咏恬吟,觉古人声中难写、响外别传之妙,一时俱出。"②这段话发挥宋代朱熹、真德秀的讽咏涵濡之旨,启发后学如何从诵读中体会前人声律之妙,的确是经验之谈,被后人传为名言。

　　作为体现古典主义诗学理想的格调论,当然以放之四海而皆准的普遍性自期,要为诗歌建立一套艺术规范。在欧洲文学史上,法国古典主义批评家布瓦洛(1636—1717)的《诗的艺术》就是以宫廷艺术趣味为审美标准,"制定了各种文类的严格的文体规范"的一个典型,用了很多"应当""必须""不准"的句法来说明规则③。沈德潜《说诗晬语》同样也表现出这种意识,提出许多规则,但这并不是他的注意所在。若比照蒙课诗学的水准,当然会以规则的归纳和条列为满足。但作为以神韵为旨归的精英诗学,并已意识到"诗道之坏,在性情、境地之不问而务期乎苟同"④,他就不能不追求对固定法则的超越。这也正是《南园倡和诗序》说

---

①王宏林《说诗晬语笺注》已指出前则本自元杨载《诗法家数》论押韵:"押韵稳健,则一句有精神,如柱磉欲其坚牢也。"见何文焕辑《历代诗话》,下册第 728 页。

②《沈德潜诗文集》,第 4 册第 1909 页。

③陶东风《文体演变及其文化意味》,云南人民出版社 1994 年版,第 75 页。

④沈德潜《唐诗别裁集自序》,《沈德潜诗文集》,第 3 册第 1329 页。

"诗之真者在性情,不在格律辞句间也"①的部分旨趣所在。所以,沈德潜新格调诗学的终结点,就不是完型和建构,而必然是对此的警觉,从而与传统诗学的最高理念——至法无法相契合。《说诗晬语》有一节专门阐明此意:

> 诗贵性情,亦须论法。乱杂而无章,非诗也。然所谓法者,行所不得不行,止所不得不止,而起伏照应,承接转换,自神明变化于其中;若泥定此处应如何,彼处应如何(如碛沙僧解《三体唐诗》之类),不以意运法,转以意从法,则死法矣。试看天地间水流云在,月到风来,何处著得死法?②

很早就参透这一点的沈德潜,最终也步踵老师著《原诗》的足迹,从美学的高度讨论诗学的原理问题。这无形中提升了《说诗晬语》的理论品位,同时也使老师未曾触及的一些古典诗学基本问题续得论定。

沈德潜的诗学观念与其说是发展了格调派的学说,还不如说是体现了古典诗学的一般观念,或者说"为中国古典主义诗学作了总结"③。因此沈德潜后来一直被视为诗学正宗,代表着古典诗学的主导倾向,后人问道于此不用担心会走向偏仄和异端之

①沈德潜《南园唱和诗序》,《沈德潜诗文集》,第3册第1352页。
②沈德潜《说诗晬语》卷上,《沈德潜诗文集》,第4册第1910页。
③丁放、朱欣欣《元明清诗歌批评史》,第227页。

途。沈德潜诗学在他生前和身后的命运也和袁枚诗学截然不同，生前不曾大红大紫，身后也没有被弃若刍狗，饱受批评。乾隆中叶以后，沈德潜的格调诗学迅速被性灵诗学所取代，不是缘于自身的缺陷，而是这种正统诗学的门槛太高，不像性灵诗学门户广大，无人不可由此出入。钱泳《履园丛话·谭诗》说："自宗伯三种《别裁诗》出，诗人日渐日少；自太史《随园诗话》出，诗人日渐日多。"①无意中道出两家诗运升降的消息。然而袁枚身后备受诋諆，沈德潜诗学却像金庸笔下的少林功夫，始终为众望所归，有名门正派的气象，终有清之世安享百余年不衰的声名。即使偶尔有些论者给予差评，也难以动摇它的正宗典范地位。

---

① 丁福保辑《清诗话》，下册第 871 页。

十一　性灵

——袁枚性灵诗学的要义

　　袁枚(1716—1798)诗学通常被称为性灵派,与沈德潜的格调派、翁方纲的肌理派被当代批评史研究者目为乾隆诗坛三大诗学。回到历史的语境,格调派和肌理派都是后人命名的,只有性灵派当时即有其名,且拥有占主导地位的、实际的影响力。据我考察,袁枚开始在诗坛产生影响,是在乾隆二十五年(1760)前后。此时不要说王渔洋的神韵诗学风头已弱,就是沈德潜亦届风烛残年,而翁方纲的诗学观念尚未成型,都不足与之分庭抗礼。本来袁枚根本就没必要去触动那些已成刍狗的诗学观念,但问题是,神韵、格调这些观念的式微,让他深刻地意识到一个理论的危机,或者说传统诗学的一个双重困境:就创作而言,它一方面要遵循一定的规则,同时又不能照规则机械地复制;就理论而言,它一方面要标举某种具有普遍意义的审美理想,但同时个人才能和实践又不能完全相符。前一点,他由叶燮对"法"的冷处理,应已有所体会;而后一点,他从"一代正宗才力薄"的王渔洋的创作实践,也看得很清楚。要解决这双重的吊诡,必须彻底摆脱习惯的思路,另辟蹊径。或许这正是人们所面临的共同的原理论问题吧,他的思路最终竟同康德一样,选择以天才论为突破口①,将传统的客观性问题断然转化为一个主观性问题,或者说将外在的技术要求内化为才性问题,重新祭出"性灵"这面古老的旗帜,希望借助于这一理论转向超越艺术宿命中的悖论。

一、自我表现的诗学

性灵本是诗家习用的概念,刘熙载即已指出"钟嵘谓阮步兵诗可以陶写性灵,此为以性灵论诗者所本"②。晚明诗人尤其崇尚性灵,公安、竟陵两派诗人都以性灵为诗歌的核心要素。如袁

---

①张隆溪《道与逻各斯》第一章"对书写文字的非难"论及这一问题:"审美判断面临着它的私人性、个体性和它所内涵的普遍性之间的矛盾,因为审美判断虽然并不是没有合理的基础,但却是一种建立在个人趣味之上的判断并因而不可能具有普遍的可运用性。(中略)要使这种个人陈述具有普遍的有效性,就必须使它建立在一个人人所共有和人人都接受的概念之上(这个概念所代表的东西超越了有限的个人主观性)。然而,为了显然有别于逻辑判断(逻辑判断不作任何审美价值的评估),它又不能建立在逻辑概念之上。要想走出这一两难困境,就必须把趣味判断建立在一种既不是概念,又能使审美判断具有有效性的东西之上。(中略)康德说,天才拥有再现'审美理念'的特殊才能,这些审美理念超越了一切概念,同时又仍能为审美判断的有效性提供必要的基础。"冯川译,四川人民出版社1998年版,第40页。
②刘熙载《诗概》,郭绍虞辑《清诗话续编》,第4册第2446页。

中道《阮集之诗序》称中郎"其意以发抒性灵为主"①，谭元春《诗
归序》称"真有性灵之言，常浮出纸上，决不与众言伍"②。不过他
们使用性灵一词，内涵与传统用法相去不远。而到袁枚笔下，古
老的"性灵"概念经叶燮独创性观念的触发，又吸收诸多前辈诗家
的学说，已发展为一个具有特殊指向性和丰富意蕴的诗学范畴。

历来有关性灵的涵义，论说虽多而大体接近③。日本学者早
就注意到袁枚"性灵"概念与"性情"的紧密联系，释为"性情灵妙
的活用"④，称其诗学为"性灵的性情说"⑤。中国学者顾远芗认
为性灵是内性的灵感，而"所谓内性的灵感，是内性的感情和感觉
的综合"⑥。美国学者刘若愚则以为："性情是指一个人的个性，
而性灵是指一个人天性中具有的某种特殊的感受性。"⑦此说颇
为后人所赞同。台湾学者有的将性灵二字分开来讲："性是指性
情真挚自然，灵是表达灵活灵妙。"⑧或者说："袁枚的'性灵'包括

---

①袁中道《阮集之诗序》，《珂雪斋文集》卷二，《中国文学珍本丛书》本。
②钟惺、谭元春《诗归》卷首，湖北人民出版社 1985 年版。
③迄今学界对性灵的界说可归纳为四种看法，即性情说、性情与灵感统一
　说、灵感说及真情、个性、诗才三要素说，参见段启明、汪龙麟主编《清代文
　学研究》，北京出版社 2001 年版，第 136 页；石玲《袁枚诗论》，齐鲁书社
　2003 年版，第 141—142 页。
④铃木虎雄《中国诗论史》第三篇第五章"论性灵说"，洪顺隆译，台湾商务
　印书馆 1972 年版。青木正儿《清代文学评论史》作"灵妙之力"。
⑤松下忠《江户时代的诗风诗论》，范建明译，学苑出版社 2008 年版，第 865 页。
⑥顾远芗《随园诗说的研究》，商务印书馆 1936 年版，第 51 页。
⑦刘若愚《中国的文学理论》，江苏教育出版社 2006 年版；张简坤明《再论
　"性灵"一词的涵义——袁枚性灵诗论"为例》，《清代学术论丛》第 6 辑。
⑧杜松柏《袁枚》，台北"国家出版社"1982 年版，第 189 页。

'空''灵',和生气勃勃的活力。"①而有的学者又将性灵与其他概念联系起来讲,认为:"性灵两字,最明快的解释就是'才情',同时它又含有求真、自然、有我(有个性)、坦易、活泼、新鲜、有神韵等旨趣。"②大陆学者王英志也认为性灵包含真情、个性、诗才三个要素③。简有仪《袁枚研究》将性灵的涵义概括为诗本性情、诗要有我、诗求存真、诗贵神韵、诗尚自然、诗须平易、诗崇心意、诗重鲜活等命题,认为性灵的涵义"实际上是包括着'我的'与'真的'两种主要的概念,因为有个'我'在,即可独抒自己的胸臆,专写自己的怀抱;而所谓的'真',是指真情感,只要是作者兴趣所到,性灵中所要说的话,都不是虚伪的、造作的",因此性灵与性情的不同用法在他看来乃是同一个意思④。这实际上又回到了日本学者最初的解释,但并未抓住实质问题。事实上,从与性情的关联来说明性灵,固然触及性灵的部分含义,但却模糊了问题的根本:性情可以直接抒发,也可以通过写物而显现,更接近于刘若愚所说的个性,包含理性和伦理观念;而性灵却只能直接摅写,因而更接近顾远芗所谓"内性的感情和感觉的综合",质言之就是内心的情感体验或人生体验。

且让我们来看看袁枚直接使用"性灵"的例子:

①王建生《袁枚的文学批评》,台湾圣环图书公司2001年版,第255页。
②张健《中国文学批评》第二十章"沈德潜的诗学",第319页。
③王英志《清人诗论研究》,江苏古籍出版社1986年版,第200页。
④简有仪《袁枚研究》,台湾文史哲出版社1988年版,第121页。

　　啸村工七绝,其七律亦多佳句。如:"马齿坐叼人第一,蛾眉窗对月初三。""卖花市散香沿路,踏月人归影过桥。""春服未成翻爱冷,家书空寄不妨迟。"皆独写性灵,自然清绝。腐儒以雕巧轻之,岂知钝根人正当饮此圣药耶?①

　　戊寅二月,过僧寺,见壁上小幅诗云:"花下人归喧女儿,老妻买酒索题诗。为言昨日花才放,又比去年多几枝。夜里香光如更好,晓来风雨可能支?巾车归若先三日,饱看还从欲吐时。"诗尾但书"与内子看牡丹",不书名姓。或笑其浅率。余曰:"一片性灵,恐是名手。"②

　　余丙辰入都,胡稚威引见徐坛长先生,己丑翰林,年登大耋;少游安溪李文贞公之门,所学一以安溪为归。诗不求工,而间有性灵流露处。《赠何义门》云:"通籍不求仕,作文能满家。坐环耽酒客,门拥卖书车。"真义门实录也。《幽情》云:"酒伴强人先自醉,棋兵舍己只贪赢。"《安居》云:"入坐半为求字客,敲门都是送花人。"亦《圭美集》中出色之句。③

　　余与香岩游天台,小别湖楼,已一月矣。归来几上堆满客中来信,花事都残。香岩有句云:"案前堆满新来札,墙角

────────────

①袁枚《随园诗话》卷一〇,第390—391页。
②袁枚《随园诗话》卷一二,第457—458页。
③袁枚《随园诗话》补遗卷二,第463—644页。

开残去后花。"又《别西湖》云:"看来直似难忘友,想去还多
未了诗。"一片性灵,笔能曲达。①

在这四个用例中,性灵都指向某种生活情境,不属于景物描写而
属于人生体验的感悟与触发,简单地说也就是性情+灵机。《钱屿
沙先生诗序》说,"今人浮慕诗名而强为之,既离性情,又乏灵机,
转不若野氓之击辕相杵,犹应《风》《雅》焉"②,正是一个很能说明
问题的反证。

　　袁枚诗学中类似性灵的概念还有情韵。《钱竹初诗序》提到:
"余尝谓作诗之道,难于作史。何也? 作史三长,才、学、识而已。
诗则三者宜兼,而尤贵以情韵将之。所谓弦外之音、味外之味
也。"③《随园诗话》补遗卷七又发挥道:

　　《学记》曰:"不学博依,不能安诗。""博依",注作"譬喻"
解。此诗之所以重比兴也。韦正已曰:"歌不曼其声则少情,
舞不长其袖则少态。"此诗之所以贵情韵也。古人东坡、山
谷,俱少情韵。今藏园、瓯北两才子诗,斗险争新,余望而却
步,惟于"情韵"二字,尚少弦外之音。能之者,其钱竹
初乎?④

---

①袁枚《随园诗话》补遗卷五,第 747 页。
②袁枚《小仓山房续文集》卷二八,《袁枚全集》,第 2 册第 487 页。
③袁枚《小仓山房续文集》卷二八,《袁枚全集》,第 2 册第 492 页。
④袁枚《随园诗话》补遗卷七,第 817—818 页。

他所以不标举传统的"性情"概念,是因为前人的性、情之别,在他眼中根本就毫无意义。首先,他认为"宋儒分气质之性、义理之性,大谬。无气质,则义理何所寄耶?"①其次,性作为内在的品质又无可端倪,只能以情为其表见,即《书〈复性书〉后》所谓"夫性,体也;情,用也。性不可见,于情而见之","孔子之'能近取譬',孟子之扩充'四端',皆即情以求性也"②。他在《牍外余言》中还曾专门阐析这个道理:

> 火隐于石,非敲不见;泉伏于地,非掘不流。倘无敲掘之者,则亦万古千秋伏于石中、地中而已矣!凡人喜怒哀乐之未发,亦犹是也。此处无可着力,而李延平教人认喜怒哀乐未发时气象,岂非捕空索隐,即禅僧教人认父母未生以前之面目乎?须知性无可求,总求之于情耳。③

这等于是将传统观念中意味着稳定、善良,处于上位的"性"悬置了起来,意谓性既不可自现,也就没有讨论的意义,只能求之于情。因此他在一些场合确实只谈情,如《答蕺园论诗书》云:"诗者,由情生者也。有必不可解之情,而后有必不可朽之诗。"④《随园诗话》卷三云:"诗以言我之情也,故我欲为之则为之,我不欲为则不为。"又卷十云:"余最爱言情之作,读之如桓子野闻歌,辄唤

①袁枚《牍外余言》第二一则,《袁枚全集》,第5册第7页。
②袁枚《小仓山房文集》卷二三,《袁枚全集》,第2册第395页。
③袁枚《牍外余言》第七〇则,《袁枚全集》,第5册第26页。
④袁枚《小仓山房续文集》卷三〇,《袁枚全集》,第2册第527页。

奈何。"补遗卷七云:"文以情生,未有无情而有文者。"但问题是,情夙来与欲望相联系,且已被明人用滥,此时再加以标举,既缺乏新鲜感也不会有号召力。或许有鉴于此,他转而标举"性灵"这个同样有着古老的渊源而又一度遭冷遇的概念来作为自己的旗号。

以性灵为标志性的概念来命名一种诗歌理论,其实很难提示什么理论内涵,不如说更像是提出一个倾向于主观表现的创作主张。如果性灵真是这样一个诗学概念,那又有什么新奇之处,又怎么会耸动诗坛、风靡天下呢? 很显然,袁枚的性灵绝不是那么简单的概念,无论从哪个角度看,它都应该包含了丰富的社会意识和特定的诗学内涵。我们先来看看《随园诗话》第二则,这是论及袁枚的性灵说必举的材料:

> 杨诚斋曰:"从来天分低拙之人,好谈格调,而不解风趣。何也? 格调是空架子,有腔口易描;风趣专写性灵,非天才不办。"余深爱其言。须知有性情,便有格律,格律不在性情外。《三百篇》半是劳人思妇率意言情之事,谁为之格,谁为之律? 而今之谈格调者,能出其范围否? 况皋、禹之歌,不同乎《三百篇》;《国风》之格,不同乎《雅》《颂》:格岂有一定哉? 许浑云:"吟诗好似成仙骨,骨里无诗莫浪吟。"诗在骨不在格也。①

这段议论代表着袁枚对诗歌的基本看法,堪称是一个纲领性的宣

---

① 袁枚《随园诗话》卷一,第 2 页。

言。他在此表达的见解是:(一)作诗最重要的是有诗的风趣、性灵,两者都与天才相关;(二)有风趣、性灵,便自然有格调、格律;(三)风趣、性灵不是文人才士独有的品质,劳人思妇也能具备;(四)骨子里没有诗性的人,不必作诗。

这些论点自然都不是袁枚的独创发明。第一点就不用说了,只不过将性情与风趣、性灵打通。杨万里原用性灵,袁枚却换成性情,显见得并不特别在意"性灵"的概念。第二点,尤侗《曹德培诗序》已有类似说法:"诗之至者,在乎道性情。性情所至,风格立焉,华采见焉,声调出焉。"①第三点尤属老生常谈,李东阳《麓堂诗话》已言之在先:"诗有别材,非关书也;诗有别趣,非关理也。然非读书之多明理之至者,则不能作。论诗者无以易此矣。彼小夫贱隶、妇人女子,真情实意,暗合而偶中,固不待于教。而所谓骚人墨客、学士大夫者,疲神思,弊精力,穷壮至老而不能得其妙,正坐是哉!"②后来嘉靖间吴子孝论诗、清初吴之振《长留集序》都持同样的看法③。就观念而言,袁枚这些见解几乎说不上有什么独特之处。德国学者卜松山研究袁枚诗论,所得结论便是:"袁枚既没有作出重大的革新,也没有提出统一的诗学理论,他仅仅是重复了前人提出的一些观点。"④这无疑是事实,但问题在于,重

①尤侗《西堂杂俎》三集卷三,康熙刊本。
②丁福保辑《历代诗话续编》,下册第 1378 页。
③姚祖恩编《静志居诗话》卷一二,上册第 336 页;孔尚任、刘廷玑《长留集》卷首,中国书店 1991 年影印康熙刊本。
④卜松山《中国的美学和文学理论》,向开译,华东师大出版社 2010 年版,第337 页。

复不等于无所创新。尤其在中国，思想表达的习惯，历来就是在重复和诠释古典中寄寓自己的意旨。《渔洋诗话》列举前人若干诗论，无非是老生常谈，但集合在一起，就表达了王士禛的神韵诗说①。袁枚对许浑、杨万里诗论的引述，也具有类似的功能。

其实自明代以来，从前后七子的格调到王渔洋的神韵，再到沈德潜的格调，莫不对前人学说有着不同程度的接受和吸纳，只不过着眼点不同而已。袁枚"性灵"说与前代诗学的关系也是如此，历史上与性灵概念有关的人物，像南朝钟嵘、宋代杨万里、明代公安三袁、李贽等一直都为研究者所注意。张健指出公安派的性灵说系建立在心学基础之上，而袁枚的性灵说则建立在才性论基础之上②，尤其给人启发。由此引出的问题是，袁枚的性灵说既然将诗归结于才性，将诗的核心问题还原到诗人的主体方面，那么就无法回避一个问题，正如心学的明心见性不足以保证致良知之必然，立足于才性论的"性灵"又如何能维持诗歌的品格呢？看来，袁枚需要为他的性灵开出更具体有力的保险条款。

袁枚显然是意识到这一点的。他的性灵说既不是对明代性

①王士禛《渔洋诗话》："戴叔伦论诗云：'蓝田日暖，良玉生烟。'司空表圣云：'不著一字，尽得风流。''神出古异，澹不可收。''采采流水，逢逢远春。''明漪见底，奇花初胎。''晴雪满林，隔溪渔舟。'刘蜕《文冢铭》云：'气如蛟宫之水。'严羽云：'如镜中之花，水中之月。''如羚羊挂角，无迹可求。'姚宽《西溪丛语》载《古琴铭》云：'山高溪深，万籁萧萧。古无人踪，唯石巉峣。'东坡《罗汉赞》云：'空山无人，水流花开。'王少伯诗云：'空山多雨雪，独立君始悟。'"丁福保辑《清诗话》，上册第213页。
②张健《清代诗学研究》第十六章"古典与近代之间：袁枚的性灵说"，第726页。

灵派的全盘接受,也不是简单的重复,它是在广泛吸收与综合前代诗学的基础上形成的一种诗学理论,其中起码包含了以下这些与自我表现相关的观念。

首先是祖莹的自出机杼,成一家风骨。《随园诗话》有云:"为人不可以有我,有我则自恃很用之病多,孔子所以'无固''无我'也。作诗不可以无我,无我则剿袭敷衍之弊大,韩昌黎所以'惟古于词必己出'也。北魏祖莹云:'文章当自出机杼,成一家风骨,不可寄人篱下。'"①不难看出,这段议论与清初冯班的"诗中有人"之说也有一定的渊源。袁枚《续诗品·著我》更断言:"不学古人,法无一可。竟似古人,何处著我?"与明代性灵派心学立场不同的是,他的主张渊源于北魏祖莹。

其次是韩愈的"惟陈言之务去",即《随园诗话》所云:"司空表圣论诗,贵得味外味。余谓今之作诗者,味内味尚不能得,况味外味乎? 要之,以出新意、去陈言,为第一着。《乡党》云:'祭肉不出三日;出三日,则不食之矣。'能诗者,其勿为三日后之祭肉乎!"②这是强调必除故方能创新。

复次是陆龟蒙的"题目佳境,言不可刊置别处"。《随园诗话》云:"陆鲁望过张承吉丹阳故居,言:'祜善题目佳境,言不可刊置别处。此为才子之最也。'余深爱此言。自古文章所以流传至今者,皆即情即景,如化工肖物,着手成春,故能取不尽而用不竭。不然,一切语古人都已说尽;何以唐、宋、元、明,才子辈出,能各自

——————

① 袁枚《随园诗话》卷七,第 235 页。
② 袁枚《随园诗话》卷六,第 200 页。

成家而光景常新耶？即如一客之招，一夕之宴，开口便有一定分寸，贴切此人、此事，丝毫不容假借，方是题目佳境。若今日所咏，明日亦可咏之；此人可赠，他人亦可赠之，便是空腔虚套，陈腐不堪矣。"①当前人胜处难以逾越时，欲与前人争胜，就只有追求艺术表现的妥帖和分寸感。这便是古人所谓的"切"，也是袁枚破除一切诗家规条后退守的艺术底线。

复次是杨万里的风趣，如前引《随园诗话》所说，诗发自性灵，则天机活泼，光景常新，这是袁枚性灵诗学的核心内容之一，已有学者专门讨论②。

复次是陈白沙的风韵。陈献章《与汪提举》写道："大抵论诗当论性情，论性情先论风韵，无风韵则无诗矣。今之言诗者异于是，篇章成即谓之诗，风韵不知，甚可笑也。性情好，风韵自好；性情不真，亦难强说。"③这个说法非常有名，在明代即为王世贞所叹赏，到清初又经尤侗《历代诗发序》为之倡说。虽然后来也遭受批评④，但自康熙以后不断有人响应。尤珍《访濂连日论诗有契辱赠佳篇次韵奉酬二首》其一云："叹服江门言，大雅得正统。性情及风韵，天机自拈弄。"自注："白沙云论诗当论性情，论性情先论风韵，无风韵则无诗矣。"⑤又其《介峰札记》卷三亦云："或问：

①袁枚《随园诗话》卷一，第21页。
②林纯祯《袁枚诗中"趣"的研究》，台湾彰化师范大学硕士论文，2003年。
③吴文治主编《明诗话全编》，第2册第1386页。
④周寅清《典三腾稿》卷一〇《岭南论诗绝句》："白沙欲学香山派，到底何如长庆篇。未到简明归浅率，寥参终是老婆禅。"咸丰七年刊本。
⑤尤珍《沧湄诗稿》卷一六，康熙刊本。按：访濂，彭定求字。

有一言而可尽千古诗文之妙者乎？曰：其真乎？诗文从真性情流出，乃为极至。陈白沙云：'论诗当论性情，论性情当论风韵，无风韵则无诗矣。'予谓有真性情乃有真风韵，性情风韵皆不可以伪为也。"①

复次是王阳明的真诚说。《随园诗话》曾说："王阳明先生云：'人之诗文，先取真意。譬如童子垂髫肃揖，自有佳致；若带假面，伛偻而装须髯，便令人生憎。'顾宁人与某书云：'足下诗文非不佳。奈下笔时，胸中总有一杜一韩放不过去，此诗文之所以不至也。'"②又云："熊掌、豹胎，食之至珍贵者也；生吞活剥，不如一蔬一笋矣。牡丹、芍药，花之至富丽者也；剪彩为之，不如野蓼、山葵矣。味欲其鲜，趣欲其真；人必知此，而后可与论诗。"③

复次是李贽的童心说。《随园诗话》云："余尝谓：诗人者，不失其赤子之心者也。沈石田《落花》诗云：'浩劫信于今日尽，痴心疑有别家开。'卢仝云：'昨夜醉酒归，仆倒竟三五。摩挲青莓苔，莫嗔惊着汝。'宋人仿之，云：'池昨平添水三尺，失却捣衣平正石。今朝水退石依然，老夫一夜空相忆。'又曰：'老僧只恐云飞去，日午先教掩寺门。'近人陈楚南《题〈背面美人图〉》云：'美人背倚玉阑干，惆怅花容一见难。几度唤他他不转，痴心欲掉画图看。'妙在皆孩子语也。"④这明显是发挥李贽《童心说》之意："夫童心者，

----

① 尤珍《介峰札记》，《沧湄诗稿》附，康熙刊本。
② 袁枚《随园诗话》卷三，第 76 页。
③ 袁枚《随园诗话》卷一，第 22 页。
④ 袁枚《随园诗话》卷三，第 80 页。

真心也","天下之至文,未有不出于童心焉者也。"①由此可见袁枚与公安派是出于同样的思想渊源。

复次是陈祚明的深情说。《采菽堂古诗选》卷十一评潘岳:"安仁情深之子,每一涉笔,淋漓倾注,宛转侧折,旁写曲诉,刺刺不能自休。夫诗以道情,未有情深而语不佳者。"何承燕夙以情种自命(自序),袁枚评其《春巢诗钞》,"凡诗以情胜者为真诗,以文胜者为伪体",又称赞"春巢之诗深于情者也"②。光有真情还不够,还要有深情,这是袁枚不同于一般性情论者的地方。袁枚《读白太傅集三首》其一云:"天性多情句自工。"③《随园诗话》又说:"凡作诗,写景易,言情难。何也?景从外来,目之所触,留心便得;情从心出,非有一种芬芳悱恻之怀,便不能哀感顽艳。然亦各人性之所近:杜甫长于言情,太白不能也;永叔长于言情,子瞻不能也。王介甫、曾子固偶作小歌词,读者笑倒,亦天性少情之故。"④于此可见袁枚论诗主深情的立足点。

复次是周亮工的自然抒发。《随园诗话》云:"最爱周栎园之论诗曰:'诗以言我之情也,故我欲为则为之,我不欲为则不为。原未尝有人勉强之,督责之,而使之必为诗也。是以《三百篇》称心而言,不著姓名,无意于诗之传,并无意于后人传我之诗。嘻!此其所以为至与!今之人,欲借此以见博学,竞声名,则误

---

①李贽《焚书》卷三,中华书局 1975 年版,第 98—99 页。
②何承燕《春巢诗钞》卷首,清刊本。
③袁枚《小仓山房诗集》卷三〇,《袁枚全集》,第 1 册第 708 页。
④袁枚《随园诗话》卷六,第 198 页。

矣！'"①周亮工的说法是自我表现论的一个经典表述，王渔洋的
"伫兴"说与之相通。如果说袁枚性灵诗学与王渔洋神韵论有什
么相通点的话，大概就在这里。

复次是黄宗羲的清气说，也见于《随园诗话》："黄梨洲先生
云：'诗人萃天地之清气，以月露、风云、花鸟为其性情。月露、风
云、花鸟之在天地间，俄顷灭没；惟诗人能结之于不散。'先生不以
诗见长，而言之有味。"②论诗主清，是古典诗学一个源远流长的
传统观念，但袁枚却是由黄宗羲的议论获得启发的。这再次提醒
我们：传统，总是离我们最近的部分对我们影响最大。

最后是王彦泓的风情。风情，原如日本作家永井荷风所说，
"是那种只有经受艺术洗练的幻想家的心灵才可体味、而无法用
言语表达的复杂而丰富的美感的满足"③。但在当时，它常与男
女艳情联系在一起，王彦泓的风情更被目为亵靡淫艳。沈德潜
《国朝诗别裁集·凡例》宣称："诗必原本性情，关乎人伦日用及古
今成败兴坏之故者，方为可存，所谓其言有物也。若一无关系，徒
办浮华，又或叫号撞搪以出之，非风人之指矣。尤有甚者，动作温
柔乡语，如王次回《疑雨集》之类，最足害人心术，一概不存。"④袁
枚寄书论辩，劈头便说："闻《别裁》中独不选王次回诗，以为艳体
不足垂教，仆又疑焉。"又说："艳诗宫体，自是诗家一格。孔子不

①袁枚《随园诗话》卷三，第 79 页。
②袁枚《随园诗话》卷三，第 81 页。
③《永井荷风散文选》，陈德文译，百花文艺出版社 1997 年版，第 115 页。
④沈德潜《清诗别裁集》，第 2 页。

删郑、卫之诗,而先生独删次回之诗,不已过乎?"①在《答蕺园论诗书》中,袁枚更截然断言:"有必不可解之情,而后有必不可朽之诗。情所最先,莫如男女。"②男女之情是袁枚生活和创作中的一个重要主题,没有风情,袁枚的性灵说就会少很多个性色彩。

综上所述,袁枚的性灵乃是一个涵摄前代诸多诗学命题的范畴,这些诗学命题全都指向一个核心——自我表现;而在话语层面,它又与生动和风趣联系在一起。这也是它给人印象较深的一点。如《随园诗话》载:"有人以某巨公之诗,求选入《诗话》。余览之倦而思卧,因告之曰:'诗甚清老,颇有工夫;然而非之无可非也,刺之无可刺也,选之无可选也,摘之无可摘也。孙兴公笑曹光禄"辅佐文如白地明光锦,裁为负版袴;非无文采,绝少剪裁"是也。'或曰:'其题皆庄语故耳。'余曰:'不然。笔性灵,则写忠孝节义,俱有生气;笔性笨,虽咏闺房儿女,亦少风情。'"③袁枚的性灵就是这样,有着多样的面向和趣味。那么是否可以说,它就是传统诗学观念的一大综合,是个融合旧有理论而建构起来的一个新范畴呢?那又不然。袁枚的性灵非但不具有理论建构的意义,甚至还很典型地符合德里达的解构观念,是一个明显带有解构倾向的概念。

德里达认为,"一个体制(institution)于其创建之时刻中的悖

①袁枚《再与沈大宗伯书》,《小仓山房文集》卷一七,《袁枚全集》,第2册第285—286页。
②袁枚《袁枚全集》,第2册第527页。
③袁枚《随园诗话》补遗卷二,第673页。

论，即是一方面它开辟了某种新的东西，另一方面它也继承了某种东西，它忠于过去的记忆，忠于传统，忠于我们从过去、前人和文化那里所承继的遗产"。两者由此形成一种解构之势："在记忆、忠诚、保存所继承的遗产之时——同时——异质性、全新的事物、与过去决裂也在起作用，这二者之间有着不可混同的张力。"①性灵正是如此，它一方面在诸多传统观念中提取一种有限的同一性，同时又坚决地抛弃那些相关的外在规范，即德里达特别强调的阻止同一性自我封闭的那些因素②。这正如同解构决不否定同一性，但会警惕，"把优越地位赋予同一性、整体性、各种有机的整体以及同一化的社会对于独立责任、自由选择、伦理和政治都是威胁"。无论从什么意义上说，性灵都是个解构性的概念，它不仅如下文所显示的，具有颠覆和消解一切传统观念的势能，同时也有着阻止同一性自我封闭的机制。不是么？所有传统的诗学观念，都因有特定的美学目标而不可避免地走向同一性的自我封闭状态，唯独性灵是个例外。这是由其唯自我表现论的本质所决定的。一如德里达所处理的解构和正义的难题，法律可以被解构，但正义是不能被解构的，因为正义永远与自身保持差异。同理，性灵可以被解构，但自我表现是不能被解构的，自我表现同样也与自身保持差异。差异在于自我表现是不可重复的。

---

① 德里达《解构与思想的未来》，夏可君译，吉林人民出版社 2006 年版，第
　41—42 页。
② 德里达《解构与思想的未来》，第 48 页。

二、"性灵"说的解构倾向及其理路

由于袁枚诗论随处折射着前代诗说的回响,很容易被视为杂糅各种诗说的折中和混合体。前辈学者常有这种看法,如朱东润说"他接受以前一切诗论,同时又破除以前一切诗论,这是他性灵说所以能组成系统的主要原因",郭绍虞说他的诗论"四面八方处处顾到,却是无懈可击"①。钱锺书论袁枚诗不可以朝代分的主张,觉得他时而认为唐诗较宋诗佳,时而又持相反的立场,略显矛盾②。这些结论对今人理解袁枚诗学的主导倾向产生一定影响③。其实,袁枚并不是没有自己的趣味和标准,他的楷模是白居易、杨万里。但这两位诗人在当时是提不上台面的,他既不能拿白居易来压倒李、杜,也无法让杨万里凌驾于苏、黄之上,于是他只有采取将前代偶像全部推倒、将唐宋扯平的策略,这样他就可以顺理成章、理直气壮地拈出他心爱的香山、诚斋二公了。

其实,类似袁枚"《三百篇》半是劳人思妇率意言情之事,谁为

①郭绍虞《中国文学批评史》,第 566 页。

②参看钱锺书《谈艺录》,第 215 页。

③司仲敖也说:"其性灵诗说,集前代神韵、格调、性灵诸说之长,折衷调和,截长补短,成一家之论,其立论周全完整,举凡天分与学力,内容与形式,自然与雕琢,平淡与精深,学古与师心,一切矛盾冲突之观点,皆双管齐下,不稍偏倚。"《随园及其性灵诗说之研究》序,台湾文史哲出版社,1988 年版,第 1—2 页。

之格,谁为之律? 而今之谈格调者,能出其范围否"的说法,在元代已被元好问所修正。其《陶然集诗序》首先举《诗经》"匪我愆期,子无良媒""自伯之东,首如飞蓬""爱而不见,搔首踟蹰""既见复关,载笑载言"等句,以为虽系"小夫贱妇满心而发,肆口而成",但"见取于采诗之官,而圣人删诗,亦不敢尽废。后世虽传之师,本之经,真积力久而不能至焉"。为什么古今作诗难易如此不侔呢? "盖秦以前,民俗醇厚,去先王之泽未远。质胜则野,故肆口成文,不害为合理。使今世小夫贱妇,满心而发,肆口而成,适足以污简牍,尚可辱采诗官之求取邪?"这是说,古今作诗难易所以不同,民俗醇漓之别固然是重要原因,但归根结底还在于有无规范的限制。古人作诗无定规,文成法立,自然高妙。后人创作,首先便面临一系列规范,而这种规范在不同时代又表现为不同的艺术意志:

　　故文字以来,《诗》为难;魏、晋以来,复古为难;唐以来,合规矩准绳尤难。夫因事以陈辞,辞不迫切而意独至,初不为难;后世以不得不难为难耳! 古律、歌行、篇章、操引、吟咏、讴谣、词调、怨叹,诗之目既广;而诗评、诗品、诗说、诗式,亦不可胜读。大概以脱弃凡近、澡雪尘翳、驱驾声势、破碎阵敌、囚锁怪变、轩豁幽秘、笼络今古、移夺造化为工,钝滞僻涩、浅露浮躁、狂纵淫靡、诡诞琐碎、陈腐为病。①

―――――――――

①姚奠中主编《元好问全集》卷三七,山西人民出版社 1990 年版,下册第44—45 页。

为了使自己的趣味更加合理化,袁枚干脆取消了对以往诗歌史的价值评判:古今历代之诗只有相对的差异,而没有绝对的高下之分。他曾在《与沈大宗伯论诗书》里亮出这一观点:

> 尝谓诗有工拙,而无今古。自葛天氏之歌至今日,皆有工有拙;未必古人皆工,今人皆拙。即《三百篇》中,颇有未工不必学者,不徒汉、晋、唐、宋也。今人诗有极工极宜学者,亦不徒汉、晋、唐、宋也。然格律莫备于古,学者宗师,自有渊源。至于性情遭际,人人有我在焉,不可貌古人而袭之,畏古人而拘之也。①

取消诗史认知中的价值判断,就等于推倒历来形成的经典体系。这不只是对传统诗史评价系统的彻底解构,同时也意味着对一切艺术规范的放逐。他晚年的议论尤其显示出这种倾向:

> 孔子论诗,但云兴、观、群、怨,又云温柔敦厚,足矣!孟子论诗,但云以意逆志,又云言近而指远,足矣!不料今之诗流,有三病焉:其一填书塞典,满纸死气,自矜淹博;其一全无蕴藉,矢口而道,自夸真率;近又有讲声调而圈平点仄以为谱者,戒蜂腰、鹤膝、叠韵、双声以为严者,栩栩然矜独得之秘。不知少陵所谓"老去渐于诗律细",其何以谓之律,何以谓之细,少陵不言。元微之云:"欲得人人服,须教面面全。"其作

①袁枚《小仓山房文集》卷一七,《袁枚全集》,第2册第283页。

何全法,微之亦不言。盖诗境甚宽,诗情甚活,总在乎好学深
思,心知其意,以不失孔、孟论诗之旨而已。必欲繁其例,狭
其径,苛其条规,桎梏其性灵,使无生人之乐,不已慎乎! 唐
齐已有《风骚旨格》,宋吴潜溪有《诗眼》,皆非大家真知
诗者。①

除了孔子的兴观群怨、温柔敦厚,孟子的以意逆志、言近而指远,
诗家一切法则条规都在否定之列。我们知道,历史上对诗法、诗
格的鄙斥,在在都有,但尚未见如此激烈和绝对的否定态度。当
然,性灵若只能容纳孔、孟这些古老的信条,那就不过是陈腐不堪
的老生常谈而已,又岂是袁枚这样的人所乐道? 事实上,当性灵
作为新诗学观念的核心范畴,作为新思潮的旗帜高扬起来时,其
自身的派生能力已演绎出若干有明确的方向性、明显不同于前人
看法的命题。即使在貌似推衍清初以来调和唐宋、泯灭初盛中晚
之辨的反复论辩中,我们也能清晰地分辨出属于他个人的声音,
那就是极力推崇天性和天才,甚至断言“诗文之道,全关天分”②。
正因为如此,铃木虎雄论性灵说的要点,说:“性灵派所贵,一言以
蔽之,曰才。”③

　　袁枚晚年曾在《南园诗选序》中倡言:“诗不成于人,而成于其
人之天。其人之天有诗,脱口能吟;其人之天无诗,虽吟而不如其

①袁枚《随园诗话》补遗卷三,第 679—680 页。
②袁枚《随园诗话》卷一四,第 529 页。
③铃木虎雄《中国诗论史》,第 208 页。

无吟。同一石,独取泗滨之磬;同一铜,独取商山之钟:无他,其物之天殊也。舜之庭,独皋陶赓歌;孔之门,独子夏、子贡可与言诗:无他,其人之天殊也。"①所谓天,即天生的禀赋。如李白《怀素草书歌》所谓"古来万事贵天生,何必公孙大娘浑脱舞?"赵翼《论诗》所谓"到老始知非力取,三分人事七分天"②。作诗既然依赖于先天禀赋,那就绝不是人们普遍可以拥有的东西。于是今日诗人之众多,非但不是诗家美谈,而适足为诗歌的堕落和灾难:"予往往见人之先天无诗,而人之后天有诗。于是以门户判诗,以书籍炫诗,以叠韵、次韵、险韵敷衍其诗,而诗道日亡!"③

　　所谓先天、后天之"诗",乃是指人天赋的诗性,在袁枚看来也就是人掌握诗歌的天赋才能,是诗歌写作的首要资质。它无法于后天获得,即"诗文自须学力,然用笔构思,全凭天分"④。《随园诗话》中曾一再强调这一点,而且总是以天分与学力对举,如补遗卷六即说,"诗如射也,一题到手,如射之有鹄,能者一箭中,不能者千百箭不能中"。"其中不中,不离'天分学力'四字。孟子曰:'其至尔力,其中非尔力。'至是学力,中是天分"⑤。天分,就其表现于诗而言也就是才。袁枚曾引刘知几"有才无学,如巧匠无木,不能运斤;有学无才,如愚贾操金,不能屯货"之语,而更推衍道:"余以

①何士颙《南园诗选》卷首,《袁枚全集》,第7册第1页。又见《小仓山房续文集》卷二八,第2册第494页。
②袁枚《随园诗话》卷一五,第571页。
③何士颙《南园诗选》卷首,《袁枚全集》,第7册第1页。
④袁枚《随园诗话》卷一五,第571页。
⑤袁枚《随园诗话》补遗卷六,第789页。

为诗文之作意用笔,如美人之发肤巧笑,先天也;诗文之征文用典,如美人之衣裳首饰,后天也。至于腔调涂泽,则又是美人之裹足穿耳,其功更后矣!"①参照上文,可知作意用笔是诗歌创作最重要的环节,也是最需要先天之才的地方,这是袁枚晚年确信不疑的定论。

在这个问题上,袁枚甚至与他诗学直接师承的叶燮看法也不同。叶燮是承认诗可学而能的,但对于"多读古人之诗而求工于诗而传焉"则有所保留,认为:"诗之可学而能者,尽天下之人皆能读古人之诗而能诗,今天下之称诗者是也;而求诗之工而可传者,则不在是。"②在他看来,诗的工拙除了取决于天资人力外,最重要的是有无胸襟,其次才是取材、装饰、变化的能力。而袁枚则说:"诗境最宽,有学士大夫读破万卷,穷老尽气,而不能得其阃奥者。有妇人女子、村氓浅学,偶有一二句,虽李、杜复生,必为低首者。此诗之所以为大也。作诗者必知此二义,而后能求诗于书中,得诗于书外。"③《随园诗话》中记载这类例子很多,如薛中立幼时见蝴蝶,咏诗云:"佳人偷样好,停却绣鸳鸯。"大为乃父薛雪所赏。且道:"宋时某童子有句云:'应是子规啼不到,致令我父不还家。'都是就一时感触,竟成天籁。"④正是出于这种认识,袁枚引述陶元藻语曰:"与诗近者,虽中年后,可以名家;与诗远者,虽童而习之,无益也。磨铁可以成针,磨砖不可以成针。"⑤依此类

①袁枚《随园诗话》补遗卷六,第775—776 页。
②叶燮《原诗》内编上,丁福保辑《清诗话》,下册第572 页。
③袁枚《随园诗话》卷三,第95 页。
④袁枚《随园诗话》卷一〇,第363 页。
⑤袁枚《随园诗话》卷四,第133 页。

推,就自然会导向一个不免极端的论断:天性无诗之人有作如无,天性有诗之人不作如作。王鸣盛曾说:"所谓诗人者,非必其能吟诗也。果能胸境超脱,相对温雅,虽一字不识,真诗人矣。如其胸境龌龊,相对尘俗,虽终日咬文嚼字,连篇累牍,乃非诗人矣。"袁枚很欣赏这个说法,称其"深有得于诗之先者"①。又说:"皋陶作歌,禹、稷无闻;周、召作诗,太公无闻;子夏、子贡可与言诗,颜、闵无闻。人亦何必勉强作诗哉?"②

这么说来,所谓天分,所谓诗才,归根到底就是一种诗的悟性,近似于严羽的"妙悟",而更具自足性。有了这种诗性,作诗便不待外求:"但肯寻诗便有诗,灵犀一点是吾师。夕阳芳草寻常物,解用都为绝妙词。"③在这个意义上,称袁枚为彻底的写意论者也未尝不可,他的创作纯粹是一种师心自用的主观表现方式,不待外求景物的奇致伟观;在理论上则将诗歌的技术内涵都内化为天分的问题,从而导致对外在规范的轻视。事实上,性灵派与格调派诗学最鲜明的差异,就是破与立的相反路径。判断一个诗人的倾向是性灵派或是格调派,最简单的方法,就是看他是破还是立。凡论诗教人应该如何如何的大多是格调派,而皆言不须如何如何的便常是性灵派。举例来说,宋代理学家邵雍《击壤集》自序说:"所作不限声律,不沿爱恶,不立固必,不希名誉。"④这就是性灵派的话语。又如杨慎《丹铅杂录》卷二"音韵之原"条云:"大

①袁枚《随园诗话》卷九,第 341 页。
②袁枚《随园诗话》卷五,第 177—178 页。
③袁枚《遣兴》其七,《小仓山房诗集》卷三三,《袁枚全集》,第 1 册第 807 页。
④邵雍《击壤集》卷首,台湾广文书局 1987 年影印本。

凡作古文赋颂,当用吴才老古韵;作近代诗词,当用沈约韵。近世有倔强好异者,既不用古韵,又不屑用今韵,惟取口吻之便,乡音之叶,而著之诗焉,良为后人一笑刺尔。"①这里教人当如何如何用韵,正是格调派的话语。嘉、隆年间被列为后七子之一的谢榛,也对诗歌用韵多有要求。《四溟诗话》卷三曾有"作诗宜择韵审音,勿以为末节而不详考"的说法,属于典型的格调派言说。继格调派之后登上诗坛的袁枚,不仅要推倒格调派树立的规范,还要悉数破除传统诗学的准则。这就使他的诗学整体上给人以否定一切诗派的印象。铃木虎雄即已注意到这一点,在《中国诗论史》中专立"随园对诸派的攻击"一节,论述袁枚"对于其他传承诸派皆加以排斥"的情形,列举袁枚所攻击的敌手有格调派、神韵派、温和格调派、典故派、声调派,顺便提到的还有矢口派②。现在看来,后三派严格地说都不能称为诗派,只是某种写作倾向。要谈论袁枚对前人诗学的"破",还是按问题的性质来列论比较清楚。

三、破而不立的诗论

梳理袁枚的诗论,总让我感受到一股强烈的批判精神,贯注在其诗学的所有层面中。他给我最深刻的印象,就是破字当头,并且破而不立。

---

① 杨慎《丹铅杂录》,《国学基本丛书》本,第12页。
② 铃木虎雄《中国诗论史》,第178—189页。

　　首先,在美学层面上,袁枚诗学的基本倾向便是颠覆传统的审美理想,抛弃传统诗学的旧有观念。其矛头所及,"格调"首当其冲。《随园诗话》卷十六针对格调说带来的负面影响,曾感叹:"自格律严而境界狭矣,议论多而性情漓矣。"①此言很可能是受到汪楫之说的影响。《随园诗话》卷三提到:"汪舟次先生作《周栎园诗序》,曰:'《赖古堂集》欲小试神通,加以气格,未必不可以怖作者;但添出一分气格,定减去一分性情,于方寸中,终不愉快。'"②所谓格律、所谓气格,都是格调诗学的核心观念,在此被视为性情的克星,成为妨害性情抒发的障碍。值得注意的是,"格调"在格调派那里本来并不是一个中性的词,而是特指某一种格调,但在袁枚笔下,却变换成普遍意义上的格调。在《瓯北诗钞序》中,袁枚提到:"或惜耘菘诗虽工,不合唐格,余尤谓不然。夫诗宁有定格哉?《国风》之格,不同乎《雅》《颂》;皋、禹之歌,不同乎《三百篇》;汉、魏、六朝之诗,不同乎三唐。谈格者,将奚从? 善乎杨诚斋之言曰:'格调是空间架,钝根人最易藉口。'周栎园之言曰:'吾非不能为何、李格调以悦世也,但多一分格调者,必损一分性情,故不为也。'"③这里的"格调"虽系引证周亮工之说,但已转变成一般意义上的格调,它既与性情不相容,自然就意味着它作为主流审美趣味的固有价值已被彻底否定。

　　其次是诗教。在清初诗学的理论建构中,诗教曾被用以奠定

①袁枚《随园诗话》卷一六,第 603 页。
②袁枚《随园诗话》卷三,第 94 页。
③赵翼《瓯北诗钞》卷首,《赵翼全集》,第 4 册第 6 页。

诗学的伦理基础,成为诗家热衷于阐释和发挥的话题①。但到袁枚手中,诗教的"温柔"和"敦厚"却分别被褫解其神圣性②。关于温柔,《随园诗话》从含蓄的角度立论,说:"老学究论诗,必有一副门面语。作文章,必曰有关系;论诗学,必曰须含蓄。此店铺招牌,无关货之美恶。《三百篇》中有关系者,'迩之事父,远之事君'是也。有无关系者,'多识于鸟兽草木之名'是也。有含蓄者,'棘心夭夭,母氏劬劳'是也。有说尽者,'投畀豺虎''投畀有昊'是也。"③这段议论的潜在批评对象应该是沈德潜,类似的意思也见于《答沈大宗伯论诗书》中:"至所云'诗贵温柔,不可说尽,又必关系人伦日用',此数语有褒衣大袑气象,仆口不敢非先生,而心不敢是先生。何也?孔子之言,《戴经》不足据也,惟《论语》为足据。子曰'可以兴','可以群',此指含蓄者言之,如《柏舟》《中谷》是也。曰'可以观','可以怨',是指说尽者言之,如'艳妻煽方处''投畀豺虎'之类是也。曰'迩之事父,远之事君',此诗之有关系者也。曰'多识于鸟兽草木之名',此诗之无关系者也。仆读诗常折衷于孔子,故持论不得不小异于先生,计必不以为僭。"④至于敦厚,袁枚也一反崇厚鄙薄的传统观念,说:"今人论诗,动言贵厚而贱薄,此亦耳食之言。不知宜厚宜薄,惟以妙为

①详蒋寅《在传统的阐释与重构中展开》,《中国社会科学》2006年第6期。
②随园弟子宁楷《修洁堂集略》卷八《书随园诗后》:"温柔敦厚诗之教,何以先生一扫空。要建牙扬大纛,因羞勦说避雷同。达摩面壁原无佛,元帅张天自有蓬。寄语后贤休妄拟,先生才大本夔龙。"
③袁枚《随园诗话》卷七,第257页。
④王英志主编《袁枚全集》,第2册第284页。

主。以两物论，狐貉贵厚，鲛绡贵薄。以一物论，刀背贵厚，刀锋贵薄。安见厚者定贵，薄者定贱耶？古人之诗，少陵似厚，太白似薄；义山似厚，飞卿似薄：俱为名家。"①后来朱庭珍颇不认同此言，驳之曰："不知诗非物比，以厚为贵，绝无贵薄之理。不惟少陵、玉溪诗厚，太白、飞卿其诗亦厚，自来诗家，无以薄传者。"②他没注意到，袁枚其实并非专以薄为贵，他只不过要抹去厚薄固有的价值色彩而已，"宜厚宜薄，惟以妙为主"才是核心所在。

复次是豪放和阳刚气质。这原是传统美学所崇尚的风格倾向，然而袁枚在《随园诗话》中对此也提出驳议："元遗山讥秦少游云：'有情芍药含春泪，无力蔷薇卧晚枝。拈出昌黎《山石》句，方知渠是女郎诗。'此论大谬。芍药、蔷薇，原近女郎，不近山石，二者不可相提而并论。诗题各有境界，各有宜称。杜少陵诗，'光焰万丈'，然而'香雾云鬟湿，清辉玉臂寒'，'分飞蛱蝶原相逐，并蒂芙蓉本是双'。韩退之诗，'横空盘硬语'，然'银烛未销窗送曙，金钗半醉坐添春'，又何尝不是'女郎诗'耶？《东山》诗：'其新孔嘉，其旧如之何？'周公大圣人，亦且善谑。"③这同样不是弃阳刚而专取阴柔，而只是要为阴柔张目，"诗题各有境界，各有宜称"，是其主旨所在。

复次是无一字无来处。这是江西诗派奉行的家数，虽曾遭严

①袁枚《随园诗话》卷四，第127页。《小仓山房续文集》卷三一《〈何南园诗选〉后序》亦云："或嫌何诗境太薄，又答之曰：'以一物而论，剑脊贵厚，剑锋贵薄；以两物而论，裘贵厚，鲛绡贵薄。诗之佳否，不在厚与薄也。'"
②朱庭珍《筱园诗话》卷二，郭绍虞辑《清诗话续编》，第4册第2352页。
③袁枚《随园诗话》卷五，第160页。

羽抨击,但元明以来仍是格调派诗家遵循的准则。袁枚在《随园诗话》中曾提到:"宋人好附会名重之人,称韩文杜诗,无一字没来历。不知此二人之所以独绝千古者,转妙在没来历。元微之称少陵云:'怜渠直道当时事,不着心源傍古人。'昌黎云:'惟古于词必己出,降而不能乃剽贼。'今就二人所用之典,证二人生平所读之书,颇不为多,班班可考;亦从不自注此句出何书,用何典。昌黎尤好生造字句,正难其自我作古,吐词为经。他人学之,便觉不妥耳。"①今按:此论发自叶燮,类似的意思已见于《原诗》外篇,强调自我作古,肯定生造的合理性。袁枚承之,更翻尽诗家大案。由此也可看到袁枚诗学与叶燮诗学观念的一脉相承之处。

复次是排斥理语。在传统诗学中,理与情一直是相对立的概念,崇尚性情的诗家大多反对以理语入诗。而独主性灵的袁枚竟意外地不排斥理语,这就耐人寻味了。《随园诗话》写道:"或云诗无理语,予谓不然。《大雅》'于缉熙敬止''不闻亦式,不谏亦入',何尝非理语,何等古妙!《文选》:'寡欲罕所缺,理来情无存。'唐人:'廉岂活名具,高宜近物情。'陈后山《训子》云:'勉汝言须记,逢人善即师。'文文山《咏怀》云:'疏因随事直,忠故有时愚。'又宋人:'独有玉堂人不寐,六箴将晓献宸旒。'亦皆理语,何尝非诗家上乘?至乃'月窟''天根'等语,便令人闻而生厌矣。"②这再度表明,袁枚诗学从来不执着于任何观念,即便是常为诗家拒斥的理语,也毫不拘泥地加以包容,同时又注意适当的限度,以

①袁枚《随园诗话》卷三,第106页。
②袁枚《随园诗话》卷三,第102页。

防堕于枯燥迂腐。

最后,甚至连最负面的"伪",袁枚也能在某种意义上承认其特定的价值。谁都知道,尚真辟伪历来是传统诗学的基本立场,自清初以来对"真诗"的崇尚更成为诗坛普遍的追求①。然而标举性灵的袁枚在真伪问题上,并不一味地"绝假纯真"②,在诗话中他曾引王昆绳(源)的说法,道是:"诗有真者,有伪者,有不及伪者。真者尚矣,伪者不如真者;然优孟学孙叔敖,终竟孙叔敖之衣冠尚存也。使不学孙叔敖之衣冠,而自着其衣冠,则不过蓝缕之优孟而已。譬人不得看真山水,则画中山水,亦足自娱。今人诋呵七子,而言之无物,庸鄙粗哑,所谓不及伪者是矣。"③这是说模拟毕竟也能保存典型之约略,相比一无是处的本色,终胜一筹。由此引申开去,今人庸鄙粗哑而又言之无物的作品,比起明七子的模拟自是更等而下之。参照清初对明诗的全盘否定,这不能不说是一个新颖而独到的见解。

以上是美学层面对传统观念的颠覆,迨及素材层面,袁枚诗学虽不能说完全抛弃学问,但明显已不放在突出的重要位置上。自清初以来,无论哪个诗派都讲究学问和读书,即便是神韵派也不例外,认为性情有待于学力来发挥。郎廷槐曾请教王渔洋说:"作诗,学力与性情必兼具而后愉快。愚意以为学力深,始能见性情。若不多读书,多贯穿,而遽言性情,则开后学油腔滑调,信口

---

① 参看蒋寅《在传统的阐释与重构中展开》,《中国社会科学》2006 年第 6 期。
② 石玲《袁枚诗论》,第 94 页。
③ 袁枚《随园诗话》卷八,第 307 页。

成章之恶习矣。近时风气颓波，唯夫子一言以为砥柱。"渔洋答："司空表圣云'不著一字，尽得风流'，此性情之说也；扬子云云'读千赋则能赋'，此学问之说也。二者相辅而行，不可偏废。若无性情而侈言学问，则昔人有讥点鬼簿、獭祭鱼者矣。学力深，始能见性情，此一语是造微破的之论。"①而唐孙华论诗说得更清楚："学问性灵不可缺一，有学问以发擿性灵，有性灵以融冶学问，而诗可庶几也。"②这可以说是诗坛通行的观念。然而袁枚在性灵和学问之间却偏有取舍，明显排斥用事，对当时炫学逞博的风气更是屡有抨击。针对诗坛喜好堆垛故实的习尚，他发出质问："人有满腔书卷，无处张皇，当为考据之学，自成一家；其次则骈体文，尽可铺排。何必借诗为卖弄？"③并且肯定，"自《三百篇》至今日，凡诗之传者，都是性灵，不关堆垛"。纵观诗史，"惟李义山诗，稍多典故；然皆用才情驱使，不专砌填也"。所以他仿元好问作《论诗绝句》，末一首即云："天涯有客号詅痴，误把抄书当作诗。抄到钟嵘《诗品》日，该他知道性灵时。"④针对好用杂事僻韵，他又指出："古无类书，无志书，又无字汇；故《三都》《两京》赋，言木则若干，言鸟则若干，必待搜辑群书，广采风土，然后成文。果能才藻富艳，便倾动一时。洛阳所以纸贵者，直是家置一本，当类书、郡志读耳。（中略）今人作诗赋，而好用杂事僻韵，以多为贵

---

① 郎廷槐辑《师友诗传录》，丁福保辑《清诗话》，上册第 125 页。
② 纳兰揆叙《东江诗钞序》，唐孙华《东江诗抄》卷首，上海古籍出版社 1979 年影印康熙刊本。
③ 袁枚《随园诗话》卷五，第 158 页。
④ 袁枚《随园诗话》卷五，第 158 页。

者,误矣!"①当然,他也不是没有说过:"诗难其真也,有性情而后真,否则敷衍成文矣。诗难其雅也,有学问而后雅,否则俚鄙率意矣。"②他也要人博览,曾说:"文尊韩,诗尊杜,犹登山者必上泰山,泛水者必朝东海也。然使空抱东海、泰山,而此外不知有天台、武夷之奇,潇湘、镜湖之胜,则亦泰山上之一樵夫,海船上之舵工而已矣。学者当以博览为工。"③但这种老生常谈,人们通常都不会注意,而只会记住那些抨击卖弄学问的话。同样的道理,他虽然也讲苦吟,讲多修改,但他给人的印象还是重视才情,轻视技法,率尔成诗,不用功夫。

的确,在技巧层面上有意无意地冷落诗法,乃是袁枚论诗的明显倾向。自唐代以来,讲求诗法一直是诗学的核心。格调派自不待言,就是其他的家数,学诗也必落实到字句上。如查慎行就曾说:"诗以气格为主,字句抑末矣。然必句针字砭,方可进而语上。"④但袁枚诗学却似乎放逐了诗法,他的基本理论是:"能为文,则无法如有法;不能为文,则有法如无法。"⑤这正是天才论的必然归宿。《随园诗话》写道:

　　《宋史》:"嘉祐间,朝廷颁阵图以赐边将。王德用谏曰:

①袁枚《随园诗话》卷一,第8页。
②袁枚《随园诗话》卷七,第255页。
③袁枚《随园诗话》卷八,第288—289页。
④李庆立辑《瀛奎律髓汇评》卷一,第1页。
⑤袁枚《书茅氏八家文选》,《小仓山房续文集》卷三〇,《袁枚全集》,第2册第536页。

　　'兵机无常,而阵图一定;若泥古法,以用今兵,虑有偾事者。'"《技术传》:"钱乙善医,不守古方,时时度越之,而卒与法会。"此二条,皆可悟作诗文之道。①

　　为此,他在诗话中很少谈论技法,倒是采录了很多成功的例子,看上去更像是鉴赏派的批评。归根结底,学诗在他看来只能依赖于具体作品的鉴赏,并无一定格式可遵循。

　　在内容层面上,袁枚诗学还表现出鄙弃士大夫阶层的名教礼法和道学气的鲜明态度。《随园诗话》有云:

　　　　近有某太史恪守其说,动云"诗可以观人品"。余戏诵一联云:"'哀筝两行雁,约指一勾银。'当是何人之作?"太史意薄之,曰:"不过冬郎、温、李耳!"余笑曰:"此宋四朝元老文潞公诗也。"太史大骇。余再诵李文正公昉《赠妓》诗曰:"便牵魂梦从今日,再睹婵娟是几时?"一往情深,言由衷发,而文正公为开国名臣,夫亦何伤于人品乎?②

　　总之,我们在诗论中看到的袁枚,就是这样一个随时在颠覆传统观念、随处在翻诗家旧案的角色。翻案的目的并不是要否定传统观念的正确性,或提出一个对立的论点,而只是要取消传统观念的绝对性,使它们变成只是可能性之一。这就消解了一些观念导

————————

① 袁枚《随园诗话》卷五,第 178 页。
② 袁枚《随园诗话》卷二,第 38—39 页。

向极致、形成宗派倾向的可能,从而改变自晚明以来诗坛宗派林立、观念冲突,水火不容的格局。林衍源《颐素堂诗钞序》说:"国朝诗学振兴,新城王尚书实为巨擘,吾乡沈宗伯继之,论诗以温柔敦厚为教,随园后起,尽反两公之所为,轻佻浮艳,而雅音于是乎亡矣。"①不管是肯定也好,否定也罢,诗学到袁枚为一大变,是谁也无法否认的。而这大变的核心,就在于解构一切传统价值和观念的绝对性和唯一性,取消一切既有规范和技法的必然性和强迫性,使诗歌写作进入一个自由的境地,同时也在无形中淡化了诗人的资格,降低了作诗的门槛,使诗歌由一种贵族的风雅事业降格为平民化的文艺活动。

其实,从强调独创性和解构经典开始,袁枚诗学就注定了将走向摆脱诗歌的贵族气而赋予其平民化品格的方向。作诗本来是有门槛的,所谓"他文皆可力学而能,惟诗非诗人不能作"②。但袁枚论诗,正如心学里有讲"人皆可为圣人"的泰州学派,佛教里有讲"一阐提人皆可成佛"的马祖禅,绝对是诗歌里的大乘教。前文提到的所谓"诗境最宽""诗之所以为大",便是人皆可为诗人的真谛所在。因此,尽管他自称"余论诗稍苛"③,《随园诗话》还是处处显出大力表彰平民诗人,努力发掘普通人诗性的倾向。补遗卷九载:"以诗受业随园者,方外缁流,青衣红粉,无所不备。人嫌太滥。余笑曰:'子不读《尚书大传》乎?东郭子思问子贡曰:

①顾禄《颐素堂诗钞》卷首,道光刊本。
②沈廷芳《拙隐斋集》郑江序,乾隆二十二年则经堂刊本。
③袁枚《龚旭开诗序》,《小仓山房文集》卷一一,《袁枚全集》,第2册第192页。

"夫子之门,何其杂也?"子贡曰:"医门多疾,大匠之门多曲木,有教无类,其斯之谓欤?'"近又有伶人邱四、计五亦来受业。王梦楼见赠云:'佛法门墙真广大,传经直到郑樱桃。'布衣黄允修客死秦中,临危,嘱其家人云:'必葬我于随园之侧。'自题一联云:'生执一经为弟子,死营孤冢傍先生。'"①其他如卷七的青衣许翠龄,卷八的箍桶匠老人,补遗卷八的面筋师、裁缝等等,不一而足。赵翼门人祝德麟《阅随园诗话题后六首》其二有曰:"宏奖风流雅意深,更从广大识婆心。"②时流眼中的袁枚,不就是当时诗坛的一个广大教化主吗?

刘沅《家言》说:"诗以道性情,人心自然之音不可遏抑,非特流连光景,务为工巧而已。近来诗道益盛,名人益多。然过于苛求,必分时代雅俗,将诗道说得太难。"③这准确地说只适用于乾隆中叶以前的诗坛,自从袁枚诗学流行于世,诗道就不再称难了,而诗歌的神圣性和贵族品格也大为褪色,人们对前代之诗与自家之诗明显都持较以往更宽容的态度。欧永孝序江昱诗说:"《三百篇》:《颂》不如《雅》,《雅》不如《风》。何也?《雅》《颂》,人籁也,地籁也,多后王、君公、大夫修饰之词。至十五《国风》,则皆劳人、思妇、静女、狡童矢口而成者也。《尚书》曰:'诗言志。'《史记》曰:'诗以达意。'若《国风》者,真可谓之言志而能达矣。"而江昱自序其诗则说:"予非存予之诗也;譬之面然,予虽不能如城北徐

---

① 袁枚《随园诗话》补遗卷九,第 875 页。
② 祝德麟《悦亲楼诗集》卷二四,嘉庆二年刊本。
③ 刘沅《拾余四种》卷下,道光二十五年刊本。

公之面美,然予宁无面乎？何必作窥观焉？"①难怪钱泳《履园谭诗》说："沈归愚宗伯与袁简斋太史论诗判若水火,宗伯专讲格律,太史专取性灵。自宗伯三种《别裁集》出,诗人日渐日少；自太史《随园诗话》出,诗人日渐日多。"②比照刘克庄"自四灵后,天下皆诗人"的说法③,我们也可以说,自袁枚后,天下皆诗人。袁枚对古典诗学价值观念的全面解构,最终归于对诗人自身身份的解构,这正是很自然的事。对诗人身份的解构,在某种意义上意味着诗歌创作的一个解放。性灵诗学最重要的诗史意义或许就在于此,如果我们同意说,一种诗学的价值最终取决于它在多大程度上推动了诗歌创作。袁枚作为乾隆诗坛的广大教化主,对当时诗歌风气的倡导和影响,无人可以比拟。传为舒位所撰的《乾嘉诗坛点将录》以及时雨宋江许袁枚,不是没有道理的。

　　鉴于上述认识,我将袁枚的性灵诗学称作解构的诗学。解构的目的不是取消意义和价值,而是取消固定的、绝对的意义和价值。这就决定了袁枚诗学区别于其他诗学的一个特征,即破而不立。历来所有文学思潮和流派的兴起,都以破肇始而以立终结,立中有破,破中有立,但袁枚的破却未导致立。事实上,袁枚的学说绝不是要否定传统诗学的一切观念和技法,而只是不将它们视为绝对的价值和强制性的规范,无适无莫,毋固毋必,就是他一以

---

① 袁枚《随园诗话》卷三,第 82 页。
② 丁福保辑《清诗话》,下册第 871 页。
③ 刘克庄《跋何谦诗》,《后村先生大全集》卷一〇六,《四部丛刊初编》本。

贯之的宗旨。不理解这一点，我们就会觉得他的学说充满矛盾。比如他崇尚天籁，可是《诗话》卷五又引叶书山语："人功未极，则天籁亦无因而至。虽云天籁，亦须从人功求之。"①他重生趣，可是又诚人勿轻下笔，《箴作诗者》诗曰："倚马休夸速藻佳，相如终竟压邹、枚。物须见少方为贵，诗到能迟转是才。清角声高非易奏，优昙花好不轻开。须知极乐神仙境，修炼多从苦处来。"②这种对立和制衡在才与学、才与情、情与法等一系列关系上都可以看到。他的态度基本是，只有更重视哪一方，而绝不会否定另一方。惟其如此，性灵诗学给人的感觉是一种极通达的诗学，它基于袁枚对人性的通达理解。

---

① 袁枚《随园诗话》卷五，第 161 页。
② 袁枚《小仓山房诗集》卷二三，《袁枚全集》，第 1 册第 477 页。

十二 肌理

——深入文本组织层面的诗学

一、"肌理"说之于翁方纲诗学

自门捷列夫发明化学元素周期表后,就不断有化学家发现新的元素,甚至有科学家宣称他是根据美感的有序性原则来推断物质结构在某个相应的位置应该有某个元素。这听起来好像很神奇,但我觉得人文、社会科学中有时也有类似的情形存在。文学理论就其旨趣而言,经常是成对地出现的,结构主义—解构主义,伦理主义—形式主义,文本中心论—互文性理论,接受美学—影响的焦虑……因为新的理论总是针对旧理论的根本缺陷提出的,两者自然形成对立和互补的关系。我们已看到,乾隆诗学整体是在对王渔洋神韵诗学流弊的反拨和补救中展开的①:沈德潜新格

①邬国平《赵执信〈谈龙录〉与康雍乾诗风转移》(《徐州师范大学学报(哲学社会科学版)》2012 年第 1 期)一文曾谈到这一问题,笔者也(转下页注)

调诗学在风格层面上以一种丰富性和多样性来弥补神韵诗流于趣味化的狭隘；袁枚性灵诗学在自我表现的层面上，以人生经验的丰富性和深刻性来弥补神韵诗的浮浅和空洞；高密诗派在艺术表现层面上以中晚唐的质实真切弥补神韵诗的空腔高调。这些矫枉的努力主要都发生在超文本或文本负载的经验内容上，就理论系统的框架来看，还应该有一些诗学从文本自身的层面补救神韵诗学的空泛不切，只有这样，乾隆朝诗学的理论模型才是完整的。不是么？为此，翁方纲诗学一开始就被我从这个角度期待和认识，更不要说他还有个很为当今学者关注的诗学概念"肌理"了。

近年的翁方纲研究呈现全面深入的态势，一批有见地有开拓的论著相比旧有成果有了很大的超越①。但这些论著仍有一个

（接上页注）有《"神韵"与"性灵"的消长》（《北京大学学报（哲学社会科学版）》2012 年第 3 期）一文专门讨论，可参看。

① 魏中林、宁夏江《翁方纲诗学基本思想：正本探原，穷形尽变》，《内蒙古大学学报》（哲学社会科学版）2008 年第 4 期；韩胜《翁方纲的诗歌选评与"肌理"说的形成》，《中国文学研究》2009 年第 3 期；吴中胜《翁方纲"肌理说"与宋明理学》，《中国诗学》第 15 辑；黄立一《论翁方纲"肌理说"的体系》，《华侨大学学报（哲学社会科学版）》2012 年第 1 期；唐芸芸《未刊稿〈石洲诗话〉卷十与翁方纲"肌理"说的完成》，《中国诗学》第 18 辑，人民文学出版社 2014 年版；梁结玲《论翁方纲诗学思想的内在超越》，《苏州大学学报（哲学社会科学版）》2015 年第 4 期。学位论文有李丰楙《翁方纲及其诗论》，台湾政治大学硕士论文，1974 年；杨淑玲《翁方纲肌理说研究》，台湾成功大学硕士论文，2001 年；张然《翁方纲诗论及其学术源流探析》，华南师范大学博士论文，2007 年。关于翁方纲诗学研究的综述和反思，可参看郑才林《肌理派研究述评》（《中国韵文学刊》2005 年第 4 期）、唐芸芸《翁方纲"肌理"说研究现状思考》（《井冈山大学学报（社会科学版）》2012 年第 6 期）两文。

共同的问题,即信从郭绍虞《肌理说》一文,先入为主地将肌理作为翁方纲诗学的核心观念,在肌理说同其他诗学范畴的对立中来认识和诠释不同层面的诗学问题;或者相反,认为理、格调、肌理、神韵这些概念在翁方纲诗学体系中并没有本质的区别,"它们共同指向诗歌的核心价值,都可以作为这一核心价值的代名词"①。也有学者认为"肌理说的理学背景只反映了当时的官方立场,并非深入研究理学或诗学的结果"②。学界在翁方纲诗学诠释上产生的诸多分歧,促使我们在研究翁方纲诗学时,不得不重新梳理其全部著述,对有关肌理说的问题再加思考。

众所周知,就渊源而论,格调说和性灵说是明代旧有的诗论,神韵说和肌理说是清代形成的学说;就影响而论,前三家诗说当时即有其名流行于世,而肌理之说虽为翁方纲门人所标榜,但诗坛未见响应,直到1933年施蛰存用"肌理"对译英文 texture 一词,才引起学界关注。钱锺书在四年后发表的论文中提出:

> 翁方纲精思卓识,正式拈出"肌理",为我们的文评,更添上一个新颖的生命化名词。古人只知道文章有皮肤,翁方纲偏体验出皮肤上还有文章。现代英国女诗人薛德蕙女士(E-dith Sitwell)明白诗文在色泽音节以外,还有它的触觉方面,唤作"texture",自负为空前的大发现,从我们看来"texture"在

①莫崇毅《翁方纲诗论体系再认识》,《古代文学理论研究》第 30 辑,华东师范大学出版社 2010 年版,第 182 页。
②张然《"盛世"情节:肌理说的生成背景》,《嘉应学院学报》2015 年第 4 期。

意义上、字面上都相当于翁方纲所谓"肌理"。①

钱锺书这一比附未必准确,因为照兰色姆的说法:"一首诗的肌质就是这首诗的细节所具有的复杂异质的特点。"②质言之即诗歌中无法用散文转译的特质。随后陆续出现几篇有关"肌理"的文章③,都属于一般诗歌理论的探讨。郭绍虞1946年发表《肌理说》一文④,将肌理坐实为翁方纲诗学的主旨,极大地影响了后来的研究者。可是当我们仔细考究乾隆时代的诗学文献,不要说肌理说在当时有无影响还是个疑问,就是翁方纲诗学是否被视为一家之言也很难说。翁氏门生张际亮固然说过,"自诗道之衰,南则袁子才,北则翁覃溪,咸自命风雅,以收召后进,后进名能诗而不染其流弊者寡矣"⑤。但翁方纲的影响力主要限于北方,像陶樑所说的,"乾隆中畿辅前辈,以宏奖风流为己任,首推朱文正、纪文达两相国,而覃溪先生鼎峙其间,几欲狎主齐盟,互执牛耳"⑥。南方虽有梁章钜、张维屏等门人张扬其说,但诗坛未必承认翁方纲的诗学地位。时常从翁方纲问学的法式善,在《朋旧及见录例言》中列举当时的诗学巨子,有袁枚、梁同书、赵怀玉、王鸣盛、王

①钱锺书《中国固有的文学批评的一个特点》,《文学杂志》1937年1卷4期。
②J. C. 兰色姆《新批评》,王腊宝、张哲译,江苏教育出版社2010年版,第97页。
③参看江弱水《诗的八堂课·肌理第四》,商务印书馆2017年版,第79—83页。
④郭绍虞《肌理说》,《国文月刊》第43、44期合刊,1946年6月版,第27—35页。
⑤张际亮《刘孟涂诗稿书后》,《张亨甫文集》卷四,《清代诗文集汇编》,第601册第457页。
⑥陶樑《国朝畿辅诗传》卷三九,《续修四库全书》,第1681册第486页。

文治、赵翼、姚鼐,而独不提翁方纲①,是个很可玩味的事实。当然,这么说绝不意味着翁方纲诗学就不重要。从后设的角度看,格调、神韵、性灵三家诗说都与明代诗学有着密不可分的血肉关联,只有肌理说是在清代诗学的土壤上生长起来的理论话语。它形成于乾隆时代绝不是偶然的,它是当时特殊诗学语境中生发的言说,无论从学术史或诗歌史的角度看都有着复杂的背景等待我们去揭开。

二、诗理与肌理

如果光从《石洲诗话》看,翁方纲诗论给人的感觉是重视整体印象,多以风致、风格、气味、气象、气格、格调等概括性的术语论诗。这或许是诗话写作的乾隆三十三年(1768)前他论诗的路数,也是明清以来诗话写作的主流倾向,格调派、神韵派莫不如此,批评都着眼于整体艺术效果。以此接引后人,类似悬鹄而射,期于中的。但这种方式过于抽象概括,初学很难理解其中的窍奥。翁方纲论诗既以指示学诗门径为宗旨,所有步骤就不得不落到实处。

要说论诗文落到实处,乾隆间并非仅翁方纲如此,格调派、桐城派、高密派都有这种倾向,只不过实处落在哪里,不同的诗派各

①法式善《存素堂文续集》卷一,《法式善诗文集》,人民文学出版社 2015 年版,下册第 1178—1179 页。

有讲究。格调派主于声调句法，桐城派主于因声求气，而翁方纲则主于研求肌理。他那篇《延晖阁集序》，常被人引为肌理说的纲领性文件，其中提到："诗必研诸肌理，而文必求其实际，夫非仅为空谈格韵者言也，持此足以定人品学问矣。"①但并未就肌理的含义加以说明。门人乐钧将赴扬州，翁方纲赠诗有"分刌量黍尺，浩荡驰古今"之句，自谓"言诗之意尽在是矣"，可是乐钧却茫然不解，他只好解释说："分刌黍尺者，肌理、针线之谓也。"这又是什么意思呢？

> 遗山之论诗曰："鸳鸯绣出从君看，不把金针度与人。"此不欲明言针线也。少陵则曰："美人细意熨贴平，裁缝减尽针线迹。"善哉乎！究言之长言之，又何尝不明言针线与？白香山曰："劚石破山，先观镵迹；发矢中的，兼听弦声。"而昌黎曰："将军欲以巧伏人，盘马关弓故不发。"然则巧力之外，条理寓焉矣。昔李何之徒空言格调，至渔洋乃言神韵，格调、神韵皆无可著手也，予故不得不近而指之曰肌理。少陵曰："肌理细腻骨肉匀。"此盖系于骨与肉之间，而审乎人与天之合，微乎艰哉，智勇俱无所施，则惟玩味古人之为要矣。②

照翁方纲的解释，针线和肌理都指文章组织的连接：针线是布片

---

①翁方纲《复初斋文集》卷四，《清代诗文集汇编》，第 382 册第 52 页。下引《复初斋文集》均据此本，只注页码。
②翁方纲《仿同学一首为乐生别》，《复初斋文集》卷一五，第 158 页。

之间的连接,肌理是骨与肉之间的连接。它们都是比喻性概念,其核心是诗理,即诗歌的内在关联、内在秩序。

翁方纲对诗理的重视,从《书诗钞小传后》所谓"吾读是编,爱其大局,服其公论,所憾者诗理之所以然未能以示后学"①,也能够体会。他专门作有一篇《杜诗"熟精文选理"理字说》,其中写道:"理者,治玉也。字从玉,从里声。其在于人则肌理也,其在于乐则条理也。《易》曰君子以言有物,理之本也;又曰言有序,理之经也。天下未有舍理而言文者。"②借助于训诂的引申,他成功地将动词"理"转化为名词,由纹理之理实现与生理、乐理的沟通,从而与《易》关于言说的古老命题衔接起来。这就改变了"理"自宋代以来被理学化即"文,天下之文;理,众人之理也"的把握方式③,使肌体、音乐、文辞之理获得象喻层面的一致性,为更深入的理论展开奠定了哲学基础。

近代以来最早研究翁方纲诗学的郭绍虞《肌理说》一文,根据《言志集序》有关理的言说,如"在心为志,发言为诗,一衷诸理而已。理者,民之秉也,物之则也,事境之归也,声音律度之矩也","义理之理,即文理之理,即肌理之理也","为学必以考证为准,为诗必以肌理为准","检之于密理,约之于肌理"等等④,将肌理区

①翁方纲《复初斋文集》卷一八,第195页。
②翁方纲《复初斋文集》卷一○,第102页。按此文题中"熟精"原作"精熟",据台湾文海出版社1974年影印本《清代稿本百种汇刊》所收《复初斋文稿》卷一○改,第2086页。
③刘基《潜溪后集序》,宋濂《潜溪集》卷四,《宋濂全集》附录一,第2491页。
④翁方纲《志言集序》,《复初斋文集》卷四,第52—53页。

分为义理与文理,义理针对内容而言,文理针对形式而言。又将翁方纲诗学中其他概念两两对应,整合在"肌理"二字之下:与义理相对应的是"以质厚为本",为"正本探原"之法;与文理相对应的是"以古人为师",为"穷形尽变"之法。经郭先生这么一阐释和整合,肌理就成了统摄翁方纲诗学的概念;而如此把握肌理及肌理对神韵、格调的补救之说,后来也多为研究者所接受①。以至于后出的成果只限于推演郭著的见解而使之系统化,进而提出翁方纲诗学体系包含着神韵和肌理两方面的内容:"肌理强调作诗的基础,强调'针线',神韵则突出遵循诗法进行创作后作品所自然呈现出的艺术美。"②由此构成义理、文理、神理三环相扣、层层递进的诗歌创作与批评审美层面③。这种诠释思路对翁方纲诗学的理论系统固然是很有条理的建构,但它同时也带来一个问题:这样一个理论结构是不是还适合用肌理说来命名? 或者说肌理作为一个核心概念还能不能笼罩翁方纲诗学的主要理论层面? 但我关心的主要不是这些问题,我感觉学界对肌理概念的诠释还有一些值得推敲的地方。

　　首先我想指出,肌理虽然是翁方纲爱用的诗学概念,但在其诗学中未必处于核心地位。唐芸芸的博士论文曾专门论述这一

---

①邬国平、王镇远《清代文学批评史》说:"所谓的肌理,就是要以义理、考据等内容来充实诗歌的写作。"上海古籍出版社1995年版,第430页。
②莫崇毅《翁方纲诗学体系再认识》,《古代文学理论研究》第30辑,第179页。
③莫崇毅《翁方纲诗学体系再认识》,《古代文学理论研究》第30辑,第195页。

点①,我很赞同她的判断,觉得还可以用历时性的考察做一些补充。翁方纲论诗的旨趣,曾跟他学诗三年的梁章钜最清楚,在《退庵随笔》中有过传述:

> 苏斋师论诗最严,有口授之二语,则谓"手腕必须灵活,喉咙必要宽松"。盖喉咙宽乃众妙之门,百味皆可茹入。王渔洋喉咙最宽,所以一发声即奄有诸家之长。又云:"作诗言大章法,固是要义。然学者多熟作八股,都羡慕大章法之布置,而不知五字七字之句法,至要至难。句法要整齐,又要变化,全在字之虚实双单,断无处处整齐之理。能知变化,方能整齐也。"②

这是及门弟子传受的最亲切的心法,应该触及翁方纲诗学的核心理念。两段话前说学诗取法要广,这是出于研究王渔洋诗学的体会;后言作诗须用力于字句,看来是出于对格调派炼句之说的不满,并未提到肌理二字。但翁方纲另外两个门人,乐钧在《论诗九首和覃溪先生》之一曾提到:"苏斋论肌理,抉奥示学徒。"③张维屏在《国朝诗人征略》卷三十四翁方纲传也说:"生平论诗,谓渔洋拈神韵二字固为超妙,但其弊恐流为空调,故特拈肌理二字,盖欲

---

①唐芸芸《未刊稿〈石洲诗话〉卷十与翁方纲"肌理"说的完成》,《中国诗学》第 18 辑,第 89 页。
②梁章钜《退庵随笔》,郭绍虞辑《清诗话续编》,第 3 册 1961 页。
③乐钧《青芝山馆诗集》卷二〇,嘉庆二十二年刊本。

以实救虚也。"①据翁方纲自己说,肌理是研究王渔洋诗学,针对其后学的流弊提出的补充性概念。《神韵论》对此有很清楚的说明:"今人误执神韵,似涉空言,是以鄙人之见,欲以肌理之说实之。"②那么这种想法是什么时候产生的呢? 肌理又是怎么被引入翁方纲诗学中的呢?

韩胜曾考证,翁方纲以肌理论诗始于乾隆三十六年(1771)批点程可则《海日堂诗集》,如《同邱曙戒王震生梁药亭过海钟寺访阿字澹归二师》评曰:"此诗语虽不多,而已带铅汞气,肌理空疏而不能清奇。"③但我们知道,撰写于乾隆三十年(1765)至三十三年间的《石洲诗话》前五卷已屡用"肌理"评判诗人,参照我另文所述钱载诗论对他的影响④,我们不妨认为肌理概念的使用至少在乾隆三十年后已很自觉。当时他正在广东学政任上,潜心于诗学,又得钱载切磋商量,深有所得,因而得到钱载"诗境亦是与年俱进"的称许。但同时钱载也叮嘱他要"随时随地随题取书卷灌注之","不可纯将虚实字转换出清新尖薄之趣,是要字字有来历"。联系另一处又说"兄近诣自然更进,而太纤、太新处,亦不可。总要心心念念,将古书灌注,而得大家风范、老成口

---

① 张维屏《国朝诗人征略》卷三四,道光刊本。
② 翁方纲《复初斋文集》卷八,第 85 页。
③ 韩胜《清代唐诗选本研究》,中国社会科学出版社 2010 年版,第 139—140 页。
④ 参看蒋寅《吸收与还原:翁方纲与传统诗学观念》,《后五四时代中国思想学术之路——王元化教授逝世十周年纪念文集》,华东师范大学出版社 2018 年版。

气"来看①,我怀疑钱载的批评正与掉弄肌理之说、专注于文字趣味有关。因为梁章钜传述师说,即谓诗家难事最在于句法,而句法之奥妙又"全在字之虚实双单"的变化。钱载担心翁方纲沿这个方向走下去,会有误入歧途的危险,所以恳劝他要将书卷灌注放在首位。翁方纲是否虚心接受钱载的意见不得而知,但他的诗歌观念确实发生了转变,逐渐由独尊唐诗转为唐宋兼师,而论诗则由重肌理转向重骨。重骨正如韩胜所说,应该是来自钱载的影响,而肌理概念的淡化也可以和学人诗观念的高扬联系起来思考。下文还要提到,在《石洲诗话》之后,他就很少用肌理论诗了,这说明肌理在他的诗学中只是一个阶段性的概念,代表着早年的诗学思想。不过让我好奇的是,这一概念当时是怎么被引入他的诗学中的呢?

如果说翁方纲最初使用肌理一词可能是因袭传统批评概念的话,那么后来他对这个概念有所斟酌和反思,将它用作个人化的诗学概念来使用,则或许同他商榷戴震对"理"的诠说有关。戴震《孟子字义疏证》针对朱子"性即理也"之说,提出理是密察条析而非性道统挈的论断,意谓理是事物的逻辑性和内在秩序,而不是统摄性与道的本体,故而"理者,察之而几微必区以别之名也,是故谓之分理;在物之质,曰肌理,曰腠理,曰文理;得其分则有条而不紊,谓之条理"②。这明显是要将理与本体论、伦理性剥

① 潘中华、杨年丰《钱载批点翁方纲诗整理》,《古代文学理论研究》第 36 辑,华东师范大学出版社 2013 年版,第 291—292 页。
② 戴震《孟子字义疏证》,中华书局 1982 年版,第 1 页。

离,还原其作为一般秩序、规则的意义。翁方纲似乎不太理解戴震解构"理"的本体属性的意图,或者说,戴震"由字以通其词,由词以通其道"的汉学理念①,与他倾向于宋学的立场格格不入。因而他对戴震的分析很不以为然,认为"夫理者彻上彻下之谓,性道统摰之理,即密察条析之理,无二义也。义理之理即文理、肌理、腠理之理,无二义也。其见于事,治玉治骨角之理,即理官理狱之理,无二义也。事理之理即析理整理之理,无二义也"②。当代学者因袭郭绍虞对"肌理"的解释,多认为肌理包含义理、文理,可能是误解了《言志集序》"义理之理,即文理之理,即肌理之理也"的意思,将原文着重于"理"的相通即(义理之)理=(文理之)理=(肌理之)理当成了义理=文理=肌理③,这样就扩大了肌理的内涵,使它附着了伦理色彩。这也难怪,翁方纲本人的阐说有时确实有点含混,容易招致误解。晚年作《苏斋笔记》时可能看法有了变化,卷九提到理的问题是这么说的:

> 范蔚宗云:"文以意为主。"此意字即理路之谓也。杜云"熟精文选理",杜牧之谓李长吉诗若加之以理,奴仆命骚可矣。此理字非专言义理,然而义理之理即文理之理,即肌理之理,即治玉治骨角之理,无二理也。以圣贤途径言之,则不得不有形上形下之分。故精义入神与洒扫应对,本一事也。

①戴震《与是仲明论学书》,《戴震文集》,中华书局1980年版,第140页。
②翁方纲《理说驳戴震作》,《复初斋文集》卷七,第81页。
③这一点唐芸芸《未刊稿〈石洲诗话〉卷十与翁方纲"肌理"说的完成》已指出。

> 由程朱以上溯孔孟,由今时文以上窥六经,由今五七言古体
> 近体以上溯汉魏六朝唐宋,因以上溯《三百篇》,无二事也。
> 然则杜韩苏黄以后之诗,与三谢以上之诗无二途也,而奚其
> 区别畛界也欤?①

本来,义理之理即文理之理,即肌理之理,意指逻辑性和内在秩
序②,意思是很清楚的,但翁方纲这里非要将它纳入体用不二的
传统思维的窠臼,非要追求形而上与形而下的相通,以沟通宋儒
的本体论来提升理的品位,这就使它与具有伦理内涵的"义"、具
有内容属性的"意"产生交叉,反而模糊了原本清晰的界线,招致
后人不必要的误解。为理清这一问题,有必要像研究乾隆间其他
诗学概念一样,先做一番概念史的回溯。翁方纲的肌理,虽是个
人化的概念,同样也需要放到观念史的脉络中去理解。

三、"肌理"的渊源及理论定位

　　肌理作为文论概念,来历也很古老,出自《文心雕龙·序志》

---

① 翁方纲《苏斋笔记》卷九,《复初斋文稿》,《清代稿本百种汇刊》,第 8653—
　8654 页。按:《苏斋笔记》卷一〇稿本题识称"此函甲戌夏间所记",知作
　于嘉庆十九年(1814)甲戌。
② 翁方纲《七言诗三昧举隅》:"三昧有山水语,有禅悦语,有边塞语,要之其
　理则一也。"(丁福保辑《清诗话》,上册第 299 页)这里的"理",则指规则
　而言,取义稍别。

"擘肌分理,唯务折衷"一语。而"擘肌分理"四字又出自张衡《西京赋》。刘勰在《文心雕龙》中常将肌和理用作文论概念,如《附会》:"夫才童学文,宜正体制,必以情志为神明,事义为骨髓,辞采为肌肤,宫商为声气。"又云:"夫能悬识腠理,然后节文自会,如胶之粘木,石之合玉矣。"《养气》:"常弄闲于才锋,贾余于文勇,使刃发如新,腠理无滞。"①这里的"腠理"一词出自《黄帝内经》,《韩非子·喻老》《史记·扁鹊传》也用过。《后汉书·郭玉传》:"腠理至微。"李贤注:"腠理,皮肤之间也。"②《集韵》释腠为"肉理分际也",可见原指皮下肌肉之间的间隙。但《仪礼·乡射礼》郑注:"腠,肤理也。"则又指皮肤的纹理,杜甫《丽人行》"肌理细腻骨肉匀"即用此义。从南北朝以后,肌肤就成为文论中常用的概念。《颜氏家训·文章》曾引辛毗之说曰:"文章当以理致为心肾,气调为筋骨,事义为皮肤,华丽为冠冕。"③后来宋吴沆《环溪诗话》也说类似的说法:"诗有肌肤,有血脉,有骨格,有精神。无肌肤则不全,无血脉则不通,无骨格则不健,无精神则不美,四者备然后成诗。"④理就更常用了,一般指文本的内在秩序和意义的逻辑力量,如于祉《澹园诗话》所说:"诗有文理,如木有文理,一丝乱不得,乱则通体不谐矣。此等处最宜留心,《文心雕龙》所谓内义脉注者也。"⑤到明清两代,肌理成为论诗常用的概念,如屠隆

①王利器校笺《文心雕龙校证》,上海古籍出版社 1980 年版,第 262、260 页。
②范晔《后汉书·郭玉传》,中华书局标点本,第 10 册第 2735 页。
③王利器《颜氏家训集解》,上海古籍出版社 1980 年版,第 249 页。
④吴沆《环溪诗话》卷中,《学海类编》本。
⑤于祉《澹园诗话》,咸丰刊本。

《王茂大修竹亭草稿序》云："士不务养神而务工诗,刻画斧藻,肌理粗具,气骨索然。"①钱谦益《定山堂诗集序》云："今之论诗者,刌度格调,刿鉥肌理,奇神幽鬼,旁行侧出,而不知原本性情。"②《郑圣允诗集序》称郑之惠"有志于左氏、太史公、班固之书,久而其学大成,肌劈理解,浸渍演迤,虽通人大儒,未能或之先也"③。乔亿评刘复《春雨》云："刘水部诗肌理细腻,气味恬雅。"④《四库全书总目》卷一七五曾棨《西墅集》提要云："往往才气用事,而按切肌理,不耐推敲,是亦速成之过也。"⑤古来类似的说法,其实都是一种关于作品构成层次的譬喻性言说。肌理也一样,由于使用者没有给它下个定义,后人往往觉得不好捉摸,解说各异。台湾学者李丰楙说："肌理说就是融合文理、义理二义,把性情、事境微妙组合的秩序,透过由意象、音调等各部分技巧组成的秩序,作最完美的表现。"与王渔洋神韵说源诸禅宗不同,肌理是将儒家理学的体系移用于文学,本质上就是同时重视具体、抽象的秩序、条理的诗歌结构论⑥。另一位台湾学者张健则认为"肌理是最细腻的结构现象,亦是神韵的具体表现",并且其涵意有广狭之分。最广义的肌理＝义理＋文理＋藻绘＋音律,次广义的肌理＝结构(狭义的

---

① 屠隆《白榆集》文集卷三,汪超宏主编《屠隆集》,浙江古籍出版社2012年版,第3册第249页。

② 龚鼎孳《定山堂诗集》卷首,光绪九年龚彦绪刊本。

③ 钱谦益《牧斋初学集》,中册第966页。

④ 乔亿《大历诗略》卷六,乾隆三十六年居安乐玩之堂刊本。

⑤ 永瑢等《四库全书总目》,第1553页。

⑥ 李丰楙《翁方纲及其诗论》,台湾政治大学1978年硕士论文,第52页。

文理)+藻绘+音律,最狭义的肌理就等于结构①。宋如珊指出格
调注重文字效果,诉诸读者的视觉及听觉,神韵注重领悟,诉诸读
者之想象,两者都是从欣赏者着眼的;肌理则欲以金针度人,"指
引创作者一条入手门径"②。这些解释,若就翁方纲诗学整体而
言都符合其基本宗旨;但对于肌理这一概念来说,则尚隔一层,主
要是过于泛化,未触及核心旨趣。

从迄今发表的论著来看,不能不说还是日本学者青木正儿的
诠说最为切近翁方纲的思路。他认为肌理正如杜甫《丽人行》"肌
理细腻骨肉匀"的用法,原指"皮肤纹理""肤感",翁方纲也是在
这个意义上使用的③。在传统美学的气、形、神三个环节中,形是
艺术创造中最重要的部分。在这最重要的部分仅言形,未免过于
简单化,大可以再做更进一步的细致分析。翁方纲肌理说的意义
就是增添了皮肤,青木正儿谓之"实质的东西",但这实质的东西
究竟对应于诗歌的哪个层面呢,他也没说明,在我看来就是诗歌
形式的表面——语言组织。注意到诗歌语言组织层面的问题,就
不仅是对神韵论的充实,同时也是对格调论的细化。传统格调诗
学的内容,基本不出严羽《沧浪诗话·诗辩》"诗之法有五"即体
制、格力、气象、兴趣、音节的范围。除了音节,明代王廷相《与郭
价夫学士论诗书》曾将它们具体落实于"四务":

---

①张健《明清文学批评》,台北"国家出版社"1983年版,第238—239页。
②宋如珊《翁方纲诗学之研究》,台湾文津出版社1993年版,第34页。
③青木正儿《清代文学评论史》,第144页。

何谓四务？运意、定格、结篇、炼句也。意者,诗之神气,贵圆融而忌闇滞。格者,诗之志向,贵高古而忌芜乱。篇者,诗之体质,贵贯通而忌支离。句者,诗之肢骸,贵委曲而忌真率。①

这只是四务追求的目标,至于具体内涵,王廷相是这么阐说的:"超诣变化,随模肖形,与造化同工者,精于意者也;搆情古始,侵《风》匹《雅》,不涉凡近者,精于格者也;比类摄故,辞断意属,如贯珠累累者,精于篇者也。机理混含,辞少意多,不犯轻佻者,精于句者也。"虽然这一解释已更为具体,但以翁方纲的眼光看,仍显得太笼统、粗糙,不仅格的研讨太表面,需要鞭辟入里;调的揣摩更是肤浅和缺漏甚多,许多地方有待补充、深入。肌理正是针对格调派在文本分析上的不足而提出的概念,加强了对字与句、句与句之间的意义关联的关注,可以说是格的深入和细化。至于调的方面,他通过对王渔洋诗律学的深入钻研也确立起新的观念和原则。

　　任何新的概念,作为针对某些流行说法提出的矫枉措施,对原有之说必定具有某种补救意义,弥补了以前说法的漏洞。照翁方纲自己说,肌理是为了弥补神韵说流于空虚而提出的,我觉得它与其说是一种理论,还不如说是看待诗歌文本的一个视角。翁方纲使用肌理一词远没有格调那么多,但肌理代表着一种新的文本分析观念,一种更迫近地观察本文的方式。相比格调之落实于词汇和声调,肌理更落实到文法和语句。不是讲求语义、文字风

①王廷相《与郭价夫学士论诗书》,《王氏家藏集》卷二八,明刊本。

格,而是讲求篇章的脉理即诗句的连接方式,准确地说是构成意义层次的语言组织形式。伍崇曜称"先生论诗宗旨,殆如施愚山所称如作室者,瓴甓木石一一就平地筑起,固迥异华严楼阁也"①,施闰章所说的诗法正是王渔洋神韵诗的对立面②,伍氏将翁方纲论诗宗旨与施闰章之说相沟通,以另一种方式说明了翁方纲要以肌理救神韵之空虚的策略。这么看来,所谓肌理的广义、狭义之分,同样也未触及翁方纲的本意。翁方纲晚年回顾自己对杜甫"熟精文选理"与韩愈"雅丽理训诰"的"理"字的讨论,总结说:"义理之理即条理、肌理之理,无二理也;事理伦理与理财理刑之理,无二理也。所以凡为文者,其文之心、其文之骨,千古万古惟一,由程朱上源孔孟之理而已。"③这里讲的无二"理",如前所述,并不是说肌理等于义理、条理、事理、伦理;而上溯到孔孟之理的主体则是文,也不是肌理。所以,无论是包含义理的广义肌理,还是只限于结构的狭义肌理,都不符合翁方纲原意。我们从翁方纲诗歌批评中的用例,可以清楚地看出这一点。《石洲诗话》批评王令"诗学韩孟,肌理亦粗"、唐庚"格力虽新,而肌理粗疏,逊于苏黄远矣"、周密"肌理颇粗"、元好问"自不免肌理稍粗"、李俊民"肌理亦粗"、杨维桢拟杜《秋兴八首》"肌理颇粗",《七言律诗钞

---

① 伍崇曜《石洲诗话跋》,《粤雅堂丛书》本。
② 施闰章语出《渔洋诗话》卷中:"洪昇昉思问诗法于施愚山,先述余凤昔言诗大指。愚山曰:'子师言诗,如华严楼阁,弹指即现;又如仙人五城十二楼,缥缈俱在天际。余即不然,譬作室者,瓴甓木石,一一须就平地筑起。'洪曰:'此禅宗顿、渐二义也。'"丁福保辑《清诗话》,上册第199页。
③ 翁方纲《复初斋文稿》,《清代稿本百种汇刊》,第8562页。

凡例》评王逢"虽生动有余,而肌理深密或不足",《杜诗附记》评
《八月十五夜月二首》《十六夜玩月》《十七夜对月》"三夜四诗中
皆有通宵不昧(寐)之老人在焉,而此首更为沉着。凡此四诗,其
肌理芒彩若有凹凸,与三夜之月相因而出者,斯亦奇矣。非若后
来胶执刻画以为贴切者也"①,等等,肌理都与骨、格、芒彩对举,
足见其含义偏重于文辞一方面,既与义理无关,也与篇章意义上
的结构无涉。到二十年后,乾隆五十八年(1793)批门人曹振镛诗
稿曰:"藻韵有余,而肌理不密。"②两年后复看,又题曰:"肌理之
所以照,则非一语能尽。"③这时他使用肌理的概念,已排除辞藻、
风韵而落实到文理层面,由此也发展出一套独特的理论话语。

四、笋缝:肌理说的重要概念

　　肌理的本义是皮下肌肉之间的缝隙,因此自然可转喻诗歌意
义单位之间的缝隙,引而申之则转而指连接。翁方纲很喜欢用一
个词叫笋缝,笋即木工所谓榫头。《杜诗附记》自序陈述写作原
则,提到:

　　　　其中用事人所共知者,不复写入也;其事所系、其语所

①翁方纲《杜诗附记》卷一七,《续修四库全书》,第 1704 册第 590—591 页。
②曹振镛《曹文正公诗集》,转引自沈津《翁方纲年谱》,台北"中研院"中国
　文哲研究所 2002 年版,第 319 页。
③曹振镛《曹文正公诗集》,转引自沈津《翁方纲年谱》,第 329 页。

出,苟非寔有关于此篇笋缝、节族者,概弗录也。且吾所欲读
杜者何为也哉? 非欲考史也,非欲缀缉词藻也,唯欲知诗之
所以为诗而已。①

讲诗脱离考史,搁置辞藻,诗的重心就落到脉理上来。笋缝、节族
就是指涉脉理的概念,笋缝指字句之间的间隙,节族则指段落之
间转换的关节②。《论例》也强调"篇中情境虚实之乘承,笋缝上
下之消纳,是乃杜公所以超出中晚宋后诸千百家独至之诣",故卷
三评《行次昭陵》指出:"'寂寥'二字似与'开国日'三字不接者,
此正以'寂寥'二字幽咽到极处,乃忽然'开国日'三字一声飞出,
方是惊心动魄之笔也。"③又曰:"上接'瞻'字'立'字,下接'流
恨',则'恨'字即从'开国日'流出,正以无笋缝为笋缝也。"④这
是说结尾四句"松柏瞻虚殿,尘沙立暝途。寂寥开国日,流恨满山
隅","寂寥"两字的惨淡看似与"开国日"的盛况不匹配,但却是
从瞻、立二字的凭吊低徊引出的,物是人非的寂寥、对现实的失
望,更激发对盛世的追怀,于是流恨无穷泪泪而出。在第三句中,
"寂寥"与"开国日"之间并无直接的修饰关系,寂寥只是杜甫的
感觉,这样它与"开国日"之间就出现了隙缝,即所谓笋缝;而"开

---

①翁方纲《杜诗附记》卷首,《续修四库全书》,第 1704 册。
②陈广忠译注《淮南子·泰族训》:"今夫道者,藏精于内,栖神于心,静漠恬
　淡,讼缪匈中,邪气无所留滞;四枝节族,毛蒸理泄,则机枢调利,百脉九
　窍,莫不顺比。"中华书局 2012 年版,下册第 1175 页。
③翁方纲《杜诗附记》卷三,《续修四库全书》,第 1704 册第 289 页。
④翁方纲《杜诗附记》卷三,《续修四库全书》,第 1704 册第 289—290 页。

国日"与"恨"之间也没有因果关系,只不过与现实的巨大反差使人产生感伤,于是让本无关联的事物发生了关系,因此说以无笋缝为笋缝。同卷评《彭衙行》云:"结'弟昆'对上'出妻孥','誓将'对下'露心肝',则此二句自指孙宰之誓言也。且借'唤起'字神气联贯而下,更不消复醒出眉目矣。此皆自然神理合拍,无烦解诂。然近日名流或转高谈杜之神韵,而不肯向笋缝处用意,则又安得不剖析言之!"①卷四评《曲江对雨》引钱载云:"首二句叠起,已有雨意,三句点出雨。四句风字乃是对雨也,而风字亦是雨中之风。经字重字皆可以验作诗之笋缝。"②由此看来,笋缝的含义就是意识到字句意义单位的间隔而对衔接方式做出相应的处理,其核心不在于间隔而在于衔接。所以翁方纲论白居易七古乐府,特别称赞"其钩心斗角、接笋合缝处,殆于无法不备"③,直接就用了接笋合缝的说法。从《彭衙行》的评语可知,他细析笋缝之说乃是针对当时高谈杜诗神韵的名流,这就意味着笋缝也是他用肌理之实救神韵之空虚的诗学话语之一。而《曲江对雨》评语引用钱载之说,再度证实翁方纲的诗学话语与钱载诗论有着直接的渊源关系。

笋缝或者直接说肌理都是诗歌文本最小的结构单位,它不像章法贯穿在片段之间、句与句之间,而是包含在句法之中,成为可以弥补神韵之疏的细密组织。因此翁方纲评杜甫《宗武生日》说:

①翁方纲《杜诗附记》卷三,《续修四库全书》,第 1704 册第 290—291 页。
②翁方纲《杜诗附记》卷四,《续修四库全书》,第 1704 册第 300 页。
③翁方纲《石洲诗话》卷二,郭绍虞辑《清诗话续编》,第 3 册第 1391 页。

"精微期诧,全在一'理'字,似非渔洋所知。"①他虽然毕生崇敬王渔洋,但对渔洋不在意"理"字却一直很不以为然。有一个很好的例子,可以让我们看到他和王渔洋对"理"的截然不同的态度。《杜诗附记》卷五评《留花门》曰:

> 王新城《居易录》云:楼攻媿《答杜仲高书》云,杜《留花门》"连云屯左辅,百里见积雪",以赵次公之详且博,略不注释。盖花门即回鹘,尝考回鹘之俗,衣冠皆白,故连屯左辅,百里如积雪然也。此条新异可喜。愚按:此条非新异也。上句连云虚而此句积雪实也,上句左辅实而此句百里虚也。有此积雪之实致形容,乃觉上句连云之虚写为有著也。即此上下句云雪之参差蹉对,而句法之理在焉。此之谓熟精《选》理也,渔洋先生乃目楼攻媿语为新异。故其答门人问"熟精《文选》理",谓理字不必深求其解者也,而何以训诗学乎?②

同一句诗,王渔洋通过考史来解释,翁方纲则通过诠析文理来解释,他这里说的"句法之理"部分等同于肌理,意谓句子组织的规则和条理。这样一种着重在句法层面考察意义表达的意识,使作为诗学概念的肌理既不同于格调、神韵那样的整体性审美要求,也不同于性灵那样的合目的性的审美理想,而只是一个带有浓厚技术色彩的理解和剖析文本构成的角度。

---

①翁方纲《杜诗附记》卷一四,《续修四库全书》,第 1704 册第 503 页。
②翁方纲《杜诗附记》卷五,《续修四库全书》,第 1704 册第 319—320 页。

因此，肌理说不只是用于指点写作的一种技法，也是引导阅读的一种读法，同时包含本文的内部构成和外部效果两个层面的意义。它让我联想到方东树的"文法"概念①，它们有一点深刻的内在相通之处，就是特别适用于杜甫式的绵密的诗风或韩愈开启的以文为诗的作风，这恰好与乾隆以后奉杜、韩、黄为宗主的宋诗风乃至学人诗风的趋向相一致。这在写作和阅读上是互为表里的事，写作观念的变化历来是与阅读和批评观念的变化相呼应的。翁方纲研究王渔洋诗学，批杜诗，在总结历史经验的基础上提出肌理之说，明里宣称要以肌理之实救神韵之虚，暗中却是以肌理说为方兴未艾的学人诗风扶轮。其实他很清楚，自从王渔洋以神韵解决了美学理想层面的问题，神韵论就成为古典诗学最后一个有体系的学说，此后再无建立新理论体系的可能。他的诗学正如"质厚"的概念所显示的，已不再将理论的核心寄托于一个整体性的审美理想或艺术目标，而是寄托于一种质量、境界的程度概念。相比神韵、格调、性灵来，质厚显然不是判断诗歌某个层面或角度的概念，而是从各个层面和角度判断其完成度的概念。它看似与某种风格倾向有联系而实际并非如此，质与厚都是与质量相关的概念。而决定两者成败的关键，在翁方纲看来就在于肌理。这正是翁方纲与以前各种艺术观念的根本差异所在。为此他将杜甫"熟精《文选》理"的"理"看得格外紧切，决不会像王渔洋那样轻漫看过。他曾再三提到王渔洋因不懂诗理的重要，以致

①关于方东树的"文法"概念，可参看蒋寅《诗学、文章学话语的沟通与桐城派诗歌理论的系统化》，《复旦学报》2016 年第 6 期。

流于空洞浮泛。他的肌理说也正是在深入反思神韵诗学流弊的基础上萌生并逐渐清晰和丰富起来的理论。因此,要想深入理解翁方纲的诗学,就不能不考究它与王渔洋诗学的关系。历来对此不是没有关注,严迪昌先生甚至称翁方纲肌理说为神韵说的金石改造本①,但具体的、全面的考察仍有待于我们付出努力。

---

① 严迪昌《清诗史》,台湾五南图书出版公司 1998 年版,下册第 715 页。

十三　中庸的美学

——中国古代文论对审美知觉的表达及其语言形式

一、审美概念的价值分类

　　近代以来对传统文论的研究都侧重于"说什么",而较少关注"怎么说"。吴予敏《论传统文论的语义诠释》一文对传统文论范畴意蕴的生成、限定、派生和衍变的方式及内在逻辑的阐述,是少见的深入思考①;汪涌豪《范畴论》一书通过剖析中国古代文论范畴形成的内在机制及其与创作风尚、文体的关系,对中国古代文论范畴的逻辑体系做了深入的阐述,其中第二章"范畴的构成范式"曾对古代文论范畴的语言形式与构成的基本原理有所发明。虽然汪涌豪也清楚地认识到,"文化影响语言,主要体现在词汇层

---

① 吴予敏《论传统文论的语义诠释》,《文学评论》1998 年第 3 期。

面;而语言对文化的影响,则主要通过语法的途径实现"①,但他们的研究都着力于揭示原理和一般语言形态层面的问题,未遑触及语言表现的具体样式尤其是语法层面的问题。

我们知道,中国古代文论是经验意义上的真、伦理意义上的善、美学意义上的美的融合,其基本观念和范畴早在先秦时代即已确立,而且按照特定的思维模式予以表述,其核心理念便是建立在中庸思想方法上的古典理想,即明代何景明所谓"诗文有中正之则,不及者与及而过焉者,均谓之不至"②。晚清朱庭珍有一段议论,将古代文论中贯穿的这一哲学精神阐述得最为周全:

孔子曰:"过犹不及。"③又曰:"中庸不可能也。"④《尚书》亦曰:"允执厥中。"⑤释氏炼妙明心,归于一乘妙法;道家九转功成,内结圣胎,同是一"中"字至理。盖超凡入圣,自有此神化境界。诗家造诣,何独不然! 人力既尽,天工合符,所作之诗,自然如"初写《黄庭》,恰到好处",从心所欲,纵笔所之,无不水到渠成,若天造地设,一定而不可易矣。此方是得心应手之技,故出人意外者,仍在人意中也。若夫不及者,固不足道,即过者,其病亦历历可指。是以太奇则凡,太巧则纤,太刻则拙,太新则庸,太浓则俗,太切则卑,太清则薄,太

①汪涌豪《范畴论》,第27页。
②胡应麟《诗薮》内篇卷五引,第102页。
③杨伯峻《论语译注》,中华书局2009年版,第113页。
④朱熹《四书章句集注》,第21页。
⑤孔安国传,孔颖达等正义《尚书正义》,上海古籍出版社1990年版,第53页。

深则晦,太高则枯,太厚则滞,太雄则粗,太快则剽,太放则
冗,太收则蹙,皆诗家大病也,学者不可不知。必造到适中之
境,恰好地步,始无遗憾也。①

在这里,理想的审美状态被用孔子"过犹不及"的经典表述做了简
明的诠释,用"必造到适中之境,恰好地步"指明了"度"的关键所
在。这种言说方式,在吴予敏所概括的传统文论范畴语义生成的
独特涵指方式——跨域涵指、序段涵指、托喻涵指、互参涵指和示
范涵指中,尤其与序段涵指关系密切。既然"传统文论的范畴的
语义指向往往不是一个确定的对象,而是一段有序的模糊范围。
特定序段的意义总是介于两极因素之间",那么在序段涵指中对
"度"的把握就是最为关键的。吴予敏认为,"这种序段涵指,以度
为规的文论范畴,重要的理论价值就在于它深刻揭示了范畴内部
的矛盾性和可变异性"。作为序段涵指的经典例证,他举出《论
语·八佾》所载孔子语"《关雎》乐而不淫,哀而不伤"②,《左传·
襄公二十九年》所载季札观乐所评"直而不倨,曲而不屈……哀而
不愁,乐而不荒……处而不底,行而不流"③,说明语义就在端(思
维的上下左右的极限、范畴的外延)、度(涵指的内核、语义肯定的
指向)、段(包孕着对象的内在矛盾和演变趋向的表述单位)、序
(由虚词所标示的逻辑关系)四个要素所构成的特定组合之中生

①朱庭珍《筱园诗话》卷一,郭绍虞辑《清诗话续编》,第4册第2340页。
②杨伯峻译注《论语译注》,第30页。
③杨伯峻编著《春秋左传注》,中华书局2009年版,第1164页。

成。他的思考很给人启发,同时也留下一些再探讨的余地。因为范畴内部的矛盾性和可变异性及"度"虽通过语义生成方式表现出来,但从根本上说取决于范畴价值属性的类型。并非所有范畴都存在矛盾性和可变异性,那只是某类范畴的特征。问题涉及范畴的价值分类及由此产生的语言表达形式,包含着可进一步考究的问题。

　　事实上,对于熟悉古代文论的人来说,上引《论语》和《左传》的说法,的确是中国古代文论常见的一种言说方式。《孔丛子》卷上论书第二引孔子语,也有类似的表达:"书之于事也,远而不阔,近而不迫,志尽而不怨,辞顺而不谄。"①《诗大序》则有另一种很耳熟的说法:"治世之音安以乐,其政和;乱世之音怨以怒,其政乖;亡国之音哀以思,其民困。"②后两句就是胡大雷教授指出的,"传统的价值判断常常是用意义相连或相关的两个词语来表达,前者含有褒义,是肯定的说法,后者含有贬义,或是前者会引起后者贬义行为,价值判断是以肯定前者否定后者的形式构成的,是用似乎是对立两极不融合的方式表现出来"③。夏静也曾从互动互释质态平衡的意义系统和对待立义求中和的审美价值追求两个方面讨论古代文论话语的形成④。应该说,今天学者们在这个问题上已有一致认识,只不过问题的复杂在于,古代文论中还存

①孔鲋纂《孔丛子》,中华书局1985年版,第7页。
②毛公传,郑玄笺,孔颖达等正义《毛诗正义》,上海古籍出版社1990年版,第16页。
③胡大雷《传统文论的魅力及创新性阐释》,《文艺理论研究》2004年第4期。
④夏静《对待立义与中国文论话语形态的建构》,《文学评论》2010年第6期。

在更多不同形态的表达方式。比如挚虞《文章流别》云："夫假象过大，则与类相远；逸辞过壮，则与事相违；辩言过理，则与义相失；丽靡过美，则与情相悖。"①这种过犹不及式的表达，前后两个概念便不是前褒后贬的关系，而是程度深浅的比照。问题的核心是，古典美学的审美概念不只存在着对立的两极，还存在高下不一的级次、程度不同的偏差，从而得以覆盖艺术活动中丰富而复杂的审美效果。这一点很直观地提示我们，诗美概念在价值属性上是不等价的。清代徐秉义曾说："诗之为品，大约有四，或高逸，或典丽，或绮靡，或愁思，各如其人之所遇与其所感，自有不可掩者。四者之中，高逸为上。"②在高逸、典丽、绮靡、愁思四个审美概念中，位居上品的高逸，同时也是诗美的最高品位，相当于绘画中的逸品，绝对无疵瑕，古来无间言；其他三品则不免有不同程度的负面效应，典丽或不免伤于华缛，绮靡或不免伤于轻艳，愁思或不免伤于郁塞。由于诗美概念有着这种非单纯性和不确定性，就产生了辨析和调适的要求。像李因笃《曹季子苏亭集序》所强调的："为诗者欲其质，先戒其俚；欲其丽，先戒其纤；欲其雄，先戒其粗豪。近似最足乱真，毫厘遂成千里。"③这里所举出的质—俚、丽—纤、雄—粗豪三对概念，准确地说并不是近似的关系，而是包含的关系，前者包含着一部分后者的要素，或者说发展趋势。为了排除后者的成分或抑制其发展趋势，需要在辨析的基础上加以

①欧阳询《艺文类聚》卷五六，中华书局 1965 年版，第 1018 页。
②徐秉义《山居集序》，盛符升《诚斋诗集》，中国社会科学院文学所藏盛氏十贤祠抄本。
③李因笃《续刻受祺堂文集》卷一，道光十年刊本。

选择、扬弃,加以抑制、限定,这就形成古代文论中有系统的言说策略。它们建立在概念的价值分类之上,同时又使审美价值的描述得以实现。这似乎是古代文论研究的基础问题,但一直未见有论著加以探讨。本文希望就此略作梳理,以弥补这方面研究的薄弱。之所以将研究对象定位于概念而不是范畴,是因为这类名词的定性,学者可能很难取得一致看法①,因姑从简明。

二、绝对正价概念

我对古代文论审美概念的价值分类是依据正面价值的含量来划分的。借用化学的术语,将包含正面即肯定评价的概念称为正价概念,包含负面及否定评价的概念称为负价概念。正价和负价概念中,又各分绝对的和有条件的两类。如果用大写字母代表正价概念,小写字母代表负价概念,那么扩大语义指向的 A 而 B (A 以 B)或 a 而 b(a 以 b)句式通常用于表示绝对正价或负价概念,如《论语·述而》的"子温而厉"②;缩小语义指向的 A 而不 b 或 a 而不 B 则多用于有条件的正价或负价概念,如《尚书·舜典》的"刚而无虐,简而无傲"③。

首先谈绝对的正价概念。绝对正价概念是那些最大限度地

---

① 关于古代文论范畴的界定,可参看汪涌豪《范畴论》第 2—8 页的论述。
② 杨伯峻《论语译注》,第 76 页。
③ 孔安国传,孔颖达等正义《尚书正义》,第 44 页。

符合中庸观念的度,且通常不会产生负评意义的审美概念。它们往往与古老而权威的典据相联系。如王寿昌《小清华园诗谈》论"诗有五可五不可",其中"可乐不可淫,可哀不可伤"①显然与上引《论语》所载孔子语"乐而不淫,哀而不伤"有关。

绝对正价概念加任何限制和改塑也不会改变其肯定性质,只会在色调上发生微妙变化,如挚虞《文章流别》云"日通精以整,思元博而赡"②,精与整、博与赡,几乎是同义反复,但也不能不说在经的典范意义上补充了整饬之义,在博大的意义上增加了充实之义。张幼于评谢肇淛诗,称"其辞宛以丽,其气雄以健,其摅思优以隽,其援事典以则,其振响和以平,既美才情,尤深寄兴"③,其中宛—丽、雄—健、优—隽、典—则、和—平四对概念,不加后者也无遗憾,有了后者是锦上添花。这就是绝对正价的特征之一,如果是有条件的正价,少了后者的补充就会有不完美的缺陷。

绝对正价概念只能用否定形态才能转化为负价的概念,而不像有条件的负价概念那样,在某个语境中会发生性质的转化。沈义府《乐府指迷》说"下字欲其雅,不雅则近乎缠令之体"④。雅在任何时候都不会成为负面评价,所以只有在否定形态下才能变成负价概念。类似概念还有"协",《乐府指迷》有云:"音律欲其协,

---

①郭绍虞辑《清诗话续编》,第3册第1856页。

②梁元帝《金楼子》,中华书局1985年版,第71页。

③姚祖恩辑《静志居诗话》卷一六引,下册第478页。

④沈义父著,蔡嵩云笺释《乐府指迷笺释》,人民文学出版社1963年版,第43页。

不协则成长短之诗。"①这里的"协"是专就词而言的,指字音的和谐搭配。比如仄声要分别上去入,传为李白所作的《忆秦娥》上、下阕末句"灞陵伤别""汉家陵阙","灞"字和"汉"必须用去声字,不得用上入。

正因为绝对正价概念只有用否定式才能转变为负价,它们在表达上就可用双重否定的形式。如黄子云《野鸿诗的》论诗趣曰:"不真,不新,不朴,不雅,不浑,不可与言诗。"②这里的真、新、朴、雅、浑(成)因其具有绝对的自足性,诗歌必具其一方足以为诗,失其一则不足以言诗,这也是绝对正价最突出的特征之一。

相应地,绝对正价概念有时也可以用辨别似是而非的负价概念的句式来表达,以消除以 b 为 A 的误会。如毛先舒《诗辩坻》卷四论"诗有十似":"激戾似遒,凌兢似壮,铺缀似丽,佻巧似隽,底懑似稳,枯瘠似苍,方钝似老,拙稚似古,艰棘似奇,断碎似变。"③这里虽未对相似的两端下褒贬,但恶紫乱朱的意味是不言而喻的。吴雷发《说诗菅蒯》所论则是非了然:"诗之妙处,非可言罄,大要在洁厚新超四字。试观前人胜处,都不出此。然不得以寂寞为洁,粗莽为厚,尖纤为新,诡僻为超。盖得其近似,未有不背驰者。"④李宪乔《凝寒阁诗话》引乃兄怀民语云:"世所谓率真只是率俗。"⑤这等于是说世以率俗为率真,贬意分明。薛雪《一瓢诗

---

①沈义父著,蔡嵩云笺释《乐府指迷笺释》,第 43 页。
②黄子云《野鸿诗的》,乾隆十二年刊长吟阁诗集附。
③郭绍虞辑《清诗话续编》,第 1 册第 78 页。
④吴雷发《说诗菅蒯》,丁福保辑《清诗话》,下册第 899 页。
⑤李怀民等《高密三李诗话》第一册,山东博物馆藏稿钞本。

话》的说法褒贬也很清楚,但逻辑不太一致:"切不可误认老成为率俗,纤弱为工致,悠扬宛转为浅薄,忠厚恳恻为粗鄙,奇怪险僻为博雅,佶屈荒诞为高古。"①时而教人勿以 A 为 b,时而又反过来教人勿以 b 为 A。所以能如此掉换无碍,全因为两端都是无条件的绝对正、负价概念,价值属性和判断的是非无可逆转。

绝对正价概念还可以借助于反义词来表示选择关系,这属于中国古代文论"对待立义"的思维和言说方式的一种形式②,在刘勰《文心雕龙》中已运用纯熟。古人常用两个反义词的对举来表示事物的两极,如《文心雕龙·体性》所谓"才有庸俊,气有刚柔,学有浅深,习有雅郑"③,用对待两极的选择来突出绝对正价概念,也是古代文论所特有的言说方式之一,姑称之为选择法。刘勰在《文心雕龙·宗经》④中提出的批评标准"六义"即"情深而不诡""风清而不杂""事信而不诞""义贞而不回""体约而不芜""文丽而不淫",就是选择法的典型例子。除了深与诡稍为例外,清—杂、信—诞、贞—回、约—芜、丽—淫,都是标准的反义词,去取之间绝无锱铢可较。杨炯《王子安集序》有云:"壮而不虚,刚而能润,雕而不碎,按而弥坚。"⑤这里壮与虚、刚与润都是反义词,通过确认壮而排除虚的选择,再配上润对刚的补充,就完成了对

①薛雪《一瓢诗话》,第 95 页。
②有关对待立义,可参看夏静《对待立义与中国文论话语形态的建构》(《文学评论》2010 年第 6 期)一文。
③王利器校笺《文心雕龙校证》,第 191 页。
④王利器校笺《文心雕龙校证》,第 12 页。
⑤李昉等编《文苑英华》卷六九九,中华书局 1966 年版,第 3608 页。

王勃诗审美印象的肯定评价。这种表达方式在古代文论中是很常见的,如宋濂《杏庭摘稿序》云:"其发之于诗,和而不怨,平而不激,严而不刻,雅而不凡,庶几忠孝恻怛有《三百篇》之遗意者。"①刘崧《陶德嘉诗序》云:"故其辞清新而不累于陈,和婉而不伤于暴,介洁而不违于物。"②黄生《诗麈》卷一云:"用字宜雅不宜俗,宜稳不宜险,宜秀不宜粗。"③黄燮清《秋风红豆楼词钞跋》云:"词宜细不宜粗,宜曲不宜直,宜幽不宜浅,宜沈不宜浮,宜蓄不宜滑,宜艳不宜枯,宜韵不宜俗,宜远不宜近;宜言外有意,不宜意尽于言;宜寓情于景,不宜舍景言情。以上数条,合之则是,离之则非;合之则为雅音,离之则入于曲调,甚或流为插科打诨、村歌里唱矣。此中界限,切宜细辨。"④在上述"合之则是,离之则非"的辨析和选择中,前面被选中的正价概念基本上都是绝对正价的,被排除的也都是绝对负价概念。但需要指出的是,古代文论中的对待并不全是反义词,有些即便是反义词的对待其实也不可偏废。一个典型的例子就是叶燮《原诗》外篇讨论过的陈熟和生新:"生熟、新旧二义,以凡事物参之:器用以商、周为宝,是旧胜新;美人以新知为佳,是新胜旧;肉食以熟为美者也,果食以生为美者也;反是则两恶。"由是叶燮断言:"大约对待之两端,各有美有恶,非

---

①宋濂《宋濂全集》,第1册第74页。
②刘崧《刘槎翁文集》卷九,《四库全书存目丛书》,集部第24册第490页。
③《皖人诗话八种》,第58页。
④张鸣珂《秋风红豆楼词钞》,国家图书馆藏抄本,转引自林玫仪《张鸣珂词集版本源流考》,2010年台湾中山大学"第六届国际暨第十一届全国清代学术研讨会"论文集。

美恶有所偏于一者也。"①严格地说,他所谓的对待之两端,乃是有条件的正价、负价概念,在特定情况下会发生价值转性,若绝对正、负价概念则不存在这种情形(当然,这也只是就一般意义而言)。从这个意义上说,用反义词对举突出绝对正价概念乃是对待立义的一种极端形式。

　　根据以上的原则,我们可以大致作个结论,绝对正价概念主要包括这样四大类:(一)与生命的旺盛活跃相对应的概念,如神、亮、明、莽、雄、动、灵、活、盛、通、畅、劲、健、遒、妙、伟、纵、肆、捷、迅、刚、苍、醋、鲜、茂、挺、拔、裕、妍等;(二)与道德的善相对应的概念,如肃、则、挚、诚、真、正、端、穆、贞、静、方、正、笃等;(三)与趣味的高雅淳正相对应的概念,如美、和、朴、润、腴、淳、纯、淡、永、高、洁、省、净、古、宏、广、远、闲、壮、厚、圆、朗、深、博、奥、温、素、趣、长、隽、卓、俊、逸、简、大、澹、阔、舒、宽、恬等;(四)与艺术表现的完善相对应的概念,如合、稳、工、适、化、老、安、精、炼、警、妥、密、谨、沉、紧、透、彻、凝、浑、匀、达、豁、到、详、圆、洽、切、融、谐、协、惬等。

三、有限正价概念

　　一般来说,绝对正价概念的审美属性是完满自足的、稳定的、不可转移的,通常不存在度的问题,上面这四类概念便具有这样

────────────

①叶燮《原诗》外篇上,丁福保辑《清诗话》,下册第591页。

的品性。但也有许多审美概念不是这样,其价值属性会随着条件或语境而变异,那便是有条件的正价概念,姑称为有限正价概念。相比绝对正价概念,有限正价概念是有缺陷的、不稳定的、可转移的、受条件限制的,只有满足某些条件,才能维持正价属性。

有限正价概念的上述品性缘于几种情况。首先是"度"的难以把握。近代诗论家许印芳曾说:"凡天地间事物,有一美在前,即有一病随之于后。惟诗亦然:雄有粗病,奇有怪病,高有肤廓病,老有草率病。惟根柢深厚者,始能善学古人,得其美而病不生。根柢浅薄者,每学古人,未得其美,病已著身。"①雄、奇、高、老都是诗家追求的上乘境界,然而把握不当便会流于粗、怪、肤廓、草率。叶燮批评当时学宋诗者"新而近于俚,生而入于涩"②,即属于度把握不当的结果。

其次是文体的错位。有些概念对于甲文体是绝对正价的,但对于乙文体却可能成为有条件的正价。萧统《答湘东王求文集及诗苑英华书》云:"夫文典则累野,丽亦伤浮。能丽而不浮,典而不野,文质彬彬,有君子之致。"③这里的野即孔子所谓"质胜文则野"之义,但典怎么会失之野,终究让人难以理解。我想萧统可能是针对美文而言的,美文而过求典雅,如萧纲所谓的"未闻吟咏情性,反拟《内则》之篇;操笔写志,更摹《酒诰》之作。迟迟春日,翻

①杜甫《南邻》评语,李庆甲辑《瀛奎律髓汇评》卷二三,中册第 992 页。
②叶燮《原诗》外篇上,丁福保辑《清诗话》,下册第 591 页。
③萧统《答湘东王求文集及诗苑英华书》,郁沅、张明高编选《魏晋南北朝文论选》,人民文学出版社 1996 年版,第 331 页。

学《归藏》;湛湛江水,遂同《大传》。"①像苏绰那样拟《尚书》文体为诏告,焉得不流于质胜于文? 适用于庙堂文字的典,在抒情美文中适足为野。

再次是特定的语境。有些概念的价值属性在特定语境中会发生转化,这多出现在对某种风格的否定性批评中。仍以典为例,它以典雅、典据之义使用时,肯定是正价概念;但当晋代玄言诗兴起,钟嵘批评孙绰、许询等人的玄言诗"皆平典似道德论"②时,它便转化为负价概念了,被用以形容玄言诗风的散文化、哲理化特征。

最后是概念的价值属性本身具有两极性。比如华,刘大櫆《论文偶记》云:"文贵华,华正与朴相表里,以其华美,故可贵重。所恶于华者,恐其近俗耳。"③又如生,牟愿相《小瀛草堂杂论诗》辨之曰:"生字有二义,一训生熟,一训生死。然生硬熟软,生秀熟平,生辣熟甘,生新熟旧,生痛熟木。果生坚熟落,谷生茂熟槁,惟其不熟,所以不死。"④此言旨在揭示生熟之生与生死之生取义的内在沟通,但同时说明了生原本具有正(新、秀)负(硬、辣)两种价值属性。凡由反义词构成的对待双方,叶燮已指出,其价值属性往往可以互相转换。即便如"工拙"这样褒贬分明的对待,王行《唐律诗选序》也认为:"盖工非诗之所必取,而拙非诗之所必弃。

---

①萧纲《与湘东王书》,郁沅、张明高编选《魏晋南北朝文论选》,第351页。
②钟嵘撰,曹旭笺注《诗品笺注》,人民文学出版社2009年版,第15页。
③刘大櫆《论文偶记》,第9页。
④牟愿相《小瀛草堂杂论诗》,郭绍虞辑《清诗话续编》,第1册第923页。

工而矜庄,是未免夫刻画;拙而浑朴,是不失其自然也。"①

　　一般来说,有限正价概念相对于绝对正价概念,总有其不确定性,一逾限度便走向负面。如丁炜曾指出:"清而不已,间入于薄;真而不已,或至于率。率与薄相乘,渐且为俚为野。"②在这个问题上,"奇"也许是一个最典型的例子。魏际瑞《与子弟论文》尝言:"语言无味,面目可憎,此庸俗人病也。而专好新奇谲怪者,病甚于此。好奇好怪,即是俗见。"③平淡无奇,难免流于庸常乃至庸俗,然而一味追求新奇,近于谲怪,则落入另一种俗谛。奇的价值属性所以有这种变易性,正是因为它属于有限正价概念,本身不具备完满和自足性。就像川合康三教授先生曾指出的,"即使'奇'这个评语用作肯定,它也不是具有独立价值的概念,而是以'正'为确实的存在前提,由此得以成立的"④。所以它所指称的事物也总是摇摆于规范性、正统性等牢固的价值观念和由庸滥、平常堆积而成的无价值之间,很难划定一个界线,正价或负价的判定往往与文学观念紧密相关。兴膳宏《〈文心雕龙〉与〈诗品〉文学观的对立》一文就曾分析两书中"奇"的不同涵义,由此揭示刘勰与钟嵘文学观的根本差异⑤。

---

①王行《半轩集》卷六,影印文渊阁《四库全书》,第 1231 册第 357 页。
②陈寿祺撰《丁炜传》,钱仪吉辑《碑传集》卷八一,光绪十九年江苏书局刊本。
③魏际瑞《魏伯子文集》卷四,《宁都三魏文集》本。
④川合康三《终南山的变容》,刘维治、张剑、蒋寅译,上海古籍出版社 2007年版,第 93 页。
⑤吉川博士退休纪念事业会编《吉川博士退休纪念中国文学论集》,筑摩书房 1968 年版。

有限正价概念的这种变易性和不确定性,使它很容易伴生负价的意味。姜夔《白石道人诗说》开宗明义即说:"大凡诗,自有气象、体面、血脉、韵度。气象欲其浑厚,其失也俗;体面欲其宏大,其失也狂;血脉欲其贯穿,其失也露;韵度欲其飘逸,其失也轻。"①汪师韩《诗学纂闻》更指出:"宋、元后诗人有四美焉:曰博,曰新,曰切,曰巧。既美矣,失亦随之。学虽博,气不清也,不清则无音节;文虽新,词不雅也,不雅则无气象;且也切而无味,则象外之境穷;巧而无情,则言中之意尽。"②博、新、切、巧本来都是正价的概念,但用在评价宋元人诗时便与某些弱点联系在一起,而染上不纯的色彩。由于有上述复杂情形,有限正价概念的含义及感觉印象常与负价概念混杂不清,而让学者们常感到很有辨析的必要。袁枚即感叹:"作诗不可不辨者,淡之与枯也,新之与纤也,朴之与拙也,健之与粗也,华之与浮也,清之与薄也,厚重之与笨滞也,纵横之与杂乱也,亦似是而非,差之毫厘,失之千里。"③具体到某些诗人和作品的评价,论者尤其注重辨析其间的差异。陆时雍《诗镜总论》论王融诗云:"诗丽于宋,艳于齐。物有天艳,精神色泽,溢自气表。王融好为艳句,然多语不成章,则涂泽劳而神色隐矣。如卫之《硕人》,骚之《招魂》,艳极矣,而亦真极矣。柳碧桃红,梅清竹素,各有固然。浮薄之艳,枯槁之素,君子所弗取也。"④朱子评梅尧臣诗"不是平淡,乃是枯槁",王国维说周密、张

①何文焕辑《历代诗话》,下册第 680 页。
②丁福保辑《清诗话》,上册第 440 页。
③袁枚《随园诗话》卷一,第 54 页。
④丁福保辑《历代诗话续编》,下册第 1407 页。

炎词也是如此①。薛所蕴《通斋诗序》批评时人"以枯澹为清脱，以浮艳为富丽"②，《瀛奎律髓》卷三罗隐《水边偶题》纪昀批："是粗野，非老也。以此为老，是宋诗所以为宋诗，而虚谷所以为虚谷。"③这都是通过辨析而厘清"度"之所在，度既确立，取舍之际对有限正价概念就好把握了。仍以"奇"为例，它通常意味着偏离一般的、规范的形态，而当这种偏离程度过大，达到脱离常规的地步，就要用"怪"来表达。陈应行《吟窗杂录》序"十易"列举写作容易犯的十个错误，第九为"新奇而易怪"④。新奇本是正价概念，但如果追求过分，就容易变得"怪"。白居易《故京兆元少尹文集序》称元宗简"古常而不鄙，新奇而不怪"⑤，正是称赞他很好地把握了度，虽脱离常规，具有新颖的独创性，但尚不至于悖离规范而到"怪"的地步。宋庠强调"为文之体，意不贵异而贵新，事不贵僻而贵当，语不贵古而贵淳，事不贵怪而贵奇"⑥，同样也是在厘清"度"的基础上所作的辨析。在很多情况下，由一连串的排除和选择完成的辨析本身就是确定"度"的过程。

　　根据以上论述，有限正价概念大概可以举出巧、拙、婉、紧、虚、空、曲、易、放、媚、整、散、侻、秾、强、异、浓、幻、奇、今等。因为

---

①王国维《人间词话删稿》，施议对《人间词话译注》，广西教育出版社 1990
　　年版，第 151 页。

②田茂遇辑，乔钵增《燕台文选》卷三，顺治十三年李蕃玉刊本。

③李庆甲辑《瀛奎律髓汇评》，上册第 124 页。

④陈应行编《吟窗杂录》卷首，第 6 页。

⑤顾学颉校点《白居易集》卷六八，第 4 册第 1425 页。按："常"一作"淡"。

⑥周煇《清波杂志》卷五，上海古籍出版社 2012 年版，第 86—87 页。

这些概念多多少少都含有价值属性转易的可能，为避免负面效果，就形成了补充正面条件，或排除、限制走向负面的条件两种言说方式，即 A 而 B 或 A 而不 b 的表达。下面分别做一些分梳。

四、有限正价概念的表达之一——补充法

有限正价概念因其不完满性，常用补充法来添加正面条件，以避免缺陷。《尚书·皋陶谟》所举"九德"已为这种表达方式树立了典范："皋陶曰：宽而栗，柔而立，愿而恭，乱而敬，扰而毅，直而温，简而廉，刚而塞，强而义。彰厥有常，吉哉！"①这种 A 而 B 的句法，被庞朴称为"中庸的最基本形式"②。

在诗评中，这种 A 而 B 的句法也很常见，如季娴《闺秀集》卷下选王微《女伴期入法相予以他事未往赋寄》诗："闻道宗雷伴，幽寻古寺中。衣香连雾出，杖影落山空。题就一林叶，谭生众壑风。差池无翼去，共听晚烟钟。"评曰："修微大抵以淡远取胜，喜其淡而多姿，远而有韵。"③朱凤英评胡道南诗"气矫而平，辞清而丽，抑扬顿宕之中，却有夷坦冲和之度"④，吴嵩梁评程梦湘诗"清而

①孔安国传，孔颖达等正义《尚书正义》，第 59 页。
②庞朴《"中庸"平议》，《中国社会科学》1980 年第 1 期。
③季娴《闺秀集》，《四库全书存目丛书》，集部第 414 册第 358 页。
④胡道南《风满楼诗稿》朱凤英题词，乾隆刊本。

能深,淡而可味"①,均为其例,同属在有限正价概念上追加互补性的正价概念,以避免某种缺陷。淡、远之致易流于平易枯寂,济以多姿、有韵、可味,遂有鲜活之趣;矫邻于激,或至乖张,能得其平则有冲和之度;清以纯净为本,弱点是易质易浅,清而复能丽能深,则收避短扬长之效。

A 而 B 的表现虽很常见,但仍有许多句式稍异的变体。一是 A 以 B 的句法,如王世贞《徐汝思诗集序》:"盛唐之于诗也,其气充以完,其声铿以平,其色丽以雅,其力沉而雄,其意融而无迹,故曰盛唐其则也。"二是 A 而实 B 的句法,如苏东坡《与苏辙书》云:"渊明作诗不多,然其诗质而实绮,癯而实腴,自曹、刘、鲍、谢、李、杜诸人,皆莫及也。"②三是 A 而能 B 的句法,如李邺嗣论高澹、奇老,这固然是难得的境界,"然使守而不变,以至于极,譬如数啖太羹,频击土缶,音味遂为索然,复何可喜! 余谓此当以秀色润之。盖澹而能秀则益远,老而能秀则不枯"③。还有一些变体,从语法的角度说已与 A 而 B 相去甚远,但却仍是补充法的一种格式。其例有吴之振编《宋诗钞》卷八十一叶适小传:"艳出于冷故不腻,淡生于炼故不枯。"④A 出于 B 即 A 用 B 的方式加以处理,这样可以避免不好的结果。又如刘熙载《艺概》尝言:"词尚清空妥溜,昔人

---

①吴嵩梁《石舫溪诗话》,杜松柏编《清诗话访佚初编》,台湾新文丰出版社 1987 年版,第 3 册第 31 页。

②《陶渊明研究资料汇编》,上册第 35 页。

③李邺嗣《散怀十首序》,《杲堂诗文集》,第 136 页。

④吴之振等《宋诗钞》第三册,中华书局 1986 年版,第 2341 页。

已言之矣,惟须妥溜中有奇创,清空中有沉厚,才见本领。"①A 中有 B 也就是 A 而 B 的另一种说法,类似的特殊句法,若仔细搜集一定还有不少。

古代诗文选本的评语中,也常用补充法来细化对作品美感的把握,句式则因评语的简短而取缩略的形式。王夫之《明诗评选》是我看到的一个较突出的例子。卷四评僧宗泐诗:"《采芹》孤清自裕,孤清者固难裕也。"②卷五评陶安《郡寓偶成》诗:"清壮。壮以清,故佳。后来七子辈不浊不能壮也。"③又评徐缵《春日结草庵》诗曰:"高润。"且说明:"高者不易润,矜高耳,高元不碍润也。"④卷七评袁凯《无题》诗:"艳而有则。"⑤这四则评语的句式虽不同,但裕、壮、润、则分别是孤清、清、高、艳的补充,则是毫无疑义的。王夫之对理由的说明包含着精到的艺术洞察力和艺术辩证法思想,类似的许多评论资料尚沉睡在各种典籍中,未引起学者们的注意。

有限正价概念的补充法表达,一个著名的例子是杨慎《升庵诗话》的一段话:"庾信之诗,为梁之冠绝,启唐之先鞭。史评其诗曰绮艳,杜子美称之曰清新,又曰老成。绮艳清新,人皆知之,而其老成,独子美能发其妙。余尝合而衍之曰:绮多伤质,艳多无骨,清易近薄,新易近尖。子山之诗,绮而有质,艳而有骨,清而不

①刘熙载《艺概·词曲概》,光绪间刊《刘融斋遗书》本。
②王夫之《明诗评选》卷四,第 165 页。
③王夫之《明诗评选》卷五,第 188 页。
④王夫之《明诗评选》卷五,第 228 页。
⑤王夫之《明诗评选》卷五,第 332 页。

薄,新而不尖,所以为老成也。若元人之诗,非不绮艳,非不清新,
而乏老成。宋人诗则强作老成态度,而绮艳清新,概未之有。若
子山者可谓兼之矣。不然,则子美何以服之如此?"①这段议论从
庾信诗歌风格判定引出有关绮、艳、清、新四个审美概念的价值属
性的辨析,进而用以衡量宋、元诗歌的得失,审断至为精到,因而
屡为后人祖述。田雯以"绮而有质,艳而有骨,清而不薄,新而不
尖"称赞庾信诗的"老成"②,薛雪又用"绮而有质,艳而有骨,清而
不薄,新而弗尖"来形容老成的境界,而且说"稗官野史,尽作雅
音;马勃牛溲,尽收药笼;执画戟莫敢当前,张空弮犹堪转战。如
是作法,方不愧老成"③。其中"绮而有质"四句,非仅评价庾信最
得其实,概括老成范畴的内涵也十分周到,突出了四个有限正价
概念的审美特质而又弥补了其自身带有的浮、弱、薄、尖的风格缺
陷。值得注意的是,"清而不薄,新而弗尖"两句与"绮而有质,艳
而有骨"不只是肯定与否定句法的不同,从有限正价概念的表达
方式说,"清而不薄"属于排除法,"新而弗尖"属于限制法。这也
是有限正价概念常见的两种表述法。

五、有限正价概念的表达之二——排除法

有限正价概念的妥善表述,除了用相应的正价范畴加以补充

①杨慎《升庵诗话》卷九,丁福保辑《历代诗话续编》,中册第 815 页。
②田雯《古欢堂集·杂著》卷二,郭绍虞辑《清诗话续编》,第 2 册第 698 页。
③薛雪《一瓢诗话》,第 141 页。

之外,有时还用排除缺陷的方式说明其合理内核的度,避免可能产生的歧义,我姑称之为排除法。这种论述方式起源同样很早,《论语·阳货》已见其例:"古者民有三疾,今也或是之亡也。古之狂也肆,今之狂也荡;古之矜也廉,今之矜也忿戾;古之愚也直,今之愚也诈而已矣。"①孔子认为古今人的行为尽管都有狂、矜、愚的表现,但其精神实质却不同。这种貌合神离的似是而非,只有经过仔细辨析,才能有所取舍。因此有限正价概念表达的排除法实质上也是一种选择,其异于绝对正价的"对待"之处,是在不相似、不相近但又不构成反义对待的正价和负价概念之间作出选择,排除后者。其 A 而不 b 的句式甚至较 A 而 B 式更具有汉语的特点,因此给人的印象也更深刻。

　　唐释皎然的《诗式》是惯用这种句式而为人熟知的论著,论"诗有四不"曰:"气高而不怒,怒则失于风流;力劲而不露,露则伤于斤斧;情多而不暗,暗则蹶于拙钝;才赡而不疏,疏则损于筋脉。"论"诗有二要"曰:"要力全而不苦涩,要气足而不怒张。"②A 而不 b 的句式明确示人作者认同什么排斥什么,但两者之间并不一定构成因果、反义甚至程度浅深的关系。除了气高与怒关系稍近,力劲与露、情多与暗、才赡与疏、力全与苦涩之间都没有必然的联系。吴讷《文章辨体序说》论七古云:"大抵七言古诗贵乎句语浑雄,格调苍古;若或穷缕刻以为巧,务喝喊以为豪,或流乎萎

---

① 杨伯峻《论语译注》,第 185 页。
② 何文焕辑《历代诗话》,上册第 27 页。

弱,或过乎纤丽,则失之矣。"①巧、豪、萎弱、纤丽都不是雄浑、苍古的应有之义,选择前者拒绝后者只是为了预防和排除某种可能出现的不良结果。

　　事实上,相当一部分有限正价概念都伴有某种负价成分,感觉近似而易致误会,因此需要用排除法,立其正而避其负。黄生《诗麈》云:

　　　　诗欲高华,然不得以浮冒为高华。诗欲沉郁,然不得以晦涩为沉郁。诗欲雄壮,然不得以粗豪为雄壮。诗欲冲淡,然不得以寡薄为冲淡。诗欲奇矫,然不得以诡僻为奇矫。诗欲典则,然不得以庸腐为典则。诗欲苍劲,然不得以老硬为苍劲。诗欲秀润,然不得以嫩弱为秀润。诗欲飘逸,然不得以佻达为飘逸。诗欲质厚,然不得以板滞为质厚。诗欲精采,然不得以雕缋为精采。诗欲清真,然不得以鄙俚为清真。诗家雅俗之辨,略尽于此。②

此所谓雅俗之辨,其实仅集中于风格的似是而非,诗学中易为初学混淆之处又岂是仅限于风格?查为仁《莲坡诗话》所载查慎行一段名言,显然是更深一层的辨析:"诗之厚,在意不在辞;诗之雄,在气不在直;诗之灵,在空不在巧;诗之淡,在脱不在易。须辨

---

①吴讷《文章辨体序说》,人民文学出版社 1962 年版,第 32 页。
②黄生《诗麈》卷二,《皖人诗话八种》,第 90—91 页。

毫发于疑似之间。"①薛雪《一瓢诗话》也说："文贵清真,诗贵平
澹,若误认疏浅为清真,何怪以拙易为平澹?"②这都是在辨析容
易误会的正、负价概念,辨析既清,取舍自定。最典型的例子是
"清",它虽是与传统审美理想相联系的核心范畴,但同时也是典
型的有限正价概念,容易伴生弱、薄二病,清如果能避免薄、弱的
毛病,则能成就超常的品质。黄庭坚《安乐泉颂》"清而不薄,厚而
不浊,甘而不哕,辛而不螫"③,虽不是论诗文,却深得其理。纪昀
评孟浩然《永嘉浦逢张子容》、杜甫《曲江陪郑八丈南史饮》都许
其"清而不薄"④;阮元序潘曾绶诗,称其"清而不失之薄"⑤;汪端
评高叔嗣诗称其"清而不弱"⑥;郭麐《灵芬馆诗话》续三称吴承
恩诗笔"清而不薄",都用排除法维持了清的正价性。还有一个
例子是真率,二字诗家习惯连用,但潘德舆独析而别之:"真处
万不可不留,率处万不可不去。真率之间不容发,殊不易辨也。
然真则厚,率则不厚,亦不难辨耳。"⑦在类似的辨析和区别中,
一个正价概念有时会对应不同的负价概念,如宋征璧《抱真堂诗
话》说:"凡诗丽则必靡,秀则必弱。若兼厥二美,免此二憾,其思

①丁福保辑《清诗话》,上册第 482 页。
②薛雪《一瓢诗话》,第 141 页。
③郑永晓编《黄庭坚全集》,中册第 1016 页。
④李庆甲辑《瀛奎律髓汇评》卷二四、卷一〇,中册第 1022 页、上册第
　360 页。
⑤见潘曾绶《陔兰书屋诗集》卷首,清刊本。
⑥汪端《明三十家诗选》二集卷六上,道光二年刊本。
⑦潘德舆《养一斋集》卷首,道光二十九年刊本。

王乎?"①而叶燮《原诗》中则要求"正不伤庸,奇不伤怪,丽不伤浮,博不伤僻"②,丽分别与靡、浮相对。而联系徐芳"韵而不靡,朴而不粗,淡而不枯,工而不诡"③的说法来看,一个负价概念也可以对应不同的正价概念,这里的靡分别对应丽、韵,就是很好的例子。

这种 A 而不 b 的表现在古代文论中十分普遍,通常是作为规范提出的,如宋庠论文主张"为文之体,意不贵异而贵新,事不贵僻而贵当,语不贵古而贵淳,事不贵怪而贵奇"④,魏禧论儒者之文当先去七弊,即"可深厚不可晦重,可详复不可烦碎,可宽博不可泛衍,可正大不可方板,可和柔不可靡弱,可无惊人之论,不可重袭古圣贤唾余,其旨可原本先圣先儒,不可每一开口辄以圣人大儒为开场话头。七弊去而七美全,斯可以语儒者之文也"⑤,朱克生论诗强调"奇非字句雕斫之谓,而格局变化之谓也;隐非嵁巇诡僻之谓,而含章蓄意之谓也。深贵蕴藉而不贵晦昧,幽贵沈郁而不贵尖细"⑥,彭宾《丁飞涛诗序》推崇"赠答之诗渊以穆而不伤于谀,离别之诗哀以切而不病于幽,冠裳之诗弘以丽而不涉于绮,山川之诗凉以曲而不过于寒"⑦,王骥德《曲律》论声调"欲其清,

---

① 郭绍虞辑《清诗话续编》,第 1 册第 128 页。
② 叶燮《原诗》内篇上,丁福保辑《清诗话》,下册 573 页。
③ 郭绍虞辑《清诗话续编》,第 1 册第 950 页。
④ 周煇《清波杂志》卷五引,第 86—87 页。
⑤ 魏禧《日录·里言》,《宁都三魏文集》本。
⑥ 朱克生《朱秋厓先生诗集》朱百度跋引,同治五年朱氏刊本。
⑦ 彭宾《彭燕又先生文集》卷三,《四库全书存目丛书》,集部第 197 册第 352 页。

不欲其浊;欲其圆,不欲其滞;欲其响,不欲其沉;欲其俊,不欲其
痴;欲其雅,不欲其粗;欲其和,不欲其杀;欲其流利轻滑而易歌,
不欲其乖剌艰涩而难吐"①,论句法"宜婉曲不宜直致,宜藻艳不
宜枯瘁,宜溜亮不宜艰涩,宜轻俊不宜重滞,宜新采不宜陈腐,宜
摆脱不宜堆垛,宜温雅不宜激烈,宜细腻不宜粗率,宜芳润不宜憔
杀"②,都是很典型的说法。而用于具体批评,则表示成功地避免
了负面影响。如洪迈称黄公度"精深而不浮于巧,平澹而不近
俗"③,曹学佺《慈溪叶国桢诗集序》称其诗"深不病理,浅不入
俗"④,宋征璧《抱真堂诗话》称赞"杜诗如'香稻啄残鹦鹉粒,碧梧
栖老凤凰枝'及'麝香眠石竹,鹦鹉啄金桃',俱华而不俗"⑤,王夫
之《明诗评选》评张羽《酒醒闻雨》"宁平必不嚣,宁浅必不豪,宁
委必不厉"⑥,彭宾《丁飞涛诗序》肯定"自汉魏盛唐以来,观于斐
然之家,其词丽而不靡,其意典而不隘,其体广而不乱,其音远而
不促,惶惶乎有定则矣"⑦,李果《霜红龛集序》称傅山诗"意在沉
郁,绝去枝蔓,不为肤媚软弱"⑧,吴嵩梁评赵文哲诗"清而不佻,

①王骥德《曲律》论声调第十五,《读曲丛刊》本。
②王骥德《曲律》论句法第十七,《读曲丛刊》本。
③吴之振《宋诗钞》卷八八黄公度小传引,康熙刊本。
④曹学佺《曹学佺集·石仓文稿》,江苏古籍出版社 2003 年版,下册第
　732 页。
⑤宋征璧《抱真堂诗话》,郭绍虞辑《清诗话续编》,第 1 册第 124 页。
⑥王夫之《明诗评选》卷三,第 106 页。
⑦彭宾《彭燕又先生文集》卷三,《四库全书存目丛书》,集部第 197 册第 351 页。
⑧李果《霜红龛集序》,傅山《霜红龛集》附录三。

华而不缛,壮而不粗,哀而不激"①,句法虽各不同,但肯定有限正价概念的方式却是一致的。

六、有限正价概念的表达之三——限制法

有限正价概念的表达还有一种限制法,即在有因果继起关系的正、负价概念之间,将意义限定在正价的范围内,不阑入负价的阈界。相对来说,排除法如工匠雕塑,斫去其非而存其是;限制法则如画地为牢,以不出此限度为宜。《尚书·舜典》载帝曰:"夔!命汝典乐,教胄子,直而温,宽而栗,刚而无虐,简而无傲。"②这里"直而温,宽而栗"同于九德,是 A 而 B 的补充法,"刚而无虐,简而无傲"则是限定法。虐与傲是与刚、简有因果关系的继起概念。中庸之道讲的是过犹不及,正价的表现一逾其度便带来负面效果。如"高"已近乎是绝对正价概念,但沈义父《乐府指迷》仍认为"发意不可太高,高则狂怪而失柔婉之意"③。沈德潜《说诗晬语》也指出:"用意过深,使气过厉,抒藻过秫,亦是诗家一病。故曰穆如清风。"④前引朱庭珍《筱园诗话》曾专门列举过犹不及的弊病。这种情况就是大作家也难以避免。胡应麟《诗薮》曾说:

---

① 吴嵩梁《石舫溪诗话》,杜松柏编《清诗话访佚初编》,第 3 册第 23 页。
② 孔安国传,孔颖达等正义《尚书正义》,第 44 页。
③ 沈义父《乐府指迷笺释》,第 43 页。
④ 沈德潜《说诗晬语》卷下,丁福保辑《清诗话》,下册第 549 页。

"老杜用字入化者,古今独步。中有太奇巧处,然巧而不尖,奇而不诡,犹不失上乘。"①奇、巧本是正价概念,但过于奇巧而到诡、尖的地步,就超出了可容许的度,皎然因此而将"以诡差为新奇"列为"六迷"之一②。杜诗用字能做到"巧而不尖,奇而不诡",则固未逾限。不过这只是胡应麟的看法,王夫之并不认可,他说杜甫一再称道庾信"清新""健笔纵横",而自己所作却"趋新而僻,尚健而野,过清而寒,务纵横而莽"③。这里僻、野、寒、莽都是过量逾度导致的负面评价。董沛《陶子缜澹庐诗集序》批评"浙中诗派,流弊滋多",举查慎行、李郏嗣、厉鹗、梁同书为例:"冲淡如初白,而其失也枯;简练如杲堂,而其失也涩;幽秀如樊榭,而其失也僻;遒峭如频罗,而其失也纤。"④其取意同于王夫之。相反姚鼐说郭麐诗无"过清而寒,过瘦而枯,过新而纤"的毛病⑤,则属反其意而用之。为此,在用有限正价概念表达美感评价时,用限制法确定概念、范畴的度,以维持有限正价概念的肯定价值,是很有必要的。

其一般表达形式,如金圣叹云:"作温厚语切忌颓唐,作绵密语切忌拖沓,作高亮语切忌叫嚣,作严整语切忌迂板,作鲜新语切

---

① 胡应麟《诗薮》内编卷五,第 88 页。

② 魏庆之《诗人玉屑》卷五。皎然《诗式》五卷本(《十万卷楼丛书》所收)"诗有六迷"条,其一为"以诡怪而为新奇"。

③ 王夫之《古诗评选》,第 290—291 页。

④ 董沛《正谊堂文集》卷一,光绪刊本。

⑤ 王昶《湖海诗传》卷四四引,周维德编《蒲褐山房诗话新编》,第 171 页。

忌韶稚,作矫健语切忌傲岸,作蕴藉语切忌寡淡,作委婉语切忌弛散。"①又如吴曾祺《涵芬楼文谈》云:"修辞之道,在质而不枯,华而不缛,深而不晦,浅而不俗,轻而不浮,重而不滞,巧而不纤,拙而不钝,博而不杂,简而不陋,奇而不诡,正而不腐,此其大较也。"②这 A 而不 b 的句式虽然极简明,但其中包含的美学意蕴却非常丰富。金堡《沈客子诗序》有云:"当湖沈客子之诗,所谓清绝不寒,秀绝不纤,高绝不孤危,奇绝不刻削者。"在这里,清、秀、高、奇都是有限正价概念,绝是表示极至的说法,四者极其至必致寒、纤、孤危、刻削之境,所谓"'微云澹河汉,疏雨滴梧桐。'举坐阁笔,嗟其清绝,然清或近于寒。秀色可餐,若绛仙者,可以疗饥矣,而秀或近于纤。昌黎登华山不能下,恸哭作书与家人诀,山不厌高,或近于孤危。李长吉郊行,小奚持古破锦囊从其后,得句即投,其母曰是儿要呕出心始已耳。制作不厌奇,或近于刻削"③。在这种情况下,A 而不 b 的句法就能制约清、秀、高、奇可能出现的逾闲之弊,使其价值仍限定在肯定的范围内,不至于转变为负价概念。

正因为限制法基于概念微妙差异的辨析,同时最贴近中庸的思想方法,它在传统文学批评中的应用也最为广泛,我们通常见到的 A 而不 b 的句式,一定以限制法为最多。这里姑举一些我读

---

① 金雍辑《鱼贯庭闻》,《金圣叹全集》,江苏古籍出版社 1985 年版,第 4 卷第 48 页。
② 吴曾祺《涵芬楼文谈》,商务印书馆 1933 年版,第 23 页。
③ 金堡《遍行堂续集》卷三,国学扶轮社宣统三年排印本。

到的例子：

　　　　唐独孤及：直而不野，丽而不艳。①

　　　　宋贺铸：平淡不流于浅俗，奇古不邻于怪僻。②

　　　　明宋濂：丰腴而不流于丛冗，雄峭而不失于粗厉，清圆而不涉于浮巧，委蛇而不病于细碎，诚可谓一代之奇作矣。③

　　　　归有光：笔健而不粗，意深而不晦，字新而不怪，语新而不狂。④

　　　　胡应麟：思欲深厚有余，而不可失之晦；情欲缠绵不迫，而不可失之流。⑤

　　　　清陈枚：宏丽诗不落浓俗，幽静诗不落枯淡。⑥

　　　　叶燮：孟举之诗新而不伤，奇而不颇。⑦

　　　　张谦宜：刻苦却不扭捏，平易却不肤浅。⑧

　　　　王昊：其诗则判刻性灵，脱落尘滓，想曲而不失于险，趣

---

①独孤及《唐故殿中侍御史赠考功郎中萧府君文章集录序》，《毗陵集》卷一三，《四部丛刊初编》本。

②王构《修辞鉴衡》卷一，《丛书集成初编》本，第5页。

③宋濂《翠屏集序》，张以宁《翠屏集》卷首，影印文渊阁《四库全书》本。

④归有光评选《文章指南》卷首，台湾广文书局1972年影印"中央图书馆"藏钞本。

⑤许学夷《诗源辩体》卷一七，第187页。

⑥吴骞《拜经楼诗话》卷一引，丁福保辑《清诗话》，下册第721页。

⑦吴之振《黄叶村庄诗集》卷首，康熙刊本。

⑧张谦宜《絸斋诗谈》卷三，郭绍虞辑《清诗话续编》，第1册第812页。

幽而不失于苦。①

　　王嗣槐：历览近家，求其艳而不流于靡，澹而不入于枯，几难之矣。②

　　吴之振：浩歌微吟，随体裁制，清不涉空，真不涉俗。③

因为限制法最常见最常用，其语言形式也最丰富，A 而不 b 的句式发展出了许多变态。除了上文所见"……不流于……""……不邻于……""……不失于……""……不涉于……""……不病于……""……不落于……""……不入于……"诸句型外，还有延伸性的表达。如王寿昌《小清华园诗谈》"诗有五不可失"条云："丽不可失之艳，新不可失之巧，淡不可失之枯，壮不可失之粗豪，奇不可失之穿凿。""……不可失之……"原是类似"……不失于……"的限制法表达，其中"淡不可失之枯"在"诗有四勿伤"条又作"淡勿伤味"，已有变化。作者又举杜甫《江村》与皇甫冉《秋日东郊》作对比，称杜"淡矣而不可谓之淡"，皇甫"则似近枯矣"④，辨味愈加细腻。古典诗学在审美味觉上的丰富，不只取决于丰富的美感概念，也依赖于表现方式的微妙多样。

　　用限制法限定有限正价概念 A 的意阈，不使它逾越"度"而转变为负价 b，在清代诗评中尤为常见，也偶有创格。王夫之的诗歌

①王昊《程昆仑先生诗文合集序》，《程昆仑先生诗文集》，三晋出版社 2008 年版，第 3 页。

②王嗣槐《徐电发菊庄词序》，《桂山堂文选》卷二，康熙青筠阁刊本。

③吴之振《长留集序》，孔尚任《长留集》卷首。

④王寿昌《小清华园诗谈》卷上，郭绍虞辑《清诗话续编》，第 3 册第 1879 页。

评点便是很典型的例子。其《古诗评选》评谢朓《王孙游》"亦可谓艳而不靡,轻而不佻,近情而不俗"①,《明诗评选》评刘基《辛卯仲冬雨中作》"俭而不寒,迫而不褊"②,评周砥《赠叶秀才》"有直而不激,有曲而不烦,有亮而不浮,有质而不亢,国初人留意古裁,起宋、元之衰者如此"③,评石宝《拟古》"文不弱,质不沉,韬束不迫,骀宕不奔,真古诗也"④,都是常见的有限正价概念的限制法表达。较独特的是,他运用限制法来表达有限正价概念,所限定的内容有时用具体作家来指代。如《明诗评选》卷五评宋濂《送许时用还剡》,先肯定其诗格在"王、孟之间",然后又补充说"密不如王,褊不落孟"⑤。这里的"褊"即评其七律所谓的"气局拘迫",由《唐诗评选》评孟浩然《春中喜王九相寻》"布势较宽,不似孟他作之褊"也可印证⑥。卷六评王逢年《虎山桥问渡入五湖》又云:"命意求隽,以不落许浑为高,浑诗亦未尝不隽也。"⑦这里分别以孟浩然和许浑为过褊、过隽的代表,虽与上例有异,但用具体作家来标示限定的正价内容则是一致的。这种表述方式也见于魏禧《日录·杂说》:"或问学八大家而不善,其病何如? 曰:学子厚易失之小,学永叔易失之平,学东坡易失之衍,学子固易失之滞,学

① 王夫之《古诗评选》,第 123 页。
② 王夫之《明诗评选》卷二,第 32 页。
③ 王夫之《明诗评选》卷四,第 93—94 页。
④ 王夫之《明诗评选》卷四,第 126 页。
⑤ 王夫之《明诗评选》卷五,第 189 页。
⑥ 王夫之《唐诗评选》,第 103 页。
⑦ 王夫之《明诗评选》卷六,第 311 页。

介甫易失之枯,学子由易失之蔓,惟学昌黎、老泉少病。然昌黎易失之生撰,老泉易失之粗豪,病终愈于他家也。"①唐宋八大家在此分别代表着深刻、平易、畅达、坚实、紧严、丰缛、新警、踔厉之风的"度",学者学之不善,求之过深,便易流于小、平、衍、滞、枯、蔓、杜撰、粗豪。这是限制法的一种衍生形态,类似的问题还有一些,需要专门讨论,在此无法展开。

七、有限正价概念表达法的综合运用

有限正价概念的表达,更复杂也更常见的情形是以上几种表达的混合使用。最早的例子不清楚出于何时,至少在梁元帝萧绎《内典碑铭集林序》中即已可见:

> 夫世代亟改,论文之理非一;时事推移,属词之体或异。但繁则伤弱,率则恨省,存华则失体,从实则无味。或引事虽博,其意犹同;或新意虽奇,无所倚约。或首尾伦帖,事似牵课;或前后博涉,体制不工。能使艳而不华,质而不野,博而不繁,省而不率。文而有质,约而能润;事随意转,理逐言深,所谓菁华,无以间也。②

①魏禧《日录·杂说》,《宁都三魏文集》本。
②释道宣辑《广弘明集》卷二〇,《大正藏》第 52 册第 244 页。

此文又见于《金楼子·立言篇》，"但繁则伤弱"到"体裁不工"是对种种"过"与"不及"的批评，"能使艳而不华"到"省而不率"四句是限制法，而"文而有质，约而能润"则是补充法，共同构成一组有限正价概念的综合表达。

　　针对同一评论对象，表达类似的肯定评价，不同的批评家使用有限正价概念时有时会用不同的表达。如恽敬序李銮宣诗集，称"清而不浮，坚而不劂"，而蒋攸铦序则曰"清而腴，杰而秀"①，分别采用了排除法和补充法这两种表达方式。同一个人混合使用不同表达方式的情形更为常见，而且通常都是补充法和其余两法搭配，因为有古代汉语的对偶和错综之美。合用排除法与补充法的例子，如王槚《诗法指南·总论》云："民俗歌谣之作，要切而不怒，微而婉。"②徐𤊹《屠田叔诗集序》云："田叔之诗赡而不浮，丽而有则。"③"切而不怒""赡而不浮"是排除法，"丽而有则""微而婉"是补充法。吴锡麒称李寅熙诗"清而不佻，丽而有骨"④，江珠评沈纕诗"其艳也，媚不伤骨；其淡也，简有余味"⑤，取义相同，上句排除法，下句补充法。合用补充法和限制法的例子，如方孝孺《与郑叔度》云："故有道者之文，不加斧凿而自成，其意正以醇，其气平以直，其陈理明而不繁。决其辞，肆而不流，简而不遗，岂

①李銮宣《坚白石斋诗集》，山西人民出版社 1991 年版，第 527、530 页。
②周维德辑《全明诗话》，第 3 册第 2458 页。
③徐𤊹《徐𤊹集》卷一六，广陵书社 2005 年版。
④李寅熙《秋门草堂诗钞》张问陶序引，嘉庆刊本。
⑤张寅彭、强迪艺《梧门诗话合校》卷一五，第 424 页。

窃古句、探陈言者所可及哉?①""其意正以醇"两句是补充法,"其陈理明而不繁"等三句则是限制法。胡应麟《诗薮》外编卷五评梅尧臣诗"和平简远,淡而不枯,丽而有则"②,"淡而不枯"是限制法,"丽而有则"是补充法。贺裳《载酒园诗话》论李贺"骨劲而神秀,在中唐最高浑有气格,奇不入诞,丽不入纤"③,"高浑有气格"是补充法,"奇不入诞"两句是限制法。纪昀评范成大《人鲊瓮》"恣而不野,峭而有韵"④,上句是限制法,下句是补充法。合用限制法与排除法的例子也不是没有,但需要仔细筛选。如宋刘克庄《跋刘叔安感秋八词》称"叔安刘君落笔妙天下,间为乐府,丽不至亵,新不犯陈"即是一例⑤,上句是限制法,下句是排除法。至于皎然《诗式》"诗有六至"条"至险而不僻,至奇而不差,至丽而自然,至苦而无迹,至近而意远,至放而不迁";朱庭珍《集翠轩诗钞序》称陈鹍诗"清而有骨,健而有韵,高而不浮,华而不靡。得稚威之峭逸而去其涩,得樊榭之新俊而去其纤"⑥,则是补充法、限制法和排除法并用的例子。皎然"至丽而自然"是补充法,"至放而不迁"是限制法,其余四句都是排除法;朱庭珍"清而有骨"两句是补充法,"华而不靡"两句是限制法,而"得稚威之峭逸而去其涩"两句则为排除法,同时又属于用具体的创作典范来代指限定的内

———————

① 方孝孺《逊志斋集》卷一,《四部丛刊初编》本。
② 胡应麟《诗薮》外编卷五,第 205 页。
③ 贺裳《载酒园诗话》卷一,郭绍虞辑《清诗话续编》,第 1 册第 353 页。
④ 李庆甲辑《瀛奎律髓汇评》卷四,上册第 201 页。
⑤ 刘克庄《后村题跋》卷二,《丛书集成初编》本。
⑥ 陈鹍《集翠轩诗钞》,光绪二十一年刊本。

容。这一连串丰富多彩的言说方式十分周到地表达了诸多有限正价概念。

　　事实上，在古代文学批评的具体语境中，综合各种方式使用有限正价概念乃是很常见的事，甚至比单纯使用某一种表达方式更为常见，其中也包括用互文法来多方譬说。比如方孝孺《答张廷璧》中有这么一段话："圣贤君子之文，发乎自然，成乎无为，不求工奇，而至美自足。达而不肆也，严而不拘也，质而不浅也，奥而不晦也，正而不窒也，变而不诡也。辩而理，澹而章，秩乎其有仪，烨乎其不枯，而文之奇至矣。"①这里"严而不拘"以下六句是限制法，"辩而理，澹而章"两句是补充法，"秩乎其有仪，烨乎其不枯"则又与前两句互文见义。这也是汉语丰富多彩的修辞手段的体现。

八、负价概念及其表达方式

　　相对于正价概念，负价概念当然是指对审美对象给予否定性评价的概念。它也分为绝对的和有限的两类。绝对负价概念首先是与中国传统美学精神相悖的审美概念，在文学理论或批评中通常是作为病犯举示读者的。如空海《文镜秘府论》南卷"论体"："博雅之失也缓，清典之失也轻，绮艳之失也淫，宏壮之失也

---

① 方孝孺《逊志斋集》卷一一，《四部丛刊初编》本。

诞,要约之失也阑,切至之失也直。"①这里的缓、轻、淫、诞、阑、直便多为绝对负价概念。至于"论文意"所引皎然的一段话则情况稍微复杂:"且文章关其本性,识高才劣者,理周而文窒;才多识微者,句佳而味少。是知溺情废语,则语朴情暗;事语轻情,则情阙语淡。(中略)或虽有态而语嫩,虽有力而意薄,虽正而质,虽直而鄙。"②其中判断才识的劣、微,判断文意的窒、薄,判断表情的暗、阙,判断语言的嫩、鄙,都属于绝对负价概念,而朴、淡、质相对来说则明显是有条件的负价概念,甚至在多数场合它们都作为正价概念来使用。方东树《昭昧詹言》卷一云:"朱子论文,忌意凡思缓,软弱,没紧要,不子细,辞意一直无余,浮浅,不稳,絮,巧,昧晦,不足,轻,薄,冗。愚谓此虽论文,皆可通之于诗。"③这些都是无可争辩的负价概念。归有光《文章指南》卷首"论文章病",亦曾举深、晦、怪、冗、弱、涩、虚、直、疏、碎、缓、暗、尘俗、熟烂、轻易、排事、说不透、意未尽、泛而不切十九种④;晚近来裕询《汉文典·文章典·文诀》第三章"文忌"更列出鄙、庸、佻、弱、艰、冗、乱、怪、混、硬、夸、尽、涩、蔓、秽、躁、板、促、散、旧、琐、凿、平、枯、浮、懈、晦、粗、蠢、突、复、剽、浅、讦、肆、尨、空、靡、滞、迂四十种。谛审之,其间的价值属性也是有差异的,深、涩、硬、肆应该说是有条件的负价概念。深常用于正面评价自不用说,涩在特定条件下也能

①周维德校点《文镜秘府论》,第151页。
②周维德校点《文镜秘府论》,第147—148页。
③方东树《昭昧詹言》卷一,第11页。
④归有光《文章指南》,台湾广文书局1972年影印"中央图书馆"藏钞本。

转化为正价概念。

　　绝对负价概念，一般都是绝对正价概念的反义词，如与雅相对的俗、与美相对的丑、与高相对的卑。所以大致说来，绝对负价概念正与绝对正价概念相对，也分为四类：（一）与生命的活跃旺盛相悖反的概念：如死、僵、衰、弱、腐、朽、陈、驰、懈、窒、萎、薾、荒、木、闷、哑、瘠、怠、疲；（二）与道德的善相悖反的概念：如恶、卑、邪、暴、戾、亵、悖、诈、伪、淫、偷（轻佻之义）、劣；（三）与趣味的高雅淳正相悖反的概念：如俗、佻、滑、靡、鄙、丑、乖、厉、率、便、漓、庸、粗、猥、琐、伧、小、苟、俚、嚣、荒、寒、低、短、悍、轻、褊、矫；（四）与艺术表现的完善相悖反的概念：如肤、乱、杂、尽、薄、痴、板、呆、浅、拘、凑、粘、滞、软、窘、碎、浮、狭、窄、枵、补、衬、离、驳、烦、缛、慢、冗、矫、肥、牵、芜、腻、累、泛。

　　严格地说，古代文学理论和批评文献中，像假、恶、丑这样绝无可能转性为正价的绝对负价概念其实是不太多的。即便是俗，在有些场合也能转为正价，出现"粗俗处愈文雅"的结果（详后）。又如与深相对的浅是绝对负价，但避浅求深而转失之晦，则深又转为负价。沈义父《乐府指迷》即说梦窗词"深得清真之妙，其失在用事下语太晦处，人不可晓"①。所以后来黄生《诗麈》主张："意贵深，语贵浅，意不深则薄，语不浅则晦，宁失之薄，毋失之晦。今人之所谓深者，非深也，晦也。此不知匠意之过也。"②

　　然则所谓绝对负价，绝非绝对地无例外，只不过就一般情形

_____

①唐圭璋辑《词话丛编》，第 278 页。
②黄生《诗麈》卷二，《皖人诗话八种》，第 80 页。

而言罢了。与含蓄相对的直露可算一个,沈义父《乐府指迷》云:
"用字不可太露,露则直突而无深长之味。"①毛先舒《诗辩坻》云:
"高手下语,惟恐意露。"②陈仅指示后学甚至说:"诗有十病,总其
归曰露。意露则浅,气露则粗,味露则薄,情露则短,骨露则庂,辞
露则直,血脉露则滞,典实露则支,兴会露则放,藻采露则俗。"③
叶燮《原诗》所谓"熟调肤辞,陈陈相因"④,熟和肤也都是绝对负
价概念,熟只有在熟练的意义上偶然会转为正价⑤,肤则几乎没
有转为正价的可能。

　　绝对负价概念的使用,通常用非 a 则 b 的形式来表示无可救
药。如叶燮《原诗》内篇下:"其诗也,非庸则腐,非腐则俚。"庸、
腐、俚都是无解药可救的绝对负价概念。

　　绝对负价概念自然都用于否定性评价的场合,常表示过"度"
的评价。如王夫之批评杜甫称赞庾信"清新""健笔纵横",结果
自己所作却是"趋新而僻,尚健而野,过清而寒,务纵横而莽"⑥,
这便是过"度"的结果。用辨明误会的判断来表达过"度"也是批
评家的一种言说方式。孙清元《榴实山庄诗稿跋》提到:"诗有似
是而非者。今流俗作诗,多不求古人酝酿工夫,而徒取法于近人,

---

①唐圭璋辑《词话丛编》,第 277 页。
②毛先舒《诗辩坻》卷一,郭绍虞辑《清诗话续编》,第 1 册第 12 页。
③陈仅《竹林答问》,周维德笺注《诗问四种》,第 328 页。
④叶燮《原诗》外篇上,丁福保辑《清诗话》,下册第 590 页。
⑤如陈仅《竹林答问》陈诗香提到"文到妙来无过熟",周维德笺注《诗问四
　种》,第 327 页。
⑥王夫之《古诗评选》,第 290—291 页。

逮至流失既深,遂至以率易为清空,以槎枒为老健,以肤庸为稳顺,以平软为冲和,以粗犷为雄豪,以纤仄为工妙,以俚俗为真挚,以肥腻为风华。宗法既差,路歧愈出,以此而谈风雅,真南辕而北辙矣。"①只有用绝对负价概念作为否定性参照对象,正价概念才取得无争议的绝对性。

事实上,绝对负价概念也常用于有限正价概念表达的排除法,正面立说而以负面为对照的反面教材。如宋徵舆《既庭诗稿序》云:"诗贵雅而宋嗲,诗贵远而宋肤。诗有时而广,而宋则荒;诗有时而俭,而宋则陋;诗有时而怨,而宋则怼;诗有时而文,而宋则缋。君子之于诗,非贱宋也,贱其与诗反也。"②是非予夺泾渭分明,毫不含糊。有时还可以从反面立说,如赵翼《松泉文集序》称"发为诗文,从容和厚,不佻不迫,雍然有东荣西序、金春玉锵之遗风。雕缋家丽矣,而逊其大方;锻炼家工矣,而逊其流逸;驰骋家豪矣,而逊其典重"③。在雕缋、锻炼、驰骋三种作者的映衬下,汪由敦诗大方、流逸而又不失典重的品格得到确认。

所以说,绝对负价概念的意义绝不只限于表达否定性的评价,它在审美感觉的表达中,经常是为正价概念服务的。稍加归纳,它起码有如下两种与正价概念相辅相成的情形:(一)可以用否定式来表示退一步的选择和肯定。如陈祚明评鲍照《绍古辞四

---

① 原载《滇文丛录》卷三八,转引自张国庆编《云南古代诗文论著辑要》,第394页。
② 宋徵舆《林屋文稿》卷四,康熙刊本。
③ 曹光甫点校《赵翼全集》附录四,第6册第78页。

首》其四云："结句亦强,所谓宁生涩,不凡近者。"①吴德旋《初月楼论文》载程赐荣论文曰:"宁曲无直,宁新无腐。"②生涩、曲和新在这里都是过甚之词,表示退一步的选择。(二)用双重否定的句式来表达过犹不及之义,暗示折衷之度。叶矫然《龙性堂诗话》初集强调:"诗忌费解,然太便口则少沉着之味;诗忌牵合,然太鹘突则少超越之趣。此中浅深,不可以言喻,解人自会。"③然则适宜之度即在便可与沉着、鹘突与超越之间,正符合吴予敏所谓序段涵指法的精神。

有些概念在一般情况下是负价的,但在特殊语境中则会转性为正价。如"硬"本属负价概念,而经韩愈《荐士》诗以"横空盘硬语"概括孟郊诗歌的特点,便使它的价值属性中性化;再加上"妥帖力排奡"的肯定,更确立了它的正价性。这类概念可称为一般负价概念。魏禧《与王若先》论西汉文"拙处愈隽,生处愈韵,朴处愈华,直处愈曲折,粗俗处愈文雅"④,是一系列典型的负价概念转化为正价的例子。其中拙甚至用作正价的场合比负价更为常见。诗家历来就有"宁拙毋巧"之说,自陈师道《后山诗话》发之,吴可《藏海诗话》、杨载《诗法家数》、傅山《作字示儿孙》、袁枚《随园诗话》、法式善《梧门诗话》载李方勤诗论皆袭其语。杜甫《夔州歌十绝句》之一:"中巴之东巴东山,江水开辟流其间。白帝高

---

①陈祚明《采菽堂古诗选》卷一九,一上册第 595 页。
②吴德旋《初月楼论文》卷九,道光刊本。
③叶矫然《龙性堂诗话》初集,郭绍虞辑《清诗话续编》,第 1 册第 938 页。
④魏禧《魏叔子文集》卷七,《宁都三魏文集》本。

为三峡镇,瞿塘险过百牢关。"李因笃评:"此所谓时存拙意也,拙
得有兴致,故佳。"①按:首句"中巴之东"也就是巴东,而复言巴东
山,便是重复之拙,然而搭配三、四两句的凝重句法却正相称,则
拙也有了意趣。至于况周颐论词之主拙、重、大,更是众所周知的
正价概念了。涩也是一个常由负价转为正价的审美概念,董士锡
《餐花吟馆词序》说"学周(邦彦)病涩"②,自然是负面评价,而张
谦宜说"诗有以涩为妙者,少陵诗中有此味,宜进此一解。涩对滑
看,如碾玉为山,终不如天然英石之妙"③,虽仍有保留,却基本是
作为正价概念来使用的。再举一个不常见的例子:啴字出《礼记》
"啴以缓之",后世常以啴缓表示拖沓之义,所以傅山说:"文章诗
赋最厌底是个啴字。啴,缓也。俗语谓行事说话松沓不警曰
啴。"④但毛先舒《诗辩坻》云:"曹植《弃妇篇》起处迂缓,正于此
见古法。"⑤迂缓近乎啴缓之义,用在这里却是褒其有古意,成了
正价概念。毛氏还说:"太冲《娇女诗》,独以沓拖俚质见工,然又
非乐府家语。自写本事,不厌猥琐,似雅似俳,盖王褒《僮约》、敬
通《数妇》之流也。"⑥两段评论立意近似。

　　一般负价概念通过 a 而 B 的补充法就能简单地消减其负价

---

①刘濬辑《杜诗集评》卷一五,嘉庆间海宁蒌照堂刊本。
②董士锡《齐物论斋文集》卷二,民国二年排印问影楼丛刻初编本。
③张谦宜《絸斋诗谈》卷一,郭绍虞辑《清诗话续编》,第 1 册第 794 页。
④傅山《家训》,《霜红龛集》卷二五。
⑤毛先舒《诗辩坻》卷二,郭绍虞辑《清诗话续编》,第 1 册第 27 页。
⑥毛先舒《诗辩坻》卷二,郭绍虞辑《清诗话续编》,第 1 册第 32 页。

性而转化为正面评价。如陈祚明评费昶《有所思》"轻而能雅"①，一般负价概念"轻"通过补充以"雅"，就增添了庄重色彩而避免了佻挞的感觉，整句评语也简单地转化为正面评价。从根本上说，一般负价概念的价值属性是比较模糊、游移不定的，有时简直处于两可之间。江总《折杨柳》陈祚明评曰"轻而亮"②，这里的"轻"就很像是有限正价概念，与绝对正价概念"亮"构成补充法的表达。一般负价概念由于这种价值属性的模糊和游移不定，而常与有限正价概念相出入，也不太容易界定。所以严格地说，可以清楚确定的一般负价概念原不如绝对负价概念那么多，较典型的有浊、尖、凡、近、嫩、稚、脆、僻、常、瘦等。

九、中性概念及其表达方式

在区划完以上几大类审美价值属性的概念后，再别择中性概念变得愈加困难，只能简单地定义为具有双重性质的概念，这与有限正价概念和一般负价概念简直很难区别，具体到个别概念的判断差不多是见仁见智的事。

但中性概念也有其区别于他类概念的特征，那就是描述性而非评价性。凡中性概念都是描述性的，所以往往只与艺术表现的特征或状况有关，如生、熟、平、苦、华、险、促、缓、繁、简、重、轻、

---

①陈祚明辑《采菽堂古诗选》卷二八，下册第903页。
②陈祚明辑《采菽堂古诗选》卷三〇，下册第985页。

艳、野、敛、放、矜、疏、荡、细、幽、柔、纤、媚、峭、似、巧、利、森、直、纤、松、软、硬、异、常、阔等。其中有一些与正价概念重出，如简、轻、艳、野、阔、纤、柔等，但意义取向不同，并非主于价值评估，而是主于说明倾向、特征。如苦，毛先舒说"潘岳《悼亡》，属思至苦"①，只意味着潘岳《悼亡》运思的特点，不表示是非评判。

　　职是之故，中性概念只有用其他概念加以限定，才注入价值属性。如"华"，可以加高而成为正价概念高华，也可以补充否定性评价而成为负价概念华而不实。毛先舒认为王勃"七言古风能从乐府脱出，故宜华不伤质，自然高浑矣"②，则是通过排除负价概念而使"华"成为正价概念的。"阔"作为美感概念无疑是正价的，但用作结构概念则只是描述性的，没有价值色彩，王夫之评沈明臣《送王博士之括苍》"阔不疏"③，同样用排除法消除其负面色彩才成为有限正价概念。尤其是那些由正价或负价概念转化来的中性概念，用作价值判断时往往需要加以限定。如"硬"经韩愈《荐士》诗用以称赞孟郊，成为中价概念，只有加上"生"成"生硬"才复归其负价属性。沈义父《乐府指迷》称"姜白石清劲知音，亦未免有生硬处"④，而周邦彦的优点之一则是"不用经史中生硬字面"⑤，清楚地表明这一点。

①毛先舒《诗辩坻》卷二，郭绍虞辑《清诗话续编》，第 1 册第 31 页。
②毛先舒《诗辩坻》卷三，郭绍虞辑《清诗话续编》，第 1 册第 46 页。
③王夫之《明诗评选》卷五，第 239 页。
④沈义父《乐府指迷笺释》，第 48 页。
⑤沈义父《乐府指迷笺释》，第 45 页。

　　通过上文不惮琐细的分析,可以看出中国古代文学理论和批评中对审美概念的运用,体现了一种折衷的思维方式,核心在于把握审美知觉的"度"。这种折衷思维奠定于《文心雕龙》①,而又覆盖以皎然的"中道观"②,逐渐发展成古代文论和批评有关审美知觉表达的一套固有言说。在实际运用中,概念、范畴间界定意义的方式变化多端,混合运用,留下了丰富的理论资源和批评经验。审美知觉的辨析历来就是诗论家的看家本领,徐增评唐代张潮《江南行》说:"篇中用字,人看去,似乎稍俗,而不知题是乐府,语须带质,质近于古。质与俗不可不辨审也。"③优秀的批评家正是在这样的辨析中建立起自己诗学的理论基础和批评话语的。对其话语方式的整理和考察应是今天的古代文论研究中需要加强的课题。

---

①周勋初《刘勰的主要研究方法——"折中"说述评》,《古代文学理论研究丛刊》第 11 辑,上海古籍出版社 1986 年版。
②佛教的中道观与儒家的折衷思维,从思维方式到语言表达的形式本来都是截然不同的,张伯伟《中国古代文学批评方法研究》第 223—224 页已有辨析。但皎然《诗式》自称的"中道"却有点儒家化,与折衷之法相混淆,并对后来的诗论产生一定影响,所以要特别提到。
③樊维纲校注《说唐诗》,第 276 页。

论文原刊出处

《在中国发现批评史——清代诗学研究与中国文学理论、批评传统的再认识》 《文艺研究》2017 年第 10 期

《情景交融与古典诗歌意象化表现范式的成立》 《岭南学报》第 11 辑，上海古籍出版社 2019 年 8 月版

《作为诗美概念的"老"》 《甘肃社会科学》2016 年第 3 期

《论中国古典诗学中的"厚"》 《北京大学学报（哲学社会科学版）》2019 年第 1 期

《"涩"作为诗学概念的意味》 《江海学刊》2018 年第 5 期

《对王维"诗中有画"的再讨论》 《武汉大学学报（哲学社会科学版）》2019 年第 1 期

《"不粘不脱"与"不即不离"》 《人文中国学报》第 22 期，上海古籍出版社 2016 年 5 月版

《家数·名家·大家——有关古代诗歌品第的一个考察》 《东华汉学》第 15 辑（2012.6）

《拟与避：古典诗歌文本的互文性问题》 《文史哲》2012 年第 1 期

《王渔洋"神韵"的审美内涵及艺术精神》 《中国社会科学》2012
　　年第 3 期
《"正宗"的气象与蕴含》 《文艺研究》2016 年第 10 期
《袁枚性灵诗学的解构倾向》 《文学评论》2013 年第 2 期
《肌理:翁方纲的批评话语及其实践》 《文学遗产》2019 年第
　　1 期
《中国古代文论对审美知觉的表达及其语言形式》 《社会科学战
　　线》2015 年第 2 期

后 记

　　《古典诗学的现代诠释》是我写得最用心的一部书,也是自己最喜欢的一部著作。一篇篇论文从酝酿到写作,都像蚌育珍珠一般,经过漫长的涵养和酝酿。其中固然不乏老问题的重新思考,像意象意境、诗中有画、以高行卑等,都赋予了新的思考、新的诠释和新的论述,但更多的还是很少见人探讨的新概念、新命题,像清、不说破、至法无法、代人作语、文如其人、起承转合、以诗为性命等,都具有原创性意义。有些问题,如感物、以禅喻诗、一代有一代之文学,好像被谈得很多了,但我讲的二次感物的问题、以禅喻诗的学理问题、文学繁荣的社会机制和文学机制问题,却是没有人触及的,也具有一定的原创性。

　　为此,收入书中的每篇论文都经历了长期的准备,有的长达二三十年。有些问题我在学生时代就开始思考了,比如情景交融,是博士论文《大历诗风》提出的重要问题之一,我认为作为古典诗歌审美特征的情景交融是到大历诗歌中才基本定型的。论文提交评审时,好几位评审专家都不认可我的论断。为此,多年来我一直思索这个问题,留意搜集资料,终于在几年前写出论文来重加论证,现在我的论述相信会更容易被学界接受了。

因为这些论文都出于厚积深思,发表后都受到学界重视,引用率也高于我其他方面的论著。中国知网显示,论意境的两篇分别被引用 276 次和 96 次,论"清"一文被引用 251 次,论"诗中有画"被引用 75 次,论"以高行卑"被引用 71 次,论"起承转合"被引用 63 次,论"文如其人"和"至法无法"都被引用 49 次。但最让我引以为荣的还是 2007 年《诠释》获得中国社科院文学研究所首届"勤英文学奖"。这个奖项是本所前辈樊骏先生捐资设置的,每届只评论文、专著各一项。虽然它只是个民间的奖励,却是全部由所外专家组成评委会匿名评出的,我觉得更具公信力,我自己也最看重。

2003 年《诠释》由中华书局出版后,我并没有停止相关研究,反而继续在更广阔的历史视野中思考古典诗学的学术史意义和理论价值。包括清代诗学与古代文学理论、批评传统的再认识,古代文论的言说方式和传统思维方式的关系,医学和古代文论的知识背景等。这些问题都变成论文题目,一篇一篇写出来。仍然写得很慢,一年也写不出一两篇。之所以慢,是因为正如观念史学者所说,一个概念的涵义就是它的全部历史。要说明一个概念的内涵,首先必须做史的梳理,尽可能详尽地搜集历史上出现的用例。这不是一件容易的事。别说在没有数字文献可检索的年代,就是在今天,仍不是个轻松的问题。更何况我越来越体会到,考察概念和命题的历史,决不能靠检索来搜集资料。因为观念往往是由一系列概念和命题来支撑的,每一个概念和命题又涉及一个概念群,不大量阅读原典,就无法知道一个观念究竟涉及多少相关概念和命题,涉及怎样的概念群。本编论"厚"和"涩"两篇已触及这个问题,希望揭示这两个概念所关联的概念群。当然,这更不是一个简单的工作,又触及更广泛的问题,涉及更多的文献。拙文不过是抛砖引玉而已,期待学术界有更深入的研究。

我在研究中逐渐意识到的另一个问题是,有些看似重要的概念其实本身并不具有可诠释性,它们只是一些理论问题的笼统表达,必须做一番还原的工作,才能有效地进行讨论。"情景交融"就是这样的命题,看上去已被谈滥了,但在我看来,向来的研究都停留在表面,根本未触及问题的核心。因为这个笼统的命题本身并无可定义的内涵,只有转换成清晰的的学术命题,才有可能加以讨论。要理解这一点,本身就需要长久的思考。对问题实质有了清楚的认识,就知道情景交融的形成要转换成意象化表现作为范式的定型,这才成为可以讨论的问题。

转瞬之间,《诠释》出版已快 20 年,其间我又写了 14 篇论文,适与前编相埒,可编为续集。后写的 14 篇论文,除了继续关注诗美概念外,更注意诗学史上的一些重要观念,如神韵、格调、性灵、肌理。它们都是我研究清代诗学史遇到的问题,必须攻克的难关,相关研究都有了不少成果。我的研究首先是将它们还原到最初的语境中,根据倡导者本人和后人的具体用法来分析其含义,在动态的过程中把握其衍生情形。这样,我的诠释就比学界通行的诠释更贴近原意,更有说服力,而不止是别出歧义,泛滥无归。我希望自己的研究,能让学界在一些基本概念和命题上形成较一致的理解,慢慢形成一批相对稳定、清晰的基本概念。这对学科发展是很有必要的,它将为今后的理论建设和批评实践提供一套工具术语，一个基础理论平台。我高兴地看到，我对物象和意象概念的辨析已逐渐被学界接受，对语象概念的提议也引发更深入的讨论。我相信这是很有意义的理论建设工作。如果古代文论的重要概念和命题都能得到深入的研究，古代文论的理论意义和学术价值就会愈益浮现出来。这无论对于全球化视野下的文学理论、批评史研究，抑或当代文学理论的建设，都是很有意义的。

《诠释》自 2003 年印行后，很快便售罄，2009 年因又增订重版。迄今重版本在市面上也难见踪迹，我的"金陵生论学"公众号上不断有读者询问何时重印。这次能重新校订一并印行，真令我深感快慰。近三十年来，蒙傅璇琮先生和老友徐俊兄厚爱，从 1995 年《大历诗人研究》到 2020 年《金陵生小言》正续编，拙著累承中华书局印行，实在感铭至深，难以言谢！这次续编的出版，得到广东省高水平大学建设专项经费支持，谨此鸣谢！责任编辑李碧玉女士细致审校原稿，使全书的质量得到保证，并致谢忱！

蒋　寅

2021 年 8 月于华南师范大学清代文学研究中心